UM DESTINO TATUADO EM SANGUE

Também de Danielle L. Jensen:

SÉRIE A PONTE ENTRE REINOS
A ponte entre reinos
A rainha traidora
O herdeiro inadequado

DANIELLE L. JENSEN

UM DESTINO TATUADO EM SANGUE

SAGA DOS SEM DESTINO
VOL. 1

Tradução
FLÁVIA SOUTO MAIOR

SEGUINTE

Copyright © 2024 by Danielle L. Jensen
Os direitos morais da autora foram assegurados.

O selo Seguinte pertence à Editora Schwarcz S.A.

Grafia atualizada segundo o Acordo Ortográfico da Língua Portuguesa de 1990, que entrou em vigor no Brasil em 2009.

TÍTULO ORIGINAL A Fate Inked in Blood
CAPA Ella Laytham
ILUSTRAÇÃO DE CAPA Eleonor Piteira
PREPARAÇÃO Renato Ritto
REVISÃO Adriana Bairrada e Paula Queiroz

Dados Internacionais de Catalogação na Publicação (CIP)
(Câmara Brasileira do Livro, SP, Brasil)

Jensen, Danielle L.
    Um destino tatuado em sangue / Danielle L. Jensen ; tradução Flávia Souto Maior. — 1ª ed. — São Paulo : Seguinte, 2025. — (Saga dos Sem Destino).

    Título original: A Fate Inked in Blood.
    ISBN 978-85-5534-385-8

    1. Ficção canadense 2. Ficção de fantasia I. Título.
II. Série.

24-241550   CDD-C813

Índice para catálogo sistemático:
1. Ficção : Literatura canadense   C813

Cibele Maria Dias – Bibliotecária – CRB-8/9427

Todos os direitos desta edição reservados à
EDITORA SCHWARCZ S.A.
Rua Bandeira Paulista, 702, cj. 32
04532-002 — São Paulo — SP
Telefone: (11) 3707-3500
www.seguinte.com.br
contato@seguinte.com.br

Para Tamar — eu estaria perdida sem você!

1

Minha mãe me ensinou muitas habilidades para garantir que eu me tornasse uma boa esposa para meu marido. Ela me ensinou a cozinhar e limpar. A tecer e costurar. Onde caçar e o que colher. Teria sido melhor se tivesse me ensinado o comedimento necessário para *não* esfaquear o dito marido quando ele se provasse um beberrão de pouca inteligência e língua ácida...

Pois meus nervos estavam sendo duramente testados hoje.

— O que você está fazendo? — perguntou Vragi, com o hálito fedendo a hidromel enquanto se debruçava sobre meu ombro.

— Exatamente o que pareço estar fazendo. — Passei a ponta da faca na barriga do peixe e as entranhas dele se esparramaram para fora. — Limpando peixe.

Soltando um suspiro aflito, Vragi arrancou a faca da minha mão, quase abrindo minha palma. Pegando outro peixe, ele abriu a barriga do animal e jogou as entranhas em uma pilha ensanguentada antes de enfiar a ponta da minha faca no bloco de madeira, usando uma técnica idêntica à minha.

— Tá vendo?

— Eu sei estripar um peixe — falei entredentes, cada partezinha minha desejando estripar *ele*. — Já estripei mil peixes.

— Não gosto do jeito que você estripa. — Os lábios dele se curvaram. — O jeito que você estripa é errado, as pessoas reclamam.

Isso era verdade, mas as reclamações não tinham nada a ver com as entranhas dos peixes.

Meu *querido* marido era um filho dos deuses, tendo recebido uma gota do sangue de Njord em sua concepção, o que lhe tinha garantido uma magia poderosa sobre as criaturas do mar. Só que em vez de usar isso para cuidar de nosso povo, ele usava a magia que havia sido concedida para impedir que outros pescadores conseguissem pescar, mesmo depois de ter enchido as próprias redes. Aí cobrava o dobro do que os peixes valiam das mesmas pessoas cujas redes mantinha vazia.

Todo mundo sabia disso. Mas ninguém ousava dizer uma palavra contra meu marido. Ele era Vragi, o Salvador, o homem que havia libertado Selvegr da fome quando as colheitas tinham fracassado dez anos atrás, atraindo peixes do Mar do Norte para encher barrigas, garantindo que ninguém passasse necessidade.

Um herói, era assim que todos o chamavam. E talvez um dia tivesse sido mesmo, mas a fama e a ganância haviam vencido a generosidade que tinha lhe valido o título, e agora as pessoas cuspiam em seu nome até quando o honravam com um banquete anual. Ninguém nunca ter enfiado uma faca em suas costas se devia principalmente ao fato de ele ter a proteção do jarl.

Mas não só por isso.

— É melhor que nós nunca nos esqueçamos de que podemos precisar da magia dele novamente, Freya — disse minha mãe quando me queixei disso. — É melhor que *você* nunca se esqueça de que é ele quem traz riqueza para sua casa.

Riqueza.

Foi o motivo de meu pai ter concordado (apesar de meus protestos enfáticos) com o pedido de casamento de Vragi. No entanto, em vez de viver para contemplar o erro que cometeu, meu pai havia morrido na noite do meu casamento, deixando todo o povo murmurando sobre maus agouros e casamentos malfadados. Se tivesse mesmo sido uma mensagem dos deuses, eles nem precisariam ter se preocupado: desde o momento em que Vragi tinha enfiado a língua asquerosa em minha boca na frente de todos os convidados, eu soube que esse casamento seria uma maldição.

O ano anterior havia me fornecido provas diárias disso.

Só que era difícil reclamar dele usando palavras amargas no ouvido dos outros, pois Vragi era generoso com minha mãe, pagando por todas as necessidades dela enquanto meu irmão conquistava o próprio lugar no bando de guerra de nosso jarl.

Por minha família, farei isso, eu entoava em silêncio, da mesma forma que havia feito na noite em que me casei. *Por minha família, vou suportá-lo.* Em voz alta, eu disse:

— Pode deixar, vou fazer melhor. — E constatando que ele não parecia satisfeito, acrescentei: — Vou fazer do seu jeito, Vragi.

— Então me mostre. — A condescendência me fez apertar tanto os dentes que quase trincaram, mas obedeci, estripando rapidamente outro peixe.

Vragi bufou, depois cuspiu no chão ao meu lado.

— Minha mãe tinha razão, eu devia mesmo ter me casado com uma mulher feia cujo valor estivesse nas habilidades que tem. E não com uma bonita cuja única habilidade é a beleza. Beleza não estripa peixe. Beleza não cozinha comida. Beleza não faz bebês.

No que dizia respeito ao último item, *minha* beleza nunca faria mesmo.

Eu gastava quase todas as moedas que ele me dava comprando suco de limão e esponja dos comerciantes que vinham dos Mares do Sul, e se Vragi alguma vez ficou se perguntando por que o próprio pau tinha começado a cheirar a frutas cítricas depois que nos casamos, nunca me perguntou. Que a ignorância dele seja preservada.

— Um ano, mulher. Um ano inteiro de casamento e cópula e nada de filho.

Eu me inclinei sobre a tábua, estripando outro peixe para ocultar as lágrimas de raiva que ameaçavam cair. Eu nunca submeteria uma criança a este homem. *Nunca.*

— Vou fazer uma oferenda. — O que não era mentira. No início de cada ciclo, eu fazia um sacrifício à deusa com quem divido o nome, suplicando para que deixasse meu útero vazio. Até agora ela tinha sido misericordiosa.

Ou isso, ou tive sorte.

Como se ouvisse meus pensamentos, Vragi agarrou minha trança, colocando-me em pé.

— Eu não quero oferendas, Freya — resmungou ele. — Quero que você se esforce mais. Quero que faça as coisas direito. Quero que me dê o que eu quero.

Meu couro cabeludo ardia, apenas a firmeza de minha trança o impedindo de arrancar um punhado do meu cabelo, então eu explodi.

— Talvez seja você que não está fazendo direito, marido. É o que me parece, pelo menos.

O silêncio deixou o ar denso.

Uma mulher esperta se arrependeria dessas palavras, mas eu era claramente uma idiota de primeira ordem, pois tudo o que senti foi um lampejo de triunfo perverso quando a farpa atingiu o alvo devagar. O rosto de Vragi escureceu sob a barba grossa, uma veia em sua têmpora pulsando como um verme roxo. Então ele encostou a faca em meu rosto, o hálito rançoso enquanto suspirava.

— Talvez a chave seja deixá-la menos bonita, Freya. Aí terá que aprender outras habilidades.

O aço era frio e cruel. Serviu para afastar meu triunfo e o substituir por medo.

No entanto... eu não podia ceder. Não podia me permitir ser fraca, chorar ou suplicar, porque era isso que ele queria: me colocar para baixo. Em vez disso, olhei bem fundo nos olhos dele e retruquei:

— Vá em frente. Vá em frente, Vragi, e depois de me mutilar, vá até o vilarejo e veja se ainda vão oferecer um banquete a você e chamá-lo de herói quando souberem que cortou o rosto de sua esposa para ofender a beleza dela.

Ele curvou os lábios para baixo.

— Eles precisam de mim.

— Isso não significa que precisam honrar você. — E um narcisista como ele precisava daquela honra.

Fiquei observando as engrenagens da mente dele girarem; sem dúvida estava refletindo sobre até onde poderia me ferir sem consequências. Mas eu me recusava a desviar os olhos, apesar do suor frio que escorria por minhas palmas. Ele pressionou a lâmina com mais força junto ao meu rosto, cortando de leve, e respirei fundo para controlar o pânico crescente.

Ele ouviu.

Vragi sorriu, minha minúscula demonstração de fraqueza o satisfazendo. Então soltou meu cabelo, abaixando a faca.

— Volte ao trabalho, mulher. Quando terminar, leve dois peixes para sua mãe. Talvez ela te ajude a lembrar de seus deveres. É culpa dela, e do seu pai — ele cuspiu —, você não saber quais são.

— Não fale mal do meu pai! — Empunhei minha faca, mas Vragi apenas olhou com desprezo para ela.

— Aí está a prova — falou. — Ele esqueceu que você era filha e a ensinou como seu irmão. Agora, em vez de uma esposa, tenho uma mulher adulta que brinca de ser guerreira como uma criança, sacudindo um graveto e imaginando que cada árvore é um inimigo.

Meu peito queimava, minhas bochechas ficando vermelhas. Porque ele não estava errado.

— Talvez eu tenha sido cúmplice — disse Vragi. — Deixei que tivesse muito tempo ocioso, o que os deuses sabem que é a destruição de um bom caráter.

O único tempo ocioso que me era permitido eram as horas que dormia, mas não retruquei.

Vragi me deu as costas, indo direto para a beira d'água, o fiorde brilhando sob a luz do sol. Erguendo a mão, invocou o nome de Njord.

Por um longo momento nada aconteceu, e sussurrei uma prece silenciosa desejando que o deus do mar finalmente tivesse reconhecido a merda de filho que meu marido era e roubado sua magia.

Preces desperdiçadas, pois um segundo depois a água estremeceu. E os peixes começaram a pular.

Apenas alguns, a princípio, mas logo dúzias e mais dúzias se atiravam na praia, até mal dar para ver as pedras em meio à abundante massa de barbatanas e escamas.

— Isso deve manter você ocupada. — Vragi abriu um sorriso sarcástico. — Mande lembranças para sua mãe.

Minha lâmina ensanguentada estremeceu com raiva malcontida quando ele se virou e foi embora.

Fiquei olhando para os peixes que se debatiam na praia, desesperados para voltar à água. Era um desperdício, pois havia mais peixes do que podíamos vender antes de começarem a apodrecer. E não era a primeira vez que ele fazia isso.

Uma vez eu o tinha visto puxar uma baleia para a praia, mas em vez de acabar com a vida do animal de imediato, permitiu que ela voltasse para a água só para usar a própria magia e puxá-la de volta. Fez isso várias vezes, com todo o vilarejo assistindo, os olhos cheios de fascinação enquanto ele torturava um animal sem motivo para além do fato de que podia.

Só havia acabado quando meu irmão abrira caminho pela multidão e enfiara um machado no cérebro da baleia, encerrando o sofrimento dela e permitindo que o restante de nós iniciássemos o processo de desmembrar a carcaça, ninguém celebrando o que deveria ter sido um dia glorioso de banquete.

Eu me recusava a sentir o mesmo tipo de arrependimento novamente. Levantando as saias, corri até onde os peixes se debatiam, pegando um deles e o jogando na água. Depois outro, e mais outro, alguns tão pesados que precisei de toda minha força para devolvê-los ao lugar de onde vieram.

Com movimentos rápidos no limite da linha d'água, devolvi ao mar a *pesca* de Vragi, o estômago revirando sempre que encontrava um peixe que havia sucumbido, tomando cada morte como um fracasso pessoal. Mas eram peixes demais.

Encontrando um peixe ainda vivo que tinha se jogado em um arbusto, eu o peguei e o atirei por cima do ombro na água.

Em vez de um respingo, um xingamento alto preencheu meus ouvidos; ao me virar, vi um homem em pé no fiorde, com água até a cintura, passando a mão no rosto. Que eu com certeza havia acertado com o peixe.

— O peixe se machucou? — perguntei, procurando por algum sinal da criatura, com medo de tê-la matado na tentativa de salvá-la. — Ou saiu nadando?

O homem parou de passar a mão no rosto e me olhou com incredulidade.

— E quanto a mim?

Parei de procurar o peixe e o olhei com mais atenção, sentindo meu rosto esquentar no mesmo instante. Mesmo com o rosto avermelhado pelo impacto, ele era extremamente atraente. Alto e de ombros largos, parecia ter apenas alguns anos a mais do que os meus vinte. Os cabelos pretos eram raspados nas laterais, o resto preso em um rabo de cavalo curto atrás da cabeça tatuada. Ele tinha maças do rosto salientes e traços esculpidos, e enquanto a maioria dos homens usava barba, apenas o rastro de alguns dias de ausência da navalha se fazia presente. Estava sem camisa, e água escorria de seu torso nu e musculoso. A pele escurecida pelo sol era marcada por dezenas de tatuagens. Um guerreiro, sem dúvida, e mesmo sem arma, eu suspeitava que fosse uma ameaça significativa.

Percebendo que não tinha respondido, cruzei os braços.

— Que tipo de idiota nada no fiorde quando o gelo acabou de quebrar? Está querendo morrer congelado? — Para enfatizar meu argumento, apontei com o queixo para um pedaço grosso de gelo que passava boiando por ele.

— Isso não me pareceu um pedido de desculpas. — Ele ignorou o gelo e se moveu em direção à margem. — E parece que estou correndo mais risco com peixes voadores do que com um possível congelamento.

Dei um passo para trás, reconhecendo o leve sotaque do homem. Era raro que Nordeland atacasse tão no início da primavera, mas não impossível, e passei os olhos pelo fiorde à procura de drácares e homens, mas a água estava vazia. Olhando até o ponto mais distante do fiorde, avistei a densa floresta que se elevava ao lado da montanha.

Ali.

O movimento chamou minha atenção, e congelei procurando pela fonte. Mas o que quer que fosse, tinha desaparecido, provavelmente nada além de um pequeno animal.

— Não sou um invasor, se essa é a sua preocupação. — Ele parou com a água na altura dos joelhos, mostrando os dentes em um sorriso entretido. — Só um homem que precisa de um banho.

— Isso é o que você diz. — Xinguei a mim mesma por ter deixado minha faca na tábua de corte. — Poderia estar mentindo para mim. Me distraindo enquanto seus companheiros avançam até meu vilarejo para matar e saquear.

Ele recuou.

— Está bem, está bem. Você me pegou.

Fiquei tensa, pronta para gritar um alerta a quem pudesse ouvir, quando o homem acrescentou:

— Os membros do meu clã me disseram: "Você não é um guerreiro muito bom, mas é bem bonito, então sua tarefa vai ser atravessar o fiorde a nado para flertar com aquela linda mulher que está jogando peixes. Com ela distraída, estaremos livres para atacar". — Ele suspirou. — Era minha única tarefa e acabei fracassando.

Meu rosto corou, mas ter crescido com um irmão mais velho significava que eu conseguia retribuir a provocação na mesma moeda.

— É claro que fracassou. Tem tão pouco talento para flertar quanto para lutar.

Ele inclinou a cabeça para trás e riu, o som grave e forte, e apesar de todas as minhas intenções de me manter cautelosa e com a guarda erguida, um sorriso surgiu em meus lábios. Deuses, ele era mesmo atraente... como se o próprio Baldur tivesse escapado de Hel, no submundo, e aparecido diante de mim.

— Você mira tão bem com as palavras quanto com peixes, mulher — respondeu ele, os ombros ainda tremendo por conta da risada enquanto saía da água, as calças ensopadas coladas nos músculos firmes de suas pernas e de sua bunda. — Estou tão ferido que devo permanecer deste lado do fiorde para sempre, pois meus companheiros nunca vão me aceitar de volta.

Tão perto como ele estava, pude ter noção do quanto era robusto, cabeça e ombros mais altos do que os meus e o dobro da minha largura, com gotas de suor rolando pela pele lisa. Eu deveria lhe dizer que fosse embora, partisse, pois eu era casada e estávamos na terra do meu marido, mas em vez disso o olhei de cima a baixo.

— O que faz você pensar que vou querer mantê-lo aqui? Não sabe lutar. Não sabe flertar. E não consegue nem pegar peixes quando são jogados na sua direção.

Ele colocou a mão sobre os músculos firmes do abdômen, fingindo se dobrar quando disse:

— Um golpe mortal. — Caindo de joelhos diante de mim, levantou o olhar com um sorriso sarcástico, o sol iluminando os olhos de um tom de verde como as primeiras folhas da primavera. — Antes que acabe comigo, me deixe provar que não sou totalmente desprovido de habilidades.

Se alguém nos visse assim e contasse a Vragi, seria um Hel nos acuda. E talvez eu merecesse, pois era uma mulher casada. Casada com um homem que eu odiava com todas as minhas forças, mas do qual nunca me libertaria, independentemente do quanto desejasse. Então, falei:

— Quais habilidades você poderia ter que me interessariam?

O brilho nos olhos dele se transformou em calor, e meus dedos se curvaram dentro dos sapatos quando ele disse:

— É melhor se eu mostrar. Acho que você não vai se decepcionar.

Meu coração acelerou dentro do peito. Isso era errado, profundamente errado, mas uma parte egoísta de mim não se preocupava. Queria apenas beijar esse estranho charmoso e atraente sem ligar para as consequências.

Só que eu não era assim.

Engoli em seco, afastando o desejo ávido e carente que exigia permissão para continuar. Em vez disso, estendi a mão, puxando-o para que ficasse em pé. Suas palmas eram calejadas e os dorsos tinham cicatrizes que contradiziam a afirmação anterior de que não era um guerreiro.

— Seja lá de onde você venha, as mulheres desse lugar devem ser desesperadas ou tolas para caírem em tamanha bobagem. Pode tomar seu rumo.

Eu me esforcei para não prender a respiração enquanto o esperava reagir a minha rejeição, pois poucos homens aceitavam isso bem, mas ele apenas inclinou a cabeça e disse:

— Parece que você não está desesperada e nem é tola, o que alguns diriam que é uma pena para mim. — Então levantou minha mão, não parecendo se importar com o cheiro de peixe, e beijou os nós dos meus dedos. — Eu digo que isso apenas significa que preciso me esforçar mais, pois você é uma mulher realmente notável.

O roçar dos lábios dele em minha pele lançaram arrepios por todo o meu corpo, e minha mente se perdeu nas profundezas daqueles olhos verdes. Soltando minha mão, ele esticou o braço para tocar em meu rosto, passando o polegar pela linha que a faca de Vragi tinha deixado em minha bochecha.

— Onde está seu marido?

— O que faz você pensar que sou casada? — perguntei, mas ele apenas se virou e subiu a encosta na direção de um cavalo que eu nem tinha percebido que estava amarrado a uma árvore.

Ele vestiu uma camisa antes de se voltar para mim.

— Sua aliança. Agora, onde posso encontrá-lo?

Instintivamente, escondi a mão, que ostentava um anel de prata simples, nas dobras da saia.

— Por que quer saber onde ele está?

— Porque vou matá-lo. Minha intenção é tornar você uma mulher livre para que possa ir para a cama comigo sem preocupações de propriedade — respondeu ele, apertando o cinturão antes de subir nas costas do animal alto. — Que outro motivo poderia haver?

Meu estômago afundou.

— Não pode fazer isso!

— Tenho certeza de que *posso*. — Ele deu a volta em mim com o cavalo. — Você estava certa ao dizer que sou tão talentoso flertando quanto lutando, linda. Vou ser rápido para poupar o pobre coitado, aí você vai ser livre para perseguir todos os seus desejos.

— Não faça isso! — Fiquei ofegante, apesar de a morte de Vragi ser um de meus desejos mais frequentes. — Eu proíbo.

— Ah. — Ele deu outra volta ao meu redor, e o cavalo ruão feio bufou alto. — Bom, então, neste caso, vou esperar que ele seja vítima de um peixe voador. Haverá certa justiça nisso. — Abrindo um sorriso repleto de todo tipo de promessas, ele cavalgou pela praia.

— Aonde você está indo? — gritei, ainda sem saber ao certo se o homem estava brincando ou falando sério, e a chance real de que ele pudesse *realmente* ser um invasor perpassou minha cabeça. — Vai matar ele?

Olhando por sobre o ombro, ele sorriu.

— Mudou de ideia sobre a longevidade contínua dele?

Sim. Fechei as mãos em punho.

— É claro que não.

— Que pena.

Aquilo não era resposta, então ergui as saias, correndo atrás do cavalo.

— Aonde você está indo? O que veio fazer no vilarejo?

— Nada — respondeu ele. — Mas jarl Snorri sim, e ele deve estar se perguntando onde fui parar.

Paro de repente, cada parte de mim querendo afundar no chão, porque meu irmão era um dos guerreiros do jarl. Se ele soubesse que andei flertando com esse homem...

— Você está com o jarl?

Ele deu uma piscadela na minha direção.

— Algo assim. — Então apertou os calcanhares nas laterais do cavalo, percorrendo a praia a galope, e me deixando lá, parada, contemplando seu rastro.

2

Sem nenhuma razão que justificasse meu estado de confusão mental, levei até quase meio-dia para acabar de limpar os peixes. Carreguei o carrinho para Vragi antes de escolher dois para minha mãe. Àquela altura, a agitação de meu encontro com o guerreiro tinha desaparecido, substituído pelo lembrete amargo de que Vragi estava vivo, eu continuava casada com ele e o havia irritado.

O vento soprava nas montanhas, carregando consigo o cheiro da neve derretida, e respirei fundo, feliz por estar longe do fedor de peixe e entranhas e de minha própria vergonha, embora um pouco dos três ainda estivesse grudado em minhas roupas. Agulhas de pinheiro estalavam sob minhas botas, enchendo meu nariz com seu aroma forte e aliviando a tensão em meus ombros.

Estava tudo bem. Ficaria tudo bem. Essa não era a primeira vez que eu brigava com Vragi e não seria a última. Já tinha sobrevivido a um ano com ele e sobreviveria a outro. E mais outro.

Mas eu queria *mais* do que apenas sobreviver. Queria que meus dias fossem mais do que só um tempo a ser suportado. Queria *vivê-los*, saboreá-los. Encontrar paixão e empolgação neles, como tinha acontecido naquele breve momento na praia com um estranho.

Era o desejo que tornava minha vida difícil. Se ao menos eu pudesse parar de *desejar*, talvez pudesse encontrar alguma felicidade no que já tinha. Enquanto esse pensamento ainda rondava minha cabeça, me encolhi, porque era exatamente algo que minha mãe diria. *Pare de almejar o que não possui, Freya, e ficará satisfeita com o que já tem.*

Segurando os peixes embalados debaixo do braço esquerdo, abaixei e peguei um graveto. Virando o corpo, dei com ele numa árvore e depois em outra, movendo-me pelo caminho como se a floresta à minha volta fosse uma horda de invasores, sem me importar se estava agindo mais como uma criança do que como uma mulher adulta. Ergui o pacote de peixes que carregava como um escudo, defendendo-me de ataques imaginários e ficando ofegante, o suor umedecendo os cabelos que se colavam em minhas têmporas.

Eu desfrutava do ardor em meus músculos enquanto atacava e defendia, saboreava cada respiração rasa, deleitava-me com a pontada que sentia na palma da mão cada vez que meu graveto acertava uma árvore. Meu sonho consistia nisso: em não mais estripar peixes perto do fiorde para vendê-los aos mesmos aldeãos todos os dias, mas lutar. Tomar parte no bando de guerra do jarl em ataques contra nossos rivais do Leste e do Oeste. Fazer uma oposição forte em defesa de nossas terras contra invasores de Nordeland e ganhar riquezas com a força do braço que empunha minha espada. Depois, passar o inverno com minha família, comendo, bebendo e rindo até a temporada de ataques chegar mais uma vez.

Meu irmão mais velho, Geir, havia perseguido o mesmo sonho e estava no caminho certo para conquistá-lo. Quando eu tinha catorze anos e ele dezesseis, nosso pai levou Geir a allthing, e jarl Snorri o presenteou com uma braçadeira, convidando-o para se juntar aos ataques. Hoje em dia, aos vinte e dois, meu irmão era um guerreiro respeitado.

Quando proferi meu desejo de seguir os passos dele, minhas palavras foram recebidas com risadas até minha família se dar conta de que eu estava falando sério; então o humor deles mudou para um horror silencioso.

— Você não pode, Freya — meu pai tinha dito, como um decreto. — Vai ser uma questão de tempo até descobrirem o que você é, e então nunca mais vai poder escolher mais nada.

O que eu era. Meu segredo.

Minha maldição.

— Quando você tiver um bebê, Freya, vai desistir desses desejos tolos de sempre fazer o que seu irmão faz — disse minha mãe. — Vai finalmente se contentar.

— Não estou contente! — gritei ao me lembrar disso, apontando o graveto para as árvores. Mas quando o fiz, um dos peixes escorregou do embrulho e caiu no chão da floresta.

— Merda. — Ajoelhando, peguei-o e fiz o possível para limpar a terra e as agulhas de pinheiro grudadas nele, xingando a mim mesma em silêncio por ter tido os pensamentos que tive. Por sonhar com coisas que não podia ter.

— Espero que isso não seja para eu comer.

Dei um salto, girando o corpo e encontrando meu irmão parado ao meu lado.

— Geir! — Rindo, cheguei mais perto dele e joguei os braços ao redor de seu pescoço. — O que está fazendo aqui?

— Resgatando meu almoço, ao que parece. — Ele se afastou, me observando com um olhar crítico a que correspondi. Como eu, meu irmão tinha pele clara, cabelos tão loiros que eram quase brancos e olhos cor de âmbar que brilhavam como sóis eclipsados. Havia ganhado mais músculos desde que fora viver em Halsar com o jarl; já não era mais esguio como eu, mas robusto e forte.

— Você deveria comer mais, está esquelética — disse Geir, e depois acrescentou: — Jarl Snorri está no vilarejo falando com seu marido.

Senti um arrepio de desconforto. Embora Vragi fosse intimado com frequência para falar com nosso senhor, o jarl nunca teve motivo para ir até ele.

— Sobre o quê?

Geir deu de ombros e pegou um dos peixes em seguida, fazendo as guelras dele se mexerem com os polegares.

— Peixes, imagino. Que outro motivo ele teria para falar com Vragi?

— Concordo plenamente — murmurei, tirando o peixe das mãos do meu irmão e pegando o caminho para a casa de nossa família.

— Como o brilho de recém-casada desaparece rápido. — Geir me acompanhou, as armas tilintando. O machado e a faca já me eram familiares, mas a espada era nova. Assim como a cota de malha que ele usava sob o manto. Ou pilhada em ataques ou comprada com sua parte das pilhagens. Uma pontada de inveja azedou meu estômago. Afastando a sensação, olhei de soslaio para ele.

— Que brilho? Nunca teve *brilho* nenhum.

— Justo. — Meu irmão chutou uma pedra, fazendo-a rolar à nossa frente. Ele tinha deixado a barba crescer no último ano, e ela estava decorada com argolas prateadas. Fazia com que parecesse mais velho do que era, e mais feroz, o que provavelmente tinha sido a intenção. Esticando o braço, dei um puxão nela.

— O que Ingrid acha disso?

Com aquela beleza e charme próprio, Geir podia ter escolhido as mulheres que quisesse, embora eu soubesse que ele só tinha olhos para minha amiga Ingrid, que amava desde que éramos crianças. Sabia que esperava ganhar o suficiente nos ataques dessa temporada para construir uma casa e pedir a mão dela para seu pai.

— Ela ama. Principalmente as cócegas que faz quando...

Dei um empurrão tão forte que ele cambaleou.

— Nojento.

Geir sorriu para mim.

— Culpado. Mas foi você que mudou de assunto, Freya. Todos sabemos que Vragi é um cretino ganancioso, mas ele é seu marido. Sem nosso pai aqui, o dever é meu de...

Envolvo o tornozelo dele com o meu e puxo, sorrindo quando meu irmão cai de costas. Pisando em seu peito com um pé, digo:

— Eu te amo, irmão. Mas se começar a me passar sermão sobre os deveres que tenho enquanto esposa, não vou mais gostar tanto assim de você. — Coloco todo o meu peso sobre ele. — Não faz tantos anos que te dei uma surra a ponto de ter me esquecido de como se faz.

Espero ele rir. Zombar de Vragi e o chamar de peixe terrestre. Dizer que sentia muito por eu ter sido obrigada a me casar contra a minha vontade. Dizer que eu merecia coisa melhor.

Em vez disso, Geir diz:

— Não somos mais crianças. — Então agarra meu tornozelo e puxa.

O impacto da minha bunda batendo na terra atingiu minha coluna e quase me fez morder a língua e a arrancar fora, mas Geir ignorou o fato de eu estar cuspindo sangue enquanto se sentava.

— Vragi tem riquezas e influência sobre jarl Snorri. Posso ter recebido minha braçadeira por causa da benevolência que o jarl ainda tem para com nosso pai, mas é por causa de *Vragi* que ele ainda me paga para lutar o ano todo. Se irritar Vragi a ponto de ele a abandonar, Snorri pode não manter meu posto. E se eu perder meu posto, como vou ganhar a riqueza de que preciso para me casar com Ingrid?

Como se eu fosse me esquecer disso.

— E se você não se importa comigo e com Ingrid, pense em nossa mãe. — Geir apoiou os cotovelos nos joelhos. — Vragi garante que ela esteja bem cuidada. Paga para homens tomarem conta da fazenda e alimentarem os animais. Se não pensar nela, então pense *logicamente* em sua própria posição. Você tem uma casa que outros cobiçam e riqueza para comprar ornamentos infinitos. — Ele esticou o braço para pegar um dos anéis de prata ao redor de minha longa trança. — O que você faria sem Vragi?

— Lutaria. Atacaria. Ganharia minha própria riqueza — respondi. — Não preciso dele.

Geir bufou, depois se levantou.

— Não vamos brigar. Faz meses que não te vejo.

Encarei a mão que ele estendeu, parte de mim querendo continuar discutindo. Mas ambos sabíamos que eu nunca tomaria uma decisão que fosse prejudicar minha família, e isso tornava todos os meus argumentos controversos. Então, em vez disso, segurei a mão de meu irmão e o deixei me puxar para ficar de pé.

— Onde jarl Snorri pretende atacar este verão?

Antes que Geir pudesse responder, o som de cascos preencheu nossos ouvidos. Um grupo de guerreiros montados a cavalo apareceu, e meu estômago se apertou quando reconheci meu marido à frente deles, com uma expressão convencida no rosto.

— Meu senhor. — Geir acenou com a cabeça para o homem grande que cavalgava ao lado de Vragi e que devia ser jarl Snorri. Eu nunca o havia visto antes, nunca tendo viajado mais do que algumas horas de Selvegr e nunca tendo ido à sua fortaleza em Halsar. Alto e robusto, ele tinha cabelos castanho-escuros e uma barba com fios grisalhos, os olhos marcados por rugas profundas e a boca franzida. A maioria diria que era atraente, mas a forma com que me encarava fez minha pele se arrepiar.

Como se eu fosse uma coisa a ser possuída.

— Geir — respondeu Snorri, mas com os olhos ainda fixos em mim. A última coisa que eu queria fazer era encará-lo diretamente, então olhei para além dele, para o restante do grupo. Além de Vragi, havia três homens vestindo cota de malha. Carregavam facas, assim como machados e espadas, as armas dizendo muito sobre a fama que tinham em batalha. A única mulher que os acompanhava não levava nenhuma arma além de uma faca curta no cinto, e o corpete de seu vestido era tão cavado que revelava uma boa faixa de decote sob as amarras do manto. Ainda assim, meus olhos passaram por todos eles e pararam sobre aquele que estava no fim do grupo.

Ó, deuses.

Embora fizesse sentido ele estar ali, o choque ainda tomou conta de mim ao ver o guerreiro da praia. Um choque que se refletiu nos olhos verdes dele enquanto alternava o olhar entre mim e Geir, e escutava o jarl falar.

— Esta é a irmã de que você sempre fala, Geir? — Não esperando meu irmão responder, o jarl comentou com Vragi: — Ela é sua esposa, certo?

— Sim, meu senhor. Esta é minha Freya.

Sua não, quis retrucar. *Sua nunca.* Mas mordi a língua, porque tinha alguma coisa acontecendo ali que congelou minhas entranhas, a sensação piorando mil vezes quando vi a expressão no rosto de Vragi.

Ele estava sorrindo como um gato que recebeu uma tigela cheia de creme. Por que estava tão feliz? Por que Snorri e os guerreiros dele estavam ali? O que queriam?

— Você nunca mencionou para mim que sua irmã também era uma guerreira, Geir — disse Snorri. — Vragi me falou que ela quer se juntar aos ataques este verão, é verdade?

— Não — meu irmão soltou, e depois tentou esconder a perda de controle com uma risada. — Freya entende apenas de estripar peixes e cuidar da casa. Não é nenhuma guerreira.

Fiquei furiosa, então mordi a parte interna da bochecha quando Snorri abriu um sorriso divertido para mim.

— Você discorda, Freya? Acredita que é capaz de lutar?

— Eu... — Engoli em seco, suor escorrendo pelas minhas costas porque estavam todos me encarando. Melhor dizer a verdade, principalmente porque minhas habilidades são conhecidas. — Meu pai me ensinou a lutar quando eu era menina. Sei me virar.

— Seu pai é Erik.

— Era — corrigi. — Ele morreu há um ano.

— Foi em uma briga, não foi?

Quanto mais eu mordia minhas bochechas, mais elas ardiam, sem saber ao certo se era porque meu irmão tinha mentido ou se o senhor simplesmente não havia se importado tanto assim a ponto de se lembrar dos detalhes.

— Não, meu senhor. Ele caiu morto na noite do meu casamento. A herborista disse que foi do coração.

Snorri massageou o queixo.

— Uma pena. Erik era um guerreiro feroz em seu auge. Lutamos lado a lado em muitas paredes de escudo. Se ele foi seu professor, então o que aprendeu tem valor. Estou sempre precisando de mais guerreiros.

— Ela é uma mulher casada — respondeu Geir antes de eu ter a chance de dizer qualquer coisa. — Com todo o respeito, Freya deveria estar concentrada na família, não em lutar.

— Concordo — respondeu Snorri. — Mas Vragi me disse que não é o caso. Que Freya pensa mais em lutar do que em ter bebês.

Ó, *deuses*.

A compreensão do que estava acontecendo me atingiu ao mesmo tempo que atingiu Geir. O rosto dele empalideceu. Vragi queria encerrar nosso casamento e havia pedido ao jarl para ser testemunha. Bile subiu queimando por minha garganta, porque por mais que eu desejasse me livrar do meu marido, conhecia as consequências desse ato. Sabia que minha família sofreria porque eu não tinha conseguido manter minha maldita boca fechada.

— Vamos ver se Freya é uma guerreira melhor do que esposa — continuou Snorri. — Entregue uma arma para ela, Geir.

Meu irmão nem se mexeu.

Os olhos do jarl ficaram mais sérios.

— Vai me desafiar?

— Não quero que minha irmã se machuque.

Geir me protegeria por orgulho. Eu sabia, e me recusei a deixar isso acontecer quando tudo o que realmente importava era eu aceitar a vergonha. Talvez servisse para acalmar Vragi e ele reconsiderasse a questão.

— Me dê sua espada, Geir.

Meu irmão se virou para mim, os olhos cor de âmbar inflamados.

— Freya, não!

Estendi a mão.

Ele me encarou, e eu silenciosamente desejei que entendesse como as coisas se desenrolariam. Que enxergasse que o único mal feito a mim seriam alguns machucados e um golpe sólido em meu orgulho. Um golpe que eu estava disposta a levar para o bem dele e de nossa mãe.

Segundos se passaram e a tensão na clareira foi aumentando. Então Geir, com relutância, puxou a própria arma, entregando-a com o punho virado para mim. Fechei os dedos sobre o cabo de couro, sentindo o peso que tinha. Sentindo como parecia *certa*. Atrás do jarl, um dos guerreiros começou a descer do cavalo, mas Snorri fez que não com a cabeça na direção dele e olhou para o guerreiro de cabelos escuros com quem eu tinha flertado na praia.

— Bjorn, será você a testar as habilidades de Freya.

Bjorn.

Minha confiança se estilhaçou ao ouvir o nome dele. A compreensão de *quem* ele era me atingiu como um aríete nas entranhas. Era o filho e herdeiro de jarl Snorri. E a coisa ficava ainda pior porque ele também era filho de Tyr, e o deus lhe havia concedido uma gota de sangue e toda a magia que vinha com isso em sua concepção. Meu irmão me contou várias vezes sobre as proezas daquele homem no campo de batalha: um guerreiro sem igual que deixava um rastro de mortos e moribundos. E era com *ele* que Snorri queria que eu lutasse?

Eu podia ter vomitado, mas Bjorn começou a rir.

Deu um tapa na própria sela, a coluna dobrada para trás ao soltar gargalhadas altas. Isso continuou por um longo momento até ele secar os olhos, apontando o dedo para Snorri.

— Todos aqueles que dizem que você não tem senso de humor são mentirosos, pai.

— Não estou brincando. — A voz de Snorri era fria, e sob sua barba a mandíbula se movia para a frente e para trás numa irritação óbvia.

Ou pelo menos óbvia para mim. Bjorn apenas soltou outra gargalhada.

— Você quer que *eu* lute com essa... garota? Que lute com a esposa de um peixeiro que mal tem força para levantar a arma que tem nas mãos?

Foi bem difícil não fazer cara feia, pois embora a arma fosse pesada, não era mais pesada do que um balde de peixes, e eu os carregava o dia todo.

— Sim, Bjorn. É exatamente isso que quero que você faça. — Snorri inclinou a cabeça. — A menos que deseje me dar motivo para duvidar de sua lealdade ao se recusar.

Pai e filho ficaram se encarando, a tensão tão palpável que os outros guerreiros ficaram inquietos em suas selas. Aquilo era um teste, evidentemente, e foi azar meu ser incluída no meio disso.

Foi Bjorn que cedeu, quebrando o impasse ao dar de ombros:

— Como quiser.

Ele desceu do cavalo e andou na minha direção com uma graça predatória, o sorriso sedutor há muito desaparecido. Fui rapidamente lembrada do quanto ele era maior do que eu, e todo musculoso. Mas não foi isso que me encheu de medo. Não, o medo que se acendeu em minhas veias e me fez querer sair correndo, que fez eu querer me encolher, veio quando a boca dele pronunciou o nome *Tyr* e um machado feito de fogo apareceu em sua mão.

Dava para sentir o calor emanando da arma, que queimava muito mais do que uma chama natural, as centelhas vermelhas, laranja e azuis tão brilhantes que faziam meus olhos arderem. A chama de um deus. A chama da guerra.

— O que quer com isso? — perguntou ele a Snorri. — Provas de que ela não consegue lutar? Aqui...

Então se virou para mim e me golpeou.

Gritei ao cambalear para trás, perdendo minha arma ao tropeçar em uma raiz e cair de bunda no chão.

— Aí está sua prova. Agora a mande de volta para o marido e para os peixes.

— Essa não é a prova que procuro — respondeu Snorri, e meu estômago se revirou com o medo de que isso me custaria mais do que orgulho.

Fiquei em pé e descobri que os outros guerreiros seguravam meu irmão pelos braços, imobilizando-o. Vragi tentava conter o riso atrás deles.

— Até que sangre pela primeira vez, então? — perguntou Bjorn. Havia raiva em sua voz, as chamas do machado que empunhava reluzindo com a emoção. Ele não queria lutar, mas isso não significava que não o faria para provar sua lealdade. Uma recusa traria consequências terríveis, as quais eu duvidava que ele assumiria por uma mulher que não conhecia.

— Não. — Snorri apeou e entregou as rédeas de seu cavalo a outro guerreiro antes de cruzar os braços. — Até a morte.

Meu estômago afundou, o mundo ao redor de repente ofuscando minha visão. *Até a morte?*

— Isso é loucura — resmungou Bjorn. — Vai me fazer matar essa mulher? Por quê? Porque esse desperdício de carne aí — ele apontou para Vragi — quer uma nova esposa?

— Vragi é filho de Njord. É um homem de valor e provou sua lealdade.

Eu não sabia mais se isso tinha a ver comigo. Ou se tinha a ver com Bjorn. Ou se tinha a ver com alguma outra coisa bem diferente das duas primeiras. A única coisa de que eu tinha certeza era que o medo me estrangulava e se recusava a me dar voz.

— E eu não provei? — Bjorn ergueu o machado em chamas e o jarl teve a inteligência de dar um passo cauteloso para trás. — Sempre fiz tudo que me pediu.

— Então o que é uma coisa a mais? — Snorri inclinou a cabeça. — Vai fazer isso ou me devolver sua braçadeira e ir para o exílio, não sendo mais meu filho em nome ou espírito. E se achar que seu sacrifício vai poupar a mulher, saiba que não vai. Vou apenas pedir a outra pessoa que lute no seu lugar.

Os músculos da mandíbula de Bjorn se tensionaram visivelmente, os olhos verdes dele se estreitaram de fúria, mas ele assentiu com firmeza:

— Está bem.

— Freya! — gritou meu irmão. — Corra!

Não consegui me mexer. Não consegui pensar no que podia fazer para tirar tanto a mim quanto a Geir daquela situação com vida. O único caminho que eu via era lutar.

E vencer.

— E se eu o matar?

Eu meio que esperava que Snorri risse, mas ele apenas ergueu um ombro.

— Se matar Bjorn, Freya, vou arrancar aquela braçadeira do cadáver dele e colocar em você. Terá seu lugar em meu drácar quando sairmos para as incursões de verão e ficará com sua parte da riqueza que conseguirmos dessa forma.

Ergui o queixo, odiando que houvesse uma parte de mim que sentia o fascínio por tal prêmio.

— E o divórcio de Vragi.

Aquilo arrancou uma leve risada dos lábios de Snorri, que olhou para Vragi.

— Você concorda com o fim desse casamento?

Meu marido soltou uma risadinha desdenhosa.

— Com prazer.

As chances de eu derrotar um guerreiro famoso como Bjorn eram mínimas. Ficando menores ainda com o fato de ele ter o sangue de Tyr. Mas lutas eram imprevisíveis, e eu não era totalmente desprovida de habilidades.

— Está bem.

Snorri assentiu, depois olhou para a bela mulher que observava de cima do próprio cavalo.

— Quero que faça uma canção sobre isso, Steinunn. Seja lá quem ganhe.

— Como quiser, meu senhor — respondeu a mulher, a curiosidade crescendo em seus olhos ao encarar os meus. O que quer que estivesse acontecendo ali, ela claramente não sabia mais do que eu. Rodando os ombros para aliviar a tensão, falei para um dos guerreiros ainda montados:

— Posso usar seu escudo?

Ele deu de ombros, então estendeu o braço para soltá-lo da sela.

— Isso não vai te salvar — disse ele. — Mas qualquer um disposto a lutar com Bjorn já conquistou um lugar em Valhalla.

As palavras dele me deram ainda mais força quando peguei o escudo, agarrando a alça atrás da grossa corcova de aço, mas não mostrei nenhuma confiança ao dar a volta em Bjorn. O calor de seu machado fez minha testa suar, mas ele não parecia incomodado com a temperatura. E não devia se incomodar mesmo, uma vez que segurava aquele fogo com a mão nua.

— Desculpe pelo que vai acontecer, Freya — disse Bjorn. — Que o próprio Odin a receba com uma taça cheia.

— Tenho certeza de que vai receber. — Sorri com doçura. — Porque você vai avisá-lo para se preparar para a minha chegada quando estiver lá. E vai estar lá antes do que imagina.

Um sorriso surgiu no rosto dele e, por um segundo, vi de novo o homem que havia flertado comigo na praia. Se de alguma forma eu conseguisse matá-lo, não ficaria contente, o que não significava que fosse hesitar num golpe mortal. Bjorn se virou para falar com Vragi.

— Você é um tolo de...

Ataquei.

Minha espada foi na direção de sua barriga, mas algum sexto sentido deve tê-lo alertado, porque Bjorn girou o corpo no último instante e a ponta da minha lâmina pegou apenas o tecido de sua camisa. Andando em um círculo, ele olhava para mim.

— Não foi assim que pensei que seriam as coisas.

— O destino não liga muito para a sua opinião sobre como as coisas devem ser. — O sangue rugia em minhas veias, e meus olhos pularam para o machado em chamas, embora eu soubesse que não era para isso que deveria estar olhando. Sabia que eram os olhos e o corpo, e não a arma, que lideravam ali. — Tudo o que é e o que vai ser já foi tecido pelas Nornas.

Eu o ataquei novamente, nossas armas colidindo e a força dele me fazendo cambalear.

— Se pretende fazer proselitismo, é melhor estar certa. — Bjorn bloqueou outro ataque da minha lâmina, mas não revidou. — Meu destino sou eu quem teço.

Porque ele tinha sangue de deus nas veias. Eu sabia disso. Sabia bem, porque Vragi se gabava com frequência desse poder, apesar de ser impossível provar.

— Então será um destino decidido por seu pai, pois parece que você só faz o que ele manda.

A raiva brilhou no olhar de Bjorn e ataquei novamente, apontando a lâmina com força para suas costelas. Ele dançou para longe, mais rápido do que eu poderia imaginar para um homem daquele tamanho. Desferiu um golpe indiferente em minha espada e, quando as duas armas colidiram, estremeci. Chamas tremularam sobre minha lâmina, e eu a puxei, bloqueando outro golpe de seu machado com o escudo.

A lâmina dele cravou na madeira abaixo do umbo, e firmei os pés enquanto Bjorn o soltava, a força quase arrancando o escudo de minha mão. Mas pior do que isso, o cheiro de madeira queimada preencheu meu nariz, fumaça subindo de onde o escudo havia sido incinerado.

Ainda assim, não ousei soltá-lo.

O medo tomou conta de mim, meu corpo ensopado de suor e tudo parecendo ofuscante demais. Eu precisava atacar agora, antes que o fogo me obrigasse a soltar o escudo. Antes que minha força falhasse.

Lancei o corpo para a frente em uma série de ataques, o pânico aumentando quando Bjorn desviou deles, um atrás do outro, o rosto sem expressão enquanto continuava na defensiva.

Por que ele se daria ao trabalho de atacar, dado que as chamas queimando meu escudo fariam o trabalho por ele?

— Mostre seu valor, Bjorn — resmungou Snorri. — Mostre a ela o que significa lutar de verdade!

Minha respiração ficou ofegante enquanto eu atacava repetidas vezes, sabendo que minha única chance era vencer. Matá-lo, por mais que eu não quisesse.

— Por que você está fazendo isso? — perguntei a Snorri enquanto ofegava. — O que tem a ganhar com a minha morte?

— Não ganho nada com a sua morte — respondeu ele. — Então lute!

Nada disso fazia sentido.

E Bjorn parecia concordar.

— Não há nada de justo nessa competição. Não é nada além de um peixeiro de pau pequeno querendo que homens maiores punam sua esposa pelas próprias falhas debaixo das cobertas.

— Eu a semeava todas as noites — gritou Vragi. — A culpa é dela!

— Talvez tenha semeado o campo errado! — Bjorn riu e desviou do meu ataque, batendo o machado em meu escudo como se estivesse matando uma mosca.

Minha raiva explodiu, menos pela implicação grosseira e mais pelo fato de que ele nem sequer estava me dando a honra de tentar.

— Suco de limão funcionava bem rápido para me livrar de qualquer semente que o seu pau tivesse para semear.

Não foi uma ideia lá muito sensata contar meu segredo, mas dado que minha morte parecia iminente, valeu a pena para ver o olhar de indignação e atordoamento no rosto de Vragi. Bjorn uivou de tanto rir, cambaleando para trás e colocando a mão sobre a barriga, mas foi rápido em bloquear meu ataque quando tentei perfurá-lo.

— Deuses, Vragi — ele riu. — O mundo realmente deve ser um lugar melhor sem uma prole sua se você não questiona por que sua mulher está com gosto de limão.

Gosto? Encarei Bjorn, chocada, e ele abriu um sorriso lento para mim.

— Então acho que ele estava fazendo tudo errado mesmo.

— Bjorn, cale essa boca! — Snorri andava em círculos ao nosso redor. — Mate-a agora ou vou cortar sua língua para que fique quieto!

O divertimento desapareceu dos olhos de Bjorn.

— Queria que o destino tivesse sido mais gentil com você, Freya.

Sem aviso, ele atacou.

Os golpes indiferentes e as defesas sem esforço acabaram, e em seu lugar vieram ataques fortes que me fizeram cambalear.

Achei que soubesse lutar. Que soubesse como seria estar em uma batalha real. Nada poderia ter me preparado para o entendimento de que, independentemente da força com que eu atacasse, da rapidez com que desviasse dos golpes, meu fim estava próximo.

Meu escudo queimava, fumaça e calor fazendo meus olhos arderem, mas eu não ousei parar. Bjorn atacou de novo. Movi o corpo para me defender, mas o machado dele acertou minha lâmina e a arrancou da minha mão. A arma rodopiou no ar ao ser arremessada para o meio da floresta.

Era isso.

O momento havia chegado.

Ainda assim, Bjorn hesitou, dando um passo para trás em vez de se aproximar para matar. Algoz, sim. Mas assassino, nunca.

— Acabe logo com isso — gritou Snorri. — Você já arrastou bastante essa luta. Agora mate-a!

Eu estava com medo. Com tanto medo, que embora puxasse o ar em desespero, parecia que nada chegava aos meus pulmões. Como se estivesse sendo estrangulada pelo meu próprio terror. Ainda assim, consegui erguer o escudo flamejante, pronta para lutar até o fim. Pronta para morrer com honra. Pronta para conquistar meu lugar em Valhalla.

O machado em chamas era um borrão vindo em minha direção, acertando meu escudo. Uma fenda se formou na madeira, mesmo eu cambaleando para trás, mal conseguindo manter o equilíbrio. Meu braço doía com a força do impacto e um choramingo escapou de meus lábios.

Bjorn atacou de novo.

Eu via tudo como se o tempo tivesse desacelerado. Sabia que o golpe estilhaçaria o escudo e cortaria meu braço. Sabia que eu sentiria o cheiro da minha própria carne queimada. Do meu próprio sangue chamuscado.

Minha coragem vacilou, depois falhou.

— Hlin — proferi o nome que me foi proibido a vida toda. — Me proteja!

Um rugido de trovão destruiu meus ouvidos quando o machado em chamas de Bjorn atingiu meu escudo, que não era mais feito de madeira, mas de luz prateada. O impacto o mandou voando, o corpo dele batendo contra uma árvore a doze passos de mim com tanta força que o tronco rachou.

Bjorn despencou no chão, atordoado, e seu machado caiu em uma pilha de agulhas de pinheiro, rapidamente as incendiando.

Mas ninguém fez nada para apagar as chamas. Ninguém se mexeu. Ninguém nem abriu a boca.

Pouco a pouco, Bjorn se levantou, balançando a cabeça para desanuviá-la, mesmo com os olhos fixos em mim. A voz dele tremeu quando disse:

— Ela é a dama do escudo.

Meu corpo estremeceu e eu escondi minha magia. Mas era tarde demais. Todos tinham visto.

Todos *sabiam*.

— Está vendo, meu senhor — disse Vragi, a voz alta e áspera. — É como eu disse: Freya é uma filha da deusa Hlin e vem escondendo a própria magia.

Embora isso pouco importasse, o primeiro pensamento que me veio à cabeça foi: como ele sabia?

Vragi soltou uma risadinha, vendo a pergunta em meus olhos.

— Todas aquelas vezes que saiu escondida, achei que estivesse se deitando com outro homem. Então te segui. Acabei flagrando você do mesmo jeito, embora não tivesse nada a ver com outro pau.

Um buraco se abriu em meu estômago. Como eu tinha sido tão idiota? Por que não tinha tomado mais cuidado?

— Steinunn — disse Snorri. — Essa vai ser a canção de uma geração, e vai ser composta por sua magia.

A mulher não respondeu, apenas me encarou com tamanha intensidade que precisei desviar o olhar.

Bjorn apagou o fogo que seu machado havia causado, embora a arma ainda ardesse em sua mão quando ele se aproximou.

— Imagino que não queira que eu a mate de verdade.

Snorri riu.

— Acho que você não conseguiria nem que tentasse. Foi profetizado que o nome dela nasceria no fogo de um deus. O destino dela nunca foi morrer por suas mãos.

— Ela não tem destino determinado — retrucou Bjorn. — Ninguém poderia prever se eu a mataria, nem mesmo os deuses.

Snorri soltou um suspiro de divertimento.

— Acha que não conheço meu próprio filho? Sabia que você adiaria o golpe mortal até que o terror a forçasse a agir.

Snorri havia nos enganado.

O vazio em meu peito começou a se encher com o calor ardente da raiva. Aquele calor se transformou em um incêndio quando Snorri tirou uma bolsa de dentro do casaco, jogando-a na direção de Vragi.

— Como compensação pelo preço da noiva perdida. E por sua lealdade.

— Seu maldito cretino traiçoeiro! — resmunguei. — Será que sua ganância nunca vai ter fim?

Vragi tirou um colar de ouro da bolsa, admirando-o ao dizer:

— Não é ganância, Freya. Só estou honrando os deuses ao te colocar em seu verdadeiro propósito. Na verdade, você deveria estar me agradecendo.

— Agradecendo?

— Sim. — Ele sorriu. — Logo será a segunda esposa do jarl, o que significa que vai morar em um lugar enorme com inúmeras bugigangas e riquezas. E ele vai te levar nas incursões, que é o que você queria.

Segunda esposa. Olhei para Snorri com horror e, embora visse irritação em seus olhos, ele confirmou com a cabeça.

— Quase duas décadas atrás, uma vidente me contou sobre uma profecia de uma dama do escudo nascida na noite da lua vermelha. Ela me disse que o nome dessa mulher nasceria no fogo dos deuses e ela uniria as pessoas de Skaland sob o domínio daquele que controlava seu destino.

— O destino é tecido pelas Nornas. — Minha língua parecia áspera e engoli em seco. — São *elas* que o controlam.

— Tudo já está predestinado *exceto* a vida dos filhos dos deuses — corrigiu Snorri. — Seu caminho é desconhecido e, conforme o percorre, você rearranja os fios de todos aqueles ao seu redor.

Um lamento entorpecente preencheu meus ouvidos, o sol ficando incrivelmente brilhante. Eu não era ninguém, e Hlin... ela era uma deusa menor, que nunca era mencionada e na qual mal se pensava. Com certeza não tinha tanto poder a ponto de unir os clãs sob o jugo de um único homem.

— Você será uma criadora de reis, Freya — disse Snorri, movendo-se para me agarrar pelos braços. — E, no papel de seu marido, aquele que decide seu destino, eu *vou ser* esse rei.

Era por isso que meu pai havia exigido que eu mantivesse minha magia em segredo, por isso que ele estava tão convencido de que eu seria usada contra minha vontade se a revelasse. Ele tinha sido um dos guerreiros de Snorri, o que significava que ouvira falar da profecia. Conhecia a intenção do jarl e não queria aquela vida para mim. Eu não queria aquela vida para mim.

— Não!

— A escolha não é sua — respondeu Snorri. — Com seu pai morto, a decisão cabe a Geir.

Os guerreiros que imobilizavam meu irmão o arrastaram para a frente, e ele cuspiu na terra diante do jarl.

— Se Freya diz não, é não. Não vou desonrar minha irmã forçando-a a outro casamento que não deseja.

— Acho que você deveria reconsiderar. — Snorri pisou no cuspe, aproximando-se de meu irmão. — Exijo lealdade de meus guerreiros, principalmente os que velejam em meu drácar. Isso não é lealdade, garoto.

Geir rangeu os dentes e vi os sonhos dele se transformando em fumaça.

Meu coração se partiu quando Geir tocou a braçadeira de ferro no próprio braço, mas então Vragi disse em voz alta:

— Ouvi dizer que o pai de Ingrid está procurando um bom par para ela. — Ele ergueu a bolsa que tinha recebido como pagamento por me trair. — Acho que isso seria um valor justo pela noiva.

O rosto de Geir empalideceu ao mesmo tempo que meu estômago afundou, porque ambos sabíamos que o pai de Ingrid aceitaria o ouro, independentemente do quanto ela protestasse. Eu não podia deixar que aquilo acontecesse. Não poderia permitir que a vida de meu irmão e de minha melhor amiga fossem arruinadas pelo bem da minha. Principalmente quando tinha sido a minha imprudência, em primeiro lugar, que nos colocara nessa situação.

— Está bem. — Minha voz soou estrangulada e estranha. — Eu me caso com você. Mas com uma condição. Meu irmão mantém a braçadeira e a posição que ocupa.

Snorri coçou a barba, pensativo, e depois assentiu.

— Feito. — Então se voltou para Geir, que assentiu com firmeza, sem olhar para nenhum outro lugar, apenas para mim.

— Feito.

Snorri se dirigiu ao grupo.

— Vocês todos servem de testemunhas? Freya concordou em ser minha noiva. Alguém contesta meu direito de levá-la?

Todos murmuraram em concordância. Todos, exceto Bjorn. O machado dele ainda ardia em sua mão, o olhar atencioso fixo em mim enquanto levantava a arma, parecendo prestes a agir. E, por motivos que eu não podia articular, o instinto me fez dar um passo para trás, meu coração batendo rápido, *tum tum*.

Mas ele apenas abaixou o machado novamente, balançando a cabeça de leve.

— Então que assim seja. — Snorri fez sinal para os guerreiros levantarem Geir. — Você vai manter sua braçadeira e sua posição, Geir, mas devemos conversar sobre a questão da lealdade que demonstrou. Sabia que eu estava procurando por uma filha de Hlin e ainda assim não me disse nada sobre sua irmã, apesar de saber que o sangue da deusa corre nas veias dela. Por isso, deve ser punido. — Ele levantou o machado que segurava.

— Não! — O grito saiu dos meus lábios, num pânico estridente. — Você deu sua palavra!

Tentei me colocar entre eles, mas Bjorn foi mais rápido. Ele me pegou pela cintura, me puxando para trás, de modo que minhas escápulas ficaram pressionadas junto a seu peito.

— Ele não vai matá-lo — falou em meu ouvido, o hálito quente. — Uma vez que tenha feito o que precisa fazer, essa questão *vai acabar*. Não atrapalhe.

— Me solta! — Eu lutei, tentando bater com os calcanhares nas botas dele, mas Bjorn apenas me levantou no ar como uma criança. — Geir!

Meu irmão estava com a coluna ereta e a cabeça erguida. Aceitando seu destino.

Snorri atacou.

A parte lisa da lâmina acertou meu irmão na canela, o som do osso se quebrando ecoando pelas árvores. Eu gritei.

Geir não.

O rosto dele ficou mortalmente branco, mas meu irmão não emitiu um som sequer ao cair no chão, as mãos cerradas em punhos.

Snorri colocou o machado de volta na cintura.

— Você vai voltar a se juntar a mim quando conseguir andar, entendido?

— Sim, meu senhor — respondeu Geir, ofegante.

Enfiei as unhas nos braços de Bjorn, tentando alcançar meu irmão. Precisando ajudá-lo. Mas Bjorn não me soltava.

Snorri olhou dentro dos meus olhos.

— Você é uma mulher procurada, dama do escudo. Com as canções de Steinunn, a notícia sobre você logo vai se espalhar e todos vão querer te possuir. Muitos podem querer atacar aqueles que você ama para te atingir. — Ele fez uma pausa. — *Meus* homens vão cuidar de sua família para garantir que nada... *infeliz* recaia sobre eles.

As palavras de Snorri me sufocaram, e meu estômago afundou. Isso não era uma promessa de proteger minha família — era uma ameaça para garantir minha obediência. Dado o que ele tinha acabado de fazer com Geir, não restava dúvida em minha mente de que esse homem era capaz de fazer muito pior se fosse contrariado, então assenti com firmeza, demonstrando minha compreensão.

Ninguém se mexeu. Ninguém disse nada. O único som eram as respirações irregulares de dor do meu irmão.

— Bom, então eu vou indo — anunciou Vragi, rompendo o silêncio. Andando até seu cavalo, ele montou rapidamente. — Não quero que Geir chegue primeiro do que eu em uma reunião com o pai de Ingrid. — A risada dele era cruel.

Minha fúria ardeu e eu gritei:

— Não se atreva! Deixe Ingrid em paz!

— Ingrid vai dar uma bela esposa — respondeu Vragi com uma risadinha.

À minha direita, Geir estava se arrastando atrás dele. Implorando para alguém lhe emprestar um cavalo. Meu irmão, *implorando*.

— Você já recebeu o que queria — gritou ele. — Está livre de Freya, foi pago com ouro, não precisa de Ingrid!

Eu não toleraria isso.

Jogando a cabeça para trás, acertei Bjorn com força no queixo e ele me soltou. No instante em que meus pés atingiram o chão, fechei os dedos ao redor do cabo ardente de seu machado, arrancando-o de sua mão. A agonia subiu pelo meu braço quando as chamas lamberam minha pele e queimaram minha carne, e gritei ao levantá-lo sobre a cabeça, o fogo beijando meu rosto.

E então arremessei a arma.

Ela girou de ponta a ponta enquanto traçava um arco no ar, deixando um rastro de faíscas.

Fincando-se com um estampido forte na parte de trás do crânio de Vragi.

3

ENCAREI O MACHADO EM CHAMAS CRAVADO na nuca do meu marido. Fiquei olhando enquanto ele lentamente desmoronava e deslizava pela lateral do cavalo para cair com um baque no chão. Só então o machado sumiu, deixando para trás manchas brilhantes em minha visão.

— Sua tola! — gritou Snorri.

Bjorn me encarava, os olhos repletos de choque e horror.

— No que estava pensando?

— Ele mereceu — sussurrei. Os cabelos de Vragi queimavam com um cheiro acre. — É um cretino traiçoeiro e ganancioso e o mundo está melhor sem ele.

É não. Era.

— Como deixou isso acontecer, Bjorn? — resmungou Snorri, disparando na direção do filho antes de se conter. — Como pôde deixá-la te desarmar?

— Não achei que ela fosse fazer isso. — Bjorn balançou a cabeça rapidamente. — Ninguém nunca tentou fazer isso. Ninguém é tão louco a ponto de tocar no fogo de Tyr!

Enfim percebi que eles não estavam zangados por eu ter matado Vragi. Estavam zangados por...

Fui atingida pela dor.

Uma agonia diferente de tudo que eu já havia experimentado subiu pelo meu braço. Olhei para baixo para encarar meu pulso e o dorso de minha mão, vermelhos e cheios de bolhas, apenas a palma e os dedos parecendo isentos da dor. Comecei a virar a mão, mas os dedos de Bjorn seguraram meu cotovelo.

— Você não vai querer olhar. — Ele segurou meu queixo com a outra mão, forçando-me a encará-lo. — Olhar vai ser pior.

Os olhos dele eram de um tom adorável de verde, os cílios ao redor escuros, e embora a dor aumentasse a cada pulsar latejante, o pensamento que preenchia minha cabeça era que não era justo que um homem tivesse cílios assim tão longos.

— Está muito ruim?

— Está.

— Ah.

Cambaleei enquanto ele dizia para Snorri:

— Se quiser que sua dama do escudo ainda tenha mão, precisamos retornar a Halsar para Liv poder ajudá-la.

Snorri praguejou, uma ruga se projetando em sua testa.

— Foi previsto que o nome dela nasceria no fogo. Eu acreditei que isso significava que o fogo de Tyr a obrigaria a revelar seu dom, mas aquilo foi um ato de medo. Já isso... — Ele fez uma pausa, os olhos brilhando com fanatismo. — *Isso* foi um ato de bravura que dará a Steinunn uma canção digna de ser cantada por gerações de escaldos. Esse é um ato que os deuses vão recompensar.

Se essa era a ideia que os deuses tinham de recompensa, eu estava na torcida para nunca sentir a dor da punição.

Snorri não tinha terminado.

— Para que o resto de vocês não enxergue o favor que os deuses dispensaram a ela como desculpa para demonstrarem apatia, saibam que se ela perder a mão, eu mesmo vou cortar os dedos de cada um de vocês!

— Uma resposta para tudo — murmurou Bjorn em voz baixa antes de gritar: — Alguém traga o unguento do meu alforje! — A mão dele ainda apertava meu queixo, segurando meu rosto para que eu não olhasse para baixo.

— Sinto muito — falei para ele, sentindo um tremor percorrer meu corpo.

— E deveria mesmo. — Bjorn olhou nos meus olhos, e juro que isso era a única coisa me impedindo de gritar. — Todas as mulheres de Halsar vão amaldiçoar seu nome se eu perder metade dos meus dedos.

Pisquei, depois compreendi o que ele quis dizer. Resmunguei entredentes por ter feito pouco caso da minha dor.

— Ou talvez elas me elogiem por poupá-las de suas mãos ávidas.

Ele sorriu, os dentes brancos contrastando com a pele queimada de sol.

— Você só acha isso porque não conhece minha reputação. Depois de um dia ou dois em Halsar, vai saber a verdade sobre as coisas.

Eu só queria gritar e gritar e gritar, mas me obriguei a dizer:

— A verdade que as mulheres dizem a outras mulheres não é a mesma verdade que dizem aos homens.

Ele abriu ainda mais o sorriso.

— Só pode haver uma verdade. Todo o resto é falso.

Consegui dizer, num engasgo:

— Exatamente.

Ele riu, mas apertou ainda mais meu rosto e meu braço. Um segundo depois, compreendi o motivo, quando outras mãos tocaram minhas queimaduras, a dor cegando o resto do mundo e me fazendo ver um borrão branco, apenas o toque de Bjorn me mantendo em pé enquanto eu uivava e chorava.

— Calma, Freya. — A voz dele era baixa e suave. — O unguento vai tirar a dor.

Puxei o ar, trêmula.

— Bjorn — alguém murmurou —, isso aqui está...

— Eu sei — interrompeu ele. — Precisamos nos apressar.

A urgência alimentou meu medo, mas eu precisava ver. Precisava saber o quão grave era.

— Me deixa olhar.

Bjorn tensionou a mandíbula.

— Freya...

Puxei o queixo da mão dele e olhei para baixo. A pele do meu pulso e da minha mão estava recoberta por uma pasta grossa e vermelha, mas não a palma. Porque a palma...

A pele dela *não existia mais*.

Olhei para a confusão enegrecida de cinzas, tive ânsia de vômito, então me virei e vomitei, o mundo girando.

— Eu te avisei. — Bjorn enrolou um tecido ao redor de minhas queimaduras, depois se abaixou, colocando os braços atrás de meus joelhos e ombros.

— Eu consigo andar — protestei, embora talvez fosse mentira.

E era mentira mesmo.

— Sei que consegue. — Ele me ergueu como se eu não pesasse mais do que uma criança, me acomodando junto ao peito. — Mas a história vai ficar melhor desse jeito na canção de Steinunn. É sempre bom ter uma boa história para acompanhar as cicatrizes.

— Freya!

Geir estava tentando se arrastar em minha direção, lágrimas escorrendo pelo rosto.

— Por que fez aquilo? — disse ele, chorando. — Sua mão está arruinada.

— Não está arruinada, seu idiota — retrucou Bjorn. — E ficar chorando não vai ajudar.

Os olhos de Geir ficaram mais sérios.

— A culpa foi *sua*, Mão de Fogo. Foi o seu machado que fez isso com ela.

Em meio à tontura e ao medo, minha raiva cresceu.

— Fui eu que fiz isso comigo mesma — falei entredentes. — E não me arrependo. Vragi arruinaria a vida de Ingrid. E a sua.

— Eu sou seu irmão... sou *eu* que tenho que *te* proteger.

As palavras dele só serviram para alimentar minha raiva.

— Se acha que é assim, então realmente não estava prestando atenção no que aconteceu.

— Coloquem-no em um cavalo e o mandem de volta para a mamãe — gritou Snorri para seus homens. — E Geir, não quero ver sua cara até você aprender a segurar a língua.

A dor em minha mão estava aliviando. Qualquer que fosse a preparação que Bjorn havia espalhado sobre ela, estava me entorpecendo do cotovelo à ponta dos dedos. Ainda assim, em vez de me sentir melhor, estava fria feito gelo, com tremores tomando conta do meu corpo quando Bjorn me levou para seu cavalo. Ele me ergueu até as costas do animal e depois subiu rapidamente na sela, puxando-me contra si. Minha bunda estava pressionada contra sua pélvis, e seu braço envolvia minha cintura, a proximidade me lembrando da troca que tinha tido com ele na praia.

— Consigo cavalgar sozinha.

— Não há cavalos o suficiente.

— Então vou atrás — sussurrei. — Posso ir atrás de você.

Ele soltou uma risadinha de desdém, batendo com os calcanhares no cavalo para que trotasse.

— Acabei de assistir você enfiar um machado no crânio de um homem. Acha que vou ser assim tão tolo para te colocar nas minhas costas?

— Não tenho arma. — O movimento do cavalo, enquanto acelerava para meio galope, me fazia encostar em Bjorn a cada passo. — Acho que você está seguro.

O peito dele balançou ao gargalhar.

— Discordo respeitosamente, dama do escudo. Você já provou que é oportunista.

Diante da dor, quase esqueci que o segredo que eu tinha escondido a vida toda havia sido revelado. Houve momentos em que sonhei em gritá-lo para o mundo, assumir minha herança, apesar dos avisos de meu pai. Mas agora que era conhecido, eu precisava enfrentar o pesadelo que seria minha realidade.

— Não me chama assim.

— Você tem razão — disse ele. — Não é muito original. Preciso pensar em algo melhor. Talvez Freya Mão Única. Ou Freya Ladra de Machado. Ou Freya Palma Queimada.

Selvegr apareceu ao longe, mas estava borrado, as construções se fundindo umas nas outras em uma mancha grotesca.

— Não gosto de você.

— Que bom. Não deveria gostar mesmo. — Bjorn apertou ainda mais o braço em torno da minha cintura quando fez o cavalo começar a galopar. — O unguento vai te deixar cansada. Talvez faça você adormecer. Não lute contra essa dádiva, Freya.

— Não vou dormir. — Eu não podia. Não dormiria. Ainda assim, a cada cavalgada, a sonolência me puxava mais para baixo, para longe do medo e da dor. A última coisa de que me lembro antes de a escuridão me dominar é a voz de Bjorn em meu ouvido:

— Eu não vou te deixar cair.

4

Acordei em meio a uma névoa, dor e a sensação de estar sendo abaixada. O pânico cresceu em meu peito, e lutei para me desvencilhar das mãos que me agarravam, mesmo com o mundo girando.

— Me solta — murmurei, me debatendo cegamente quando meus calcanhares atingiram o chão. — Me solta!

— Calma, Freya — disse uma voz grave atrás de mim. Uma voz que reconheci, mas quando me virei para olhar, o rosto com que me deparei era um borrão.

— Bjorn? — O nome dele estava entalado na minha garganta, minha boca seca como areia e a língua áspera.

— O efeito do unguento está passando — disse ele em resposta. — Você vai começar a enxergar com mais clareza daqui a pouco, embora talvez não vá desejar que isso tenha acontecido quando a dor retornar. — Depois levantou a cabeça. — Mande alguém buscar Liv. Diga a ela que é uma queimadura. — Então hesitou. — Fogo de Tyr.

— Você ouviu o homem — gritou uma voz de mulher. — Vá! E seja rápido. — Depois, em um tom frio como gelo, ela acrescentou: — Por que a machucou, seu tolo maldito? Para que serve uma dama do escudo de uma mão só?

— Ela só precisa de uma para segurar um escudo. — O tom de Bjorn era leve, mas ele apertou ainda mais os dedos em minha cintura.

Virei o corpo para tentar enxergar quem estava falando com o filho do jarl, minha visão entrando em foco só o bastante para revelar uma mulher uns vinte e poucos anos mais velha do que eu. Os longos cabelos castanho-avermelhados dela caíam em cachos soltos que emolduravam um rosto adorável, embora meus olhos tivessem sido atraídos para os pesados brincos de ouro que brilhavam ao sol. Não só ouro, mas pedras preciosas que me deixaram boquiaberta e fascinada por eles.

— Além de estar mutilada, ela é burra? — perguntou a mulher, e meus olhos se voltaram para os dela. Eram do mais pálido azul, com uma borda preta ao redor. A cor me lembrava de cachoeiras congeladas no meio do inverno.

— Isso é discutível — respondeu Bjorn. — Freya, essa aqui é Ylva, esposa do jarl Snorri e senhora de Halsar.

Isso não fazia dela mãe de Bjorn?

— Minha senhora — tentei inclinar a cabeça em respeito, mas o movimento fez uma onda de tontura tomar conta de mim, e se não fosse pelo suporte de Bjorn, eu teria cambaleado para cima dela.

Ylva fez um ruído desgostoso.

— Onde está meu marido?

— Ele cavalga devagar, você sabe disso. Onde posso colocar Freya?

Bjorn tinha razão em relação à dor. Agora eu enxergava com mais clareza, mas cada vez que meu sangue pulsava parecia elevar a agonia a um nível mais alto. Minha pele estava gelada onde não queimava, e comecei a tremer de novo.

— Não estou me sentindo bem.

— Ela parece estar morrendo — comentou Ylva. — Onde está Snorri?

— Estava logo atrás de mim, tenho certeza.

A náusea tomou conta do meu corpo e me afastei de Bjorn para vomitar, embora só tenha saído bile. Fiz tanto esforço que caí de joelhos e teria visto minha mão espalmada na lama se Bjorn não tivesse agarrado meu cotovelo, segurando-o no alto.

— Adorável — bufou Ylva. — Leve ela lá para dentro. Presumindo que consiga sobreviver, esse será seu lar a partir de agora.

Lar.

Quando Bjorn me levantou, com cuidado para não tocar em minha mão, observei a construção diante da qual estávamos. Uma casa grande. Embora tivesse o mesmo formato de qualquer outra casa, a estrutura dela tinha duas vezes a altura de qualquer moradia que eu já tivesse visto. As pranchas que formavam as paredes tinham entalhes de runas e nós celtas, e as portas duplas eram tão grandes que permitiam que cinco homens entrassem lado a lado. Quando entramos na escuridão interior, meus olhos saltaram para uma plataforma elevada onde havia duas grandes cadeiras. Diante delas vi mesas ao lado de uma lareira de pedra de quase quatro metros de comprimento. Do teto, bem acima, pendiam prateleiras entrelaçadas com chifres decorados em prata, e um segundo nível dava para a área comum.

Fui levada para além das mesas, para os fundos do espaço, que era separado do salão por grossas cortinas suspensas no nível superior. Havia vários leitos ali, e Bjorn me direcionou para um deles.

Com grande alívio, eu me deitei. As peles sob mim eram grossas e macias, como aquelas que Bjorn havia colocado antes, embora não fizessem nada para afastar o frio. Estremeci e tremi, a maior parte da água que ele segurava perto de minha boca escorrendo pelo queixo em vez de descer pela garganta. A mão dele envolvia a minha nuca, erguendo-a e me mantendo estável. Engoli a água com avidez, depois caí para trás.

— Dói.
— Eu sei.

Mordi a parte interna da bochecha para conter as lágrimas, não querendo demonstrar mais fraqueza.

— Como você sabe? Ele não te queima. — Meu tom foi mais amargo do que eu pretendia.

— Fogo de Tyr não, mas fogo normal sim. — Bjorn virou o corpo, levantando a camisa para revelar músculos, pele tatuada e, sobre uma escápula, uma cicatriz branca desbotada sem a marca da tinta preta. — Acabei incendiando uma cabana na primeira vez que invoquei a chama quando criança. Uma viga incendiada caiu em cima de mim. Não é uma dor que a gente esquece.

Não era mesmo.

Era do tipo que ficaria na memória.

Observei-o se acomodar sobre um banquinho ao lado da cama. Ele se inclinou a fim de examinar minha mão (para a qual eu me esforçava para *não* olhar) e aproveitei a oportunidade para passar os olhos por suas maçãs do rosto protuberantes e mandíbula forte, o nariz levemente curvado no lugar em que eu suspeitava que tinha sido quebrado. A barba por fazer quase escondia uma covinha em seu queixo e, do ângulo em que eu estava, dava para ver as bordas de uma tatuagem carmesim em sua nuca, que seria a marca de sua linhagem. Os cabelos dele eram de um tipo de preto absoluto que eu raramente via, e a luz do sol que entrava pela abertura no teto transformava algumas partes dos fios em azul, e não em castanho.

Uma mecha tinha se soltado do elástico atrás de sua cabeça, e escolheu aquele exato momento para sair de detrás da orelha e cair sobre o rosto dele. Instintivamente, ergui a mão direita para afastá-la, mas o movimento fez uma pontada de agonia subir pelo meu braço.

Minha mão *direita*.

A mão que eu usava para tudo e que talvez fosse perder. O medo *de isso* acontecer, mais do que a própria dor, fez uma lágrima quente escorrer por meu rosto, e fechei os olhos com força. Quando os abri, encontrei Bjorn me observando com atenção, sua expressão ilegível.

— Valeu a pena? — perguntou ele.

A lembrança do meu irmão se arrastando atrás de Vragi, desesperado para detê-lo, voltou a minha mente. Se eu não tivesse agido, Vragi teria tomado Ingrid só porque podia, teria a destruído e depois a deixado de lado. Ou, o que era bem mais provável, Geir o teria matado quando conseguisse andar, e depois Snorri o executaria por assassinato. Desse jeito, pelo menos, eles teriam uma chance. *Se tiver custado minha mão, então que seja.*

— Valeu.

Bjorn murmurou e depois assentiu.

— Achei que talvez fosse dizer isso.

O silêncio se estendeu entre nós e, nele, a dor piorou. Desesperada para afastá-la, eu disse:

— Você me soltou. Por quê?

— Por que está me perguntando isso? Sua cabeça é que é muito dura... meu queixo ainda está doendo. — Ele voltou a examinar meus ferimentos. — Foi você quem escapou de mim.

— Mentiroso — sussurrei, a agonia me dando coragem. Se houvesse uma chance de fazer perguntas difíceis, agora era a hora.

Bjorn não se mexeu, depois virou a cabeça, a luz do sol fazendo seus olhos verdes brilharem.

— Vragi era um merda que traiu a própria esposa por riqueza. Não me pareceu certo negar a você sua vingança, embora eu tivesse achado que o atacaria com os punhos, e não... — Ele se interrompeu, fazendo cara feia. — Subestimei a intensidade de seu ódio por ele.

Eu o odiava *mesmo*, mas procurando pela emoção ali, não encontrei nada. Não estava sentindo nada, apesar de ter matado meu próprio marido a sangue frio. A ausência de reação, boa ou má, dentro de mim era perturbadora, e engoli em seco.

O barulho de sapatos raspando no chão de madeira chamou nossa atenção. Bjorn se levantou quando uma mulher pequena e de pele clara, com um halo de cachos vermelhos, apareceu, Ylva logo atrás dela.

— Liv.

— Por que sempre que há confusão, você está metido nela, Bjorn?

— *Sempre* é exagero. — Ele abriu um sorriso sacana para ela, com toda sua beleza, dentes brancos e olhos brilhantes, um olhar que eu imaginava que já o tivesse livrado de alguns dos problemas aos quais ela tinha se referido, mas a mulher pequena apenas riu com desdém.

— Vá flertar com alguém que esteja interessado, criatura estúpida. Não tenho tempo e nem interesse nas suas bobagens.

Soltei uma risada, e a mulher voltou os suaves olhos castanhos para mim e abriu um sorriso.

— Se está conseguindo rir, então ainda não está com o pé na cova. — Ela colocou a bolsa ao lado da cama e depois se sentou no banquinho que Bjorn havia desocupado, removendo com cuidado o tecido que envolvia minha mão.

— Ela agarrou meu machado em um ataque de raiva fatal. — Bjorn se encostou na parede, depois piscou para mim. — Eu não a deixaria zangada, se fosse você. E se deixar, não dê as costas para ela.

— E eu duvido que você ouviria o seu próprio conselho. — Liv fez um som suave, depois balançou a cabeça, e meu coração afundou ao mesmo tempo que meu medo floresceu. Ela perguntou: — Qual o seu nome?

— Não importa qual é o nome dela, vai conseguir salvar a mão? — Ylva empurrou Bjorn para se inclinar sobre a cama, fazendo cara feia para o meu ferimento. — Ela é a dama do escudo que vínhamos procurando. Vai fazer de Snorri rei de Skaland, mas só se não ficar inutilizada por suas próprias escolhas tolas.

Os ombros de Liv enrijeceram, e ela olhou para Bjorn buscando uma confirmação, mas eu mal notei a interação entre os dois. *Inutilizada*. Meus olhos arderam e pisquei bem rápido, todos os sonhos que já tive se esvaindo feito fumaça.

— Meu nome é Freya, filha de Erik.

— Reze para Hlin, Freya. Pois sua recuperação está nas mãos dos deuses. — Liv olhou para Ylva. — Faça uma oferenda a Eir. Uma cabra deve bastar, mas você mesma deve fazer.

Os lábios de Ylva se curvaram, mas ela não disse nada, apenas assentiu e saiu, gritando para os criados.

— Isso deve deixá-la ocupada por um tempo. — Liv mexeu na bolsa, tirando um pequeno frasco de mel e um punhado do que parecia musgo, colocando-os sobre uma mesa. — Mas primeiro vamos dar uma olhada nessa sua dor.

Ela despejou uma substância amarela dentro de um pote de cerâmica e depois segurou uma vela perto da mistura até acender. Aproximando-se do meu rosto, olhou em meus olhos.

— Respire fundo — disse ela, e então soprou a fumaça na minha direção. Inalei como ela havia mandado, e engasguei e tossi logo em seguida, respirando ainda mais fumaça no processo. Quase de imediato, meus músculos pararam de tremer e eu me recostei nas peles.

— Está melhor? — perguntou Liv.

Eu ainda podia sentir as queimaduras, mas elas não me faziam mais querer gritar.

— Sim — murmurei, afundando em uma sensação estranha de euforia. Como se eu estivesse em meu corpo... mas não estivesse. — É sua magia que estou sentindo? — Eu conhecia pouco sobre a magia dos filhos de Eir, pois eles eram raros e normalmente serviam aos jarls.

— Não. — Liv sorriu. — Apenas uma flor com muitos usos.

— Não vai se acostumando com isso, Freya Mão Carbonizada. Essa flor aí já foi a ruína de muitos — disse Bjorn, e meu olhar se voltou para o rosto dele, sem me preocupar de o estar encarando sem qualquer pudor.

— Não é natural que alguém tenha um rosto tão bonito.

Ele ergueu uma sobrancelha.

— Não sei dizer se isso foi um elogio ou um insulto.

— Não tenho certeza. — Suspirei, sentindo um desejo inexplicável de tocá-lo para ver se ele era real ou fruto da minha imaginação. — Quando vi você saindo da água, achei, por um instante, que Baldur tinha escapado de Helheim, pois não era possível que fosse humano.

— Acho que a fumaça cumpriu sua função, Liv — atestou Bjorn. — É melhor seguir com as coisas, certo?

— Está ficando corado, Bjorn? — A curandeira abriu um sorriso dissimulado. — Não achei que fosse possível...

— Está quente aqui.

— Não está — eu o corrigi, admirando a leve cor vermelha em suas bochechas. — Está frio. Mas você parece estar sempre quentinho, como se tivesse um fogo queimando em seu interior. Um fogo que eu gostaria de...

Bjorn ergueu meu braço e eu parei de falar, olhando com fascínio para a pele vermelha marcada por bolhas e não sentindo nada da náusea que havia sentido antes ao ver a minha palma tostada e escurecida. Liv tirou a parte mais afetada usando pequenas pinças prateadas e revelando partes de minha mão que não deveriam sentir o toque do ar. Depois passou mel em meus ferimentos antes de arrancar o musgo e pressioná-lo em minha palma grudenta.

— Eir — sussurrou ela —, volte seus olhos para esta mulher. Se ela for digna, me permita ajudá-la.

Nada aconteceu.

Mesmo em meio à névoa do narcótico, senti uma pontada de medo. Será que fui julgada indigna? Faria sentido, pois eu não tinha escondido meu próprio dom em vez de usá-lo, como tinha pretendido Hlin? Não havia matado a sangue frio aquele que revelou meu segredo? Talvez fosse um sinal de que eu não fora abençoada, mas amaldiçoada. Um sinal de que os deuses tinham virado as costas para mim.

Bjorn apertou ainda mais meu cotovelo, a ponto de quase doer, e lentamente movi o olhar e o vi encarando minha palma com a mandíbula tensa e os olhos repletos de... *pânico*?

— Não seja mesquinha, Eir — disse ele entredentes. — Você sabe quem merece a punição, e não é ela.

— Bjorn... — A voz de Liv era de alerta. — Não desafie os deuses, senão eles podem...

O musgo começou a crescer.

A princípio, achei que estivesse vendo coisas. Mas em segundos a densa planta verde cobriu minha palma, circulando até o dorso da mão e rapidamente cobrindo meus dedos e pulso, não parando até todas as queimaduras estarem escondidas.

— Deuses — sussurrei, olhando para meu braço coberto de musgo enquanto Bjorn o pousava com cuidado sobre minha barriga. — Nunca vi nada assim.

Liv ficou observando Bjorn com a testa ainda franzida, e eu não soube ao certo se ela estava se dirigindo a ele ou a mim quando falou:

— Eir me permitiu curar você, mas a forma que isso assume depende dela. Quando o musgo murchar, o que encontraremos sob ele pode ser pele macia como a de um bebê recém-nascido ou o membro retorcido de uma anciã cheia de rugas.

— Eu compreendo. — Uma mentira, porque quando Snorri disse que eu havia sido favorecida, não era bem isso que eu tinha sentido. — Obrigada.

Liv inclinou a cabeça.

— Eu sirvo a Eir. Agora, você deve descansar, Freya. Permita-se dormir para que seu corpo se cure.

De fato, eu sentia o peso da fumaça que havia absorvido me arrastando para baixo, como se eu estivesse afundando em um lago morno, com a luz do sol preenchendo meus olhos. Sorri, deixando que minhas pálpebras se fechassem enquanto eu era levada...

— Ela vai ficar apagada por horas. — Ouvi Liv dizer ao longe. Então, praticamente sussurrando, ela acrescentou: — É verdade? Ela é mesmo a dama do escudo?

Bjorn confirmou com um grunhido.

— Acertei o escudo dela com meu machado e sua magia me projetou doze passos para trás na clareira, me fazendo bater contra uma árvore. Aliás, minha bunda vai ficar preta e azulada vários dias por conta disso. Você se importaria de...

— É um incentivo para não abaixar as calças pelo menos uma vez na vida — retrucou Liv. — A chegada dela significa guerra, e você sabe disso.

— A guerra é inevitável.

Liv não respondeu, e ouvi passos contra o piso de madeira quando alguém foi embora. A curiosidade afastou parte da névoa e abri as pálpebras. Liv tinha saído e Bjorn estava ao lado da minha cama, encarando minha mão.

— Por que ela está tão zangada? — perguntei.

Bjorn tremeu como se tivesse sido pego fazendo algo que não devia. Depois de um segundo de silêncio, finalmente disse:

— Liv não gosta de violência porque detesta o que ela deixa pelo caminho, e o seu aparecimento significa que mais violência está por vir.

Estremeci.

— Por causa da profecia da vidente? Ela acha que vou causar uma guerra?

Ele ficou em silêncio por um longo momento e depois disse:

— A vidente viu um futuro no qual você une todos os povos de Skaland sob um único rei. Em nosso mundo, o poder se conquista, com frequência, por meio da violência. — Bjorn hesitou, e então acrescentou: — E Hlin é uma deusa da guerra. — Ele puxou as peles mais para cima sobre meu peito, embrulhando-me em calor. — Mas ela também protege.

A frustração abriu caminho em meio a névoa.

— O que isso significa?

— Você não tem destino determinado, Freya. Nada do que a vidente previu está gravado em pedra.

Sem dizer mais uma palavra, ele sumiu de vista.

5

Um feixe de luz me apunhalou nos olhos e xinguei Vragi em silêncio por ter deixado a porta aberta ao sair para urinar. Resmungando, rolei para longe da luz, mas logo em seguida fiquei paralisada ao encostar meu rosto numa pele de textura que não me era familiar.

As lembranças me atingiram: a risada de Vragi ao me trair, Geir rastejando no chão, minha mão consumida pelo fogo de um deus, e dor... dor como nada que eu havia experimentado antes.

Dor que agora tinha... *desaparecido*.

Eu me sentei, deixando cair as peles que me cobriam. Vestia minhas roupas, sujas de sangue e um pouco de cinzas, cheirando a suor e peixe, mas essa era a última de minhas preocupações quando olhei para minha mão.

Ela ainda estava coberta de musgo, mas a planta tinha secado e morrido. Com hesitação, toquei o musgo com a mão esquerda, ao mesmo tempo desesperada e morrendo de medo de ver o que havia embaixo.

— Eu disse que os deuses te favoreciam — disse uma voz. Eu me endireitei e vi jarl Snorri parado ao lado das cortinas que separavam o espaço do restante da casa. — Desejavam que você fosse revelada pelo fogo, não consumida por ele.

Eu não estava convencida de que aquilo era verdade, dadas as circunstâncias, mas mantive a boca fechada enquanto ele se aproximava da cama. Sem pedir permissão, Snorri puxou o musgo e pedaços da planta morta e cinzas caíram sobre as peles escuras. Fiquei sem fôlego quando vi o que havia embaixo.

— Feche a mão — ordenou ele.

Fiz o que mandou e os músculos e tendões obedeceram sem o mínimo protesto.

— Feio — disse Snorri. — Mas forte o bastante para segurar uma arma. E a vidente nunca disse que você uniria Skaland por sua beleza.

Tentei em vão não me encolher, buscando gratidão por não ter perdido a função de minha mão e descobrindo que estava em falta. O que eu vi foi o que Snorri viu. Cicatrizes. A pele estava retorcida e esticada, em algumas partes rosada, em outras completamente branca. Virar a mão revelou que a magia de Liv tinha substituído a pele derretida pelo fogo, mas ela era grossa e quase desprovida de sensibilidade. Meus olhos ardiam com lágrimas, e pisquei rápido, não querendo que Snorri visse que seu comentário havia me machucado. Não querendo que *ninguém* soubesse o quanto eu realmente era vaidosa.

Snorri saiu do quarto e voltou com um escudo pintado de amarelo e vermelho.

— Levante. — Ele ergueu o pesado círculo de madeira. — Prove que consegue invocar a magia de Hlin quando sua vida não está em jogo.

Senti o chão frio sob meus pés descalços quando desci da cama e aceitei o escudo. Os músculos de meu braço esquerdo se esforçaram para sustentá-lo.

— E se eu não conseguir?

Snorri me encarou em silêncio.

— O fracasso sempre tem um preço, Freya. Mas ele nem sempre é pago por quem fracassa.

Senti uma pontada de medo em minhas costas. Com Geir ferido, minha família estava à mercê dos homens de Snorri.

Engolindo em seco, levantei o escudo e endireitei os ombros. *Por favor*, rezei em silêncio. *Por favor, não me abandone agora, deusa.* Então abri a boca e invoquei o nome dela.

— Hlin.

Um brilho prateado familiar saiu da ponta dos dedos de minha mão esquerda, cobrindo o escudo e fazendo com que ele não pesasse quase nada. Iluminando o quarto, lançou sombras sobre o rosto sorridente de Snorri. Com hesitação, ele estendeu o braço para tocar no escudo, depois passou os dedos sobre a superfície suave da magia.

Desejei que ela o lançasse para longe como tinha feito com Bjorn. Desejei que ela o arremessasse com tanta força que arrebentasse o corpo dele. Mas nada aconteceu.

— Você vai ser uma peça e tanto no campo de batalha — sussurrou Snorri. — Steinunn já começou a compor e, com a canção dela, a notícia do nosso poder vai se espalhar como fogo. Logo todos prestarão juramentos a mim.

— Como? — perguntei. — Como minha habilidade de *me* proteger em batalha faz tanta diferença assim?

Os olhos dele se iluminaram.

— Porque a vidente me disse que faria, o que significa que os deuses enxergaram isso.

Eles me enxergaram servindo como uma ferramenta... o que não me agradava em nada.

— Como pode ter certeza de que a vidente estava falando de você?

A expressão de Snorri se tornou sombria, e eu me arrependi instantaneamente de ter aberto a boca; sempre dizia a primeira coisa que me vinha à cabeça, apesar de ter sofrido as consequências disso repetidas vezes.

— Porque foi isso que a vidente profetizou para Snorri, e não para outra pessoa, sua garota idiota. — Ylva saiu detrás de uma cortina, vindo em nossa direção. — Desconsidere a ignorância dela, meu amor. É filha de um fazendeiro. Esposa de um peixeiro. Deve ser a primeira vez que está a mais do que alguns quilômetros da cabana onde sua mãe a pariu.

Tudo aquilo era verdade, mas ainda assim fiquei irritada com a implicação de que isso me tornava ignorante ou idiota. Meus pais tinham me ensinado a história de nosso povo e as histórias dos deuses, mas, mais do que isso, tinham me ensinado do que eu precisava para sobreviver. Abri a boca para perguntar se ela podia dizer o mesmo, porém antes que eu pudesse falar qualquer coisa, Ylva começou a dizer:

— Assim que se casarem, Snorri vai controlar seu destino porque vai controlar *você*. E é por isso que o casamento vai acontecer hoje.

Hoje? Deuses... engoli minha consternação ao mesmo tempo em que vi Snorri tensionar a mandíbula.

— Deveríamos esperar pelo Dia de Frigga para garantir que a união seja abençoada — disse ele.

Ylva bufou audivelmente.

— E arriscar que alguém a roube? Você *precisa* reivindicá-la, marido. Toda Skaland deve saber que a dama do escudo é *sua*.

Como se eu fosse uma vaca. Ou um porco. Ou pior ainda, uma égua reprodutora, apesar de que, dado que ele tinha Bjorn como herdeiro, eu duvidava de que desejasse ter filhos comigo. E mesmo que quisesse, havia outras formas além de limão para evitar essas coisas. Mas minha pele se arrepiava só de pensar em ir para a cama com aquele homem.

Cale a boca e aguente firme, ordenei a mim mesma em silêncio. *Não é como se você fosse alguma donzela que nunca foi para a cama. Conseguiu aguentar Vragi. Vai aguentar Snorri também.*

Eu precisava aguentar, pois minha família dependia disso.

Snorri soltou um longo suspiro, o olhar fixo na esposa.

— Esta união é um tapa na sua cara, meu amor. Eu queria que tivesse uma outra forma de fazer as coisas, mas os deuses exigem isso de nós.

A declaração foi inesperada, pelo menos para mim. Abaixei a cabeça, constrangida por ser pega no meio dessa conversa, pois o sentimento de Snorri me pareceu genuíno.

Por entre os cílios, vi a expressão de Ylva ficar mais gentil, e meu desconforto aumentou quando ela se aproximou do marido, beijando-o apaixonadamente. Minhas bochechas queimaram e encarei o chão, combatendo o desejo de passar por eles e fugir desse momento.

— Você está fazendo isso tanto por mim quanto por você. — A voz de Ylva estava suave como veludo. — É só uma questão de tempo até Harald cruzar o estreito, e nós não temos a força para lutar contra ele. Skaland deve ser unida, e é o desejo dos deuses que ela se una sob seu governo. É um sacrifício dividir sua mão com outra, mas é algo que vou aceitar de bom grado para proteger nosso povo dos inimigos.

Meu estômago se revirou com uma culpa inesperada porque não tinha considerado que algum deles tivesse um propósito mais elevado.

— Você é a maior bênção que os deuses já me deram, Ylva — murmurou Snorri, e fiquei ainda mais envergonhada quando eles se abraçaram, as mãos-bobas indicando que se não fosse pela minha presença, estariam se livrando das roupas. O que eles podiam fazer de qualquer modo, independentemente da minha presença. Então larguei o escudo.

No segundo em que o soltei, a magia desapareceu e ele caiu no chão com um estrondo, fazendo o par se afastar.

— Peço desculpas — murmurei. — Parece que ainda não recuperei totalmente a força.

Snorri riu, pois não caiu na minha mentira. Ainda assim, afastou-se de Ylva e disse para ela:

— Prepare-se para o banquete, meu amor. E prepare Freya para ser minha noiva.

As criadas desceram como uma horda de invasoras, tirando minhas roupas e me empurrando para um banho tão quente que quase escaldou minha pele. Embora eu não estivesse acostumada a ser banhada por outras pessoas, não foi aquilo que consumiu meus pensamentos ao ser esfregada com sabão e polida com areia até ficar quase em carne viva. Foi que, no espaço de um dia, toda a minha vida tinha virado de cabeça para baixo, os deuses dando e tirando na mesma medida.

Videntes não mentiam.

Tinham o sangue do próprio Odin e falavam com a sabedoria dos deuses, embora as profecias deles raramente fossem claras até os acontecimentos que tinham previsto se desenrolarem. Então, se a vidente disse essas palavras apenas para Snorri, eram verdadeiras, de um jeito ou de outro. Era possível que o jarl estivesse mentindo, mas... meu instinto me dizia que o fervor que ele demonstrava era genuíno.

Porque explicava *o motivo* de meu pai ter ordenado que eu mantivesse minha magia em segredo.

Filhos de deuses eram criados quando um deus presenteava uma criança com uma gota de seu sangue divino durante a concepção. Em algumas instâncias, os deuses eram participantes ativos no sexo, mas não era necessário: precisavam apenas estar presentes no ato da criação. O que significava que embora alguns pais suspeitassem que o terceiro elemento no encontro que tiveram os houvesse presenteado com um filho dotado de sangue divino, outros ficavam totalmente alheios até o dia em que a magia da criança aparecia. Meu caso tinha sido este último.

A verdade havia sido revelada quando eu tinha sete anos e gritei o nome de Hlin enquanto brigava com Geir. Era um jogo que todas as crianças jogavam, apesar de render tapas de qualquer adulto que ouvisse por desrespeitar os deuses: gritar o nome de um deus conhecido por doar seu sangue e ver se a magia se manifestava. Geir e eu tínhamos invocado Tyr, Thor, Freyja e inúmeros outros deuses, mas eu nunca tinha pensado em

Hlin. Foi só porque a briga saiu do controle, com o graveto de meu irmão pesando sobre meu pequeno escudo, que fiquei desesperada, chamando o nome da deusa. A magia que veio em meu auxílio não arremessou Geir para longe, como fez com Bjorn, mas o derrubou.

E meu pai testemunhou tudo.

Nunca na vida vi tamanho pânico em seu rosto quanto naquele dia; os olhos arregalados e a boca aberta ficaram gravados em minha memória. Assim como a forma com a qual ele me sacudiu, tão forte que meus dentes bateram. Senti a respiração quente dele em meu rosto quando gritou:

— Nunca mais diga o nome dela! Está me ouvindo? Nunca mais diga o nome dela! — Depois ele se aproximou de Geir, agarrando meu irmão pelo ombro com tanta força que deixou hematomas. — E você nunca conte para ninguém o que aconteceu hoje! A vida da sua irmã depende disso!

A reação dele teve mais impacto em mim do que a própria magia, e por um longo período o medo de ver meu pai zangado manteve o nome da deusa longe de meus lábios e as perguntas longe de minha língua. Mas o tempo abrandou meu medo e alimentou minha curiosidade. Filhos dos deuses eram raros, Vragi era o único que eu tinha visto com meus próprios olhos, mas histórias de proezas realizadas por aqueles com magia elevavam a atmosfera de qualquer reunião. Os que tinham sangue de um deus eram lendários e honrados, e eu queria me juntar a eles. Queria lutar em batalhas e ter minhas vitórias cantadas por escaldos, mas toda vez que tomava coragem para pressionar meu pai sobre o *motivo* de minha magia ter que ficar escondida, ele se enfurecia. Percebendo que não conseguiria as respostas que queria, não demorou muito até eu dar umas escapadas para experimentar, geralmente levando Geir junto.

É claro que fomos pegos.

A ira de meu pai foi algo impressionante de se ver, uma mistura terrível de raiva e medo que nenhuma criança quer enxergar nos olhos dos pais, e mais uma vez ele me proibiu de usar minha magia.

— Por que preciso escondê-la se ninguém mais esconde? — exigi saber. — Em todas as histórias sobre filhos dos deuses, o presente do sangue e da magia é tratado como uma honra, mas você age como se eu tivesse sido amaldiçoada. Me diga o motivo!

— Porque você é filha de Hlin, Freya. A única viva — respondeu meu pai. — E nasceu na lua de sangue. Se alguém descobrir essa verdade, você vai ser usada. Usada e disputada por homens com poder até estar morta. Está me entendendo? — Ele gritou a última parte na minha cara. — Se alguém souber, sua vida nunca mais pertencerá a você!

Meu pai se recusou a dar mais explicações sobre por que o sangue de Hlin me tornava mais cobiçada entre os filhos dos deuses, mas eu ainda assim aceitei suas palavras com a fé cega de uma criança que confiava no pai acima de qualquer outra pessoa. Contudo, como uma criança, também não *obedeci*.

Meus olhos arderam quando constatei que meu pai sabia da profecia da vidente. Tinha sido um dos guerreiros de confiança de Snorri, então ou havia testemunhado a profecia, ou tinham lhe contado sobre ela, e era por isso que sabia o que o jarl faria se minha herança fosse descoberta. Se ao menos eu tivesse obedecido...

Ainda estaria casada com Vragi. Estaria enfrentando uma vida de trabalho pesado e crueldade sob a mão de meu marido.

As Nornas davam.

E as Nornas tiravam.

— Está doendo?

Assustei com a pergunta da criada, voltando ao presente. Ela tinha polido as unhas da minha mão esquerda e no momento aparava o que restava das unhas da minha mão direita.

— Não como antes. Agora, dói como se fosse um ferimento antigo, de anos atrás.

Minhas palavras devem ter acalmado a mente dela, pois segurou minhas mãos com mais firmeza, a testa franzida enquanto cortava as unhas enegrecidas.

— É verdade que você empunhou o machado do Mão de Fogo para assassinar seu próprio marido?

Empunhou era uma palavra forte.

— É.

Esperei que a confissão provocasse algo em mim. Alívio. Culpa. Qualquer coisa. Mas, como antes, não senti nada.

— Tenho certeza de que ele mereceu. — A criada, então, franziu a testa, e em seguida perguntou: — Mas você não sabia que o machado te queimaria?

Se eu sabia?

Pela lógica, suponho que sim, mas não me preocupei com aquilo no momento. Havia me preocupado mais com conseguir tirá-lo da mão de Bjorn. E com acertar minha mira.

— Eu precisava de uma arma, e era a única disponível.

Todas as mulheres pararam para me olhar, mas a que estava debruçada sobre minhas unhas apenas soltou uma risadinha.

— Estou imaginando que tenha funcionado a seu favor. Eu também sofreria uma queimadura para me sentar no colo de Bjorn por algumas horas.

A raiva cresceu em meu peito diante da estupidez daquele comentário. Diante da ideia de que eu teria me disposto a passar pelo momento mais traumático da minha vida só para ter a chance de sentar no colo de um homem.

— Derreteu a pele da minha mão. Transformou minha carne em cinzas. — Avistando manchas de cinzas na beirada da banheira, abaixei a cabeça e as assoprei na cara dela. — Se está disposta a ir tão longe assim para esfregar a bunda no pau de um homem, deve mesmo estar desesperada.

Esperei o golpe atingi-la, desejando a satisfação mesquinha de ver seu constrangimento, mas os olhos escuros da mulher apenas sorriram ao encarar os meus:

— Ou ele só é bem bom de cama.

Todas as outras mulheres riram, e apesar de saber que o comentário era bobo, fui eu quem corou. Fui eu que fiquei em silêncio enquanto elas me tiravam do banho e começavam a pentear meus longos cabelos, aparando as pontas de modo que pedacinhos de branco dourado cobriram o chão.

Tensionei a mandíbula quando a criada começou a trançar, puxando tanto meu cabelo que minha cabeça doía. Respirando fundo, tentei voltar minha mente para assuntos mais urgentes. Mas em vez disso, fiquei pensando em Bjorn.

Corei ainda mais quando me lembrei das coisas que havia dito a ele na presença de Liv, comparando-o a um deus da beleza como uma garota que nunca sangrara, apesar de ser uma mulher adulta que tinha aguentado um ano de casamento. Relembrei meu comportamento em minha cabeça e meu horror foi aumentando a cada momento que se passava. Já era ruim o suficiente termos flertado na praia. Pelo menos naquele momento não tínhamos a menor noção da identidade um do outro, mas aí eu praticamente declarei meu desejo por ele na frente de Liv, sabendo que me casaria com o pai dele. Não era para menos que ele tenha ficado constrangido. Ainda que fosse tentador culpar os narcóticos de Liv por meu comportamento, tudo o que eles tinham feito havia sido soltar a verdade de minha língua.

Quando fechei os olhos, fui tomada pela visão de Bjorn saindo da água, sua pele tatuada e seus músculos, no auge da forma. Um guerreiro em todos os aspectos, e aquele rosto... mortais não deviam ter permissão para serem tão belos, pois faziam todos os outros parecerem tolos. E aquele carisma só piorava tudo, porque mesmo que fosse tão feio quanto a bunda de um porco, Bjorn era extremamente charmoso. Sim, eu sabia que ele quase havia me matado quando fomos obrigados a lutar, mas dado que eu estava tão disposta quanto ele a fincar uma espada em seu coração, parecia mesquinho usar isso de argumento.

Pare com isso, Freya, repreendi a mim mesma. *Pense em outra coisa. Pense em vermes ou em excrementos, ou, melhor ainda, no fato de que você aparentemente está destinada a unir Skaland enquanto esposa do pai dele. Pense em qualquer outra coisa, menos em Bjorn.*

Isso teria sido tão útil quanto me mandar bater asas e voar, considerando o quanto eu andava seguindo meus próprios conselhos. O rosto de Bjorn, o corpo dele e os ecos fantasmagóricos de seu toque atormentavam meus pensamentos enquanto as criadas terminavam minhas tranças e pintavam meus olhos com kajal, as fantasias apenas sendo derrotadas quando o vestido que eu deveria usar foi trazido. Mais sofisticado do que qualquer coisa que eu já tivesse visto, ele era feito de uma lã fina branca, os sapatos de couro macio como manteiga e as joias... Durante toda a minha vida, nunca havia sonhado em usar tamanha riqueza, meu pescoço e meus pulsos envolvidos em prata e ouro, uma das mulheres enfiando uma agulha nos lóbulos de minhas orelhas para que eu pudesse usar os pesados brincos.

Então Ylva apareceu carregando uma coroa de noiva.

Era feita de fios retorcidos de ouro e prata amarrados com pedaços de âmbar polido, da mesma cor de meus olhos. A própria Ylva a prendeu em minhas tranças com inúmeros grampos minúsculos. Então me virou na direção de um pedaço redondo de metal polido de modo que eu pudesse ver minha própria aparência. Todas as criadas estavam sorrindo, satisfeitas com seus esforços.

— Finalmente — sussurrou Ylva. — Finalmente você parece uma filha dos deuses.

Encarei meu reflexo, sentindo que estava me olhando através dos olhos de uma estranha.

Ylva colocou um manto de pele branca resplandecente sobre meus ombros que era quase da mesma cor do meu cabelo enquanto ela arrumava as tranças sobre a pele cara.

— Snorri vai ficar satisfeito. — Então estalou os dedos. — Luvas. Ela precisa estar perfeita.

Todos os olhos se voltaram imediatamente para minha mão direita, e lutei contra o ímpeto de esconder meus dedos cheios de cicatrizes no bolso do vestido, não sabendo o que era pior, repulsa ou pena (eu só sabia que detestava as duas coisas). Então não reclamei quando uma das mulheres me entregou um par de luvas de lã brancas, que não causaram nenhuma sensação ao cobrir minha mão direita.

Entorpecida.

Ouvi novamente o barulho da perna de Geir sendo quebrada por Snorri e estremeci, pois sabia que podia ter sido muito pior.

Eu precisava não sentir nada. Para fazer o que era necessário ser feito, para dizer as coisas que precisavam ser ditas e para *ser* o que as pessoas queriam que eu fosse, porque aqueles que eu amava dependiam da minha obediência.

E eu me recusava a falhar com eles, não importava o quanto isso me custasse.

6

Estava nevando.

Foi a primeira coisa que notei quando saí do grande salão. Nevar na primavera estava longe de ser raro, mas eu não pude deixar de sentir que o céu cinzento e a luz fraca estavam combinando com aquele dia. Flocos brancos e grossos caíam em espiral, e os caminhos estreitos entre as casas estavam cheios de lama e lodo, o que me obrigava a levantar a saia para não chegar à cerimônia parecendo que estive chafurdando com os porcos.

As pessoas de Halsar saíram de suas casas para me ver passar, e havia frieza nas expressões daqueles que olhavam em meus olhos mesmo sabendo que tudo seria festejado naquela noite por seu senhor.

— O povo não parece ser a favor deste casamento — falei em voz baixa para Ylva, que caminhava à minha esquerda, com o rosto sério.

— Porque eles não conhecem o poder que você carrega — disse ela. — Enxergam apenas um insulto à adorada senhora de Halsar.

Eu teria apenas revirado os olhos para tamanho ego, mas percebi que, enquanto as pessoas faziam cara feia para mim, sorriam para Ylva, tocando-a quando ela passava e lhe oferecendo elogios pela força da qual era dotada. Eu queria resmungar para eles que o próprio jarl havia feito essa escolha, portanto era ele quem merecia toda aquela ira, mas seria um desperdício de saliva. Eles queriam me culpar.

— Freya! — Ouvi uma voz familiar e, ao virar a cabeça, me deparei com Ingrid parada entre duas casas, segurando uma espada. Os cabelos castanhos dela estavam encharcados, e seu rosto cheio de sardas estava rosado devido ao frio enquanto ela vinha em minha direção. Por um segundo, tive certeza de que Ingrid tinha vindo me dizer para não fazer isso. Me dizer que ela e Geir haviam aceitado a perda permanente do lugar dele no bando de guerra de Snorri se isso significasse me poupar dessa união. Me dizer que...

O pensamento desapareceu quando dois guerreiros puxaram as armas e se colocaram entre mim e Ingrid.

— Parem — gritei, tentando intervir, mas outro guerreiro segurou meu braço. — Ela é minha amiga!

— Você não tem como saber disso com certeza — retrucou Ylva. — Agora que sua identidade é conhecida, amigos podem se tornar inimigos para atingir os próprios objetivos.

Fiquei tentada a responder que Ylva precisava escolher melhor com quem fazia amizade, mas um dos homens estava segurando Ingrid pelo braço e o outro estava parado bem diante dela. Contorcendo-me, chutei o joelho do homem que me segurava, ignorando os gritos que ele soltou enquanto corria na direção da minha amiga, lama respingando na saia que eu tinha me esforçado tanto para manter limpa.

— Soltem ela! Agora!

Os homens não fizeram menção de me obedecer. Eu não sabia ao certo se era porque não reconheciam minha autoridade ou se acreditavam que Ingrid, que era tímida como um camundongo e mal conseguia empunhar uma faca de cozinha sem se cortar, representava mesmo uma ameaça.

— Soltem a mulher.

Fiquei tensa ao ouvir a voz de Bjorn, pois não me dei conta de que ele fazia parte da procissão. No entanto, fiquei feliz por isso quando o guerreiro que segurava Ingrid imediatamente a soltou.

— Não cabe a você interferir, Bjorn — disparou Ylva. — Freya já se feriu quando estava aos seus *cuidados*.

Apoiando-se em uma parede, Bjorn desconsiderou o comentário e disse:

— Se Freya diz que a mulher é amiga dela, você deveria acreditar, Ylva. Ou não confia naquela com quem está prestes a dividir o marido?

O rosto de Ylva ficou roxo.

— Ela é ingênua. Ela...

— É uma mulher viúva, não uma criança, então não deveria tratá-la como se fosse. — Bjorn deu de ombros. — Embora... ela *esteja mesmo* prestes a se casar com um homem que tem idade para ser seu pai, então talvez você tenha certa razão.

— Bjorn, você precisa...
Ignorando Ylva, ele se virou para Ingrid.
— Como você se chama?
— Ingrid. — Minha amiga parecia a ponto de se mijar de medo, e eu odiava isso. Odiava o fato de ela ter vindo de longe para falar comigo e, chegando aqui, tenha sido tratada dessa maneira.
— A Ingrid com quem Geir está tão desesperado para se casar que jogou a própria irmã aos lobos? — Bjorn bufou de repulsa. — Você poderia conseguir coisa melhor do que aquele covarde de merda.
Foi minha vez de resmungar.
— Bjorn, não seja um cretino!
Mas ele não me deu mais atenção do que deu a Ylva ao dizer:
— Você não está aqui para machucar Freya, está, Ingrid?
Uma lágrima correu pelo rosto de minha amiga quando ela falou:
— Não. Eu nunca machucaria Freya.
— Foi o que pensei. — Pendurando os polegares no cinto, Bjorn olhou para mim. — Diga o que precisa dizer, Freya, mas seja rápida.
Lançando um olhar seco para ele devido ao comentário sobre meu irmão, abri caminho aos cotovelos entre os guerreiros, arrastando Ingrid o suficiente para dar um ar de privacidade.
— O que você está fazendo aqui? — perguntei, tentando ignorar a esperança contínua de que ela tivesse vindo trazer a salvação.
— Vim te agradecer. — Ingrid limpou as lágrimas do rosto. — Geir me contou tudo. O que você concordou em fazer e o porquê. O que fez. Que você fez aquilo para nos poupar. Do fundo do meu coração, obrigada, Freya.
Meu estômago se revirou de leve em desconforto quando minha esperança tola se transformou em cinzas e eu desviei os olhos. Nada que Ingrid pudesse ter dito teria me dissuadido. De qualquer modo, ainda doía ela não ter oferecido nenhum tipo de protesto. Ainda doía que ela não estivesse disposta a sofrer um golpe em seu futuro para poupar o meu. O fato de que eu não teria aceitado não importava; o que importava mesmo era que tivesse consideração o bastante para oferecer.
Ela se importa, eu me repreendi em silêncio. *Só está com medo.*
— Geir está bem?
Ingrid assentiu com firmeza.

— Ele teria vindo se pudesse, só que a dor está demais. Mas sua mãe disse que foi uma fratura limpa, que vai curar direitinho com tempo e descanso. — Com hesitação, ela me entregou a espada. — Geir mandou isso. Era de seu pai.

Meu queixo tremeu com a onda de emoção que tomou conta de mim, pois era a arma que Geir daria de presente a Ingrid quando se casassem, e ela a estava entregando para mim. Não era o sacrifício que eu ingenuamente tinha esperado, mas ainda significava muito que eles quisessem que eu ficasse com ela. Desembainhando-a, sorri ao ver que tinha sido polida e afiada.

— Obrigada.

— Tenho certeza de que o jarl vai ficar honrado em empunhá-la — Ingrid sussurrou.

Meu sorriso desapareceu de imediato. Não era um presente para mim, mas para Snorri.

Quando me casei com Vragi, dei a ele a espada do meu avô, polida até ficar brilhante, enquanto recebi uma lâmina enferrujada que havia sido roubada do túmulo de um primo distante, tão malfeita que o cabo quebrou durante a cerimônia.

Logicamente, eu sabia que minha família precisava fornecer uma lâmina para eu presentear Snorri, mas tinha que ser esta? Era o último pedaço do meu pai que existia. Era preciosa para mim, o que tanto Ingrid quanto Geir sabiam, e ainda assim a estavam dando para Snorri a fim de conquistar a aprovação dele. O ímpeto de pedir que Ingrid a levasse de volta me preencheu. Em vez disso, coloquei a espada na bainha.

— Freya — disse Ylva em voz alta. — Vocês podem conversar depois. Não é certo que o jarl fique esperando.

Quase fui dominada pelo desejo de me virar e gritar para Ylva calar a boca, mas consegui conter a raiva. Em vez disso, cheguei ainda mais perto de Ingrid.

— Não fique. Não é seguro. Volte para casa e diga a todos para não aparecerem por aqui a menos que o jarl os convoque, entendido? O que os olhos não veem o coração não sente.

Os flocos de neve que derretiam em seu rosto se misturavam às lágrimas, mas Ingrid concordou.

— Parabéns, Freya. Sei que você não pediu por essa união, mas acho que vai encontrar mais felicidade nela do que com Vragi. Vai poder ser uma guerreira, do jeito que sempre sonhou. E vai poder usar sua magia.

Pisquei ao ouvir aquilo. Algo na forma com que ela tinha dito aquela última frase, sem qualquer choque ou hesitação, me fez perceber uma coisa de repente.

— Você sabia.

Ingrid mordeu o lábio, depois fez que sim com a cabeça.

— Geir me contou uns anos atrás. Acho... acho que guardar o segredo ficou muito pesado para ele. — A expressão dela era franca. — Mas nunca contei para ninguém, Freya. Juro.

Ficou muito pesado para *ele*? Um buraco se abriu em meu peito e olhei para a lama entre nós. Durante a maior parte da minha vida, tinha escondido minha magia, *minha herança*, o que significava escondê-la de todos que eu conhecia. Não havia contado para ninguém nem uma vez, porque eu tinha entendido que, por consequência, não era só eu quem seria ferida se meu segredo fosse descoberto, mas minha família também.

— Mas isso já não importa muito agora.

Ingrid me abraçou com força, minha mão presa entre nós, o cabo da espada afundando contra meu peito de forma dolorosa.

— Isso é um presente dos deuses, Freya. Você deve enxergar as coisas dessa forma.

Não confiei em mim para dizer nada, então apenas concordei com a cabeça e me voltei para aqueles que nos aguardavam. Ylva fez cara feia para mim, mas Bjorn continuava encarando Ingrid, que se distanciava em meio à lama.

— Retiro o que disse — afirmou ele. — Ela não merece coisa melhor do que o seu irmão.

— E o que você sabe? — murmurei, não me dando ao trabalho de erguer a saia novamente, pois a barra dela já estava manchada de cinza e pingando.

— Muito pouco — disse Bjorn. — Mas não sou surdo nem cego, então vi como ela transformou seu sacrifício em um presente dos deuses para não ter que se sentir culpada. Você vai ficar melhor sem ela por perto.

Ele não estava completamente errado, mas suas palavras só fizeram o vazio em meu estômago aumentar.

Eu me sentia sozinha. Como se estivesse enfrentando um grande exército e todos aqueles que eu tinha tanta certeza de que me apoiariam tivessem desaparecido. Senti os olhos arderem e pisquei rapidamente para evitar que lágrimas se formassem, mas algumas ainda escaparam, misturando-se à neve derretida que escorria por meu rosto enquanto eu caminhava na direção da praia.

Não tinha dado mais do que alguns passos quando Bjorn agarrou meu braço.

— A covardia de Ingrid não diminui a honra do que você fez.

Engolindo em seco, encarei os olhos cor de esmeralda dele e respondi:

— Eu não me arrependo de nada do que fiz. — Então me desvencilhei de sua mão e segui em frente.

Uma multidão havia se reunido. Ao longe, Snorri estava perto de uma senhora idosa que eu supus ser a matriarca que conduziria a cerimônia. Meus olhos se voltaram deles para um longo cais, ao lado do qual havia vários drácares com as bandeiras em seus mastros tremulando ao vento. Eram enormes, capazes de abrigar pelo menos cem guerreiros, e eu me permiti imaginar como seria estar em um, com o tambor batendo em um ritmo estrondoso enquanto os remadores levavam a embarcação para a batalha. Como seria pular na água, proteger meu corpo de uma chuva de flechas, correr para uma praia em que a espada em minha mão se chocaria contra a de meus inimigos quando exércitos colidissem. Apertei o punho da arma de meu pai com os dedos, meu coração afastando o peso indolente da melancolia em minhas veias e as preenchendo com fogo. Pois Ingrid não estava totalmente errada ao dizer que havia muita coisa nesse meu novo caminho que tocava à minha alma.

E isso, pelo menos, era algo pelo qual valia a pena viver.

A cerimônia foi curta e sem vida, tanto Snorri quanto eu dizendo o que precisava ser dito e depois trocando as lâminas. A que ele me deu era recém-forjada e não estava afiada, o que a tornava tão desprovida de sentimento quanto de corte. Se ele notou ou se importou com o fato de a espada que lhe dei ser do meu pai, não deixou transparecer. No entanto, quando a cerimônia terminou, foi como se um raio de Thor tivesse caído, e Snorri se encheu de uma energia urgente enquanto me virava de frente para a multidão.

— Vinte anos atrás — gritou ele —, a vidente proferiu uma profecia sobre uma dama do escudo, uma filha de Hlin, nascida na lua de sangue e destinada a unir os povos de Skaland sob o domínio daquele que controlasse seu destino. Uma profecia que disse que o nome dela nasceria no fogo dos deuses. Por vinte anos, procurei por essa dama, busquei a mulher que uniria nosso povo contra o inimigo em comum, o rei Harald de Nordeland.

A multidão ficou agitada, várias pessoas gritando maldições para o rei que governava o outro lado do Estreito Norte.

— Muitos de vocês questionaram o motivo de eu estar me casando com esta mulher quando tenho uma esposa como Ylva — continuou ele. — Posso garantir a vocês que não é por amor ou luxúria, mas por vocês, meu povo! Pois esta mulher é a dama do escudo, a filha de Hlin, que teve o nome revelado no fogo de Tyr!

Ele pegou o escudo que um de seus guerreiros lhe entregou e o ofereceu a mim. Minha pele queimava, apesar de meu vestido estar ensopado de neve derretida, e pegando o escudo sussurrei:

— Hlin.

A magia dela ganhou vida dentro de mim, correndo por minha mão em um fluxo quente para cobrir o escudo com luz prateada, como um feixe. A multidão ficou boquiaberta e se afastou, os olhos arregalados diante da magia de que só tinham ouvido falar em histórias. Magia que não compreendiam, o que explicava a apreensão que tinham.

— Ela vai nos trazer fama nas batalhas! — vociferou Snorri. — Vai nos trazer riqueza! Vai nos trazer poder! Vai nos trazer vitória e vingança contra os cretinos de Nordeland! Pois com ela em nossa parede de escudos, seremos favorecidos pelos próprios deuses!

O povo de Halsar vibrou com Snorri, as mãos no ar, a preocupação nos olhos substituída por alegria diante das promessas de seu senhor. Promessas que ele havia feito, mas que quem cumpriria seria eu, embora só os deuses soubessem como.

Passei o olhar por sobre as pessoas que há menos de uma hora pareciam prontas para cuspir em meus pés e agora gritavam meu nome, e então o pousei sobre Bjorn. Ele tinha ficado ao lado de Ylva durante a cerimônia, mas desde que ela acabara tinha ido para o fundo da multidão, de braços cruzados e expressão severa. Quando nossos olhos se cruzaram, o canto da boca dele se elevou em um meio sorriso que pareceu tão forçado quanto o que estava em meu rosto, embora eu não compreendesse a fonte de seu desgosto.

— Ela nasceu no fogo — gritou Snorri. — Agora deixem que seja marcada pelo sangue da deusa que a criou.

Antes que eu pudesse reagir, Ylva chegou por trás de mim e rasgou meu vestido. Boquiaberta, segurei o tecido junto aos seios enquanto ela dizia:

— Ajoelhe-se.

— O que você está fazendo? — sussurrei, meio horrorizada, meio apavorada.

— Você escondeu seus poderes por muito tempo — disse ela. — Já passou da hora de ser marcada para que todos possam saber sua linhagem.

A tatuagem de sangue.

Eu devia saber que ela estava por vir. A tatuagem de Vragi tinha sido na coxa, um peixe com escamas vermelhas com tantos detalhes que parecia real. Uma tatuagem viva presenteada por meio de um ritual depois que sua magia apareceu. Eu devia ter sido marcada há muito mais de uma década, mas isso teria revelado o que meu pai estivera desesperado para esconder.

Devagar, eu me ajoelhei na areia fria.

— Descubra sua pele para que receba a marca de Hlin — exigiu Ylva, e embora eu tivesse ressalvas quanto a me expor diante de uma multidão, abaixei o vestido até a cintura e retirei as luvas, mantendo um braço sobre os seios. Quando forcei os olhos a encararem o horizonte arenoso, percebi que ninguém estava olhando atravessado para mim, todos os rostos solenes enquanto observavam. Eu podia sentir o escrutínio de Bjorn, mas em vez de encará-lo, voltei a olhar para o chão, com o coração tumultuado dentro do peito.

Um tambor começou a tocar em um compasso lento, e Ylva andou em círculos ao meu redor, desenhando runas na areia. Meu coração disparou com a revelação de que Ylva era uma volva: uma bruxa capaz de usar magia rúnica. O que a tornava muito mais poderosa do que eu pensava a princípio.

Ela ia entoando um cântico enquanto se movia, clamando aos deuses para que testemunhassem este momento. Quando terminou o círculo, as runas brilharam e o tambor parou, arrepiando os pelos de meus braços. Uma faca apareceu na mão de Ylva, e eu fiquei tensa, pois por mais que ela pudesse precisar de mim, o coração daquela mulher não se importava nem um pouco comigo.

— Hlin — gritou Ylva, a voz carregada pelo vento enquanto girava ao nosso redor, criando um ciclone de neve. — Eu lhe suplico! Se esta filha for digna, reivindique-a como sua ou pare o coração dela para que não possa mais exercer seu poder!

Meu coração deu salto. Nunca tinha visto esse ritual ser realizado. Vragi havia passado por ele quando era criança, bem antes do meu nascimento, então eu não conhecia as palavras. Não sabia que podia acabar em morte porque nenhuma das histórias jamais falou sobre um deus que tivesse rejeitado o próprio filho. Mas todos estavam assentindo com a cabeça, então devia ser verdade.

Uma onda de medo transformou minha pele já gelada em gelo puro quando Ylva se aproximou com a faca brilhando na luz fraca.

— Tire o braço, menina — disse ela em voz baixa. — Ou será julgada como indigna.

E se eu *fosse* indigna?

Eu havia escondido minha magia, minha herança, a vida toda, o que deve ter zangado a deusa que me deu seu sangue. Havia tratado o dom como se fosse uma vergonha.

Mas não era.

Respirando fundo, estendi o braço e ergui o rosto ao mesmo tempo.

Embora a prudência exigisse que eu olhasse para outro lugar, olhei nos olhos de Bjorn. A neve ondulava e rodopiava entre nós, e eu me agarrei à força do olhar dele enquanto a ponta da faca de Ylva era pressionada ao vão no centro de minha clavícula.

Ela cortou para baixo, deixando um rastro de sangue do meu pescoço até o espaço entre meus seios, mas eu não me encolhi. Não deixei de encarar Bjorn enquanto gotículas quentes e vermelhas rolavam por minha pele. Praticamente nem respirei enquanto esperei ser julgada.

E esperei.

E esperei.

Meu queixo tremeu, pânico se infiltrando em minhas veias, porque se eu fosse considerada indigna, todos os planos de Snorri seriam destruídos.

Quais eram as chances de ele não me punir de todas as formas possíveis se ficasse comprovado que eu não era digna?

Então um estalo de energia surgiu em minha pele.

O primeiro alerta de que as coisas não estavam saindo como deveriam foi a expressão assustada de Ylva. Desviei o olhar de Bjorn a tempo de vê-la cambalear para trás pelo círculo de runas, os olhos fixos em meu peito. Olhei para baixo, o terror me consumindo enquanto meu sangue escorria para fora do ferimento, infinitamente maior em volume do que o corte raso devia ter proporcionado.

— Ó, deuses — murmurei. — O que está acontecendo?

— Você a abandonou! — gritou Bjorn. — Abandonou ela lá dentro sozinha!

Mal registrei as palavras dele conforme o ferimento se abria, dedos invisíveis se fincando em minha carne e a esticando. Soltei um grito estridente. Rios de sangue serpenteavam por meu peito e desciam por meus braços, mãos invisíveis me puxando para a esquerda e para a direita.

— Freya!

Uivei em resposta, lutando para me desvencilhar das mãos divinas, sabendo que havia sido considerada indigna e que a própria Hlin viera me despedaçar. Meus joelhos flutuaram do chão, a deusa me erguendo no ar como uma boneca, sangue jorrando em torrentes por um ferimento que agora chegava até o osso, o branco de meu esterno visível. O que pareciam garras se fincaram no músculo e nos ossos, puxando e puxando.

— Ylva, rompa o círculo!

Tudo o que a senhora de Halsar conseguia fazer era contemplar a cena com horror, pois já era tarde demais.

Minha caixa torácica se abriu ainda mais, revelando meu coração pulsante. *Tum tum. Tum tum.*

Eu gritava e gritava, e então, com um sopro repentino, caí no chão. Ofegante, afundei os dedos na areia, certa de que minha vida duraria só mais alguns poucos batimentos cardíacos.

— Freya? — Mãos agarraram meus braços.

Ergui o olhar e encarei os olhos cheios de pânico de Bjorn ao mesmo tempo que ouvi Ylva gritar:

— Seu tolo maldito! Tem alguma ideia do que pode ter desencadeado?

Bjorn a ignorou, olhando-me de cima a baixo.

— Você está bem?

Como ele podia me fazer uma pergunta dessas? Como podia me perguntar se eu estava bem quando meu corpo tinha sido aberto no meio? Como...

O pensamento desapareceu quando olhei para o meu corpo nu, meu peito intocado à exceção de uma fina cicatriz, sem uma gota de vermelho maculando minha pele branca.

Não era possível.

— Eu... — Minha boca estava seca feito areia. — Ela... ela...

— Ela foi marcada? — Snorri apareceu abruptamente ao meu lado, erguendo minhas tranças e me tocando, procurando por algo. — Hlin a reivindicou?

Ele ficou em silêncio quando Bjorn levantou minha mão esquerda. No dorso dela, pintado em carmesim, havia um escudo. Os detalhes eram diferentes de tudo que um artista mortal poderia ter feito, e a cada batida de meu coração, o sangue que o formava pulsava.

— Ela foi reivindicada! — gritou Snorri. Agarrando meu pulso, ele me arrastou para longe de Bjorn até eu ficar em pé. Segurou minha tatuagem no alto para todos verem enquanto eu puxava desesperadamente o corpete para que me cobrisse com a mão livre. — Hlin reivindicou sua filha e nós temos nossa dama do escudo!

A multidão, que até aquele momento seguia num silêncio sepulcral, urrou em aprovação.

— Vamos comemorar! — berrou Snorri, enfim me soltando para que eu pudesse vestir as mangas do vestido. — Vejo todos vocês no grande salão!

Todas juntas, as pessoas correram na direção da casa, ansiosas para serem alimentadas. Snorri fez sinal para eu os seguir, mas os dedos frios de Ylva seguraram meu pulso direito, virando minha palma para o céu.

— Veja.

Meu estômago revirou em desconforto ao ver aquilo. Era como se a minha palma tivesse sido tatuada antes das queimaduras, e qualquer que fosse a imagem retratada, agora estava retorcida e esticada em uma bagunça irreconhecível.

— Uma segunda tatuagem — murmurou Snorri. — Nunca ouvi falar de uma coisa dessas.

— Nem eu — disse Ylva, e os dois olharam para Bjorn, que negou com a cabeça, o olhar fixo na palma da minha mão.

— Não dá para saber o que retrata. — Snorri chegou mais perto e eu contive o ímpeto de puxar a mão, não gostando nada daquele escrutínio.

— Provavelmente porque Hlin não teve tempo de terminar antes de Bjorn invadir e destruir meu círculo — disse Ylva.

— Porque você a abandonou lá dentro! — Bjorn olhou feio para Ylva. — Você é a volva. Deveria ter ficado no círculo, mas a largou lá para ser despedaçada.

Snorri pareceu em choque.

— O que foi que você viu, exatamente, Bjorn? Ylva? Porque tudo o que vi foi Freya de joelhos.

Eu estava cansada de ouvir as pessoas falando de mim como se eu não estivesse presente.

— Ele me viu sendo partida ao meio.

Bjorn assentiu com firmeza.

— Foi como se ela estivesse sendo disputada a prêmio e ambas as partes preferissem vê-la destruída do que ceder à outra.

— Um presságio. — Snorri soltou um longo suspiro. — O círculo permitiu que Hlin nos concedesse uma visão. Um alerta sobre o que está por vir e o que vai acontecer se não tomarmos cuidado: Freya vai ser destruída.

Senti o medo descendo por minha coluna.

— Mas isso não é tudo. — Snorri deu batidinhas no queixo, pensativo. — Ela também nos deu uma resposta sobre como devemos evitar tal destino para Freya. Não se esqueçam do Mito de Fenrir, no qual Tyr sacrifica o próprio braço para que os deuses possam ser protegidos do lobo. — Então gesticulou na direção da minha mão cheia de cicatrizes. — Ficou claro que você, meu filho, deve se sacrificar para proteger aquilo que salvará a todos nós.

Bjorn piscou, depois balançou a cabeça com rigidez.

— Você está forçando, pai. Enxergando conexões que não existem para explicar o que não pode ser explicado.

— Os deuses nos deram de presente as histórias deles para que possamos compreender nossas próprias vidas. — Snorri segurou os ombros de Bjorn. — Os deuses o trouxeram de volta para mim para que eu pudesse encontrar Freya. E parece que eles desejam que você seja aquele que vai manter a vida dela em segurança para que eu possa conquistar tudo o que foi previsto. Este é o seu destino.

Um arrepio percorreu meu corpo quando o vento soprou, flocos de neve derretendo em minha palma aberta enquanto eu esperava a reação de Bjorn. Mas tudo isso só para meu estômago afundar quando ele disse:

— Não. Eu não vou fazer parte disso.

Então deu meia-volta e foi embora.

O silêncio se estendeu.

— Ele vai mudar de ideia — disse Snorri finalmente. — É uma exigência dos deuses. Agora, vamos comemorar.

Eu não falei nada enquanto acompanhava Snorri e Ylva até o grande salão, mas em minha mente ecoava uma verdade da qual Snorri havia se esquecido: Bjorn não tinha destino determinado, o que significava que, independentemente do que as Nornas tivessem planejado, o destino dele pertencia somente a ele mesmo.

7

Depois que as criadas consertaram meu vestido com rapidez, fiquei sentada à mesa sobre a plataforma à esquerda de Snorri, Ylva à direita dele. Os homens e as mulheres do clã preencheram os espaços dos vários bancos longos, as mesas repletas de bandejas de comida e jarras de hidromel. A casa estava decorada com guirlandas e, entre o cheiro de madeira queimada e comida, havia o aroma pungente de pinho. Os aldeões chegavam um após o outro para nos desejar felicidades, mas embora dissessem palavras gentis, os olhares de soslaio que me lançavam eram de desconfiança e incerteza.

Eu não podia culpá-los.

Tinha invadido a vida de cada um ali com fogo e sangue, usurpado o marido de sua adorada senhora e depois feito com que um ritual se transformasse no mais profundo caos. Tudo porque vinte anos atrás uma vidente havia profetizado ao senhor deles que eu tinha o poder de unir os clãs fraturados de Skaland e fazer de Snorri o rei.

Parecia algo saído da história de um escaldo, tirando a parte que eu tinha sido criada para honrar os deuses e procurar pelos sinais que eles nos deixaram, então eu não acreditava nem um pouco que as palavras da vidente eram falsas. Mas isso não significava que não tinha perguntas.

Como, exatamente, eu deveria unir o povo? O que a vidente me viu fazendo para realizar tal façanha?

Sim, eu era a filha de um deus, possuída por magia, mas Hlin era uma deusa *menor*. Bjorn tinha o sangue de Tyr nas veias, um dos deuses mais poderosos. Um deus da guerra e um líder, mas também um portador da justiça. Fazia sentido, para alguém como Bjorn, realizar as proezas que a vidente tinha previsto, mas, em vez disso, o único papel dele na profecia havia sido fornecer o fogo que revelaria meu nome.

O que... *já tinha* acontecido.

Isso fazia eu me perguntar se a teoria de Snorri era verdadeira. Será que os deuses tinham mesmo visto o destino de Bjorn entrelaçado ao meu? Será que ele era crucial para que a profecia da vidente se concretizasse?

Ergui a mão direita para roer as unhas, mas fui lembrada mais uma vez de que eu estava vestindo as luvas que Ylva tinha me dado. Embora agora eu não tivesse certeza se o desejo dela havia sido cobrir minhas cicatrizes ou cobrir a tatuagem mutilada na minha palma para que não provocasse ainda mais conflito.

Conflito esse que havia afastado Bjorn e o mantido longe durante todo o banquete, pois ele claramente não queria fazer parte do futuro que seu pai enxergava.

E dadas as minhas próprias circunstâncias, eu conseguia compreender isso.

Mordiscando um pedaço de frango, mais uma vez passei os olhos pela multidão à procura dele, mas meus pensamentos foram interrompidos por uma voz suave.

— Freya?

Parada diante da plataforma estava a bela mulher que tinha estado ao lado de Snorri quando lutei com Bjorn. De pele tão branca como a minha, ela usava um vestido carmesim de lã delicada, que mais uma vez revelava um amplo decote, o tecido grudado nas curvas voluptuosas de seus quadris. Os cabelos castanho-claros estavam soltos, caindo em cachos até a cintura. A única arma que ela usava era uma pequena faca presa no cinto. Mais uma vez, fui atingida por uma estranha sensação de distanciamento. Como se por mais que ela estivesse bem na minha frente vendo, ouvindo e cheirando as festividades, permanecesse alheia a tudo.

— Não fomos apresentadas direito. Meu nome é Steinunn — disse a mulher. — Sou a escalda do jarl Snorri.

Só então notei a tatuagem carmesim de uma harpa na lateral de seu pescoço, as cordas pulsando a cada batida de seu coração. Ela não era qualquer escalda, mas uma filha dos deuses tão verdadeira quanto eu, embora o sangue dela viesse de Bragi. Eu nunca havia testemunhado uma performance, mas tinha ficado sabendo que a canção de um escaldo provocava visões que transportavam os ouvintes para dentro da história. Tinha ouvido falar que eles só serviam jarls e reis que podiam se dar ao luxo de mantê-los em boa forma, o que explicava a riqueza dos trajes de Steinunn, mas nunca havia ouvido Geir falar dela.

— Você serve a Snorri há muito tempo?

Steinunn negou com a cabeça.

— Não. Eu me juntei a ele quando fiquei sabendo da profecia da vidente que dizia que ele se tornaria rei. Transformar essa história em canção vai me trazer grande honra e fama, e eu... — ela se interrompeu, hesitando antes de balançar a cabeça. — Não existiam razões para eu continuar onde estava.

Havia uma história naquela hesitação, mas antes que eu pudesse pressioná-la, a escalda rapidamente disse:

— O jarl quer que eu fale com você para que eu ouça a sua versão da história sobre a tatuagem. Estou compondo uma balada para espalhar a *sua* fama.

Com o canto do olho, vi Snorri e Ylva envolvidos em uma conversa com dois homens, nenhum deles prestando qualquer atenção em mim.

— Você não estava lá?

— Estava — respondeu a escalda. — Vi o que todos viram. Mas sei que não foi tudo o que aconteceu. Se me contar a sua versão, vou cantá-la e todos os que ouvirem vão conhecer a verdade sobre aquele momento.

Meus próprios gritos ecoaram em minha mente, junto com a lembrança da agonia de ser partida ao meio, o coração pulsante exposto. Tremendo, balancei a cabeça.

— Foi uma bênção ninguém ter visto.

— Ylva viu alguma coisa, o que faz sentido, pois o ritual era dela. Mas Bjorn também viu. — Steinunn inclinou a cabeça. — A história vai ser melhor se eu puder cantar sobre o destino do qual ele estava tão desesperado para te poupar.

— Então pergunte a ele. — Eu estava sendo rude, mas me sentia como se estivesse sendo interpelada pela fofoqueira do vilarejo, que todo mundo sabe que vai compartilhar tudo o que você disser com quem quiser ouvir.

Steinunn abriu um sorriso compassivo.

— É mais fácil tirar água de pedra do que uma história de Bjorn.

Abri a boca para dizer a ela que esperasse o mesmo de mim, mas as portas do grande salão se abriram para dentro bem naquele momento,

Bjorn aparecendo em um redemoinho de vento e neve. Muitos gritaram o nome dele em saudação, que riu, aceitando uma bebida antes de se sentar à mesa, de frente para alguns outros guerreiros de Snorri.

— Talvez mais tarde — falei para Steinunn, embora eu mal a tenha notado acenando com a cabeça e se retirando para o banquete porque uma linda ruiva estava se sentando ao lado de Bjorn. Ela disse algo a ele, os lábios pressionados em seu ouvido, e, o que quer que tenha sido, o fez rir. O som grave da risada dele chegou até mim acima de qualquer outro barulho. Encorajada, a ruiva colocou um braço ao redor do pescoço de Bjorn, usando a outra mão para brincar com a parte da frente de sua camisa.

Um lampejo de irritação fez meus dedos dos pés se curvarem, e tomei vários goles de hidromel para afogá-lo. Mas a sensação se recusava a ser banida. Depois do que tinha acontecido durante o ritual, por que ele achava que era aceitável seguir como se nada tivesse acontecido? Como se não tivesse me visto partida em dois e depois arriscado liberar a calamidade ao romper o círculo de magia rúnica para me ajudar?

Como se o destino dele não estivesse entrelaçado ao meu?

Mordendo a parte interna das bochechas, tentei olhar para qualquer lugar, exceto para aqueles dois, mas meus olhos ficavam voltando para Bjorn e a ruiva, fazendo meu estômago se encher de acidez. A acidez do ciúme, que eu não tinha o direito de sentir. Ainda assim, era fácil demais me lembrar de quando eu havia sido objeto dos flertes dele, e, por mais irracional que fosse, odiava que nosso momento tivesse sido obviamente uma ocorrência regular para ele.

Homens com a aparência dele estão sempre flertando com mulheres, disse a mim mesma. *Bjorn provavelmente pensa em flerte tanto quanto pensa em respirar, de tão comum que ambas as coisas são para ele.*

Pensei em coisas racionais uma após a outra, mas eram como palavras ao vento, uma vez que eu estava ficando cada vez mais quente a cada segundo que se passava. Tomei outro gole grande de bebida, o álcool zumbindo alto em minhas veias e afogando o bom senso.

Era óbvio que Bjorn achava que podia se esquecer de tudo o que havia acontecido. Que podia seguir com a própria vida exatamente como desejava enquanto eu estava presa a um casamento com Snorri, cada respiração minha sendo analisada e controlada e o bem-estar da minha família sendo ameaçado se eu ao menos considerasse dar um passo em falso. Mas Bjorn podia simplesmente dizer *não* e nunca sofrer qualquer consequência por fazer isso.

— Para mim não é bem assim — murmurei.

Embora soubesse que era a bebida falando, levantei da cadeira em que estava sentada e dei a volta na mesa, dirigindo-me para o meio do caos. As pessoas abriram caminho para mim, acenando com a cabeça em sinal de respeito cauteloso, e alguém colocou um copo cheio em minha mão. Dei um gole grande para afogar o que tinha sobrado da minha sagacidade, se é que ainda restava alguma, depois me espremi entre os dois guerreiros sentados de frente para Bjorn.

— Preciso falar com você, Bjorn. Em particular.

Ele desviou a atenção da ruiva por tempo o suficiente para dizer:

— A gente conversa amanhã. De preferência mais para o fim do dia, porque não pretendo dormir muito esta noite.

A ruiva deu uma risadinha e fiz cara feia, calor subindo para o meu rosto. Meu primeiro instinto foi ir embora. Bem, não o primeiro... O primeiro foi jogar o conteúdo de meu copo na cara dele e *depois* ir embora.

— Queria discutir a teoria de Snorri. Ou você fala comigo sozinho ou fala na frente de todo mundo. A escolha é sua.

Todos que estavam ao alcance da minha voz ergueram as sobrancelhas, vários rindo como se eu não passasse de uma garota boba que bebeu demais e se arrependeria do que estava fazendo no dia seguinte. Eu me recusei a admitir que pudessem estar certos.

— Não há nada para discutirmos. — Bjorn abriu um sorriso afetado para a ruiva e contive o ímpeto de bater com o copo na lateral da cabeça dele. — Logo você vai aprender, mas meu pai é conhecido por distorcer histórias e mitos para que apoiem sua forma de pensar. Se um passarinho cagar na cabeça dele, vai encontrar uma história para desvirtuar e fazer parecer que foi uma mensagem do próprio Odin. Mas às vezes, Freya, é só merda mesmo.

Quando disse isso, ele desviou o olhar da ruiva e encarou meus punhos fechados.

— Por que está usando luvas nesse calor?

— Por causa do que tem embaixo — retruquei, sentindo a atenção daqueles à nossa volta. Pelas caras feias, vários pareciam não ter gostado das palavras de Bjorn sobre o próprio pai, embora eu duvidasse que ele se importasse. — Você viu as cicatrizes. As tatuagens. Os deuses claramente acreditam que eu precisava de um lembrete de que ações têm consequências, mas isso não significa que tenho que ficar a noite toda olhando para elas.

Bjorn parou de olhar para minhas mãos e encarou meus olhos.

— Achei que não tivesse arrependimentos.

— Não tenho. — E não tinha mesmo.

Ele apoiou os cotovelos na mesa.

— Então por que está escondendo a mão?

Pisquei, lutando para encontrar as palavras, porque eu não tinha ido até lá para falar sobre aquilo.

— Porque está feia. Por isso. Ninguém quer ficar olhando para ela, muito menos eu!

Bjorn se debruçou sobre a mesa e se aproximou de meu ouvido.

— Nada em você é feio, Freya, muito menos as cicatrizes que ganhou defendendo sua honra e família — disse ele. — E aquelas tatuagens são um sinal de que você tem sangue de uma deusa correndo nas veias. Deveria exibi-las com orgulho, não escondê-las como se fossem uma marca da vergonha.

— Não foi sobre isso que vim falar. — Minha pulsação estava acelerada. — Minha aparência *não* tem importância.

Bjorn secou o próprio copo, colocando-o sobre a mesa com uma pancada.

— Então tire as luvas. Tire e a gente discute o que você deseja discutir.

Engoli em seco, sentindo os olhos de Ylva queimando sobre mim.

— Você está bêbado.

— Você também está. — Ele se debruçou sobre a mesa de novo. — Tire as luvas, Freya, ou vou começar a achar que você se arrepende. E se esse for o caso, posso começar a te ver com outros olhos.

Eu me contorci, pois a admissão de que ele tinha uma opinião sobre mim era, de certa forma, desconcertante.

— Eu me importo muito pouco com o que você, ou qualquer outra pessoa, pensa de mim.

— Prove.

A voz dele estava cheia de um desafio que ressoava em minha alma.

Me fazia querer responder à altura. Eu não era uma covarde, e mesmo que provar isso significasse fazer algo estúpido, eu tinha toda a intenção de fazê-lo.

— Tudo bem.

Arrancando as luvas, eu as joguei no fogo e a lã branca se transformou em cinzas. Em seguida eu me virei e apoiei os cotovelos em cima da mesa, os dedos entrelaçados, olhando para Bjorn. Não importava que meu coração estivesse acelerado.

— Satisfeito?

A expressão dele mudou, mas não para repulsa. Em vez disso, um deleite diabólico fez seus olhos brilharem, o sorriso lento que se formou em seus lábios fazendo meu coração se agitar.

— Ainda não.

De repente, ele saltou sobre a mesa, estendendo a mão para mim.

— O que você está fazendo? — perguntei, mas Bjorn não se deu ao trabalho de me responder, apenas fechou a mão ao redor do meu pulso e me levantou como se eu não fosse mais pesada do que uma criança.

— Um brinde — urrou ele. — Bebam em honra de Freya, a dama do escudo, filha de Hlin e senhora de Halsar! *Skol!*

Então ergueu minha mão direita no ar enquanto todos urravam "*Skol*", batendo os punhos sobre as mesas e os pés no chão, levantavam os copos e bebiam. Alguém colocou um copo em minha mão enquanto eu encarava Ylva. A verdadeira senhora de Halsar não estava vibrando. No entanto, por mais que seus olhos estivessem gélidos, ela levou o próprio copo aos lábios e bebeu.

E eu também. Tomei vários goles de hidromel, um pouco da bebida escapando e escorrendo por meu queixo, depois bati o copo na mesa. Só então me dei conta de que Bjorn ainda segurava meu pulso, pois ele me puxou de volta para cima e disse:

— O que você queria mesmo perguntar para mim?

Hesitei e ele inclinou a cabeça.

— Ninguém vai conseguir te ouvir com esse barulho.

Aquilo era verdade, pois os homens e as mulheres ainda brindavam, batendo os copos e derramando hidromel por todo lado. Mas isso não queria dizer que não estavam de olho. Senti a língua áspera, mas apesar disso me obriguei a perguntar:

— Você acredita que o que seu pai disse é verdade? Sobre você? E eu? Aquilo sobre você estar destinado a me manter em segurança.

Todo o riso desapareceu dos olhos de Bjorn e meu coração afundou.

— Não, Freya. Você pode acreditar no que quiser. Mas por favor, não acredite nisso.

— Freya.

Estremeci, virando-me para encontrar Snorri olhando para mim, Ylva alguns passos atrás.

— Chegou a hora. — A voz dele era grave, e isso, mais do que suas palavras, me fez entender *exatamente* o que ele queria dizer. O casamento precisava ser consumado para ser legítimo, e todos os presentes serviriam de testemunha ao ouvir. Mordi a parte interna das bochechas, sem saber ao certo se o fato de Snorri não parecer particularmente feliz com o que estava prestes a acontecer fazia eu me sentir melhor ou pior.

Você consegue, disse a mim mesma. *É só ir lá e fazer.*

Assentindo com firmeza, levantei da mesa, mas a mão de Bjorn me conteve. Virei para encarar a expressão intensa em seu rosto, embora eu não tivesse certeza de quais eram as emoções que jaziam atrás daqueles olhos.

— Nem todas as cicatrizes são superficiais, Freya Nascida do Fogo. — Ele afrouxou o aperto, minha mão deslizando pela dele. Embora minha palma cheia de cicatrizes estivesse dormente, jurei ter sentido seus dedos passando sobre ela, o que me fez estremecer. — Não há menos honra nelas.

— Nascida do Fogo — repeti, sem saber como me sentia em relação ao apelido, apenas que o ouvir fez minha pele formigar e meu coração acelerar.

Snorri agarrou meu pulso esquerdo, puxando-me da mesa e me arrastando pelo salão, Ylva em seu encalço. Todos celebravam vibrando e brindando enquanto passávamos. Olhei para a porta que dava para os aposentos que ele devia compartilhar com a primeira esposa, meus pés pesados como chumbo e todos os meus instintos me dizendo para me afastar. Para fugir.

Mas eu não fugiria. Eu era Freya Nascida do Fogo e faria o que fosse necessário para proteger minha família. Então, em vez disso, endireitei os ombros.

E entrei com ele.

8

O QUARTO ERA MAIOR DO QUE A CASA INTEIRA na qual eu tinha crescido. As paredes eram decoradas com cortinas e o piso com peles, e as chamas da lareira brilhavam para afastar o frio. Mas foi a cama, tão grande que comportaria uma família, que chamou minha atenção de imediato.

Você não é nenhuma donzela, repreendi a mim mesma. *Não vai doer.*

Palavras que significavam pouco, pois não era o medo da dor que fazia minha pele se arrepiar, mas a repugnância de ter que dormir com um homem pelo qual eu não tinha nenhuma afeição. Nenhum desejo. Enquanto a esposa dele observava.

Nascida do Fogo.

— Tire a roupa.

Rangendo os dentes, comecei a desamarrar o vestido, mas parei quando Ylva disse:

— Eu não vou conseguir.

Virando o corpo, encontrei a senhora de Halsar curvada, as mãos sobre o rosto.

— Achei que seria forte o suficiente para aguentar — sussurrou ela. — Mas ver você ir para a cama com outra mulher? É coisa demais para suportar de novo. Vai acabar comigo.

A expressão de Snorri suavizou, e ele se ajoelhou diante da esposa.

— Meu amor, você sabe que é dona do meu coração. Isso... — ele apontou para mim — é um arranjo político. Meu coração e meu corpo não se importam nem um pouco com esta mulher, mas os deuses desejam que ela esteja sob o meu controle, então isso deve ser feito.

Ylva irrompeu em lágrimas e a culpa me consumiu. Todo esse tempo, pensei que ela não passasse de uma megera disposta a tornar minha vida miserável só pelo prazer de fazer isso. Nunca nem pensei em considerar como deveria ser ver o amado marido se casar com outra esposa.

Snorri a puxou para os seus braços.

— Não há escolha, Ylva. Você sabe disso. A menos que o casamento seja consumado, não vai ser legítimo. Nossos inimigos vão descobrir e lutar entre si para roubá-la, assim como na visão que Hlin concedeu. Freya será destruída e Skaland permanecerá fraturada e fraca.

Prendi a respiração, porque por mais que eu *não* quisesse fazer sexo com aquele homem, a agonia de ser rasgada em duas era muito vívida. Todos os caminhos levavam à dor, mas pelo menos a primeira era uma dor que eu sabia que poderia suportar.

Ylva ergueu a cabeça. Embora sua pele clara estivesse manchada e seus olhos estivessem vermelhos, a voz dela soou firme quando disse:

— E se tivesse outra forma? Uma que não exigisse que você compartilhasse a cama com ela?

— Não importa o que façamos, os deuses vão saber que esse casamento não é legítimo. — Snorri balançou a cabeça com firmeza. — Não vão me favorecer se eu não obedecer aos desejos deles.

— Mas será que *isso* é mesmo o que eles querem? — Ylva secou os olhos. — A profecia não dizia nada sobre casamento, nada sobre consumação, apenas sobre controle. Os deuses certamente desejam que você a empunhe como uma arma, mas não que gere uma criança com ela para que domine seu coração.

A náusea tomou conta de mim. Aquele era o plano? Me amarrar a eles com uma criança?

— Que alternativa você sugere?

Ylva tensionou a mandíbula e olhou para o chão.

— Poderíamos usar runas.

Bruxaria. Feitiçaria. Todos os meus instintos me diziam para fugir, mesmo que a lógica sussurrasse que eu não conseguiria ir muito longe.

— Posso atá-la a você. — A voz de Ylva ficou mais séria, provavelmente reforçada pelo fato de que Snorri ainda não tinha desconsiderado seu plano. — Por juramento.

Engoli em seco, alternando o olhar entre os dois. Seja lá o que fosse acontecer, eu estava presa àquela situação. A única incerteza que permanecia era qual laço me vincularia a eles: meu corpo ou minha palavra.

E eu sabia qual preferia. Sabia que faria de tudo, juraria qualquer coisa, para impedir que uma criança ficasse no meio daquele pesadelo.

— Eu posso fazer um juramento.

Eles se viraram para mim, encarando-me com tanta intensidade que foi difícil não me encolher. Mas eu precisava perseverar.

— A condição, no entanto, precisa ser que Snorri jure nunca tocar em mim.

Se ficou ofendido, ele não demonstrou, apenas esfregou o queixo barbudo e depois se virou para a esposa.

— Se alguém ficar sabendo dessa magia, sua vida estaria em perigo, meu amor. Pois a única forma de quebrar o feitiço é sua morte.

— Então continuaremos fingindo que sou sua esposa — falei. — Os deuses gostam de inteligência, por isso vão considerar a dissimulação uma estratégia brilhante, digna de um rei.

Assim que as palavras saíram de meus lábios, os olhos de Snorri brilharam. A referência a seu destino prometido levava embora toda incerteza que ele tinha em relação ao plano de Ylva.

Do lado de fora do quarto, a multidão gritava e ria, comentários obscenos atravessando as paredes, a maioria deles sugestões para Snorri, e a tensão se intensificou.

— As pessoas vão querer provas de que a consumação de fato aconteceu para acreditar nela — disse ele.

Não seja um peão no tabuleiro, sussurrou uma voz em meu ouvido. *Encontre formas de assumir o controle!*

— Finja — respondi. — Não estão esperando evidências de uma virgem, então Ylva vai fornecer tantas provas quanto eu. Ninguém ousaria chamar seu jarl de mentiroso.

Os olhos de Ylva se iluminaram. Atravessando o quarto, ela agarrou meu braço, afundando as unhas na minha pele ao me empurrar contra uma parede e aproximando a boca do meu ouvido enquanto dizia:

— Eu não confio em você.

O sentimento era mútuo, mas o pouco de poder que havia ganhado já tinha me subido à cabeça.

— As melhores alianças — falei, calmamente — são aquelas em que cada parte tem algo contra a outra. Então que sejamos as melhores aliadas, Ylva.

— Se você *alguma vez* nos trair — rosnou ela —, não vou apenas te matar. Vou fazer com que assista a todos que você ama serem despedaçados, pedacinho por pedacinho, e quando estiver destroçada, aí vou te enterrar viva.

Eu acreditava nela. Acreditava que aquela mulher faria *exatamente* o que havia ameaçado, e por esse motivo não pretendia contrariá-la. Mas isso não significava que eu precisava ser intimidada por ela. Sem piscar, falei:

— Entendido.

— Lance o feitiço, Ylva — disse Snorri. — Vamos selar o controle que vai me entregar meu destino.

Observei em silêncio Ylva pegar um prato de prata e o colocar sobre uma mesa. Retirando uma faca do cinto, ela fez um corte superficial na palma de Snorri, deixando o sangue escorrer até o centro do prato. Depois, aproximou-se de mim.

— Estenda a mão.

— Não corte as tatuagens — alertou Snorri. Ylva fez cara feia, mas passou a lâmina na parte de trás do meu braço.

Estremeci, mas não disse nada enquanto ela segurava o ferimento sobre o prato, meu sangue pingando para se misturar ao de Snorri.

Com o dedo, Ylva mesclou nosso sangue e depois o usou para pintar runas ao redor da beirada do prato.

— Freya — disse ela. — Repita comigo. Juro não servir a nenhum homem que não seja deste sangue.

Se eu pronunciasse aquelas palavras, ficaria vinculada para o resto da vida. Ou pelo menos o resto da vida de Ylva. Mas a alternativa era muito, muito pior.

— Juro não servir a nenhum homem que não seja deste sangue.

— Juro lealdade àquele que é deste sangue. Juro proteger, a todo custo, aquele que tem este sangue. Juro não dizer nenhuma palavra sobre este acordo, exceto para aquele que é deste sangue.

Repeti as palavras.

— Agora você, meu amor.

Snorri ficou em silêncio por um longo momento, depois disse:

— Perante os olhos dos deuses, juro lealdade de corpo e coração à minha única esposa verdadeira.

Ylva ergueu os olhos e não havia como negar a onda de emoção neles.

— Você me honra. — Então desenhou a última runa no prato e tudo aquilo, incluindo a poça de sangue, brilhou antes de desaparecer numa nuvem de fumaça. — Está feito.

Eu não me senti diferente, e não tinha certeza se isso era uma coisa boa ou ruim, pois parte de mim desejava sentir o peso do que havíamos feito.

Ylva saiu para pegar um manto escuro, que colocou sobre meus ombros e depois puxou o capuz.

— Não quero que assista.

Dei de ombros, permitindo que ela me empurrasse na direção da parede dos fundos. Sob o tapete havia um alçapão, e quando Ylva o abriu, o ar noturno adentrou o quarto.

— Fique dentro do buraco — ordenou ela. — Não fique zanzando por aí.

Eu poderia facilmente ter dado as costas a ela e tampado os ouvidos, mas não a contradisse; apenas entrei na abertura. Quase no mesmo instante, ouvi o som de beijos e, embora eu não fosse a pessoa mais casta do mundo, não fiquei com vontade de ouvir mais.

Removendo os pedaços de madeira que ocultavam o túnel de fuga, saí para o lado de fora. A noite estava escura, a lua e as estrelas obscurecidas por nuvens densas que tinham cheiro de mais neve, e eu me encostei na parede do grande salão enquanto apertava o manto para me proteger do frio.

Risadas e gritos ecoavam por Halsar, e eu me mantive nas sombras quando vários homens cambalearam pelo vilarejo, os braços nos ombros uns dos outros enquanto cantavam. Do lado de dentro, tambores tocavam e haveria dança e júbilo até o amanhecer. Em qualquer outro dia, eu estaria lá no meio, rindo, cantando e bebendo até passar mal. Mas tudo o que queria naquele momento era me manter na frieza da escuridão, o coração desprovido de alegria.

Nascida do Fogo.

Franzi a testa, reexaminando meu mau humor. Superficialmente, eu sentia como se tivesse feito concessões demais, mas será que tinham sido mesmo tantas assim? Embora tivéssemos acabado de nos conhecer, eu passaria a vida jurada a Snorri como o jarl destas terras. A única coisa que havia mudado era que agora a magia me atava aos juramentos que eu tinha herdado de meu pai. Não adiantava muito ficar remoendo essa questão, pois o acordo já estava selado. Era melhor me dedicar a entender como eu faria para conquistar os resultados que os deuses haviam previsto para mim.

E que maneira melhor de saber mais sobre isso do que pela própria pessoa que tinha previsto meu futuro?

Erguendo a cabeça, olhei ao redor na escuridão. Quais eram as chances de Snorri não manter aquela que lhe havia proferido a sua preciosa profecia por perto? Eu não tinha visto a marca de Odin, que sabia ser um corvo, em ninguém no banquete, mas isso não significava que a vidente não estivesse em algum lugar do vilarejo. E essa podia ser minha única chance de falar com ela sem alguém pairando sobre meu ombro.

Rogando para que Snorri se demorasse com Ylva, me afastei da casa. Mantive a cabeça baixa ao caminhar pelo trecho estreito entre as construções. Meus passos ecoaram pela lama, meu nariz tomado pelo cheiro de esterco, peixe e fumaça, enquanto eu cruzava as casas silenciosas, já que quase todos estavam no grande salão, comemorando. De tempos em tempos, eu passava por homens ao lado de pequenas fogueiras, aparentemente de guarda, mas nenhum deles prestou atenção em mim.

A leve brisa balançava os sinos dos ventos de madeira, os cliques suaves bem-vindos depois do barulho no salão, enquanto eu passava por uma casa atrás da outra procurando pelos símbolos que identificariam alguma delas como a morada de um vidente. Não encontrei nada, e por fim cheguei ao cais que se estendia pelo fiorde escurecido. Andando até o final dele, parei para recuperar o fôlego.

Nunca tinha falado com um vidente. Costumavam estar ou a serviço de um jarl ou serem caros demais para qualquer um consultar, tirando os mais desesperados e ricos. Além disso, minha mãe sempre disse que saber o futuro era uma maldição, porque bom ou ruim, não era possível mudá-lo.

Só que *eu* podia. A única gota de sangue que Hlin tinha me concedido me dava o poder de mudar meu destino.

Mas como eu saberia se estava sendo bem-sucedida nisso era um mistério para mim.

Sem uma imagem clara do futuro, tudo o que eu já havia feito poderia ter sido tecido pelas Nornas.

Pensar nisso fazia minha cabeça doer. Tudo o que eu queria era ter ficado no cais com o ar frio enchendo meus pulmões até minha mente clarear. Só que Snorri e Ylva podiam já ter notado minha ausência, e eu provavelmente tinha ido longe demais por uma noite no relacionamento que mantinha com eles.

Só mais um instante, disse para mim. *Mais doze respirações.*

Então senti minha pele arrepiar.

Xingando a mim mesma por vagar por aí sem ao menos uma faca, dei meia-volta e meu coração acelerou ao ver uma figura sombria alguns passos atrás de onde eu estava. Entreabri os lábios e um grito de socorro começou a irromper, mas aí reconheci a altura e a largura da sombra.

— Bjorn? O que você está fazendo aqui?

— Eu poderia te perguntar a mesma coisa. — A voz dele estava estranha e contida, e um desconforto encheu meu peito enquanto eu lutava para encontrar uma mentira.

— Ylva ficou chateada. Snorri pediu um tempo para resolver as coisas com ela.

Bjorn soltou uma risada leve.

— Duas vezes numa noite só. Não achei que o velho cretino ainda aguentasse o tranco.

— O que está fazendo aqui fora? — repeti a pergunta, principalmente porque não sabia ao certo se deveria ficar preocupada por ter sido pega vagando sozinha.

— Não estava muito no clima para comemorar.

Ele deu um passo à frente e eu instintivamente dei um passo atrás, meu calcanhar encontrando a beirada do cais.

— Nem eu. — Hesitando, acrescentei: — Não achei que estaria aqui. Nem que escolheria este caminho, mas por não ter destino determinado, como todos ficam dizendo, ainda me encontro presa.

Bjorn não se mexeu.

— Você poderia fugir.

Será que poderia? Será que poderia sair correndo pela noite e encontrar uma vida simples que não violasse o juramento que fiz? Talvez, mas minha família pagaria o preço.

— Não posso.

Ele bufou, parecendo exalar uma frustração que o dominava.

— Por que eu sabia que você ia dizer isso?

Meu desconforto de repente se transformou em medo, embora eu não soubesse muito bem por quê.

— Que diferença isso faz para você?

— Toda diferença. — Ele fechou as mãos em punhos, mas então parou de repente. — Está ouvindo isso?

Respirei fundo, escutando, e então um som rítmico encheu meus ouvidos. Ele vinha da água e ficava mais alto a cada segundo.

Remos. Era o som de remos se movendo em suas travas, lâminas batendo na água.

Não apenas um par, mas muitos.

Bjorn se posicionou ao meu lado, nós dois encarando a água. Congelei ao avistar a sombra não apenas de uma embarcação, mas de *várias*.

Invasores.

9

— Porra — resmungou Bjorn, depois segurou meu braço e nós dois saímos correndo pelo cais. Não haveria muito tempo, e roguei para que os guerreiros que estavam celebrando meu casamento estivessem armados e sóbrios a ponto de conseguirem empunhar uma arma.

Eu *conhecia* invasões. Tinha vivido em meio a elas. Tinha perdido amigos e familiares para elas. Eram cruéis e sangrentas, e os vencedores raramente poupavam *qualquer um* que capturassem.

E Halsar não estava nem um pouco preparada para um ataque.

A lama espirrava na minha saia enquanto cruzávamos a praia. Tínhamos minutos, se muito, antes que o drácar chegasse à costa, e então o inimigo se espalharia pelas ruas, matando todos que visse pelo caminho. E eles nem deveriam estar aqui.

— Ainda tem gelo na água. Como os nordelandeses conseguiram atacar tão cedo?

— Quem quer que seja, não está aqui para atacar, está aqui por você! Por mim?

— Por quê? — exigi saber, entre respirações ofegantes. — Como alguém pode saber que estou aqui?

— Porque a profecia não é nenhum segredo — respondeu Bjorn. — E todo jarl em Skaland tem observado e esperado o dia em que Snorri a encontraria para que pudesse mandar você pro túmulo.

O suor que escorria por minha pele pareceu se transformar em gelo.

— Por que eles me querem morta?

Uma pergunta idiota, porque eu sabia o motivo.

Bjorn me encarou, os olhos sombrios.

— Muito poucos gostam da ideia de serem dominados.

Arrastando-me para trás do grande salão, ele parou perto da entrada do túnel de fuga.

— Entre aí. Avise meu pai. — Então saiu correndo na direção da porta da frente.

Engatinhei na lama e então bati na porta do alçapão.

— Snorri! Ylva! Invasores!

O alçapão se abriu, revelando Snorri com o peito desnudo.

— Invasores — repeti, sem fôlego. — Muitos barcos. Já devem ter desembarcado a essa altura. — Lembrando que eu não deveria ter saído, acrescentei. — Ouvi os gritos de alerta!

— Invasores? — perguntou Ylva. — Não é possível! Ainda tem muito gelo no estreito que leva a Nordeland para que venham.

— Bem, então deve ser outro jarl — retruquei. — Se não acredita em mim...

Gritos de alerta vieram do salão principal, um nome sendo repetido várias vezes.

— Gnut! — Snorri gritou aquele nome com os olhos queimando de fúria. Abaixando-se, ele me puxou para dentro do quarto.

Gnut Olafson era jarl dos territórios a leste de nós, familiar para mim apenas porque sua fortaleza ficava em um fiorde depois do meu vilarejo e com frequência precisávamos pagar aos guerreiros dele para nos deixarem em paz. Por mais próximos que fossem os territórios de Gnut, ele ainda precisaria ter um espião dentro de Halsar com habilidades mágicas para ficar sabendo da minha identidade assim tão rápido. No entanto, os meios eram o que menos importava naquele momento; porque Gnut estava aqui. Tudo por minha causa. Por causa do que eu supostamente faria. E ele estava aqui para me matar.

— Preciso de uma arma.

Snorri ergueu um dedo na minha direção.

— Você precisa ficar aqui com aqueles que não podem lutar, onde será mantida em segurança.

— Mas eu *posso* lutar! — Pela primeira vez na vida, finalmente tinha a chance de defender meu povo contra invasores sem esconder minha magia e isso estava sendo tirado de mim.

— Cacei você por vinte anos. — Snorri agarrou meus braços com tanta força que eu ficaria com hematomas no dia seguinte. — Eu me recuso a perder meu destino prometido horas depois de te possuir.

Possuir. A palavra fez meus músculos se contraírem, como se meu corpo inteiro estivesse rejeitando tal ideia, mas não disse nada quando o vi vestir uma camisa e depois uma cota de malha antes de colocar uma espada no cinto.

— Mantenha ela aqui — ordenou ele a Ylva, e então saiu para o caos do grande salão.

Fiquei andando de um lado para outro enquanto Ylva colocava um vestido sobre o corpo nu, que era uma combinação de linhas longas e belas curvas que ajudavam a explicar a devoção de Snorri, embora, em minha opinião, nem seios perfeitos compensavam a personalidade dela.

— Não tenha medo, Freya — disse Ylva. — Snorri vai derrotá-lo e o povo de Gnut vai ver a fumaça das piras de seus guerreiros mortos quando acordar de manhã. Vai ser um presságio de que a profecia está se concretizando, e o respeito por Snorri vai crescer.

Eu não estava com medo. Estava furiosa. Pessoas morreriam naquela noite me defendendo, e em vez de lutar ao lado deles, eu ficaria escondida com os indefesos.

— Nosso povo vai morrer também. Você não se importa com eles?

— É claro que me importo — retrucou ela. — Desejo que nosso povo seja forte. Forte o bastante para que ninguém ouse nos atacar, e a única forma de isso acontecer é com a união de Skaland. Você vai tornar isso possível.

— Como? — Estávamos frente a frente, embora eu não me lembrasse de ter me mexido. — Sou filha de uma deusa menor, minha magia é útil apenas para me proteger em combate. O que vocês acreditam que eu posso fazer para que toda Skaland siga Snorri?

— Apenas os deuses sabem, mas o que quer que você faça, nossa escalda vai testemunhar. E vai cantar as canções de suas proezas por toda Skaland até todo homem e toda mulher fazerem um juramento a Snorri.

— Então ela só vai ter material para cantar que eu me escondi do perigo no grande salão feito uma criança. — Eu me virei e saí do quarto.

Não havia nenhum guerreiro no salão, apenas mulheres, crianças e idosos sentados em silêncio onde antes estavam dançando, as guirlandas pendendo de pilares e vigas, o resto do banquete esfriando nas travessas. O cheiro era de hidromel, vômito e medo, e eu precisei de todas as minhas forças para não sair por aquelas portas, porque eu *não* pertencia àquele lugar.

Precisava de uma arma. Precisava defender essas pessoas. Precisava *lutar*.

Avistando a espada que Snorri tinha me dado na cerimônia de casamento encostada em minha cadeira, estendi a mão para pegá-la, mas me lembrei da lâmina cega. Então meus olhos recaíram sobre a espada do meu pai. Que agora era de Snorri, mas não me importei ao segurá-la, examinando a ponta afiada.

Tão afiada que podia cortar. Tão afiada que podia matar.

Jogando o manto de lado, caminhei em direção à saída, mas a voz de Ylva me fez parar.

— Por suas vidas, não deixem que ela saia.

Os dois homens com que ela estava falando pararam na frente das portas com os braços cruzados e armas na mão. Guerreiros experientes, pela aparência, mas se eu pegasse um dos muitos escudos que decoravam o salão e invocasse minha magia, havia uma chance de conseguir passar por eles.

Mas e se eu os machucasse no processo?

Ferir guerreiros, e potencialmente a mim mesma, quando uma batalha estava acontecendo do lado de fora e dezenas de inocentes do lado de dentro precisavam de proteção era um plano idiota.

Um plano melhor seria encontrar outra saída.

— Tudo bem. — Abaixei a espada.

No entanto, como se estivesse ouvindo meus pensamentos, Ylva disse:

— A sala está trancada, Freya. Sente-se, sirva-se de uma bebida e fique longe de problemas.

Deuses, eu estava começando a odiar aquela mulher. Rangendo os dentes, sentei à mesa, perto do canto da sala, e apoiei a espada nas coxas.

Gritos e berros atravessavam as paredes. Eram de homens e mulheres do clã que não haviam estado no banquete e que naquele momento fugiam dos guerreiros de Gnut. Parte de mim começou a se preocupar com o fato de que eu não precisaria sair para lutar.

Porque a luta me encontraria.

Tamborilando os dedos na mesa, considerei minhas opções. Ou brigar com os guerreiros que barravam meu caminho ou tentar passar pelas portas trancadas dos aposentos de Snorri e depois sair pelo túnel de fuga. Nenhum dos dois era sucesso garantido.

Os gritos do lado de fora me arranhavam por dentro. Cada músculo do meu corpo estava tenso, precisando se mexer. Crianças choravam nos braços das mães, todas sabendo o que aconteceria se os inimigos entrassem no salão. Todas sabendo que seriam nossos corpos que queimariam, a fumaça subindo como aquela que escapava pela...

Abertura acima.

Olhei para o buraco no telhado do grande salão, que nem sequer era visível nas sombras, porém eu sabia que estava lá. Grande o suficiente para eu passar, se ao menos conseguisse escalar as vigas sem que ninguém notasse.

Mas o que eu poderia fazer lá de cima?

A resposta estava em um arco e uma aljava que alguém tinha deixado para trás, provavelmente por ter preferido um escudo e uma lâmina. Levantando, andei até a mesa em que as armas estavam apoiadas, colocando-as no ombro antes de ir até uma escada que levava ao andar superior.

— O que você está fazendo? — perguntou Ylva.

— Se eles entrarem — respondi —, vou matar o máximo que puder.

A senhora de Halsar me observava com cautela, preocupada, com razão, que eu talvez tentasse colocar uma flecha em suas costas, mas havia pouco que ela pudesse dizer com todo mundo olhando.

Subi pelo espaço estreito repleto de leitos e pertences pessoais. Encostei no corrimão, esperando Ylva parar de verificar se eu não estava tentando fugir. O que não demorou muito.

Punhos batiam contra as portas, as pessoas do lado de fora gritando para que as deixássemos entrar. Eu meio que esperava que Ylva os proibisse, mas ela acenou a cabeça com firmeza para os guardas e eles ergueram a trava. Uma onda de pessoas ensanguentadas e aterrorizadas fluiu para dentro.

Essa era minha chance.

Analisando as vigas enquanto prendia a saia no cinto, dei uma última olhada para garantir que ninguém estava me vendo e comecei a escalar. Eu tinha passado a juventude correndo atrás do meu irmão, o que significava subir em muitas árvores, e fiz bom uso dessas habilidades ao me erguer, esforçando-me para permanecer em silêncio. A essa altura, a fumaça era tão espessa que sufocava, e uma tosse escapou da minha garganta.

— Ela subiu nas vigas!

Merda.
Sem me dar ao trabalho de olhar para baixo, cheguei à abertura e subi no telhado do grande salão. Piscando e tossindo, engatinhei pela larga coluna central, enfim voltando a enxergar quando as lágrimas devido à fumaça que se dissipava finalmente cessaram.

Parte de mim desejou ter permanecido cega.

Por toda Halsar, casas queimavam, e nas ruas a batalha era travada. Pequenos grupos de guerreiros lutavam uns contra os outros, homens e mulheres tombando de ambos os lados. Estava escuro demais para distinguir rostos, mas havia um cuja identidade não podia ser confundida.

Bjorn lutava sozinho contra um grupo de guerreiros, o machado dele brilhando como um borrão ao ser lançado em arco pelo ar, um escudo na outra mão. Fiquei observando em um silêncio atordoado quando ele arremessou a arma de um guerreiro, depois reverteu o impulso e o machado cortou profundamente o pescoço do homem. Passando por cima do corpo, Bjorn bloqueou um golpe de outro guerreiro com o escudo e depois jogou seu machado. O homem interceptou o ataque com o próprio machado e as armas colidiram. O cabo do machado do homem pegou fogo, mas antes que ele pudesse recuar, Bjorn o acertou no rosto com o escudo. O guerreiro caiu com um grito, tentando se arrastar para longe enquanto cobria o rosto arruinado com as mãos, mas o machado de Bjorn cortou seu peito, a lâmina em chamas atravessando metal e carne com facilidade ao mesmo tempo que ele levantava o outro braço para bloquear mais um ataque.

O escudo dele se estilhaçou.

Em vez de recuar, Bjorn jogou uma lasca na cara do agressor e depois atacou, seu machado atravessando a espada do homem como uma faca quente cortando manteiga. O guerreiro deu meia-volta e saiu correndo. Só conseguiu dar meia dúzia de passos antes de Bjorn arremessar o próprio machado, a arma fincando nas costas do guerreiro. Quando o homem caiu, a arma em chamas desapareceu e reapareceu na mão de seu dono, que já atacava o próximo oponente.

Percebi, então, por que Snorri o havia acusado de se conter quando lutou contra mim, porque este... este não era o guerreiro que eu tinha enfrentado. Era como se o próprio Tyr tivesse vindo para o plano mortal.

Senti minha nuca se arrepiar e girei o corpo.

Sombras se aproximavam do grande salão pelo sul, movendo-se em silêncio e sem tochas, mas não havia como os confundir pela forma com que a lua refletia no metal. O ataque pela água tinha sido apenas uma distração, enquanto a maior parte dos homens de Gnut chegava a Halsar por trás. O objetivo deles era o grande salão.

Não. Não o grande salão.

Era eu.

Eu era o objetivo deles, e matariam qualquer um em seu caminho para chegarem a mim.

A raiva afastou meu medo e ajoelhei perto da abertura do teto para gritar:

— Ylva, outra força se aproxima pelo sul! Mande alguém alertar Snorri!

Sem esperar por uma resposta, corri pela extensão do grande salão até a ponta norte.

— Bjorn! — gritei, tentando chamar a atenção dele. — Estão atacando por trás! Bjorn!

Mas ele não podia me ouvir por conta do barulho, a atenção totalmente voltada ao perigo que encarava. Assim como a atenção de todos os outros. Nenhum dos guerreiros de Snorri estava ciente da ameaça que se aproximava por trás.

Lá embaixo, um dos guardas de Ylva correu na direção da batalha. Mas antes de dar uma dúzia de passos, caiu com uma flecha fincada na perna. Usando as mãos e os joelhos, ele se arrastou para longe e outra flecha foi disparada no escuro, errando o alvo por pouco.

Tirando uma flecha da aljava, procurei o arqueiro na escuridão e avistei uma sombra. Meu braço tremeu quando puxei a corda do arco, pois a arma era feita para alguém muito mais alto e forte. Então soltei a flecha.

Ela disparou pela noite e a sombra em que eu mirava gritou.

Mas meus esforços foram em vão.

Outro guerreiro saiu correndo da escuridão entre as casas. Ergueu bem o machado e, antes que eu pudesse disparar outra flecha, cortou fora a cabeça do homem que rastejava. Perdi o fôlego quando o sangue espirrou e o cadáver desabou na terra lamacenta.

O guerreiro que o matou ficou imóvel, depois levantou os olhos e me encarou.

Por instinto, me abaixei, mas ele apenas sorriu e apontou para mim. Sangue pingava de seu machado quando o homem pegou uma tocha, andando na direção do grande salão. Se ele colocasse fogo na construção, todos que estavam lá dentro morreriam queimados ou seriam obrigados a sair e enfrentar a falange de guerreiros que rapidamente se aproximava por trás.

Seria um massacre.

Pegando outra flecha, rangi os dentes e puxei a corda do arco, xingando minha fraqueza enquanto meu braço tremia. A flecha voou, atingindo o chão aos pés do guerreiro, e embora eu não estivesse conseguindo ouvir o que ele dizia, seus ombros sacudiram com uma gargalhada.

Tentei mais uma vez e errei, soltando um grito de frustração porque eu não conseguia manter o arco firme o suficiente para mirar.

Puxei outra flecha da aljava, mas o guerreiro saiu de vista, escondido pela beirada do telhado.

— Merda — resmunguei, rezando a todos os deuses para a madeira estar úmida demais para queimar, mesmo escutando a zombaria do homem lá embaixo.

— Entreguem a dama do escudo — disse ele. — Entreguem ela para mim e prometo deixar vocês viverem.

Era mentira, então nem me incomodei em responder.

Será que eu conseguiria pular lá para baixo e matá-lo? Fui até o meio da construção para medir a distância, o coração disparado no peito e as palmas molhadas de suor.

Era longe demais. Com a sorte que eu andava tendo, quebraria um tornozelo e aquele cretino cortaria minha cabeça fora enquanto eu estivesse me contorcendo de dor. Além disso, matá-lo não resolveria o problema, pois quando olhei para o sul, foi para ver que o restante das forças de Gnut já estava diante do grande salão, com os escudos erguidos.

— Entreguem a dama do escudo para nós — gritou um deles. — Entreguem ela para nós e iremos embora em paz!

Mais mentiras.

Eles cortariam minha garganta e colocariam fogo no grande salão só porque podiam, matando todos os presentes antes que Snorri e os guerreiros dele chegassem para expulsá-los. Algo que as pessoas do lado de dentro também sabiam, dado o silêncio no salão. Ylva provavelmente estava ganhando tempo, rezando para que seu marido chegasse para salvá-la.

E me salvar.

Ainda assim, conforme os guerreiros de Gnut se aproximavam com tochas nas mãos, eu sabia que o resgate não chegaria a tempo. Pelo menos, não de onde Ylva esperava que viesse.

Ao me arrastar para a ponta norte do telhado, olhei através da névoa de fumaça na direção do fiorde onde os navios inimigos aportaram na praia. Depois, me voltei para a construção mais próxima do grande salão. Um pulo longo, mas não tão longo quanto a queda até o chão.

Eu conseguiria dar aquele pulo. E aí só precisaria descer para alertar Bjorn e os outros.

Ficando em pé, pendurei o arco nos ombros e, com cuidado, recuei vários passos. Eu era um alvo fácil para qualquer arqueiro, então não hesitei. Meus sapatos bateram contra a madeira quando corri pela viga, mas o som parecia distante quando olhei para o espaço entre os prédios, meu medo exigindo que eu parasse. Implorando que eu não corresse esse risco.

Nascida do Fogo.

Saltei.

O vento frio assobiou em meus ouvidos quando voei pelo ar, o telhado da casa correndo ao meu encontro. Bati os pés primeiro, atingindo minha coluna, então tombei para a frente e caí sobre as mãos e os joelhos, palha voando por todos os lados.

Fiquei agachada por um segundo, recuperando o fôlego.

Então o telhado ruiu embaixo de mim.

10

DEI UM GRITO AO DESMORONAR, que apenas foi interrompido quando caí de costas, perdendo o fôlego.

O desespero para puxar o ar abafava tudo, meu corpo doendo pelo impacto enquanto os porcos em cujo chiqueiro eu havia aterrissado berravam em pânico. Eles corriam à minha volta, os cascos cortando meus braços e minhas pernas, mas não era o esterco deles que fazia minha pele se arrepiar. Era a certeza de que eu estava ficando sem tempo.

Puxando a espada, cambaleei para me equilibrar ao ver uma figura sombria entrando pela porta aberta.

— Ficou maluca? — sussurrou Bjorn, aparecendo no feixe de luz que entrava pelo buraco no telhado. — O que estava fazendo no telhado?

Ignorando as duas perguntas, passei por cima de um porco, encolhendo o corpo quando uma de minhas tranças me atingiu no rosto, o cabelo cobertos de merda. Tive sorte de Bjorn já ter me dado um apelido, porque isso era material de primeira para o humor dele.

— Tem outra falange ao sul do grande salão. O ataque pela água era uma distração.

Bjorn xingou.

— Tínhamos guardas posicionados na floresta, vigiando. O fato de nenhum ter nos alertado significa que alguém contou a Gnut onde estavam escondidos e eles foram mortos.

Engoli em seco.

— Estão exigindo que Ylva me entregue ou vão botar fogo na casa.

— Vão fazer isso de qualquer jeito. — Bjorn enfiou a mão no chiqueiro e me puxou para fora. — Você fez certo em fugir. Quando meu pai descobrir que você se foi, vai achar que está morta ou que Gnut te levou, o que não pode descontar na família. Siga para o sul e não pare até sair de Skaland, depois não volte nunca mais.

— Do que você está falando? — perguntei. — Não pulei para fugir, seu idiota. Pulei porque o grande salão está cheio de gente que precisa de ajuda. Precisamos encontrar Snorri e trazê-lo para defender o lugar.

— Vou avisá-lo — respondeu Bjorn. — Você precisa fugir. Gnut é o primeiro jarl a vir atrás de você, mas será o último. Homens muito mais perigosos do que ele logo vão cobiçar você.

Meu corpo todo se arrepiou, mas fiz que não com a cabeça.

— Não vou abandonar meu povo para salvar minha própria pele.

Tentei me afastar, mas o aperto dele era implacável quando disse:

— Não dá para salvar o salão, Freya. Meu pai está preso entre dois grupos inimigos e metade dos homens dele está bêbada. Se ele conseguir chegar até aqui, vai pegar você e abandonar Halsar.

Havia crianças lá dentro, mas eu suspeitava que isso não seria uma motivação tão boa.

— Ylva está lá dentro. Vão matá-la.

— Ylva rastejou para fora do grande salão. Saiu correndo, provavelmente em busca de Snorri. É apenas uma questão de tempo até aparecerem lá procurando por você, e sua chance de liberdade terá sido perdida. Não importa o que Ylva diga, ele vai sacrificar todos naquele salão para manter os guerreiros vivos até que fiquem sóbrios, porque valoriza a vida deles mais do que a dos que estão escondidos lá dentro.

Acreditei no que ele estava me dizendo. Sabia que a obsessão de Snorri por se tornar rei o levaria a sacrificar tudo. Mas isso não significava que eu faria o mesmo.

— E você, Bjorn? A vida de quem você valoriza?

Silêncio.

Eu não sabia se isso significava que ele concordava com o pai ou não, então disse:

— Não vou ficar aqui parada enquanto inocentes morrem numa briga motivada por minha causa. Se tentar me impedir, vou perfurar sua barriga.

Bjorn riu com desdém.

— Qual a sua proposta para salvá-los? Vai passar correndo na frente deles com o escudo iluminado e esperar que todo o exército de Gnut corra atrás de você?

— Até parece. — Levantei a espada. — Vou botar fogo nos navios deles e atraí-los para a praia.

Era o melhor plano em que eu tinha conseguido pensar.

Uma frota de drácares custaria uma fortuna em tempo e ouro para substituir aquela. Quando vissem o fogo, os homens de Gnut abandonariam a luta para salvar as embarcações e não perder a possibilidade de recuar. Pelo menos era o que eu esperava.

— Os barcos estarão sendo vigiados. Gnut não é tolo, vai proteger a própria linha de retirada.

Fechei as mãos em punhos.

— Então me ajude.

A tensão aumentou entre nós e eu mal conseguia respirar. Não porque achei que Bjorn tentaria me impedir, mas porque queria que ele me ajudasse. Queria que fosse o tipo de homem que faria qualquer coisa para salvar todos aqueles que estavam dentro do salão. Soltei um suspiro alto de alívio quando Bjorn finalmente disse:

— Vai na frente, Nascida do Fogo.

Caminhamos pela escuridão de Halsar em chamas, passando por cima de corpos e evitando combates. O cheiro de fumaça deixava o ar denso. Mais de uma vez, escutei a frase "Ela não pode ter ido muito longe" e soube que estavam falando de mim. Bjorn tinha razão sobre o foco de Snorri não ser proteger o povo, mas me encontrar. Fiquei olhando para trás, esperando ver grandes labaredas atrás de nós. Esperando ouvir gritos enquanto as pessoas queimavam ou fugiam direto para as lâminas dos guerreiros de Gnut. Esperando a dor lancinante de saber que eu não tinha conseguido ajudá-las.

— O fato de não terem incendiado o salão pode significar que querem você viva — disse Bjorn em voz baixa. — Talvez Gnut se considere um futuro rei.

As palavras dele não acalmaram em *nada* meus nervos.

Chegamos à extremidade da cidade, Bjorn me puxando para que agachasse, nossos ombros colados um no outro enquanto olhávamos para a praia e os navios. Eu conseguia sentir o calor dele através da manga do meu vestido, quase como se fogo queimasse dentro dele assim como queimava no machado pelo qual era famoso. Ele cheirava a sangue recém--derramado e suor, mas também a couro e pinho. Dadas as circunstâncias, eu não deveria me importar, mas parte de mim se encolheu por eu estar fedendo a porco.

— Vamos ter que ir por trás — murmurou Bjorn. — Tem muita gente vigiando os navios para vencermos sem que soem um alarme. Você sabe nadar?

— Sei. — Desamarrei o pesado vestido, tirando-o pelos ombros e o jogando de lado, mas quando virei a cabeça, encontrei Bjorn me observando.

— Essa sua ideia fica melhor a cada momento que passa — disse ele, com um quê de divertimento na voz. — Obrigado por ter me convencido a vir com você. A primeira história que vou contar quando passar pelos portões de Valhalla, coisa que pode acontecer antes do que eu imaginava, vai ser sobre a dama do escudo, que se despiu ao assumir uma posição de ataque numa batalha.

— Não dá para nadar com um vestido pesado — retruquei. — E tenho certeza de que todos em Valhalla vão descobrir bem rápido que sua presença é muito mais tolerável quando você fica de boca fechada.

Bjorn tirou a camisa ensopada de sangue e a jogou de lado. Fiz cara feia para ele.

— Por que fez isso?

— É uma camisa muito pesada — respondeu Bjorn. — Pode me atrasar. E isso também. — Ele começou abrir o cinto, mas dei um tapa em sua mão, escolhendo bem as palavras até que vi um corte em suas costelas, a lateral de seu corpo manchada de sangue.

— Você está ferido.

— Isso não é nada. — Ele abaixou para pegar um graveto grosso. — Largue a espada aí. Você não vai conseguir nadar com ela. Leve isto aqui no lugar.

Peguei o graveto, tremendo quando o vento soprou sobre nós, a fina combinação que eu usava não fazendo nada para me abrigar do frio. Bjorn se moveu para bloquear o vento, depois murmurou:

— Vou botar fogo nisso aí quando estivermos fora do campo de visão deles.

Mantendo uma boa distância do brilho das tochas daqueles que guardavam os drácares, fomos para a água. Eu me encolhi, o frio perfurando meus ossos enquanto eu caminhava pela água, a profundidade logo me obrigando a nadar. Minha respiração estava ofegante e irregular, o instinto exigindo que eu recuasse, que encontrasse um lugar quente, mas ao olhar para trás, na direção do grande salão ao longe, encontrei coragem para continuar.

Era quase impossível enxergar, então segui os leves sons que Bjorn fazia ao nadar na minha frente, capaz de se movimentar mais rápido dado que não estava sendo atrapalhado por um graveto. Ele deu a volta e chegou a um drácar por trás. Tremores assolavam meu corpo, meus membros ficando mais rígidos a cada segundo que passava. Uma preocupação real de que eu pudesse me afogar tomou conta de mim, e foi um alívio quando meus pés tocaram o chão. Estava raso a ponto de eu conseguir ficar em pé, embora as ondas do fiorde chegassem até meu queixo.

— Vou te levantar até o drácar — sussurrou Bjorn. — Bote fogo nas velas e volte para a água. Só queremos tirá-los de Halsar, não afundar a frota e obrigá-los a se manterem firmes. Eu vou para o outro navio.

Assenti com firmeza e então ele segurou minha cintura. Apesar da água congelante, as palmas das mãos dele estavam quentes por cima do tecido encharcado da minha roupa de baixo. Suas mãos eram tão grandes que abarcavam meus quadris inteiros, e seus polegares pressionavam a curva da minha bunda. A sensação provocou uma onda de calor pelo meu corpo, intensificada quando senti a respiração dele em meu pescoço, nas minhas costas e na parte de trás das coxas quando ele me levantou devagar para evitar o barulho da água.

Segurando a lateral do barco com a mão livre, verifiquei os arredores para ter certeza de que ninguém estava olhando antes de enganchar um tornozelo e me alçar para dentro. Abaixando o graveto ao meu lado, esperei.

— Tyr, me conceda sua chama — sussurrou Bjorn, e eu me encolhi quando o machado dele ganhou vida, o brilho tão intenso que parecia impossível alguém não notar. Mas os olhos dos guerreiros que guardavam o drácar permaneciam fixos em Halsar. Segundos depois, o crepitar de chamas chegou aos meus ouvidos. Ergui o graveto ardente e o ocultei dentro do barco, permanecendo agachada enquanto engatinhava na direção das velas abaixadas. De olho nos guardas, levei as chamas às dobras do tecido, sorrindo quando pegou fogo.

Volte para a água. As instruções de Bjorn ecoaram em meus ouvidos, mas meus olhos pousaram sobre o drácar ao lado daquele em que eu estava ajoelhada. E se os guerreiros de Gnut se recusassem a abandonar a batalha por um barco ou dois? E se eles precisassem de mais incentivo?

Com o hidromel ainda alimentando meus impulsos, pulei no próximo drácar enquanto o fogo subia pelo mastro atrás de mim. Se foi o crepitar das chamas ou meus passos ecoando na madeira, não sei ao certo, mas os guerreiros se viraram horrorizados, arregalando os olhos.

— Fogo! — gritou um deles, e eu mergulhei na direção da vela, enfiando o graveto aceso nas dobras.

— Detenham ela!

Minha pulsação acelerou ao ouvir pés correndo pelo cais e eu disparei para a beirada do drácar e a relativa segurança da água.

Só para sentir minhas pernas sendo seguradas.

Praguejando, eu me virei e vi meu tornozelo preso em uma corda. E os guerreiros já estavam quase me alcançando.

Fiquei gelada de terror, meu coração pulando pela boca enquanto eu mexia na corda, tentando libertar meu pé. Mas o nó só o apertava cada vez mais.

— Vamos — supliquei, agarrando-a com a mão direita cheia de cicatrizes, depois mudando para a esquerda. — Vamos!

Arranhei minha pele ao colocar os dedos sob a corda e puxar, mas consegui afrouxar o nó o suficiente para soltar meu pé. Arrastando-me até a beirada, tentei me levantar...

Mas fui atingida nas costas pelo que parecia ser um aríete.

Tombei e caí de cabeça na água, o peso do guerreiro que tinha me atingido me fazendo afundar cada vez mais até que atingi o fundo rochoso do mar.

O pânico tomou conta de mim e eu me virei, agarrando e arranhando, fazendo tudo que podia para sair de debaixo dele. Ele segurou meus pulsos, pressionando-os contra as rochas com força o suficiente para machucar.

Dei uma joelhada em seu estômago e fui recompensada com uma onda de bolhas, mas ele não afrouxou o aperto, batendo os pés para manter nós dois submersos. Novamente, tentei chutá-lo, mas não consegui o mesmo impulso. Não conseguia atingi-lo com força suficiente para fazê--lo me soltar.

A pressão cresceu em meu peito. Meu corpo se sacudia de um lado para o outro, mas eu não conseguia me soltar. E precisava *respirar*.

Hlin, supliquei, *me ajude!*

A magia surgiu dentro de mim, esperando que eu a usasse, mas meus pulsos estavam presos. O que significava que minha magia era *inútil*. Eu era inútil.

E precisava respirar. *Deuses*, eu precisava respirar!

Uma luz brilhou no alto. Uma nuvem de calor tomou conta do meu rosto. As mãos que me seguravam ficaram frouxas.

Bati as pernas, tentando chegar à superfície em busca do precioso ar, mas colidi com o homem morto.

Que lado era para cima?

De que lado estava o ar?

Minha visão escureceu quando meu peito teve um espasmo, minha boca se abrindo para sugar o ar que não estava lá, e...

Mãos se fecharam ao redor de meus braços, puxando-me para cima. Minha cabeça despontou na superfície justo quando quase dei meu último suspiro.

— Eu te disse para voltar para a água, não para incendiar toda a maldita frota!

Eu não estava em posição de argumentar, apenas de recuperar o fôlego enquanto Bjorn me levava para longe da praia. Para longe do brilho do fogo e dos gritos desesperados dos guerreiros de Gnut, que jogavam água nas chamas.

— Está dando certo — disse Bjorn, a barba por fazer de seu queixo roçando em meu rosto. — Estão recuando para salvar os navios. Veja.

Ele tinha razão. Guerreiros saíam correndo de Halsar embainhando baldes em vez de armas, dezenas de homens trabalhando em uníssono frenético para salvar os três navios que tínhamos incendiado.

Pouco a pouco, as chamas se tornaram brasas, mas enquanto os homens continuavam segurando os baldes, a batida de um tambor preencheu o ar.

Da escuridão das ruas, Snorri e seus guerreiros surgiram. Já não mais espalhados, desorganizados e bêbados, os homens e as mulheres posicionavam seus escudos como uma barreira que não seria fácil romper. Unidos, foram até a praia, onde pararam. E aguardaram.

Um homem enorme usando capacete andou pelo cais. Perdi o fôlego quando o vi puxar o machado do cinto.

A batalha não tinha acabado.

Apesar de toda morte e destruição, continuariam lutando.

Eu nem valho tanto assim, queria gritar. *Não valho toda essa morte!*

Só que em vez de atacar, o homem grande gritou:

— Fique com sua dama do escudo, Snorri. Mas saiba que cada homem aqui vai morrer antes de chamar você de senhor.

— Suas mortes já foram tecidas. — A certeza da declaração me fez estremecer, e Bjorn me apertou contra si por um segundo antes de relaxar enquanto assistíamos ao inimigo dar as costas para Halsar.

Tinha terminado.

Nós havíamos vencido.

— Sua primeira vitória, Nascida do Fogo — murmurou Bjorn.

Contendo um sorriso, comecei a nadar para a praia, só que meus músculos pararam de funcionar devido ao frio. Eu me debati, mas Bjorn me envolveu com um braço.

— Eu te ajudo.

Embora todos os músculos do meu corpo estivessem gritando, consegui dizer:

— E eu que achava que você era só um rostinho bonito.

— Você não para de falar do meu rostinho — respondeu ele, me puxando na direção da praia. — Se não tomar cuidado, vou começar a achar que suas intenções comigo não são tão honrosas.

— Não se preocupe — murmurei, as rochas arranhando minhas costas quando olhei para ele. — Você não é tão bonito assim para compensar essa sua língua.

Na pouca luz, eu o vi sorrir.

— Não subestime minha língua, Freya. Principalmente no escuro.

Apesar de estar quase morrendo congelada, minhas bochechas ficaram quentes.

— Você é um sem-vergonha.

— Só estou sendo sincero, Nascida do Fogo.

O frio havia claramente transformado minha sagacidade em gelo, porque não consegui pensar numa resposta. Irritada por não ter tido a última palavra, tentei me levantar. Mas minhas pernas falharam.

Bjorn me segurou antes de meus joelhos atingirem as pedras, segurando-me no colo.

— Estou congelando.

— Você está bem. — mentiu Bjorn, puxando-me para junto de seu peito quente. — Além disso, você estava mesmo precisando de um banho. Estava fedendo a merda de porco.

— Bjorn — murmurei, junto ao pescoço dele —, vai se foder.

Senti seu riso contra os meus seios, apenas o fino tecido da combinação separando minha pele da dele. Bjorn estava tão quente que dava raiva, e me aconcheguei mais perto querendo drenar seu calor para minha pele dormente.

A mão dele se curvava contra a parte inferior das minhas costas, e eu me vi profundamente consciente de cada flexão de seus dedos, que geravam picos de sensações dentro de mim. Havia conforto no toque dele, uma segurança que eu nunca tinha sentido com um homem, e minha mente preguiçosa aos poucos refletiu sobre o motivo disso, dado que eu mal o conhecia, logo descobrindo a razão.

Era porque o toque dele não exigia nada de mim.

Eu não sentia como se ele quisesse tirar algo ou me usar como tantos outros haviam feito. O único propósito de seu toque era afastar o frio. A tensão se esvaiu de meu corpo e relaxei junto dele, concentrando toda a minha atenção na batida estável do coração de Bjorn. Lentamente, parei de tremer, e minha pulsação deixou de correr descontrolada como uma fera frenética. A dormência sumiu de meus membros, voltei a sentir meus dedos e o músculo duro das costas dele sob minha mão.

Eu não tinha direito de fazer isso por vários motivos, mas, por vontade própria, percorri a cicatriz de queimadura sobre a escápula de Bjorn. Ele estremeceu e respirou fundo, o movimento fazendo com que sua barba por fazer roçasse na pele sensível do meu rosto. Senti uma pontada entre minhas coxas e de repente não consegui mais evitar o pensamento excruciante de que minha bunda, coberta apenas pelo tecido encharcado da roupa de baixo, estava pressionada junto ao corpo dele de forma muito íntima.

Minha imaginação voou, pintando um mundo alternativo em que teria me casado com Bjorn naquele dia. Em que teria entrado no quarto dele. Em que Bjorn satisfaria o desejo em mim que eu sempre havia mantido enterrado.

Você mal o conhece, eu me repreendi, mas meu corpo claramente achava que o conhecia bem o suficiente para um calor líquido se formar entre minhas pernas. Mexi o corpo para conseguir olhá-lo, encarando sua boca carnuda. Ela estava quase sempre sorrindo, mas não naquele momento. Em vez disso, os lábios dele estavam entreabertos e sua respiração estava rápida como a minha.

— Freya...

Estremeci ao som do meu nome, a voz de Bjorn grave e áspera. Mas então, vindo de longe, ouvi gritos de homens e mulheres, meu nome sendo repetido várias vezes. Estavam procurando por mim, e se *alguém* nos encontrasse assim, principalmente depois do que eu tinha negociado com Ylva...

Deuses, eu era uma idiota e tanto.

Afastando-me dele, fique em pé, esperando que ele não notasse que minhas pernas estavam bambas.

— Estão procurando por mim.

Bjorn não respondeu, apenas se levantou com uma graça invejável, água pingando por seu torso musculoso e se misturando ao sangue que ainda escorria do ferimento em suas costas. Sem dizer mais nada, ele caminhou pela praia até onde os guerreiros o procuravam. Fui atrás dele, mas devagar, tomando certa distância. Precisava mantê-lo longe, porque claramente ficar perto de Bjorn me fazia perder a cabeça. Eu não podia arriscar isso, ou minha família.

Senti minha pele ficar mais fria quando Bjorn se afastou de mim até não ser nada além de uma sombra escura no horizonte. Se ao menos o mesmo pudesse ser dito das brasas de *desejo* que queimavam em meu coração.

11

Parte de mim temia que Snorri fosse ficar furioso por eu tê-lo desobedecido. Em vez disso, ele ficou exultante por ter sido eu quem havia colocado fogo nos navios, enxergando nessa ação uma prova da veracidade da profecia da vidente. O fato de Bjorn ter estado, tanto quanto eu, por trás dos incêndios entrou por um ouvido de Snorri e saiu pelo outro, e fiquei quase tentada a dizer a ele que eu seria um cadáver flutuando no fiorde se não fosse por seu filho.

Mas os olhos de Ylva me dissecavam mais e mais a cada palavra que eu dizia, então segurei a língua, sabendo que se ela suspeitasse que alguma coisa tinha acontecido entre mim e Bjorn, faria os dois pagarem, de uma forma ou de outra. O melhor mesmo era não dizer nada, tarefa fácil, dado que não estávamos no clima para celebração. Vitoriosos ou não, construções em Halsar ainda estavam queimando, dezenas de cadáveres esfriavam no chão e havia um número ainda maior de pessoas feridas aos gritos.

Pelo menos uma dúzia de homens foi levada ao grande salão com ferimentos tão catastróficos que parecia um milagre ainda estarem respirando, e não fosse pela magia de Liv, teriam ido para Valhalla antes do amanhecer iluminar o céu.

Porém, nem a curandeira podia fazer alguma coisa pelos mortos.

Dezoito vidas perdidas, ouvi os criados sussurrarem enquanto fazia o que estava ao meu alcance para ajudar aqueles que não tinham ferimentos fatais, limpando feridas e as enrolando com bandagens. A maioria era de guerreiros, mas não todos. Um fato que precisei enfrentar quando me juntei à procissão pela praia na manhã seguinte. Quatro piras estavam apagadas, e quando observei o rosto dos falecidos, senti um aperto tão doloroso no peito que mal consegui respirar. Os homens de Gnut não tinham massacrado apenas aqueles que se opunham a eles, mas também aqueles que encontraram dormindo em suas camas. Os muito velhos. E os muito jovens.

Logicamente, eu sabia que o número de mortos teria sido muito maior se eu não tivesse dado o alerta com antecedência, mas isso não diminuía o sentimento de fracasso. Hlin tinha me concedido magia para que eu pudesse fornecer proteção, e embora minhas ações tivessem ajudado a acabar com a batalha, acabou sendo tarde demais para muitos deles. E eu odiava isso. Odiava que essas pessoas tivessem morrido porque homens como Gnut e Snorri valorizavam minha vida (ou morte) mais do que qualquer outra coisa.

Parada ao lado de Ylva e do jarl, eu brincava com o punho da espada de meu pai, a qual eu havia mantido. Snorri não tinha dito nada sobre a ausência dela, nem pareceu notar que eu carregava uma arma na cintura. Juntos, vimos uma anciã conduzir os rituais, as piras cheias de oferendas e aqueles que assistiam chorando ou com o rosto impassível. Não demorou muito para as chamas ficarem altas, uma fumaça escura subindo para o céu claro e o odor de cabelos e carne queimados preenchendo meu nariz. Snorri queria ter certeza de que todos soubessem que quem incendiara os navios havia sido eu, menosprezando o papel de Bjorn, mas não pude deixar de notar que muitos ainda lançavam olhares obscuros e cheios de culpa na minha direção.

Constrangida, desviei os olhos e pousei-os sobre uma figura encapuzada que caminhava devagar perto da água, obscurecida pela neblina. A princípio achei que fosse apenas a fumaça das piras. Mas conforme eu observava, me dei conta de que a fumaça estava vindo do indivíduo. Não apenas ela, mas um pouco de brasa e cinzas, como se ele estivesse em chamas.

— Ylva. — Segurei o braço dela. — Olhe aquela pessoa. Ela...

Interrompi o que estava dizendo porque o indivíduo tinha desaparecido.

— Quem? — perguntou Ylva, acompanhando meu olhar, que levava à praia vazia.

— Tinha alguém de capuz andando — falei. — Parecia... parecia que estava queimando, mas não sei para onde foi.

Ylva bufou com irritação.

— Silêncio, tagarela. Essas pessoas morreram por você, demonstre algum respeito por elas.

Fiquei furiosa, porque por mais que Gnut tivesse ido me matar, a culpa não era só minha. Por mais culpada que me sentisse pelas mortes e pelos ferimentos das pessoas, ainda me frustrava que ninguém responsabilizasse o jarl, pois ele havia falhado em protegê-los, apesar de saber da ameaça. Mas nada disso parecia importar, já que cada vez mais pessoas lançavam olhares sombrios em minha direção, os corpos tensos de raiva.

Apenas para cada uma delas de repente dar as costas para as piras quando uma onda de calor esquentou minha nuca.

Bjorn estava atrás de mim à minha direita, o machado em chamas em uma mão, a parte lisa da lâmina acomodada contra seu antebraço desnudo como se não passasse de um machado de aço. Era a primeira vez que eu o via desde que ele tinha contado a Snorri que eu havia sido a responsável pelos incêndios nos drácares, e embora eu tivesse preocupações mais urgentes, minha mente tola foi levada direto ao momento na praia em que ele me protegeu do frio. Um bom lembrete do porquê eu precisava me manter o mais longe possível dele.

— Onde você estava, Bjorn? — murmurou Snorri. — Era para você ter acendido as piras. Desonrou os mortos com sua ausência.

— Dormi até tarde. — Embora não tivesse nada em sua expressão ou em seu tom de voz que sugerisse que ele não estivesse falando a verdade, senti que estava mentindo. *Por quê?*

Snorri franziu profundamente a testa, mas antes que ele pudesse responder, eu disse:

— O número de mortos seria três vezes maior se não fosse pelas ações de Bjorn. Os mortos sabem disso. Assim como os vivos deveriam saber.

Snorri bufou de leve, virando-se para as piras, a fumaça agora subindo em uma torre que parecia tocar as nuvens no céu.

— Hoje à noite festejaremos para honrar os mortos — vociferou ele. — Amanhã, faremos planos para nossa vingança contra o jarl Gnut!

O povo de Halsar aprovou ao berros, guerreiros erguendo as armas no ar, mas quando me virei para acompanhar Ylva e Snorri de volta ao grande salão, ainda sentia a pontada de hostilidade dirigida às minhas costas.

— Quero falar com você, Freya — disse Snorri ao nos aproximarmos do salão. — E com você também, Bjorn.

Meu coração disparou com o terror repentino de que alguém tivesse me visto com Bjorn na praia ou, pior, espiado dentro de meu coração desejoso, mas Bjorn parecia despreocupado. Assentindo, ele apagou o machado e passou pelas portas do grande salão.

Os feridos ainda estavam recebendo cuidados, e passamos por fileiras de formas silenciosas e por trás das grandes cadeiras sobre a plataforma antes de Snorri parar.

— Precisamos discutir suas ações de ontem à noite, Freya.

Prendi a respiração ao mesmo tempo que Ylva, que estava em silêncio, resmungou:

— O que deve ser discutido é a punição que ela vai receber. Desobedeceu suas ordens. Faça com que apanhe por suas ações para que não o desafie novamente. Ela deveria estar sendo controlada por você, mas ontem à noite demonstrou que precisa de uma coleira mais apertada.

Abri a boca para retrucar, mas Bjorn foi mais rápido.

— Se alguém precisa apanhar por não seguir as ordens do meu pai é você, Ylva.

Que reviravolta mais interessante, pensei, enquanto a senhora de Halsar olhava feio para Bjorn, os olhos flamejando de raiva.

— Como sempre, você está falando fora de hora.

— Estou falando a verdade — respondeu Bjorn com uma risada. — Meu pai não ordenou que Freya ficasse no grande salão, ordenou que *você* a mantivesse lá. Coisa que não fez. Não porque ela subjugou todas as suas tentativas de obedecer às ordens do seu marido, mas, sem dúvidas, porque você não notou que sua dama do escudo estava escalando as vigas. Você deveria ser punida para que sua atenção não seja desviada novamente.

— Bjorn... — A voz de Snorri destilava cautela e, de fato, eu queria dar um chute na canela de Bjorn, porque tudo o que ele estava conseguindo era piorar as tensões entre mim e Ylva.

— Só estou dizendo a verdade que foi repetida por todos que estavam aqui ontem à noite — disse Bjorn. — Você deveria estar recompensando Freya por seguir seus instintos, ou Halsar e a maior parte de seu povo teriam sido reduzidos a cinzas. E Ylva, você deveria estar de joelhos agradecendo a ela por torcer as tramas do destino, ou seria a causa de toda aquela morte.

Se eu não estivesse pingando de suor devido à ansiedade que revirava meu estômago naquele momento, teria rido ao ver os olhos de Ylva se arregalarem de indignação.

Snorri massageou as têmporas.

— Você já expôs seu ponto de vista, Bjorn. No momento, não tenho intenção de bater em ninguém. Hlin nos alertou e falhamos em tomar as precauções apropriadas. Não pretendo cometer o erro de ignorar o que mais ela revelou.

O rosto de Bjorn empalideceu quando ele se deu conta.

— Eu falei que não iria...

— Seu destino está entrelaçado ao de Freya — Snorri o interrompeu. — Você está destinado a usar sua força e suas habilidades para protegê-la. Mas, mais do que isso, deve usá-las para ensinar a ela.

— Eu...

— Freya provou que os deuses a favorecem — disse Snorri. — Ainda assim, as pessoas estão de luto, culpando-a pelo ataque de ontem à noite. Alguns podem chegar ao ponto de querer se vingar dela, e você deve protegê-la disso. Também deve ajudar a transformá-la em uma guerreira que possa ser considerada digna de ser seguida.

— Eu não saberia ensinar uma pessoa a lutar — retrucou Bjorn. — Isso é...

— É por isso que te chamei aqui, Bjorn — continuou Snorri. — Não para apreciar o som da sua voz, mas porque gostaria que *você* a preparasse. Gostaria que *você*, meu filho e herdeiro, transformasse nossa dama do escudo em uma guerreira. Gostaria que *você* ensinasse a ela como lutar em uma parede de escudos. Além do mais — ele alternou o olhar entre nós dois —, como Hlin previu que seria você quem a manteria em segurança, é *você* quem vai ficar ao lado dela, dia e noite, até Freya ter cumprido seu destino.

Os olhos verdes de Bjorn ficaram ainda mais severos, as mãos se fechando em punhos.

— Esse não é o *meu* destino.

Os últimos vestígios da paciência de Snorri evaporaram.

— Você é meu filho. Vai obedecer ou vai *embora*. Estamos entendidos?

Por um instante, achei mesmo que Bjorn fosse embora, e uma pontada de dor chocante me atingiu. Mas ele apenas rangeu os dentes.

— Tudo bem — respondeu, mais um resmungo do que palavras. — Posso ter mais uma noite de liberdade antes de você me vincular a ela?

— Uma noite — concordou Snorri. — Mas ao amanhecer, vai se juntar a Freya e nunca mais sair do lado dela.

Fechei os olhos, amaldiçoando os deuses em silêncio por ter o que eu queria tão perto e ainda assim tão longe.

12

FAZENDO UMA CARETA, OLHEI PARA O SOL, que, dado que já era fim da manhã, estava alto no céu. Era para Bjorn estar no grande salão uma hora após o amanhecer. Eu tinha perdido a manhã toda esperando por ele e estava extremamente irritada.

— Bjorn não é uma pessoa muito matutina — disse Liv, chegando por trás de mim. — Em geral, quando alguém o vê ao amanhecer, o único motivo é ele ainda não ter ido dormir.

Aquilo não me surpreendeu em nada.

Liv, no entanto, *havia* chegado ao grande salão ao amanhecer, para verificar o progresso dos feridos. Apesar da gravidade dos ferimentos deles, vários já tinham partido, totalmente recuperados, mas alguns ainda estavam sofrendo. Alguns, eu sabia, nunca tinham acordado, pois a deusa Eir havia se recusado a salvá-los. *No que será que ela baseia essa decisão?*, eu me perguntei em silêncio, massageando os hematomas no formato dos dedos de Snorri em meus braços. *Como a deusa escolhe quem vive e quem morre?* Mas em vez de fazer essa pergunta a Liv, fiz outra.

— Você o conhece bem?

A curandeira deu de ombros.

— Igual a todo mundo, imagino. Fui criada em uma fazenda ao norte de Halsar, mas só vim servir ao jarl depois que meu dom se manifestou, o que foi após Bjorn partir para Nordeland.

Pisquei.

— Nordeland?

Liv ergueu uma sobrancelha e em seguida balançou a cabeça.

— Eu esqueço como são as coisas nos pequenos vilarejos, estar alheio aos acontecimentos que se passam a mais de uma hora de cavalgada em qualquer direção. — Ela suspirou. — Há dias em que eu daria tudo para voltar a ter uma vida da mais pura ignorância.

Vindas de outra pessoa, ou seja, Ylva, as palavras teriam soado como um insulto. Mas não de Liv. Ela estava apenas dizendo como as coisas eram, sem fazer julgamento.

— Eu preferiria não ser ignorante nessa questão.

Ela concordou com a cabeça.

— O rei Harald de Nordeland ouviu falar da profecia e, sabendo que uma Skaland unida representaria um perigo para ele, veio a Halsar para sequestrar Bjorn. Ele pretendia fazê-lo refém para que Snorri nunca se voltasse contra Nordeland. A mãe de Bjorn foi assassinada durante o sequestro. Queimada viva, pelo que dizem.

Cobri a boca, horrorizada.

— Snorri tentou libertar Bjorn muitas vezes, mas apenas três anos atrás conseguiu, e a um grande custo de navios e homens. Ainda assim valeu a pena, pois Harald perdeu seu refém e Snorri reconquistou o filho cuja magia tinha o poder de revelar a dama do escudo. Mas alguns desejam que ele nunca tivesse voltado.

— Ylva? — O nome da senhora de Halsar surgiu facilmente em meus lábios.

Liv suspirou.

— Sim. Snorri estava casado com Ylva quando Bjorn foi concebido com Saga durante um momento de indiscrição. Embora Ylva agora tenha um filho com o jarl, Bjorn continuou sendo o herdeiro por ser o primogênito. Status que ele não podia reivindicar como prisioneiro de Harald.

Fiquei agitada ao me lembrar da noite do casamento, como Ylva havia dito que não conseguia suportar ver Snorri com outra mulher de novo. A primeira vez devia ter sido com a mãe de Bjorn, e isso havia tido um custo alto.

— O filho de Ylva está vivo, então? — perguntei. — Se está, por que não o conheci?

Liv assentiu com a cabeça.

— Leif tem quinze anos. Saiu numa expedição de caça com os primos, mas espero que volte logo. Snorri precisa de guerreiros mais do que Halsar precisa de carne.

Essa revelação explicava a animosidade entre Bjorn e Ylva.

— Quando Bjorn voltou, ele reconquistou seu status de herdeiro?

— Sim. — Liv se sentou ao meu lado no banco, ajeitando a saia. — Mas Leif passou a vida toda em Halsar e é filho de Ylva, então muitos prefeririam que ele fosse o herdeiro de Snorri.

— Mas é direito de nascença de Bjorn — respondi, sem saber por que me sentia tão na defensiva.

Liv abriu um sorrisinho torto.

— Estou vendo que você foi conquistada pelo flerte, mas talvez ver o outro lado da personalidade dele te cure disso.

Ela apontou para a frente do salão com o queixo e eu me virei a tempo de ver Bjorn tropeçando na entrada, quase se estatelando no chão antes de recuperar o equilíbrio. Liv riu, mas senti meus olhos arderem, porque nada naquilo era engraçado. Muito pelo contrário.

— Você está atrasado!

— Espero que esteja se sentindo tão mal quanto parece, Bjorn.

Gritei ao mesmo tempo que Liv. Ele me ignorou e sorriu para ela.

— Ainda não, mas logo vou me sentir.

Entendi o que ele quis dizer e fui tomada por uma onda de raiva.

— Você ainda está bêbado?

— Não tão bêbado quanto estava. — Ele voltou seu sorriso para mim, mas a palha grudada em seu cabelo arruinou o efeito. Isso e o fato de que eu estava tão zangada que poderia dar um chute no saco dele.

— Não me olhe assim, Freya — acrescentou Bjorn. — Eu só estava fazendo o meu melhor para aproveitar minhas últimas horas de liberdade antes de meu pai me acorrentar a você.

Fechei as mãos em punhos, odiando o vazio que se formava em meu estômago.

— Sua *liberdade* acabou várias horas atrás.

O olhar dele perdeu o brilho

— E já parece uma eternidade.

Revirei os olhos para esconder minha respiração entrecortada, pois o comportamento dele me machucou. Mais do que qualquer um em Halsar, eu me sentia conectada a ele. Bjorn havia me mostrado bondade e respeito, e me defendido de Ylva. Mas parecia que nada disso importava tanto quanto eu pensava. Pelo menos não para ele.

— Supera.

— Por mais agradável que essa conversa esteja — Liv se levantou —, eu tenho coisa melhor para fazer do que assistir a vocês dois ficarem se alfinetando.

Bjorn repetiu as palavras de Liv quando ela se foi, e fiquei tentada a apontar que aquilo apenas *provava* o que ela havia dito, mas então ele se virou para mim.

— E aí? Pronta?

Não deixe ele te atingir, chiei comigo mesma. *Não ouse lhe dar essa satisfação.* Então, falei entredentes:

— Onde quer conduzir meu treinamento?

— Como é provável que você caia de bunda várias vezes, vamos para um lugar menos lamacento — respondeu Bjorn. — O cais vai servir, se conseguir não cair na água.

Não deixe ele...

Foda-se esse cara. Eu não ia aguentar esse comportamento calada.

— Não sou eu que estou me esforçando para ficar de pé em terra firme.

Ele bufou, achando graça.

— Vamos ver quem chega ao fim da aula sem ficar molhado. — Então deu uma piscadinha na minha direção.

Fiquei vermelha dos pés à cabeça.

— Não se iluda. Não sou uma virgem sorridente cujas coxas viram uma cachoeira só porque um homem idiota piscou para ela.

Uma das criadas que passava por perto ouviu minhas palavras e ficou boquiaberta. Bjorn lhe lançou um sorrisinho simpático.

— Eu estava falando do fiorde, Freya. — Então balançou a cabeça. — Que mente suja você tem. Acho que o tempo que vamos passar juntos vai acabar me corrompendo.

A criada alternou o olhar entre nós dois, depois se apressou a sair. Se eu não tivesse descoberto tão recentemente como era sentir minha carne queimando, poderia jurar que meu corpo todo estava em chamas.

— Vamos — disse Bjorn —, antes que você encha minha mente virtuosa com mais conversas sobre umidade entre coxas e mamilos duros.

— Eu não falei nada sobre mamilos, seu bêbado idiota — resmunguei, pegando os dois escudos que havia separado e correndo atrás dele.

Bjorn jogou as mãos para o alto.

— Está vendo, Freya? Você já está me influenciando, e eu só estou em sua companhia há alguns minutos. Que tipo de coisas sórdidas minha língua vai produzir depois de uma hora juntos? Um dia? Um ano? Você vai ser a ruína de minha virtude.

— A única coisa com que precisa se preocupar é comigo cortando sua língua se você não calar a boca — rebati, explodindo, depois disparei em direção à água sem ligar para a lama que sujava minhas calças novas ou pelo suor de nervoso que já empapava minha camisa.

— Vinda de muitas pessoas essa seria uma ameaça vazia — respondeu ele —, mas você é uma mulher de palavra, então vou tomar cuidado com o que falo.

Não achei que aquilo significasse que ele tinha qualquer intenção de ficar em silêncio.

O cais normalmente estaria ocupado com pescadores e mercadores indo e voltando, mas hoje estava silencioso feito um túmulo, o povo de Halsar ocupado demais reconstruindo as casas que tinham sido incendiadas pelos homens de Gnut.

Meus passos ecoavam enquanto eu caminhava até a outra ponta, o fiorde de um azul reluzente. Embora o ar da primavera estivesse frio e o cume das montanhas que nos cercavam ainda estivesse coberto de neve, o sol estava quente o suficiente para eu não ter me arrependido de deixar meu manto no grande salão. Na verdade, estava quente o bastante para...

Eu me virei a tempo de ver Bjorn jogando a camisa sobre o cais, deixando os músculos rígidos e a pele tatuada à mostra. Colocando os escudos aos meus pés, cruzei os braços.

— Está com medo de cair na água? — Eu me recusava a dizer a palavra *molhado*.

— Não. — Ele enganchou os polegares no cinto, abaixando as calças o suficiente para revelar o nítido V musculoso que desaparecia dentro delas. O ferimento da noite anterior não estava mais lá, provavelmente curado pela magia de Liv. Percebendo que eu estava encarando a tentadora extensão de pele nua, voltei meu olhar para o rosto dele enquanto apontava para a camisa descartada.

Bjorn apenas deu de ombros.

— Quase nunca uso camisa quando luto.

Dessa vez, meu revirar de olhos foi totalmente sincero.

— Faz parte da sua estratégia, então? Distrair o inimigo com seus músculos para poder matá-los enquanto estão de queixo caído com seu esplendor?

— É doido como isso funciona — concordou ele. — Seria de imaginar que, quando corro na direção deles berrando gritos de guerra e jurando tirar sangue, comentariam sobre o machado em chamas, mas não. É sempre "Olhem só para os músculos de Bjorn. Se eu sobreviver a esta batalha, juro beber menos hidromel para minha barriga ficar daquele jeito".

Fiz cara feia, irritada por ele estar conseguindo me atingir. De novo.

— Por que você faz isso, então?

— Porque tecido queima. — Ele sorriu. — Então ou eu tiro antes, ou arrisco ter que rasgá-la no meio de uma briga.

— Couro não queima — respondi sem rodeios, sabendo precisamente o que os guerreiros vestiam quando lutavam. — Nem aço. Então ou você é vaidoso, ou é muito burro.

Bjorn abriu bem os braços.

— Por que não os dois?

— De fato, por que não? — resmunguei, abaixando para pegar um escudo e o segurando com força. — Snorri mandou você me ensinar a lutar em uma parede de escudos. Pode começar, então.

— Sim, *minha senhora* de Halsar. — Ele olhou para o céu. — Numa parede de escudos, você deve segurar um escudo.

— Você jura? — perguntei. — Essa parte eu não sabia.

— Deve segurar um escudo por *muito tempo*. — Bjorn se abaixou, aproximando o nariz do meu braço que já começava a tremer, depois olhou nos meus olhos com as sobrancelhas erguidas. — Acho que você não vai conseguir segurar isso por mais de cinco minutos.

Ele deu meia-volta e recuou alguns passos no cais antes de se sentar. Então enrolou a camisa, usando-a como uma almofada ao deitar de barriga para cima e fechar os olhos, aparentemente querendo tomar sol enquanto eu ficava ali parada, tremendo e suando.

Cretino arrogante!

— Levante o braço, Freya — gritou ele, embora não tivesse como estar me vendo. — Você está protegendo o coração, não os joelhos.

Idiota! Ergui ainda mais o escudo, rangendo os dentes enquanto meu braço protestava. Mas eu conseguiria. Pelo tempo que fosse preciso, ficaria ali parada. Podia não ser o treinamento de guerreira que eu havia imaginado, mas isso não queria dizer que eu desistiria.

Eu consigo, entoei em silêncio. *Eu consigo.*

Minutos se passaram e a cada um deles eu rezava para que Bjorn dissesse que já estava bom. Que eu havia provado meu valor.

Mas ele não disse nada. Eu nem sabia se estava acordado. Na praia, mais e mais pessoas tinham se reunido, observando e rindo como se fosse uma grande piada. Até as crianças estavam lá, várias delas segurando escudos com braços trêmulos, zombando de minhas tentativas.

Perdi a cabeça.

— Levanta daí! — gritei. — Você está aqui para ensinar, não para tirar uma soneca no sol. Eu quero fazer alguma outra coisa.

Bjorn abriu um olho.

— Acha que uma batalha funciona assim? Que você fica cansada e anuncia para o inimigo: "Estou cansada. Vamos fazer alguma outra coisa. Vamos assar um frango e beber algo até meu braço descansar"? — Ele se sentou. — Se perder a força em batalha, Freya, você morre.

— Estou ciente disso — falei entredentes. — Mas gostaria que testasse minha força de outra forma.

— Tá bom, então. — Ele se levantou e pegou o outro escudo. — Pronta?

Antes de eu ter a chance de responder, Bjorn bateu com o escudo no meu. O impacto me fez cambalear e quase caí da beirada do cais. Ofegante, voltei para o centro, mal conseguindo levantar o escudo antes de ser atacada de novo. Mais uma vez cambaleei pela beirada.

— Por que está tão zangado por ter que fazer isso?

Não havia como negar que ele *estava* zangado.

Por trás da arrogância, das piadas e da indiferença, existia raiva, e eu não entendia o porquê. Não entendia por que me ensinar a lutar e me proteger era uma coisa tão horrível.

— Porque é bobagem. — Ele bateu o escudo contra o meu com tanta força que meus calcanhares escorregaram pela beirada do cais, apenas a sorte me impedindo de cair. — Meu destino não está ligado ao seu... Snorri está só distorcendo as palavras para conseguir o que quer. Meu destino não é te proteger.

Essa última parte fazia sentido de certa forma, mas o que ele tinha dito antes...

— E se Snorri estiver certo? Além de Ylva, só você viu meu corpo sendo partido ao meio. Isso tem que significar alguma coisa.

— Provavelmente por eu ter sangue de um deus.

— Steinunn e Liv também têm — rebati. — Steinunn me disse que não viu nada.

A expressão dele ficou mais severa, embora eu não soubesse ao certo se tinha sido por conta da menção à escalda ou pelo fato de eu ter refutado seu argumento.

— Meu destino não é esse.

Bjorn bateu o escudo no meu, quase entortando meu braço. Mais um golpe como aquele e eu acabaria enfiando a borda do escudo no meu próprio queixo, mas me recusei a ceder. Me recusei a desistir.

— Meu destino — ele pausou o ataque, mas eu não tinha certeza se era para me dar um descanso ou porque estava mais interessado em desabafar do que em lutar — é vencer batalhas, não passar dia e noite defendendo a esposa de outro homem.

— Entendi. — Com frieza, acrescentei: — Uma mulher só é digna de seu tempo se você puder acabar na cama dela, é essa a verdade?

— E se for?

Mesmo que fosse, o comportamento dele estava sendo injusto, porque fora Snorri quem o forçara a cumprir esse papel, não eu. Mas era em mim que Bjorn estava descontando sua insatisfação. E eu não ia continuar aguentando aquilo.

Bjorn foi para cima de mim novamente, e enquanto me preparava, murmurei:

— Hlin, me dê força.

O poder me atravessou, envolvendo meu escudo em magia. Vi os olhos de Bjorn se arregalarem, mas era tarde demais para ele interromper o golpe.

O escudo dele colidiu com minha magia, e o impacto o lançou para trás com tanta força que Bjorn voou para longe, caindo no fiorde com um estrondo.

Interrompendo minha magia, fui até a ponta do cais e o vi subir à superfície cuspindo água, o escudo flutuando ao seu lado.

— Parece que foi você quem ficou molhado, Bjorn.

Ele olhou feio para mim e nadou de volta para o cais com braçadas poderosas, abandonando o escudo na água.

— A magia só vai te ajudar em algumas situações — resmungou Bjorn. — Snorri quer que você se torne uma guerreira, não um feixe de luz na parede de escudos que vai fazer com que todos queiram tentar te matar.

— Snorri que se foda — gritei para ele. — E que se foda você também.

Ele agarrou a beirada do cais para sair da água, mas eu não tinha terminado. Então pisei nos dedos dele, fazendo-o gritar.

— Acha que minha intenção é ser uma figura de proa? — perguntei. — Acha que pedi para ser citada na profecia de uma vidente? Eu estava cuidando da minha vida quando vocês apareceram e destruíram tudo.

— Ah, sim, porque a vida com Vragi era uma coisa ótima, não é? Você odiava o cara. — Bjorn tentou segurar na borda do cais de novo, mas hesitou quando levantei o pé.

— Talvez deva considerar o destino de Vragi antes de continuar testando minha paciência.

— Ameaças não vão me forçar a ficar satisfeito em passar a vida agindo como sua sombra.

— Eu não dou a mínima se você está satisfeito ou não! — gritei, mesmo sendo mentira. Eu ia *sim* ficar incomodada em saber que ele se ressentia de ficar perto de mim. — Porque ninguém dá a mínima se eu estou satisfeita! Não concordei com o ultimato que Snorri me deu, só fiz isso para proteger minha família, o que claramente é algo que *você* não entende. Porque nós *somos* família agora.

Os olhos dele brilharam com uma emoção que não consegui identificar, e Bjorn desviou o rosto. De imediato, eu me arrependi das minhas palavras. Ele havia passado a maior parte da vida separado da própria família, mantido prisioneiro. Se não entendia, era porque nunca tivera a chance de entender.

Engolindo em seco, me forcei a terminar o raciocínio.

— Se continuar tentando piorar ainda mais as coisas, vou triplicar a aposta. Então talvez possa fazer um favor a nós dois e direcionar toda essa ira para o indivíduo que nos forçou a tal proximidade.

Bjorn não disse nada, apenas continuou ali, vendo seu escudo passar pouco a pouco por nós na direção da praia.

— Pode sair da água agora —falei, extremamente ciente de que estávamos sendo observados. — E depois seria bom se desculpar.

— Estou com medo demais para sair. — Ele continuou nadando no mesmo lugar. — Você me jogou na água, quase quebrou meus dedos e ameaçou me matar. Pelo menos no fiorde não preciso temer que você me persiga.

Embora eu soubesse muito bem que Bjorn não tinha medo de mim, senti um incômodo no peito, indicando que eu havia ido longe demais. Minha mãe sempre disse que eu tinha o temperamento de um furão enjaulado, inclinada a dizer as piores coisas apenas para me arrepender depois.

— Eu não vou te matar.

— Só destruir meus sentimentos até eu desejar estar morto?

— Eu não estou... — Fiz cara feia quando um sorriso surgiu no rosto dele e cruzei meus braços doloridos. — Não vou fazer nada que você não mereça. Agora saia daí e peça desculpas para podermos continuar.

Bjorn me encarou por um instante, depois nadou para mais perto e segurou a beirada do cais. Apenas para tirar a mão com um sussurro de dor.

Fui tomada pela preocupação. Será que eu tinha mesmo quebrado os dedos dele? Deveria chamar Liv?

— Me ajude a sair — murmurou ele, estendendo a outra mão.

Sem nem pensar, peguei nela, percebendo a trapaça um segundo antes de ser puxada. Gritei ao cair de cabeça no fiorde, o choque térmico pior do que eu me lembrava.

Endireitando-me, cuspi muita água do mar e olhei feio para ele.

— Isso aqui não foi um bom começo.

Bjorn inclinou a cabeça.

— Me desculpe por ser um cretino e não demonstrar o respeito que você merece, Freya Nascida do Fogo.

— E você precisava me deixar molhada para me dizer isso? — Eu estava congelando e podia ouvir as risadas dos espectadores que tinham me visto cair de bunda para cima no fiorde.

— Eu precisava estar só *um pouquinho* mais arrependido para conseguir dizer um pedido de desculpas — falou ele. — Mas agora está dito e podemos seguir em frente.

— Não tenha tanta certeza — resmunguei, observando enquanto ele nadava sob o cais, depois subia para agarrar as tábuas. Cada músculo do corpo dele se destacava em um relevo perfeito ao se içar no cais, a água escorrendo em riachos pelas depressões e pelos vales de pele esticada.

Ele me contemplou por um longo momento, olhos verdes pensativos, então perguntou:

— Snorri te contou alguma coisa sobre os planos dele para você? Disse algo sobre como acredita que vai torná-lo rei?

— Não — respondi, os dentes tiritando. — Ele mal falou comigo.

— O casamento em seu auge. — Bjorn riu, mas antes que eu pudesse fechar a mão para socar sua barriga, acrescentou: — Ninguém sabe. Perguntei por aí ontem à noite e gastei uma fortuna em hidromel, mas ninguém sabe de nada.

Minhas bochechas esquentaram quando me dei conta de que ele não havia, como eu tinha pensado, passado a noite inteira se embebedando e fazendo sexo com mulheres aleatórias. Tinha passado pelo menos parte dela tentando descobrir a resposta para a questão que eu estava desesperada para responder.

— Se ele fosse se confidenciar com alguém, eu achei que seria com você.

Bjorn desviou os olhos, observando o fiorde como se não houvesse nada para ver além da água.

— Não somos tão próximos quanto você pensa.

Eu não deveria me meter, mas ainda assim perguntei:

— Por conta dos anos que você passou em Nordeland?

Ele voltou a me encarar no mesmo instante.

— O que sabe sobre isso?

— Nada além de que você foi levado como prisioneiro quando criança e que Snorri te resgatou. — Eu queria fazer um milhão de perguntas, mas me ative àquela que me incomodava mais. — Por que não escapou?

Era compreensível que não tivesse tentado escapar quando criança, mas como homem adulto era muito menos, porque como filho de Tyr, Bjorn estava *sempre* armado. E mesmo sem treinamento, um garoto com um machado feito do fogo de um deus podia causar muitos danos.

Silêncio.

Eu me encolhi internamente. *Quando você vai aprender a calar a boca, Freya?*

Ele pigarreou.

— Fiz um juramento de sangue quando criança de que não tentaria escapar. Harald tem muitos indivíduos poderosos a seu dispor, incluindo aqueles adeptos da magia rúnica.

— Ser resgatado não violava seu juramento? — perguntei, curiosa por ter feito meu próprio juramento havia pouco tempo.

— Claramente não.

— Ouvi dizer que Snorri perdeu muitos homens e drácares no resgate — comentei, sem saber ao certo por que estava insistindo naquele assunto. — Ele deve se importar muito com você para ter continuado tentando.

— Meu pai sabia que precisava do fogo de um deus para te encontrar — respondeu Bjorn. — As tentativas de resgate dele não começaram até eu estar em Nordeland havia dois anos, quando ele soube que minha magia tinha se manifestado.

Ah.

Não tinha sido sentimento que havia levado Snorri a resgatar o filho, mas a necessidade egoísta de reivindicar o destino com que sonhava. Não era de se estranhar que não fossem próximos. Precisando mudar de assunto antes de desenterrar mais feridas, falei:

— Quanto à vidente que fez a profecia. Por que não pedir a ela informações sobre o que eu devo fazer?

— Porque ela está *morta*.

A voz dele ficou aguda e pouco a pouco fui juntando as peças. Engolindo em seco, eu disse:

— A vidente era sua mãe?

Bjorn confirmou com um aceno rápido de cabeça.

Um milhão de perguntas surgiram em minha mente, mas estava mais do que claro que Bjorn não queria continuar essa conversa. Ainda assim, fiz uma delas:

— Onde você estava quando ela fez a profecia?

— Eu era novo demais para conseguir me lembrar.

Claro, aquilo fazia sentido.

— Ela alguma vez disse alguma outra coisa além da profecia sobre mim? Disse por que os deuses acreditavam que eu seria capaz de conquistar tal destino?

Ele hesitou, depois disse:

— O dom que minha mãe tinha foi a ruína dela. Não gosto de falar sobre isso.

Deuses, eu precisava cortar minha língua fora, porque um dia acabaria cavando minha própria cova com ela. Mas antes que eu pudesse começar a me desculpar, passos ressoaram no cais acima. Um instante depois, ouvi a voz de Snorri.

— Saia da água. Seu irmão voltou com notícias.

13

Minha curiosidade crescia a cada segundo que se passava enquanto caminhávamos, pingando, de volta para o grande salão. Nem Snorri nem Bjorn disseram nada, ambos com a mandíbula tensa e expressões indecifráveis, e isso me fez pensar sobre o relacionamento de Bjorn com seu meio-irmão mais novo.

Tive minha resposta assim que entramos no salão. Um garoto para o qual faltavam alguns verões para chegar à idade adulta correu para abraçar Bjorn, claramente feliz em ver o irmão mais velho enquanto davam tapinhas nas costas um do outro. Mais além, Ylva estava impassível perto do fogo, observando a interação com os braços cruzados.

— É verdade que você matou vários guerreiros de Gnut? — perguntou Leif. — E depois botou fogo nos navios dele?

Bjorn negou com a cabeça.

— Eu só forneci a chama. Foi Freya que incendiou os barcos.

Ao ouvir meu nome, Leif tirou os olhos do irmão e me observou de cima a baixo. Retribuí com a mesma cortesia. Ele era apenas um pouco mais alto do que eu e bastante esguio, os cabelos de um loiro-dourado nos lugares em que os do irmão eram bem escuros e os olhos azuis em vez de verdes. Eles tinham as mesmas maçãs do rosto protuberantes e o mesmo queixo quadrado, embora Leif fosse levar ainda vários anos para conseguir cultivar uma barba decente. Ele se tornaria um homem bonito, pelo que eu imaginava, embora lhe faltasse a beleza quase sobrenatural do irmão. Isso me fez imaginar como teria sido a mãe de Bjorn, pois devia ter sido ela quem lhe dera uma aparência tão diferente.

— Você é a dama do escudo, então? — perguntou ele e, sem esperar pela resposta, acrescentou: — Acho que devo te parabenizar pelo casamento com meu pai.

Não havia absolutamente nada no tom de voz dele que sugeria felicitações, o que talvez fosse justo, dado que Ylva era sua mãe, mas acenei de leve com a cabeça.

— Obrigada.

Leif fez cara feia, depois virou as costas para mim e se voltou para o irmão.

— Capturamos uma espiã.

Bjorn inclinou o corpo de um lado para o outro e trocou o pé de apoio, estreitando os olhos.

— Espiã de quem?

Um guerreiro mais velho, um homem de pele negra e cabelos escuros com mechas grisalhas presas em um coque atrás da cabeça, deu um passo à frente.

— Não sabemos. Ninguém a reconhece e ela se recusa a falar.

— Você devia ter colocado fogo nos pés dela, Ragnar. — Ylva se aproximou e colocou a mão sobre o ombro de Leif. — Ela teria aberto a boca.

O guerreiro mais velho puxou a barba, que era longa o bastante para que os anéis de prata que a enfeitavam encostassem na cota de malha sobre seu peito.

— Achei melhor trazê-la ao jarl, minha senhora.

— Talvez ela não seja uma espiã — Bjorn se intrometeu. — Talvez só não fale a nossa língua.

Ragnar riu.

— Ela entende bem o bastante. E tentou fugir. Duas vezes.

— Essas evidências bastam para você, Bjorn? — A voz de Ylva era melosa e Leif franziu a testa para ela.

— Foi uma pergunta justa, mãe.

Ela riu de desdém.

— Ele sempre hesita diante da ideia de torturar uma mulher.

— Enquanto você sempre parece adorar — retrucou Bjorn.

Leif jogou os braços finos para cima, visivelmente irritado.

— Vocês dois ficam brigando feito gato e rato. Não entendo como você aguenta isso o tempo todo, pai. Deveria colocar um fim, pelo bem de todos nós.

— Só resolveria se eu os amordaçasse dia e noite. Ou cortasse a língua deles. — Snorri apontou para ambos. — Fiquem quietos vocês dois, uma vez na vida. Ragnar, traga a prisioneira e veremos o que ela tem a dizer em autodefesa.

Achei a dinâmica daquelas relações fascinante. O conflito entre Bjorn e Ylva obviamente era algo de que Leif e Snorri estavam bem cientes, embora Leif parecesse mais incomodado com isso, o que sugeria que agia como pacificador na maior parte das vezes. Onde eu me encaixaria nessa mistura de personalidades? Será que melhoraria as coisas? Ou pioraria?

Pioraria, pensei, notando o olhar de canto que Leif me lançou quando Ragnar deixou o grande salão. O guerreiro mais velho voltou momentos depois com uma mulher, o rosto dela coberto por um saco e os pulsos amarrados. Ela usava um vestido marrom comum manchado de sangue na frente e com a barra cheia de lama. Cabelos castanho-claros com mechas grisalhas caíam em mechas pelas costas.

Snorri tirou o saco da cabeça da mulher, revelando uma pessoa idosa com olhos sem vida. Ela piscou uma vez para mim...

E então a cabeça dela tombou do pescoço.

O cheiro de cabelos e carne queimados encheram meu nariz enquanto seu corpo despencava no chão, sangue escorrendo do toco quase cauterizado.

Eu me joguei para trás ao mesmo tempo que Ylva gritou, cobrindo os olhos de Leif com uma das mãos, mas ele a empurrou, irritado, alternando o olhar entre o cadáver e seu irmão.

— Explique-se — vociferou Snorri para Bjorn, que já tinha extinguido o machado e estava parado com os braços cruzados e determinação no rosto.

— O nome dela é Ragnhild. Ela é fiel a Harald e — ele se abaixou para abrir a parte de trás do vestido da mulher, revelando a tatuagem carmesim de um olho — é filha de Hoenir.

Levei a mão à boca, olhando fixamente para a cabeça caída aos meus pés. Os filhos de Hoenir eram capazes de se comunicar por telepatia com aqueles que carregavam um totem deles, mostrando-lhes visões. E Ragnhild havia me visto.

— Você não verificou se ela tinha tatuagens? — perguntou Snorri a Leif, cujas bochechas ficaram vermelhas quando respondeu:

— Eu não ia despir uma mulher velha.

— Sua moral atrapalha seu bom senso! — Snorri levantou a mão como se fosse bater no filho mais novo, mas em vez disso cuspiu no chão.

— Com sorte, eu a matei antes que tivesse a oportunidade de enviar alguma visão a ele — disse Bjorn. — Do contrário, seu inimigo mais perigoso agora já sabe que sua dama do escudo foi encontrada.

— O que ela viu pouco importa! — retrucou Ylva. — Harald logo ficaria sabendo sobre Freya, mas para mantê-lo no escuro por uma ou duas semanas a mais, você sacrificou a oportunidade de sabermos algo sobre ele. Podíamos ter feito Ragnhild falar!

— Improvável, uma vez que ela não tem língua e Harald está com o único totem dela.

Engoli em seco.

— Qual é o totem?

Os olhos verdes dele encontraram os meus.

— Ele usa a língua seca dela em um cordão em volta do pescoço o tempo todo. Ragnhild só pode falar com ele.

Fiz um grande esforço para não vomitar.

— Ele mesmo cortou a língua dela fora?

Bjorn negou com a cabeça.

— O antigo mestre dela cortou. Harald a tirou do pescoço dele quando o matou. — Então olhou para Ylva. — Ele vai ficar sabendo sobre Freya, sim. Mas atrasar a informação nos dá tempo para nos prepararmos. Tempo para fazermos alianças a fim de nos defendermos contra o ataque iminente dele. Harald não tem interesse algum em ver Skaland unida sob o domínio do meu pai, principalmente por saber que o plano dele vai levar Nordeland à guerra.

— Esperei Freya durante vinte anos. — Snorri massageou as têmporas. — E agora que a tenho, de repente me vejo em uma corrida contra o tempo diante da ruína se eu der um passo em falso.

Eu me esforcei para não rir. Durante toda a minha vida ele teve tempo de se preparar para este momento, enquanto até alguns dias atrás eu não fazia ideia de que homens poderosos de duas nações planejavam os próprios movimentos com base no dia em que meu nome se tornasse conhecido. Snorri não tinha desculpas para não ter se preparado.

Tirando a mão da testa, Snorri olhou para Bjorn.

— O quão rápido ele conseguiria chegar aqui?

Bjorn pigarreou.

— É uma questão de semanas.

— Com as perdas que tivemos contra Gnut, não teríamos a mínima chance enfrentando Harald — disse Ragnar.

— Tem certeza de que essa mulher vale a pena, pai? — perguntou Leif ao mesmo tempo. — Talvez seja melhor matá-la e acabar logo com isso. É mais provável que sejamos mortos por causa dela do que você ser levado ao poder.

Ao meu lado, o machado de Bjorn ganhou vida e logo desapareceu novamente, e Leif franziu a testa para o irmão.

— Eu apenas levantei uma questão a nosso pai, pois, enquanto jarl, é ele quem toma essa decisão.

— Não há decisão a ser tomada — retrucou Ylva. — Freya vai tornar o pai de vocês rei de Skaland se nos mantivermos fiéis ao curso, e como filhos dele, vocês serão os maiores beneficiados.

Leif olhou para cima.

— *Bjorn* será o maior beneficiado, mãe. Eu, no entanto, terei orgulho de lutar ao lado dele se acabar se tornando jarl ou rei, não faz diferença. No entanto, fico me perguntando o quanto nossa família tem a perder mantendo essa mulher viva. Quanto Halsar vai perder? Se a decisão fosse minha, eu diria que é um risco que não vale a pena.

Embora o rapaz falasse em me matar, aprovei o raciocínio de Leif, pois ele parecia valorizar vidas acima do poder, da reputação e da ambição. Com uma sabedoria maior do que a de outros na idade dele, o rapaz claramente havia sido criado para compreender o que deveria importar para um jarl.

— Os deuses nos puniriam por cuspir na cara do presente que nos deram — respondeu Snorri. — E mesmo que não punissem, se matássemos Freya, isso seria visto por nossos inimigos como fraqueza. Eles me veriam dando as costas para uma oportunidade de grandeza por covardia e medo, e todos os nossos inimigos viriam atrás de nós. Manteremos o curso.

Leif franziu a testa, a expressão se transformando em uma careta enquanto Ylva balançava a cabeça em aprovação, mas antes que o garoto pudesse dizer qualquer coisa, Bjorn perguntou:

— Qual é o curso? Como planeja forjar as alianças necessárias no curto período que tem antes de os ataques começarem?

Uma questão prática.

— Reunindo todos os jarls de Skaland e os convencendo de que, unidos, temos mais chances. — Snorri sorriu. — O que nos dá mais provas de que os deuses nos favorecem, pois os jarls já estão viajando para se encontrarem em um lugar. Façam as malas, pois vamos prestar nossas homenagens aos deuses em Fjalltindr.

14

Fjalltindr era o templo sagrado no pico da montanha conhecida como Hammar. A cada nove anos havia uma reunião que atraía pessoas de todos os cantos para prestar homenagem aos deuses e oferecer seus sacrifícios. Eu nunca tinha ido até lá, meus pais sempre diziam que não era lugar para crianças, e essa seria a primeira vez que o encontro aconteceria desde que eu tinha virado adulta.

O grande salão estava agitado, duas dúzias de cavalos e vários animais de carga já tinham sido selados e carregados quando apareci com roupas secas e um manto grosso. Ylva comandava o processo, a senhora de Halsar não mais usando um vestido caro, mas roupas de guerreira, incluindo uma cota de malha e uma faca longa no cinto. Eu não tinha dúvida de que ela sabia como usá-la.

Particularmente se o inimigo lhe desse as costas.

— Você vai ficar com os guerreiros que estou deixando aqui para proteger Halsar — Snorri disse a Leif. — Será o senhor em minha ausência. Mande um aviso para todos os meus territórios convocando aqueles que podem lutar e dizendo para se prepararem.

— Se prepararem para serem atacados? — Leif cruzou os braços com uma expressão de insatisfação. — Ficarão com raiva, pai.

— Lembre-os que somos favorecidos pelos deuses — respondeu Snorri ao montar em seu cavalo. — Se não se importarem com isso, lembre-os que aqueles que lutarem por mim serão recompensados. — Dando as costas para o filho, ele disse para mim: — Perdemos cavalos no incêndio, então não temos muitos. Você vai cavalgar com Bjorn.

Eu não tinha muita margem para rebater, pois Snorri se abaixou para erguer Ylva, que se acomodou confortavelmente atrás dele. Steinunn também compartilhava uma montaria, mas com uma jovem escravizada, a escalda observando todos os meus movimentos sem demonstrar qualquer emoção. Suspirando, fui até o grande cavalo ruão de Bjorn, notando que ele também estava usando cota de malha.

— O que aconteceu com aquele negócio de cavalgar sem camisa para a batalha? — resmunguei. Meus braços doloridos protestaram quando ele me puxou para cima e me colocou atrás de si, sabendo que em algumas horas seria minha bunda que estaria sofrendo. O cavalo provavelmente também não ficaria impressionado.

— É *você* quem está cavalgando atrás de mim, Nascida do Fogo — disse Bjorn, batendo com os calcanhares para fazer o cavalo andar. — E é quase garantido que vou acabar dizendo algo que te irrite no caminho. É uma viagem longa e não tenho talento para o silêncio.

— Bem, isso com certeza é verdade. — Mal consegui conter um grito quando ele incitou o cavalo a meio galope, quase me derrubando. Agarrei na cintura de Bjorn, que seguia Snorri para fora de Halsar, mas enquanto saíamos da cidade, uma figura encapuzada em meio a algumas rochas chamou minha atenção.

Era a mesma que eu tinha visto durante o funeral das vítimas do ataque, soltando fumaça e cinzas ao vento, apesar de o ar estar parado.

— Bjorn! — Apontei. — Você está vendo aquela pessoa?

Ele virou a cabeça e, através da cota de malha e de todo o acolchoamento que usava embaixo dela, senti-o ficar tenso.

— Onde? Não estou vendo ninguém.

Um arrepio de medo percorreu minha espinha, porque se Bjorn não conseguia ver a figura, ou eu estava enlouquecendo, ou era um espectro se revelando apenas para mim.

— Pare o cavalo.

Bjorn obedeceu, e o restante do nosso grupo fez o mesmo enquanto Snorri perguntava:

— Por que estão parando?

Apontei mais uma vez para o espectro, que permanecia com a cabeça abaixada, brasas e cinzas caindo ao seu redor.

— Algum de vocês está vendo aquela figura encapuzada? As brasas? A fumaça?

O grupo ficou confuso e todos olharam para onde eu apontava, negando com a cabeça. *Nada.* Ainda assim, os cavalos pareciam cientes, todos bufando, batendo as patas e abaixando as orelhas.

— Um espectro — sussurrou Snorri. — Talvez seja até mesmo um dos deuses que tenha entrado no plano mortal. Fale com ele, Freya.

Minhas palmas ficaram suadas porque aquela era a última coisa que eu queria fazer.

— Tente chegar mais perto.

Bjorn levou a montaria na direção das rochas até que o cavalo finalmente empacou, recusando-se a chegar mais perto.

— O que você quer? — gritei para o espectro.

— Que educada, Nascida do Fogo — murmurou Bjorn, mas eu o ignorei quando a cabeça da figura virou na minha direção, o rosto ainda escondido pelo capuz.

Então o espectro ergueu a mão e falou, com a voz áspera e dolorida:

— Ela, a que não tem destino determinado, ela, a filha de Hlin, ela, a que nasceu do fogo, deve oferecer sacrifício aos deuses no monte na primeira noite de lua cheia; do contrário, o fio que lhe pertence será cortado antes do tempo, e o futuro que antes lhe foi previsto será destecido.

As palavras se acomodaram em minha mente, o entendimento do que significavam me deixando enjoada.

— Ele respondeu? — perguntou Bjorn, e assenti com firmeza.

— Sim. — Mais alto, perguntei: — Por quê? Por que devo fazer isso?

— Ela deve merecer o destino que lhe é guardado — respondeu o espectro, depois explodiu em brasas e fumaça.

O cavalo recuou e eu praguejei, agarrando a cintura de Bjorn para não cair enquanto ele acalmava o animal.

— Qual foi a resposta do espectro? — perguntou Snorri, trotando em círculos ao nosso redor com o próprio cavalo, que bufava. — Ele se identificou?

— Ele disse que devo merecer meu destino — respondi, me ajeitando atrás de Bjorn. — Que devo oferecer sacrifício aos deuses no monte na primeira noite de lua cheia ou o fio da minha vida vai ser cortado antes do tempo.

— Um teste! — Os olhos de Snorri se iluminaram. — Com certeza o espectro era um dos deuses, pois eles adoram essas coisas.

Um teste no qual, se eu falhasse, estaria morta. Nem era preciso dizer que eu não compartilhava do mesmo entusiasmo de Snorri.

— Os deuses não vão te conceder grandeza por qualquer coisa — disse ele. — Você deve provar seu valor a eles.

Não pude deixar de notar que um dia eu havia sonhado com a grandeza, e agora que ela me tinha sido apresentada, parecia ser a última coisa que eu queria.

Além disso, eu não tinha destino determinado. Como o espectro, os deuses ou *qualquer um* poderiam prever o que me aguardava no futuro? Como poderiam saber com certeza que, se eu não fosse a Fjalltindr, morreria? Talvez eu pudesse alterar meu destino e escapar disso. Talvez pudesse esperar um pouco, quando todos estivessem com as costas viradas, e fugir. Eu poderia pegar minha família e, juntos, poderíamos fugir para longe do alcance de Snorri. Poderia tecer um novo futuro para mim. Esse fluxo de pensamentos fez com que eu me arrependesse abruptamente de não ter aceitado a oferta de Bjorn para me ajudar a escapar.

Como se estivesse ouvindo meus pensamentos, Snorri acrescentou:

— Se destruir o destino previsto para mim, Freya, é melhor desejar estar morta. Pois minha ira queimará como um incêndio incontrolável e vai se voltar contra todos que você ama.

Fervilhei de ódio porque os deuses não eram a ameaça que eu temia. Era o cretino parado diante de mim.

— Já perdemos muito tempo! Vamos para Fjalltindr — ordenou ele, girando o cavalo e saindo a galope.

Em vez de o seguir, Bjorn girou o corpo na sela, colocando um braço em volta da minha cintura e me puxando para a frente dele. Enquanto eu lutava para ajeitar as pernas ao redor do cavalo, Bjorn disse:

— Eu não acho que o espectro estava ameaçando você, Freya. Acho que a estava alertando de que haverá pessoas que vão tentar te matar pelo caminho.

— Como se eu já não soubesse disso.

— O pico da montanha é solo sagrado. — Bjorn pressionava as mãos em minhas costelas para me segurar. — Armas não são permitidas, e todas as mortes devem acontecer em sacrifício aos deuses, o que significa um certo nível de segurança dentro das fronteiras de Fjalltindr.

O que ele disse não foi de grande consolo para mim.

— Quanto tempo vamos demorar para chegar à montanha?

— Amanhã chegaremos ao vilarejo na base dela, onde vamos deixar

os cavalos — respondeu ele. — Depois é mais metade de um dia de subida.
Uma noite a céu aberto. Engoli em seco.
— Acho que devíamos cavalgar mais rápido.

Quando começou a anoitecer, os cavalos estavam cansados e meu corpo doía de pular para cima e para baixo no colo de Bjorn. A julgar pelos resmungos dele ao apear lentamente a montaria, caindo de costas na terra e gritando para o céu que havia perdido a capacidade de procriar, ele não estava muito melhor.

Ainda assim, era a primeira vez desde que tínhamos saído de Halsar que alguém ria, então acolhi com alegria o alívio da tensão, mesmo que fosse às minhas custas. Os guerreiros se empurravam e se acotovelavam enquanto cuidavam dos cavalos, as escravizadas que Snorri tinha levado se movimentando para preparar o jantar enquanto sua senhora se sentava em uma pedra, claramente importante demais para fazer qualquer coisa.

Hesitei, sem saber ao certo o lugar ao qual eu pertencia, então fui me juntar às escravizadas. Pois embora eu não soubesse como preparar a defesa de um acampamento, sabia fazer fogo e temperar carne de caça.

Empilhando com cuidado um monte de gravetos, coloquei musgo sob eles. Minha mão cheia de cicatrizes estava dolorida e rígida, provavelmente pelo *treinamento* com Bjorn, e tive que me esforçar para segurar a faca direito e acertar a pederneira.

— Tem um jeito mais fácil. — Bjorn se agachou ao meu lado e o machado apareceu em sua mão. O fogo vermelho tremeluzia e dançava enquanto ele o colocava na pilha de madeira cuidadosamente montada, derrubando tudo antes de desaparecer na escuridão.

Lancei um olhar para a arma, a primeira oportunidade que estava tendo de examinar de fato o machado de perto. Ele emanava um calor tremendo, embora o suor que se formava em minha testa fosse mais pelo nervosismo do que pela temperatura, pois me lembrei da sensação de ter minha mão tostada. O jeito como, no segundo em que o segurei, o fogo vermelho a havia envolvido como se pretendesse me consumir. Como se o próprio Tyr estivesse querendo me punir por empunhar uma arma que nunca tinha sido feita para minhas mãos.

Ainda assim, minha curiosidade era maior do que meu medo, e cheguei mais perto, estreitando os olhos diante do brilho. Sob as centelhas do fogo, o machado em si parecia ser feito de vidro translúcido, com padrões gravados ao longo da lâmina e do cabo.

Percebendo que as escravizadas estavam observando, empurrei a lenha para o topo do machado. A madeira se acendeu rapidamente, os laranja, dourados e azuis da chama natural se misturando ao fogo divino vermelho-sangue conforme eu acrescentava pedaços maiores.

— Pode me descrever a aparência do espectro? — Steinunn se ajoelhou ao meu lado, o manto escorregando perigosamente para perto do machado de Bjorn. Estiquei o braço para tirar o tecido dali e disse:

— Encapuzado. Brasas e fumaça saíam dele, como se estivesse em chamas sob o manto.

— Como você se sentiu ao vê-lo? No que você pensou?

Tensionei a mandíbula, a intrusão das perguntas dela mais uma vez me deixando irritada. Como se sentisse minha irritação, a escalda rapidamente disse:

— Esse é o jeito que minha magia funciona, Freya. Narro as histórias de nosso povo como baladas, mas para elas terem coração e emoção, devem ser contadas pela perspectiva daqueles sobre os quais fala, não minhas próprias observações. Busco apenas fazer jus à crescente fama que você já tem.

— Me parece estranho compartilhar coisas com quem eu mal conheço.

Uma rara centelha de emoção brilhou nos olhos da escalda, depois ela desviou o olhar.

— Não estou acostumada a falar sobre mim mesma. A maioria das pessoas deseja que eu cante sobre as proezas delas, então a conversa é sobre elas, não sobre mim.

Minha irritação se transformou em empatia e, pela primeira vez desde que nos conhecemos, me concentrei de verdade na escalda enquanto considerava o custo de seu dom. Como seria se todos com quem uma pessoa falasse se importassem apenas em contar as próprias histórias querendo expandir sua fama em forma de balada, e nada com a mulher que escrevia as canções? Steinunn era usada como uma ferramenta, assim como eu.

— Queria saber mais sobre você.

Steinunn ficou tensa, depois limpou as palmas na saia.

— Não tenho muita coisa para contar. Nasci em um pequeno vilarejo de pescadores na costa. Quando completei catorze anos, nosso jarl me levou para servi-lo, embora tenha durado pouco, pois outro jarl logo ficou sabendo do meu dom e o pagou em ouro para me colocar a seu serviço. Foi assim por muitos anos, jarls comprando meus serviços uns dos outros.

Como uma escravizada.

— Você não podia escolher para onde ia?

Steinunn deu de ombros.

— Na maior parte, fui bem recompensada e bem cuidada, e nos últimos anos minha... liberdade aumentou. — Ela rangeu os dentes ao dizer a última parte, mas então abriu um sorriso para mim e o momento de desconforto desapareceu com a mesma rapidez com que surgiu.

Abri a boca para perguntar se ela tinha ou queria ter uma família, mas mudei de ideia. Se ela tinha família, não estavam em Halsar, e ela poderia não gostar que eu trouxesse essa questão à tona.

— Então quer saber como eu me senti? É assim que a sua magia funciona?

Steinunn confirmou com a cabeça.

Mantendo os olhos no machado de Bjorn, mordi a parte interna das bochechas. Admitir que eu tinha ficado com medo parecia contrariar a história que Snorri queria espalhar sobre mim, mas se eu dissesse o contrário, a mulher provavelmente saberia que era mentira.

— Talvez se eu te mostrar — disse a escalda e, abrindo os lábios volumosos, começou a cantar. Com suavidade para que só eu ouvisse, a bela voz dela preencheu meus ouvidos, contando a história do ataque contra Halsar. No entanto, não foram as palavras que me fizeram suspirar, foram visões de escuridão e chamas que preencheram minha visão, bloqueando o mundo ao meu redor, meu peito se apertando com o medo.

— Guarde esses seus miados tristes para aqueles que não viveram aquela batalha, Steinunn.

A voz de Bjorn atravessou a canção e a escalda ficou em silêncio, a visão imediatamente desaparecendo.

— Estou só seguindo as ordens do seu pai — retrucou ela, o primeiro lampejo de raiva que já a tinha visto transparecer. — É Snorri quem deseja que a fama de Freya cresça.

— Eu senti medo — comentei, não querendo estar no centro de um confronto entre aqueles dois que claramente *não* eram amigos. — Mas também queria respostas.

Prendi o fôlego, rezando para que aquilo fosse o suficiente.

— Obrigada, Freya. — Steinunn se levantou, sem dizer uma palavra a Bjorn ao passar por ele.

— Você não deveria ser tão grosseiro — Eu disse a ele, que se ajoelhava ao lado do fogo. — Ela não tem mais escolha do que eu no que diz respeito ao que faz.

Bjorn resmungou, mas eu não soube ao certo se ele concordava ou discordava.

— Uma vez eu a deixei explorar meus pensamentos sem me dar conta do que a magia dela poderia fazer. Dias depois, ela cantou para toda Halsar e percebi que seu poder havia permitido que todos que ouvissem suas canções... *se tornassem* eu naquele momento. Vissem o que eu tinha visto. Sentissem o que eu tinha sentido. Fizessem os próprios julgamentos sobre mim por algo que eu nunca teria compartilhado com eles se tivesse essa escolha. Foi... *invasivo*.

Fiquei surpresa que um homem como ele se ressentisse de qualquer coisa que lhe tivesse trazido notoriedade. Bjorn era, acima de tudo, um agressor, e para guerreiros como ele nada importava mais do que a fama em batalhas. Só que eu já havia sonhado com essas coisas, e aqueles versos de abertura sobre o ataque a Halsar não tinham me trazido orgulho e exaltação, mas medo. Talvez, embora improvável, Bjorn tivesse sentido o mesmo. Mas; ainda assim...

— Isso não significa que precisa ser rude com ela.

— Talvez você reconsidere essa opinião daqui a alguns meses com ela se metendo em todos os detalhes de suas ações — respondeu ele. — É o único jeito de fazer com que ela me deixe em paz.

Mordendo as bochechas, refleti se isso era algo sobre o qual eu desejava discutir e decidi mudar de assunto. Apontando para o machado dele, perguntei:

— Tem que ser um machado? Ou você poderia transformar em qualquer arma?

Bjorn bufou diante da mudança de assunto, mas respondeu:

— Para mim sempre foi um machado. Para outros com sangue de Tyr, uma espada ou faca.

— E ele é igual sempre que você o invoca?

O machado desapareceu abruptamente, como se Bjorn gostasse tanto do meu escrutínio sobre o objeto quanto da intrusão de Steinunn em seus pensamentos.

— Mais ou menos. — Dando a volta na fogueira, ele se sentou de pernas cruzadas ao meu lado. — O escudo de Hlin é sempre o mesmo?

Franzi a testa, pensando naquela questão.

— Ele assume a forma do escudo que estou segurando.

— Precisa ser um escudo de verdade? Ou sua magia poderia transformar qualquer coisa em escudo? — Bjorn pegou uma panela, agitando-a. — Tal magia impediria qualquer um de te irritar na cozinha. Você cozinha bem, aliás?

— Não seja idiota... é claro que cozinho bem. — Arrancando a panela da mão dele, virei-a e a ergui. — Hlin, me proteja.

O poder inundou minhas veias, o calor dele afastando o ar frio. Fluía de minha mão e cobria a panela, o brilho iluminando a escuridão mais do que a fogueira. Vagamente, eu tinha consciência de que todos estavam me observando, mas minha atenção estava toda voltada para Bjorn, que olhava para a panela, pensativo.

Tirando uma faca do cinto, ele bateu a ponta no metal. A arma ricocheteou com tanta força que saiu de seu controle e caiu na terra, mas em vez de recolher a lâmina, fez sinal para eu me levantar. Obedeci, e o nervosismo, que logo se transformou em medo quando o machado surgiu em sua mão, arrepiou minha pele.

— Bjorn... — falou Snorri, dando um passo à frente. — Não acho que isso...

— Confia que não vou errar? — disse Bjorn para mim, agindo como se o pai dele não tivesse falado nada.

Engoli em seco.

— Bjorn, estou empunhando uma panela.

— Você está empunhando o poder de Hlin — corrigiu ele. — Então talvez a pergunta certa seja se confia na deusa. Ou se confia em si mesma.

Eu confiava? A magia de Hlin já havia resistido à de Tyr uma vez, mas Bjorn tinha estado despreparado naquela hora. E se dessa vez o machado dele atravessasse minha magia?

Fui preenchida pela lembrança da dor que senti quando o machado me queimou, parecendo tão real que olhei para a mão para garantir que não estivesse em chamas. Minha respiração acelerou, o sangue pulsando em um rugido abafado em meus ouvidos enquanto o braço que segurava a panela tremia.

— Bjorn — resmungou Snorri —, se você a machucar, arranco esse seu coração amaldiçoado pelos deuses!

Bjorn nem piscou, apenas perguntou em voz baixa:

— E aí, Freya?

Terror e náusea tomaram conta de mim e todos os meus instintos me disseram para recuar. Para dizer que eu não ia conseguir fazer aquilo. Que eu precisava de um escudo de verdade e tempo para testar o quanto a magia de Hlin era poderosa. Mas uma parte desafiadora, embora potencialmente idiota, de meu coração forçou duas palavras por minha garganta estrangulada e por minha língua.

— Pode jogar.

Bjorn arremessou o machado.

Tensionei a mandíbula, combatendo o instinto de sair da frente e em vez disso segurando a panela com firmeza, e um grito preencheu meus ouvidos. Uma chama carmesim girava de ponta a ponta em minha direção, o grito — que percebi ser o meu próprio — de repente abafado por uma explosão contundente que quebrou o ar como um trovão.

O machado ricocheteou na panela, quebrando galhos de árvores e subindo para o céu antes de se apagar.

Ylva soltou um suspiro alto, mas Bjorn apenas riu, os olhos brilhantes quando esticou o braço para tocar na panela brilhante.

— Cuidado! — Fiquei tensa, com medo de que a magia quebrasse a mão dele. Mas, com total destemor, ele pressionou a palma contra a magia.

Em vez de repelir o toque, minha magia permitiu que a mão de Bjorn afundasse nela como água. Senti o momento em que ele tocou a panela em si, uma pressão de leve, enquanto com o impacto de seu machado eu não havia sentido nada. A sensação subiu por meu braço e correu por meu corpo, não como se ele estivesse tocando magia e metal, mas minha pele descoberta, o que me fez estremecer.

— É dando que se recebe — murmurou ele, depois levantou os olhos para encontrar os meus. — Ou talvez, para ser mais exato, *você* recebe o que dá.

O resto do mundo desapareceu enquanto eu pensava em cada uma daquelas palavras, deixando claro para o mundo inteiro que ele era a primeira pessoa a me entender.

Só que... não era exatamente isso.

Minha família me entendia. Meus amigos me entendiam. Mas havia partes de mim que eles queriam mudar, enquanto Bjorn parecia me aceitar do jeito que eu era. Parecia encorajar as partes de meu caráter que todos em minha vida tinham tentado reprimir. Meu corpo estremeceu, uma mistura poderosa de emoções preenchendo meu peito de uma forma que tornava difícil respirar.

Então Snorri falou, destruindo o momento:

— A magia dela é mais poderosa do que a sua? A dama do escudo é mais forte do que você?

Tensionei a mandíbula pelo uso de meu título em vez de meu nome, um lembrete de que, para Snorri, eu era uma coisa, não uma pessoa.

Se o ego de Bjorn foi ferido pelos comentários, ele não demonstrou, apenas deu de ombros.

— Parece que é justamente isso.

Esperei uma ressalva. Esperei o argumento de que em batalha eu não teria a mínima chance contra ele. Mas Bjorn não disse nada. Não me rebaixou para parecer forte, como muitos homens faziam.

— Mais uma prova de que os deuses a favorecem. — Snorri sorriu.

— Que eles me favorecem.

Não consegui me conter e perguntei:

— Por quê? Por que a força da minha magia seria uma prova de que os deuses favorecem você como futuro rei de Skaland?

— Cale essa sua boca desrespeitosa, menina! — Ylva passou por Bjorn e abaixei a panela para não a arremessar acidentalmente para o outro lado do acampamento. — Uma ferramenta só é tão boa quanto a mão que a empunha, e foi *Snorri* quem recebeu a profecia. Você não é nada sem ele.

Tensionei a mandíbula, mas antes que eu pudesse retrucar, Snorri disse:

— Calma, meu amor. Ela não tem sua experiência e sabedoria em ter fé nos deuses.

— É verdade — disse Bjorn. — Eu estimaria duas décadas a menos de experiência. Ou seriam três, Ylva?

Snorri o acertou com um golpe.

Em um instante, Bjorn estava rindo e, no seguinte, estava de joelhos, a boca sangrando.

— Você é meu filho, Bjorn, e eu te amo. — O tom de Snorri era glacial. — Mas não enxergue minha afeição como fraqueza. Desonre Ylva e estará me desonrando também. Agora peça desculpas.

A mandíbula de Bjorn se moveu para frente e para trás, os olhos estreitos e cheios de raiva enquanto ele se levantava.

Não, era mais do que isso.

Ele *odiava* Ylva. Ele a odiava mais do que seria justificável, pelas interações que eu havia visto e ouvido dos dois. Bjorn abriu a boca e fiquei tensa, sentindo que as palavras prestes a sair seriam tudo, menos desculpas. Mas ele apenas respirou fundo, depois soltou o ar devagar.

Ylva cruzou os braços, estreitando os olhos.

— Fiquei grata quando meu marido conseguiu resgatar você de nossos inimigos, Bjorn, mas todo dia essa gratidão é testada.

— Não minta para mim, Ylva — retrucou ele. — Sei que tem raiva por eu ter tomado o lugar de Leif como herdeiro. Mas pelo menos tenha a decência de assumir isso em vez de se esconder atrás de falsos sentimentos.

— Está bem! — resmungou ela. — Não quero que você herde. Ficou muito tempo longe e é mais nordelandês do que skalandês. O povo merece ser liderado por um dos seus. Por um filho legítimo!

Levei a mão à boca, chocada com as palavras que estava ouvindo, mas Bjorn nem piscou.

— Basta! — gritou Snorri. — Vocês dois vão parar com essa briga inútil.

Bjorn pareceu nem ter ouvido o que o pai disse, apenas abaixou a cabeça na altura de Ylva e falou:

— Uma vez ouvi você dizer a mesma coisa para a minha mãe.

Dei um passo para trás, pois embora eu estivesse no meio dessa discussão, tinha deixado de ser parte dela. Ao redor, guerreiros e criados faziam de tudo para olhar para qualquer lugar, menos para a briga que se desenrolava na frente deles.

Ylva empalideceu com a acusação, mas foi Snorri que vociferou:

— Quem contou essa mentira? Ylva era amiga de sua mãe e você sabe disso.

— Não importa. — Bjorn se virou. — É história. Já foi. Esqueça que eu disse alguma coisa.

Então ele saiu andando para a escuridão.

Snorri se moveu para seguir Bjorn, mas Ylva segurou seu braço.

— Ele não vai ouvir enquanto estiver zangado — disse ela. — E quanto mais você negar, mais ele vai acreditar que é verdade.

— Foi Harald. — Snorri se agitou. — É o que ele faz. Sussurrar veneno e mentiras no ouvido das pessoas, distorcer lealdades.

— Provavelmente — respondeu Ylva. — O que levanta a questão do que mais ele sussurrou nos ouvidos de Bjorn durante aqueles longos anos que seu filho ficou sob os cuidados dele.

Rangi os dentes. Mesmo naquele momento, Ylva estava manipulando as circunstâncias a próprio favor. Mas pelo menos Snorri parecia perceber.

— Seu relacionamento com Bjorn seria melhor se você não estivesse sempre tentando encontrar formas de desacreditá-lo. E para quê? Para melhorar a imagem de Leif? Eu já sei que meu filho é um bom rapaz e vai se tornar um bom guerreiro, mas ele não é meu primogênito. Não é aquele que Tyr escolheu honrar com uma gota de seu sangue.

Dei mais um passo para trás, pretendendo procurar Bjorn, mas me arrependi de imediato quando Ylva olhou para mim com uma careta, como se tudo isso fosse culpa minha. Colocando a mão em uma bolsinha presa ao cinto, ela tirou um pote e o jogou na minha direção.

— Liv disse para você usar isto aqui todas as noites. Vai diminuir a dor e a rigidez para que possa continuar tendo valor. Agora vai procurar algo útil para fazer.

Colocando o pote de unguento no bolso, voltei para perto da fogueira, onde as escravizadas trabalhavam juntas para preparar uma refeição. Ylva tinha levado várias delas, que tinham por volta da minha idade e provavelmente haviam sido capturadas em ataques a territórios vizinhos. A vida delas era difícil e durava pouco, a menos que Ylva optasse por torná-las mulheres livres em algum momento.

— Como posso ajudar?

Uma delas abriu a boca, talvez para me dizer que não era necessário, então acrescentei:

— Ylva quer que eu seja útil.

A jovem olhou de soslaio para sua senhora e em seguida me entregou uma colher.

— Mexa de vez em quando.

Obedeci com empenho, embora meus olhos continuassem percorrendo o perímetro do acampamento, esperando Bjorn reaparecer. O que ele tinha tido a intenção de dizer naquele comentário que fizera sobre a própria mãe? Será que Ylva, de alguma forma, estivera envolvida no que aconteceu com ela?

Um milhão de perguntas sem resposta. Mergulhando a colher no ensopado, provei-o e me esforcei para não fazer cara feia, pois estava sem sabor. Pegando os saquinhos de tempero que a mulher havia deixado por perto, acrescentei sal e alguns outros condimentos, experimentando de novo e achando o gosto melhor.

— Está pronto.

As mulheres distribuíram tigelas para todos, e eu me sentei longe dos outros enquanto comia minha refeição e refletia sobre minhas circunstâncias. Quando terminei, pus a tigela de lado e abri o unguento que Ylva havia me dado. O conteúdo tinha a consistência de cera e odor pungente, e embora o cheiro não fosse desagradável, fechei-o.

— Você precisa usar de verdade para isso ajudar em alguma coisa.

Eu me virei na direção da voz de Bjorn, não o tendo escutado sair da floresta escura. Ele se sentou do outro lado da fogueira, de frente para mim, pegando um graveto e cutucando as brasas, pensativo, antes de acrescentar mais lenha. Então levantou os olhos.

— E aí? Não vai passar?

Meus dedos doíam de tão rígidos. E provavelmente ficariam pior pela manhã, mas por motivos que não pude explicar, deixei o pote de lado.

E fui recompensada com um barulho exasperado produzido por Bjorn, que se levantou e deu a volta na fogueira.

— Dá o unguento aqui.

Profundamente ciente de que todos nos observavam, entreguei o potinho a ele, encolhendo-me quando Bjorn extraiu uma boa porção, a frugalidade em mim protestando contra o excesso.

— Dá para ver que você não sabe nada sobre os baús de prata que meu pai enterrou em vários locais do próprio território — disse ele. — Acredite em mim, ele se preocupa mais com a sua capacidade de usar a mão do que com o preço de potes de unguento.

Economizar estava impregnado em meu caráter, mas nisso Bjorn tinha razão. Estendendo o braço, esperei até que depositasse a porção de unguento na minha palma esquerda. Em vez disso, ele pegou minha mão e espalhou a pomada sobre a tatuagem retorcida na palma direita. Fiquei tensa, constrangida pelas cicatrizes estarem sendo tocadas, apesar de ele alegar que eram marcas de honra. De qualquer modo, se a textura da minha pele o incomodou, Bjorn não demonstrou nenhuma reação, a testa dele franzida em concentração enquanto fincava os dedos fortes nos tendões rígidos, o calor de sua pele fazendo mais para esquentar a minha do que o fogo.

Não que eu estivesse conseguindo relaxar.

Relaxar era impossível, pois a intimidade daquele ato não tinha passado despercebida por mim. Eu era esposa de outro homem. Não apenas de qualquer outro homem, mas do pai dele.

Ainda assim, não me afastei.

As sombras da fogueira dançavam sobre as mãos de Bjorn, tendões sobressaindo sob a pele bronzeada e marcada por minúsculas cicatrizes brancas, muitas das quais pareciam ter sido queimaduras. Meus olhos viajaram pelos braços musculosos dele, examinando as tatuagens, o preto tão desbotado que devia tê-las há muitos anos. Fiquei me perguntando se elas tinham algum significado para ele ou se não passavam de decorações que lhe agradavam, mas não questionei em voz alta.

Não quis interromper o momento. Não quis fazer nada que fizesse com que ele tirasse as mãos da minha. Não porque a dor estava diminuindo sob seus cuidados, mas porque a redução da rigidez em meus dedos estava sendo substituída por uma tensão crescente dentro de mim.

Você é uma tola maldita, Freya. Uma idiota que merece tomar um tapa na cabeça por desejar aquilo que não pode ter.

Meu corpo não apenas ignorou as repreensões que passavam pela minha mente, mas os desejos também se aprofundaram e, com isso, minha imaginação ganhou vida. Vislumbres de Bjorn *sem* a camisa que estava usando dançavam por meus pensamentos. Sem as calças. Sem nenhuma roupa entre nós, as mãos dele em meu corpo e os lábios nos meus.

Para com isso, supliquei à minha imaginação, mas a Freya que era dona desses pensamentos apenas sorriu e me deu *mais*.

Minha imaginação era uma maldição.

Sempre havia sido, transmitindo a mim a falsa crença de que o que ela conjurasse poderia se tornar realidade, o que sempre levava à decepção. Por mais insatisfeita que eu tivesse ficado com a escolha de meu pai de me casar com Vragi, ainda sonhava com os prazeres que experimentaria na noite de núpcias, minha imaginação alimentada por histórias contadas por mulheres mais velhas. A realidade havia se provado um tônico amargo, pois Vragi tinha apenas exigido que eu me despisse, depois me curvado sobre a cama e me usado como a um cavalo, terminando em instantes e não deixando nada além de um vazio frio e oco dentro de mim.

— Pensamentos profundos para uma hora dessas — disse Bjorn em voz alta, e eu voltei ao presente. Levantei os olhos para encontrar os dele, sentindo como se tivesse sido pega com a mão na massa, embora as memórias de Vragi houvessem vencido a luxúria que queimava em meu corpo.

Só que agora eu queimava de constrangimento.

— Eu não estava pensando em nada. — Puxei a mão e a escondi nas dobras do manto. — Obrigada pela ajuda. A dor diminuiu muito.

Bjorn deu de ombros.

— Não foi nada.

Se ao menos isso fosse verdade.

— Peço desculpas — acrescentou ele, depois de um momento. — Pelo que aconteceu mais cedo. Você estava tentando entender o papel que meu pai enxerga para você e eu direcionei a conversa para meus próprios descontentamentos, o que roubou sua oportunidade.

Dei de ombros. Por alguma razão, eu era incapaz de olhar em seus olhos.

— Ele não tinha a intenção de me dizer nada.

— Acho que é porque ele não sabe. — Pegando um graveto, Bjorn mexeu no fogo. Em voz baixa, acrescentou: — Sabe guerrear, invadir e distorcer histórias dos deuses para servirem aos próprios propósitos. Mas quanto a como você poderia inspirar Skaland a jurar lealdade a ele como rei? Acho que está tão no escuro quanto você ou eu.

Mordi o lábio inferior. O ar noturno de alguma forma estava mais frio do que no instante anterior.

— Você deveria descansar — disse ele, ficando de pé. — Vamos levantar acampamento antes do amanhecer e cavalgar muito amanhã.

Estendendo minhas peles, deitei e puxei uma pele grossa por cima de mim, observando as brasas ardentes. Na ausência de nossa conversa, o acampamento estava silencioso, os únicos sons sendo o crepitar e o estalar da madeira queimando, o vento nos galhos de pinheiro acima e o leve ronco de um dos guerreiros.

O que significava que seria impossível ninguém ter percebido o *baque* que preencheu o ar.

Sentando, fiquei boquiaberta quando um dos guerreiros de guarda caiu no círculo de luz da fogueira com um machado fincado no crânio. Antes que eu pudesse dar um grito de alerta, guerreiros apareceram entre as árvores, os rostos marcados com pinturas de guerra e as armas brilhando. Os gritos de batalha deles preencheram meu peito com a forma mais pura de terror.

— Matem a dama do escudo — berrou um dos guerreiros. — Matem todas as mulheres!

Uma das escravizadas passou correndo na frente deles, gritando ao tentar escapar. Antes de conseguir dar dois passos, um homem a cortou nas costas. Ela caiu morta antes mesmo de atingir o chão, e os olhos do guerreiro se fixaram em mim.

Meus instintos assumiram o controle.

Levantando, desembainhei a espada antes de me curvar para pegar um escudo, a emoção dando forças ao meu braço. Era *eu* que eles queriam morta. Então era *eu* que precisavam matar.

— Hlin – gritei —, me dê sua força!

A magia me preencheu, depois se derramou de minha mão para envolver o escudo, iluminando a noite com uma luz prateada brilhante. Todos os olhos se voltaram para mim, e então, com um rugido, os agressores surgiram. Não só alguns homens e mulheres, mas dezenas saindo das árvores, os olhos repletos de um instinto assassino.

E eu estava sozinha.

Ou foi o que pensei.

Um escudo apareceu perto do meu e me virei para encontrar Bjorn ao meu lado, segurando o machado em chamas. O rosto dele estava respingado de sangue, mas ele abriu um sorrisinho.

— Levante o braço, Nascida do Fogo. — Então, mais alto, gritou: — Parede de escudos!

Outros guerreiros se apressaram para assumir posição, Snorri entre eles. Escudos travados no lugar, formando um círculo dentro do qual Ylva, Steinunn e as escravizadas se agacharam. Embora eu pudesse sentir o cheiro do terror que as dominava, o meu tinha desaparecido. Em seu lugar, uma audácia selvagem e furiosa alimentava minha força. E minha magia.

O brilho se derramou para fora, cobrindo o escudo de Bjorn primeiro e depois os outros, espalhando-se como uma onda até a parede de escudos brilhar com a luz das estrelas.

Ainda assim, o inimigo não hesitou.

Seja porque não sabiam o que o poder de Hlin poderia fazer ou por estarem muito envolvidos na fúria da batalha para se importar, eles correram em nossa direção como uma parede de escudos, machados e lâminas. A colisão foi ensurdecedora, minha magia os projetando para trás com tanta força que colidiram com seus companheiros, derrubando-os. Gritos e o estalar de ossos quebrando preencheram a noite até Snorri gritar:

— Atacar!

Por um segundo, hesitei, então uma voz sussurrou em minha cabeça: *eles te atacaram. Atacaram seu povo. Merecem esse destino.* Permiti que a raiva por trás daquela voz assumisse o controle.

Cortando e apunhalando o inimigo enquanto minha pulsação rugia, matei e mutilei aqueles que tinham ido fazer o mesmo comigo. Sangue esguichou em meu rosto e senti o gosto de cobre na língua, mas não me importei. Eles tinham trazido essa luta até mim, mas eu a finalizaria.

E então terminou.

Ofegante, girei em um círculo, procurando alguém com quem lutar. Alguém para matar. Mas todos os inimigos estavam no chão, mortos ou prestes a morrer, a luz de meu escudo iluminando a cena banhada em sangue.

Homens e mulheres reduzidos a carcaças, a partes. A raiva que me alimentava foi substituída pelo terror nauseante causado pela cena diante de mim. Uma cena que eu ajudei a criar. Meus dedos congelaram, bile queimando em minha garganta porque cada respiração que eu puxava cheirava a sangue e a entranhas expostas. *Eles mereceram isso!*, lembrei desesperadamente a mim mesma. *Teriam feito o mesmo com você se tivessem tido a chance!*

— Está ferida?

Levantei a cabeça e encontrei Bjorn na minha frente estreitando os olhos de preocupação.

— Isso fede — falei. — Não sabia que cheirava tão mal.

Era uma coisa idiota a se dizer. Uma coisa idiota a se pensar, mas Bjorn apenas deu um aceno severo.

— O cheiro doce da vitória é um mito, Nascida do Fogo.

Era um mito no qual eu acreditava.

Engoli em seco, sentindo-me dolorosamente ingênua, mas antes que fosse obrigada a reconhecer isso a ele, uma comoção chamou nossa atenção.

Snorri estava debruçado sobre um guerreiro cujas entranhas escapavam por um buraco de queimadura em sua cota de malha, sugerindo que tinha sido Bjorn quem o atingira.

— Fazia muito tempo que não cruzávamos lâminas, jarl Torvin — disse Snorri, limpando sangue da própria testa. — Teria sido melhor se tivéssemos continuado assim.

Torvin cuspiu um bocado de sangue.

— Sua hora vai chegar em breve — disse ele, ofegante. — Você está em posse da criadora de reis, mas não tem a força necessária para mantê-la. Todos estão vindo atrás dela, para matá-la ou levá-la, e você logo será um cadáver ao meu lado.

Snorri riu.

— Como posso temer a morte quando os próprios deuses previram minha grandeza?

— Eles previram grandeza — sussurrou Torvin. — Mas tem certeza de que é a sua? Ou de quem conquistá-la?

O semblante de Snorri ficou mais sério e, girando o machado de cabeça para baixo, ele enfiou o cabo na boca de Torvin, sorrindo enquanto o homem engasgava e sufocava, agarrando o próprio pescoço até finalmente ficar imóvel.

Ninguém disse nada enquanto Snorri se levantava.

— Preparem os cavalos. Vamos cavalgar à noite até Fjalltindr.

Bjorn pigarreou.

— Eles cortaram as cordas e espalharam os cavalos. Vamos levar um tempo até encontrá-los.

— Não temos tempo — retrucou Ylva. — Você ouviu o que ele disse, todos os jarls de Skaland estão vindo atrás dela.

— Perdemos um terço de nossos homens — disse Bjorn. — Deveríamos voltar a Halsar.

Sangue escorria do rosto de Snorri, e eu me peguei encarando o que pareciam pedacinhos de crânio grudados em sua barba.

— Não — declarou ele. — O espectro falou que se Freya não conseguir oferecer um sacrifício na primeira noite de lua cheia, o fio dela vai ser cortado antes da hora. E se ela morrer, eu não conquistarei meu destino.

Quantos vão morrer na busca para me fazer conquistar o seu destino? A questão reverberava em meus pensamentos, e agarrei o cabo da espada. Todas aquelas mortes por uma chance de poder.

— Se o que Torvin disse é verdade, então mais pessoas estarão esperando para nos emboscar no caminho até a montanha — disse Bjorn. — Ele é estreito e estaremos em grande desvantagem contra quem estiver em terreno mais elevado.

O silêncio pairou sobre os sobreviventes da batalha e, embora meu destino estivesse no centro disso, fiquei de boca fechada.

Porque eu não sabia o que era o melhor a fazer.

Se eu não chegasse a Fjalltindr, significava que estaria morta, então voltar não era uma opção. Mas aquilo não significava que eu sobreviveria se avançasse. Talvez nem os deuses soubessem ao certo.

— Existe outro caminho — disse Snorri, finalmente rompendo o silêncio. — Você e Freya podem pegar essa rota enquanto o restante de nós oferece distração.

Bjorn o encarou.

— Não está me dizendo mesmo que...?

— Ninguém vai pensar em vigiar aquela rota.

— Porque só um lunático tentaria fazer uma escalada daquelas — explodiu Bjorn, precipitando uma onda de desconforto dentro de mim. Se a rota era tão perigosa que dissuadia *Bjorn*, devia realmente ser loucura considerá-la.

Abri a boca para exigir uma explicação, mas antes que pudesse falar, Snorri disse:

— Os deuses designaram esse teste a Freya, e a própria Hlin designou que você a protegesse.

— Não. — Bjorn estava pálido. — Prefiro lutar com todos os clãs de Skaland a ir por aquele caminho.

— Que caminho? — perguntei. — Qual rota é essa que vocês estão falando?

Snorri nem olhou na minha direção, mas Bjorn me encarou diretamente.

— É chamado de Caminho para Helheim. É um conjunto de escadas e túneis por dentro do lado escarpado da montanha.

Pensar em túneis fez minha pulsação acelerar, pois eu não gostava de ficar embaixo da terra, mas não achei que Bjorn empalideceria diante da ideia de espaços confinados.

— O que é tão perigoso nisso?

O tom de Bjorn era monótono quando disse:

— Está cheio de draug.

Mortos-vivos.

Senti o arrepio na pele quando lembranças de histórias que eu tinha ouvido na infância preencheram minha mente, cadáveres que não podiam ser mortos com armas mortais.

— Supostamente — disse Snorri. — Não há provas.

— É difícil que haja provas quando qualquer tolo que tenta escalar é consumido — retrucou Bjorn. — A região ao redor da entrada é repleta de ossos. Nem animais se arriscam a chegar perto.

— Não há outra alternativa. — Snorri fechou as mãos em punhos. — Freya precisa estar lá para a lua cheia. O espectro disse que ela tem que merecer o próprio destino, o que significa que deve passar por todos os testes que os deuses estabelecerem para ela.

— O espectro falou por meio de enigmas — respondeu Bjorn. — Sem querer, você pode estar mandando Freya para a morte.

— É a morte de Freya que você teme — o rosto de Snorri estava firme feito granito —, ou a sua própria, Bjorn?

Ninguém disse nada. Ninguém nem parecia respirar.

— Ou você é meu filho, ou é um covarde, porque não pode ser os dois — disse Snorri em voz baixa. — Escolha.

Não havia escolha a ser feita ali, eu sabia disso. Ou Bjorn caminhava na direção da morte e mantinha sua honra, ou vivia e era marcado como covarde, o que significava ser exilado e ostracizado por todos com que cruzasse.

Dando um passo à frente, eu disse:

— Não vou condenar ninguém à morte apenas para me poupar dela. E, principalmente, não vou condenar ninguém a passar a eternidade como draug. — Porque esse era o destino que aguardava qualquer um que fosse morto por eles.

Bjorn abriu a boca para falar, mas Ylva o interrompeu:

— Se você não conseguir chegar lá até a lua cheia, Freya, vai deixar de ter valor. Assim como sua família. Estou sendo clara?

Pressionei as mãos contra as coxas porque a alternativa era dar um soco nela. Com força. E achei que eu não conseguiria parar no primeiro golpe. Achei que não conseguiria parar até o rosto de Ylva ter virado polpa sob meus punhos.

— Os deuses veem *tudo*, Ylva. Haverá um acerto de contas por isso.

— Profecias são palavras dos deuses. Do próprio Odin — respondeu ela. — Eles não teriam nos colocado nesse caminho se não pretendessem nos recompensar por fazer o que fosse preciso para chegar ao final.

Fiquei tentada a apontar que não era nem ela nem Snorri que precisariam enfrentar draugs, mas em vez disso falei:

— Então eu vou sozinha.

— Não! — disseram os três ao mesmo tempo, e todos, acho, por diferentes razões. Ylva porque esperava que os draugs matassem Bjorn e liberassem o caminho para Leif. Snorri, porque temia perder seu destino. E Bjorn… eu não sabia muito bem quais eram as razões dele, apenas que o *não* que havia dito tinha sido mais veemente do que o dos outros.

— Faz sentido — apontei.

— Não faz sentido. — Bjorn cruzou os braços. — Você não sabe o caminho. Ir já é insanidade, mas ir sozinha é uma estupidez cega.

— Concordo — disse Snorri. — Hlin deseja que ele te acompanhe para que você cumpra o seu destino, o que significa que Bjorn deve estar com você a cada teste.

Parte de mim achava que eu deveria contra-argumentar. Outra parte se perguntava se Snorri não estaria certo.

— Tudo bem.

Com os dedos na boca, Bjorn assobiou, e um segundo depois o cavalo ruão feio que lhe pertencia surgiu do meio das árvores, indo na direção de seu mestre.

— Leve apenas o necessário. E o que estiver disposta a carregar. — Ele encontrou meu olhar. — Deixe aqui qualquer coisa que não quer perder para este mundo.

Olhei instintivamente para a espada que eu ainda segurava, grudenta devido ao sangue dos homens cuja vida eu havia ceifado. Era a única coisa que eu ainda tinha de meu pai e, se eu morresse, deveria ficar com Geir, e não enferrujando em uma caverna.

Uma voz obscura sussurrou dentro da minha cabeça. *Por quê? Porque ele te valorizou bastante, né?*

Tensionei a mandíbula, pois a voz dizia a verdade. Limpando o sangue da lâmina no corpo de um dos mortos, eu a embainhei na minha lateral antes de me virar para Snorri.

— Quero meu próprio cavalo.

15

CONVERSAR ERA IMPOSSÍVEL ENQUANTO BJORN me conduzia pelos caminhos na floresta, minha atenção toda voltada para guiar meu cavalo, uma pequena égua baia que Snorri havia escolhido por seu temperamento calmo, pois eu não era das cavaleiras mais experientes.

Nós não cavalgávamos sozinhos.

Steinunn galopava bem atrás de mim, junto com um dos homens de Snorri. O jarl tinha insistido que a escalda viesse conosco para testemunhar nosso teste e o guerreiro para levar os cavalos de volta para o grupo principal. Recuar aparentemente não era uma opção. Dado o que a escalda havia me dito sobre como sua magia funcionava, não entendi por que a presença dela ali era necessária, mas Snorri se recusou a ouvir meu argumento para que a mulher permanecesse com o outro grupo.

O ar ficava mais frio conforme subíamos, pedaços de neve grudando nas sombras dos pinheiros, o casco dos cavalos pisando no leito de agulhas e enchendo meu nariz com seu aroma. Adiante, Hammar se agigantava.

A montanha tinha a forma de um martelo, os lados norte, leste e oeste quase penhascos verticais, embora Bjorn tivesse dito que o lado sul tinha uma inclinação mais gentil. Ao nos aproximarmos do penhasco virado para o norte, Bjorn diminuiu o ritmo, desviando de alguma coisa no chão com o cavalo. Puxei as rédeas de minha égua e meu coração se agitou quando vi o que ele estava evitando.

Ossos.

Ao ver os primeiros trechos descoloridos, avistei-os em todos os lugares. Ossos descarnados de todos os tamanhos e tipos.

E não só de animais.

Comecei a suar nas costas quando minha égua passou por um crânio humano com um buraco na lateral sobre uma pedra. À esquerda dele, o resto do esqueleto estava emaranhado em mato e a brisa fazia os ossos se movimentarem como se ainda tivessem vida.

— Lobos? — Steinunn sugeriu de trás, e Bjorn apenas soltou uma bufada depreciativa para a escalda por sobre o ombro antes de continuar em frente.

O vento soprava na floresta, os galhos das árvores rangendo e gemendo. Outro som se juntou à mistura, um estranho estalo oco que fez minha pele se arrepiar.

— O que foi isso?

Bjorn ergueu a mão e segui a linha de visão até a fonte. Ossos haviam sido pendurados nas árvores feito sinos dos ventos, fêmures e costelas se sacudindo e batendo uns contra os outros para criar uma música terrível.

— A alcateia de Steinunn gosta de decorar, ao que parece — disse Bjorn, colocando a mão sobre o cavalo quando o animal se esquivou da terrível criação.

Minha própria égua bufou alto, abaixando as orelhas antes de parar. Bati com os calcanhares nas laterais de seu corpo, tentando fazer com que avançasse, mas ela se recusava. Não que eu pudesse culpá-la, pois diante de nós havia uma bruma de vapor com cheiro podre.

O cavalo de Steinunn empinou e tentou virar, mostrando o branco dos olhos enquanto ignorava as tentativas dela de seguir adiante. Até a montaria de Bjorn oferecia resistência agora, de cabeça baixa e bufando diante dos filetes de vapor.

— Se ao menos meu pai tivesse o mesmo bom senso que você — murmurou ele para o cavalo, apeando e voltando com o animal para amarrá-lo a uma árvore. — Vamos deixar os cavalos aqui e seguir o restante do caminho a pé.

— Vou levar os cavalos agora — anunciou o guerreiro com a mandíbula tensa ao olhar para os ossos.

— Não. — Bjorn deu um tapinha no pescoço de seu cavalo. — Freya precisa ter noção do caminho antes de escolher subir. Espere uma hora, depois leve os cavalos e se junte novamente ao grupo de meu pai, se conseguir chegar ao caminho do sul a tempo.

Além do vento e dos sinos de ossos, não havia som nenhum conforme seguíamos pelo caminho rochoso, e meus olhos contemplaram o penhasco que se elevava na direção das nuvens, tão íngreme que apenas os melhores escaladores eram capazes de subi-lo.

Eu não estava entre os melhores escaladores.

Não que eu tivesse medo de altura, mas tinha uma noção saudável do que significava cair daquela distância. Minha imaginação prontamente me forneceu a imagem do meu crânio se espatifando no chão como um melão.

Saímos das árvores, os três parando para olhar a abertura na base do penhasco. Era grande o suficiente para que eu mal precise abaixar para entrar, mas depois dela era uma escuridão total, quebrada apenas pelos grandes jatos de vapor que saíam de tempos em tempos.

— É só uma toca de lobos, né, Steinunn? — Bjorn agachou e analisou o cenário.

Colocando o escudo no chão, olhei para a outra mulher à minha direita, notando que o rosto dela estava branco feito papel.

— É um caminho que leva a Helheim — sussurrou ela, e depois se virou para Bjorn. — Eu mesma vou dizer isso a Snorri, Bjorn. Vou atestar que seria loucura entrar.

Bjorn olhou nos meus olhos.

— A escolha é sua, Freya. Não vou obrigar você a entrar aí.

Engoli em seco. O fedor de podridão fazia meu estômago se revirar e ameaçava regurgitar seu conteúdo. Meu corpo estava gelado, mas ainda assim o suor se acumulava na base de minhas costas e sob os seios, meu coração batia feito tambor embaixo das minhas costelas. Não havia forma fácil de subir a montanha. A face sul estava guardada por homens que queriam me matar, e este caminho, por draugs que queriam o mesmo. Ainda assim, se eu fosse acreditar no espectro, voltar seria igualmente fatal.

Não havia escolha boa. Pelo menos, não para mim.

— O que Snorri vai fazer se eu não tentar escalar? — perguntei a Bjorn. — Vai aceitar que você respeita meus desejos? Ou *você* vai ser punido por não ter me obrigado a entrar aí?

— Não baseie essa decisão em mim — respondeu ele. — Vou aonde você for, e se isso significa que preciso encontrar uma taverna onde possamos ficar muito bêbados enquanto esperamos que a faca recaia sobre você, que seja.

Mordendo a unha do polegar, encarei a abertura escura, sabendo que preferiria morrer lutando a morrer como uma covarde.

— Então acho que devemos começar a subir.

Bjorn não questionou minha decisão. Não perguntou se eu tinha certeza. Apenas disse a Steinunn:

— Você não vai com a gente. Volte para onde estão os cavalos.

A escalda não se amedrontou tão facilmente.

— O jarl ordenou que eu ficasse com vocês.

— Para espionar todos os meus movimentos?

Steinunn se contorceu e eu me encolhi, sabendo que isso não melhoraria a opinião que Bjorn tinha sobre ela. Mas em vez de negar, a mulher só falou:

— A fim de testemunhar suas provações e poder contar a história de Freya. Para que todos saibam a verdade sobre o que ela é.

Franzi a testa, mas antes que pudesse falar, Bjorn disse:

— Mortos não cantam, e a morte será seu destino se seguir por este caminho.

A visão dele sobre nossas chances de sobrevivência me fez querer mudar de ideia, mas as palavras do espectro não podiam ser negadas. Não tinha volta. Não para mim. Mas o destino de Steinunn não precisava permanecer interligado ao meu.

— Se eu sair viva, vou te contar tudo o que aconteceu — afirmei a ela. — Vou responder a todas as suas perguntas, juro. — Voltei a olhar para Bjorn. — E você também vai.

Ele bufou.

— Corto minha língua fora antes de dizer uma palavra à pequena espiã de Snorri.

A irritação diante da teimosia dele espantou parte de meu medo, mas eu não tinha tempo de ficar discutindo.

— Minha palavra basta, Steinunn?

A outra mulher ficou em silêncio por um longo momento, depois disse:

— Anseio por ouvir sua história, Freya Nascida do Fogo.

— Então está resolvido — disse Bjorn. — Se você se apressar, vai conseguir chegar até os guerreiros de meu pai e os cavalos antes que partam. Do contrário, terá uma longa caminhada pela frente.

Steinunn cruzou os braços, encarando-o.

— Você sempre contraria Snorri, Bjorn. Vai chegar um dia em que vai pagar o preço por isso.

— Esse dia não é hoje. — Bjorn apontou para mim. — Vá na frente.

Sabendo que meus nervos me trairiam se eu esperasse mais um segundo, comecei a andar na direção da abertura na parede do penhasco, com Bjorn seguindo logo atrás. Cada onda de vapor parecia a respiração de uma grande fera senciente em um dia frio, a qual consumia os prudentes e os imprudentes na mesma medida.

— Como vamos fazer para iluminar o caminho?

Em resposta, o machado de fogo de Bjorn apareceu em sua mão e, juntos, entramos.

16

Achei que o túnel imediatamente viraria alguma forma de escadaria dentro do penhasco, mas o que nos recebeu foi uma passagem que se aprofundava ainda mais na montanha. Jatos de vapor saíam das rachaduras no chão, forçando-nos a marcar o tempo de cada passo para não sermos escaldados. O machado de Bjorn projetava uma luz que iluminava apenas alguns poucos metros à frente, a escuridão parecendo consumir o brilho do fogo do deus.

— Acha mesmo que ela espiona para Snorri?

— Claro que espiona — respondeu Bjorn. — Ela é a espiã perfeita, pois todos respondem às perguntas que faz na esperança de serem mencionados em uma de suas canções. E mesmo que não respondessem, ela sempre está espreitando pelos cantos, observando e ouvindo. Seria bom você começar a tomar cuidado com o que fala perto dela.

Ele podia até ter razão nesse sentido, mas...

— Eu sinto pena dela.

— Por quê? Ela recebe tudo de mão beijada.

— Ela emana alguma coisa triste. Eu... — Balancei a cabeça, incapaz de justificar o sentimento. Além disso, Steinunn, espionando ou não para Snorri, estava longe de ser minha maior preocupação. — Como os draugs vieram parar aqui? — Olho para trás na direção da entrada e descubro que a luz do sol já se foi, o túnel fazendo uma curva sem que eu notasse. — Quem eram eles?

— É proibido carregar uma arma dentro das fronteiras do templo ou tirar uma vida que não seja em sacrifício aos deuses — respondeu Bjorn. — A história diz que um jarl cobiçou a riqueza de Fjalltindr e quis tomá-la para si. Ele e seus guerreiros de confiança vieram para o ritual e, na celebração que se seguiu, roubaram a maior parte do ouro e da prata que tinham sido deixados como oferendas e fugiram com tudo por este caminho. Um a um, eles foram derrubados por força divina, obrigados a suportar o peso da maldição de seu senhor e proteger os túneis até o fim dos dias. A maioria acredita que o tesouro que roubaram ainda permanece dentro das cavernas, e muitos tentaram roubá-lo para si. Ninguém nunca voltou, e dizem que qualquer um que toque o tesouro de Fjalltindr é amaldiçoado ou se torna um draug. Então, se vir algo de valor nos degraus, é melhor deixar onde está.

— Entendido — murmurei, passando sobre um coelho morto com a pele rasgada pelo que pareciam garras. — E o seu machado? Ainda consegue invocá-lo dentro das fronteiras do templo?

— Eu nem tentaria. — Bjorn parou na base de uma escadaria que levava para cima. Cada degrau tinha o comprimento de apenas meia mão, a pedra escorregadia devido à umidade. Aos pés dele, a metade traseira de um cervo apodrecia. — É uma arma.

— E meu escudo?

Ele olhou para mim por sobre o ombro.

— Está disposta a arriscar descobrir?

Dado o que havia acontecido ao jarl e a seus homens, a resposta era definitivamente *não*.

Os degraus levavam mais e mais para cima, e não demorou muito para minhas panturrilhas começarem a gritar pelo esforço de me equilibrar sobre a pedra escorregadia. Suspeitava que era pior para Bjorn, pois ele era alto o bastante para ter que se curvar, mas nunca parou.

E a cada passo, penetrávamos a montanha ainda mais fundo.

Não havia como saber o quão profundo estávamos, nem a que distância do chão, e as paredes do túnel pareciam se estreitar enquanto o ar ficava mais quente e mais fétido. Sons estranhos preenchiam a caverna, e mais de uma vez jurei ter ouvido passos. Sussurro de vozes estranhas. Eu estava ofegante, meu coração batendo no peito de forma errática enquanto as paredes ficavam cada vez mais próximas.

É só a sua imaginação, disse a mim mesma. *Tem bastante espaço aqui.*

Bjorn escolheu aquele momento para se lamentar.

— Esta é a primeira vez na minha vida que desejei ser menor — disse ele, e se virou de lado para se espremer entre as paredes de pedra, a umidade evaporando ao entrar em contato com o machado. Então Bjorn parou, virando a cabeça para me olhar.

— Você está bem, Nascida do Fogo?

Eu estava tremendo, mas me forcei a assentir com a cabeça.

— Estou. Por quê?

— Está com uma cara de quem vai vomitar. — Ele franziu a testa. — Ou desmaiar.

— Porra, claro que eu não vou desmaiar, Bjorn — retruquei, depois me arrependi quando minha voz ecoou pelos túneis. Ambos ficamos imóveis, apenas escutando, mas além do chiado infinito do vapor, não havia som além de nossa respiração. — Juro que ouvi passos — sussurrei. — Vozes. Você também?

Ele ficou em silêncio, depois disse:

— A imaginação prega peças.

O frio subiu até a ponta de meus dedos porque ele não negou ter ouvido alguma coisa.

— Não acho que estejamos sozinhos aqui.

— Não significa que há draugs — disse Bjorn, com suavidade. — Pode ser que os ossos e os sinos dos ventos sejam truques armados pelos gothar para dissuadir aqueles que querem fazer mal ou roubar. Pode ser que seja tudo mito e lenda.

— Talvez — sussurrei, lembrando-me de todas as coisas mortas sobre as quais eu havia passado na escadaria sem fim. Criaturas que não tinham morrido com facilidade. — De qualquer modo, prefiro não me demorar aqui.

Bjorn assentiu com firmeza, depois continuou o progresso lateral que fazia pelo espaço apertado. A cota de malha que usava raspava na pedra.

E então ele tropeçou.

Algo metálico passou por meus pés e consegui olhar bem a tempo de ver uma taça dourada encrustada de joias estalando escadaria abaixo até sumir de vista.

Clank.

Clank.

Clank.

O som de metal batendo na pedra ao descer e descer e descer ecoou mais alto do que qualquer grito. Pior, parecia estar caindo para sempre, e meu estômago se retorceu em nós quando ela finalmente parou de fazer barulho.

Prendi a respiração, esperando algum sinal de que tivéssemos sido escutados. Algum sinal de que alguma coisa além de nós estivesse andando pelos túneis dessas montanhas.

— Parece que... — Bjorn começou, mas se interrompeu quando o ar *se movimentou*.

Uma névoa quente girava em volta do meu rosto como se a montanha tivesse respirado fundo. Como se a montanha tivesse... *acordado*.

— Caralho — sussurrou Bjorn.

Eu me espremi pelo espaço apertado até onde ele estava. Mas tudo o que fiz foi ficar de queixo caído. Os degraus sob os pés dele cintilavam com moedas, taças de prata e ouro, rubis e esmeraldas brilhando à luz do machado.

Era o tesouro roubado, e se aquela parte da história era verdade, então...

Um grito perfurou a escuridão. Depois outro e mais outro.

Gritos altos estremecidos vindos de todas as direções e de nenhuma ao mesmo tempo. Vozes incontáveis, os uivos delas repletos de sofrimento, dor e *raiva*. Tambores que não eram deste mundo tomaram o lugar dos gritos, o ritmo rápido pontuado por sons de passos. Não eram botas ou sapatos, nem o som de pés descalços, mas o arranhar de... de *ossos* contra a pedra.

E estavam se aproximando.

— Corra! — exclamei, ofegante, mas Bjorn já tinha agarrado meu pulso, me puxando para cima.

O terror afastou minha exaustão e subi três degraus de cada vez com o escudo batendo em minhas costas. A escadaria terminou e Bjorn entrou em um túnel estreito, arrastando-me junto.

Então ele parou.

Colidi com suas costas, a cota de malha afundando em minha testa quando meu crânio bateu em seu ombro. Paralisada, olhei para o espaço atrás dele.

Parte de mim desejou não ter olhado.

Quatro figuras esqueléticas corriam em nossa direção, seus contornos iluminados por uma estranha luz verde. Pedaços de couro e armadura pendiam de suas formas ossudas, gritos de guerra arrepiantes ecoavam de suas mandíbulas abertas, dentes escurecidos e asquerosos. Mas as armas em suas mãos brilhavam muito, como se mesmo na morte os draugs cuidassem delas.

Girando o corpo, olhei para onde tínhamos vindo, mas a mesma luz verde iluminava as escadas, e os tambores e passos ficavam mais altos a cada segundo.

Estávamos encurralados.

— Freya — disse Bjorn, desatando o escudo do ombro —, prepare-se para lutar.

Tirando meu escudo das costas, desembainhei a espada e invoquei o nome de Hlin. A magia brilhou sobre meu escudo enquanto draugs explodiam vindos da escadaria. De costas para Bjorn, eu me posicionei e me preparei, aquele vapor fétido preenchendo minha boca a cada respiração ofegante.

As órbitas vazias dos olhos se fixaram em mim e mais daqueles gritos horríveis quebraram o ar enquanto eles avançavam, as armas empunhadas.

— *Nascida do Fogo* — sussurrei, depois berrei meu próprio grito de batalha.

Um draug se jogou em cima de mim e, por uma fração de segundo, achei que minha magia falharia. Que o draug iria atravessar meu escudo, com suas garras e seus dentes rangendo. Mas o brilho prateado era o poder de uma deusa, e foi como se ele tivesse pegado o morto-vivo e o arremessado com a força da própria Hlin.

O draug saiu voando, chocando-se com os que estavam atrás dele. Endireitando-se, as criaturas ficaram de quatro, sibilando como feras. Só que em vez de atacarem de novo, juntaram as cabeças, e minhas esperanças de que fossem entidades irracionais desapareceram feito fumaça. Mesmo depois de amaldiçoados e de virarem esqueletos, parte dos guerreiros que tinham sido permanecia.

O suor deixou as minhas palmas escorregadias quando um deles pulou, pendurando-se no teto, o pescoço se dobrando para trás de uma forma antinatural para poder me observar ao se aproximar. Outro se pendurou na parede, os ossos dos dedos entrando nas rachaduras da pedra, a faca presa entre os dentes. Mas foi o maior, que caminhava com passos pesados e ásperos, que liderou o ataque.

Eu estava ainda mais ofegante e foi preciso toda minha força de vontade para não recuar. Não que houvesse algum lugar para ir. Atrás de mim, Bjorn rosnava com o esforço enquanto lutava contra draugs que gritavam, mas não ousei olhar. Não quando ele confiava em mim para proteger sua retaguarda.

Os draugs se aproximaram cada vez mais. Meu escudo não era tão largo a ponto de bloquear o túnel todo, e minha atenção se alternava entre aquele que estava no teto, o outro na parede e o que estava em pé com a mandíbula aberta em uma paródia de um sorriso.

Um passo. Os ossos dos pés dele raspavam na pedra. *Um passo.*

Fiquei tensa, preparando-me para atacar.

Mas foi o que estava no teto que se moveu.

Defendi com o escudo, rangendo os dentes quando o draug ricocheteou nele, mal conseguindo mover o braço a tempo de acertar aquele que saltou do lugar em que se empoleirava na parede.

E nem de longe rápido o suficiente para me defender do terceiro.

A espada dele atravessou a borda direita do meu escudo. Ergui minha própria lâmina para desviar o golpe, e o impacto da arma dele contra a minha me fez cambalear. Ele atacou mais uma vez e meu braço estremeceu quando o derrubei.

Atrás, os outros draugs estavam em pé de novo, e mais haviam saído da escadaria, o fedor de podridão chegando antes deles.

O draug grande tentou novamente me acertar com a espada. Dessa vez, bloqueei o golpe com o escudo. Minha magia fez a arma sair voando da mão dele e tirei vantagem, enfiando a espada onde estaria seu coração.

Mas a arma só atravessou a criatura como se ela não fosse nada além de ar.

O choque me fez perder o equilíbrio e cambaleei.

Caindo direto nas mãos do draug.

Os dedos esqueléticos dele se fecharam em volta da minha garganta, arreganhando a boca para revelar dentes escuros enquanto ele me puxava em sua direção. A dor desceu por meu pescoço, meus pulmões tentando desesperadamente puxar o ar e, mais além, os outros draugs se movimentando para tirar vantagem.

Tentei cortar a criatura com a espada, mas o draug apenas soltou uma risada, o futum me envolvendo.

Nenhuma arma forjada por mãos mortais pode machucá-los. Eu me lembrei do alerta de Bjorn, mas não conseguia mover meu escudo para atacar sem dar aos outros draugs espaço para passar. Se eu fizesse isso, eles apunhalariam Bjorn pelas costas, e eu me recusava a permitir que isso acontecesse enquanto meu coração ainda estivesse batendo.

O que podia não acontecer por muito mais tempo.

Meu peito convulsionava com a necessidade de respirar, e o desespero irracional me fez tentar acertar o draug com a espada repetidas vezes, mas a ponta da arma só batia na parede do túnel.

Então larguei a lâmina.

A arma caiu no chão e fechei a mão em um punho, socando-o. Os ossinhos de minhas mãos estalaram ao colidirem com o crânio da criatura, e embora ela tivesse se encolhido, não me soltou.

Meus pulmões estavam em agonia e minha visão já começava a ficar embaçada, mas mostrei os dentes e soquei o draug de novo. E de novo. Os nós dos meus dedos já estavam cheios de hematomas, mas a dor era secundária à necessidade de *ar* enquanto lágrimas molhavam meu rosto. Então o draug segurou meu pulso, seus dedos ossudos se fincando no tendão, na carne e...

Chamas brilharam no alto, e o machado de Bjorn rachou o crânio da criatura. Por uma fração de segundo aterrorizante, o aperto em meu pescoço permaneceu forte.

Depois explodiu em cinzas.

Respirei fundo, o mundo girando, mas consegui manter o escudo elevado, protegendo o flanco esquerdo de Bjorn enquanto ele acertava os draugs, que explodiam em cinzas aos serem acertados. As criaturas gritavam de fúria e medo, uma delas tentando fugir, mas Bjorn arremessou o machado, a lâmina feroz a transformando em pó. Bjorn se virou, o machado reaparecendo em sua mão enquanto ele procurava outro oponente.

Mas estávamos, mais uma vez, sozinhos no túnel.

— Desculpe. — Minha voz estava áspera e pouco audível quando abaixei para pegar minha espada e a embainhar, minha mão machucada mal conseguindo executar a tarefa devido à dor que subia por meu pulso e braço. Apesar dela, o que eu mais sentia era vergonha. — Minha arma atravessou o draug e...

— Eu vi o que você fez. — Bjorn envolveu minha cintura com o braço e me puxou para perto, a luz de nossa magia revelando um corte profundo em sua testa que fazia sangue escorrer por seu rosto. No chão, mais adiante no túnel, o escudo dele estava em pedaços.

— *Nunca* mais se coloque em perigo por mim novamente.

Meu coração acelerado deu cambalhotas diante da intensidade da voz de Bjorn, do calor de suas mãos espalmadas em minhas costas. A adrenalina que corria em minhas veias, já desprovida de uma ameaça, voltou-se para outro propósito quando me vi chegando mais perto dele.

— Por quê? Porque seu pai vai te matar se eu machucar um dedinho que seja?

Bjorn me apertou com mais firmeza, e seus dedos transmitiram um solavanco que mais pareceu um raio disparando dentro de mim.

— Não — respondeu ele. — Porque eu não mereço.

— Por que diria uma coisa dessas? — perguntei, exigente. — Porque posso assegurar a você, uma profecia qualquer não faz minha vida valer mais do que a sua.

— Muitas pessoas argumentariam que é *exatamente* isso que a profecia significa.

— Bem, eu não sou uma dessas pessoas. — Olhei nos olhos dele, que refletiam o brilho de seu machado. Eu sentia a respiração entrecortada e quente dele junto ao meu rosto, seus dedos ainda me segurando com firmeza, meus seios cobertos com a cota de malha roçando em seu peito. — E antes que você comece a contra-argumentar, deixe eu te lembrar de que não dou a mínima para o que você acha, considerando que o que você acha é um monte de merda.

Bjorn soltou uma risada.

— Se os deuses decidirem que você não é uma criadora de reis, Nascida do Fogo, deveria se tornar uma escalda. As pessoas viriam do mundo inteiro para ouvir a poesia das suas palavras. Steinunn ficaria sem trabalho.

Fiquei vermelha.

— Vê se me chupa, Bjorn.

Um sorrisinho torto surgiu em seu rosto.

— Talvez mais tarde. Duvido que esses aí tenham sido os últimos draugs que vamos encontrar, e embora chegar ao fim de minha vida com minha língua pressionada contra o seu centro possa não ser a pior das mortes, acho que não me renderia um lugar em Valhalla.

Minha pele estava ardendo, mas consegui dizer:

— Tenho certeza de que você não seria o primeiro homem que come boceta a entrar em Valhalla.

— Agora é para comer? — Os ombros dele se sacudiam de divertimento e me amaldiçoei porque eu nunca parecia levar a melhor com ele. — Que mente mais suja, Freya. Sua mãe sabe que você fala essas coisas?

Eu não ganharia essa rodada, mas jurei que assim que estivéssemos fora desses malditos túneis, haveria um acerto de contas.

— É melhor continuarmos andando.

Parecia que Bjorn ia falar mais alguma coisa, mas ele só deu de ombros e saiu andando pelo túnel, deixando-me para seguir atrás. Embora os gritos e tambores não ensurdecessem mais o ar, eu sabia que os sussurros e os passos leves não estavam só na minha imaginação.

Estávamos sendo observados. E quando os draugs viessem de novo, estariam preparados.

Nenhum de nós dois disse mais nada enquanto continuávamos nossa subida até o topo da montanha e, para mim, muito disso se devia à exaustão. Cada passo demandava força de vontade, minhas pernas parecendo chumbo, o escudo, que estava mais uma vez atado às minhas costas, tendo triplicado de peso desde que tínhamos iniciado a escalada. Meu pescoço machucado doía e meus dedos feridos latejavam.

Mas nada disso se comparava à sensação atormentadora de que estávamos sendo seguidos, de que nosso inimigo esperava o momento certo para nos emboscar. A julgar pela tensão que irradiava de Bjorn, ele sentia o mesmo, o que significava que eu não estava imaginando coisas.

Subindo um trecho de degraus desmoronados, Bjorn estendeu a mão para me ajudar. O lado esquerdo do rosto dele era uma máscara de sangue, o ferimento em sua testa ainda escorrendo.

— Você deveria me deixar fazer um curativo nesse corte — comentei. — Está deixando um rastro de sangue.

— Estou bem. — Nossas mãos se entrelaçaram, a dele grande o suficiente para cobrir a minha por completo, segurando firme até eu estar acima das rochas quebradas. — E os parasitas covardes sabem que estamos aqui independentemente do que eu faça ou deixe de fazer.

O ar se movimentou e lancei um olhar para Bjorn enquanto ele me levantava sobre mais um trecho com o degrau quebrado.

— Talvez provocá-los não seja o melhor caminho.

— Por que não? — Ele começou a percorrer o túnel, ainda segurando minha mão. — Esses ladrões cretinos pretendem atacar de qualquer jeito. — Mais alto, acrescentou: — Por que não fazer como homens em vez de ficar esperando, seus idiotas covardes.

— Bjorn! — sibilei, o ar quente me engolfando. — Cale. A. Boca.

— Eles estão planejando uma emboscada — murmurou ele. — Devíamos pelo menos escolher nosso campo de batalha.

Embora o pensamento dele tivesse lógica, eu também era da opinião de que poderíamos pelo menos *tentar* chegar em silêncio ao topo sem outra luta.

Enquanto Bjorn estava obviamente ansioso por uma.

Avistando uma pilha do tesouro, ele chutou vários itens, espalhando-os pelo chão do túnel.

— Apareçam e lutem como se suas bolas não tivessem apodrecido décadas atrás!

A montanha respirou e, ao longe, os tambores recomeçaram. Batidas altas como trovões que faziam minha cabeça latejar.

— Você só pode ter larvas no lugar de cérebro — resmunguei. — Homem estúpido, idiota, tolo!

Bjorn desenganchou o escudo das minhas costas e o entregou para mim.

— Fico muito chateado quando você me xinga assim, Freya. Além disso, devia ter mais fé em mim... eu tenho um plano.

— Isso não significa que seja um plano bom. — Minha voz estava estridente, meu medo focando totalmente no raspar dos pés esqueléticos correndo em minha direção. Era mais do que antes. Muito mais.

— É perfeito. Acredite em mim. — Ele me empurrou na direção da abertura pela qual tínhamos acabado de passar. — Mantenha essa parte bloqueada.

Cuspindo todas as maldições que conhecia, invoquei Hlin e pressionei o escudo na abertura. Havia espaço acima e abaixo dele. Mais do que o suficiente para mãos me alcançarem. Mãos segurando armas.

— É incrível que você tenha conseguido viver tanto — murmurei ao me virar para ele, apenas para congelar no lugar.

Pois um brilho verde doentio estava vindo pelo túnel em nossa direção. O fedor de putrefação se espalhava adiante em uma brisa gelada, enchendo a pequena câmara e me dando ânsia de vômito. Tive que fechar a boca para não vomitar no chão. Os primeiros draugs apareceram carregando escudos podres que se entrelaçaram formando uma parede para encarar Bjorn, outros chegando por trás para preencher os espaços que sobravam às costas deles. O brilho se estendia pelo túnel, dezenas e mais dezenas de mortos-vivos.

Como podia haver tantos?

Então me lembrei... Não tinham sido apenas os homens do jarl que roubaram as oferendas em Fjalltindr e sido amaldiçoados a ficar neste lugar, mas todos que haviam entrado nestes túneis desde então, com a intenção de se apoderar do tesouro, mas em vez disso sucumbindo aos draugs.

Um lembrete de que se Bjorn e eu morrêssemos, não nos juntaríamos aos deuses, mas seríamos condenados a assombrar este lugar por toda a eternidade.

Não havia tempo para ficar pensando nesse destino, pois algo arranhou a parte de trás do meu escudo. Então uma mão passou pelo espaço entre a pedra e ele. A criatura não tinha morrido há muito tempo; ainda tinha carne presa aos ossos quando o braço se curvou para cima, tentando agarrar meu pulso. Eu o golpeei e meu estômago embrulhou quando pedacinhos de carne se prenderam aos meus dedos.

— Vadia filha de Hlin — sussurrou o draug, aparentemente ainda provido de língua. — Sua carne logo vai encher minha barriga.

Em resposta, segurei o braço daquela coisa e o girei até deslocar o cotovelo, saboreando o grito de dor que ouvi, apesar de saber que o draug poderia muito bem ter a última palavra.

Atrás de mim, a voz de Bjorn ecoou pela câmara:

— Estou vendo que minha reputação chegou até as entranhas deste buraco de merda.

— Você não é ninguém para nós, filho de Tyr — disse um dos draugs, a voz áspera e uma língua preta e podre batendo na boca. Ele tentou passar por Bjorn, mantendo-se nas laterais da câmara com os olhos fixos em mim. Mas Bjorn esticou o braço e o machado em chamas bloqueou o caminho da criatura.

— Se não sou ninguém — objetou ele —, então por que tantos de vocês estão reunidos para lutar comigo? Não passo de um único homem.

Se eu não estivesse ocupada lutando contra um braço podre, teria apontado que ele não era o único ali. Mas o primeiro draug arranhava meus sapatos enquanto outro tentava me apunhalar com uma lâmina enfiada sobre meu escudo.

— Me parece que ou vocês são mentirosos, ou são — Bjorn fez uma pausa e eu pude imaginar o sorriso em seu rosto — covardes.

O draug rosnou diante do insulto, vários deles soltando gritos de batalha aterrorizantes, mas nenhum atacou.

Porque estavam com medo.

Nenhuma arma deste mundo podia acabar com a terrível existência à qual se apegavam, mas o machado que queimava na mão de Bjorn não era deste mundo. Era o fogo de um deus, o que, portanto, era capaz de transformá-los em cinzas. Se eu estivesse condenada a este destino, aceitaria de bom grado um fim, mas eles estremeceram quando o machado desapareceu da mão direita de Bjorn e se materializou na esquerda, bloqueando a tentativa de outra criatura de chegar a mim.

— O mais covarde de todos é seu líder — continuou Bjorn, a voz repleta de zombaria. — Ele os condenou a este destino e ainda não apareceu. Onde está o jarl de vocês? Está se escondendo atrás das linhas de batalha, com medo de enfrentar o fogo dos deuses que os amaldiçoaram a ficar neste lugar?

Não estava entendendo o que Bjorn ganharia provocando os draugs além de uma última gota de satisfação antes de morrer, pois não havia esperança de matarmos tantos. E dado que, uma vez mortos, acabaríamos nos juntando a eles, eu não podia deixar de pensar que haveria consequências por essa provocação.

Meus pensamentos sobre a miopia do plano de Bjorn desapareceram quando o ar fétido se movimentou e a parede de escudos se partiu, revelando uma enorme e desajeitada criatura.

Esquelético como o restante, ele usava uma cota de malha completa que chacoalhava quando ele se movia, a cabeça oculta por um elmo e várias armas presas no cinto. Com uma voz que parecia o vento uivando, a criatura perguntou:

— Quem é você para me chamar de covarde, Bjorn Mão de Fogo?

— Então você *já ouviu* falar de mim. — Bjorn se balançou sobre os calcanhares, claramente achando graça, mas eu não consegui entender como ele não estava se mijando de medo.

— Ouvi muitas histórias nessas horas desde que você entrou em meu domínio — sibilou a criatura. — E contei muitas também.

— Até agora só ouvi que você é um ladrão comum, mas, por favor, se há mais para contar, ficarei feliz em ouvir.

O jarl draug abriu a boca e soltou um grito de ira. Foi como se facas perfurassem meus tímpanos.

Bjorn nem piscou, apenas esperou os ecos silenciarem.

— Isso explica por que ninguém se lembra do seu nome, jarl. Você não tem fama de batalha.

— Vou ganhar grande fama e honra por sua morte, Mão de Fogo — sibilou o draug. — Uma canção cantada por escaldos de gerações futuras.

— Parece improvável, já que ninguém vai ficar sabendo.

Eu não fazia a menor ideia de como ele conseguia ser tão insolente, pois meu peito se apertava e minha língua estava seca como areia.

— Vai ser cantado — repetiu o draug, mostrando os dentes em um sorriso.

Bjorn deu de ombros.

— Então acho que é melhor fazermos uma música digna de ser escutada. Eu te desafio a um único combate. Se eu ganhar, você nos deixa passar. Se eu perder, bem... vou ter que aguentar uma eternidade ouvindo canções sobre suas proezas.

Fiquei sem fôlego. Talvez o plano dele não fosse tão idiota quanto eu acreditava.

O draug inclinou o crânio, parecendo considerar a proposta de Bjorn, embora não houvesse nenhum guerreiro, vivo ou morto, que não soubesse o que ele teria que responder. Recusar apenas provaria a acusação de Bjorn de que ele era um covarde. O jarl perderia o respeito de todos que o tinham seguido e, se suas preocupações fossem as mesmas na morte do que em vida, a perda da reputação *importaria mesmo* para ele.

— Que assim seja. — A resposta do jarl lançou uma lufada de ar sobre mim e mechas de cabelo ricochetearam em meu rosto. Ainda assim, poderia jurar que ele sorriu ao acrescentar: — Contanto que seja nos termos dos vivos. O que significa, Bjorn Mão de Fogo, que você deve lutar usando uma arma mortal.

Meu estômago afundou. Aquilo era verdade?

Obtive minha resposta quando Bjorn não mexeu um músculo sequer.

— Você não pode ser morto por aço.

A risada do jarl foi ecoada por seus seguidores.

— Isso é verdade, Bjorn Mão de Fogo. Então agora deve escolher se vai morrer com honra. Ou sem ela. De qualquer forma, vai se juntar aos meus homens.

— Isso não é justo — gritei, incapaz de conter minha voz. — Os mortos amaldiçoados não merecem termos estabelecidos por mortais.

O jarl riu de novo.

— Talvez o que diz até seja verdade, filha de Hlin, mas foi Bjorn Mão de Fogo quem propôs o desafio. — Os dentes dele bateram e flocos pretos caíram deles. — Agora devemos ver o quanto a própria reputação vale para ele.

Abri a boca para contra-argumentar, mas Bjorn me interrompeu.

— Feito. — Ele deu meia-volta, vindo na minha direção. — Preciso do seu escudo, Freya. Os deles estão todos meio podres.

— Não — respondi. — Vamos lutar. Existe uma chance de conseguirmos passar por eles.

Bjorn negou com a cabeça.

— Não vou morrer feito um covarde.

— Quem se importa com isso? — As palavras saíram de minha garganta. — Eles são mortos-vivos amaldiçoados, desde quando o que pensam importa?

— Não importa. — A voz dele estava contida. — Faça o que precisar para sobreviver, Nascida do Fogo. Você não está vinculada à minha palavra.

Ele colocou o machado em chamas no chão ao meu lado, depois pegou meu escudo. Minha magia desapareceu no instante em que soltei a madeira.

— Confie no poder de Hlin, Freya.

Rangi os dentes. De que servia minha magia sem o escudo em mãos?

— Deixem a mulher em paz durante a luta — ordenou o jarl a seus seguidores, e os outros draugs recuaram, os pés ossudos arranhando o chão. — Depois que ele estiver morto, façam o que quiserem com ela, mas o Mão de Fogo é meu.

O horror azedou meu estômago quando encostei na parede, o desamparo retorcendo minhas entranhas enquanto Bjorn se posicionava para lutar contra o jarl. Um dos outros draugs se aproximou. Parecia ter sido uma mulher, pois farrapos de um vestido pendiam de sua forma esquelética. Entregou um machado a Bjorn, depois segurou o pulso dos dois combatentes e os levantou bem alto. Vindo de todas as partes, os draugs gritaram de satisfação, e soltei a espada para tapar os ouvidos, pois o som me deixava agoniada. Mas vi a mandíbula descarnada da criatura se mover ao dizer:

— Comecem.

Com uma rapidez sobrenatural, o jarl brandiu a arma.

Bjorn estava pronto.

Em um instante, empunhou o machado que havia pegado emprestado, o qual colidiu com a espada do jarl ao mesmo tempo que ele a puxava para o lado. Um combatente menos experiente teria perdido a própria lâmina, mas o jarl se movia com Bjorn, recolhendo sua espada e atacando novamente.

Bjorn se defendeu do golpe com meu escudo, rosnando com a força do impacto e cambaleando para trás. O jarl sorriu, revelando os dentes escurecidos, e então atacou de novo. Bjorn desviou do ataque, mas a espada do jarl partiu o cabo do machado emprestado e fez a lâmina sair voando.

Bjorn praguejou, mal conseguindo bloquear outro golpe com o escudo. Depois outro, e mais outro, a madeira rachando e se lascando sob o ataque contínuo.

Erguendo minha espada, gritei:

— Bjorn, pegue a minha! — E a entreguei, o cabo virado para ele.

Bjorn reagiu instantaneamente, bloqueando um golpe e depois girando o corpo. Pegou a arma da minha mão, rodando a tempo de bloquear outro ataque.

A luta continuou, Bjorn se defendendo, mas nunca indo para a ofensiva, porque não adiantava. Minha espada passaria direto pelo corpo do draug sem causar mal algum. O jarl não podia ser morto, exceto pelo poder de um deus, a que Bjorn estava teimosamente resistindo, apesar de seu machado estar bem ali.

Tudo pela maldita honra.

A dor entrecortava minha respiração quando eu o imaginava morrendo, mais um a perecer por minha causa e por tudo o que eu supostamente representava. Lágrimas escorriam pelo meu rosto, porque em vez de ir para Valhalla como ele merecia, Bjorn se levantaria como um dos draugs. E eu teria que deixá-lo aqui. Teria que encontrar um jeito de passar por essas criaturas para poder sobreviver, pois morrer parecia o maior insulto que eu poderia fazer ao sacrifício de Bjorn.

O que significava que eu precisava encontrar um jeito de escapar.

O escudo de Bjorn se estilhaçou sob um dos golpes do jarl, mandando lascas pelo ar. Passei os olhos pelos pedaços de madeira, todos pequenos demais para servirem de alguma coisa. Nada ao meu alcance era grande o suficiente para ser usado, o que significava que eu precisaria tentar lutar com um draug para pegar um escudo.

— *Porra* — sussurrei, vendo que a força de Bjorn estava diminuindo e eu ainda não tinha encontrado solução alguma. Ele havia me dito para confiar em Hlin, mas o que aquilo significava?

Bjorn cambaleou sob um golpe pesado que fez com que o corte em sua testa fosse reaberto e espirrasse sangue no chão. As gotículas fervilharam quando bateram no machado dele, que ainda estava aos meus pés.

O machado.

Fiquei olhando para a arma e o entendimento do que eu precisava fazer fez suor escorrer por minhas costas.

Será que eu conseguiria fazer aquilo de novo? Conseguiria pegá-lo? E se conseguisse, o que faria, dado que minha mão seria incinerada em questão de instantes? O que Bjorn acreditava que eu podia fazer?

Pense, Freya, gritei em silêncio.

Qual tinha sido o plano original dele? O que esperava conseguir os atraindo para cá e desafiando o jarl? Porque eu não acreditava, nem por um segundo, que esses vermes honrariam os termos acordados por seu líder vencido.

A menos que fossem obrigados?

Obrigados a suportar o peso da maldição de seu senhor. Eu me lembrei das palavras de Bjorn e entendi abruptamente o que precisava fazer.

Pegue-o, ordenei a mim mesma. *Acabe com isso.*

Suor escorria por meu rosto se misturando às lágrimas. Meu medo da dor guerreava com meu medo de ver a morte de Bjorn. Ou da minha própria morte.

Faça o que precisa ser feito.

Meu coração latejava de terror quando me aproximei do machado. O calor já me deixou com náuseas e minha cabeça começou a girar.

Um chiado agudo de dor chamou minha atenção e meus olhos se

voltaram para a luta. Bjorn tinha cambaleado, um corte logo acima do cotovelo derramando sangue carmesim pelo chão. O jarl aproveitou a vantagem para atacar com firmeza.

Aço contra aço, minha espada escapou das mãos de Bjorn e a boca do jarl se abriu largamente quando ele gargalhou.

Não havia mais tempo.

Peguei o machado, rangendo os dentes contra a dor que viria. Pouco antes de segurar a arma, eu me lembrei das palavras de Bjorn: *confie no poder de Hlin*.

— Hlin — falei. — Me proteja.

A magia surgiu em meu corpo bem quando Bjorn caiu, batendo as costas com força no chão. Lágrimas de terror pingavam em minha boca, mas me obriguei a ficar concentrada. Não para empurrar a magia para fora, mas para atraí-la sobre meus dedos. Minha palma. Meu pulso, até que tudo brilhasse com a luz da deusa.

Por favor, que isto funcione. Fechei a mão ao redor do cabo do machado e já me preparei para a queimadura.

Mas o cheiro de carne queimada *não* preencheu meu nariz.

Levantando, ergui a arma quando o draug pressionou o pé ossudo sobre o peito de Bjorn.

— Você foi derrotado — sussurrou o jarl, não parecendo notar que eu segurava o machado ao dizer aos seus seguidores: — Podem ficar com a mulher depois que ele estiver morto, mas só eu irei me banquetear com a carne do Mão de Fogo.

O jarl ergueu a arma e Bjorn sorriu.

— Eu perdi o desafio.

O draug hesitou, aparentemente surpreso, e naquele segundo deixei o machado voar.

Ele girou no ar, fincando-se com um baque no peito do jarl. Devagar, o morto-vivo olhou para baixo, suas órbitas oculares vazias recaindo sobre a arma em chamas.

Meu coração saltava com o medo de eu ter errado. De que Tyr reprovasse minhas ações e me negasse seu poder.

O jarl deu um passo em minha direção, estendendo o braço...

Só para explodir em cinzas, armas e armadura caindo em uma pilha sobre o chão.

E não apenas ele.

Em toda a nossa volta, os draugs leais ao jarl viraram pó, a maldição que os vinculava a este lugar quebrada com a morte de seu senhor. Fiquei boquiaberta quando armas e pedaços de armaduras bateram no chão do túnel, cinzas levantando-se em nuvens sufocantes.

Se ao menos este fosse o fim.

Aqueles que tinham entrado nestes túneis em busca do tesouro perdido e morreram pelos esforços empreendidos permaneceriam, pois não tinha sido a ganância do jarl que os havia amaldiçoado, mas a deles própria.

Batendo os dentes, eles entraram na câmara, olhando com cautela para o machado em chamas que Bjorn segurava mais uma vez. O medo guerreando com uma fome infinita e insaciável de carne fresca.

Bjorn me devolveu minha espada e, com meu recém-descoberto conhecimento sobre meu dom, eu a cobri com magia enquanto ficávamos de costas um para o outro.

— Há menos deles agora — murmurou ele. — E diferente dos homens do jarl, esses aí não são guerreiros treinados.

Ainda assim, estavam em grande número.

Segurei firme a espada, a fúria fervendo com rapidez dentro de mim, afogando meu medo. Fúria porque esses invólucros de homens seriam nosso fim, apesar de tudo o que havíamos feito. Apesar de termos lutado bravamente. Snorri e os outros disseram que eu era favorecida pelos deuses, mas era assim que eles demonstravam o favorecimento que tinham por mim? Os draugs estavam vinculados a este lugar apenas pelo desejo dos deuses, o que significava que era desejo deles que os enfrentássemos.

— Eu amaldiçoo vocês — sussurrei, sem saber ao certo se estava falando com os draugs, os deuses ou ambos. — Amaldiçoo vocês ao Helheim, suas sombras de homens. Que Hel os governe até o fim dos dias, pois não merecem a honra de Valhalla!

O ar do túnel ficou gelado de repente e, sob meus pés, o chão estremeceu com tanta violência que eu teria caído se Bjorn não tivesse segurado meu braço.

Os draugs gritaram e tentaram fugir, mas antes que qualquer um desse um passo sequer, o que pareciam raízes de árvores escurecidas se estenderam pelo chão do túnel. Elas envolveram cada um dos draugs, as criaturas gritando enquanto tentavam se soltar com as garras.

Recuei para junto de Bjorn, chocada demais para respirar quando, de uma vez, as raízes voltaram para onde vieram e desapareceram.

Deixando apenas ossos espalhados e roupas esfarrapadas para trás.

Tinham desaparecido. Todos os draugs sumiram de vez.

— Que bom ver os deuses finalmente ajudando a nossa causa — disse Bjorn, mas a voz dele soava artificial, desprovida do humor de sempre.

Engoli em seco, porque a alternativa era vomitar.

— Acho que precisávamos passar no teste deles.

— Nós não — rebateu Bjorn. — *Você*. Embora tenha levado um tempo para entender como fazer isso.

— Acredito que as palavras que esteja procurando sejam: *obrigado por salvar minha pele, Freya*.

A ironia roubou o que restava da minha bravata. Minhas pernas cederam e caí de bunda, apoiando a testa nos joelhos para fazer minha cabeça parar de girar.

Bjorn se sentou ao meu lado segurando um cantil, do qual tomei um longo gole.

— A ideia foi *minha*.

— Foi mesmo? — Tentei olhar feio para ele, o que foi difícil, dado que eu estava prestes a desmaiar. Ou vomitar. Ou as duas coisas. — Como você tinha tanta certeza de que aquilo daria certo?

— Eu não tinha. — Todo o humor desapareceu do rosto de Bjorn quando ele segurou meus braços. — Mas sabia que você faria o que fosse necessário.

— Confiou na pessoa errada. — Fiquei me lembrando do quanto hesitei. Do quanto fiquei com medo.

Bjorn inclinou a cabeça, a expressão reflexiva.

— Eu sou um homem bem desconfiado — disse ele, finalmente. — Mas não duvido da coragem de Freya Nascida do Fogo.

Senti um aperto no peito ao mesmo tempo que meu corpo foi preenchido por uma onda de calor, porque ninguém nunca havia me elogiado dessa forma sobre algo que importava tanto. E importava ainda mais vindo dele. Procurei as palavras para lhe dizer isso, mas acabei contra-argumentando:

— Eu não sou corajosa. Estava morrendo de medo de pegar o machado. Aterrorizada que me queimasse mesmo com a magia. Foi vergonhoso eu ter demorado todo aquele tempo para superar minha covardia.

Bjorn soltou uma risada que parecia estranhamente engasgada.

— Se estamos usando este momento para sermos sinceros, naqueles últimos segundos antes de você matar o jarl, fiquei achando que ia me cagar de puro terror.

Caí na gargalhada, sabendo muito bem que ele estava tentando me fazer sentir melhor.

— Bjorn, a única coisa que você caga é petulância e tolice.

— Era um medo válido. — Ele se abaixou para me ajudar a levantar, puxando-me pelo túnel e para longe dos restos dos draugs. — Se você saísse viva, seria uma questão de tempo até soltar a língua com vinho e contar para todo mundo o que realmente aconteceu. Então eu não só seria amaldiçoado a passar a eternidade nestes túneis como draug, como seria para sempre conhecido entre os mortais como Bjorn Cagão.

Meus ombros se sacudiram de tanto que eu ri.

— Eu nunca contaria para ninguém.

— Mulheres sempre contam. — Ele me levou por uma escadaria, minhas pernas tremendo a cada passo. — Principalmente umas para as outras. Não existe segredo sagrado o suficiente para vocês fecharem a matraca quando se reúnem. Ainda mais quando envolve vinho.

Sorri, mesmo mal tendo forças para continuar andando.

— Você fala como se fosse por experiência própria. Me diga, que grave segredo seu foi revelado por uma mulher? O que ela sabia que você estava tão desesperado para esconder?

— Eu não tenho segredos. — Bjorn piscou enquanto olhava para mim, movendo o braço de meus ombros para abraçar minha cintura, me sustentando. — Apenas *grandes* verdades que espero que as mulheres não compartilhem para não causarem inveja no coração das amigas, o que, por sua vez, vai fazer os homens baterem na minha porta com uma raiva ciumenta estimulada por uma sensação de inadequação.

— Ah. — Minhas bochechas coraram, porque eu suspeitava que o que ele havia mencionado *era* verdade. Bjorn era um homem grande, então fazia sentido que tivesse um grande... — Então suas demandas por discrição são totalmente altruístas?

— Fico feliz por você entender meu sacrifício em nome de um bem maior.

Soltei uma risadinha sacana.

— Eu iria preferir acreditar que você é tão bem-dotado quanto o próprio Thor a acreditar que você sacrificaria uma gota de urina que fosse para proteger a vaidade de outros homens.

Bjorn me levantou sobre alguns escombros.

— É por isso que eu gosto de você, Freya. Você tem um cérebro entre as orelhas e uma língua atrevida para dar voz aos seus pensamentos.

Fiquei vermelha.

— Está tentando me distrair com elogios? Está perdendo o jeito, Bjorn. Logo, logo vai estar dizendo que sou bonita e vou perder todo o respeito por sua sagacidade.

— É difícil manter a sagacidade quando nos deparamos com uma mulher tão bonita quanto a visão da praia para um homem que se perdeu no mar.

Meu coração parou, depois acelerou. Porque aquele era um tipo totalmente diferente de elogio, que significava algo totalmente diferente. Eu tinha passado tanto tempo pensando em como me sentia em relação a ele, mas essa era a primeira vez que considerava de verdade como ele se sentia em relação a mim.

— Bjorn...

Minhas pernas escolheram aquele momento para ceder de exaustão, e apenas as mãos dele em minha cintura me impediram de me estatelar.

— Meus pés estão doendo — declarou Bjorn, abaixando-me de modo que minhas costas descansassem contra a parede do túnel. Colocando o machado no chão, ele se sentou ao meu lado. — E estou com fome. Lutar me deixa com fome.

— Me desculpe — murmurei. — Não sei por que estou tão cansada.

Bjorn remexeu em sua bagagem, tirando um pouco de carne seca, que entregou a mim.

— Porque você não dormiu quase nada nos últimos dias. Porque acabou de escalar metade de uma montanha. Porque acabou de lutar com um exército de draugs. Porque...

— Já deu para entender. — Mordi um pedaço de carne e mastiguei. Meus olhos observavam sem ver as chamas carmesim do machado dele.

Eu *estava* exausta, mas minha mente continuava frenética, sobrecarregada demais para se concentrar, mas incapaz de relaxar.

Um barulho seguido pelo som de pedras rolando chamou minha atenção e fiquei tensa, olhando de volta para o lugar de onde tínhamos vindo. Bjorn também ficou imóvel, mas depois balançou a cabeça.

— Os draugs foram derrotados, Freya. Não são mais uma ameaça.

Eu sabia disso. Tinha visto com meus próprios olhos, mas ainda assim fiquei encarando a escuridão por um bom tempo até minha mente se acalmar e minha respiração desacelerar o suficiente para eu dar outra mordida na carne que segurava.

Comemos e bebemos em silêncio, o único som sendo o do vento nos túneis e o do crepitar do machado de Bjorn, que tinha escurecido a pedra sobre a qual estava apoiado. Com a distância que havíamos subido, os jatos de vapor fétido tinham desaparecido fazia algum tempo, e o frio se infiltrava em meus ossos. O vento vindo de cima era gélido. Tremendo, coloquei as mãos perto do calor do fogo. Os nós dos dedos de minha mão direita sangravam por eu ter socado o draug e doíam com a rigidez, a pele repuxando dolorosamente, um lembrete constante do momento em que minha vida tinha mudado.

— Onde está o unguento de Liv? — perguntou Bjorn. — Você deve usá-lo todos os dias.

A ideia de procurá-lo parecia exaustiva.

— Não preciso dele.

— Precisa sim.

— Não sei onde está. — Olhando para ele, acrescentei: — É você quem está machucado.

O que não era mentira, dado que metade do rosto de Bjorn estava coberto de sangue seco, a manga da camisa toda manchada de vermelho, e eu tinha certeza de que ele estava com muitos hematomas da batalha com o jarl draug.

— Você tem razão — respondeu Bjorn. — Não só estou morrendo de dor, mas este corte — ele apontou para o próprio rosto — também foi feito por uma lâmina enferrujada dos draugs e provavelmente vai infeccionar, acabando com a minha beleza. E sei como você a valoriza, Nascida do Fogo, porque já me disse duas vezes.

Foi impossível não revirar os olhos.

— Eu falei para me deixar cuidar do ferimento aquela hora. Você disse que estava bem.

— Mudei de ideia.

Suspirando, fiquei de joelhos, meus músculos frios protestando contra o movimento enquanto eu me levantava o suficiente para olhar o machucado. Logo abaixo da linha do cabelo, o corte tinha mais ou menos o comprimento do meu dedo mindinho, e provavelmente ia até o osso. Precisava ser costurado, mas eu não tinha as ferramentas. Mexendo na bolsa, peguei um pano limpo, que umedeci com água, e então limpei o sangue.

Era difícil me concentrar com a respiração dele roçando em meu pescoço e a pele quente sob minhas mãos frias.

— Isso foi feito por uma lâmina?

— Uma lâmina *enferrujada*.

Franzindo a testa, balancei a cabeça.

— Quando chegarmos a Fjalltindr, alguém vai ter ervas para limpar isso melhor. Cravos, talvez — acrescentei, tendo visto alguns entre as especiarias carregadas pelas escravizadas de Snorri.

— Há cravos no unguento de Liv.

— É verdade — murmurei, procurando na bolsa, envolvendo o potinho com a mão antes de estacar. — Seu cretino.

— Sempre com esses insultos. — Bjorn deslizou a mão pelo meu braço até alcançar minha bolsa, onde eu segurava o pote de unguento, os dedos dele envolvendo os meus. Faíscas dançaram sobre minha pele com a sensação, e meu estômago se revirou quando ele tirou nossas mãos da bolsa.

Desdobrando meus dedos, Bjorn tirou o pote de minha mão e o abriu com o polegar.

— Que sorte a minha você não ter perdido isso. Ou — ele tirou um pouco e espalhou sobre o corte — sorte a sua, pois agora meu rosto está salvo.

— Você é vaidoso demais. — Sentando com as costas contra a parede, cruzei os braços. — Não é certo um homem dar tanta importância à própria aparência.

— Foi você quem disse achar que Baldur finalmente tinha sido libertado de Hel quando me viu pela primeira vez — respondeu ele, tirando meu braço da lateral do corpo e depositando uma porção de unguento em minha palma cheia de cicatrizes. — E foi você também quem achava que eu cegava meus inimigos com beleza ao atacá-los sem camisa. E...

— Eu te odeio.

— Ah, se isso ao menos fosse verdade — murmurou Bjorn. Os dedos fortes dele apertavam os tendões rígidos de minha mão, afastando o frio e a dor e os substituindo por uma coisa completamente diferente. Um desejo de os sentir tocando outras partes de mim.

Um desejo de tocá-lo.

Eu não disse nada, apenas fiquei observando enquanto ele trabalhava em minha mão bem depois que o unguento tinha sido esfregado em minha pele com cicatrizes. Então ele a virou, passando o dedo sobre as linhas retorcidas da segunda tatuagem que Hlin havia me dado. Com uma necessidade urgente de quebrar o silêncio, perguntei:

— Fico imaginando como ela deveria ser.

— Talvez ela devesse ser *assim* — afirmou Bjorn, pegando minha outra mão e examinando o escudo carmesim tatuado no dorso, as linhas pulsando a cada batida de meu coração. — Os deuses previram que você pegaria meu machado. Que seria queimada. O que viram foi o motivo de dizerem que seu nome nasceria do fogo.

— A menos que eu agisse diferente do que eles tinham previsto — respondi. — A menos que alterasse o destino que as Nornas haviam planejado para mim. Talvez seja por isso que esta tatuagem é retorcida, porque a partir daquele momento, o caminho que viram para mim deixou de existir.

— Apenas os deuses podem responder isso. — Bjorn hesitou, ainda segurando minhas mãos. — Ou um vidente.

— Conhece algum? — perguntei, então me arrependi no mesmo instante quando ele soltou minhas mãos. — Me desculpe.

— Não precisa se desculpar. O que aconteceu com minha mãe não foi culpa sua.

E claramente não era algo de que ele queria falar. Quebrei a cabeça para pensar em uma forma de mudar de assunto que não parecesse estranha, enfim dizendo:

— O que sua tatuagem representa?

Bjorn soltou um suspiro entretido.

— Qual delas?

— A que Tyr te deu, obviamente.

— Essa não fica escondida. — Ele me olhou de soslaio, o canto da boca voltado para cima mais uma vez. — Achei que estava falando da que tenho na bunda.

Meu queixo tremeu com o esforço que fiz para não rir.

— Já sei o que aquela representa.

— Ah, sabe? — Ele ergueu as duas sobrancelhas. — Andou me espiando enquanto eu tomava banho, Nascida do Fogo?

— É difícil, já que você *não toma*. — Mantendo a expressão impassível, acrescentei: — E não preciso ver para saber que representa as péssimas decisões que você toma quando está bêbado, embora imagine que Tyr tenha previsto que você seria mais importante quando escolheu o tatuar com seu sangue.

Jogando a cabeça para trás, Bjorn riu, o som agradável enchendo o túnel com ecos.

— Você é uma deusa entre mulheres — disse ele finalmente, secando as lágrimas dos olhos. — Veja por si mesma, então.

Ele virou as costas para mim e abaixou a cabeça para expor o pescoço. A altura dele me impedia de ver direito, então voltei a ficar de joelhos, colocando os cabelos de Bjorn de lado e aproximando o rosto.

— Mais luz.

— Exigente — murmurou ele, mas pegou o machado, segurando-o no alto para iluminar a própria pele.

Como era de se esperar, a tatuagem tinha a forma de um machado, a lâmina gravada com detalhes incríveis, embora a runa que representa Tyr fosse o que atraiu minha atenção. Como minha própria tatuagem, os traços carmesins pulsavam com a batida de seu coração e, sob meu escrutínio, pareciam bater mais rápido.

— Está nervoso?

— Meu pescoço está exposto a *você*, Nascida do Fogo — respondeu Bjorn. — Estou morrendo de medo.

Sorrindo, passei o polegar esquerdo sobre as finas linhas vermelhas. Ele estremeceu sob meu toque, e sua reação atiçou as brasas de desejo em mim que pareciam impossíveis de extinguir. Engolindo a secura em minha garganta, falei:

— É você quem está segurando uma arma.

— E ainda assim me sinto totalmente entregue a você — disse ele baixinho, colocando o machado de volta no chão. Bjorn se virou para mim e, como eu estava de joelhos, ficamos da mesma altura. Respirando o mesmo ar, embora a tensão entre nós fosse tão densa que eu me sentia tonta.

— Satisfeita? — perguntou ele. Seus olhos verdes estavam pretos devido às sombras.

Eu não estava. Nem um pouco, mas as coisas necessárias para me saciar eram *extremamente* proibidas.

— É um trabalho bonito.

Bjorn inclinou a cabeça sem deixar de olhar em meus olhos, e de repente descobri que eu não conseguia respirar. Estávamos sozinhos nesses túneis, o que significava que não havia nada para nos impedir além de nós mesmos, e eu sentia minha força de vontade minguando.

Eu o desejava.

Desejava os lábios dele nos meus. Desejava sentir suas mãos em meu corpo. Desejava tocar os músculos rígidos e a pele firme sob suas roupas e sua cota de malha até conhecer cada centímetro.

Ele é o filho de seu marido, uma voz gritava em minha cabeça. *Nada de bom poderia vir disso!*

Marido apenas no nome, retruquei, gritando para a voz. *Um casamento fingido!*

Isso não significa que vocês não sejam vinculados! Não significa que você não vai pagar se for pega!

Esse último pensamento conseguiu enfiar noção na minha cabeça e desviei os olhos. Abaixei o corpo para que minhas costas ficassem pressionadas contra a parede e meus olhos novamente se fixaram em seu machado. Enquanto meu desejo desaparecia, o mesmo acontecia com a adrenalina que o acompanhava, e a exaustão voltou a tomar conta. O frio se infiltrou em minhas pernas, em minhas costas, e estremeci.

— Venha aqui. — A voz de Bjorn era baixa e áspera, e não resisti quando ele me puxou para perto, o calor de seu corpo me aquecendo. Apoiei a cabeça em seu peito, tão dolorosamente cansada, mas incapaz de fechar os olhos. Incapaz de relaxar porque o sofrimento em meu coração se recusava a permitir.

— Como é em Nordeland? — Talvez não fosse um assunto muito

melhor do que a mãe dele assassinada, mas eu precisava preencher o silêncio com algo pesado. Com algo que me puxasse cada vez mais para baixo até que eu finalmente pegasse no sono.

Bjorn pigarreou.

— Mais frio. Mais difícil. Faz com que a vida em Skaland pareça tranquila em comparação.

Era difícil imaginar aquilo, embora eu não duvidasse de que ele estivesse falando a verdade.

— Como são as pessoas?

— Iguais. E ao mesmo tempo totalmente diferentes. — Ele hesitou, então acrescentou: — É difícil explicar, mas se você fosse até lá, acho que entenderia.

Nordeland era a maior inimiga de Skaland, com os invasores mais cruéis, e eu tinha dificuldade em reconciliar aquela verdade com as palavras dele, pois tudo o que via eram monstros que massacravam famílias e queimavam vilarejos, roubando tudo de valor.

— Eles trataram você bem?

— Sim. Muito bem.

A voz dele estava tensa, mas continuei pressionando mesmo assim.

— Snorri quer entrar em guerra contra eles. Isso seria difícil para você? Lutar com aqueles que te criaram?

Bjorn não respondeu, mas permaneci em silêncio, esperando, e depois de um tempo ele disse:

— Não importa como me sinto em relação ao povo, é preciso se vingar daquele que feriu minha mãe. Jurei tirar tudo dele, e qualquer um que ficar no meu caminho não passa de dano colateral em uma guerra.

Estremeci e quase me virei para olhá-lo, mas Bjorn me apertou com ainda mais força. Segurando-me no lugar, ele murmurou:

— Vá dormir, Nascida do Fogo. Em algumas horas, vamos terminar a subida até o topo e ver o que os deuses reservam a você.

17

— Freya, acorde.
Gemi e forcei minhas pálpebras a se abrirem, meu corpo protestando contra o movimento enquanto eu me espreguiçava.
— Quanto tempo eu dormi?
— Apenas algumas horas — respondeu Bjorn, levantando-se. — Mas não podemos ficar mais. Já é meio-dia e você precisa estar no templo para a lua cheia.
— Como você sabe que horas são? — Eu me encolhi quando ele me puxou para que eu me levantasse. Tudo doía.
— Instinto.
Ele esfregou os olhos e notei as sombras debaixo deles.
— Você não dormiu?
— Meu machado desaparece se eu durmo — disse ele —, e você estava com frio.
Eu deveria me sentir culpada, mas em vez disso uma onda de calor me preencheu com a gentileza.
— Obrigada.
Bjorn deu de ombros.
— Fique feliz por não ter nascido em Nordeland. Você não sobreviveria ao seu primeiro inverno lá, sendo assim tão friorenta.
Eu não podia mesmo argumentar contra aquilo, optando, em vez disso, por pendurar a bolsa nos ombros.
— Vamos subir.
Nenhum de nós disse mais nada enquanto continuávamos a subir a montanha, o que infelizmente me deu tempo para remoer a conversa que havíamos tido antes de eu adormecer. A tensão entre nós.
Eu sabia que não estava imaginando coisas. Sabia que havia uma

atração que não era de mão única. O que eu não sabia era o que deveria fazer a esse respeito. Satisfazer o desejo era um risco idiota. Não só por causa das consequências de ser pega, mas porque eu achava que não era uma comichão que desapareceria após coçar, e sim uma que se intensificaria a cada arranhar das unhas sobre minha pele. Ou sobre a pele dele, para ser mais precisa. Possuí-lo me faria só desejá-lo ainda mais, e adúlteros sempre eram pegos.

Adúltera.

A palavra fez eu me encolher, mas ao mesmo tempo me fez querer cuspir de raiva, porque não era correta naquele contexto. Snorri e eu não estávamos realmente casados, então o que eu sentia por Bjorn não era a traição de um compromisso marital. Mas com certeza *era* uma violação do juramento de sangue que eu tinha feito.

Franzi a testa, pois embora eu não tivesse me esquecido do juramento que fiz na noite de meu casamento, estava mais preocupada com as consequências sobre minha família se eu o violasse do que com as implicações da magia. Será que o feitiço que Ylva lançou me impedia de violar minha palavra como uma espécie de corrente mágica? Ou eu seria ferida de alguma forma se quebrasse o juramento? Não dava para saber, e *perguntar* para Ylva só chamaria a atenção dela para aquilo que eu estava desesperada para esconder.

Não importa, lembrei a mim mesma. *Você não vai fazer isso.*

Bjorn escolheu aquele momento para me olhar.

— Você está quieta.

— Não tenho nada para dizer. — Estremeci com a oportunidade perdida quando ele deu de ombros e voltou a olhar para a frente.

Vai ficar mais fácil quando sairmos destes túneis, porque não estaremos sozinhos, então não haverá tentação. Enquanto esse pensamento ainda ressoava em minha cabeça, eu já sabia que só estava mentindo para mim. A tentação estaria lá, e com Snorri insistindo que Bjorn havia sido encarregado pelos deuses de proteger todos os meus passos, estaríamos o tempo todo juntos, o que significava que estaríamos o tempo todo sendo tentados.

Lide com isso, pensei com firmeza. *Você não é um animal para ser comandada pela luxúria. Pare de pensar nessas coisas e elas desaparecerão.*

De qualquer modo, apenas um tolo estaria pensando em sexo. Havia preocupações muito, *muito* mais urgentes, como o que aconteceria quando eu chegasse ao topo para este ritual. Questões muito mais urgentes como por que *eu*, dentre tantos filhos dos deuses, deveria desempenhar um papel tão importante e como seria capaz de realizar o que tinha sido previsto para mim. Era *naquilo* que eu deveria estar pensando.

Ainda assim, minha mente se afastou daquelas questões porque todas elas pareciam fora do meu controle. Que bem faria remoer algo que eu não compreendia e sobre o qual não tinha qualquer poder de influência? Apenas me deixaria louca, principalmente naquele momento, em que não havia como descobrir as respostas para nenhuma daquelas questões.

Esconder-se delas não vai fazê-las desaparecer.

Ignorei o pensamento e olhei para Bjorn, que ia na frente. Senti um aperto no peito quando observei seus ombros largos e sua cintura estreita, as mangas da roupa arregaçadas e presas embaixo da cota de malha, exibindo os músculos firmes de seus antebraços. Ele segurava o machado um pouco afastado para não incendiar as calças e eu admirava o foco que devia ser necessário para manter sua magia constantemente queimando. O esforço devia ser exaustivo.

Era a admiração que me preocupava, porque as coisas que eu estava sentindo... não eram apenas físicas. Eu gostava dele. Gostava de como ele era ao mesmo tempo terrivelmente implacável e dolorosamente gentil. Gostava de como me fazia rir, e como sua sagacidade me mantinha alerta. Gostava de como eu me sentia não apenas segura em sua presença, mas forte. *Queria* estar perto dele, e estava morrendo de medo de como meus sentimentos podiam crescer se eu continuasse os alimentando.

Fale com ele.

Deuses me ajudem, mas essa era a coisa certa a fazer. Bjorn tinha tanto a perder quanto eu traindo o próprio pai se sucumbíssemos à tensão entre nós. Talvez se discutíssemos o assunto e chegássemos a uma conclusão conjunta de que não faríamos nada sobre isso seríamos poupados de muita dor de cabeça.

Diga alguma coisa, falei a mim mesma. *Agora é a hora.*

Meus lábios se abriram, mas em vez de sair alguma coisa útil, apenas fiquei de boca aberta feito um peixe, a língua paralisada. E se eu estivesse errada? E se essa atração fosse totalmente de mão única e a admissão de meus sentimentos o deixasse horrorizado? Na minha cabeça, eu me imaginava dizendo: *Bjorn, sei que sou casada com o seu pai, mas precisamos falar sobre o fato de ambos estarmos querendo tirar a roupa e fazer sexo*, e vendo uma expressão de pânico e nojo preencher os olhos dele enquanto o constrangimento pouco a pouco me sepultava debaixo de pedras e mais pedras.

É melhor que isso aconteça do que vocês se envolverem, sussurrou uma voz. *Deixe de ser tão covarde e aborde a questão.*

Reunindo coragem, resolvi dizer:

— Bjorn...

Mas ele estava apontando para os degraus onde uma fraca luz do sol iluminava as paredes.

— Parece que chegamos ao topo.

Pela primeira vez no que pareceu uma eternidade, respirei o ar puro da montanha. Havíamos conseguido chegar a Fjalltindr.

O que significava que o momento de falar, o momento de *agir*, tinha terminado.

Fui tomada por uma esmagadora onda de alívio e, passando por Bjorn, praticamente saí correndo pelo último lance de escadas para o topo de uma montanha.

Por toda parte havia nuvens e névoa, e esperei até meus olhos se ajustarem para não cair sem querer pela beirada do penhasco que me esforcei tanto para escalar. Enquanto piscava para afastar lágrimas ardidas, árvores surgiram, assim como chão coberto com uma leve camada de neve.

Um homem estava parado ali, e ele me encarou boquiaberto, os olhos arregalados e a boca escancarada.

— Como...? — disse ele, estendendo o braço para tocar em mim como se quisesse ter certeza de que eu era real. — Como...?

— Os draugs foram vencidos — anunciou Bjorn, parando ao meu lado e fazendo o homem recuar. — E por esse feito você deve agradecer a Freya Nascida do Fogo, filha de Hlin e senhora de Halsar.

Mordi a parte interna das bochechas, desejando de todo o coração poder me esquivar daquele último título.

O homem, que, a julgar por suas túnicas, era um gothi do templo, continuou nos encarando com a boca aberta antes de finalmente perguntar:

— Ela venceu os draugs?

— Foi isso o que eu disse, sim. — Bjorn apoiou o cotovelo na estrutura de pedra que abrigava as escadas por onde havíamos saído. — As riquezas do templo continuam espalhadas pelo caminho para serem coletadas, mas eu tomaria cuidado com mãos-leves para que o vazio do túnel não seja um assunto passageiro.

O gothi piscou, depois balançou a cabeça.

— Isso só pode ser um ato dos deuses.

Bjorn abriu a boca, mas pisei no pé dele, sem interesse em reviver uma versão altamente embelezada dos eventos recentes. Além disso, eu tinha ido até ali por um propósito, e estava ansiosa para realizá-lo.

— Podemos prosseguir até o templo?

— É claro, filha de Hlin. — O gothi inclinou a cabeça. — Vocês só podem passar pelos portões principais depois de se submeterem ao desejo dos deuses. — Ele apontou para um caminho estreito que corria ao longo do topo do penhasco e que parecia ter pouco tráfego. — Sigam o caminho até chegarem à ponte, onde um de meus companheiros estará esperando para aceitar a submissão de vocês.

Se só havia uma forma de entrar no templo, quais eram as chances de a entrada estar sendo vigiada pelos muitos jarls que desejavam me ver morta?

Bjorn claramente pensou a mesma coisa, pois disse:

— Tivemos uma jornada difícil e prestamos um grande serviço a Fjalltindr, então talvez você possa abrir uma exceção e nos deixar entrar por aqui. — Ele apontou para as árvores e, em meio a elas, dava para ver estruturas, assim como gente se movimentando ao redor. — Ninguém vai ficar sabendo.

O gothi estufou o peito e ergueu o queixo.

— Receio que não seja possível. Mesmo para vocês.

Eu me encolhi, porque depois de dias dormindo pouco, não era hora de testar o bom humor de Bjorn. Minhas preocupações se concretizaram quando ele tensionou a mandíbula de irritação.

— E quem é que vai me impedir? Você? Eu te convido a tentar. — Balançando a cabeça, Bjorn começou a caminhar na direção das árvores. — Vamos, Freya. Estou sentindo o cheiro de comida daqui.

Ele deu meia dúzia de passos e então cambaleou para trás como se tivesse batido em algum tipo de barreira invisível. Massageando a testa e praguejando com irritação, Bjorn estendeu o braço e sua mão parou no ar, como se estivesse pressionada contra um vidro perfeitamente transparente.

Pelo canto do olho vi o gothi rindo, embora ele tivesse sido sábio o suficiente para suavizar a expressão antes de Bjorn se virar. A voz dele soou solene quando repetiu:

— Vocês precisam passar pelos portões.

Os olhos de Bjorn se estreitaram de frustração, e eu me senti da mesma forma. Havíamos escalado em meio à escuridão, à violência e à morte apenas para sermos obstruídos pela tradição.

— Você sabe quem eu sou? — perguntou ele.

O gothi abriu um sorriso condescendente, o que achei um tanto corajoso, por mais que Bjorn merecesse. Eu mesma tive que me esforçar para não revirar os olhos, apesar de saber que Bjorn agia por desespero e não por vaidade.

— Receio que não tenha mencionado seu nome quando apresentou a moça. Mas, independentemente de sua fama de batalha, os dois precisam passar pelos portões. É o desejo dos deuses.

A mandíbula de Bjorn se moveu para a frente e para trás, e então ele abriu um sorriso para o gothi, fazendo-o dar um passo alarmado para trás.

— Tudo bem. Freya, vamos.

Depois de percorrermos alguma distância com Bjorn murmurando palavrões cada vez mais cabeludos em voz baixa, falei:

— O que nós vamos fazer?

— Vamos dar uma olhada para ver se os portões estão sendo vigiados. Talvez o favorecimento dos deuses continue e possamos entrar sem resistência.

Considerando que aquilo era para funcionar como um teste, achei improvável, mas não me dei ao trabalho de dizer.

Seguimos o caminho estreito ao redor do topo da montanha, nuvens e névoa obscurecendo nossa visão, embora eu conseguisse sentir a falta de fôlego da altitude. Ela me fez ficar questionando se a localização do templo era para nos deixar o mais perto possível do céu e dos deuses, mas quando olhei para cima, só encontrei mais nuvens. Meu estômago roncou ao sermos tomados pelo cheiro de comida sendo preparada, aqueles que já estavam dentro das fronteiras de Fjalltindr rindo e tocando música, aparentemente sem nenhuma preocupação no mundo. Só que não havia forma de chegar até eles, pois tanto Bjorn quanto eu testamos a barreira invisível a cada três metros e meio e não encontramos nenhuma brecha. Ele até me fez subir em seus ombros para alcançar a maior altura possível, mas a barreira ia até as nuvens. Quando dois gigantescos pilares de pedra enfim apareceram, eu estava faminta, irritada e pronta para jogar do penhasco qualquer um que atravessasse meu caminho.

Pegando na minha mão, Bjorn me puxou para trás de uma moita e ambos espiamos por entre os galhos sem folhas. Era meu primeiro vislumbre do caminho que subia a encosta sul. Pelo que pude ver, era uma subida difícil por uma trilha íngreme e perigosa, e os passos finais exigiam que os viajantes cruzassem um vão estreito de rocha que se estendia sobre um abismo para chegar à clareira diante dos portões.

Antes dos referidos portões, havia oito guerreiros. Avistamos outros do outro lado do abismo, que exibia sinais de que um acampamento tinha sido criado ali, o que sugeria mais permanência do que apenas esperar para ser admitido na área do templo.

— Sabe quem são? — sussurrei.

Bjorn assentiu com firmeza, apontando para um grande guerreiro com uma barba ruiva e volumosa e a cabeça raspada.

— Aquele ali é jarl Sten.

Jarl Sten era forte como um touro e carregava um machado que eu provavelmente teria dificuldade para erguer.

— Imagino que ele não se dê bem com o seu pai?

Bjorn me olhou de soslaio, sugerindo que seria idiotice esperar uma coisa dessas.

— Tudo bem — murmurei, olhando para o céu. O sol estava se pondo, o que significava que tínhamos apenas uma ou duas horas até a lua aparecer. — Matamos eles, depois atravessamos os portões e fazemos o que viemos fazer aqui.

Bjorn ergueu as sobrancelhas.

— Talvez além de ter sangue de uma deusa, você também seja descendente das Valquírias de antigamente.

— Por que diz isso?

— Está começando a enxergar a violência como a melhor solução.

Aquilo não estava nem perto de ser verdade. Eu enxergava a violência como resposta porque a alternativa era enxergá-la se voltando contra mim.

— E por que ela não seria a solução aqui?

— Porque — respondeu Bjorn — meu entendimento é que, para passar pelos portões e entrar em Fjalltindr, é preciso se ajoelhar e honrar a cada um dos deuses por nome.

Fiquei olhando para ele, percebendo, com um susto, que, tendo vivido a maior parte da vida em Nordeland, Bjorn também nunca esteve no templo.

— Quais deuses?

— Todos eles. — Quando empalideci, ele riu com suavidade. — Nem todas as batalhas são vencidas com aço, Nascida do Fogo. Algumas são vencidas com astúcia.

— O que você propõe que façamos? — perguntei, ao mesmo tempo preocupada e curiosa, porque o sorriso de Bjorn era amplo e seus olhos verdes cintilavam. Eu soube o que *aquilo* significava.

— Proponho irmos ver como os gothar estão se saindo na tarefa de juntar o ouro.

18

Menos de uma hora depois, Bjorn e eu mais uma vez nos aproximamos dos portões, mas desta vez estávamos usando as túnicas com capuz dos gothar. Os capuzes profundos serviam ao duplo propósito de aquecer e enganar.

Não tinha sido difícil conseguir as vestes, pois como Bjorn havia antecipado, o gothi e um de seus companheiros tinham imediatamente se aventurado nos túneis em busca da riqueza roubada. Depois de apagar a lamparina deles, Bjorn lhes informou que os deixaria sozinhos no escuro a menos que cedessem suas roupas, o que os fez se despirem mais rápido do que homens em sua noite de núpcias.

Bjorn os deixou no escuro mesmo assim, com amarras frouxas o suficiente para que conseguissem se libertar e encontrar a saída.

Eventualmente.

Eu tinha me sentido culpada ao me afastar ouvindo os ecos de súplicas chorosas, e havia murmurado:

— Deixá-los lá embaixo no escuro foi cruel.

— Não foi cruel. Os cretinos pretendiam embolsar parte da riqueza antes de qualquer pessoa ficar sabendo dela, o que poderia muito bem tê-los feito se transformar em draugs pelos deuses que alegam servir. Salvamos os dois homens de si mesmos. Agora ande mais rápido, estamos ficando sem tempo.

Bjorn me conduziu pelo caminho trotando até vermos os portões, depois diminuiu o passo.

Eu o imitei, mantendo a cabeça baixa ao nos aproximarmos dos guerreiros que aguardavam.

Sem suspeitar que o alvo deles poderia estar vindo daquela direção, nenhum prestou muita atenção em nós. Nem abriram espaço para passarmos, forçando-nos a desviar deles. Meu coração acelerou e meu estômago se revirou. Temi que um dos guerreiros notasse minha respiração rápida. Que percebesse que éramos Bjorn e eu, e não um par de gothar miseráveis.

Mas eles só resmungaram sobre o frio, metade parecendo acreditar que se tratava de uma missão tola e a outra metade parecendo acreditar que eu chegaria andando pela ponte, o escudo iluminado em mãos. Nenhum suspeitava que eu estava bem ao seu lado, o que significava que em poucos passos chegaríamos aos portões.

Um gothi idoso com tufos de cabelo branco na cabeça nos esperava, e eu me ajoelhei diante dele. Bjorn fez o mesmo. O velho ficou nos olhando, confuso, e ergui o rosto para encará-lo, dizendo em voz baixa:

— Os draugs foram vencidos.

Os olhos do homem, esbranquiçados por catarata, arregalaram-se, depois pularam para os guerreiros que estavam apenas alguns metros atrás de mim. Fiquei tensa, observando enquanto ele se dava conta de minha identidade, rezando a todos os deuses para que não me dedurasse para aqueles que queriam me matar. Em vez disso, o velho gothi sorriu e entoou:

— Você se submete a Odin, Thor, Frigga, Freyr e — ele me deu uma piscadinha — Freyja?

— Sim — soltei quase num gemido, contendo o ímpeto de olhar para trás. A sensação de ter meus inimigos às minhas costas enquanto eu estava de joelhos, indefesa, era infinitamente pior do que encontrá-los frente a frente.

— A Tyr, Hlin, Njord e Loki?

— Sim — respondeu Bjorn, ao mesmo tempo que desejei que o velho falasse mais rápido. Restavam dezenas e dezenas de deuses, e cada segundo que se passava o risco de sermos descobertos aumentava.

Eu mal ouvia os nomes dos deuses, apenas murmurava minha concordância a cada pausa, todas as partes de mim certas de que os guerreiros atrás de nós ouviriam as batidas de meu coração. Sentiriam o cheiro do suor de meu nervosismo e o medo que subia à minha pele, ou notariam que as mãos cheias de cicatrizes de Bjorn, visíveis ao serem pressionadas ao chão, *não* eram as mãos de um gothi. Ou, pior, questionariam por que gothar do templo estavam de joelhos se submetendo aos deuses.

Foi só quando gritos preencheram o ar que me dei conta de que meus medos tinham sido mal direcionados.

Eu me contorci, erguendo o rosto para olhar pelos portões. Depois deles, dois homens usando apenas roupas de baixo andavam em nossa direção. Enquanto eu observava, horror preenchendo minhas entranhas, um deles apontou:

— Foram eles! Venceram os draugs, depois nos abordaram para que pudessem entrar furtivamente em Fjalltindr!

Os que tinham acabado de passar pelo portão os ouviram, e murmúrios de interesse se espalharem como fogo de palha por entre eles, vários se virando a fim de ver para quem os homens estavam apontando.

— Eu devia ter matado os dois. — Bjorn suspirou. — Isso é Tyr me punindo por eu não ter dado ouvidos aos meus instintos.

Se eu não estivesse prestes a me afogar em uma enxurrada de pânico, teria dado um tapa nele, mas os guerreiros que estavam atrás de nós se movimentavam na direção da comoção, o que significava que tínhamos poucos segundos. Uma multidão estava se reunindo do lado de dentro dos portões, o par de gothar apontando para mim enquanto repetia a história.

O velho dizia o nome dos deuses mais rápido agora, Bjorn e eu murmurando nossa concordância e meu cérebro lutando para lembrar quantos faltavam. *Muitos* foi o número a que cheguei um piscar de olhos antes de uma mão segurar meu capuz e o puxar para trás, rasgando-o.

— É ela! — resmungou uma voz masculina.

Bjorn já estava em pé, sem a túnica e com o machado queimando na mão.

— Vocês têm certeza de que querem entrar nessa briga? — perguntou ele aos guerreiros. — Será que têm mesmo tanta certeza de que a filha de uma deusa menor vale a vida de vocês?

Eu não valia. Nada daquilo fazia sentido. Mas todos pareciam prontos para massacrarem uns aos outros por minha causa de qualquer jeito.

— Garota — sussurrou o velho, chamando minha atenção de volta para ele. — Você se submete?

Eu não tinha noção de que deuses ele tinha acabado de citar, e rezei para que não se sentissem desrespeitados quando disse:

— Sim, eu me submeto!

— Ficamos sabendo da profecia da vidente, Mão de Fogo — retrucou um dos guerreiros. — E ninguém quer jurar fidelidade a jarl Snorri.

Eu não os culpava, mas duvidava que dizer isso me ajudaria em alguma coisa.

O velho gothi estava olhando feio para mim, o que significava que eu tinha perdido mais um conjunto de nomes em minha distração.

— Sim! — respondi, erguendo as mãos para ver se a barreira havia se levantado, mas ela permanecia implacável. — Mais rápido!

— Vocês sabem como são os videntes — retrucou Bjorn. — Falam por meio de enigmas, nada do que dizem sobre o futuro é claro até que o momento de fazer algo a respeito tenha passado.

— Tirando os momentos em que falam de filhos de deuses — retorquiu o guerreiro. — O destino da dama do escudo é incerto. Assim com o seu, Mão de Fogo.

Bjorn riu.

— Então como esta briga termina pode ser uma surpresa tanto para vocês quanto para os deuses. Embora eu ache que não.

Um grito preencheu meus ouvidos e me virei a tempo de ver um guerreiro com as mãos sobre um buraco queimado no próprio peito cair de costas do penhasco. O machado de Bjorn foi ao encontro da arma do próximo, sendo travado pela espada dele, o que levou Bjorn a dar um soco na cara do guerreiro antes de cortar sua perna fora. Os gritos foram ensurdecedores. Homens caíram um após o outro devido à habilidade de Bjorn. Só que jarl Sten já estava na metade da ponte com mais homens. Vinte contra um.

Mãos agarraram meus ombros e eu me assustei ao ver que o velho segurava minha túnica roubada.

— Se quiser viver, precisa se concentrar — repreendeu ele. — Você se submete a Sigyn e Snotra?

Por que tantos deuses? Por que tantos nomes?

— Sim!

Mais gritos, o fedor de carne queimada tornando o ar fétido. Minha pele se arrepiou com a necessidade de me virar e enfrentar o perigo, mas o velho estava gritando mais nomes.

— Sim! — falei.

Esperei que ele tagarelasse mais deuses, mas o velho apenas disse:

— É isso, garota! Largue suas armas e entre!

Porra, não tinha a menor chance de eu fazer isso.

Girando o corpo, puxei a espada.

— Bjorn...

A mão de Bjorn me acertou no peito. Caí através da barreira, a magia arrancando a espada de minha mão enquanto eu aterrissava de bunda ao lado dos gothar reunidos. Bjorn chutou minha arma para longe do meu alcance, gritando para o gothi:

— Segura ela!

— Seu idiota! — gritei, sentindo mãos se fecharem ao redor de meus braços, puxando-me para trás. — Seu tolo maldito!

Se Bjorn ouviu, não esboçou reação.

Sten e o restante de seus homens atravessaram a ponte, e se encontraram com Bjorn, seus escudos travados em uma parede e lanças despontando dos vãos entre os guerreiros.

— Renda-se, Mão de Fogo — gritou o jarl. — Renda-se e deixaremos você viver.

— Por que eu deveria me render se estou ganhando? — Bjorn cutucou um homem moribundo com a bota. — Você e os seus é que deveriam se render. Retirem-se deste lugar com vida, ou ao menos com sua honra.

— Não com a dama do escudo ainda viva — resmungou Sten. — Sem ela, Snorri não é nada. Sem ela, a futura profecia de Saga não existe.

Bjorn riu.

— Você não tem o poder de mudar o futuro dela. — Então arremessou o machado em um dos escudos. Pedaços de madeira queimada voaram pelo ar enquanto o homem que o segurava cambaleou sobre aqueles que estavam atrás dele.

— Atacar! — rugiu Sten. Os homens avançaram. O machado de Bjorn ainda estava fincado no escudo do guerreiro, a madeira quase afundada.

Bjorn se abaixou para pegar minha espada no chão quando um dos homens o apunhalou sobre a borda do escudo, a ponta da lança cortando seu rosto. Bjorn apenas saiu da frente e enfiou minha espada pelo mesmo espaço, fazendo o homem gritar quando a lâmina perfurou seu peito.

O machado de Bjorn reapareceu em sua mão enquanto ele desviava de outra lança cortante e enganchava a mão no escudo de uma mulher, empurrando-a para a frente. Ela cambaleou e atacou a cabeça de Bjorn com o próprio machado, mas ele abaixou ao mesmo tempo que atacava a lateral do corpo dela, fincando o machado de fogo em seu torso. Elos da cota de malha explodiram para fora enquanto ela gritava.

Sangue espirrou quando ele passou por sobre o cadáver dela para adentrar a parede de escudos pelo buraco que a guerreira tinha deixado. Homens e mulheres sucumbiam quando Bjorn os acertava com o machado e recuava com o rosto salpicado de vermelho.

— Segurem a parede — gritou Sten, assumindo o lugar da mulher, e os escudos se travaram novamente. Não havia como confundir o medo nos olhos dos guerreiros do jarl, mas eles mantiveram a linha de defesa. Um deles atirou a lança em Bjorn, e eu me assustei, mas Bjorn derrubou a arma no ar com seu machado. O problema é que outros acompanharam o homem, arremessando as próprias lanças uma atrás da outra.

Gritei, lutando contra a meia dúzia de gothar que me impediam de ir ao auxílio de Bjorn quando ele caiu, batendo as costas na barreira.

— Não! — berrei, certa de que ele tinha sido mortalmente ferido. Certa de que o perderia.

Mas em vez de cair morto, Bjorn puxou um escudo abandonado que estava a sua frente.

Em um piscar de olhos, dois dos guerreiros que atacavam gritaram e caíram com flechas nas costas.

O que estava acontecendo?

Abaixando, espiei atrás de Bjorn, em meio às pernas da massa de homens. Ao fundo, um grupo de guerreiros se reunia do outro lado da ponte, com arcos em mãos.

Snorri ia à frente deles.

— Disparem — rugiu ele, e uma chuva de flechas caiu sobre Sten e seus homens. E eles não tinham para onde ir.

Vários tentaram passar pelo portão, mas bateram na barreira e tiveram suas costas alvejadas por flechas. Outros, vendo que não havia escapatória, jogaram-se em cima de Bjorn, desesperados para usá-lo de escudo humano.

Bjorn atacou um deles com o machado. O homem uivou ao levar a mão ao ferimento queimado no braço, mas os outros agarraram o escudo de Bjorn e o arrancaram dele. Mais flechas despencaram, uma passando tão perto do braço dele que me assustei quando ela ricocheteou na barreira.

Desvencilhando-me dos gothar, eu me joguei para a frente, mas alguém segurou minhas pernas. Caí em cima de Bjorn e, sabendo que só conseguiria ir até ali, coloquei meus braços em volta dele. O calor de seu machado queimou a manga da minha roupa quando fechei os dedos sobre os dele, fincando as unhas para não o deixar escapar.

— Hlin — sussurrei. — Proteja-me.

Proteja-*o*.

Magia fluiu de minhas mãos, encobrindo Bjorn com um brilho prateado justamente quando um guerreiro o atacou com uma espada. Gritei um alerta, mas Bjorn apenas ergueu um braço com toda calma.

A espada ricocheteou em minha magia com força o suficiente para sair voando sobre a cabeça do guerreiro e cair no abismo. Flechas caíam à nossa volta, e enquanto eu me preparava para a dor inevitável de ser atingida por uma, Bjorn nem piscou. Ao nosso redor, guerreiros sucumbiam, ensurdecendo-me com gritos de dor e respirações úmidas conforme davam seu último suspiro.

E então veio o silêncio.

Puxei o ar com dificuldade. Minhas unhas estavam fincadas na mão de Bjorn, meu outro braço envolvendo sua cintura, e meu rosto estava pressionado contra a coxa dele. O grupo de gothar tinha parado de tentar me puxar de volta pela barreira. Minhas pernas doíam onde os dedos deles haviam apertado, e provavelmente minha pele ficaria coberta de hematomas no dia seguinte. Isso se eu não morresse antes.

— Acabou — disse Bjorn em voz baixa. — Estão todos mortos.

Eu acreditava nele, mas não conseguia abandonar minha magia. Não conseguia baixar minhas defesas com o sangue correndo quente em minhas veias, alimentado pela raiva e pelo medo. Não conseguia soltá-lo quando tinha chegado tão perto de perdê-lo para sempre.

— Freya, meu pai está vindo.

O pai dele. Meu *marido*.

Snorri tinha sido nossa salvação, mas eu quase preferia enfrentar outro clã que tentava me matar a encará-lo.

— Freya. — A voz grave de Snorri cortou o silêncio. — Abaixe seu escudo.

Uma onda de amargura me preencheu, mas obedeci e liberei minha magia, depois soltei a mão de Bjorn. Havia cinco meias-luas vermelhas na pele dele, onde minhas unhas o tinham machucado, e uma gota de sangue escorreu de uma delas e caiu no chão. Estremeci, mas me sentei sobre meus calcanhares e levantei o rosto para encarar Snorri.

Ylva estava ao lado dele e o restante dos guerreiros de seu grupo vinha atrás.

— Você derrotou os draugs e passou no teste. — A boca de Snorri se abriu em um largo sorriso. — Eu sabia que passaria. Os deuses têm planos para você.

Eu não sabia ao certo o motivo, mas fui tomada por uma onda de raiva ao ouvir as palavras dele. Snorri tinha arriscado minha vida e a de Bjorn com base na fé cega em enigmas sussurrados por um espectro e estava ali parado como se tudo tivesse saído conforme seu plano bem elaborado.

— Já ouvi isso antes. — Minha voz estava áspera, o que era bom porque ocultava a frieza de meu tom. — Vocês parecem ter subido a montanha ilesos.

Snorri deu de ombros.

— Envolveu uma certa trapaça, mas os deuses recompensam os espertos. E os sacrifícios feitos foram válidos para chegarmos até vocês a tempo.

Olhei para os guerreiros novamente, todos rostos que eu esperava ver ali, nenhum deles parecendo desgastado.

— Que perdas foram essas?

Snorri nem mesmo hesitou.

— As escravizadas. Fingimos que elas eram você. Funcionou três vezes, porque aqueles que foram enviados para nos emboscar procuravam uma mulher loira vestida de guerreira que tinha *fugido* de nós.

Mortas. As três mulheres estavam *mortas.*

Meu estômago se revirou. Vomitei o pouco que havia dentro dele na terra, porque a palavra *sacrifícios* implicava que elas tinham tido escolha. Implicava que *tinham decidido* morrer, quando na verdade Snorri deve tê-las ameaçado com uma morte pior caso se recusassem.

Cretino cruel, sem coração. Permaneci agachada, cuspindo nojeiras no chão, porque se eu me virasse, seria para matá-lo.

Ou pelo menos tentar fazer isso.

E quando inevitavelmente fracassasse, já que guerreiros muito melhores do que eu estavam por perto, minha família seria punida de alguma forma.

Segure essa língua, Freya, ordenei a mim mesma. *Você não pode ajudar os mortos, mas ainda tem o poder de amaldiçoar os vivos.*

— Acho que não é prudente ficarmos aqui, uma vez que mais gente virá — atestou Bjorn. Virando-se para o velho gothi, ele acrescentou: — Podemos continuar de onde paramos?

O velho estava boquiaberto diante da carnificina, mas ao ouvir as palavras de Bjorn ele piscou e depois concordou com a cabeça:

— Sim. Sim, é claro, filho de Tyr.

Bjorn caiu de joelhos para terminar o ritual e, enquanto isso, os guerreiros de Snorri se movimentavam para tirar os objetos de valor dos mortos antes de arrastarem seus corpos para o lado, onde, presumi, em algum momento seriam queimados. Inimigos ou não, eram skalandeses e seriam honrados na morte.

— Vamos esperar por vocês no Salão dos Deuses — disse Bjorn por sobre o ombro para o pai ao passar pela barreira. Segurando em meus ombros, ele me conduziu pelas massas de observadores que abriam caminho para nós, sussurrando "eles venceram os draugs" repetidas vezes.

— Não devíamos esperar? — murmurei enquanto passávamos por um mar de tendas e fogueiras feitas para cozinhar, dezenas e mais dezenas de homens, mulheres e algumas crianças se movimentando por elas. Devia haver centenas de pessoas ali, de lugares próximos e distantes.

— Como você parecia pronta para matar meu pai com as próprias mãos, achei que a distância era uma escolha prudente. Vai lhe dar a oportunidade de se acalmar. — Ele apertou meus ombros, depois soltou. O calor deixado por suas mãos desapareceu rápido demais. — Estou com fome. E com sede... Lutar sempre me dá vontade de tomar uma bebida forte.

Como se ouvisse aquelas palavras, um homem sentado ao lado de uma fogueira gritou:

— Bjorn! — E então encheu um copo com uma jarra que estava a seus pés. Ele o entregou a Bjorn depois de se cumprimentarem com batidas vigorosas nas costas um do outro, prometendo se encontrar mais tarde.

— A distância não vai me acalmar — informei a Bjorn enquanto ele virava o copo. Outro homem, de outra fogueira, riu e o encheu de novo, apenas para o processo se repetir na fogueira seguinte. Bjorn aparentemente era muito conhecido, e as pessoas gostavam dele, mesmo fora dos territórios de seu pai.

— Não há nada que você possa fazer — respondeu ele. — Procurar vingança para aquelas mulheres vai custar mais do que você está disposta a pagar. Sabe disso, e foi por essa razão que não empurrou Snorri do penhasco. Toma, bebe. Está subindo rápido demais para minha cabeça e não quero ficar bêbado sozinho.

Tomei alguns goles do copo que ele me entregou e o devolvi. Hidromel fazia minha língua trabalhar mais rápido e minha mente mais devagar, e meu temperamento exaltado não ajudaria.

— Snorri deve ter cuidado para não forçar demais a barra comigo. Existe um limite.

— Existe? — Bjorn me encarou e olhei dentro de seus olhos verdes, encontrando curiosidade em vez de condenação quando ele acrescentou: — Meu pai fez sua família de refém e você provou várias vezes que não há nada que não faça para protegê-la, não há sacrifício que não esteja disposta a fazer. Mesmo que, se eu puder acrescentar, eles não mereçam. O que significa que ele pode fazer o que quiser e você vai obedecer.

— Isso não é verdade! — Meu protesto pareceu fraco a meus próprios ouvidos. A verdade nas palavras dele pesou sobre meus ombros como chumbo, arrastando-me para baixo. — O que quer que eu faça? O que você faria?

Bjorn deu de ombros.

— Para eu estar nessa situação, seria necessário haver alguém entre os vivos que pudesse ser usado para me chantagear.

Senti uma pontada no estômago ao saber que *não* havia ninguém com que ele se preocupasse tanto, mas afastei a sensação.

— Se não há nada em sua vida pelo qual valha a pena morrer, então por que viver?

— Reputação. Fama de batalha.

A resposta de Bjorn devia ter me causado repugnância devido à carga de egoísmo, mas... um vazio debaixo de toda aquela petulância fazia eu me perguntar se uma parte dele não desejava que fosse diferente.

— Bom, isso você já tem — respondi, e virei o copo que tinha na mão.

Em silêncio, nós nos aproximamos da entrada de um enorme salão. As portas de madeira entalhada se abriram e, ao entrar, parei para permitir que meus olhos se ajustassem à penumbra. Quando eles se ajustaram, concentraram-se nas enormes imagens de madeira dos deuses espalhadas pelo lugar.

Comecei a andar na direção delas, mas Bjorn não se moveu.

Minha pele formigou e minha atenção se voltou para uma coisa que eu não tinha notado: o homem parado em nosso caminho, com uma mulher gorda de cabelos loiros presos em tranças de guerra logo atrás.

O homem, que devia ter a idade de Snorri, abriu um sorriso que revelou dentes brancos.

— Há quanto tempo, Bjorn.

Bjorn ficou em silêncio por um momento, e um olhar de soslaio me mostrou que ele estava rígido de tensão quando finalmente disse:

— Bastante tempo mesmo, rei Harald.

Rei Harald.

Meu coração acelerou no peito. Aquele era o rei de Nordeland. O homem que tinha mantido Bjorn refém por todos aqueles longos anos. O que significava que aquele era o homem que havia matado a mãe de Bjorn.

19

— Estou surpreso em ver você aqui. — O tom leve de Bjorn camuflava a tensão que irradiava dele. — A viagem de Nordeland a Fjalltindr é longa. E perigosa.

— Senti uma necessidade urgente de provar minha devoção aos deuses — respondeu Harald. — Não quero que Thor me olhe com desprezo quando eu tomar os mares neste verão.

A mulher alta que estava com ele soltou uma leve risada, e o hidromel em meu estômago azedou. *Tomar os mares* no verão significava *atacar*, e Skaland era o alvo mais próximo de Nordeland.

Embora Bjorn soubesse muito bem disso, perguntou:

— Está fazendo planos para viajar? A costa é mais relaxante nos meses mais quentes.

O rei abriu um pequeno sorriso, depois deu de ombros, o movimento assumindo um aspecto elegante por conta do corpo esguio dele. De fato, se não fosse por meu desgosto instintivo, eu o acharia mais do que só um pouco atraente, com suas maçãs do rosto protuberantes, seus cabelos castanho-dourados que caíam em ondas sobre os ombros e sua barba curta presa por um clipe de ouro.

— Vamos ver o que as Nornas reservaram para nós. Já houve acontecimentos surpreendentes.

Os olhos do homem, que eram do mais pálido cinza, recaíram sobre os meus, e eu soube que ele estava falando de *mim*. Eu era o acontecimento surpreendente. Apesar de Bjorn ter matado a espiã dele, o rei Harald sabia quem eu era e o que representava. Um fato que foi confirmado quando ele disse:

— Você é a dama do escudo, não é? Qual é o seu nome?

Não parecia haver motivo para eu não revelar minha identidade.

— Freya, filha de Erik.

— Estou surpreso que você tenha conseguido permanecer viva — comentou Harald. — Muitos querem sua morte, pois não desejam ver Skaland com um rei, e menos ainda jurar lealdade a Snorri. Mas vejo que nenhum conseguiu matá-la, como prometeram fazer.

Bjorn estava inquieto ao meu lado, e me perguntei se ele estaria pensando na mesma coisa que eu: se Harald se encontrava entre aqueles que desejavam minha morte. Armas podiam não ser permitidas dentro de Fjalltindr, mas isso não impediria os homens dele de nos emboscarem do lado de fora.

— Um pouco de perspicácia teria dito àqueles que querem a morte de Freya que havia outro caminho — respondeu Bjorn. — Um caminho cheio de riscos, dado que os deuses falaram de um futuro que ainda não se concretizou.

A retórica distorcida usada por Bjorn me soou estranha, mas o rei respondeu antes que eu pudesse pensar mais sobre isso.

— São verdadeiros, então, os rumores que correm por Fjalltindr? Ela venceu os draugs dos túneis? — Harald não esperou a resposta, apenas inclinou a cabeça e perguntou: — Como? Eles não podem ser mortos com uma arma mortal, e o escudo de Hlin apenas protege.

— Parece que ela é favorecida por mais do que apenas Hlin.

Dado que Tyr uma vez havia se contentado em queimar metade da minha mão, *aquele* definitivamente não era o caso. Mas se convencer aqueles dispostos a me matar de que eu era favorecida por todos os deuses fosse dissuadi-los de enfiar uma faca no meu coração, eu ficaria mais do que contente em sair gritando essa mentira dia e noite. Minha honra tinha limites.

O rei ergueu uma sobrancelha.

— Interessante.

Ouvi o barulho de muitos passos atrás de nós e me virei para ver Snorri e Ylva se aproximando, com os guerreiros logo atrás.

— Jarl Snorri. Ou é rei Snorri agora? — O rei Harald abriu um sorriso largo, embora não fosse nada caloroso. — Faz uma eternidade que não nos vemos. Estava apenas colocando a conversa em dia com Bjorn. Sentimos falta da presença dele e daríamos muita coisa para tê-lo de volta em Nordeland.

Minha pele se arrepiou.

— Harald. — Snorri parou ao lado do cotovelo de Bjorn, não mencionando o comentário do rei quando disse: — Estou vendo que conheceu minha nova esposa.

Os olhos de Harald ficaram mais sombrios e me dei conta de que Snorri *tinha* respondido à ameaça do rei. Se a profecia se concretizasse e Skaland se unisse sob um rei, não apenas seríamos capazes de evitar os ataques de Nordeland, mas teríamos a força para atacar a terra deles.

— Sim. *Freyaaaa* — respondeu o rei, não demonstrando nenhum sinal de intimidação ao dizer meu nome. — Tão bela quanto formidável. Que ela lhe dê muitos filhos, assim como uma coroa, meu velho amigo.

Snorri cruzou os braços, a mandíbula tensa.

— Eu imagino que deva ter sido satisfatório encontrar a dama do escudo de sua profecia, mas há rumores de que ela lhe custou mais do que vale — comentou o rei. — Halsar atacada, homens perdidos para Gnut, outros perdidos no caminho até Fjalltindr. Eu ficaria preocupado de ter interpretado mal as palavras de Saga.

— Estamos aqui para fazer nossas oferendas aos deuses — interrompeu Snorri. — Não para jogar conversa fora com nossos inimigos.

— *Inimigos* é uma palavra muito forte. Principalmente se considerarmos que houve uma época em que chegamos a ser amigos e aliados.

— Uma época — resmungou Snorri. — Até você assassinar minha vidente e roubar meu filho de mim. Você o manteve como seu escravizado!

Uma onda de emoções tomou o rosto do rei, mas seu sorriso retornou rapidamente.

— Como *refém*. E eu o criei como se fosse meu próprio filho, em honra de nossa amizade — corrigiu o rei. — E que escolha tive? Embora eu fosse inocente, você saiu espalhando por aí que a culpa pela morte de Saga era minha e usou isso para ganhar o apoio do seu povo para atacar minhas praias. Se eu não tivesse mantido Bjorn ao meu lado, aqueles ataques teriam acontecido. Você teria massacrado meu povo e haveria *guerra*.

— *Vai* haver guerra. — Snorri se colocou diante do rei. — Você não pode mais usar meu filho para se defender, Harald. Logo ele vai enfrentar você no campo de batalha com a dama do escudo ao seu lado e Nordeland vai sangrar como Skaland sangrou todos esses longos anos que você negou um rei a ela. Diante dos deuses — ele apontou violentamente para as estátuas —, juro que será assim!

Mordi a parte interna das bochechas. Não só Snorri desejava se tornar rei de seu povo, mas também pretendia empunhar Skaland como uma arma contra o homem que ele parecia culpar por atrasar seu destino pretendido.

Minha pulsação acelerou quando me imaginei velejando pelo estreito para travar guerra contra Nordeland, sem ter certeza de como me sentia a respeito disso. Parte de mim se alegrava com a ideia de atacar o homem que havia mantido Bjorn longe da família para seus próprios fins.

Mas outra parte se lembrou de como Bjorn tinha falado sobre a gentileza dos nordelandeses para com ele enquanto era prisioneiro.

Olhei de soslaio para Bjorn, que encarava o chão em vez de olhar para os homens que discutiam. *Faça alguma coisa,* desejei que ouvisse. *Diga algo.*

Mas ele mal parecia estar ciente da discussão que se desenrolava à sua frente.

Minha raiva ganhou vida porque eu odiava vê-lo se comportar daquela forma, como uma pessoa totalmente diferente. Estar na presença do homem que o tinha mantido prisioneiro devia deixá-lo furioso, mas em vez disso o paralisara e o fizera baixar a cabeça. Minha ira encontrou o caminho para minha língua.

— Qualquer homem que use uma criança para se esconder da batalha é um covarde que nunca verá Valhalla. Você será recebido em Hel na morte, rei.

Logo que as palavras foram ditas, o chão sob nossos pés estremeceu. Todos no salão se assustaram, exceto Snorri, que riu.

— Está vendo? — disse ele. — Os deuses a estão observando e demonstram o favorecimento que têm.

— De fato — respondeu Harald. — Ela é ainda mais formidável do que eu esperava. — Ao passar por nós, ele acrescentou: — Não vou ficar entre você e os deuses, velho amigo.

Snorri soltou um risinho de deleite e agarrou meu braço em seguida, me puxando para que eu andasse. Todos seguiram logo atrás, incluindo Bjorn. Mas, depois que nos afastamos, Harald gritou:

— Bjorn. O que aconteceu com Ragnhild?

À menção da espiã, Bjorn parou de andar e se virou para ele.

— Ela está morta, embora eu suspeite que você já saiba disso.

Harald concordou com a cabeça.

— Quem a matou?

Silêncio.

— Que diferença faz? — perguntou Snorri, colocando-se entre Bjorn e Harald. — Ela estava me espionando e sofreu as consequências.

— Diferença nenhuma. — Harald deu de ombros, e então olhou em meus olhos. — Mas o seu rosto foi o último que Ragnhild viu, Freya, e ela morreu por causa disso. Venha, Tora.

Sem dizer mais nada, o rei de Nordeland e a mulher alta saíram do salão, deixando-nos sozinhos com as estátuas dos deuses.

— Harald não é nossa preocupação atual — disse Ylva, empurrando Snorri na direção oposta. — Nem uma ameaça imediata.

— A mulher com ele é Tora, filha de Thor — respondeu Snorri. — E ainda vai ter Skade também, ambas fatais.

Eu não fazia ideia de quem era Skade, mas uma filha de Thor podia invocar raios, e isso já era bem aterrorizante.

Se Ylva sentiu o mesmo que eu, não demonstrou; apenas disse:

— Nenhuma delas pode usar a própria magia dentro de Fjalltindr, então são um obstáculo a ser enfrentado mais tarde. Devemos fazer o que viemos fazer. Os juramentos de guerra de vocês não vão valer nada se Freya não fizer o sacrifício que precisa e os deuses se virarem contra ela.

Snorri resistiu, encarando a porta pela qual Harald havia saído, mas então resmungou e tirou um punhado de moedas de prata do bolso, que pressionou em minhas mãos.

— Peça aos deuses por seu favorecimento.

Peça você era o que eu queria dizer, mas, em vez disso, assenti e fui em direção às estátuas.

O salão não tinha piso, apenas um chão de pedras pelo qual passava um riacho, as ramificações criando ilhas nas quais ficavam as estátuas. Havia pilhas de oferendas aos pés de cada deus, e atravessei a água para colocar uma moeda de prata sob a imagem de Njord.

Njord, peço seu perdão por... Hesitei, tomada por lembranças. Não lembranças da forma com que Vragi me tratava, mas de como ele usava a magia que o sangue de Njord tinha lhe dado. Eu me lembrei da baleia que ele encalhou repetidas vezes só porque podia. Lembrei de todos os peixes que não tinham enchido a barriga das pessoas, mas apodrecido nas praias pela falta de cuidado dele. *Vragi desonrou o dom que lhe foi dado.*

Coloquei outra moeda aos pés da deusa cujo nome havia servido de inspiração para o meu, pensando imediatamente em meu irmão. *Freyja, por favor conceda a Geir e Ingrid amor e felicidade. E muitos bebês,* acrescentei, sabendo que esse era o desejo de Ingrid.

Com Bjorn, Snorri e Ylva logo atrás de mim, passei pelos deuses um por um e fiz minhas oferendas para eles, pedindo que favorecessem aqueles que eu amava. Aqueles que eu sabia que necessitavam. Aqueles que eu sabia que eram merecedores.

Quando cheguei a Loki, foi em mim que pensei. Loki era o trapaceiro, seus filhos tendo a capacidade de assumir a forma de outras pessoas para conquistar os próprios objetivos. Enganadores pediam pelo favorecimento dele.

E com todas as mentiras que eu estava contando, eu era uma enganadora de primeira ordem.

Loki, por favor... Interrompi a oração, não querendo pedir a ele que me concedesse uma língua de mentirosa para melhor manter minha farsa viva, porque embora esse fosse o papel que eu precisava desempenhar, em meu coração eu não era essa pessoa. Então, em vez disso, não pedi nada, apenas coloquei a moeda a seus pés.

Quando me virei para o último deus, o Pai de Todos Odin, ouvi Snorri dizer:

— Não consigo mais ficar em silêncio, Bjorn.

Ninguém tinha falado enquanto eu fazia minhas oferendas, então diminuí meu passo, curiosa para saber o que Snorri poderia dizer enquanto achava que eu estava distraída.

— Por que ficou lá parado? Harald negou a Skaland seu rei quando te manteve prisioneiro, e enquanto eu fazia uma promessa de vingança, você se acovardou feito um cachorro abatido.

A raiva aflorou em meu peito, mas mordi o lábio e permaneci em silêncio.

— Era não fazer nada ou cometer assassinato no solo de Fjalltindr —

respondeu Bjorn. — Você devia estar feliz por eu ter contido minha violência, pai.

Snorri riu, parecendo não se convencer.

— Aja como a arma que você é. Ponha medo no coração de seus inimigos. Seja digno do fogo de Tyr.

Retruque, desejei a Bjorn. *Coloque-o no lugar dele.* Mas Bjorn se limitou a dizer:

— Sim, pai.

Fazendo cara feia, passei por cima da água empoçada para colocar uma moeda aos pés de Odin.

— Odin — sussurrei. *Pai de Todos, se for da sua vontade, por favor livre Bjorn do fardo de seu passado para que ele possa lutar contra aqueles que merecem sofrer a vingança. Aceite esta oferenda em nome dele.*

Estremeci, minha pele formigando. Mas a sensação passou rapidamente, deixando-me esgotada de repente. Eu não tinha dormido quase nada havia dias, tinha escalado montanhas infestadas de monstros e travado batalhas com palavras e armas. Tudo o que eu queria era me encolher numa superfície plana em algum lugar e não me mexer até o amanhecer do dia seguinte.

Só que, a julgar pelo ritmo dos tambores do lado de fora, dormir não era uma opção.

— O ritual está começando — disse Ylva. — Devemos nos preparar, e rápido.

Cercados pelos guerreiros de Snorri, fomos até um salão pequeno que parecia ter sido cedido ao jarl para que ele fizesse uso. Paramos do lado de fora e Ylva usou um pedaço de carvão para desenhar runas na porta. As marcas brilharam e depois pareceram afundar na madeira quando ela terminou.

— Enquanto chamarmos este salão de casa, ninguém mal-intencionado para com qualquer um do nosso grupo pode entrar — murmurou ela. — Mas isso não vai impedi-los de queimar tudo ao nosso redor.

— Vou colocar guardas — avisou Snorri, e então fez um sinal para que eu entrasse.

O salão estava mobiliado de maneira simples e com muitos leitos, fogo queimando na lareira, mas nada mais além disso.

— Onde está Steinunn? — perguntou Snorri para o filho, com uma preocupação genuína na voz. — Ela sucumbiu?

— Era perigoso demais para que ela seguisse viagem conosco — respondeu Bjorn. — Eu a mandei de volta com seu guerreiro. Disse para que tentasse alcançar vocês.

O rosto de Snorri ficou sombrio.

— Não vimos sinal dela. Deveria viajar com vocês por um motivo, Bjorn.

O brilho nos olhos de Bjorn me dizia que ele estava pensando em piorar a situação, então resolvi intervir:

— Ela resistiu, só concordando em se separar de nós depois que dei minha palavra de que lhe contaria tudo o que quisesse saber. E ainda bem que ela não foi junto, pois com certeza sucumbiria aos draugs na batalha.

— Snorri não pareceu satisfeito, então acrescentei: — A própria Steinunn me disse que a magia dela é mais poderosa quando a canção conta a história a partir dos olhos daqueles que passaram pelas provações, então é melhor que cante a minha sem a influência de ter testemunhado os acontecimentos.

Prendi a respiração enquanto Snorri considerava em silêncio cada uma de minhas palavras. Depois de um tempo, ele assentiu e disse:

— Você vai contar a ela na primeira oportunidade. A verdade é que eu a queria aqui para cantar a balada do seu nascimento pelo fogo e de sua marcação para todos os clãs ouvirem, mas agora isso vai ter que esperar.

— Eu vou contar tudo a ela — menti, porque com certeza houve momentos nos túneis de que o mundo *não* precisava saber.

Snorri deu um aceno curto de cabeça, virando-se novamente para Bjorn, e Ylva me empurrou para trás de uma cortina.

— Tire essas roupas. Com todas as minhas escravizadas mortas para garantir que você vivesse, vai ter que se banhar sozinha. E é melhor que seja rápida.

Vocês as mataram, e não eu, quis dizer. Mas permaneci em silêncio, tirando a camisa de cota de malha e as roupas que estavam por baixo, encolhendo-me ao sentir o fedor de metal, suor e sangue que emanava de mim. Botas e calças se juntaram à pilha no chão, e eu esperava ter tempo de lavá-las antes de precisar usá-las de novo, porque o cheiro só pioraria.

Um balde de água fumegante chegou, e lutei para desfazer minhas tranças com uma mão só. A direita estava terrivelmente enrijecida, a rigidez de minhas cicatrizes ainda pior por conta dos machucados que eu havia ganhado ao socar o draug.

— Garota maldita e inútil. — Ylva abandonou o próprio banho para me ajudar. — Coloque a cabeça no balde.

Ela rapidamente lavou meus cabelos e me deixou sozinha para esfregar a sujeira do corpo com um trapo. Dos sacos, tirou um vestido simples, o qual me ajudou a colocar antes de se vestir.

— O que vai acontecer hoje à noite? — perguntei, enfim em posição de obter respostas para as perguntas sobre as quais vinha evitando pensar. Um preço enorme tinha sido pago para que eu chegasse até ali para o ritual, mas eu ainda não fazia ideia do que ia acontecer.

— Todos aqueles que viajaram para Fjalltindr vão oferecer sacrifícios aos deuses — disse Ylva. — Assim como você.

— É só isso? — Não que eu estivesse reclamando. Se matar uma galinha era tudo o que eu precisava fazer, faria de bom grado.

— Haverá uma celebração depois, mas você vai voltar para cá, onde poderemos garantir sua segurança. As runas na porta vão te proteger. — Ela foi até a parede onde havia dezenas de máscaras penduradas em ganchos e selecionou uma feita para parecer com um corvo, com uma longa capa de penas pretas dependurada. Ylva a colocou em minha cabeça e, quando levantei os olhos, vi o bico afiado se projetando de minha testa. Com cinzas, ela sombreou a pele ao redor de meus olhos como se eu estivesse indo para a guerra. Deslizando uma máscara com chifres de cervo sobre a própria cabeça, Ylva disse:

— Enviamos uma mensagem para Halsar depois que vocês se separaram de nós. Neste exato momento, Ragnar está vindo às pressas com o restante de nossos guerreiros para garantir que consigamos sair desta montanha vivos.

— Vão deixar Halsar sem defesas?

— Sim. — O olhar dela era glacial. — Espero que aprecie o que está sendo feito para manter você viva.

Tudo *isso* para que eu pudesse matar um frango na frente de uma multidão.

Como se estivesse ouvindo meus pensamentos, Ylva segurou meus ombros e me encarou detrás da própria máscara.

— Você é uma filha dos deuses, garota. Não tem mais destino determinado, o que significa que tudo o que fizer tem o poder de alterar seu futuro e o daqueles ao seu redor, seja para o bem, seja para o mal.

Não pela primeira vez, senti ódio daquele fato. Desejava ser totalmente mortal para que tudo o que eu pudesse fazer já estivesse tecido. Pois parecia que eu estava correndo por um caminho não mapeado, onde poderia me perder com facilidade, arrastando-me, e a todos com que me preocupava, para nossa ruína.

Ylva me olhou de cima a baixo, os lábios comprimidos.

— Não temos mais tempo, então isso vai ter que bastar.

Quando saímos de detrás da cortina, encontramos Snorri e Bjorn esperando sem máscaras e em silêncio. A tensão entre eles era palpável. Ambos tinham removido a cota de malha e Bjorn havia limpado o sangue do rosto, revelando sombras sob seus olhos verdes. Mesmo exausto, ele não hesitou em parar ao meu lado, e seu pai lhe deu um aceno de aprovação antes de ir para fora, onde os guerreiros aguardavam.

Snorri e Ylva lideraram o grupo pelas árvores, centenas de pessoas se movendo na mesma direção. Muitos homens e mulheres usavam máscaras elaboradas como a minha, com frequência acompanhadas de peles decoradas ou mantos de penas, o que fazia parecer que um bando de feras se aproximava do ritual.

Bjorn caminhava à minha esquerda, os olhos encarando qualquer um que se aproximasse. Uma mulher vinha no contrafluxo, o rosto escondido por uma máscara de penas de corvo que se misturava a seus cabelos escuros. Bjorn ficou tenso quando ela se aproximou e meu coração também acelerou, vendo ameaças por todo lado. Mas ela apenas murmurou:

— Que caminho você está seguindo?

Hesitei, abrindo a boca para responder, mas Bjorn segurou meu braço e me puxou para a frente.

— Parece que muitos já se entregaram ao chá de cogumelo.

Franzindo a testa, olhei para trás tentando enxergar a mulher, mas ela já havia desaparecido entre as árvores, então me voltei para onde as tochas brilhavam, iluminando uma reunião de centenas de pessoas que pararam diante de uma grande pedra plana. Tambores tocavam no mesmo ritmo de antes, baixos e ameaçadores, e através da folhagem uma lua cheia reluzia no céu.

Como se estivessem esperando nossa chegada, os tambores aumentaram de intensidade, e os gothar apareceram carregando tigelas de líquido, oferecendo goles para cada indivíduo que passava. Um se aproximou de nosso grupo, mas todos os guerreiros balançaram a cabeça, recusando a oferta.

— Beba — ordenou Ylva baixinho para mim quando Snorri e Bjorn recusaram. — O chá vai aproximar você dos deuses.

A última coisa que eu queria era beber o conteúdo daquela tigela. Mesmo dali, dava para sentir o cheiro terroso de cogumelos, e eu não tinha vivido uma vida tão protegida a ponto de não saber o que aconteceria se eu bebesse.

O gothi sorriu e ergueu a tigela até meus lábios. Fingi beber, mas Ylva não foi enganada.

— Acha que eles não percebem? — sibilou ela. — Acha que eles não sabem?

Eu duvidava muito de que os deuses dessem a mínima para o meu consumo ou não de chá de cogumelo, mas não duvidava nada de que Ylva poderia me segurar e forçar uma tigela inteira por minha garganta, então tomei um pequeno gole. Ylva se recusou a beber, e Bjorn deu uma leve risada quando fiz cara feia.

— Que o chá proporcione visões doces a você, Nascida do Fogo.

Caralho.

Eu não tinha o menor interesse em ter visões, mas a não ser que eu enfiasse os dedos na garganta e vomitasse na frente de todo mundo, não havia muito o que eu pudesse fazer.

Espiando por entre as cabeças daqueles mais altos do que eu, vi um homem erguer uma cabra até o altar, a criatura demonstrando pouca noção e, portanto, pouca preocupação com sua morte iminente. Os tambores ficaram mais altos, as palavras do homem aos deuses abafadas pelo barulho. Uma lâmina feita de osso branco refletiu a luz da lua e sangue espirrou, o animal tombando enquanto seu sangue vital fluía para dentro de canais entalhados e pingava em bacias. Um gothi molhou a mão em uma delas e usou o sangue para marcar o rosto daqueles que haviam oferecido o sacrifício. Sangue pingava das testas e bochechas, e jurei ter ouvido as gotas baterem no chão, apesar de a distância tornar isso impossível.

Estremeci. Havia uma tensão no ar que eu nunca tinha sentido antes. Como se os feitos e as palavras ditas naquele lugar significassem *mais* do que em qualquer outro. Como se estivéssemos realmente mais perto dos deuses.

Confusa, parei de observar a cena, concentrando-me na cabeça careca de um homem alguns passos à minha frente.

Mas a sensação não diminuiu.

O ar ficou denso, com cheiro de trovão e chuva. Minha pele se arrepiou quando a sensação se intensificou e tirei os olhos da careca para olhar meus companheiros. Todos encaravam o altar, mas quando meus olhos saltaram para Bjorn, ele esfregava os antebraços desnudos, os poucos pelos escuros que havia neles se levantando como se ele estivesse com frio.

Bjorn nunca ficava com frio.

O que estava acontecendo?

Aqueles à nossa volta que tinham consumido o chá olhavam para o sacrifício no altar boquiabertos e com o olhar fixo. Concentrei-me em mim mesma para ver se sentia os efeitos do pequeno gole de chá.

Será que eu perceberia? Conseguiria dizer se o que estava vendo era real ou alucinação?

Olhar de volta para o ritual revelou que vários outros sacrifícios haviam sido feitos enquanto eu estava distraída. Agrupados ao meu redor, homens e mulheres estampavam faixas de sangue que os gothar tinham feito em seus rostos, o cheiro acobreado preenchendo meu nariz.

Tum, tum.

Minha frequência cardíaca aumentou, igualando-se ao ritmo dos tambores. O mundo ao meu redor pulsava.

Tum, tum.

— Chegou a hora — sussurrou Ylva em meu ouvido. — Não falhe.

Um dos guerreiros de Snorri foi até o altar. Mas ele não segurava uma galinha nas mãos, e sim uma corda amarrada a um touro, e engoli em seco, sentindo uma mão empurrar minhas costas. A multidão à minha frente abriu caminho, as pessoas balançando o corpo no ritmo dos tambores conforme eu me aproximava.

Ou será que estavam paradas?

Cada vez que eu olhava para a multidão, via algo diferente. Não sabia ao certo se o que eu via era real ou se o chá estava me fazendo ver coisas.

Cada passo ficava mais difícil, minha respiração ofegante como quando eu estava subindo a montanha, mas eu não me aproximei do altar. Saí correndo, depois tropecei, subitamente no topo da rocha, estendendo a mão para tocar a pele quente do touro.

Ele estremeceu, virando a grande cabeça para me encarar. Os olhos dele eram como poços pretos.

Um gothi colocou a faca em minha mão.

Olhei para a lâmina de osso, o sangue que a cobria girando e se movendo como as marés, o cheiro me sufocando.

— Vou segurá-lo para que fique quieto.

A voz de Bjorn preencheu meus ouvidos. Ele estava com uma mão na corda, a outra segurando um dos chifres do animal. O touro era velho, o focinho dele grisalho. Estava agitado, mas eu não sabia dizer se pelo cheiro de sangue, pela multidão ou por algum sexto sentido de que seu fim estava próximo.

— Você sabe como fazer?

Bjorn parecia distante, como se estivesse a quase quatro metros de mim, e não ao meu lado.

— Sei.

O gothi começou a gritar para os deuses, oferecendo o sacrifício, mas era difícil ouvi-lo com o vento. Ele ficava mais forte e puxava minhas roupas e as penas de corvo que eu estava vestindo, os galhos da floresta ao redor farfalhando uns contra os outros, as próprias árvores rangendo e gemendo com o ataque.

O gothi ficou em silêncio e Bjorn disse:

— Agora, Freya.

Segurei a faca com força. No céu, raios brilhavam, ramificações de luz rompendo a noite antes de tudo voltar a ficar escuro. As pessoas olharam para cima a tempo de ver uma massa de pássaros pretos descendo, voando em círculos caóticos ao mesmo tempo que a floresta ganhava vida com os gritos de criaturas, as vozes delas em cacofonia. O touro ficou agitado e mugiu.

— Freya — sibilou Bjorn —, se ele decidir fugir, não vou conseguir impedi-lo.

Eu não conseguia me mexer. Não conseguia tirar os olhos dos pássaros voando em círculos. Agouros. Sinais de que os deuses observavam, e não tive certeza se aquela era uma oferenda que eles queriam. Mas o espectro havia dito que, se eu não a oferecesse, minha vida estaria perdida.

Raios cruzaram o céu. Uma vez, duas, três vezes. O trovão foi ensurdecedor, embora não alto o bastante para abafar a batida dos tambores. O touro se retorceu, voltando-se contra o domínio de Bjorn ao mesmo tempo que os pássaros desciam, as asas roçando em meu rosto conforme circulavam, os olhos do touro revirando quando ele começou a entrar em pânico.

— Freya!

Se eu falhasse, a vida de minha família seria perdida.

— Aceite esta oferenda — sussurrei, então passei a faca pela jugular do animal.

Ele disparou, arrastando Bjorn junto, e então caiu de joelhos, chovendo sangue que preencheu os canais e escorreu para uma bacia segurada por um gothi.

Tudo ficou em silêncio, até os tambores. Os corvos desapareceram como fumaça.

Estremeci, observando quando o touro tombou, a lateral de seu corpo ficando imóvel com a morte.

Ninguém falou nada. Ninguém se mexeu. Ninguém parecia sequer respirar.

O gothi reagiu primeiro, erguendo a bacia e mergulhando os dedos no conteúdo carmesim. Mas foi na bacia, não em sua mão, em que me concentrei, o sangue girando como se um redemoinho tivesse se formado em suas profundezas.

Tum.

Tum.

Tum.

Cada gota de sangue que caía das mãos do gothi ressoava em meus ouvidos como rochas sendo jogadas de longe. Eu estremecia a cada impacto, o barulho me ensurdecendo.

O gothi se aproximou de mim e precisei de toda minha força de vontade para não recuar quando ele passou os dedos sobre meu rosto, o sangue quente contra minha pele gélida.

Uma lufada de ar me atingiu no momento em que os dedos dele deixaram minha pele, e meu estômago afundou como se eu estivesse caindo de uma grande altura. Ao redor da multidão havia um círculo de figuras encapuzadas, cada uma segurando uma tocha que queimava com fogo prateado.

Eu não conseguia me mexer. Mal conseguia respirar.

— Bjorn — sussurrei —, estou vendo coisas que não existem.

— Não. — Ele ficou sem fôlego. — Elas existem.

Os deuses estavam ali.

Não um deles, mas... mas *todos*. Meus olhos correram de uma figura à outra, e eu fiquei sem saber ao certo se estava chocada, aterrorizada ou as duas coisas. Houve uma mudança no ar, que carregou consigo uma voz, nem masculina, nem feminina, que sussurrou:

— Freya Nascida do Fogo, filha de dois sangues, estamos *observando* você.

Então as figuras desapareceram.

Fiquei parada, incapaz de me mexer mesmo se quisesse, porque os deuses... os deuses tinham estado aqui. E tinham vindo por *minha* causa.

O que restava saber era se tinham vindo para o bem ou para o mal, pois me faltava noção do que eles reservavam para o meu futuro. Por qual motivo se importavam com a filha de uma deusa tão menor.

Por que eu?

Como se eu tivesse tanta inteligência quanto o touro morto aos meus pés, fiquei boquiaberta diante da multidão, imaginando quantas pessoas haviam se dado conta de que aquilo não tinha sido nenhuma ilusão induzida pelo chá. Muitos, percebi, observando olhos que me encaravam com clareza. Snorri, Ylva e seus guerreiros, sim. Mas também o rei Harald, cujo olhar estava pensativo ao se levantar com os braços esguios cruzados ao fundo da multidão, Tora ainda ao seu lado.

Minhas pernas estavam bambas, exigindo que eu me sentasse, mas felizmente Bjorn teve bom senso o suficiente para assumir a situação. Pegando minha mão ensanguentada, que ainda segurava a faca de osso, ele a levantou no alto.

— Os deuses estão olhando — gritou. — Não os decepcionem em suas festividades!

A multidão respondeu com urros de aprovação, homens e mulheres se dispersando entre as árvores para onde fogueiras queimavam e jarras de hidromel os aguardavam.

— Você está bem? — perguntou Bjorn, apertando minhas mãos.

— Eu... eu... — Desvencilhando-me dele, mal consegui chegar à beirada do altar antes de cair de joelhos e vomitar. Bjorn tirou a máscara de corvo de mim, depois segurou meus cabelos para trás quando vomitei pela segunda vez. Os músculos de meu estômago doíam pelo abuso.

Cuspindo, eu me virei na direção dele.

— Por quê? Por que eles estão me observando?

Antes que ele pudesse falar, Snorri e Ylva estavam sobre nós.

— Não há como negar a profecia agora — comentou Snorri. — Devemos levar Freya de volta para o salão até os reforços chegarem, pois ela é tão valiosa que alguém pode tentar burlar a paz de Fjalltindr.

Levantando, não ofereci resistência quando Snorri me conduziu por dezenas de fogueiras, as pessoas em volta rindo e dançando enquanto comiam e bebiam. Fomos até o salão que Ylva havia protegido e guerreiros assumiram seus postos ao redor dele quando fui levada para dentro.

Assim que passei pelas portas, me afastei de Snorri.

— Preciso dormir.

O que eu precisava era pensar, fazer perguntas, entender o que tinha acontecido. Mas os dias com pouco descanso pesaram e eu sabia que nenhuma dessas coisas ia acontecer sem algumas horas de inconsciência. Felizmente, ninguém se opôs. Snorri, Ylva e Bjorn falavam de forma sucinta quando fui até a área delimitada pela cortina, onde havia me vestido, e usei a bacia de água para limpar o sangue do rosto.

Não me importando em tirar o vestido, desmoronei sobre um leito, usando os últimos vestígios de minha energia para puxar as peles sobre meu corpo.

Freya Nascida do Fogo, filha de dois sangues, estamos observando você.

As vozes sobrenaturais se repetiram em minha cabeça, fazendo-me estremecer e rolar de modo a encarar a cortina. Através dela, dava para distinguir a sombra dos três.

— Este é o momento de forjar alianças — dizia Snorri. — Agora, com a aparição dos deuses e a validação que deram para a profecia ainda frescas na mente das pessoas.

Os deuses haviam validado a profecia da vidente? Tudo o que tinham dito era que estavam me observando, o que podia significar qualquer coisa.

— Poucas horas atrás, esses mesmos homens estavam tentando capturar Freya ou matá-la, e você acha que isso é suficiente para eles aceitarem seu domínio? — Bjorn bufou com indignação. — No máximo, vão apenas tentar com mais afinco.

— E é por isso que devo convencê-los da ameaça iminente que Harald representa a todos nós — respondeu Snorri. — Sozinho, nenhum clã pode contra ele, mas unidos? Harald vai pensar duas vezes antes de atacar nossa costa de novo. Principalmente quando passarmos a atacar seus territórios.

— Essa é sua intenção, então? — perguntou Bjorn. — Ir contra Harald agora mesmo, com Freya no centro de sua parede de escudos?

Silêncio, depois Snorri disse:

— Essa proposição deveria te deixar entusiasmado, meu filho. Harald não criou você pela bondade que tinha no coração. Ele te *escondeu* de nós para me negar meu destino como rei. Para negar a Skaland a força de que precisava para resistir às suas invasões. Você deveria estar clamando por vingança.

— Eu desejo vingança — retrucou Bjorn, e o veneno em sua voz sugeria que ele de fato desejava muito aquilo. — Mas até pouco tempo atrás, Freya passava os dias estripando peixes e cuidando de casa. E ainda assim você está achando que magia e profecia são o bastante para que ela lidere seus guerreiros em batalha, apesar de ela não saber nada sobre guerra. Parece a forma ideal de acabar com todo mundo morto.

Estremeci, mas como Bjorn estava certo, parecia tolice me sentir ofendida.

— Uma vez na vida, Bjorn tem razão. — A voz de Ylva me assustou, pois eu havia quase esquecido que ela estava lá. — Você está falando de guerrear contra Harald sendo que ainda não forjamos uma única aliança com qualquer outro jarl. Vamos dar o primeiro passo antes de darmos o segundo, senão vamos tropeçar.

— Foi precisamente isso que propus que fizéssemos, mas em vez disso estou aqui ouvindo vocês dois tagarelarem! — Snorri fez um barulho aflito. — Fiquem aqui com Freya enquanto procuro conversas que sirvam para alcançar nossos objetivos.

— Leve nossos guerreiros com você — disse Ylva. — Precisa demonstrar força quando se encontrar com os outros jarls.

— Eles precisam ficar para proteger Freya.
— As proteções que coloquei vão evitar que qualquer um tente entrar.
Snorri negou com a cabeça.
— É arriscado demais.
— Você precisa que os jarls acreditem que você tem a força para cumprir o que prometeu — retrucou Ylva. — Além disso, Bjorn vai estar aqui com ela.
Snorri hesitou, depois disse:
— Está bem. Fiquem no local que Ylva protegeu.
As botas dele ecoaram no piso de madeira e a cortina se mexeu com a lufada de ar que entrou quando Snorri abriu a porta e saiu.
— Preciso dormir. — O tom de Bjorn estava frio. — Me acorde só se for absolutamente necessário.
— Nunca precisei de você para nada, Bjorn. — A voz de Ylva também estava gélida. — E acho que é improvável que isso vá mudar nas próximas horas.
Ouvi o rangido de Bjorn se acomodando em uma cama e o cômodo mergulhou no silêncio. Como era típico dos homens, a respiração dele se aprofundou com o sono enquanto minha mente continuou a remoer os acontecimentos, recusando-se a se acalmar o suficiente para que eu conseguisse pegar no sono.
Toda vez que eu fechava os olhos, visões da aparição dos deuses preenchiam minha memória, aquela estranha voz coletiva parecida com um trovão, *Freya Nascida do Fogo, filha de dois sangues, estamos observando você.* O que eles tinham tido a intenção de dizer? *Filha de dois sangues* estava claro o suficiente, pois eu tinha tanto sangue mortal quanto divino em minhas veias, mas o mesmo acontecia com outros filhos dos deuses. O que exatamente estavam *observando* em mim que era digno de fazê-los aparecer no plano mortal todos de uma vez? O que havia de tão especial em mim? Como previam que eu uniria uma nação de clãs que atacavam e guerreavam uns contra os outros todos os anos? Clãs que *não queriam* se unir.
Porque Bjorn estava certo ao dizer que eu não era uma guerreira lendária cuja fama de batalha impressionaria e inspiraria guerreiros a me seguir. Também não era uma oradora talentosa, cujas palavras tinham o poder de convencer até mesmo os mais teimosos opositores.

Por que eu? Por que não Bjorn ou alguém como ele?

E... e por que os deuses estavam preocupados com a união de Skaland? Desde sempre estivemos divididos, assim como todas as outras nações que adoravam a nossos deuses, exceto Nordeland. O que os deuses tinham a ganhar com essa mudança? Por que tinham me escolhido para fazer isso?

E por que, entre todos os homens, queriam que Snorri fosse rei?

Alguém se mexeu e reconheci os passos leves de Ylva se movimentando pelo salão. Então a cortina soprou para dentro.

Fiquei tensa com o vento, certa de que meus pensamentos desleais haviam invocado meu *marido* de volta, mas quando o ar parou de soprar, ninguém disse nada.

Curiosa, estiquei o braço e puxei a parte de baixo da cortina, observando o salão na penumbra. Bjorn estava esticado sobre uma cama, mas, fora isso, o espaço estava vazio.

Ylva tinha ido embora.

Ela apenas saiu para urinar, disse a mim mesma. *Vá dormir enquanto pode, sua idiota.*

Rolando de barriga para cima, fechei os olhos, tentando me concentrar no som da respiração de Bjorn. Só que fazer isso me fazia pensar *nele*. Virando de lado de novo, ergui a cortina, a respiração acelerando. Ele tinha virado de barriga para baixo e, sempre quente demais, chutado as peles que o cobriam, o que significava que suas costas nuas estavam expostas.

Vá dormir, Freya. Só que afastar meu olhar das linhas firmes de seus músculos fortes exigia uma mulher com mais força de vontade do que eu jamais teria. Acompanhei o desenho das tatuagens, lembrando-me de como ele havia estremecido quando toquei na vermelha, atrás de seu pescoço. As tatuagens em seus ombros e suas costas eram bem pretas, e me perguntei até onde continuavam após desaparecerem no cós da calça, e o que mais eu descobriria se seguisse esse caminho.

Uma dor se formou entre minhas coxas e mordi o lábio, parte de mim querendo chorar por estar condenada a ser uma esposa insatisfeita e outra parte querendo gritar de raiva por isso acontecer. Se os deuses realmente me favoreciam, então deviam ter me entregado um homem atraente que soubesse como dar prazer a uma mulher. Em vez disso, eu havia recebido primeiro um que me tratava como criada e égua reprodutora em igual medida, e depois um casado com outra mulher... embora, para ser justa, não ter que suportar o toque de Snorri fosse uma bênção.

É difícil manter a sagacidade quando nos deparamos com uma mulher tão bonita quanto a visão da praia para um homem que se perdeu no mar.

Nunca na vida alguém tinha dito uma coisa dessas para mim, e eu me entreguei, permitindo que as palavras se repetissem várias vezes enquanto me lembrava de seu toque em minhas mãos. Da intensidade em seu olhar quando nos olhávamos. Do calor e da força dele quando me abraçava no frio.

Eu queria sentir todas aquelas coisas de novo.

É apenas luxúria, resmunguei para mim mesma. *Lide com isso e vá dormir.*

Fechando a cortina, virei de barriga para cima e coloquei a mão sob as peles, levantando a saia do vestido. Escorreguei a mão por dentro das roupas de baixo e não fiquei nem um pouco surpresa ao constatar que eu já estava molhada. Fechando os olhos, passei a ponta do dedo no centro do meu prazer, imaginando como seria ter os dedos de Bjorn entre minhas coxas. As mãos dele eram tão maiores que as minhas, fortes e calejadas pelo uso, mas não menos hábeis. Então imaginei que era ele, não eu, acariciando meu sexo. Colocando os dedos dentro de mim enquanto a outra mão segurava meu seio.

Mordendo o lábio para silenciar meu gemido, estendi a mão até o decote do vestido, encontrando meus mamilos enrijecidos e desejosos, querendo ser tocados. Querendo ser chupados pela boca dele.

Avancei mais em minha fantasia, sentindo-o deslizar as roupas de meu corpo e se acomodar no vão entre minhas coxas, pressionando a ereção onde meus dedos atualmente buscavam o clímax. Pensar nisso quase me fez chegar ao orgasmo.

Isso não estava *resolvendo* minha luxúria. Estava piorando.

Eu sabia disso. Sabia que fantasiar com Bjorn só faria com que eu o desejasse mais, mas não me importei.

Porque eu *queria*. Queria tantas coisas, e parecia que estava destinada a não ter nenhuma delas.

O alívio estava difícil de alcançar, e mergulhei os dedos em minha umidade, imaginando que era o pau dele. Imaginando como ele me preencheria, fazendo que eu ficasse ofegante.

Eu estava perto. Muito perto. Comecei a chegar ao ápice...

E Bjorn se mexeu.

Tirei a mão do meio das coxas, com a certeza irracional de que ele havia sentido o que eu estava fazendo. Meu rosto derreteu enquanto esperava que ele aparecesse do meu lado da cortina e me acusasse de estar me satisfazendo com o nome dele em meus lábios.

Em vez disso, no entanto, Bjorn caminhou quase em silêncio até a porta do salão. A cortina soprou em meu rosto e depois ficou imóvel quando ele saiu, deixando-me sozinha.

Soltando um longo suspiro, esperei que voltasse. Segundos se passaram. Depois minutos, e minha inquietação quanto para onde Ylva e Bjorn haviam ido aumentou cada vez mais até eu não conseguir mais ficar parada.

Então levantei.

Abrindo uma fresta da porta, espiei lá fora, esperando encontrar Bjorn encostado na parede, ou pelo menos à vista.

Mas não havia ninguém.

Embora o salão estivesse sendo guardado por runas que protegiam qualquer um em seu interior dos mal-intencionados, ainda não me parecia certo ele ter me deixado sozinha e sem proteção, principalmente porque Snorri o tinha instruído a ficar.

O que estava acontecendo?

Minha inquietação aumentou e abri a porta o suficiente para colocar a cabeça e os ombros para fora. Ao longe, inúmeras figuras se movimentavam entre fogueiras, mas não havia ninguém na área próxima ao salão.

Fiquem no local que Ylva protegeu. O alerta de Snorri ecoou em minha mente. Fechei a porta, depois me recostei nela, mas minha pulsação não desacelerou. Ylva, eu suspeitava, tinha ido procurar o marido, provavelmente por não ter gostado de ser excluída das conversas com os outros jarls.

Mas aonde Bjorn teria ido?

O medo azedou meu estômago enquanto respostas, uma pior do que a outra, rondavam minha cabeça.

Minha vida não era a única que nossos inimigos perseguiam. O rei Harald tinha deixado mais do que claro que tentaria levar Bjorn como prisioneiro de novo. E se ele e seus soldados estivessem esperando do lado de fora? E se estivessem esperando que Bjorn saísse para urinar e o acertassem na cabeça enquanto estivesse regando uma árvore? E se tivessem se dado conta de que não poderiam ultrapassar as proteções de Ylva e decidido se contentar com um prisioneiro? E se o estivessem arrastando neste momento pelo declive sul da montanha?

Você precisa ficar no salão, eu disse a mim mesma. *Ele está protegido. Correr sozinha por Fjalltindr é uma coisa idiota a se fazer. Espere Snorri voltar.*

Só que eu não fazia ideia de quando isso aconteceria. E se ficasse ali até de manhã enquanto Bjorn estava sendo levado para Nordeland?

Eu precisava pedir ajuda antes que fosse tarde demais.

Meu manto estava pendurado em um banco, então o vesti rapidamente, assim como uma das máscaras com chifres da parede, rezando para que os outros que desfrutavam das festividades ainda estivessem usando as suas para eu conseguisse me misturar. Então saí noite adentro.

Movimentando-me por entre as árvores, procurei nas sombras, querendo gritar o nome de Bjorn, mas sabendo que fazer isso só chamaria atenção indesejada. Então sussurrei:

— Bjorn? Bjorn? — E depois, por desespero: — Ylva?
Nada.

Eu precisava encontrar Snorri e o resto dos guerreiros. Precisava contar a ele o que havia acontecido para que pudessem me ajudar na busca. Mas além de saber da intenção de Snorri de se encontrar com outros jarls, eu não fazia ideia de onde achá-lo.

Chegando perto da festa ao redor das fogueiras, tentei localizar rostos familiares, percebendo então por que meus pais nunca tinham me levado a Fjalltindr. Para todos os lugares que eu olhava, homens e mulheres cambaleavam, bêbados ou intoxicados por outras substâncias, e aqueles que não estavam se movimentando copulavam à vista de todos. Não só em pares, mas em grupos de três, ou quatro, ou mais, e se eu já não estivesse completamente em pânico, teria ficado boquiaberta.

Essas coisas agradavam aos deuses, que se deleitavam com o carnal. Ainda assim, eu duvidava que os festeiros fossem motivados pelo divino; eram consumidos totalmente pelos próprios prazeres. O que era bom, porque significava que não prestariam atenção em mim.

— Onde está você, Snorri? — sussurrei, embora meu coração estivesse gritando *Onde está você, Bjorn?*

A batida rítmica de tambores ecoava pelo ar conforme eu caminhava, embora fizesse pouco para abafar os gemidos de prazer dos que festejavam, os quais buscavam alívio no chão ou encostados em árvores, alguns usando máscaras, outros não, todos estranhos. Talvez Bjorn estivesse entre eles. Talvez tivesse saído do salão para encontrar atividades prazerosas, pensando que eu teria a sabedoria de permanecer atrás das proteções. Meu estômago azedou, mas a lógica imediatamente afastou a ideia. Havia muito em jogo para que corresse esse tipo de risco.

Só que ele tinha saído do salão por vontade própria. O que levantava a questão do motivo.

A questão se repetia no ritmo dos tambores, meu estômago se revirando ao mesmo tempo que meu peito apertava, cada respiração um desafio.

Andei pelos caminhos estreitos, procurando, mas não apareceu um único rosto familiar. Fui tomada por arrepios, fraqueza dominando meus braços e minhas pernas quando olhei para os outros dormitórios, mas havia guardas nos perímetros ao redor deles, vigiando os jarls e suas famílias.

E se todos estivessem mortos?

— Não estão — sussurrei para aplacar o terror. — Ninguém ousaria matá-los nos confins de Fjalltindr. É proibido.

Comecei a descer por um dos caminhos e então uma luz do Salão dos Deuses chamou minha atenção. Dezenas de tochas brilhantes rodeavam a estrutura e, enquanto eu observava, uma sombra passou na frente delas.

Chegando mais perto, consegui distinguir o rosto de Tora. Se ela estava aqui, então Harald com certeza também estava, e se ele tivesse capturado Bjorn, seria ali que o estaria mantendo. Tora estava de braços cruzados na frente da entrada, a expressão implacável. Embora estivesse desarmada, e presumivelmente sua magia estivesse reduzida pelo poder contido no lugar em que nos encontrávamos, assim como a minha própria, ela ainda tinha o dobro de meu tamanho, o que significava que eu não passaria por ela à força sem alertar quem estivesse lá dentro.

Merda.

Dei a volta na construção, desejando que os festeiros parassem de rir, trepar e batucar em tambores para que eu pudesse ouvir direito, mas conhecendo meu povo como eu conhecia, eles continuariam até o amanhecer.

A única porta era aquela guardada por Tora, e não havia janelas. Parei depois de pular o riacho que fluía sob a construção, porque se a água que fluía ao redor das estátuas lá dentro estava saindo por algum lugar, significava que existia uma abertura. Seguindo o riacho, cheguei ao afloramento sobre o qual ficava o salão. Escorria água por debaixo da rocha, produzindo tinidos suaves.

Tateando em busca de apoios para escalar, subi e praguejei em silêncio quando os chifres de minha máscara rasparam na madeira das paredes do salão. A água congelante entorpeceu minhas mãos, mas mal notei enquanto espiava pela abertura estreita pela qual a água fluía. Imediatamente, meus olhos pousaram sobre Harald.

Ele estava falando, mas eu não conseguia distinguir suas palavras sobre o barulho da água e dos que festejavam lá fora. Assim como não conseguia distinguir o rosto do indivíduo com quem Harald estava falando, pois a pessoa, ou pessoas, estava oculta pela estátua de Loki. Procurei nas sombras por qualquer sinal de Bjorn, Ylva, Snorri ou o restante de nossos companheiros, mas não encontrei nada. Então foquei em observar o rei.

Ele estava zangado, gesticulando e apontando.

Com quem estaria falando?

— Achou que não haveria um custo para isso? — Foi o que entendi de suas palavras durante uma trégua dos tambores e me inclinei para a frente. — ... ele vai destruir tudo que você ama se... essa é a única forma de você ter certeza de que Snorri não vai...

Meu coração acelerou quando ouvi o nome de Snorri, e gritei silenciosamente para os festeiros ficarem em silêncio quando explodiram em cantoria.

— Uma boa mãe protege seu filho... faz o que é preciso para...

Vozes altas da festa abafaram o resto, mas Harald parou de gesticular, concentrando-se atentamente no interlocutor oculto.

As vozes que cantavam cessaram.

— Então esse é nosso plano — disse Harald. — Ele confia em você. Vá... — Um grito alto e risadas abafaram o resto do que foi dito antes de o rei se virar e sair do salão, deixando quem quer que fosse seu interlocutor sozinho.

Eu precisava ver quem era.

Não havia espaço para passar pelo buraco e entrar no salão, então rapidamente desci, correndo para a lateral da construção. Agachei nas sombras, esperando para ver quem sairia, mas a porta permaneceu fechada. Uma inquietação preencheu meu peito e fui até a porta, abrindo-a em silêncio.

Lamparinas ainda queimavam dentro do salão, iluminando as estátuas, mas nada se mexia. Quem quer que estivesse aqui dentro com Harald já tinha ido embora.

— Merda — resmunguei, passando os olhos pelas sombras, procurando por uma figura em fuga, mas tudo o que vi foram pessoas dançando ao redor de fogueiras ao longe.

Quem era? Quem estava conspirando com Harald?

Seria alguém que eu conhecia?

Uma boa mãe protege seu filho... Fiquei inquieta e dei a volta na festa, procurando. *Não podia ser ela. Não podia ser...*

A indecisão me deixou paralisada. Eu deveria procurar o espião? Continuar a procurar Bjorn? Tentar encontrar Snorri para alertá-lo?

Um grupo de pessoas que festejavam passou cambaleando por mim e um quase me derrubou, e depois gritou:

— Vem com a gente!

Eu o ignorei, endireitando o corpo, mas quando levantei os olhos, vi uma mulher encapuzada andando na direção do salão onde eu devia estar dormindo.

Onde Bjorn devia estar dormindo.

Um lugar guardado apenas pelas proteções que *ela* havia lançado, porque *ela* tinha garantido que nenhum guarda ficasse de vigia. E fez isso para encontrar Harald, porque ela estava tramando com ele para se livrar de Bjorn e abrir caminho para Leif virar herdeiro.

Ylva. Eu tinha certeza disso.

Fechei as mãos em punho enquanto a observava chegar até a porta, já saboreando o choque que ela sentiria quando se desse conta de que nem eu nem Bjorn estávamos lá dentro. Quando se desse conta de que o plano dela não havia funcionado.

Ylva colocou a mão no trinco, abrindo a porta, mas quando foi cruzar a soleira, foi como se os próprios deuses a tivessem golpeado, lançando-a para trás. Ela caiu de bunda a meia dúzia de passos da entrada.

Quase gritei de alegria. As *próprias* proteções dela agindo contra quem as lançara, negando a entrada de qualquer um que desejasse fazer mal ao nosso grupo. Negando a entrada *dela*.

Minha alegria durou pouco, pois mãos agarraram meus braços, puxando-me para o meio das árvores.

20

Eu me desvencilhei do meu agressor, virando-me para socar o rosto encoberto, mas me contive quando reconheci Bjorn no escuro.

— O que está fazendo aqui fora, Freya? — sussurrou ele. — Alguém poderia ter capturado você.

O alívio inundou minhas veias, mas logo foi substituído por irritação.

— Aonde você foi?

— Eu precisava falar com uma pessoa — disse ele. — Quando voltei para o salão, você não estava mais lá. Fiquei te procurando. Onde estava?

— Procurando por você. E espionando. — Então soltei de uma vez: — Ylva está mancomunada com Harald.

Ele ficou imóvel.

— Do que você está falando?

— Entreouvi os dois conversando no Salão dos Deuses — sibilei. — Ela está conspirando para matar você e obrigar Snorri a nomear Leif como herdeiro.

Silêncio.

Devagar, Bjorn perguntou:

— Você viu *Ylva* falando com Harald?

Não tínhamos tempo para isso. Precisávamos encontrar Snorri.

— Eu não a vi, mas ouvi o suficiente da conversa. Eu... — Minhas palavras falharam, porque, por entre as árvores, guerreiros que pareciam incrivelmente sóbrios caminhavam em meio aos que festejavam, examinando o rosto de todos com que se deparavam.

— Não sei se ela o convenceu a levar você ou se ele ainda pretende te matar — sussurrou Bjorn, depois me puxou pelo braço. — Preciso levar você até o meu pai e os guerreiros dele.

— Onde ele está? — sussurrei, tropeçando em uma raiz enquanto o seguia às pressas.

— Fazendo reuniões com outros jarls. Por aqui.

Fui obrigada a correr para acompanhá-lo, mas então Bjorn parou subitamente. À nossa frente, homens carregando tochas caminhavam entre as árvores, procurando nas sombras. Demos as costas a eles, mas atrás de nós havia mais homens.

— Quantos guerreiros Harald tem? — O medo congelou minhas mãos porque não havia para onde ir. Desarmados como estávamos, não tinha como aquele número de homens não ser capaz de nos subjugar. Depois disso, seria apenas uma questão de nos arrastar para fora das fronteiras de Fjalltindr e nos empurrar do penhasco.

— São muitos. — Bjorn virou o corpo na minha direção. — Vamos ter que nos camuflar.

Notei o coração acelerado dele martelando no peito quando pressionei a mão ali e senti sua respiração ficar mais rápida, denunciando o medo que estava sentindo e aumentando o meu.

— Como?

— Você confia em mim?

Mais do que eu deveria, pensei, mas apenas assenti.

— Sim.

— Então vai na minha — disse Bjorn, e puxou o capuz de seu manto sobre o rosto. Eu não tive nem um segundo para imaginar o que viria a seguir antes de a boca dele se fechar sobre a minha.

Por um momento, fiquei paralisada, tão perplexa por *Bjorn* estar me beijando que não conseguia me mexer. Não conseguia pensar. E então o instinto tomou conta de mim. Meus braços escorregaram em volta de seu pescoço e eu correspondi ao beijo.

Bjorn ficou imóvel, e me perguntei se ele esperava que eu desse um tapa na cara dele em vez de responder na mesma moeda. Só que eu não apenas tinha entendido que esse subterfúgio poderia salvar a nossa pele como *queria* que Bjorn me beijasse.

E não queria que parasse ali.

A surpresa de Bjorn desapareceu em um instante, suas mãos me pegando pelos quadris e me erguendo, minhas pernas envolvendo a cintura dele e meus ombros pressionados contra a árvore atrás de mim. Os lábios de Bjorn encontraram os meus mais uma vez, seu hálito quente e o queixo áspero com a barba por fazer contra minha pele enquanto ele me consumia.

Não havia nada cuidadoso no que estávamos fazendo. Nada terno.

O que significava que era exatamente o que eu queria. O que eu precisava naquele momento em que estava recebendo o que tinha sonhado, mesmo com o perigo mais próximo do que nunca.

Embora soubesse que era para ser uma distração que fizesse com que os homens passassem direto por mim, aquilo parecia uma preocupação distante quando a língua de Bjorn escorregou para dentro da minha boca, acariciando a minha. Ele estava com gosto de hidromel, e a cada respiração eu sentia o cheiro de pinho, neve e vento sobre o fiorde. Isso desencadeou algo selvagem em mim, fazendo com que eu apertasse as pernas e o puxasse mais para perto enquanto minhas saias subiam por minhas coxas.

Agulhas de pinheiro estalaram sob a aproximação de passos, e eu me afastei, mordendo o lábio inferior e olhando nos olhos dele.

— Isso não é o bastante para impedir uma interrupção, Bjorn — falei, em voz baixa. — Seja convincente.

— Deuses, mulher — resmungou ele, então sua boca estava sobre a minha de novo, a língua provocando meus lábios a se abrirem enquanto ele tirava uma mão da minha bunda. Erguendo o braço, Bjorn segurou as amarras do meu vestido, soltando-as com um movimento rápido.

Os passos se aproximaram e uma semente de dúvida sobre se o truque funcionaria se formou em meu coração. Crescia a certeza de que eles não seriam levados a acreditar que éramos só pessoas celebrando e exigiriam ver nossos rostos.

Meu coração acelerou quando soltei Bjorn por tempo o suficiente para puxar as mangas para baixo, o tecido do corpete roçando sobre meus seios de uma forma que fazia minhas costas se arquearem. Meus ombros foram pressionados com força contra a árvore e os chifres de minha máscara raspavam no tronco em um ritmo sedutor enquanto eu esfregava os quadris contra Bjorn. O ar da noite beijava meus mamilos, mas foi a respiração lenta dele que os deixou duros, um gemido escapando de meus lábios quando Bjorn segurou um seio, acariciando o bico com o polegar.

Nunca na vida eu havia sido beijada daquele jeito. Tocada daquele jeito. E, deuses, isso me fazia sentir coisas que nunca acreditei serem possíveis. Coisas que pensei não passarem de conversa, exagero e histórias, mas o desejo dolorido que se formava entre minhas coxas me dizia que eu estava muito errada. Eu queria arrancar as roupas do corpo de Bjorn e experimentar cada centímetro dele. Queria me livrar daquele meu vestido e descobrir como seria sentir o membro dele enterrado profundamente dentro de mim.

Isso é loucura, os últimos vestígios de lógica em minha cabeça gritavam. *Vocês precisam fugir! Precisam se esconder!*

Ignorei o alerta e afundei os calcanhares na parte inferior das costas de Bjorn, escorregando um pé para pegar o cós de suas calças, empurrando-as para baixo. Senti o calor de sua bunda nua junto ao meu tornozelo enquanto eu mordia o lábio dele, saboreando seus gemidos em minha boca. A parte da frente de suas calças permanecia pressionada entre nossos quadris, mas não servia de nada para esconder o comprimento rígido de seu pau. Que os deuses me ajudassem, porque ele estava tão excitado quanto eu, o que significava que nenhum dos dois estava pensando direito. Ainda assim, descobri que não me importava, enquanto me esfregava contra ele, o tecido roçando em minha carne sensível e meu corpo se tornando um líquido quente conforme a tensão crescia cada vez mais dentro de mim. Eu teria isso, teria *ele*. Iria me deleitar com esse momento até o segundo em que fosse pega, e só *então* lutaria.

E não teria misericórdia nenhuma desses homens por me roubarem esse momento.

— Precisamos ver o rosto dela.

Fiquei tensa com a exigência. Mas Bjorn respondeu:

— Ela está ocupada. Agora vão embora daqui antes que eu perturbe a paz de Fjalltindr.

Esconder o rosto apenas levantaria suspeitas, então, em vez disso, confiei que a máscara cumpriria o dever dela e me afastei, encostando os ombros na árvore.

— Cale a boca e me foda — falei em voz alta. Ambos os guerreiros ficaram olhando para meus seios, e não para a máscara, e agradeci em silêncio pela previsibilidade dos homens.

Mas eles não foram embora.

Vão embora daqui, parte de mim implorava, mas aquela voz lógica foi abafada pela parte devassa de mim que exigia o término da performance de Bjorn. A parte de mim que necessitava do pau dele dentro do meu corpo. E foi *ela* que ganhou. Ela que montou nele como uma coisa selvagem, sentindo o alívio cada vez mais perto.

Mas os homens ainda assim ficaram olhando.

O pânico se distorceu com meu desejo, meu coração explodindo sob pressão, tudo abafado pelo terror quando Bjorn puxou o próprio capuz, revelando seu rosto.

— Vocês devem mesmo estar querendo morrer.

O que ele estava fazendo?

Fechei a mão em um punho, preparando-me para que os homens o reconhecessem e atacassem, mas eles apenas riram.

— Espero que ela valha a pena, Bjorn.

E foram embora.

O choque me deixou paralisada. Tinha funcionado. Eles tinham ido embora.

Mas por quê?

— Por que eles só foram embora? — sussurrei, olhando para as costas deles se afastando. — Harald fez um acordo com Ylva para matar você. Eu escutei.

— Você é a criadora de reis, Nascida do Fogo. A única vida com que Harald se preocupa é a sua — disse Bjorn, e o tom da voz dele atraiu meus olhos de volta. Ele estava olhando para mim, faixas de luar cruzando seu rosto bonito demais. A expressão que vi ali era estranha, quase reverencial, quando nos encaramos por um longo momento.

Então ele sacudiu a cabeça, desviando os olhos.

— Sua atuação foi muito convincente.

Fui tomada pelo choque. Será que Bjorn havia achado que eu fingi minha reação a ele? Achado que tudo *aquilo* não tinha passado de atuação para tirar os guerreiros de Harald de meu rastro?

Um vazio se formou em meu estômago e permiti que minhas pernas escorregassem de sua cintura, ajeitando o corpete do vestido para que meus seios voltassem a ficar cobertos. Estava dolorosamente ciente da umidade entre minhas coxas, meu interior agonizando com a necessidade que não tinha sido satisfeita, e nunca seria.

Mas eu já conhecia essa decepção. Nada se comparava à dor que sentia por ter pensado que...

Você é uma idiota, Freya.

Eu quase tinha sido sequestrada pelo maior inimigo de Skaland e estava preocupada com meus malditos sentimentos.

Respirando fundo, falei:

— Como foi que aquilo funcionou, Bjorn? Por que eles não exigiram ver meu rosto?

O aperto das mãos dele sobre meus quadris ficou mais forte, depois afrouxou.

— Porque eles sabem que não sou idiota de botar chifres no meu próprio pai.

Aparentemente, eu era a única tola o bastante para fazer isso.

Gritos e comoções chamaram minha atenção de volta ao salão. Snorri estava diante da porta aberta, vociferando ordens.

O que eu deveria ter sentido era alívio, mas ao lado dele estava Ylva, e ver aquela megera traidora me encheu de fúria. Eu queria atravessar o espaço entre nós e derrubá-la antes de revelar o que ela havia feito, mesmo que não tivesse funcionado a seu favor.

Uma mão se fechou ao redor de meu pulso e olhei nos olhos de Bjorn.

— Não — disse ele. — Se fizer acusações sem provas, meu pai não vai acreditar em você.

— Foi ela que o convenceu a retirar todos os guardas. Como isso não é prova?

— Ela teve um bom motivo para isso. Ele confia em Ylva, mas, ainda mais do que isso, sabe que existe uma tensão entre vocês duas. Vai encarar suas palavras como uma tentativa de desacreditá-la por inveja.

— Eu *não* tenho inveja dela — falei entredentes. — Quero empurrá-la de um penhasco.

Em vez de ficar horrorizado com essa verdade obscura, Bjorn riu.

— É o que todas as mulheres invejosas dizem.

Olhei feio para ele, que apenas abriu um sorrisinho sacana.

— Vá. E segure essa sua língua para manter a vantagem que tem, já que aqueles que conspiram contra você acham que não sabe de nada.

Ele estava certo, mas eu ainda queria ranger os dentes por Ylva sair ilesa apesar de suas ações. Eu precisava ser esperta, precisava ser estratégica, mas estava tão cansada. Cansada, constrangida e *insatisfeita*. Meus olhos ardiam com lágrimas, mesmo eu me xingando por me preocupar tanto com as coisas erradas.

Desvencilhando-me da mão de Bjorn, dei dois passos, depois parei quando ele disse em voz baixa:

— Não é você quem tem motivos para ter inveja, Freya.

Estremeci, embora não soubesse o porquê. Ylva não tinha mais inveja de mim do que eu tinha dela. Sem responder, tirei a máscara com chifres, jogando-a nos arbustos antes de caminhar entre as pessoas que festejavam até onde Snorri estava, ainda gritando ordens.

Os olhos dele se fixaram em mim, arregalando-se.

— Aonde você foi? Por que saiu da área de proteção das runas?

— Acordei e estava sozinha. — Hesitando, acrescentei: — Temi o pior por você e saí para te procurar.

Era melhor que ele acreditasse *naquilo* do que na verdade.

A testa franzida de Snorri se suavizou ao mesmo tempo que Ylva fez cara feia.

— O salão estava protegido. Você foi uma idiota por sair.

Mordi a língua e abaixei a cabeça, e, para minha surpresa, Snorri disse:

— Onde *você* estava, Ylva? Assim como Freya, não era para ter saído do local protegido!

— Bjorn estava com ela — retrucou Ylva. — O que deveríamos estar nos perguntando é onde ele está agora.

Snorri olhou ao redor da celebração e depois se concentrou em Ylva. Com a voz gélida, disse:

— Você não respondeu à minha pergunta.

Ele estava desconfiado e, embora fosse pelos motivos errados, esperei Ylva começar a se contorcer.

Mas já devia saber que ela não faria isso.

A senhora de Halsar ergueu o queixo e olhou feio para o marido.

— Quer saber com quem eu estava? Eu estava com...

— Ela estava comigo.

Ao som da voz, todos se viraram.

Uma mulher alta se aproximou. Estava vestindo trajes de guerreira, exceto pelas armas, com uma dúzia de outras mulheres logo atrás, todas vestidas da mesma forma. Talvez tivesse a idade de Snorri, os cabelos prateados puxados para trás em tranças de guerra e os braços desnudos marcados por cicatrizes desbotadas. Parando de andar, ela enganchou os dedos no cinto.

— Jarl Snorri.

A mandíbula dele ficou tensa.

— Jarl Bodil.

Fiquei boquiaberta. Não pude evitar. Bodil era uma guerreira famosa e a única mulher viva que havia reivindicado o título de jarl. Mas acima de tudo isso, ela era uma filha do deus Forseti, capaz de distinguir verdade e mentira, independentemente de quem falasse. O que significava que se Ylva mentisse sobre o que estava fazendo, Bodil saberia.

Se ela compartilharia ou não a informação era outra questão.

— Ylva se encontrou comigo para discutir uma aliança — disse Bodil. — Dado o que testemunhei mais cedo na noite de hoje, os próprios deuses vindo ao plano mortal para aceitar o sacrifício de Freya e reivindicá-la como deles, vi mérito na proposta de sua esposa. Vou seguir a dama do escudo em batalha contra nossos inimigos em comum.

As palavras que ouvi se perderam em um zumbido, porque isso não fazia sentido. Ylva estivera com Harald, não com Bodil. Eu tinha visto...

O que eu tinha visto?

A resposta para isso era *nada*. Mas Harald de fato falou com alguém e o que eu havia ouvido da conversa tinha sido incriminador; além disso, tinha visto Ylva sendo incapaz de cruzar a porta com as próprias proteções para entrar no salão.

Você não chegou a ver o rosto dela. As primeiras sementes de dúvida germinaram em meu peito, achando que talvez eu tivesse tirado minhas próprias conclusões. Só que tudo que eu tinha visto, tudo que tinha ouvido... apontava para Ylva.

— Aceito sua lealdade — disse Snorri, finalmente, o tom de sua voz sugerindo que ele talvez desejasse que aquilo estivesse vindo de qualquer pessoa que não ela.

— Minha lealdade é para com a dama do escudo, não você.

O rosto de Snorri ficou mais severo, mas Ylva se colocou entre eles.

— Ela é casada com Snorri, então dá no mesmo. — Olhando nos olhos do marido, ela acrescentou: — Bodil tem sido minha amiga há um bom tempo, então podemos contar com a lealdade dela.

Não havia nada que Snorri pudesse dizer, e todos os presentes sabiam disso. Dado que ele não tinha se pronunciado sobre ter convencido algum outro jarl a se juntar a sua causa mais cedo naquela noite, eu duvidava que havia obtido sucesso nessa empreitada. Ele *precisava* de uma aliança e não podia se dar ao luxo de ficar escolhendo. Os músculos da mandíbula de Snorri se movimentavam para frente e para trás, provavelmente seu orgulho guerreando com o senso prático, mas ele assentiu.

— Então que bebamos aos primeiros passos no caminho que os deuses previram.

Alguém pegou uma jarra de hidromel, que Snorri ergueu.

— A uma Skaland unida! — vociferou.

— Skal! — gritaram todos em resposta, brindando à aliança enquanto a jarra era passada de mão em mão.

Quando chegou em mim, tomei um gole e murmurei:

— Skal. — Mas quando a passei adiante, um arrepio percorreu minha espinha.

Ao me virar, vi Bjorn se aproximando com uma expressão amarga.

— Onde você estava? — perguntou Snorri. — Por que deixou Freya sozinha?

— Eu precisava consultar uma vidente — disse Bjorn. — Fiquei fora por pouco tempo, mas quando voltei, Freya não estava mais lá. Saí à procura dela, embora veja agora que está bem.

— Ficou maluco? — resmungou Ylva. — Por que você se arriscaria a falar com a vidente de outro jarl?

Bjorn deu de ombros.

— Videntes sempre falam a verdade por medo da ira do Pai de Todos. Fui procurar orientação.

Olhei para Bodil a fim de ver se a magia dela pressentia a mentira nos lábios dele, mas o rosto da jarl mostrava apenas curiosidade.

Snorri estreitou os olhos.

— E o que foi que essa vidente disse que valia tanto a pena a ponto de você deixar Freya sozinha?

— Ela me disse que uma lareira que não é vigiada cospe as brasas mais quentes e que um salão abandonado é formado pelos gravetos mais secos.

Minha pulsação acelerou ao mesmo tempo que os olhos de Ylva se arregalaram.

— Halsar.

Bjorn deu de ombros.

— Ela não esclareceu.

— Não podemos esperar até o amanhecer! — Ylva contornou Snorri. — Precisamos partir agora. Mandar um recado para Ragnar ao pé da montanha para que saia na frente e evite qualquer desastre que essa vidente tenha previsto.

— É um teste — murmurou Snorri, os olhos distantes. — Os deuses estão testando meu comprometimento. Me obrigando a escolher entre o que já tenho e o que *posso* vir a conquistar.

— Deixamos nosso povo sem defesa — gritou Ylva. — Todos os guerreiros que temos estão aqui ou na base desta maldita montanha. As mulheres e crianças estão sozinhas.

Fiquei enjoada quando me lembrei do que Bjorn havia dito na noite do ataque de Gnut: que Snorri valorizava mais guerreiros do que inocentes e que ele sacrificaria os últimos para garantir a força dos primeiros. Porque eram os guerreiros que o levariam à coroa, não crianças indefesas.

Ainda assim, esses mesmos guerreiros ficaram inquietos, pois eram a família e os amigos deles que tinham sido deixados sem defesa. Vários pareceram estar prestes a falar, mas então Snorri levantou a voz sobre a multidão.

— Os próprios deuses vieram ao plano mortal hoje à noite para honrar a dama do escudo que vai unir Skaland sob um rei. Um exército, que vamos lançar contra nossos inimigos sem misericórdia. Juntos, temos força para derrotar nosso inimigo quando ele sair dos confins de Fjalltindr, mas vocês preferem correr para casa por medo das divagações obscuras de uma vidente?

Tive que me controlar para não revirar os olhos diante da hipocrisia dele.

Com os ombros para trás, Snorri andou entre os guerreiros.

— Será que não estão vendo? Isso é um teste! Não apenas de nossa fé na dama do escudo, mas também nos próprios deuses, pois ela é a escolhida *deles*.

Senti náuseas, não querendo ser a razão de esses homens e mulheres abandonarem as próprias famílias para qualquer que fosse o destino que as aguardava.

Como se estivesse ouvindo meus pensamentos, Snorri gritou:

— O destino daqueles em Halsar já está tecido; se vão viver ou morrer em nossa ausência, isso já é conhecido pelos deuses. Mas a dama do escudo *não tem destino determinado* e todos os nossos fios estão torcidos ao redor do dela. Vamos manter nossa posição na base de Hammar e acertar as contas com nosso maior inimigo, o rei Harald de Nordeland. Vamos nos vingar!

Não entrava na minha cabeça a ideia de que todas as vidas possuíam destinos determinados exceto a de poucos de nós que tinham uma gota de sangue dos deuses correndo nas veias. De que, de alguma forma, ao ficar com um pé no reino mortal e outro no divino, as regras que vinculavam todos, incluindo os deuses, não se aplicavam. A ideia de que minhas ações poderiam prender e emaranhar os fios daqueles ao meu redor, forçando-os a seguir um padrão diferente daquele que as Nornas pretendiam. E me fazia ficar me perguntando sobre quanto controle eu tinha. Será que podia mudar os destinos daqueles em Halsar?

— Digam-me — gritou Snorri —, vão escolher voltar correndo para aqueles cujo destino já está decidido ou vão ficar na parede de escudos com aquela favorecida pelos deuses? Escolham!

Destruir nosso inimigo ou proteger nossa casa. Fechei as mãos em punhos porque a alternativa seria usá-las para apertar minha cabeça. Tudo isso estava além do meu controle, fazia parte do reino dos grandes pensadores, não das esposas de peixeiros.

Só que eu não era mais a esposa de um peixeiro.

Era Freya, filha de Hlin e senhora de Halsar, e foi esse último título que empurrou as palavras da minha garganta para minha língua e depois para os ouvidos de todos os presentes.

— De que serve a vingança quando todos aqueles que conhecemos e amamos estão mortos? Que glória vamos sentir ao derrotar nosso inimigo se isso significa que não temos lar para onde voltar? As Nornas teceram o destino de Halsar, mas juntos vamos forçá-las a tecer um novo padrão, e com a força de nossas famílias e de nossos aliados, vamos virar os olhos para o norte e para a vingança!

Os guerreiros vibraram à nossa volta e meu peito se apertou com o alívio que vi nos olhos deles. Não apenas por eu ter removido a necessidade de terem que escolher entre a própria honra e a família, mas porque eu tinha o poder de alterar o que a vidente havia visto.

Eu tinha o poder de salvar Halsar.

Mas nem todos estavam sorrindo. A mandíbula de Snorri estava tensa, a boca formando uma linha reta. Ele se importava mais com a derrota de Harald do que com a vida daqueles em Halsar, e eu tinha roubado a oportunidade de ele receber o prêmio que tanto queria. Porém, quase tanto quanto isso, eu suspeitava que tinha provocado a ira dele pelo simples fato de ter tomado uma decisão. Pessoas que eram controladas não tomavam decisões: as decisões eram tomadas por elas.

Snorri olhou para os próprios guerreiros, que erguiam as mãos e vibravam com minhas palavras, e disse:

— Deixem que Harald corra para casa, para Nordeland, e se esconda, pois a cada dia que ele foge de nós, ficamos mais fortes. Quando os deuses quiserem, vamos dar nosso golpe e a vingança será nossa!

Homens e mulheres gritaram em concordância, prometendo sangue, e o meu esquentou na expectativa daquele momento, independentemente de quando fosse.

— Preparem-se— gritou Snorri. — Vamos embora, e se os deuses estão conosco, vamos ver o fim desta montanha antes do amanhecer.

Tudo se transformou em um caos organizado. Minhas roupas (ainda imundas e fedorentas) estavam mais uma vez sobre meu corpo, junto com a cota de malha, e de repente estávamos caminhando na direção dos portões de Fjalltindr, onde os gothar aguardavam com nossas armas.

Quando passamos da soleira, o machado de Bjorn ganhou vida, iluminando nossa descida. Quis perguntar a ele por que tinha saído do salão. Por que tinha ido falar com uma vidente quando a ameaça que nos cercava era tão grande.

E, acima de tudo, o que deveríamos fazer a respeito do que havia acontecido entre nós.

Aquela questão me aterrorizava porque estava sendo motivada pelo fato de que eu me importava com o que tinha acontecido. Que eu me importava muito, até *demais*. Então, em vez disso, perguntei:

— Acha que vamos chegar no meio de uma batalha?

Bjorn ficou em silêncio por um longo momento, depois disse:

— Minha mãe me disse uma vez que o problema com premonições é que nunca as entendemos de verdade até que aconteçam.

Franzi a testa.

— Então por que se deu ao trabalho de perguntar à vidente sobre Halsar?

— E aí é que está o problema com as videntes — respondeu ele, afastando-se quando Bodil passou ao meu lado, as guerreiras dela dispostas ao nosso redor. — Elas raramente respondem aquilo que perguntamos.

21

À LUZ DE TOCHAS, DESCEMOS A FACE SUL de Hammar. Ninguém disse nada, pois toda concentração era exigida para não escorregar no caminho traiçoeiro. E ainda assim, por mais que o menor passo em falso pudesse me mandar direto para a morte, fragmentos de lembranças invadiram minha mente. A sensação da boca de Bjorn sobre a minha, de nossas línguas entrelaçadas, do sabor dele persistente como uma especiaria. De suas mãos em meu corpo, minhas pernas envolvendo sua cintura, sua rigidez se esfregando contra meu sexo enquanto eu me esfregava nele. Cada vez que minhas botas escorregavam em pedras soltas ou eu tropeçava sobre uma raiz, voltava para a realidade, o rosto corado, as coxas escorregadias com o calor líquido e vergonha no coração.

Por que eu havia ido tão longe?

Ah, era fácil dizer a mim mesma que tínhamos feito o necessário, mas aquilo tinha sido apenas o impulso. A intensificação foi toda desejo, *meu desejo*, pois embora o corpo de Bjorn tivesse reagido, havia sido apenas porque ele é homem, e homens têm pouco controle sobre essas coisas. Bjorn era leal ao próprio pai e eu tinha envergonhado essa lealdade. Constrangido a mim e a ele, e cada vez que sua mão era estendida para que eu me apoiasse, o tormento me preenchia.

No entanto, apesar de todas as minhas advertências, parecia que uma corda se esticava entre nós e minha consciência de sua proximidade nunca vacilava. Eu podia jurar que mesmo de olhos fechados, conseguiria encontrá-lo com precisão infalível. Meu olhar flutuava até ele por vontade própria e apenas a força de vontade o levava de volta para o chão; meus ouvidos se animavam todas as vezes que eu ouvia sua voz.

Você é uma idiota, tola apaixonada, resmunguei para mim mesma. *Existem vidas em jogo, mas você fica desejando músculos e um rosto bonito. Aja como* uma mulher adulta, não como uma garota que nunca recebeu um homem entre as pernas.

É mais do que isso, meu coração suplicou em protesto. *É mais do que desejo.*

E essa noção era o que mais me aterrorizava. Se fosse só desejo, eu poderia me satisfazer. Mas as emoções queimando em meu peito? Elas não eram algo que podia ser satisfeito por dedos hábeis em um quarto escuro. E certamente não por mim.

Foi um alívio ver o vilarejo à base da montanha aparecer à luz do amanhecer, e junto com ele vários acampamentos repletos de cavalos, cada um com uma bandeira diferente. Uma delas era a de Snorri. Aqueles que estavam de vigia devem ter nos reconhecido, pois eu não havia dado dez passos quando Ragnar se aproximou.

— Meu senhor — disse ele —, não estávamos esperando vocês tão cedo.

— Halsar pode estar correndo risco de ataque. — A voz de Snorri era sucinta. — Levantem acampamento e preparem os cavalos. Devemos nos apressar.

Bodil e as guerreiras dela levantaram o próprio acampamento enquanto nosso grupo seguiu na direção do nosso. Quando nos aproximamos, uma figura familiar saiu de uma tenda, vestido e manto mostrando os sinais da viagem e o rosto exausto.

— Fico satisfeita em ver que está bem, meu senhor — disse Steinunn, e depois se voltou para Ylva: — Você também, minha senhora. — Ela ignorou Bjorn, mas disse para mim: — Preciso de sua história, Freya Nascida do Fogo. — Seu tom era frio, a expressão severa, algo em seu olhar causando um desconforto que fazia meu estômago se contorcer.

— Ela está cansada — retrucou Bjorn. — Enquanto você descansava no acampamento, Freya mal dormiu nos últimos dias.

— Pelo contrário — rebateu a escalda —, cheguei ao acampamento há menos de uma hora, porque aquele homem idiota com os cavalos foi embora antes... — Ela se interrompeu e inclinou a cabeça quando Bodil se aproximou. — Jarl Bodil.

A mulher alta a analisou com o olhar, depois disse:

—Já se passaram longos meses desde que você agraciou Brekkur com sua presença, Steinunn. Estou ansiosa por uma apresentação.

— Vou contar a história de como Freya derrotou os draugs para chegar ao pico de Hammar.

— Como sabe que foi isso o que aconteceu? — perguntou Bjorn. — Talvez os túneis estivessem vazios e tudo o que precisamos fazer foi subir até o topo.

A escalda lhe lançou um olhar fulminante, mas antes que a conversa pudesse se desenvolver mais, falei:

— Foi uma grande batalha, e vou contar tudo sobre ela, como prometi.

— Como já deixou claro que não pretende me contar nada, Bjorn — disse Steinunn —, talvez possa pegar nossos cavalos.

Bjorn estreitou os olhos, mas Bodil disse:

— Eu fico com Freya, Mão de Fogo. Esta é uma história que eu gostaria muito de ouvir.

— Está tudo bem — falei para ele. — Não vou mencionar o Bjorn Cagão.

Bodil tossiu com o gole de água que tinha acabado de tomar, mas Bjorn apenas abriu um sorriso sarcástico.

— Sorte a minha que a magia dos escaldos só pode revelar a verdade.

Sorri de volta, tentando ignorar as cambalhotas que meu estômago dava.

— Mas se eu acreditar, não é a verdade?

— Minha reputação já está abalada, Nascida do Fogo — respondeu ele. — Vou fugir para não sofrer mais abusos.

Virando de costas, Bjorn seguiu na direção dos cavalos, e ao tirar os olhos dele vi que Bodil me observava. Minhas bochechas ficaram quentes.

— Ele não fez... — falei rapidamente. — É só uma...

— Talvez seja melhor começar do início — disse a jarl, depois cutucou Steinunn, que olhava para o chão. — Preste atenção, garota, você não vai querer entender nada errado sobre esta história.

Falei até ficar tão rouca que minha garganta doía, contando a história de nossa jornada pelos túneis infestados de draugs. De nossas batalhas, de como minha magia me protegeu para que eu pudesse empunhar o machado de Bjorn e como os deuses intervieram nos últimos momentos, quando tudo parecia perdido, para arrastar as criaturas que restavam para Helheim. Por sorte, os instantes que eu não desejava compartilhar eram os tranquilos, e ninguém pareceu notar a omissão deles. Bjorn teimosamente se recusava a se envolver no relato, cavalgando na retaguarda da nossa fileira.

O relato me distraiu dos pensamentos sobre ele, mas também serviu bem para distrair aqueles que cavalgavam comigo e temiam pelas próprias famílias em Halsar. Ainda assim, quando o sol desapareceu e a noite caiu, com Ylva insistindo que continuássemos à luz de tochas, o sono me pegou. E nos confins de minha mente, não fui poupada da mesma forma.

Novamente, estava no alto do grande salão de Halsar, só que desta vez tudo queimava. As pessoas corriam gritando, roupas em chamas, enquanto guerreiros feitos de sombras as perseguiam e perfuravam, sangue preto espirrando enquanto as vítimas sucumbiam aos berros. E eu não podia fazer nada. Não podia sair do lugar, meus pés fixados no telhado do salão, meu corpo paralisado onde estava. Tudo o que eu podia fazer era gritar e gritar, pois tinha causado aquilo a todos eles.

Acordei de sobressalto, apenas as cordas que me amarravam à sela me impedindo de cair pelo lado do cavalo.

— Você está tendo sonhos perturbadores.

Virei a cabeça para a esquerda e avistei Bodil cavalgando e levando minha égua. Embora ela tivesse ficado ao meu lado a viagem inteira, escutado cada palavra de minha história, tinha dito pouco sobre si mesma. Era óbvio que eu sabia que precisava ter cuidado com o que falava, pois ela conseguiria discernir qualquer inverdade e eu tinha segredos que precisava guardar, mas havia algo calmante em sua presença que me fazia querer confessar meus medos.

— Eu tenho uma vida perturbadora — respondi por fim. — Essas perturbações acabam indo parar em meus sonhos.

Ela inclinou a cabeça de leve.

— Você teme pelo povo de Halsar, apesar de aquele lugar ter se tornado seu lar apenas há pouco tempo?

— Sim. — Ajeitando-me na sela, desejei silenciosamente que aqueles que estavam à minha frente aumentassem a velocidade para que fosse impossível conversar. — Eles foram deixados sem defesa por minha causa.

— Essa decisão foi de Snorri, não sua.

Assim como havia sido decisão dele sacrificar as escravizadas durante a subida para Fjalltindr, mas aquilo também não tinha acalmado minha consciência.

— Não quero que ninguém morra por minha causa, principalmente pessoas inocentes.

— Se esse é o destino delas, é o destino delas.

Fiz uma careta, embora ela estivesse dizendo uma verdade que eu havia ouvido a vida inteira.

— Teço meu próprio destino, Bodil, assim como você. Assim como todos os filhos dos deuses. Se mudando meu caminho talvez eu possa alterar o deles, por que não tentar?

— Eu não disse que você não deveria. — Bodil contornou um arbusto com seu cavalo. — Mas como vai saber se a escolha que fez mudou alguma coisa?

— Se todos em Halsar estiverem bem, eu vou saber, porque isso significa que o que ocorreu é diferente do que a vidente previu.

— Talvez. — Bodil ficou em silêncio por um longo momento. — Ou talvez as palavras da vidente não tenham significado o que Ylva acreditou que significassem. Talvez ela estivesse falando de um momento bem mais no futuro. Ou talvez — ela me olhou por um longo tempo — de outro lugar que não fosse Halsar. Só os deuses sabem ao certo.

— Então por que perguntar qualquer coisa para um vidente, se o que dizem é inútil? — explodi. Não por raiva dela, mas por uma crescente sensação de impotência.

— As palavras que os videntes proferem são dadas a eles pelos deuses — respondeu Bodil. — Não acha uma grande vaidade que um mero mortal acredite que pode se apropriar do conhecimento divino para adaptá-lo a seu propósito?

Olhei para ela tão rápido que meu pescoço estalou, pois com certeza estava falando de Snorri.

— Fale mais diretamente, Bodil. Estou cansada demais para enigmas.

A jarl deu de ombros, as tranças prateadas caindo sobre as costas largas.

— Os deuses adoram enigmas, Freya, e estou tão à mercê deles quanto você. Mas a pergunta que venho me fazendo é: como um homem poderia controlar uma coisa como o destino se não é nem mestre do seu próprio?

Abri a boca, depois fechei, incapaz de pensar em uma resposta.

— Se me der licença — disse Bodil. — Preciso conversar com Ylva. Ela está temendo muito pelo próprio lar e Snorri tem a capacidade de um homem de oferecer consolo, que é o mesmo que dizer que não tem nenhuma.

E ele provavelmente tinha piorado as coisas, depois que ela ficou sabendo que o marido estava mais interessado em se vingar de Harald do que em defender o próprio lar.

— Você a conhece bem?

Bodil sorriu.

— Por que acha que ela foi falar comigo em Fjalltindr? — Cutucando o cavalo com os calcanhares, ela começou a andar a meio galope e disse por sobre o ombro: — Reflita sobre o que eu disse.

Mordi a parte interna das bochechas, considerando as palavras dela. Só que a resposta parecia óbvia. Snorri me controlava com ameaças. A lâmina dele pairava sobre o pescoço de minha mãe, de Geir e de Ingrid, o que significava que eu faria tudo o que ele pedisse. Embora isso não fosse tão digno de canções quanto deuses e destino, era extremamente eficiente.

— Tolice — murmurei para mim mesma. É provável que Bodil estivesse tentando rebaixar Snorri, o que significava que eu deveria ter cuidado com ela.

— O que é?

Pela segunda vez em minutos me assustei, encontrando Bjorn ao meu lado. Meu corpo se arrepiou quando o joelho dele bateu no meu com o movimento do trote dos cavalos.

— Quê?

Ele deu uma mordida na carne seca, movimentando a mandíbula enquanto a mastigava. A brisa fazia mechas de seus cabelos escuros dançarem junto à sua pele. Engolindo, ele disse:

— O que é tolice?

Hesitei, perguntando a mim mesma a que tipo de provocação ele estava tentando me sujeitar, então me dei conta de que tinha sido ouvida falando sozinha e minha pele corou.

— Nada. Eu... Não é nada, apenas falando bobagem com Bodil.

— Não pareceu bobagem.

A perna dele roçou novamente na minha. A trilha não era larga o bastante para dois cavalos lado a lado, o que seu cavalo deixou claro ao abaixar as orelhas e tentar morder minha égua. Ainda assim, não dei comandos para que minha montaria avançasse, permitindo que a perna de Bjorn batesse contra a minha mais uma vez. *Maldita seja, Freya!*, gritou minha consciência. *Qual é o seu problema?*

— Por que você foi falar com a vidente? — perguntei, querendo justificar a mim mesma o fato de não ter aumentado a distância entre nós. E também o fato de não ter ninguém carregando uma tocha por perto.

— Porque eu tinha perguntas a fazer — respondeu ele em voz baixa, inclinando-se para passar por baixo de um galho. — Decidi tirar vantagem da oportunidade.

— O que você perguntou a ela? — Olhei para o rosto dele, mas Bjorn encarava a trilha com uma expressão indecifrável.

Ele deu outra mordida na carne seca, mastigando e permanecendo em silêncio por tanto tempo que achei que não fosse responder. O que, é claro, me fez questionar por que não responderia. Então Bjorn disse:

— Perguntei se os deuses poderiam me dizer se o caminho que venho seguindo é o que tinham desejado para mim. A resposta você já sabe.

Minha égua parou e demorei um instante para perceber que tinha puxado as rédeas. Bjorn desacelerou e olhou para trás. Balançando a cabeça com firmeza, cutuquei a égua para que voltasse a trotar, com ainda menos certeza do que estava fazendo depois de minha conversa com Bodil.

— Não estou entendendo...

Antes que mais alguma coisa pudesse ser dita, o som de cascos galopando preencheu o ar. O choro de uma mulher ecoou pela trilha e meu estômago afundou.

— Não.

Afundando os calcanhares, adentrei o caminho das árvores, ultrapassando o grupo e voltando para a trilha antes de fazer minha égua galopar. Vagamente, ouvi gritos. Ouvi meu nome e ordens para parar, mas os ignorei e continuei em frente.

Não pode ser.
Eu fiz a escolha de vir ajudar Halsar.
Mudei o destino.

Ainda assim, quando saí do bosque e fui saudada por um brilho laranja no horizonte escuro, fumaça soprando sobre mim com o vento, soube que não havia mudado nada.

Halsar tinha queimado.

Galopei pela estrada, desacelerando apenas quando estava às margens das ruínas, as chamas já se transformando em brasas. Nada permaneceu em pé, nem o grande salão, nem nenhuma das casas. Até o cais sobre o qual eu tinha treinado com Bjorn estava destruído, as pilastras sobre as quais se sustentava sobressaindo na água feito dentes irregulares, escombros escurecidos de barcos de pesca e drácares flutuando ao redor. E em meio às ruínas, não havia como confundir as formas imóveis dos que morreram lutando para tentar defender aquele povoado.

O cavalo de Bjorn desacelerou ao meu lado, mas ele não disse nada, apenas deu a volta em minha montaria, observando as ruínas de seu lar. Então olhou nos meus olhos.

— Isso não é culpa sua.

Eu não tinha pedido por isso. Tinha feito o possível para evitar. Mas não significava que eu não era a causa.

Mais cavalos galoparam pelas ruas em ruínas, o lamento de Ylva perfurando meus ouvidos. Ela desceu do cavalo de Snorri, caindo de joelhos na lama misturada com cinzas diante do que restou do grande salão, o rosto molhado por lágrimas.

— Onde está meu filho? — gritou. — Onde está meu menino?

A nossa volta, guerreiros apeavam, os rostos cheios de dor, fúria e medo, alguns correndo pelas ruínas, berrando os nomes daqueles que tinham sido deixados para trás. Abandonados sem qualquer defesa. Gritos de angústia preenchiam o ar.

Apenas Snorri parecia indiferente, a mandíbula rígida ao inspecionar os escombros de sua fortaleza. Ele abriu a boca e fiquei tensa, pronta e disposta a reagir se o ouvisse falar a essas pessoas que aquilo se tratava de outro *teste*. Mas tudo o que ele disse foi:

— Busquem sobreviventes. E respostas.

Desci da égua e meus sapatos afundaram na lama, mas antes que eu pudesse seguir adiante, ouvi gritos.

— Ah, graças aos deuses! — A voz de Ylva preencheu o ar enquanto eu dava a volta em minha montaria. Ao longe, dezenas de pessoas andavam em nossa direção, a maioria mulheres e crianças, sujos, exaustos e aparentemente sem nada além da roupa do corpo. Mas estavam vivos.

Os dois grupos, guerreiros e sobreviventes, correram na direção um do outro e meu peito se apertou quando vi Ylva pendurar os braços ao redor de Leif, cuja pele estava manchada de fuligem e sangue, um corte já cicatrizando marcado na testa. Apenas Bjorn e eu ficamos para trás enquanto famílias e amigos se reuniam, o ar cheio de lágrimas de alegria, mas também choros de sofrimento, pois ambos os grupos haviam sofrido perdas.

Apoiando os antebraços na sela, Bjorn observava de longe, e de repente fui atingida pela sensação de que ele não era exatamente um deles. De que, apesar de seu pai ser jarl e Bjorn estar destinado a herdar a posição algum dia no futuro, ele não fazia parte. Fiquei me perguntando se aquilo era por escolha ou se havia sido forçado a isso por conta de todos aqueles longos anos que passou em Nordeland. As palavras de Ylva ecoaram em minha cabeça: *Você ficou muito tempo longe e é mais nordelandês do que skalandês.*

Trechos de conversas chamaram minha atenção. Explicações de que sentinelas tinham visto o ataque se aproximando, mas não a tempo o suficiente para evacuar o vilarejo. Que os que eram capazes tinham lutado para que aqueles que não eram pudessem fugir e se esconder na floresta. Que tudo tinha sido perdido. Mas uma palavra, um *nome*, ouvi repetidas vezes.

Gnut.

O outro jarl tinha ido terminar o trabalho que havia começado na noite em que Bjorn e eu tínhamos ateado fogo em seus navios, tirando vantagem da ausência de Snorri para dar um golpe que não seria fácil de superar. Não só todas as casas haviam sido destruídas, mas todos os armazéns, suprimentos e ferramentas também tinham sido perdidos para o fogo do ataque. Tudo teria que ser reconstruído e substituído durante os meses mais dedicados à agricultura e à colheita, o que significava que tudo estaria em uma posição enfraquecida quando o inverno chegasse.

Eu sabia porque já tinha visto isso antes. Já tinha vivido isso.

Essas pessoas haviam sobrevivido ao ataque, mas aquilo podia significar apenas uma morte prolongada enquanto sofriam e morriam de fome no inverno, e minhas mãos se fecharam em punhos. Gnut tinha feito isso para dar um golpe em Snorri, mas não seria Snorri quem sofreria.

Não era justo.

O que talvez fosse uma coisa infantil de se pensar, porque nada na vida era justo, mas eu estava cansada demais de ver pessoas indefesas sendo feridas pelas ações daqueles que deviam protegê-las.

Os guerreiros de Snorri e os sobreviventes começaram a trazer os mortos para a praça diante das ruínas do grande salão. Pensei em ajudá-los, mas hesitei. Eram todos estranhos para mim, enquanto aqueles que estavam cuidando deles eram seus amigos e sua família. Embora eu fosse skalandesa dos pés à cabeça, também era uma pessoa de fora naquele momento. Pelo menos até ver uma forma familiar sendo carregada por dois dos homens de Snorri.

— Ah, Liv — sussurrei.

Por vontade própria, meus pés me levaram até o corpo imóvel da curandeira. Seus olhos estavam vidrados e vazios, o ferimento em seu peito tão catastrófico que soube que o fim dela havia sido rápido. Ajoelhando na lama, fechei suas pálpebras, sussurrando minhas esperanças de que os deuses a tivessem recebido de braços abertos e taças cheias.

Bjorn se ajoelhou ao lado da curandeira com todos os músculos do rosto contraídos de pesar. E, eu me dei conta, de raiva.

— Por que você não fugiu? — perguntou ele em voz baixa. — No que estava pensando, Liv?

Eu sei no que ela estava pensando. Aquele era o povo dela, o qual havia passado quase todos os dias da própria vida curando com o dom que lhe tinha sido concedido. Liv estava conectada a todas as pessoas de Halsar, fosse por ter feito o parto delas ou de seus filhos, pelo tratamento de ferimentos de acidentes, batalhas ou doenças. Ela sabia o que significaria perder o vilarejo e, embora fosse totalmente contra lutar, tinha pegado uma arma para defender seu povo. Havia conquistado um lugar entre os deuses.

Bodil se aproximou montada a cavalo, suas guerreiras logo atrás, os olhos observadores sobre a floresta que nos cercava. Apeando, ela foi para perto de Ylva.

— Vou mandar uma mensagem para Brekkur solicitando suprimentos, navios e mão de obra.

— Você tem nosso agradecimento, minha amiga — disse Ylva, secando as lágrimas do rosto. — Vamos reconstruir tudo aqui e...

— Nós não vamos reconstruir, pois isso é o que Gnut quer! — vociferou Snorri, silenciando a todos ao mesmo tempo que o rosto de Ylva se enchia de consternação. — Ele me teme! Teme o destino que os deuses guardam para mim! Foi por isso que invadiu quando nossas costas estavam viradas, atacando mulheres e crianças, e queimando casas. Porque acreditava que isso nos impediria de guerrear contra ele. Que conseguiria se esconder na própria fortaleza mais uma estação enquanto trabalhamos para nos reconstruir. Gnut acredita que nos deu um golpe duro, mas eu digo que ele está enganado! — Snorri fez uma pausa, depois gritou: — Digo que ele nos deu o presente que levará à sua destruição!

Do outro lado do corpo de Liv, Bjorn fez um barulho de repulsa, mas me vi olhando na direção de Snorri, desesperada para saber que tipo de esperança ele via nessa catástrofe. Eu não estava sozinha. Ao nosso redor, o povo de Halsar observava o próprio jarl com esperança nos olhos, e por mais que eu rezasse que ele tivesse respostas, não me passou despercebido que era das consequências de suas escolhas que precisávamos nos libertar.

— Sabíamos há muito tempo que Halsar estava vulnerável! — Snorri subiu em uma pilha de escombros, projetando a voz pelas ruínas esfumaçadas. — Sabíamos há muito que a posição geográfica do nosso povo era fraca, sempre alvo de ataques do norte e do sul, leste e oeste. Mas era nosso lar, então nos apegamos a ele, permitindo que o hábito, o sentimento e a apatia nos enfraquecessem. Mas não mais. — Ele passou os olhos por seu povo. — Pois como um curandeiro remove um pedaço de carne podre, Gnut queimou nossa fraqueza, deixando para trás nada além de força.

Senti um fervor crescendo na população, uma energia inquieta agitada pelas palavras de Snorri. Pude senti-la também em minha pele e, pela primeira vez, vi uma fagulha do porquê os deuses o haviam previsto como rei de Skaland, pois ele *era* um homem que outros homens seguiam apenas com base na força das palavras que proferia. Ylva, no entanto, parecia impassível, os braços cruzados e os olhos gélidos.

— Os próprios deuses previram uma Skaland unida. Previram um rei. E um rei não vive em um vilarejo de pescadores enlameado. — Ele fez outra pausa para causar efeito. — E nem o povo de um rei!

Aldeões e guerreiros concordaram de forma audível, erguendo os punhos no ar.

— Então vamos dar as costas a essa pilha de lama e cinzas — gritou Snorri. — Vamos nos voltar para as montanhas e nos preparar para a guerra. Vamos nos preparar para atacar nosso inimigo! E estou jurando para vocês: o próximo teto sob o qual dormirão será entre os muros de Grindill!

Urros de aprovação ecoaram pelas ruínas, todos, inclusive eu, gritando pela morte de Gnut. Gritando por sangue. E gritando por vingança. Eu me permiti ser levada por esse sentimento, pois um caminho à frente era uma fuga do que havia vindo antes. Do que me cercava naquele momento.

— Vamos fazer os cretinos sangrarem por isso — falei, virando-me para Bjorn.

Só para descobrir que ele não estava mais lá.

22

Levantamos acampamento perto das ruínas de Halsar, Snorri mandando cavaleiros para seus territórios a fim de convocar qualquer homem e mulher que pudesse lutar. Bodil mandou chamar reforços das próprias terras. Guerreiros, navios e suprimentos para alimentar aqueles que tinham perdido tudo para o fogo.

— As sentinelas de Gnut vão ficar sabendo disso — alertou ela. — Ele vai estar nos esperando.

Snorri apenas zombou.

— Deixe que corram para alertá-lo. Quero Gnut se encolhendo de pavor atrás dos muros ao saber que estou chegando. Quero que o povo dele tenha tempo de compreender que o próprio jarl os levou a essa dor quando se recusou a jurar lealdade ao rei legítimo de Skaland. Quando se recusou a se curvar ao desejo dos deuses. Marquem minhas palavras, eles vão se voltar contra ele com toda a certeza.

Apesar da arrogância das palavras de Snorri, havia um fervor nelas que alimentava o fogo daqueles que ouviam. Apenas alguns se afogavam em tristeza, todos os outros focados de corpo e alma na preparação para a batalha, forjando armas, fabricando flechas e reunindo os suprimentos que seriam necessários. Era da natureza de nosso povo cuspir em desafio à adversidade, olhar para a frente em vez de para trás, concentrar-se na vingança em vez de lamentar os mortos.

Sentada perto de uma fogueira, comi alimentos que alguém havia preparado, conjecturando sobre qual seria meu papel na batalha vindoura.

Bodil se sentou do outro lado do fogo, de frente para mim, com uma tigela na mão. Apesar de não a conhecer há muito tempo e das perguntas difíceis que ela me tinha feito, não havia como negar que eu me sentia à vontade em sua presença. Ela tinha mais ou menos a idade de minha mãe, mas enquanto minha mãe estava sempre se metendo em meus assuntos para poder apontar falhas em meu comportamento, o interesse de Bodil parecia motivado por curiosidade, e não pelo desejo de descobrir meus defeitos.

Por um longo tempo, a jarl não disse nada, apenas observou os outros se reunirem ao redor de fogueiras, bebendo, cantando e dançando, o ar denso como nos instantes que precedem uma tempestade. Então falou por fim:

— Snorri acredita nas próprias palavras. Acredita que aquele é o destino que os deuses preveem para ele. Há uma certa magia nisso. — Ela apontou para os dançarinos. — Um poder de fazer os outros acreditarem também.

Terminando de comer, coloquei a tigela de lado.

— Você acredita nisso?

Bodil refletiu sobre a pergunta e me dei conta de que ela raramente falava sem pensar primeiro. Uma habilidade que me seria muito útil se eu aprendesse, embora achasse frustrante ter que esperar por suas respostas.

— Eu acredito — disse ela finalmente — que estamos à beira de uma grande mudança para Skaland, embora não saiba dizer que mudança será essa. Eu só sei que quero fazer parte dela. Influenciá-la para o melhor, se puder.

Uma resposta que não era uma resposta, outro hábito que eu tinha notado em Bodil. Isso me fazia querer cavar, extrair algo sólido e tangível dela, então perguntei:

— Como você sabe quando alguém está dizendo uma inverdade?

Bodil sorriu.

— Meus pés coçam.

Uma fagulha de surpresa percorreu meu corpo, primeiro por ela ter me respondido algo direto, e segundo porque a resposta havia sido muito… comum. Ela era filha de Forseti, sua capacidade de discernir a verdade era a magia do deus, e saber que se manifestava daquela maneira me fez sorrir.

— Eu diria que isso deve ser irritante, mas suponho que aqueles que conhecem você evitam mentir em sua presença.

Empurrando uma trança prateada por sobre o ombro, Bodil disse:

— Ser totalmente honesto é mais difícil do que você pensa, Freya.

Quase todos estão enganando alguém a respeito de alguma coisa, mesmo que sejam apenas eles mesmos. As palavras proferidas podem ser verdade, mas o tom ou sentimento é falso. E meu dom não me diz a diferença entre uma coisa e outra, apenas que algo naquela interação é mentira. — Com a boca cheia de comida, ela mastigou e engoliu. — Quando eu era jovem, tinha muita raiva porque parecia que todo mundo estava mentindo para mim e eu não podia confiar em ninguém.

Deuses, como eu entendia aquela sensação.

— Você deve ter se sentido péssima — falei, embora meus olhos tivessem parado de focar no rosto de Bodil e passado às outras fogueiras, caçando e procurando Bjorn, que eu não tinha visto desde que tínhamos retornado a Halsar. Ele era aquele em quem eu confiava acima de todos os outros, mas era a pessoa de quem eu precisava me proteger mais do que da maioria.

— Foi horrível, mesmo — respondeu Bodil. — Encontrei paz apenas quando aprendi a distinguir a diferença entre inverdades ditas por empatia, vergonha ou medo e aquelas ditas por malícia. Esse conhecimento não veio da magia, mas da experiência.

— É incrível você não ter enlouquecido nesse meio-tempo — murmurei, depois ouvi passos familiares atrás de mim e me virei.

Bjorn se aproximava. A luz do fogo lançava sombras nos ângulos rígidos de seu rosto de uma forma que fazia meu estômago se revirar.

— Bodil. — Ele acenou para a jarl com a cabeça. — Freya.

— Onde você estava? — perguntei, então me xinguei no mesmo instante por ter feito isso, acrescentando rapidamente: — Evitando o trabalho de verdade, como sempre?

Ele se sentou ao meu lado, fazendo meu coração galopar quando senti o cheiro de pinho e fiorde.

— Por quê? Havia alguma coisa que precisava que eu fizesse por você?

Minhas bochechas ficaram vermelhas assim que ele disse isso e rezei para que Bjorn achasse que era a luz do fogo.

— Além de cortar cabeças, a lista de coisas que você pode fazer e que eu não consiga fazer ainda melhor é muito curta, Bjorn. Então, para responder sua pergunta, não.

Bodil riu e bateu com as mãos nas coxas.

— Ela está dizendo a verdade, garoto.

O sorriso de Bjorn ficou dissimulado.

— Talvez seja verdade, mas os itens dessa lista são coisas que eu faço mesmo muito bem.

A lembrança tomou conta de mim, as mãos dele sobre meu corpo e sua língua em minha boca, o calor me incendiando por dentro.

— É o que todos os homens dizem — murmurei.

Bjorn riu, mas os olhos de Bodil se estreitaram sobre mim.

— Palavras mais verdadeiras nunca foram ditas.

Palavras verdadeiras. Sentimento falso.

Merda.

Sabendo que eu precisava me recuperar da situação, resolvi dizer:

— Além disso, cochilar não é uma habilidade, então você não deveria se gabar dela.

— Vou ter que discordar — respondeu ele. — Mas o ponto é controverso, dado que eu não estava exercitando tal habilidade. A casa de Liv e todos os suprimentos dela foram queimados no fogo, então Ylva pediu que aqueles com conhecimento procurassem as plantas necessárias para ajudar os feridos.

Senti um aperto no peito, em parte por vergonha de tê-lo acusado de ser preguiçoso e em parte porque fui lembrada da curandeira morta. Liv e todos os outros tinham morrido porque os guerreiros não estavam ali para os defender.

— Fez bem.

Bjorn deu de ombros, depois enfiou a mão no bolso e tirou um pote.

— Dado o relacionamento que tenho com o fogo, Liv me ensinou a fazer seu unguento anos atrás. Provavelmente não é tão bom quanto o dela, mas deve servir até outro curandeiro poder fazer mais.

De todas as coisas que precisavam ser feitas, de todas as coisas que Bjorn poderia estar fazendo, estava preparando mais unguento para a minha mão. Uma inundação de emoções de repente tornou impossível de respirar, mas eu consegui expulsar da garganta:

— Obrigada.

— Por nada.

Aquilo era tudo, e meus olhos arderam, ameaçando lacrimejar. Esperava que ambos pensassem que era devido à fumaça da fogueira.

Bjorn pegou minha mão direita. Embora eu estivesse com a sensibilidade limitada no lugar em que havia cicatrizes, ainda conseguia diferenciar o calor dele, e perdi o fôlego.

— Como você se queimou? — perguntou Bodil, e eu estremeci, dando-me conta do que aquilo devia parecer. Puxando minha mão das de Bjorn, peguei o unguento e o espalhei sobre minhas cicatrizes, mais do que ciente de que *isso* era algo que Bjorn fazia muito bem. Mas se eu o deixasse fazer, *sentiria* coisas que não deveria. Eu sabia que, embora fosse capaz de esconder esses sentimentos da maioria das pessoas, Bodil perceberia a enganação.

— A Nascida do Fogo precisava de uma arma e a mais próxima era meu machado — respondeu Bjorn à jarl sem rodeios. — Ela é uma mulher que faz o que é preciso.

— O melhor tipo de mulher.

Minhas bochechas esquentaram por estar sendo o tópico da discussão e me inclinei sobre a mão para colocar um vigor extra na aplicação do unguento e para parecer não ter escutado nada daquilo.

O silêncio pairou sobre nós três, denso o bastante para cortar com uma faca, então Bodil disse:

— Você saiu no meio do discurso do seu pai, Bjorn.

Ele soltou um suspiro irritado.

— Grindill nunca foi atacada. Esse é um dos motivos pelo qual Gnut se dá ao luxo de ser um cretino sem remorso. A posição dele é forte. A única forma de tomá-la é deixando todos que estão lá dentro morrerem de fome, o que eu suspeito não ser a vitória gloriosa que meu pai tem em mente.

— Então você saiu de perto porque discorda da estratégia dele?

O joelho de Bjorn bateu no meu quando ele se mexeu, e eu me afastei, apesar de me sentir atraída por ele como ferro a uma rocha magnética.

— Grindill é uma fortaleza. Imponentes muralhas de terra e carvalho cercadas por um fosso cheio de estacas afiadas. Snorri diz que deseja tomá-la para dar uma vida melhor para seu povo, mas quantos vão morrer nessa invasão?

Eu... não sabia disso.

Apesar de Snorri ter falado de muros, eu havia imaginado uma versão um pouco mais grandiosa de Halsar. Não uma fortaleza. Fiquei me perguntando quantos outros que levantaram as mãos em apoio ao plano de

Snorri tinham pensado a mesma coisa. Para pessoas que nunca se aventuraram a lugares que ficavam a mais de meio dia de Halsar, a cidade que pretendíamos capturar não passava de um nome.

— Todas as grandes conquistas vêm com um preço, Bjorn — respondeu Bodil. — Entre mim e Snorri, temos muitos bons guerreiros. Temos *você*. — Ela lançou um olhar afiado para ele. — Mas, o mais importante de tudo, temos Freya, que é favorecida não só por Hlin, mas por todos os deuses.

Bjorn soltou uma risadinha de desdém.

— Sim, sim. Para transformar em rei aquele que controla seu destino. Sem mencionar quantos vão morrer para alcançar esse fim. Talvez ele não seja rei de ninguém, porque vão estar todos mortos sob os calcanhares de sua ambição.

A acidez que Bjorn aplicou no tom de voz me surpreendeu e me fez olhar para ele.

— Você não acredita na profecia da sua mãe?

— Acredito — murmurou ele. — Mas isso não significa que quero entrar às pressas em uma batalha como essa com base na fé cega.

— Ainda assim, em toda Skaland e Nordeland, você tem a reputação de alguém que assume riscos — disse Bodil. — De alguém que se joga onde a batalha está mais difícil. No que isso seria diferente?

A mandíbula de Bjorn ficou tensa e olhei para ele com atenção quando encarou a mulher.

— Com todo o respeito, jarl Bodil, só porque você pode discernir a verdade, não quer dizer que tem direito a ela.

Eu não discordava dele, mas ao mesmo tempo, se estivesse preocupado apenas com as vidas dos guerreiros que fariam parte da batalha, por que então não tinha dito nada, dado que basicamente já havia feito isso antes? Por que ficar na defensiva agora?

Em um movimento repentino, Bjorn se levantou.

— Cuide dessa sua mão, Freya. Você vai precisar dela na batalha que está por vir. — Ele acenou com a cabeça para Bodil. — Boa noite para vocês duas.

Então se afastou, desviando da multitude de fogueiras.

— Peço desculpas pelo comportamento dele — falei, voltando-me de novo para a jarl. — Ele... ele não descansou muito e Halsar é seu lar.

Vê-la queimada... — Apontei para o lugar, sem saber se alguma dessas coisas era a razão da grosseria de Bjorn, mas precisando dizer algo. — Ele não quer que as pessoas arrisquem a vida sem necessidade.

Bodil esfregou o queixo.

— Acho que não é com isso que ele se preocupa. Quer dizer, na verdade, acho que se preocupa com *uma* pessoa em particular.

Não respondi. Como poderia, se ela era capaz de discernir verdade e mentira, e a verdade não era algo que eu ousaria dizer em voz alta?

Com o coração na garganta, esperei que ela insistisse no assunto. Dar a opinião sobre o que estávamos conversando ou exigir uma resposta minha. Mas Bodil apenas pegou um graveto e cutucou o fogo antes de acrescentar mais madeira. Só quando as chamas estavam rugindo alto, ela perguntou:

— Você acredita que estamos no caminho certo, Freya?

— Eu... — Encarei as chamas ao me interromper, porque essa era a primeira vez que alguém havia pedido minha opinião e eu não sabia que tinha uma. Ou melhor, dado o lembrete recente de que eu estava alheia a muitos aspectos da situação, temia que ela estivesse errada. — Acho que não estou bem-informada o bastante para que minha opinião importe.

Bodil se apoiou nas mãos e jurei que vi decepção em seu rosto em meio à fumaça, então acrescentei:

— Acho que Snorri está certo ao dizer que reconstruir Halsar como era é bobagem. O território não só é fácil de atacar, como agora é o maior alvo em Skaland graças à minha presença. Estamos vulneráveis não apenas a mais ataques de Gnut, mas de todos que pensam como ele em sua resistência a ver Snorri como rei.

— Concordo — aprovou Bodil, e senti uma onda de orgulho. — Mas não seria melhor simplesmente construir em outro lugar? Construir a própria fortaleza?

— Tal esforço levaria anos e uma fortuna em prata — respondi. — E nesse meio-tempo, todas essas pessoas correriam risco em quaisquer que fossem os lares temporários que construíssemos para elas. Os invernos trarão sofrimento, pois muitos terão sido tirados dos campos ou da caça para construir.

— Ataquem. Tomem o que precisam.

— Não temos os navios para atacar o outro lado dos mares, e atacar aqueles que desejamos que jurem lealdade a Snorri não parece o melhor caminho a seguir. Vão sorrir na nossa frente só para nos apunhalar pelas costas na primeira oportunidade.

Bodil acenou com a cabeça em aprovação, e meu peito se aqueceu porque eu não estava acostumada àquele tipo de resposta quando dava voz a meus pensamentos. Ávida para lhe dar mais, falei:

— Gnut mereceu nossa retaliação por atacar Halsar duas vezes, e por expressar sua oposição a Snorri. Não o atacar nos faz parecer fracos. Faz parecer que vamos tolerar esse comportamento, o que vai causar mais do mesmo até logo estarmos sendo atacados de todos os lados. Para proteger nosso povo, devemos agir contra ele. Não só para desencorajar os outros a capitalizarem em cima de nossa fraqueza, mas para defender aqueles que já juraram lealdade a Snorri. Provar a todos que nosso jarl vai exaltar aqueles que o seguem e caminhar a passos pesados sobre aqueles que pretendem nos rebaixar. Guerreiros devem se orgulhar de segui-lo, mesmo que tenham medo de desafiá-lo.

Meu coração acelerou. Eu havia dito o que acreditava e sentia nos ossos, e lutaria para ver aquilo conquistado. Ainda assim, esperei pela reação de Bodil com expectativa, pois agora que ela tinha soltado minha voz, eu ansiava por sua validação.

— Você concorda?

Ela inclinou a cabeça.

— Steinunn vai espalhar a palavra com suas canções, e só o tempo vai dizer qual será a reação de Skaland às façanhas que foram realizadas. Mas me diga uma coisa, Freya. Bjorn não está errado quando fala das defesas de Grindill. Como você propõe que a tomemos?

Mordi a parte interna das bochechas e só depois admiti:

— Eu nunca vi essa fortaleza, Bodil. Só lutei em combates menores. Até o dia em que Snorri me levou, eu nunca tinha viajado para um lugar que ficasse a mais de meio dia de meu vilarejo, então não posso dizer a ninguém como esse cerco deve ser feito, Mas...

Ela sorriu e cutucou o fogo de novo, fazendo fagulhas voarem.

— Mas?

A resposta estava na ponta da língua, mas tinha dificuldade para falar porque soaria arrogante. A última coisa que eu queria era ter um senso inflado de importância. A questão era que, quanto mais eu falava, mais via como Skaland poderia ser unida. Não por estratégias de batalha e vitórias, embora isso tivesse seu papel, mas pela *crença*.

— Sou eu que preciso vencer.

Engolindo em seco, acrescentei:

— Para os skalandeses concordarem em seguir Snorri, devem acreditar que os deuses desejam vê-lo como rei. Que esse é o destino dele. E, para isso acontecer, devo fazer minha parte, ou nenhuma história será contada sobre mim.

— Sim, você deve fazer sua parte — respondeu Bodil. — E quanto ao restante de *nós*, podemos fazer nossa parte deixando você pronta. Amanhã, vai treinar comigo e com minhas guerreiras.

A empolgação me preencheu ao mesmo tempo que meu estômago afundou, porque presumi que Snorri me faria retomar o treinamento com Bjorn. Que eu não teria escolha e, portanto, ninguém questionaria o tempo que iria passar com ele aprimorando minhas habilidades de luta.

Como se lesse meus pensamentos, Bodil disse:

— As habilidades de Bjorn são sem igual, mas ele luta como homem, apoiando-se muito na força bruta, sem falar daquele machado. Você precisa aprender a lutar como mulher, e as únicas que podem te ensinar são outras mulheres. Vou falar com Snorri sobre isso.

— Obrigada — murmurei. — Será uma honra.

Bodil bufou de leve e em seguida se levantou.

— Skalandeses não são conhecidos pelo altruísmo, Freya, e eu não sou diferente. Quero ficar acima da onda, não afundar nela, e a melhor forma de fazer isso é estar ao seu lado. Você é uma mulher esperta, apaixonada, de bom coração... uma mulher que vale a pena seguir.

A mistura de sinceridade e elogio na resposta de Bodil me arrancou um sorriso, mas ele evaporou quando a jarl acrescentou:

— Você tem razão quando diz que, para os skalandeses seguirem, devem ouvir falar de suas façanhas e conquistas. Mas tenha em mente que essas façanhas e conquistas devem ser adequadas a uma líder, caso contrário não vão ser mais do que fofocas sobre a mulher do peixeiro. E as consequências de fofocas nem sempre se voltam para as pessoas de quem são faladas.

Ela havia notado. A repreenda pelo que estava acontecendo entre mim e Bjorn doeu ainda mais depois da aprovação que tinha vindo dela, e me encolhi visivelmente, mal conseguindo responder com um aceno de cabeça.

— Hoje à noite, minhas guerreiras e eu vamos celebrar a vida dos que morreram — disse Bodil. — E acredito que Steinunn vá cantar uma parte da balada que compôs para espalhar sua fama de batalha. Gostaríamos que se juntasse a nós, Freya.

Sem esperar minha resposta, ela desapareceu na escuridão.

Curvada contra o frio, encarei o fogo. O alerta dela tinha sido claro e nada que eu já não soubesse, mas havia algo em ouvir da boca de outra pessoa que tornava mais real. Tornava as consequências mais ameaçadoras, porque Bodil estava certa: eu não seria a prejudicada se Snorri descobrisse que eu estava desejando seu filho. Seria minha família. Seria...

— Vejo que ela finalmente desistiu de bisbilhotar.

Fiquei tensa quando Bjorn se sentou ao meu lado.

— Tome cuidado com o que diz a ela, Nascida do Fogo. Essa mulher ouve demais.

— Eu sei. — Minha língua parecia dormente, a garganta áspera, e senti o ímpeto repentino de chorar.

O que Snorri faria com Bjorn se descobrisse que eu estava apaixonada por ele?

Isso me causou enjoo, porque se tornar rei era a obsessão de Snorri e ele havia provado que sacrificaria tudo e qualquer coisa para que isso se concretizasse. Ele se preocupava com Bjorn e parecia mesmo acreditar que o filho estava interligado ao meu destino, mas se a fofoca certa chegasse a seus ouvidos, aquilo poderia mudar facilmente.

Levantei.

— Bodil dá bons conselhos — falei. — E me ofereceu a oportunidade de treinar com ela e suas guerreiras, o que eu aceitei. Vai ser bom aprender com elas.

A voz de Bjorn estava contida quando me disse:

— Você mal a conhece.

— Então acho que devo corrigir isso.

E para que meu coração traidor não me delatasse, eu me virei e caminhei na direção das guerreiras que dançavam ao redor de uma fogueira distante.

— Tem um copo sobrando? — perguntei ao me aproximar.

Bodil riu.

— É claro. Será nossa honra beber com Freya Nascida do Fogo!

Uma das guerreiras colocou um copo de hidromel em minha mão, e bebi com gosto enquanto as mulheres gritavam meu nome. Rindo, estendi o copo para me servirem mais, depois me permiti ser puxada para a dança que faziam.

Meus pés batiam no chão no ritmo dos tambores, e gritei quando alguém jogou mais lenha na fogueira, vendo faíscas e brasas brilharem no céu noturno. O hidromel se acomodou em minhas veias, o mundo girando enquanto dávamos a volta no fogo, mulheres jogando de lado as roupas pesadas conforme o calor corava nossa pele. Honrando tanto os mortos quanto os deuses aos quais eles haviam se juntado, cantando seus nomes e elogiando seus feitos.

Quando eu tinha dançado pela última vez? Quando havia honrado os deuses como deveria pela última vez? Quando tinha me cercado de mulheres que um dia poderia chamar de amigas pela última vez?

Homens tentaram se aproximar, atraídos pela bebida e pela pele exposta, mas as guerreiras de Bodil os afastaram com lanças e risadas, a jarl gritando:

— Este é um lugar para mulheres, vá embora ou enfrente nossa ira!

Sorrindo, peguei uma lança e entrei na briga. Para além dos homens que nos cercavam, meus olhos encontraram os de Bjorn, e ergui minha lança, desafiando-o a chegar mais perto. Mas ele apenas negou com a cabeça e desapareceu na floresta.

Depois disso todas pararam de dançar, o ritmo dos tambores desaparecendo no silêncio. Levei um segundo para entender o motivo, então meus olhos encontraram Steinunn, que se aproximava com um pequeno tambor pendurado em uma alça em volta dos ombros. A escalda esperou até todas pararmos e então começou a bater no tambor em um ritmo lento e ameaçador.

Bodil foi até meu lado, segurando meu ombro quando oscilei, perdendo de repente o equilíbrio.

— Já ouviu um escaldo apresentar uma canção sobre seus próprios feitos antes, Freya?

Neguei com a cabeça, intimidada ao ver como meu coração batia no mesmo ritmo do tambor de Steinunn.

— Para aqueles que não estavam nos túneis com os draugs, isso vai ser uma aventura eletrizante. Entretenimento da maior qualidade — disse ela. — Mas para você... vai ser como voltar para a escuridão, com monstros aparecendo de todos os lados.

Minhas mãos ficaram geladas e tomei um longo gole do meu copo, embora soubesse que já havia bebido demais.

— Tudo bem.

Os lábios de Steinunn se abriram e uma canção sem letra surgiu, seguindo o ritmo do tambor. Senti a magia dela recair sobre mim, o mundo ao redor girando. Pisquei, sem saber mais para o que estava olhando, só que não eram as ruínas escuras de Halsar. Era dia, o sol estava estranho e desbotado como se eu olhasse para ele através de um vidro, e engoli a bile que subia quando Hammar apareceu diante de mim.

Entendi vagamente que Steinunn estava contando a história da aproximação da montanha, que a subida pelo sul estava bloqueada pelo inimigo e que isso foi um teste estabelecido para mim pelos deuses e comunicado pelo espectro. Só que não era a escalda que eu ouvia, mas o vento. A batida dos ossos pendurados nas árvores. O estalo dos cascos dos cavalos. Tensionei a mandíbula quando o fedor de podridão preencheu meu nariz e o medo apertou meu peito a ponto de eu mal conseguir respirar enquanto me via apeando minha égua.

Percebi que estava vendo através dos olhos de Steinunn, sentindo o que ela havia sentido ao caminharmos até a entrada do túnel. Saía vapor da escuridão, o barulho era ensurdecedor, e dei um passo involuntário para trás ao mesmo tempo que todos ao meu redor se assustaram.

A perspectiva mudou, e era pelos meus próprios olhos que eu observava, minha respiração ficando ofegante quando entrei na escuridão e o machado de Bjorn ganhou vida. A névoa fedorenta girava aos meus pés enquanto eu passava por cima de animais mortos, e senti todos que estavam perto de mim ficarem agitados ao perceberem minha ansiedade.

— Não estou gostando disso — murmurei, a náusea me dominando quando Steinunn acelerou o tempo, apenas vislumbres de momentos preenchendo minha visão enquanto eu subia e subia. — Não estou me sentindo bem.

— Fique firme — disse Bodil. — São só lembranças. Você não está lá.

Mas tudo o que eu podia ver era Bjorn avançando pelo espaço estreito, sabendo o que estava por vir, sabendo que logo os draugs estariam sobre nós. Ele praguejou ao tropeçar na taça e eu olhei para baixo quando ela passou pelos meus pés.

Esses não são meus sapatos.

Não tive a chance de pensar sobre os cadarços vermelhos não familiares nos sapatos de couro antes de o rugido da montanha *respirando* atacar meus ouvidos, os tambores mais altos, os pés ossudos contra a pedra. Fui tomada por vertigem e uma onda de náusea, e me desvencilhei das mãos de Bodil para cair de joelhos.

— Você está bem, Freya? — Ouvi-a vagamente perguntar antes de cair de lado e o mundo escurecer.

23

Acordei com o rosto de Bodil a poucos centímetros do meu.
— Como está se sentindo, Freya? Pronta para lutar?
— Não. — Eu me virei, enterrando o rosto em meu manto. Uma lembrança vaga de ter vomitado na terra me veio à mente, o que fez eu me encolher, percebendo de repente que Bodil e suas guerreiras deviam ter tido que me arrastar bêbada até a tenda. — Já amanheceu?
— O amanhecer chegou e se foi há horas — respondeu Bodil.
— O quê? — Eu me sentei de repente, espiando pelas abas abertas da tenda, que revelavam um céu cinza-escuro com garoa caindo sobre a lama. — Por que ninguém me acordou?
— Porque Bjorn ficou sentado na frente da tenda desde que carregou você aqui para dentro na noite passada — disse ela. — Ameaçou cortar a garganta de qualquer um que te perturbasse, dizendo que você precisava dormir ou não prestaria para mais nada e para ninguém. — Bodil colocou a mão no bolso do meu manto e extraiu o pote de unguento. — Meu dever aqui é lembrar você de passar isso na mão.

Fiz cara feia ao pegar o pote e me vi guardando-o de volta no bolso em vez de aplicá-lo.

—Vamos começar a treinar agora, então?

Bodil riu.
— A menos que queira dormir mais algumas horas para curar a ressaca.

Já era constrangedor o bastante eu ter bebido tanto hidromel a ponto de passar vergonha vomitando na terra e desmaiando. Como se ouvisse meus pensamentos, a jarl disse:
— Ninguém notou, de tão extasiados que estavam pela história de Steinunn.
— E você não? — Bebi um grande gole de água do cantil que en-

contrei ao lado do meu leito. — Achei que conhecesse Steinunn. Que gostasse dela.

Bodil negou com a cabeça.

— Só a conheci um ano atrás. Nunca me importei muito com magia de escaldos, ainda menos quando sei que está sendo usada como propaganda, motivo pelo qual ela viajou a Brekkur a mando de Snorri. Enfiei lã nos ouvidos quando ela começou a cantar. — Endireitando-se, ela acrescentou: — Vou esperar você lá fora.

Mais uma vez, fiquei impressionada com o fato de que, embora Bodil pudesse ter interesse em uma Skaland unida e em ver o que os deuses tinham reservado para nós, ela estava apenas tolerando Snorri e tinha pouco desejo de vê-lo como rei. O que me fez considerar qual seria o objetivo dela ali. Fez com que eu pensasse se ela, como todos os outros jarls, se via como aquela que controlaria meu destino, mas era esperta o bastante para fazer uma aproximação circular.

Embainhei no cinto a espada de meu pai e uma faca de lâmina longa, depois vesti o manto e saí da tenda.

A névoa imediatamente cobriu meu rosto. Tremi e bati os pés ao caminhar, precisando que o sangue circulasse para eu poder vencer tanto o frio quanto minha dor de cabeça. A maior parte dos guerreiros de Snorri parecia estar trabalhando bastante para fortalecer o perímetro de nosso acampamento com estacas, forjar e construir armas e, a julgar pela ausência de mulheres e crianças, caçar e procurar comida. Todos tinham uma tarefa, menos eu, que havia dormido a manhã inteira. Então foi a vergonha que afastou o frio, minhas bochechas queimando enquanto acompanhava Bodil, por meio da abertura nas estacas, até a praia.

— Freya!

Parei ao ouvir a voz de Bjorn e me virei para encontrá-lo caminhando em nossa direção com um monte de varetas para estacas embaixo do braço. Antes que ele pudesse começar com as provocações, soltei:

— Não preciso ser mimada. Vou levantar quando todos os outros se levantarem e vou fazer a minha parte, igual a todo mundo. Não preciso da sua interferência.

A irritação brilhou nos olhos dele.

— Talvez devesse ter pensado nisso antes de beber até cair.

Bjorn não estava errado.

— Isso é problema meu. Não seu. — Cruzando os braços, olhei feio para ele. — Se quiser sua opinião ou sua assistência, eu peço. — Dei meia-volta e caminhei pela praia suja de cinzas.

Bodil acenou com a cabeça, demonstrando aprovação.

— Os homens precisam aprender o lugar deles. — Então deu um sorriso torto. — Mas o rapaz limpou vômito do seu rosto depois que você caiu de cara nele.

Minhas bochechas pegaram fogo e chutei uma pedra porque sabia que Bjorn não merecia palavras duras vindas de mim.

— Minha cabeça está doendo.

O que não era mentira, mas também não era a razão da minha raiva. Ao me tratar do jeito que havia tratado, Bjorn brincou com o destino da pior forma possível. Bodil já suspeitava que existia algo entre nós, então quanto tempo demoraria até que Ylva percebesse também?

Não importava que tipo de trapaça a senhora de Halsar tinha feito para conseguir um álibi em Fjalltindr, eu sabia que ela estava conspirando com Harald para se livrar de Bjorn. Não precisaria recorrer a medidas tão desesperadas se pudesse provar que quebrei meus votos. Embora meu *marido* talvez não fosse matar o próprio filho pela traição, certamente o deserdaria em favor de Leif, que era o que a megera queria.

E Bjorn *sabia* disso. Sabia que Ylva estava procurando formas de se livrar dele. Ainda assim, em vez de me tratar como a esposa de seu pai, ele me tratava como... como a esposa *dele*.

Perdi o fôlego ao registrar aquele pensamento, visões de todos os momentos que haviam se passado entre nós correndo por minha mente. Fui tomada por uma onda de calor, que rapidamente foi afastada pelo medo gélido. Era como Bodil tinha dito: Bjorn era conhecido por correr riscos. Então é claro que não temia as repercussões de ser pego.

Mas eu temia.

Temia por ele. Temia pelo que Snorri faria com a minha família. Temia a culpa que precisaria carregar como resultado.

Era melhor eu ter dito o que disse, porque talvez isso o fizesse manter distância. Talvez o levasse para os braços de outra, para que essa suspeita desaparecesse. Ainda assim, ao mesmo tempo que *aquele* pensamento me preencheu, meus olhos arderam com lágrimas e meu peito se apertou de modo que respirar chegava a doer.

Por que eu estava agindo dessa forma? Por que estava constantemente tendo que me lembrar da lógica e das consequências a ponto de querer gritar?

Por que ficava fazendo as mesmas perguntas, apesar de saber as respostas para todas elas?

Tínhamos chegado à praia e as guerreiras de Bodil se levantaram de onde estavam agachadas na chuva. Cada uma segurava um escudo, e encarei os círculos de madeira pintada. *Este é o seu destino, Freya*, disse a mim mesma. *Isto é o que a vidente previu para você. O que os deuses querem de você. Nada mais importa.*

Treinamos durante horas, Bodil me instruindo com toda calma sobre a melhor forma de lutar em uma parede de escudos e contra oponentes maiores que eu em um combate único, as guerreiras dela me atacando com alegria, suas armas envolvidas em lã. Aprendi muito, mas em nenhum momento me senti tão empolgada quanto a vez em que havia treinado com Bjorn. O que provavelmente era melhor, dado que eu quase nunca tomava boas decisões quando meu temperamento estava exaltado. Ainda assim, não pude deixar de suspirar de alívio quando Bodil encerrou nossa prática e suas guerreiras se afastaram em busca de comida e bebida.

— Foi divertido — disse Bodil, sentando-se sobre um tronco com as armas descartadas a seus pés.

— Para você, talvez — resmunguei, meus músculos protestando enquanto eu me sentava no chão. — Vou acordar toda roxa amanhã. — Cruzando as pernas, examinei minha mão, que latejava sem dó, a palma cheia de cicatrizes em carne viva por ter lutado com um graveto o dia todo.

— Você deveria usar o unguento. — Bodil se aproximou, pegando minha mão. — Aquele que Bjorn fez para você.

Arrastando o sapato na areia, eu me lembrei de todos os momentos daquele dia em que havia sentido os olhos dele sobre mim. Eu tinha me recusado a encará-lo, apenas esperando, tensa e ofegante, até ele ir embora da praia mais uma vez.

— Não sei por que ele se importa tanto.

Bodil ficou em silêncio por um longo momento, mas dava para sentir o escrutínio dela pesando e medindo a questão até que ela finalmente disse:

— É porque ele se sente culpado por seu machado ter te queimado.

Uma desculpa óbvia para aquele comportamento. Uma desculpa na qual eu deveria ter pensado.

— Não foi culpa dele.

Bodil soltou um risinho.

— Não ter desejado que algo acontecesse não torna uma pessoa isenta de culpa, mulher. Você sabe disso tão bem quanto qualquer um.

Considerando que a culpa vinha sendo minha companheira quase constante nos últimos dias, eu provavelmente sabia melhor do que a maioria.

— A verdadeira questão que deveríamos estar discutindo é — continuou Bodil — por que *você* não cuida de suas cicatrizes.

Endireitei a postura.

— Do que está falando? É claro que cuido.

— Não vi você fazendo isso de forma voluntária nenhuma vez. — A jarl pegou a mão que eu tinha enfiado no bolso, examinando as queimaduras. Suas próprias mãos eram marcadas por inúmeros machucados e cortes provenientes do fato de ser uma guerreira. — O unguento tira a dor e deixa sua mão mais ágil, mas você opta repetidas vezes por não o usar, apesar dos lembretes de Bjorn.

Aquilo era verdade? Vasculhei meu cérebro à procura de uma ocasião em que tivesse passado o remédio sem a insistência de Bjorn, mas não encontrei nada.

— Eu... eu sou esquecida.

— Eu não acho que é. — Bodil esticou meus dedos, afundando os polegares nos tendões doloridos. — E embora Bjorn carregue a reputação de ter mãos talentosas, não acho que você seja do tipo que sofre só para chamar atenção. Acho — ela hesitou — que você acredita que merece a dor.

De repente, respirar passou a doer e fechei bem os olhos.

— Por que, Freya?

Deixei duas lágrimas escaparem de debaixo de minhas pálpebras, correndo pelas bochechas enquanto a resposta que espreitava bem no fundo subia à superfície.

— Meu marido, Vragi, era um merda — sussurrei finalmente. — Ele arruinou minha vida e teria feito o possível para arruinar as de Ingrid e

Geir, mas... — Tentei engolir, só que engasguei e acabei tossindo. — Eu o assassinei, Bodil, e ele não merecia *aquilo*. Não merecia um machado atrás do crânio só por ser um cretino.

— Discordo — respondeu ela. — A reputação de Vragi era conhecida até em Brekkur. E eu apostaria a prata que tenho no bolso que seu vilarejo vibrou quando ficou sabendo da notícia.

Neguei com a cabeça.

— Ele podia ser um idiota, mas ninguém nunca passou fome. Ele garantia isso.

E em Skaland aquilo *importava*. Nosso mundo era duro e cruel, os invernos levavam incontáveis vidas enquanto os despreparados ou desafortunados passavam fome. Mas não em nosso vilarejo, porque *sempre* tivemos peixe.

Ou tínhamos.

Agora, graças à minha violência, quantos seriam perdidos quando chegasse o inverno?

Mas aquele não era o motivo pelo qual eu negligenciava minhas cicatrizes. Não era o motivo pelo qual eu aceitava a dor.

— Eu me sinto culpada pelo mal que causei ao meu vilarejo — falei. — Mas não me sinto mal por ter matado Vragi. Não sinto nada.

— Porque ele mereceu, Freya. É por isso.

Fechei bem os olhos novamente, secando as lágrimas.

— Não é. Com as outras pessoas que matei, era eu ou elas, então faz sentido eu sentir pouco remorso por suas mortes. Mas Vragi não estava ameaçando minha vida, nem a vida de Ingrid, apenas prometendo sofrimento, e o matei a sangue frio em vez de tentar encontrar outra solução. Se eu fosse outra pessoa, Snorri teria me punido como assassina, mas em vez disso estou livre. Eu deveria sentir uma culpa terrível, mas não sinto. Então preciso sentir dor de outra forma, para me punir, porque tenho medo de que, caso contrário, eu faça de novo.

Bodil soltou um suspiro lento, depois me envolveu com os braços e me puxou para perto como uma mãe faria com uma filha.

— Você não merece sentir dor. O sangue de Hlin corre em suas veias, então é de sua natureza querer proteger aqueles com quem se preocupa. Vragi foi um homem que destruía a vida de todos que tocava, e não há quantidade de peixe que compense isso. Ele não precisava ir atrás dessa

Ingrid de que você fala. Poderia ter pegado o ouro de Snorri e ido embora, mas optou por atacar você e os seus. É culpa dele mesmo ter se metido em uma briga com a mulher errada.

Havia uma lógica no que Bodil estava me dizendo, mas ainda assim me lembrei da onda de emoção que tomou conta de mim quando Vragi revelou suas intenções. Proteção, sim. Medo, sim. Mas acima de tudo, *raiva*. E isso não era algo que eu podia atribuir a Hlin.

Bodil colocou a mão em meu bolso para pegar o unguento.

— Passe isso.

Rolei o pote entre as mãos.

— Vou passar. Mas gostaria de ficar sozinha por alguns minutos, se não se importar.

Ela hesitou, olhos pensativos. Mas deve ter ouvido a verdade em minhas palavras, pois se levantou, fazendo um alerta por sobre o ombro enquanto partia:

— Não fique zanzando por aí, Freya. Há muitos que querem sua morte.

Suspirando, abri o pote e passei um pouco de unguento nas cicatrizes, sentindo quase um alívio instantâneo na rigidez. Quando terminei, deitei na areia úmida, virando o rosto para cima, para o céu enevoado, e fechei os olhos. Se ao menos houvesse uma forma de clarear minha cabeça. Uma forma de silenciar os problemas que disputavam minha atenção. Uma forma de não ficar *pensando* o tempo todo.

O que eu precisava não era tirar um descanso do mundo, mas um descanso de mim mesma. Só que a menos que alguém me golpeasse na cabeça, havia pouca chance de isso acontecer.

— Inspire — murmurei, tentando fazer um dos exercícios para sossegar a mente que Bodil tinha me ensinado mais cedo. — Expire.

Meu coração se acalmou com a respiração, afastando qualquer pensamento que chegava enquanto eu caçava a quietude.

Respire.

Minha mente se aquietou, mas o silêncio durou pouco, pois logo ouvi um estalo.

E senti o cheiro de carne queimada.

Levantando bem rápido, olhei ao redor e foquei no lugar de onde aquele cheiro vinha.

Caminhando pela beira d'água e deixando um rastro de brasas e cinzas, estava o espectro.

24

Fiquei parada, observando o espectro encapuzado andar pela praia, nenhuma das pessoas que trabalhavam na costa lhe dando qualquer atenção.

Porque, como da última vez em que ele havia aparecido, ninguém conseguia vê-lo além de *mim*.

Desta vez não parei para questionar o porquê daquilo, minha mente saltando na mesma hora para o fato de que essa... essa *coisa* poderia ter respostas para as infinitas perguntas que eu tinha sobre meu futuro. E esta poderia ser a única oportunidade que eu teria de perguntar a ela.

Pegando minha espada, coloquei-a na bainha e comecei a andar pela praia atrás das nuvens de fumaça e brasas. Não corri, porque correr faria com que as pessoas prestassem atenção em mim. Causaria alarde. Poderia fazer alguém tentar me impedir.

Ou pior, dado que o espectro claramente não queria ser visto por ninguém além de mim, poderia fazê-lo desaparecer.

Caminhei a passos rápidos, sorrindo e acenando com a cabeça para aqueles que passavam para não dar nenhum motivo de preocupação, mas embora o ritmo do espectro parecesse lento e penoso, não consegui me aproximar dele. A fumaça fazia cócegas em meu nariz, o fedor de cabelo e carne queimados azedando meu estômago. Eu sentia o gosto das cinzas, sentia as pequenas queimaduras das brasas enquanto flutuavam em um vento sobrenatural para carbonizar o tecido de minhas roupas.

Ainda assim, apesar de toda a criatura queimar, a brisa que soprava dela era tão gelada quanto as profundezas do inverno e a dicotomia fazia minha pele se arrepiar com a consciência de que o que caminhava diante de mim fazia uma ponte entre dois mundos.

Ele chegou ao limite da praia e entrou na floresta. Fui tomada por uma certa ansiedade, porque a última coisa que eu deveria estar fazendo era vagar por aí sozinha. Mas não ousei perder o espectro de vista para procurar companhia. Então, rangendo os dentes, arrisquei-me pela mata.

Além do chiado e do crepitar das chamas que consumiam o espectro, não havia som, como se as criaturas da floresta vissem o que aquelas na praia não viam. Se era reverência ou medo, eu não sabia. Meu coração ricocheteava contra as costelas e as minhas palmas estavam úmidas de suor, mas me obriguei a andar mais rápido. E depois a correr. Mas não importava o quanto acelerasse, com galhos batendo em meu rosto e raízes ameaçando me fazer tropeçar, não conseguia diminuir a distância.

— Espere — gritei entre respirações ofegantes. — Quero falar com você!

O espectro parou.

Praguejando, escorreguei sobre a camada grossa de agulhas de pinheiro e terra, quase colidindo com a criatura.

— Por favor, sábio — falei. — Eu...

O espectro se virou.

Respirei fundo, já que a alternativa seria gritar, pois o que olhou de volta para mim sob o capuz era um rosto arruinado. Chamas laranja e vermelhas consumiam tendões e ossos, os dentes visíveis pelos buracos escuros onde antes havia bochechas. Não dava para dizer se era homem ou mulher, pois a única coisa inteira eram os olhos. Mesmo injetados como estavam, o verde era vívido, capturando-me com sua intensidade.

— Eu...

O espectro me interrompeu com um gesto, apontando para o alto da colina, e me virei para olhar por sobre a borda do barranco raso abaixo, sentindo náuseas. Por entre as árvores, pude ver que uma pequena fogueira queimava sobre uma rocha no meio de um riacho, a lenha molhada criando nuvens de fumaça branca. Curiosa, andei para descer a encosta íngreme, mas algo gelado me segurou.

Com o coração batendo na garganta, virei a cabeça devagar e encontrei a mão do espectro em meu ombro. Chamas dançavam sobre ossos carbonizados, restando apenas pedaços de pele borbulhante, e apesar de eu conseguir ver o fogo, sentia que os dedos dele eram feitos de gelo.

O ímpeto de correr tomou conta de mim, mas apenas respirei fundo, permitindo-me ser empurrada até ficar de joelhos. Ele se ajoelhou ao meu lado, removendo misericordiosamente a mão, que usou para apontar para baixo.

— Olhe.

Como da vez em que falou comigo quando deixamos Halsar para ir a Fjalltindr, a voz do espectro soava dolorosamente áspera, fazendo-me querer me encolher. Sair correndo. Em vez disso, escutei. E olhei.

Asas tremularam entre as árvores e vi a agitação de um pássaro voando. Ignorei-o, procurando o que o espectro queria que eu visse. Um movimento chamou minha atenção.

Havia uma figura coberta por um manto diante de uma árvore. Apenas as costas dela estavam visíveis para mim, e enquanto eu observava, ela desembainhou uma faca curta e entalhou algo no tronco. Guardou a arma, virou-se e caminhou pelo barranco até sumir de vista.

— Quem era aquela? — Respirei quando a figura desapareceu, virando-me para o espectro. — Para onde ela...

Mas ele também tinha sumido.

Soltei um suspiro de tristeza, mas então comecei a descer a encosta, sabendo que o espectro não teria se esforçado para me mostrar isso se não fosse importante. Esperava que o que quer que estivesse na árvore fosse me trazer respostas.

Havia algo gravado nela, entalhes profundos que tinham deixado lascas caídas no musgo na base do tronco. Runas desenhadas em um círculo, no centro do qual estava entalhado um olho. Passei o dedo ao redor do círculo sem saber ao certo o significado do desenho, depois toquei o olho no centro.

Luz explodiu em minha visão, depois o rosto de Snorri apareceu. Cambaleei para trás, e a visão sumiu no instante em que deixei de tocar no entalhe.

Magia rúnica.

Engoli em seco, tomada pela inquietação. Hesitante, estendi o braço para tocar no entalhe novamente. Meus olhos brilharam, então Snorri apareceu mais uma vez, desbotado e borrado, entrando e saindo de foco como se eu estivesse olhando para ele através da água.

Mas suas palavras eram bem claras.

Com o coração na garganta, observei enquanto ele fazia aquele discurso sobre abandonar Halsar e ir para Grindill, os olhos brilhando com a mesma paixão que eu mesma havia testemunhado quando ouvi o discurso. Então a visão desapareceu e fiquei encarando a árvore.

Alguém que tinha presenciado o discurso de Snorri deixou essa mensagem. Revelou nossos planos.

Mas quem tinha motivo para fazer uma coisa dessas? E quem era o destinatário?

Gnut era a resposta óbvia, mas todos que haviam testemunhado o discurso de Snorri eram de Halsar, o que certamente significava que odiavam aquele jarl pelo que ele fez. Outro jarl, talvez? Ou...

O rei Harald.

Tensionei a mandíbula, partes do quebra-cabeça se encaixando. *Ylva*.

Ela queria Bjorn fora do caminho, isso era fato. E embora tivesse dito que estava com Bodil o tempo todo em Fjalltindr, tinha ficado fora tempo o suficiente para ter conversado com os dois. Mas a verdadeira prova estava nas runas.

Era um tipo de feitiçaria que poucos tinham coragem de praticar, mas eu já tinha *visto* Ylva fazer isso. Primeiro para o ritual em que Hlin me deu as tatuagens, e depois em Fjalltindr, quando havia protegido o salão. Isso estava dentro da capacidade de seu poder, *e* ela tinha mais motivos do que qualquer um que tivesse testemunhado o discurso de Snorri porque não queria abandonar Halsar.

— Vadia — sussurrei, depois dei meia-volta com a intenção clara de arrastar o próprio Snorri até essa árvore para lhe mostrar a prova da conspiração.

Dei um passo e bati em um peitoral sólido.

Recuperando o equilíbrio, praguejei e levei a mão à espada só para me dar conta, um segundo antes de desembainhá-la, que aquele peitoral pertencia a Bjorn.

Ele cruzou os braços.

— O que você está fazendo sozinha na floresta, Freya?

Sozinha não. Com *ele*.

O que era o exato oposto do que eu estava tentando fazer. Se alguém nos visse aqui juntos, alimentaria quaisquer rumores que estivessem nos rondando, e haveria consequências para isso.

— Por que está me seguindo?

Ele ergueu uma sobrancelha escura.

— Porque meu pai ordenou que eu mantivesse você viva, e permitir que fique zanzando por aí sozinha e acabe sendo morta vai contra isso.

Minhas bochechas queimaram.

— Tudo bem. Não importa. — Fiz um esforço para me concentrar, pensamentos entrando e saindo da minha cabeça enquanto eu tentava encontrar o que dizer. — O espectro apareceu para mim. Caminhou pela praia e me trouxe até aqui.

Bjorn ficou tenso.

— O espectro?

— Sim. — Foi difícil olhar nos olhos dele. — Ele me trouxe até aqui. — Apontei para a encosta. — E me disse para observar. Ele me tocou, e embora estivesse pegando fogo, a mão dele parecia gelo.

Bjorn se mexia com inquietação e não podia culpá-lo.

— O que você viu?

— Aquela fogueira de sinalização — apontei para as cinzas levemente fumegantes — estava queimando. Havia uma mulher lá.

— Uma mulher? Você viu o rosto dela?

Neguei com a cabeça.

— Estava encapuzada. Mas entalhou as runas na árvore e depois desapareceu pelo barranco.

Virei o corpo mais uma vez na direção da árvore para mostrar a ele e meu estômago afundou.

As runas tinham desaparecido, restando apenas um círculo fumegante onde haviam estado.

— Não — resmunguei. — Não pode ser. Elas estavam bem aqui! — Dando a volta em Bjorn, falei: — Toquei as runas e elas me mostraram uma visão de Snorri discursando, detalhando os planos de abandonar Halsar e tomar Grindill. Era uma mensagem.

— Acredito em você. — Aproximando-se de mim, Bjorn se abaixou para examinar a casca de árvore carbonizada. — Há combinações de runas que podem queimar depois que sua magia for utilizada. Prudente para qualquer um que quiser deixar uma mensagem que prefere que ninguém veja.

— Merda! — Chutei uma pedra, projetando-a direto para o mato enquanto minha raiva crescia.

— Por que está tão zangada? — perguntou Bjorn, me olhando com cautela.

— Porque agora ele nunca vai acreditar que foi Ylva! — Pegando outra pedra, arremessei-a na árvore sem me preocupar em parecer infantil. — Vai ser igual aconteceu em Fjalltindr, a palavra dela contra a minha sobre estar conspirando com Harald, e você *sabe* em quem Snorri vai acreditar.

— Acha que foi Ylva quem fez isso? Para que fim?

— Obviamente foi ela. — Eu me curvei, tentando dominar a onda de fúria irracional que queria me mandar de volta ao acampamento em busca de sangue. — Ela é uma volva. Sabe usar runas. Sabemos que ela quer se livrar de você para Leif poder virar herdeiro.

Bjorn ficou em silêncio.

Senti um vazio no peito, porque se ele não acreditava em mim, ninguém acreditaria.

— Acha que estou mentindo?

— Não acho. — Primeiro ele encarou os restos carbonizados das runas; depois o céu, olhos procurando as nuvens antes de se voltarem para mim. — Mas acho difícil acreditar que Ylva arriscaria o próprio povo apenas para se livrar de mim.

— Mães são capazes de fazer qualquer coisa pelos filhos — retruquei, a culpa surgindo em meu peito quando Bjorn se retraiu. — Ela quer que Leif seja rei um dia, e você está atrapalhando isso.

Bjorn desviou os olhos, a mandíbula tensa.

— Talvez. Mas meu pai confia nela e não vai acreditar nessas acusações. É melhor nós voltarmos para o acampamento e contarmos o que você viu nas runas. Ele vai tirar as próprias conclusões com base nisso.

Nós.

Meu estômago azedou, porque contar qualquer coisa a Snorri significava revelar que eu tinha estado sozinha na floresta com Bjorn. O que levantaria a questão do *motivo*, principalmente depois que Bodil havia me dito para não ficar zanzando por aí.

— Eu mesma conto. Você não viu nada, então não precisa estar envolvido.

Virando-me, segui o caminho até o leito do riacho e pelo barranco estreito, que eu sabia levar de volta ao fiorde.

— Por que está me evitando?

As palavras de Bjorn ecoaram entre as paredes de pedra do barranco, fazendo-me parar de repente.

— Não estou evitando você. Por que acharia isso?

— Porque você deu um jeito de escapar de quase todas as vezes que nos vimos desde que saímos de Fjalltindr.

— Foi *você* quem fugiu da conversa que estávamos tendo ao lado da fogueira ontem à noite — apontei, embora isso não servisse como defesa, uma vez que eu *estava mesmo* evitando Bjorn.

Ele espirrou água quando desceu até o riacho, sem tomar o mesmo cuidado que eu para permanecer seca, e parou atrás de mim. Apesar de o medo do que eu havia descoberto ter deixado as minhas palmas suadas e meu estômago embrulhado, estar tão perto de Bjorn era intoxicante. Cada respiração enchia meu nariz do cheiro de pinho e sal dos fiordes, e o calor que irradiava dele me fazia querer me aproximar.

— Bodil acha que só porque ela é aliada do meu pai está a par dos negócios do clã — disse ele. — Então era dela que eu estava fugindo, não de você. Qual é a sua desculpa?

Que eu quero me perder em seus braços e tenho medo de que todos saibam. Engoli o nó na garganta.

— Estive ocupada com meu treinamento.

— Com Bodil. — A voz dele soou monótona.

— Sim, com Bodil e as guerreiras dela. — Por que eu não estava conseguindo encará-lo? Por que não estava conseguindo olhar em seus olhos? — E daí?

Bjorn abriu a boca, mas em vez de deixá-lo falar, soltei:

— Você deixou claro que não queria fazer isso. Negou em termos inequívocos que nossos destinos estivessem interligados.

— Freya...

— E mesmo que você tivesse mudado de ideia agora, Bodil é uma professora melhor. — Minhas axilas estavam suadas e eu detestava a forma com que minha voz estava ofegante. — Você se apoia no seu tamanho e na sua força quando luta, mas eu sou pequena e fraca e...

— Você não é fraca.

Minhas bochechas coraram.

— Tá, talvez eu não seja. Mas sou mais fraca do que a maioria dos homens, o que significa que não posso lutar como um homem. Quero aprender a lutar como uma mulher.

Silêncio.

Mordendo a parte interna das bochechas, esperei Bjorn falar, a expectativa do que ele tinha para dizer sendo a forma mais pura de sofrimento. Eu estava suando feito um porco e mesmo que Bjorn não pudesse ver sob meu manto, provavelmente podia sentir o cheiro, e tudo o que eu queria fazer era pular na corrente mais profunda do riacho e deixá-lo me levar embora.

Em vez disso, obriguei-me a virar de frente para ele.

Em vez de irritada, a expressão de Bjorn estava pensativa. Quando nossos olhos se cruzaram, ele acenou com a cabeça.

— Você tem todo o direito. Bodil vai ensinar melhor do que um homem jamais poderia. — Mas então ele inclinou a cabeça, estreitando os olhos. — Só que isso não explica por que você anda se recusando a sequer olhar para mim.

Meu coração deu um salto, depois acelerou, e eu engoli em seco. Eu tinha desculpas na ponta da língua que mais pareciam espinhos, palavras que ele precisaria aceitar mesmo que não acreditasse muito nelas.

Mas eu não queria mentir. Não para ele.

Respirando fundo para me estabilizar, falei:

— Estou evitando você por causa do que aconteceu entre nós em Fjalltindr.

Bjorn soltou um suspiro de tristeza.

— Fizemos o que era necessário para evitar que os homens de Harald levassem você, Freya. Nem meu pai julgaria.

— Então por que nenhum de nós dois contou a ele?

— Porque não foi necessário! — Bjorn jogou as mãos para o alto, desviando os olhos. — Não significou nada.

Eu me encolhi, depois tentei disfarçar movimentando os pés. Esforço desperdiçado, porque os olhos de Bjorn se estreitaram quando ele disse:

— Tem alguma coisa nessa história que você não está me contando?

Tudo.

Seria mais fácil dar de ombros e não dizer nada do que admitir a verdade. Mais fácil deixar a conversa como estava e me afastar com meu orgulho intacto.

Só que agir assim faria de mim uma covarde que prefere mentir e fingir do que encarar a verdade, e eu não era essa pessoa. Ou melhor, não queria ser.

— Significou alguma coisa. Pelo menos... — minha voz falhou e meu peito ficou dolorosamente apertado. — Pelo menos para mim.

Meus olhos ardiam, e embora a última coisa que eu quisesse fazer fosse chorar, seria mais fácil impedir meu coração de bater do que segurar as lágrimas. Gotas quentes rolaram pelo meu rosto.

— Eu quis fazer o que fizemos. Eu quis você — concluí.

Bjorn ficou imóvel, não parecendo sequer respirar.

Tentei respirar fundo para me acalmar, mas meu corpo todo tremia. Eu deveria ser uma guerreira. Uma líder. A mulher que uniria Skaland sob o domínio de um rei. Ainda assim, não conseguia terminar uma conversa sem chorar feito uma criança.

— Sei que você sabe disso — continuei, esforçando-me para falar sem ofegar a cada palavra. — Que está perdoando minhas ações para me poupar da vergonha e facilitar as coisas para nós dois. Sei que deveria me sentir grata por isso, mas...

— Freya. — Ele segurou meu rosto, afastando as lágrimas com os polegares, mas eu o empurrei, pois o toque de Bjorn estilhaçaria o que restava de minha compostura.

— Sou casada com Snorri — disparei as palavras de uma vez e fechei bem os olhos. — Ele é seu pai, e embora vocês nem sempre se entendam, sei que é leal a ele. O que significa que meu comportamento desrespeitou vocês dois. Você estava tentando me proteger, enquanto eu... eu...

Então os lábios de Bjorn estavam sobre os meus.

Fiquei sem fôlego, meus olhos se abrindo quando minhas costas bateram no barranco. As mãos dele pegaram meus pulsos, segurando-os acima da minha cabeça enquanto ele pressionava o corpo com força contra o meu, prendendo-me no lugar.

— Bjorn...

Ele me silenciou, afundando a língua em minha boca e acariciando a minha, atiçando o calor que já tinha se acendido entre minhas coxas.

— Eu — sussurrou Bjorn, mordendo meu queixo, depois meu pescoço. — *Eu, eu, eu*. Freya, você ama essa palavra porque gosta de levar a culpa por tudo, não importa se a culpa é sua ou não.

Olhei para a esquerda, para baixo do barranco, porque seria necessário só um dos caçadores ou coletores nos ver para estarmos arruinados.

Precisávamos parar com aquilo. Mas quando ele pressionou o corpo contra o meu, qualquer pensamento sobre ir embora evaporou.

— Fui eu que pensei no plano. Eu que te beijei primeiro. — A boca de Bjorn reivindicava a minha, sugando, acariciando e mordendo. — Eu que toquei seus seios perfeitos. — Ele juntou meu pulso esquerdo com o direito, segurando ambos com facilidade com uma mão só para poder passar a outra pela lateral de meu corpo, acariciando com o polegar meu mamilo endurecido.

A barba por fazer dele pinicava meu rosto, a respiração fazendo cócegas em meu ouvido quando ele disse:

— E não ouse me dizer que foi *respeito pelo meu pai* que você sentiu pressionado contra suas coxas naquela noite.

Então não tinha sido. E não era agora.

Não, o que eu senti foi a ponta grossa de seu pau duro pressionado contra as calças quando ele me levantou com um braço, colocando-me de volta na posição em que estava naquela noite em Fjalltindr. O desejo latejava no ápice de minhas coxas, e eu me esfreguei nele, em busca do alívio que me havia sido negado antes.

Bjorn gemeu em meu pescoço e soltou meus pulsos. Liberta, envolvi o pescoço dele com os braços, soltando a amarra que prendia seus cabelos e emaranhando meus dedos em seu comprimento sedoso.

Por que eu não conseguia resistir a ele? Por que era tão terrivelmente fraca?

Bjorn agarrou minha bunda com uma mão, segurando-me junto a si, e com a outra segurou a lateral do meu rosto.

— Não enterrar meu pau dentro de você aquela noite quase me fez entrar em colapso — murmurou ele. — Eu te desejei desde o primeiro momento em que coloquei os olhos em você. Eu te desejei em Fjalltindr. Eu te desejo agora, e amanhã, e todos os amanhãs, Freya.

O hálito dele queimou minha pele quando disse meu nome. Quando pronunciou as palavras que ecoaram por minhas fantasias mais obscuras sobre meus desejos mais profundos. Não só uma vez, mas *todas* as vezes.

Deuses, como eu desejava isso. Desejava ele.

O som de passos na floresta quebrou o silêncio e ambos nos afastamos um do outro. Bjorn olhou para cima. Nenhum de nós disse nada por um longo tempo, então ele murmurou:

— Foi só um cervo.

Mas o momento havia sido arruinado, permitindo que a razão retornasse. Limpei as lágrimas do rosto e depois olhei nos olhos dele, a voz finalmente estável.

— Se fizermos isso uma vez, vai abrir uma porta. E vai acontecer de novo e de novo até acabarmos sendo pegos. Porque *vamos* ser pegos. Bodil já está desconfiada.

Bjorn tensionou a mandíbula, mas não discutiu.

— Quando Snorri descobrir, vai machucar minha família, possivelmente assassinar um deles. Vai executar ou banir você. — Ergui o queixo. — Mas eu sou insubstituível demais para matar, o que significa que vou precisar viver com a culpa por aqueles que mais amo estarem mortos porque não consegui conter meu *desejo*.

Se ao menos fosse *só* desejo.

Desejo eu conseguia controlar, desejo eu conseguia saciar de outras formas, mas e os sentimentos que cresciam em meu coração? Buscavam apenas uma liberação e se descontrolavam de maneira desvairada.

— Freya... — Ele segurou meus braços, abrindo os lábios como se fosse argumentar, mas se viu sem argumentos.

— Fique longe de mim, Bjorn — sussurrei. — Não olhe para mim. Não fale comigo. Não me toque, porque você agora pertence à lista de pessoas cuja vida depende do meu bom comportamento. E se eu cair em tentação, serei a ruína de todos nós.

Então, porque eu sabia que se ficasse mais tempo iria sucumbir, dei as costas para ele e segui o riacho até o fiorde.

— Há um espião entre nós.

Minha voz soou mais fria do que eu pretendia, mas parecia que se eu permitisse que qualquer emoção se soltasse, elas explodiriam lá de dentro.

Bodil cruzou os braços, claramente zangada por eu ter vagueado por aí, mas eu a ignorei e acrescentei:

— O espectro apareceu para mim de novo e me levou até a floresta para me mostrar onde uma mensagem tinha sido deixada usando feitiçaria rúnica. — Expliquei tudo o que havia acontecido, deixando de fora apenas a interação com Bjorn.

Snorri parecia pronto para me estrangular quando apareci, mas agora sua raiva havia sumido.

— Ele falou com você?

— Ele só me disse para *olhar* — respondi, e o eco da voz esganiçada do espectro preencheu minha mente.

— Onde está Steinunn? — perguntou Snorri, e quando a escalda se aproximou, ele a pegou pela manga e a puxou para a frente. — Isso pode servir como outro teste. Você precisa ouvir o que Freya tem a dizer.

A escalda se desvencilhou dele, ajeitando o manto mais perto do corpo antes de perguntar:

— O que você viu?

Tinha que tomar cuidado, pois tudo o que eu dissesse a Steinunn poderia ser revelado em uma de suas canções, e eu não tinha me esquecido da crença de Bjorn de que ela era uma espiã de Snorri.

— O espectro. Eu o vi de perto. Estava queimado quase até o osso e falar parecia lhe causar dor. Apenas os olhos dele estavam inteiros. Eles eram — *humanos* — verdes. Da cor das folhas.

Um calafrio repentino percorreu o corpo de Snorri, e Steinunn se afastou alarmada enquanto ele se agachava, a cabeça entre as mãos.

— É ela.

— Quem? — perguntei, ao mesmo tempo que Ylva disse:

— Não dá para ter certeza.

— São coincidências demais para negar. — Snorri olhou para a esposa, ignorando minha pergunta. — Ela previu que Freya viria, e o espectro não apareceu até o nome dela ter nascido do fogo. Só aparece para Freya. — A garganta dele convulsionou quando engoliu. — Ela foi queimada viva, Ylva. Só foi reconhecida pelas joias que ficaram nos ossos.

A percepção súbita de quem era a pessoa a qual ele estava se referindo me atingiu como um tapa na cara, ao mesmo tempo que ouvi botas chafurdando na lama quando Bjorn se aproximou do grupo, de braços cruzados e olhos sombrios.

— Vejo que Freya decidiu voltar.

Ninguém disse nada. Ninguém sequer parecia respirar.

Snorri lentamente endireitou o corpo.

— O espectro apareceu para Freya e a levou até uma prova de que temos um espião entre nós. Eu... eu acredito que o espectro é sua mãe.

Bjorn nem piscou, apenas deu de ombros e disse:

— Parece que ela é leal a você mesmo depois de morta, pai.

— Sim. — Snorri desviou os olhos. — Ou está ligada ao destino de Freya.

Embora seu rosto estivesse sem expressão, a tensão fervilhava nos olhos verdes de Bjorn, e meu coração se apertou em solidariedade. Se o espectro fosse de fato a mãe dele, significava que ela tinha ficado entre os mundos durante todos aqueles longos anos, sofrendo as agonias de sua morte. Se havia uma forma de ajudá-la, eu desconhecia, o que queria dizer que ela poderia permanecer naquele tormento até o fim dos dias. Talvez até além disso.

— A mensagem foi deixada com feitiçaria — falei, para desviar a atenção de Bjorn enquanto ele se conformava com a revelação. — O espião é uma pessoa que conhece magia rúnica. Uma mulher.

Olhos passaram por Snorri e Steinunn e recaíram sobre Ylva, e foi um esforço não gritar de alegria quando o desconforto surgiu no rosto dela. Mas foi Bodil que falou:

— Mostre-nos que runas você viu, Freya.

Dando de ombros, eu me abaixei para pegar um graveto e desenhei na lama as runas que havia visto. Quando completei a do centro, senti um calafrio na minha testa e me afastei, largando o graveto.

Ylva me tirou do caminho com o cotovelo e se ajoelhou, pressionando a mão sobre o olho que eu tinha desenhado na terra.

Um pânico repentino tomou conta de mim. Será que eu havia colocado uma lembrança nas runas sem querer? Em caso positivo, qual? E se fosse de Bjorn? E se, neste exato momento, Ylva estivesse observando por meus olhos ele me beijar?

— É como Freya disse. — Ylva se levantou. — Vi runas iguais às que ela viu. Magia simples, fácil de ensinar para qualquer um.

Abri a boca para chamá-la de mentirosa, mas de repente começou a sair fumaça das runas no círculo, a terra se carbonizando e virando um círculo preto a nossos pés e provando o argumento dela. Se eu tinha sido capaz de replicar aquilo, qualquer pessoa podia.

— Reúnam todos que testemunharam Snorri falar — disse Ylva. — Bodil vai interrogar e usar a magia dela para descobrir quem nos traiu.

— Concordo — falei. — Não deixem ninguém de fora.

Ylva franziu os lábios quando seus olhos encontraram os meus, e embora pudesse parecer tolice, permiti que ela visse que eu *sabia*. E que não a deixaria sair impune.

Então foi com grande choque que vi a senhora de Halsar se virar para Bodil e declarar:

— A lembrança não é minha. Não entalhei as runas. Não traí meu marido.

Bodil a olhou por um longo momento e em seguida acenou com a cabeça.

— Ylva está dizendo a verdade.

— Reúnam todos — gritou Ylva. — Não deixem pedra sobre pedra até descobrirmos quem nos traiu.

— Basta! — rugiu Snorri. — Saga não se revelou para nos ajudar a encontrar um traidor. Ela se revelou para mostrar a Freya o caminho a seguir.

Hesitei, porque essa era a última coisa que eu tinha interpretado de minha interação com o espectro.

— Nosso plano de atacar Grindill é conhecido por nossos inimigos. — Ele levou a mão à arma. — O que significa que Gnut vai estar preparado para nossa chegada. Vou colocar sentinelas para vigiar o mar e as passagens entre as montanhas. Foi isso que Saga revelou a Freya. Não que fomos traídos, mas que Freya deve mudar o curso do destino.

— Como? — perguntei, porque a alternativa seria apontar que um dia antes ele havia dito que tinha a mais plena certeza de que Gnut estava se escondendo atrás de suas muralhas por medo da ira de Snorri. O que tinha sido um discurso vazio só para ganhar apoio, ao que parecia. — Ela não disse nada sobre o que eu devo fazer.

— Porque ela não controla você. — Os olhos de Snorri se fixaram em mim, queimando com profundo fanatismo. — Mas eu sim. E digo que não vamos contornar as montanhas, vamos escalá-las. Digo que devemos atacar agora.

25

Nenhuma pessoa sã escalaria as montanhas de Skaland em uma primavera. Não quando a viagem pelas laterais ou pela água, via fiordes, era tão simples. E com certeza não quando o céu estava desmoronando num dilúvio de chuva e granizo, a temperatura congelante todas as noites.

O que significava que, embora Gnut e seus guerreiros pudessem até saber que estávamos a caminho, não esperavam que fôssemos chegar tão cedo.

Isto é, se sobrevivêssemos tempo suficiente para atacar, o que parecia menos provável a cada minuto que passava.

Ofegante, parei perto de algumas rochas e limpei a neve do rosto. Cada músculo do meu corpo queimava por escalar o dia todo, mas eu praticamente já não sentia mais minhas mãos e meus pés devido ao frio. Meus dentes batiam com tanta violência que o barulho teria ecoado pelos picos, não fosse pelo uivo do vento que abafava tudo, exceto os gritos mais altos.

— Você está bem?

Eu me contorci, virando o corpo para encontrar Bjorn um pouco abaixo de mim na encosta. O capuz de seu manto estava solto nas costas e suas mãos estavam descobertas, nenhuma parte dele tocada pelo frio. O fogo de Tyr queimava dentro dele o tempo todo, e contive o ímpeto de me aproximar. Bjorn tinha honrado meu pedido para manter distância até onde as ordens de Snorri permitissem, e eu precisava fazer o mesmo.

— Estou bem.

— Parece estar congelando, está até de farol aceso.

Fazendo cara de repulsa, zombei:

— Ó, meus pobres peitinhos congelados. Se ao menos algum homem generoso se oferecesse para esquentá-los para mim.

Ele deu de ombros, respondendo com irreverência:

— Você que está dizendo, não eu.

Chutei neve na direção dele.

— Sai fora, Bjorn. Eu sei me cuidar.

Ajeitando o capuz de pele do meu manto, coloquei as mãos enluvadas debaixo dos braços, andando com dificuldade atrás de Bodil encosta acima. A mulher mais velha parecia um urso debaixo de todas aquelas peles pesadas.

— Esse é um modo tolo de caminhar, Nascida do Fogo — disse ele atrás de mim. — Se cair, não vai conseguir se segurar.

— Não vou cair. — Ou melhor, o risco de isso acontecer parecia menor do que o de perder meus dedos por queimaduras de frio.

— Deixe de ser tão teimosa e me deixe esquentar suas mãos para você.

Atrás de mim, senti um brilho quente repentino e soube que se me virasse encontraria o machado flamejante de Bjorn. Rangi os dentes, querendo desesperadamente colocar meus dedos dormentes perto da arma incandescente até se aquecerem de novo, mas continuei andando com dificuldade, ajeitando a alça do escudo enquanto olhava para as costas de Bodil. Todo mundo estava conseguindo, então eu conseguiria também.

— Freya...

Girando o corpo, resmunguei em voz baixa:

— Eu te disse para ficar longe de...

Meus pés escorregaram, um suspiro escapando de meus lábios. Bjorn tentou me segurar, olhos arregalados, mas meu braço estava preso no manto.

Quiquei dolorosamente na encosta, meus dedos tentando se firmar na rocha fria e na lama congelada, mas não encontrando nada. Meu corpo girou e eu voei pelo ar, soltando um grito enquanto caía...

E aterrissava com força na água.

Afundei, bolhas explodindo da minha boca enquanto meu escudo batia na rocha, a alça afundando em minhas costas e expulsando o ar de meus pulmões.

Eu me debati, desesperada para respirar, então senti mãos segurarem a frente da minha roupa e me puxarem para a superfície.

Engasgando, encontrei o olhar de pânico de Bjorn.

— Não precisa dizer nada — falei entre tossidas, o frio se infiltrando em meus ossos. — Não ouse dizer nada!

— O que acha que eu pretendia dizer? — Ele me tirou da lagoa coberta de neve e água em que eu havia caído, colocando-me em pé.

— Que você bem que avisou — murmurei, roubando as palavras para que ele não tivesse a chance de me constranger com elas.

— Não era isso que eu ia dizer.

Ele tirou o escudo e o manto ensopado de minhas costas, jogando-os de lado antes de envolver o próprio manto em meus ombros. O calor me arrebatou e seu cheiro preencheu meu nariz. Mas nem isso foi o suficiente para acalmar os tremores violentos que sacudiam meu corpo.

— O que era, então? — perguntei, vendo Snorri descer a encosta em nossa direção, os olhos repletos de pânico.

— Eu ia apontar que você tem o hábito de ficar muito molhada perto de mim — disse Bjorn. — Estou começando a me perguntar se é proposital.

Por uma fração de segundo, meu corpo esqueceu que estava congelando e mandou sangue às pressas para minhas bochechas. Eu tinha dito para ele se afastar. Havia lhe contado os motivos pelos quais não podia ficar em sua presença mesmo que revelar a verdade tivesse sido humilhante, e agora ele estava fazendo piadas?

— Não se iluda!

Bjorn segurou minhas mãos, a pele escaldante junto à minha.

— É você quem me ilude.

— Eu *não* caí de uma montanha para ficar molhada por você, Bjorn!

— Ah, eu sei — sorriu ele. — Porque isso aqui, na verdade, não passa de uma colina com aspirações elevadas. Aquilo — ele apontou para um pico rochoso ao longe — é uma montanha.

— A única coisa elevada que vejo é seu senso de importância — sussurrei enquanto Snorri gritava:

— Ela se machucou?

— Ela está bem — respondeu Bjorn. — Apenas molhada e com frio. Temos que erguer acampamento e fazer uma fogueira para aquecê-la.

— Não podemos perder essas horas — resmungou Snorri, jogando as mãos para o alto. — Precisamos alcançar o cume antes do anoitecer ou não haverá a menor chance de chegarmos a Grindill a tempo de atacar amanhã à noite. Se atrasarmos, corremos o risco de Gnut receber notícias sobre a partida de nossas forças e se preparar para um ataque vindo das montanhas. Vamos perder a vantagem.

— É melhor perder a vantagem do que perder sua dama do escudo — retrucou Bjorn. — Ela não vai servir para muita coisa se for um cadáver congelado.

— Isso é um teste dos deuses! — Snorri balançou a cabeça com firmeza. — Ela precisa provar seu valor novamente. — Ele começou a se virar, depois olhou feio para Bjorn. — Hlin te deu a tarefa de proteger Freya. Deixá-la cair da montanha foi uma falha *sua*.

Sem dizer mais nada, voltou a subir encosta acima.

Bjorn me puxou de repente para junto do próprio corpo, envolvendo-me com os braços de modo que minha cabeça ficou pressionada contra seu peito.

— Isso aqui não é uma porra de uma montanha — murmurou ele, e eu estava sofrendo demais para contra-argumentar, vendo o resto dos guerreiros seguirem adiante enquanto Bodil ficava para trás.

— Você é realmente favorecida pelos deuses, Freya — disse a jarl, entregando-me um cantil que cheirava a bebida forte.

Tomei um gole, tossindo quando o álcool desceu queimando por minha garganta, e em seguida tomei outro.

— Não é o que está parecendo.

Ela deu de ombros, chacoalhando as peles, depois apontou para a base de onde eu tinha rolado, mais alta do que Bjorn.

— Se você tivesse caído alguns metros para a direita ou para a esquerda, teria rachado esse seu belo crânio para valer, mas em vez disso a montanha te jogou dentro de uma lagoa, profunda o suficiente para amortecer sua queda.

— Isso aqui não é a porra de uma montanha! — explodiu Bjorn. — É só uma colina!

Bodil ergueu as sobrancelhas e logo em seguida riu.

— Mas o que foi realmente incrível foi Bjorn não ter se mijado todo quando não conseguiu impedir que você caísse da — ela abriu um sorriso irônico — colina.

A jarl deu risada quando as mãos de Bjorn se apertaram ao meu redor, e não entendi por que ele se preocupava tanto com a semântica da coisa a ponto de discutir a questão. Podia ouvir seu coração batendo onde meus ombros estavam pressionados junto a seu peito, e só o sentir desacelerar quando Bodil começou a tirar as próprias camisas.

— Quantas camisas você está usando, mulher? — perguntou Bjorn.

— Seis — respondeu ela. — E três pares de calça. Tenho pouca tolerância ao frio.

Tomando mais um gole da bebida, me afastei de Bjorn com relutância e devolvi seu manto de pele, querendo chorar quando o vento gélido cortou meu corpo ensopado. Tremendo muito, tentei passar a cota de malha pela cabeça, mas parecia que meus braços não estavam funcionando direito e Bjorn teve que intervir, puxando-a para cima e depois largando-a no chão.

— Feche os olhos — falei com os dentes batendo, depois olhei para ter certeza de que tinha sido obedecida.

As pálpebras dele estavam fechadas, cílios pretos repousando sobre as bochechas. Ainda assim, com uma precisão inequívoca, ele segurou minha túnica acolchoada, removendo-a antes de passar à camisa que eu usava por baixo. As juntas de seus dedos roçaram minha pele quando ele a passou com cuidado por minha cabeça, libertando meus braços rígidos e pesados da peça de roupa enquanto o vento arranhava meus seios desnudos.

Eu queria estar de volta aos braços dele, me encolher em seu calor e sentir seu cheiro. Queria que ele abrisse os olhos e *olhasse* para mim. Queria que afastasse não só o frio que feria minha pele, mas também o que consumia meu coração. Em vez disso, forcei os braços para cima permitindo que Bodil pudesse enfiar a própria camisa por sobre minha cabeça, mal sentindo a lã fina contra a pele dormente. Ela acrescentou uma túnica de lã mais grossa, depois colocou o manto de Bjorn sobre meus ombros.

— O sangue dele é da temperatura da água fervente — disse ela. — Ele poderia subir essa montanha nu e não sentir frio. — Estendendo o braço, ela levou o cantil de bebida aos meus lábios novamente. — Beba, Freya. Isso vai impedir que seus dedos dos pés congelem antes de chegarmos ao topo.

Tudo que consegui fazer foi dar um aceno brusco com a cabeça, permitindo que Bjorn recolhesse minhas roupas encharcadas e a cota de malha, deixando apenas meu escudo para que eu carregasse enquanto seguia Bodil pela encosta. Cada passo exigia muita força de vontade, meus músculos tão rígidos que, não fosse pela dor, pareceriam feitos de madeira, e não de carne. Abraçando meu próprio corpo, segui em frente, o peito doendo, cada respiração um arquejo áspero de ar frio.

Tropecei, Bjorn segurando meus cotovelos e me impedindo de cair.

— Não ouse carregá-la — falou Bodil por sobre o ombro. — Ela precisa manter o sangue circulando.

Lágrimas escorreram por meu rosto para se misturar à neve, meu nariz escorrendo e me forçando a arquejar para fazer o ar entrar pela boca, meu lábio inferior ressecando, depois rachando. Lambi-o, sentindo gosto de sangue, depois tropecei de novo.

Bjorn me segurou.

— Deixa comigo.

Ele começou a me levantar nos braços e eu desesperadamente quis deixá-lo. Mas em vez disso, virei o corpo e encarei os calcanhares de Bodil.

— Este teste é meu, não seu.

O que significava que eu precisava andar com meus próprios pés.

Amanhã eu lideraria todos os guerreiros de nosso acampamento em batalha com base em sua *fé* de que eu era alguém digna de ser seguida. Queria *provar* que era digna. Queria que lutassem ao meu lado não por causa de sinais dos deuses, mas porque eu era forte e capaz. Ninguém acreditaria nisso se eu permitisse que Bjorn me carregasse até o acampamento porque eu estava com *frio*.

Fechei as mãos em punho. Por sorte, as mangas da túnica de Bodil eram longas o suficiente para cobri-las, porque minhas luvas estavam ensopadas. E escalei.

Cada vez mais alto, com a neve batendo em meu rosto e o vento tentando arrancar o manto de Bjorn de meu corpo. Eu não conseguia sentir meus dedos dos pés e tropeçava a cada poucos passos, mas afastava Bjorn toda vez que ele tentava me ajudar.

Eu iria conseguir.

Eu chegaria no topo.

O céu escureceu, o sol se pondo no horizonte, todo o calor removido do ar. Quanto mais teríamos que andar? Expostos como estávamos na encosta da montanha, o pensamento de vagar no frio e na escuridão em busca do resto do grupo fez brasas de medo se acenderem em meu peito.

Tanta coisa poderia dar errado no escuro.

Então Bodil gritou uma saudação, as respostas filtradas pelo vento em meus ouvidos. Levantei a cabeça e vi leves sombras se movimentando no escuro. Tínhamos chegado ao acampamento.

Mas não havia fogo.

Cambaleei até parar e Bjorn passou correndo por mim.

— Qual é o seu problema? — resmungou ele para uma sombra que eu só podia presumir ser Snorri. — Você nos deixou sozinhos na trilha e agora quer vê-la sucumbir às queimaduras de frio? Ela vai lutar mal demais se não tiver os dedos das mãos e dos pés. Acenda uma porra de uma fogueira ou quem vai acender sou eu.

— Você não vai fazer nada disso. — A voz de Snorri soava estável e impassível, e quando cheguei mais perto vi que ele estava sentado em uma pedra, peles enroladas no corpo. — Gnut tem sentinelas. Bastaria um deles ver uma fogueira no alto da montanha e nossa vantagem estaria perdida.

Bjorn fechou as mãos em punhos e pensei, por um segundo, que ele ia socar o pai. Mas apenas falou:

— Não entendo por que arrisca Freya desse jeito. Diz que ela tem valor, que vai transformar você em rei, e ao mesmo tempo não faz o mínimo esforço para protegê-la só para evitar que os outros a roubem.

— Os deuses a protegem. — Snorri inclinou a cabeça. — Você já viu evidências disso repetidas vezes, Bjorn, e ainda assim não acredita: eles não vão permitir que ela morra.

— Eles permitiram que ela caísse hoje.

— Para que pudesse sobreviver ao que mais ninguém poderia — respondeu Snorri. — Steinunn vai cantar sobre suas façanhas, e suas histórias vão rodar por Skaland como fogo desgovernado. As pessoas não terão escolha além de acreditar nas palavras de Saga. Vão chegar em multidões para segui-la em batalha, e vão jurar lealdade a mim como seu rei. Interferir com a proteção de Freya pelos deuses seria lhe negar aquele destino, e, ao fazer isso, alterar o meu para pior.

— Então você vai jogá-la aos lobos várias vezes, certo de que os deuses vão poupar a vida dela?

— É o destino de Freya.

— Não importa quanto sofrimento isso cause a ela? Freya é sua *esposa*. Você não se importa com a dor que ela está sofrendo hoje?

Snorri permaneceu imóvel na escuridão.

— Acho, meu filho, que você se importa o suficiente por nós dois.

Meu estômago afundou, e se minhas mãos e meus pés já não estivessem congelados, iriam se transformar em gelo. Apesar de todos os meus esforços para manter distância de Bjorn, Snorri sentiu o que eu estava tão desesperada para esconder. Tensionei a mandíbula, temendo as consequências que viriam desse desconforto físico avassalador. Forcei a mão congelada a pegar a espada sob o manto de pele ao mesmo tempo que vi Bjorn flexionar os dedos.

O que ele faria se Snorri o confrontasse? O que eu faria?

Prendi a respiração, rezando para ter forças para lutar se fosse necessário. Mas Snorri apenas balançou a cabeça com firmeza.

— Você não pensa como um jarl, Bjorn. Apenas se concentra na dificuldade que vê à sua frente e não pensa nas inúmeras outras vidas que dependem da sua proteção. Se Skaland se reunir sob o meu domínio como rei, vai ficar mais forte e mais próspera, mas isso só vai acontecer se Freya continuar agradando aos deuses. Eles querem que você a proteja, mas não deixe sua *brandura* comprometer o destino dela.

Levou um momento para as palavras dele se assentarem, meu coração ainda batendo num ritmo violento quando aos poucos me dei conta de que Snorri não estava acusando Bjorn de sentimentos proibidos, mas de estar sendo *mole*. O que deveria ter sido um alívio, mas meu temperamento se inflamou e respondi:

— Posso encontrar o conforto do alimento e dos cobertores, *marido*, ou sua opinião é de que os deuses favoreceriam até mesmo um tolo que se senta nu ao vento do norte?

— Faça o que quiser.

Mesmo na escuridão, senti a irritação de Snorri. Sabia que ele desejava que eu permanecesse em silêncio. Se queria isso, teria que cortar minha língua.

— O povo de Skaland vai se unir sob o domínio daquele que controlar meu destino. — Sorri na escuridão, mostrando os dentes. — Então controle-o.

O silêncio foi rompido apenas pelo uivo cruel do vento, ninguém dizendo mais nada. Ninguém sequer pareceu respirar enquanto esperavam para ver qual seria a reação do jarl ao desafio.

Pois, eu me dei conta, de fato o havia desafiado. Não tinha sido um deslize de minha língua, mas meu coração expressando uma pergunta que vinha crescendo em mim desde o momento em que soube da profecia da vidente. A mãe de Bjorn não havia nomeado Snorri como aquele que deveria controlar meu destino, o que significava que poderia ser qualquer um. Ele me controlava usando a farsa de um casamento, ameaças contra minha família e juramentos vinculados por magia, e enquanto aquilo já tinha parecido mais do que o suficiente para me manter sob seu domínio, naquele momento... eu me perguntava se os deuses não podiam ter outra coisa em mente.

Como se sentisse o poder que tinha sobre mim escorrendo pelos dedos, Snorri disse:

— Guarde seu espírito para a batalha que está por vir, Freya, e se lembre do custo do fracasso. — Então apontou para Bjorn com o queixo. — Alimente-a e aqueça-a, mas sem porra de fogueira *nenhuma*.

— Se ela não tiver mais pés amanhã, culpe a si mesmo — respondeu Bjorn, fazendo um sinal para que eu o seguisse.

Caminhei devagar, sentindo o impacto de cada passo em minhas pernas, e não nos pés, e a inquietação afastou o brilho do desacato. Os deuses já tinham achado por bem incapacitar minha mão. O que os impediria de levar alguns dedos dos pés por queimaduras de frio para *testar* ainda mais minha determinação, e assim meu valor? Parei para pensar em qual seria minha aparência quando Skaland tivesse seu rei, cheia de cicatrizes e torta, com partes de mim deixando de funcionar, senão perdidas totalmente, e meus olhos arderam. Como uma ferramenta usada até a lâmina ficar cega e o cabo quebrar, deixada, então, para mofar num canto, tendo servido ao seu propósito.

Fui preenchida por visões. De mim no futuro tendo conquistado tudo o que estava estabelecido no meu caminho, e agora esquecida no canto do grande salão do rei. Velha e gasta. Cercada, mas sozinha. Uma lágrima escapou de meu olho, e não me preocupei em secá-la.

Vagamente, notei que Bjorn conversava com Bodil. Notei um deles pegando em minha mão e me levando para trás de um pedaço de lona que tinha sido esticado entre duas árvores para bloquear o vento. Notei meu escudo sendo removido antes de eu ser colocada no chão.

A luz do sol tinha desaparecido por completo, as nuvens densas bloqueando a lua e as estrelas e mergulhando o mundo na escuridão de modo que eu só conseguia ver as visões em minha cabeça.

Pare, supliquei em silêncio, implorando para que minha mente parasse de me torturar, mas eu poderia muito bem ter cuspido no vento, porque pedir aquilo era o mesmo que nada. Meu corpo estava pesado, não mais tremendo, embora o esforço fosse muito grande. Cada respiração exigia muita força de vontade.

— Freya?

Ouvi Bjorn dizer meu nome, mas ele parecia distante, como se um vasto desfiladeiro nos separasse, ficando mais largo a cada um de meus batimentos cardíacos penosos.

— Freya, você está bem? Freya? Freya, olhe para mim!

Os músculos de meu pescoço não queriam obedecer, a dor percorrendo meu corpo quando me virei na direção de sua voz.

— Eu... — minha boca estava muito seca. Seca demais para formar palavras.

Ele praguejou, então senti o manto pesado sendo tirado de meu corpo. Comecei a gemer em protesto quando o frio atingiu meus ombros, então meu corpo se moveu e eu fui envolvida em calor. Percebendo que estava sendo envolvida pelos braços de Bjorn, tentei me afastar, mas o aperto dele em torno de minha cintura era implacável. E quando puxou o manto sobre nós, minha vontade de resistir desapareceu.

— Verifique os pés dela — disse ele, e minhas pernas se mexeram quando Bodil tirou minhas botas congeladas e as faixas que cobriam as pernas, um suspiro chocado saindo de seus lábios.

— Estão gelados!

Pela pressão nas pernas, suspeitei que meus pés estavam nas axilas dela, mas não conseguia sentir nada.

— Meus dedos...

— Vão ficar bem. — A respiração de Bjorn roçou em minha orelha. — Você tem sangue dos deuses nas veias.

As batidas rápidas do coração dele junto às minhas costas camuflavam suas palavras, mas em vez de meu medo aumentar, flutuei, som e sensação entrando e saindo de foco. *Será que cheguei ao fim?* Eu me perguntei preguiçosamente. *Não vou morrer em batalha, mas congelada na encosta de uma montanha?*

— Não estamos numa maldita montanha, Nascida do Fogo.

Sorri, sem saber ao certo se Bjorn tinha mesmo falado aquilo ou se era minha imaginação.

— Esta é a colina sobre a qual você deseja morrer?

— Não tem graça. — Os dedos dele ficaram mais apertados em minha cintura e um arrependimento repentino tomou conta de mim. De eu não ter tido a chance de me afogar em seu toque, de saboreá-lo, de senti-lo dentro de mim.

— Tem uma certa graça, sim — sussurrei, porque a alternativa era chorar.

Então, me perdi na penumbra. Flutuando em uma poça quente de escuridão que me chamava cada vez mais para baixo. Vagamente, ouvi Bjorn chamar meu nome, mas não conseguia mexer o corpo para nadar de volta até ele. Não sabia ao certo se queria.

Voltar significava dor, sofrimento e solidão. Por que eu deveria lutar por isso?

— Este não é o seu fim, filha — respondeu uma voz gentil. — Você deve continuar lutando, por eles.

— Eu não quero — respondi, sem saber se o que estava acontecendo era verdade ou mentira. — Não quero voltar.

— Você precisa voltar — resmungou uma voz mais severa, desprovida de paciência. — Por *você mesma*.

Mãos pressionaram minhas costas, erguendo-me pelas águas escuras. Eu lutei, tentando fugir de volta para baixo, mas não conseguia me livrar daquele aperto. Elas me empurraram mais alto, a dor queimando por meu corpo conforme eu me aproximava da superfície.

— Não — gemi quando a queimação se intensificou. — Isso dói!

— Significa que você está viva — responderam as vozes ao mesmo tempo, e eu inspirei ofegante e gritei.

26

A AGONIA PERFUROU MINHAS PERNAS, e senti como se meus pés tivessem sido pressionados contra o machado de Bjorn e minha pele estivesse derretendo. Gritei sem palavras, lutando para me afastar do fogo, mas mãos agarravam minhas pernas, segurando-as no lugar.

— Parem — supliquei entre soluços. — Vocês estão me machucando!

— Sei que dói, mas a dor é uma coisa boa. — Bjorn me prendia junto a seu peito e a aspereza de seu queixo roçava em minha bochecha. — Significa que seus pés estão ficando quentes.

— Está quente demais. — Lágrimas e muco escorriam pelo meu rosto. — Vocês estão me queimando! Tirem meus pés do fogo! — gritei, pois ninguém estava escutando e, *ó deuses*, como aquilo doía.

— Não tem fogo, moça — disse alguém. — Apenas as axilas de Bodil. Não vai te fazer mal, tirando o fedor.

— Diz o homem que tem cheiro de bunda — respondeu Bodil, e uma dúzia de vozes riu. Foi quando me dei conta de que estávamos cercados pelos guerreiros de Halsar. Eram as mãos deles segurando minhas pernas no lugar, seus corpos bloqueando o vento. Protegendo-me, apesar do fato de que deveria ser o contrário.

Um pânico irracional e repentino me invadiu quando pensei que os deuses fossem puni-los pelo que estavam fazendo. Eu deveria ficar sozinha, superar minhas provações sozinha, *estar* sozinha.

O medo deve ter dado voz a meus pensamentos, pois todos ficaram em silêncio, o único barulho sendo o uivo do vento até um velho guerreiro dizer:

— Os deuses não disseram nada disso, menina. Eu estava lá quando Saga fez a previsão e vi quando os próprios deuses apareceram durante seu sacrifício em Fjalltindr. Nada foi dito sobre você ter que fazer qualquer coisa sozinha.

Tensionei a mandíbula, esperando a voz de Snorri dizer que estavam errados, mas se ele estava lá, ficou em silêncio.

— Você nunca esteve sozinha — disse Bjorn. A voz dele era tão suave que ninguém o ouviria com o barulho do vento e o meu choro. — Eu vou estar com você até cruzar o limite para Valhalla, Nascida do Fogo, quer você queira ou não.

Senti um aperto no peito e, encoberta pela escuridão, eu me permiti virar o rosto na direção dele e ceder à dor. Soluçar e gritar enquanto a sensação de formigamento voltava a meus pés e minhas mãos, não porque era mais do que eu podia suportar, mas porque precisava deixar a dor sair. Bjorn me abraçou com força, acariciando meus cabelos, e tive certeza de que ele não se afastaria, destruindo todos os muros que eu havia construído ao redor do meu coração, até que a exaustão me fez adormecer.

Acordei, a dor das queimaduras de frio me lembrando instantaneamente de onde eu estava, o que foi bom, uma vez que estava cercada de escuridão.

E envolvida nos braços de alguém.

Fiquei tensa, e a consciência de todas as partes de mim que estavam pressionadas contra Bjorn me fez ficar alerta em um instante. O braço dele amparava minha cabeça, meu rosto apoiado em seu bíceps grosso e seu outro braço ao redor de minha cintura, segurando minhas mãos com a sua maior. Minhas costas estavam contra o peito dele, minha bunda encostada bem em seu abdômen firme e meus pés presos entre suas panturrilhas. Embora todos os centímetros do meu corpo doessem, eu estava felizmente aquecida sob a grossa pele de animal.

Bjorn se mexeu.

— Você está bem?

— Estou. — Minha boca estava seca e engoli, tentando limpar a aspereza. — Obrigada.

Ele não respondeu e, por um instante, achei que tinha voltado a dormir. Só que havia uma tensão nele que sugeria que estava bem acordado.

Afaste-se, disse a mim mesma. *Agora você já está aquecida — então durma sozinha.*

Em vez disso, prendi a respiração, esperando que ele fizesse... fizesse *alguma coisa*, embora eu não soubesse o quê.

Um ronco alto a poucos centímetros de meu rosto me assustou e Bjorn riu em voz baixa.

— Bodil ronca.

Senti o braço dele se esticar sob minha cabeça e Bodil murmurou um xingamento antes de rolar sem medo de fazer barulho para longe de nós, provavelmente para escapar de outro empurrão. Piscando para afastar a crosta de lágrimas em meus cílios, vi outras formas cobertas por peles, quase invisíveis na escuridão. Mas o fato de já estarem visíveis significava que estava amanhecendo.

E, com isso, estava chegando a primeira batalha significativa da minha vida.

Soltei um longo suspiro, sentindo a ansiedade aumentar em meu peito. Em poucas horas, desceríamos para atacar Grindill e muita coisa dependeria de mim. De minha magia. Se eu fracassasse, dezenas morreriam. Homens e mulheres que haviam arriscado a ira de Snorri ontem à noite para me ajudar colocariam a vida em risco com total fé de que a vitória era meu destino, e o peso repentino desse fardo teria me feito cambalear se eu estivesse em pé.

Eu, depois de quase não escapar da morte na noite anterior, poderia morrer naquele dia.

O pensamento me lembrou do arrependimento que eu havia sentido quando acreditei que minha vida tinha acabado. Dali a poucas horas era bem possível que eu estivesse caída, sangrando na terra e sentindo o mesmo arrependimento, e não queria isso para mim.

Queria *mais*. Mesmo que fosse apenas por um momento, porque não importava se minha vida fosse terminar hoje ou se meus medos de envelhecer sozinha e esquecida se concretizassem, eu poderia me agarrar àquele momento como a uma vela na noite mais escura.

Sabendo que estava pisando em solo perigoso, movimentei-me para trás, encaixando o corpo no de Bjorn.

Ele só vai achar que estou com frio, disse a mim mesma, ainda que o calor que se acumulava dentro de mim esperasse que ele pensasse outra coisa.

Prendi a respiração, esperando que Bjorn reagisse, e a expectativa fez minha pulsação acelerar.

— Está com frio, Freya? — Não havia um pingo de preocupação na voz de Bjorn, apenas ironia e um quê de algo muito menos inocente do que riso.

Foi aquilo que me deixou ousada.

— Não — falei baixinho, encostando nele. — Não estou com frio.

— Hmm. — Senti o barulho do reconhecimento mais do que ouvi e mordi o lábio, esperando que ele reagisse ao que eu havia feito. Mas Bjorn apenas perguntou: — Você precisa fazer xixi?

Fui tomada por indignação.

— Não!

— Então por que não para de se mexer? Está ficando difícil dormir.

A indignação se transformou em constrangimento, mas então senti a vibração da risada silenciosa dele e um segundo depois seu polegar começou a acariciar, com pequenos círculos, o dorso de minha mão cheia de cicatrizes, atiçando ainda mais o calor em meu interior.

— Pare.

A mão dele ficou imóvel.

— Parar o quê?

— De falar. — Mordi o lábio. — Pare de me fazer perguntas, foi o que eu quis dizer.

— Ah.

Ele retomou os pequenos círculos, fazendo um arrepio percorrer meu corpo mesmo quando percebi que minha exigência não era justa. Bjorn tinha todo o direito de ser cauteloso comigo. Eu tinha sido ora quente, ora fria, e o havia cavalgado como uma criatura possuída pela luxúria apenas para depois gritar para que ficasse longe de mim. Ele não deveria querer nada comigo, porque eu era confusa e inconstante, mas ainda assim permanecia ao meu lado.

— Talvez eu morra hoje.

Bjorn ficou tenso, depois disse com suavidade:

— É por isso que quer que eu pare de fazer perguntas? Porque teme a morte?

O vento uivava e o ronco de Bodil se intensificou. Era um milagre que aqueles que estavam à nossa volta não tivessem acordado. Mas ninguém se mexia, o que significava que eu não tinha desculpa para não responder.

— Eu não temo a morte — sussurrei. — Mas ontem à noite tinha arrependimentos quando me deparei com ela e não quero que isso aconteça de novo.

Bjorn não respondeu, e não fossem pelas suaves carícias de seu polegar, eu poderia ter pensado que errei ao expor meu coração. Na verdade, eu não sabia o que estava lhe pedindo, uma vez que estávamos cercados. Uma vez que o pai dele — meu marido — talvez quase conseguisse nos ouvir de onde estávamos deitados, envolvidos nos braços um do outro. Mas, deuses, eu *queria*.

Então Bjorn soltou minha mão e colocou a dele entre meus seios, sobre meu coração, que parou quando ele fez contato, depois acelerou.

— Você não vai morrer hoje, Nascida do Fogo, porque vou massacrar qualquer um que chegue perto de você. Prometo. — Ele ficou em silêncio por um longo momento, depois acrescentou: — Sabendo disso, ainda quer que eu *pare de fazer perguntas*?

Respirei fundo, trêmula, as palavras dele fazendo minha pele arder e minha pulsação acelerar, porque Bjorn estava pedindo uma confissão maior do que eu pretendia dar. Era fácil correr riscos quando se enfrentava a morte, mas muito mais difícil fazer isso quando se enfrentava a vida, e essa tinha sido a promessa de Bjorn.

Eu *queria*. Mas, acima de tudo, eu queria *ele*.

Entrelaçando meus dedos com os dele, respirei fundo e movi sua mão na direção do meu seio. Senti um arrepio percorrer seu corpo e desci mais os quadris para minha bunda não ficar pressionada contra seu estômago, mas junto à espessa protuberância de seu pau já duro.

— Freya...

— Chega de perguntas, Bjorn.

Ele ficou em silêncio por um momento longo e doloroso, depois seus dentes encostaram no lóbulo de minha orelha, a sensação atravessando meu corpo com uma onda de choque ao mesmo tempo que respondia ao meu pedido. Rolei os quadris contra ele, um pulsar latejante se formando entre minhas coxas, necessitando de seu toque. Em vez disso, Bjorn envolveu meu seio com a mão, brincando com meu mamilo enquanto ele se enrijecia sob a túnica emprestada.

Contive um gemido quando o senti apertar entre seu polegar e o indicador, meu corpo ficando quente sem se importar com o risco, apenas com a satisfação do desejo ardente de ser preenchido por ele. Coloquei a mão para trás, pegando sua túnica e a levantando. Os músculos do abdômen dele eram como pedra esculpida sob minha palma, e arrastei as unhas pela trilha de pelos que levava para dentro de suas calças, fechando a mão ao redor de seu membro.

Bjorn estremeceu, mordendo forte o lóbulo de minha orelha como se estivesse tentando abafar um gemido, e eu estava muito perto de tampar a boca para fazer o mesmo. Deuses, ele era grosso, e passei a palma da mão por seu comprimento considerável, sorrindo quando Bjorn investiu contra ela, a necessidade já umedecendo a ponta de seu membro.

Mas antes que eu pudesse acariciá-lo novamente, ele abandonou meu seio e segurou meu pulso, forçando-me a tirar a mão de suas calças. Contive um resmungo de frustração ao mesmo tempo que senti o peito dele se sacudir com uma risada silenciosa. Ele transferiu meu pulso para sua outra mão, prendendo-me no lugar enquanto sua perna escorregava sobre a minha.

O que me deixava, eu me dei conta, totalmente em seu controle.

Meu sexo latejava, já molhado, e tensionei a mandíbula para não gemer quando Bjorn escorregou a mão sob minha túnica, passando os dedos pelos músculos do meu abdômen, ao longo de minhas costelas, descendo por minha coluna e me deixando sem fôlego.

Eu precisava de mais. Precisava ser tocada, precisava ser preenchida, mas meus pulsos estavam presos no aperto dele e tudo o que eu podia fazer era me contorcer discretamente, esfregando as coxas uma contra a outra, sempre atenta a qualquer descoberta. Mas então Bjorn moveu a perna, prendendo-as no lugar, rejeitando meu avanço ao mesmo tempo que aumentava meu desejo.

Os dedos dele exploraram meu torso, meus seios e o comprimento de meus braços. Sua respiração era quente nos pontos de meu pescoço que ele tocava com os lábios. Eu queria que ele me beijasse, queria sentir sua língua em minha boca, mas beijos eram barulhentos e minha respiração ofegante já parecia perigosa.

Mais para baixo, supliquei em silêncio, esticando-me junto a ele. O desespero estava me fazendo ver estrelas. *Me toque. Afunde os dedos em mim. Faça eu chegar lá.*

Como se sentisse que eu estava a ponto de explodir, Bjorn mordeu meu pescoço, depois desceu a mão enquanto movia a perna. Pegando no cós de minha calça, ele a abaixou até a curva de minha bunda. A sua palma foi deixando um rastro de fogo enquanto ele a pegava, depois a acariciava sobre o alto das coxas.

Por favor.

Fui percebendo vagamente que o sol brilhava mais a cada segundo. De que o amanhecer logo chegaria e ficaríamos sem tempo. E, pelos deuses, se Bjorn me deixasse insatisfeita, eu com toda a certeza o mataria.

Então ele escorregou a mão entre minhas coxas e sobre meu sexo, cobrindo-o, e respirei fundo, tremendo de expectativa. Tentei me mover contra sua mão, necessitando de *mais, mais, mais*, mas ele me manteve no lugar, possuindo-me ao mesmo tempo que me rejeitava.

— Por favor — sussurrei. — Preciso de você.

— Você me tem — respondeu Bjorn, depois arrastou o dedo para baixo em meu sexo, partindo-me em pedaços. Virei o rosto na direção de seu bíceps para segurar um gemido de prazer, sentindo a respiração dele quando me encontrou molhada e desejosa.

Ele enterrou o rosto em meus cabelos, a pulsação de seu coração em minhas costas parecendo ecoar o latejar de desejo no ápice de minhas coxas. Pontadas de prazer percorreram meu corpo quando ele circulou minha abertura, o vento gelado soprando em meus cabelos e entrando sob as peles quase bem-vindo, de tão quente que eu ardia. Ainda assim, foi como comparar a luz das estrelas ao brilho do sol quando ele afundou um dedo em mim, depois dois, acariciando o centro do meu corpo até eu quase atingir o clímax.

E mesmo assim, eu *queria*.

Queria que Bjorn enterrasse aquele pau grosso dentro de mim, me possuísse com a força que atualmente usava para me manter imobilizada no lugar. Queria que ele me devorasse e me consumisse, que *me fodesse* até eu desmoronar. No entanto, apesar de os dedos de Bjorn estarem dentro de mim, a mesma mão me mantinha à distância, a palma segurando minhas costas, o polegar afundando na carne de minha bunda para impedi-la de se esfregar nele.

Um resmungo de fúria desesperada foi crescendo em meu peito, mas foi vencido quando Bjorn tirou os dedos escorregadios de meu centro e encontrou meu clitóris. Travei a mandíbula, sentindo gosto de sangue quando segurei a parte interna da bochecha entre os dentes, mas não me importei. Não enquanto o dedo dele se movia em círculos, meu corpo ensopado, pronto e chegando cada vez mais perto do ápice.

Mais, supliquei, sem saber ao certo se tinha pensado ou dito aquilo, limitando-me a saber que queria, e ele tirou a perna que imobilizava as minhas, permitindo-me abri-las mais. Mergulhou os dedos de novo dentro de mim, escorregando-os, e em seguida pegou aquela pequena parte de mim que parecia conter todo o desejo de meu corpo, puxando-a enquanto a acariciava com o polegar.

O orgasmo me atingiu com a força de uma onda, minhas costas se arqueando. Eu teria gritado o nome dele, denunciando nós dois, mas a boca de Bjorn de repente estava sobre a minha. Ele consumiu meus gritos, acariciando minha língua com a dele, os dentes segurando meus lábios enquanto onda após onda de prazer me perpassava.

Foi só quando a sensação do clímax afrouxou o poder que tinha sobre mim, deixando-me exaurida, que os lábios dele abandonaram os meus, indo em direção à minha orelha. E com a voz escondida em meio ao vento uivante, ele murmurou:

— Você é minha, Nascida do Fogo. Mesmo que só nós dois saibamos disso.

Eu era. Que os deuses me ajudassem, mas eu era. E, pela primeira vez em minha vida, senti que não desejava nada além disso.

27

O amanhecer despontou enquanto ainda estávamos ofegantes nos braços um do outro, agora apenas ocultos pelas peles jogadas sobre nós. Eu sabia que deveria me afastar, que deveria haver distância entre nossos corpos antes que os outros acordassem ou ficasse claro a ponto de os sentinelas de plantão enxergarem com mais clareza, mas não queria. Nos braços de Bjorn eu me senti satisfeita e segura pela primeira vez em muito tempo, e por isso ainda estava neles quando Bodil bocejou e se sentou.

— Bom dia, Freya — disse ela, lançando um olhar na minha direção que dizia que não tínhamos sido tão discretos quanto eu esperava. — Seu sangue está correndo mais quente agora de manhã? Ainda tem todos os dedos dos pés e das mãos?

— Sim. — A palavra saiu como um guincho, pois eu estava muito ciente de que, apesar de Bodil estar por perto, Bjorn estava mais. — Estou completamente recuperada.

Bjorn bufou, depois se sentou, usando o movimento para puxar minhas calças por sobre a bunda descoberta. Então enfiou a mão debaixo das peles para extrair minhas mãos, que examinou à luz crescente. Minha pele estava avermelhada, e a ponta de meus dedos, emborrachada, mas eu ainda tinha sensibilidade neles.

— Consegue segurar? — perguntou Bjorn, e fiquei tentada a dizer que ele sabia muito bem que eu conseguia, mas em vez disso fechei o punho.

— Sim.

— E os pés dela?

Nós três olhamos para cima ao ouvir a voz de Snorri. Ele desviou dos guerreiros que acordavam à nossa volta, com peles ao redor da cabeça, de modo que o rosto dele estava na penumbra. Com relutância, descobri um pé, sabendo, pela dor, que os dois não tinham aguentado minha provação tão bem quanto as mãos. Quando tirei os dois pares de meias de lã que usava, meu estômago afundou. Meus pés até que estavam bem, mas os dedos continuavam roxos, e a dor aumentava quanto mais eu olhava para eles.

— Está conseguindo andar?

Calcei as meias de volta, aliviada por não ter mais que olhar para meus dedos. Bjorn se levantou ao meu lado, depois abaixou para me pegar pelos braços, colocando-me de pé. Tensionei a mandíbula quando senti todo o meu peso, a dor intensa, mas suportável. Então dei um passo, depois outro. Meu equilíbrio estava precário.

— Freya não vai conseguir lutar nessas condições. — A voz de Bjorn era baixa, a raiva fervilhando sob a superfície. — Espero que esteja satisfeito, pai, pois isso é culpa sua.

Mordi a parte interna das bochechas. Bjorn estava tentando me proteger, eu sabia disso. Mas se o que eu estava passando era realmente um teste estabelecido para mim pelos deuses, precisava seguir em frente. Mesmo que não fosse, o povo de Halsar estava contando com nossa vitória. Com a conquista de casas e muralhas para eles que os protegeriam do longo inverno.

— Mandei chamar meu curandeiro antes de deixarmos Halsar, mas ele vai demorar dois dias para nos alcançar — disse Bodil, examinando meus pés. — Ainda assim, talvez valha a pena esperar.

— Vou ficar bem — afirmei. — É mais provável que Eir me conceda um favor e me cure se eu provar meu valor em batalha, então vou lutar e me consultar com seu curandeiro depois.

— Vai arriscar sua vida em nome de uma chance maior de um deus poupar seus dedos? — Bjorn cruzou os braços, olhando feio para mim. — Acho que sua razão congelou mais do que seus pés se está pensando em tomar uma decisão dessas.

Ele não estava errado, mas eu não via outra escolha alternativa. Pegá-los de surpresa era exatamente o que precisávamos se quiséssemos sair vitoriosos neste cerco, então esse era um risco que eu estava disposta a correr.

— Não vou arriscar a vida de ninguém em Halsar para me proteger. — Voltando-me para Snorri, perguntei: — Quanto tempo até chegarmos a Grindill?

Três horas, Snorri havia dito.

Mas estava parecendo uma eternidade.

O suor corria como um riacho por minhas costas, fazendo com que eu desejasse os ventos gélidos do dia anterior, mas o céu estava mais claro, o sol da manhã atravessando os galhos das árvores e não me dando trégua enquanto derretia a neve da véspera. Embora a ponta de meus dedos dos pés estivesse dormente, o restante latejava sem dó a cada passo pela terra úmida, a barriga cheia de comida que Bodil havia me persuadido a comer ameaçando subir.

— Você parece que vai vomitar a qualquer momento — disse Bjorn em voz baixa, caminhando à minha esquerda. — Vai acabar sendo morta.

— Você disse que eu não morreria hoje — lembrei a ele. — Além disso, quando a batalha começar, não vou sentir dor.

— Eu disse aquela primeira coisa num momento em que uma quantidade muito pequena do meu sangue estava na parte que de fato pensa — sussurrou ele. — Quanto à segunda, quem foi que te disse uma bobagem dessas?

— Provavelmente você. — Eu me encolhi quando tropecei em uma raiz, fazendo a dor subir por minha perna. — A fonte de todas as bobagens.

Bjorn chutou uma pedra, fazendo-a voar por entre as árvores e quase acertar Bodil, que se virou e olhou feio para ele antes de desaparecer ao longe.

— Todos já assumiram as próprias posições — eu o lembrei. — Se atrasarmos por causa dos meus dedos, arriscamos ser descobertos. Precisamos dessa fortaleza. Não apenas para abrigar nosso povo quando chegar o inverno, mas para protegê-lo quando Nordeland tentar atacar.

— Estou bem ciente do que está em jogo. — Ele segurou meu braço, obrigando-me a parar de andar. — Não se ataca os fortes quando se está fraco, Freya. Espera-se a hora certa.

— Eu *não* estou fraca — gritei, apesar de ser medo, e não raiva, que surgia em minhas veias. Muita coisa dependia de mim nessa briga. Muita coisa dependia de *vencermos* a batalha, porque recuar não nos tiraria do alcance do inverno. Desvencilhando-me dele, caminhei até alcançar Snorri, esperando que ele impedisse Bjorn de fazer mais comentários que minassem minha confiança.

Uma esperança vã.

— Pai — disse Bjorn, parando do outro lado de Snorri —, precisamos atrasar o ataque. Esperar o curandeiro de Bodil e pedir que dê uma olhada em Freya antes de continuarmos. — Ele hesitou, depois acrescentou. — O papel dela é crucial. Se vacilar, todos nós somos homens mortos.

— Eu não sou um homem — murmurei.

— Obrigado por esclarecer esse ponto — retrucou Bjorn. — Não tinha notado.

— Vocês dois parecem crianças brigando! — Lançando olhares severos para nós dois, Snorri gesticulou com uma mão. — Freya, corra até aquelas árvores.

— O quê? — perguntei. — Por quê?

— Se conseguir correr, consegue lutar. Vá.

Sem me dar tempo para considerar aquela lógica, saí correndo com o escudo balançando nas costas. A cada passo, parecia que meus pés estavam sendo fatiados, mas ignorei a dor e tentei aumentar a velocidade, concentrando-me em encontrar terreno plano para não tropeçar. Eu conseguia. Tinha que conseguir.

Suor escorria de minha testa conforme ia chegando mais perto das árvores, e então meus olhos se fixaram em algo mais longe. Em um dos guerreiros de Snorri, que vasculhava os bolsos de um homem que sangrava no chão. Um caçador, a julgar pelo arco ao lado dele. Deslizando os pés para frear a corrida, perguntei:

— Quem é esse?

— Alguém com olhos — respondeu o guerreiro, tirando anéis de prata dos dedos do caçador e os colocando nos próprios. O homem moribundo me encarou, boca abrindo e fechando, sangue escorrendo pelo queixo, cortesia da flecha que atravessava sua garganta. Então os olhos dele ficaram escuros, e o corpo, mole.

Morto.

Eu já tinha visto mais homens mortos do que era capaz de contar, vítimas de invasores que tinham ido saquear meu povo. Matar meu povo. Roubar meu povo e escravizá-los. Mas isso era diferente.

Desta vez, a invasora era *eu*.

Minha garganta queimou quando engoli bile, ao mesmo tempo que me virei para Snorri, pronta para dizer a ele que meus pés estavam muito feridos para que eu lutasse. Para ganhar tempo e pensar em outra forma de conquistar essa fortaleza que não fosse pelo uso da força. Mas, antes que eu pudesse falar, ele disse:

— O momento de recuar passou. Agora vamos lutar. Mandem o sinal.

A toda nossa volta, os guerreiros se livraram das coisas de que não precisariam, tirando escudos das costas e desembainhando armas, as marcas em seus rostos monstruosas e aterrorizantes onde um segundo antes eram apenas cinzas e tinta. Bodil tirou um pote de seus pertences e se aproximou de mim, removendo a tampa para revelar tinta azul. Usando os dedos, cobriu a pele ao redor de meus olhos, depois desenhou pequenas gotas em minhas bochechas.

— Dizem que Hlin beija as lágrimas daqueles que choram pelos mortos — murmurou ela. — Que o mundo se afogue hoje nas lágrimas deixadas no rastro de nossas lâminas.

Engoli em seco e assenti com firmeza enquanto um dos homens gritava:

— As forças de emboscada enviaram um sinal. Estão se movendo para atacar.

— Nós também — emendou Snorri. Abaixando o corpo, passou a mão pelo sangue acumulado ao lado do cadáver que esfriava e, em seguida, foi até Bjorn, arrastando a palma no rosto do filho. — Não me decepcione.

Bjorn não respondeu, mas o machado ardente apareceu em sua mão, o fogo divino queimando em um inferno silencioso enquanto seu dono olhava em meus olhos, fazendo meu corpo se arrepiar. Ele parecia mais perigoso do que nunca, os olhos cheios de raiva, e eu não consegui mais encará-lo.

Porque estava com raiva de mim.

Descemos a encosta da montanha na direção dos filetes de fumaça que subiam da fortaleza. Não da forma ordenada utilizada pelas nações no distante sul, mas como uma alcateia se movendo por entre as árvores, seus pés silenciosos e dentes e garras feitos de aço.

Chegamos ao limite da floresta e tive meu primeiro vislumbre da fortaleza de Gnut. Senti um aperto no peito, pois a descrição de Bjorn não havia feito justiça ao lugar.

Facilmente três vezes maior do que Halsar, Grindill era flanqueada, ao norte, por um rio túrbido chamado Torne. O lado oeste dava para um penhasco, deixando os lados sul e leste da fortaleza acessíveis. Só que ela também era cercada por uma trincheira profunda cheia de estacas afiadas, que apenas podia ser atravessada por uma ponte de madeira. Mas o que me tirou o fôlego foi a muralha circular além. Ribanceiras íngremes de terra cobertas por estacas coroadas com paredes altas de madeira, que deviam ter uma plataforma por trás, uma vez que dava para ver as cabeças e os ombros de um punhado de arqueiros em pé sobre elas. Havia apenas uma entrada desse lado, que estava fechada, e mais arqueiros espiavam por uma estrutura coberta construída sobre o robusto portão de madeira.

Gritos vinham da fortaleza, a força de emboscada formada primariamente pelas guerreiras de Bodil tinha começado seu ataque ao portão sul, e os que tinham ficado presos do lado de fora correram na direção da entrada leste, buscando refúgio.

Os arqueiros no alto apenas balançaram a cabeça, suas expressões amargas e seus olhos fixos no limite das árvores onde estávamos escondidos. Eu não os culpava, pois estavam em menor número, o que significava que a distração havia funcionado. Os espiões de Gnut tinham dito a ele que eu estava treinando com as guerreiras de Bodil, o que lhes dava razões para acreditar que eu estava entre elas, e assim suas forças haviam sido concentradas no portão principal para me encontrar.

Deixando a retaguarda exposta ao verdadeiro ataque.

— Este aqui — ouvi Snorri dizer, e me virei para encontrá-lo apontando para um velho carvalho em meio a um mar de pinheiros. Bjorn soltou o escudo, segurando o cabo do machado com as duas mãos. Com um resmungo de esforço, ele acertou a árvore, que gemeu quando a lâmina de fogo afundou em sua carne. Bjorn tirou o machado do tronco com os músculos tensos e em seguida acertou-o de novo com uma mira certeira. Uma gota de suor abriu uma fenda no sangue que havia sido espalhado por seu rosto quando ele acertou a árvore pela terceira vez.

O carvalho gemeu um grito de morte e tombou devagar, ganhando velocidade ao cair no campo aberto. Os que estavam reunidos na base da muralha gritaram de pânico, alguns sabiamente fugindo da fortaleza enquanto muitos continuavam suplicando para que os deixassem entrar.

Fechei bem os olhos porque sabia como era sentir aquele medo. Sabia como era ser atacada por um deslize da segurança. *Corram*, desejei por eles enquanto Bjorn cortava a árvore até um comprimento manejável e outros enrolavam cordas no tronco. Enquanto erguiam o aríete do chão, os que estavam na muralha soaram o alarme, clamando por reforços.

Que nunca chegariam a tempo.

Sentindo como se estivesse observando a mim mesma de longe, assumi meu lugar ao lado do aríete, Bjorn à minha frente e Bodil atrás de mim. Meu escudo era um peso morto em minha mão esquerda, mantido baixo até precisarmos dele, minha magia escondida até o momento final.

— Sigam adiante — ordenou Snorri de onde estava, perto da linha de frente, e os que sustentavam o aríete se esforçaram enquanto começamos a correr lentamente pelo campo entre a floresta e a muralha. Nossos pés retumbaram quando cruzamos a ponte, e uma gota de suor rolou pela lateral de meu rosto quando notei as inúmeras estacas afiadas lá embaixo.

— Escudos! — gritou Snorri quando os arqueiros sobre a muralha ergueram as armas, e levantei o escudo, unindo-o com os que estavam de ambos os lados. Um leve sussurro preencheu o ar, e um segundo depois flechas bateram nos escudos sobre nossas cabeças. Uma delas atravessou o escudo de Bjorn, a ponta parando a poucos centímetros de seu ombro, e tive que travar a mandíbula para me conter e não invocar minha magia para protegê-lo.

— Esperem — gritou Snorri, como se estivesse sentindo meus pensamentos. Como se soubesse que eu estava a ponto de me revelar. — Esperem!

Alguém próximo da parte da frente do aríete gritou, o tronco da árvore inclinando-se para baixo enquanto aqueles que o seguravam tropeçavam sobre o homem caído. Meu estômago se revirou enquanto eu passava por cima do corpo.

Não olhe para baixo, ordenei a mim mesma. *Não faça nada que talvez leve você a sucumbir!*

— Esperem! — rugiu Snorri quando chegamos mais perto, tão perto que dava para ver o rosto daqueles que guarneciam a muralha. A determinação amarga e o medo deles conforme mergulhavam a ponta das flechas em piche e botavam fogo.

Tensionei a mandíbula quando as flechas ardentes voaram em nossa direção, atingindo nossos escudos. Um pedaço de piche em chamas passou por um buraco e caiu sobre meu pulso, deixando o couro instantaneamente preto. Sibilei, sacudindo o braço antes que ele pudesse queimar o tecido grosso. Outros foram menos afortunados, os gritos deles atingindo meus ouvidos.

— Esperem!

Só mais uma dúzia de passos.

— Esperem!

Dez.

— Agora, Freya! — berrou Snorri, e gritei o nome de Hlin.

A magia correu por minha mão, cobrindo primeiro meu escudo, depois o de Bjorn, movendo-se para a frente e para trás até que todos estavam brilhando com luz prateada.

E nem um segundo cedo demais.

O aríete bateu contra o portão com um estrondo. Mas não foi nada em comparação à explosão acima de nós. Em minha visão periférica, vi um líquido se espalhar em todas as direções ao ser repelido por minha magia. Devia ser água fervente, o vapor nublando o ar.

— Recuem! — Todos recuaram ao urro de Snorri, tropeçando nos corpos de dois que haviam sido atingidos pelas flechas. Lutei para manter o equilíbrio. Lutei para manter o escudo no lugar, pois se ele se separasse dos outros, perderiam a proteção de minha magia.

— Agora avancem! — gritou Snorri, e corremos para a frente de novo. O aríete balançava sobre as cordas que eram seguradas por doze homens. A cada tentativa, guerreiros sucumbiam às lanças, e o chão se transformava em uma lama cheia de obstáculos. Era um caos. Minha respiração vinha em arquejos desesperados enquanto eu me concentrava para saber exatamente onde pisar, os pés escorregando no barro.

Bum!

O barulho ensurdecedor de mais água fervente explodindo contra minha magia retumbou em meus ouvidos no exato momento em que o aríete golpeou. Cambaleei, apoiando-me em Bjorn, mas consegui manter o escudo erguido.

O vapor fez meus olhos arderem e me fez tossir enquanto golpeávamos com o aríete novamente, os corpos sob nossos pés esmagados em uma poça de sangue e lama.

Bum!

Logo após a explosão vieram gritos, e sob o braço de Bjorn, vi um de nossos guerreiros girar para longe do aríete, o rosto brilhando em vermelho com queimaduras, as roupas encharcadas. Entrei em pânico, certa de que minha magia havia falhado, mas quando levantei os olhos, meu escudo ainda brilhava sobre nossas cabeças.

— Não foi você — sussurrei para mim mesma enquanto recuávamos para atacar de novo. — Não foi culpa sua.

Eu ia conseguir.

Com certeza ia conseguir.

Então meu pé enganchou em um cadáver.

Tropecei, tentando me equilibrar, mas meus dedos dos pés não tinham força para segurar meu peso.

Gritei ao cair, batendo em Bodil, que me pegou junto ao peito, segurando-me enquanto eu recobrava o equilíbrio.

— Erga o braço, Fr...

Um estrondo cortou o ar enquanto eu forçava meu escudo de volta ao lugar, virando a tempo de ver Bodil cair, um buraco escuro em seu ombro. Gritei, horror e incredulidade me preenchendo ao ver o corpo dela bater contra o chão.

E Bodil não foi a única que caiu.

Meu tropeço havia arrancado a magia dos escudos de meus camaradas, e a toda minha volta homens estavam ensopados em água fervente, os rostos vermelhos devido às queimaduras. Gritando. Morrendo.

O aríete caiu com um estouro e ouvi, de longe, Snorri gritar:

— Eles têm um filho de Thor! Recuar!

— Bodil — gritei, vendo que ainda havia vida nos olhos dela. Se conseguisse tirá-la do meio daquela confusão, talvez pudesse salvá-la. Se eu conseguisse levá-la a um curandeiro a tempo, talvez ela pudesse sair viva.

Mas o braço de Bjorn estava em volta da minha cintura, levantando-me e me afastando dela.

— Ela está perdida — gritou ele. — Temos que recuar!

Uma flecha passou ao lado de meu rosto, mas ainda lutei contra ele, tentando alcançar Bodil, que levantava a mão na minha direção. Nossos dedos se tocaram, então fui levada para longe, uma explosão fazendo Bjorn e eu voarmos para os lados.

Caí com força no momento em que o trovão ribombou. Um vapor denso preencheu o ar e perdi Bodil de vista. Não dava mais para voltar até onde ela estava. Mãos me seguraram, arrastando meu corpo pelo chão.

— Levante — gritou Bjorn em meu ouvido. — Corra!

Quando pisquei para afastar a névoa de lágrimas, consegui perceber que o portão tinha virado uma caldeira, os corpos e o aríete incendiados pelos trovões. Gritei numa fúria que me roubava as palavras enquanto Bjorn me arrastava na direção das árvores, meus calcanhares batendo na grama revirada, os olhos fixos na cena.

E foi por isso que vi o filho de Thor.

Parada na estrutura coberta sobre o portão estava uma figura encapuzada com arcos de raios crepitando de um lado para o outro entre suas palmas erguidas.

A pessoa que havia matado Bodil. Que a havia roubado de mim.

Gritando sem usar qualquer palavra, desvencilhei-me de Bjorn. Pegando um escudo do chão, corri, invocando minha magia. Meu escudo queimou como um sol prateado quando o filho de Thor levantou as mãos.

Caindo de joelhos, ergui o escudo.

Uma explosão cortou o ar quando o raio o atingiu, como se o próprio Thor tivesse descido do céu e entrado na batalha. Meus ouvidos zumbiam. A luz queimava meus olhos e ajoelhei, paralisada, cega e surda, até que, lentamente, as luzes cessaram e o zumbido diminuiu.

Revelando um buraco onde antes estava o portão, uma parte inteira da muralha em ruínas e o filho de Thor desaparecido.

Boquiaberta, encarei as ruínas enfumaçadas, restos queimados de homens sobre a madeira carbonizada e ardente.

— Atacar! — gritou Snorri.

Guerreiros passaram por mim, correndo na direção da brecha. Passando por cima dos restos mortais de nossos homens. De Bodil.

Eu nunca mais ouviria os conselhos dela. Nem compartilharia bebidas com ela em uma fogueira. Nem lutaria ao seu lado.

Eles a haviam tirado de mim.

Meu sangue subiu e eu me levantei, não sentindo dor, apenas uma raiva infinita e incessante.

Desembainhando a espada de meu pai, escalei os escombros e atravessei a fumaça, correndo atrás de Snorri e dos outros por entre as casas.

Para todos os lugares que eu olhava, pessoas corriam, gritando, mas meus olhos ignoravam as mulheres com crianças nos braços, os enfermos, os fracos, enquanto procuravam por uma briga. Procuravam aliviar a agonia que queimava como ácido sob minha raiva.

Um guerreiro barbudo saiu correndo de uma casa. Metade de seu rosto estava queimado, mas ele não parecia sentir dor ao correr em minha direção. O machado dele bateu contra meu escudo e minha magia o arremessou para longe.

Uma risada selvagem escapou de meus lábios e ataquei com minha própria arma, rasgando o couro que ele usava, suas entranhas se derramando para fora. Girei o corpo, encontrando o ataque de outro homem e o deixando sem garganta enquanto passava ao próximo. E ao próximo.

Até não restar ninguém para lutar.

Sangue escorria por meu rosto quando parei. Minha raiva procurava por *mais,* pois não estava satisfeita. *Nada* poderia satisfazê-la.

Foi então que meus olhos recaíram sobre Bjorn. Ele estava a alguns passos de distância, coberto de sangue e vísceras, ombros subindo e descendo enquanto ofegava, tentando respirar. Havia homens mortos a seus pés que não tinham sucumbido à minha lâmina, apesar de eu nem ter visto que ele estava ali. Não tinha visto nada além dos homens e das mulheres que lutaram contra mim, os rostos dessas pessoas ainda um borrão.

— Você tem noção de quantas vezes quase morreu? — sussurrou Bjorn. — Quantos homens tentaram atacar você pelas costas enquanto estava perdida nessa sede de sangue? Quantas vezes gritei seu nome e você não ouviu?

Mostrei os dentes, ainda perdida em meio à raiva. Não queria encontrar uma saída, porque assim que o fizesse, sabia que haveria um acerto de contas. Então me virei, gritando:

— Onde está Gnut? Onde está seu jarl, que trouxe sangue e cinzas sobre vocês em vez de jurar lealdade ao rei de Skaland?

— Freya! — rugiu Bjorn, mas eu o ignorei, andando entre as casas, minha voz num estranho tom melodioso enquanto eu cantarolava: — Vem aqui para fora, Gnut. Onde está você?

Vagamente, notei que outros haviam se juntado a Bjorn. Ouvi Snorri exigindo que eu me calasse, mas o ignorei enquanto caçava.

Então, um homem que reconheci e que segurava um machado saiu do meio das casas com uma dúzia de guerreiros sujos de sangue atrás de si, todos me olhando com cautela.

— Aí está você, Gnut. — Abri um sorriso sangrento para ele. — Achei que teria que te caçar entre as crianças.

— Deixe as crianças em paz, bruxa — disse ele, erguendo o machado.

— Não sou eu que elas deveriam temer. — Cheguei mais perto. — É você. Você, que se importou mais com o próprio orgulho do que com a segurança delas.

— Diz o monstro que massacrou os pais delas!

Um arrepio percorreu meu corpo, a ponta de minha lâmina vacilando, mas afastei a culpa crescente. Enterrei-a bem fundo, debaixo da minha *raiva*. Eles tinham merecido tudo o que havia acontecido por terem ficado contra nós. Por terem matado Liv e queimado Halsar. Por terem tirado Bodil de mim.

Meus olhos se encheram de fumaça e ficaram vermelhos, meu crânio latejando com tal ferocidade que eu não conseguia sequer pensar. Tudo o que sentia era ira.

Erguendo a espada, soltei um urro sem palavras e avancei, precisando do sangue dele em minhas mãos.

Um vislumbre de chamas passou por mim.

O sorriso de Gnut desapareceu. A fagulha de malícia em seus olhos se apagou quando a cabeça decapitada dele deslizou de lado, caindo no chão com um baque um segundo antes de seu corpo desmoronar.

Morto.

— O restante de vocês se rende? — A voz de Bjorn cortou o silêncio. — Ou desejam morrer até o último homem?

Os guerreiros restantes ficaram inquietos, depois jogaram as armas para a frente e se ajoelharam.

Encarei-os com as mãos trêmulas, a magia em meu escudo pulsando. Era eu quem deveria ter matado Gnut. Era eu quem deveria ter matado todos esses homens, e Bjorn havia roubado isso de mim.

Girando o corpo, caminhei na direção dele.

— Por que você me roubou essa vingança?

Ele bufou com desdém.

— Está querendo dizer que precisa de uma vingança contra eles? Jogando minha arma de lado com um movimento descuidado, Bjorn segurou meus ombros, virando-me para olhar os guerreiros de Snorri empurrando um par de arqueiros para fora de seu esconderijo.

— Gnut estava tentando atrair você até aqui, Freya. Mais alguns passos e teria sido acertada por um par de flechas, e Gnut teria morrido com a honra de ter te colocado no túmulo.

Ele me virou de volta, inclinando-se até ficarmos cara a cara.

— Mas talvez você quisesse isso?

— Cai fora! — Eu o empurrei com força, mas foi o mesmo que empurrar uma parede de pedra.

— Por quê? — perguntou Bjorn. — Para eu não estar perto o bastante para salvar você da próxima vez que tentar se matar?

— Calem-se! — gritou Snorri, mas eu o ignorei.

— Gnut mereceu morrer — gritei. — Tudo isso é porque ele se recusou a se curvar. Bodil está morta porque...

— Porque entrou em uma batalha por vontade própria, e em batalhas as pessoas morrem. Ela conhecia os riscos tão bem quanto qualquer um, Freya. Com certeza conhecia melhor do que *você*.

Estremeci, afastando-me dele, a raiva que sentia vacilando sob o ataque de emoções mais pungentes. Eu tinha escolhido lutar naquele dia sabendo que estava fraca. Havia tropeçado. Havia derrubado meu escudo. Havia exposto Bodil.

Eu a tinha matado.

Meu escudo escorregou de minha mão, a magia se extinguindo quando ele bateu na terra. Bodil estava morta por *minha* causa.

— Bodil era uma guerreira. — A voz de Bjorn estava baixa, como se a raiva que sentia tivesse se extinguido junto com a minha. — Ela morreu com uma arma na mão e agora está em Valhalla.

Só que isso não havia acontecido.

Fiquei sem fôlego, meu peito uma confusão de dor quando me lembrei da lâmina de Bodil no chão, abandonada para que ela pudesse me segurar. E eu não tinha parado para colocá-la de volta em sua mão antes de fugir. Eu a deixei morrer sem ela.

De repente, eu estava correndo. Disparei pela fortaleza fumegante na direção do portão. Cada passo era como correr sobre facas, mas eu aceitei a dor. O portão inteiro não existia mais, havia madeira queimada pelo chão como se ele tivesse sido esmagado pelo punho de um gigante.

Mas meus olhos foram além, para os restos ardentes do aríete e as figuras irreconhecíveis espalhadas ao redor dele.

O cheiro de carne e cabelo queimados preencheu meu nariz e senti ânsia de vômito, diminuindo o passo enquanto vasculhava os escombros.

Tantos corpos.

Tantos, e os rostos deles já não existiam mais, restando apenas tamanho, forma e armadura manchada de fuligem para os identificar. O vento soprava, fazendo filetes de fumaça correrem de lado, mas vislumbrei algo prateado.

Com lágrimas escorrendo pelo rosto, cheguei mais perto. Uma longa mecha de cabelos prateados, poupada do fogo por um ato dos deuses, flutuava com a brisa de onde estava presa sob os restos carbonizados. Caindo de joelhos, segurei o cabelo, enrolando-o em meus dedos quando se soltou.

— Me desculpe — sussurrei. — Isso é culpa minha.

Respirando fundo, movi o olhar de seu crânio até o braço, onde os dedos esqueléticos agarravam o cabo da espada. Soltei um suspiro alto, meus ombros desmoronando de alívio. *Ela está em Valhalla.*

O chão queimava meus joelhos, mas não me mexi enquanto enrolava os cabelos dela em uma espiral, segurando-os com força quando ouvi Bjorn se aproximar.

— Veio para dizer que me avisou? — perguntei em voz baixa. — Se eu tivesse esperado um curandeiro para cuidar dos meus pés, Bodil talvez ainda estivesse viva.

Soltando um longo suspiro, ele balançou a cabeça.

— Ou talvez tivesse escorregado e morrido na queda enquanto recuávamos para encontrar o curandeiro. Talvez tivesse chegado a hora dela de morrer.

Afundei as unhas nas palmas, querendo gritar.

Bjorn agachou ao meu lado com o olhar fixo na lâmina escurecida de Bodil.

— Pensar essas coisas vai acabar te enlouquecendo, Freya, pois não há como saber se foram as suas escolhas que causaram determinados resultados. — Ele ficou em silêncio por um momento, depois disse: — Acho que muitas pessoas encontram conforto ao descobrirem o próprio destino. Ao saberem que tudo já foi definido, porque... porque nenhuma decisão é realmente delas, mas algo determinado pelas Nornas. Até mesmo os deuses devem sentir certo conforto ao saberem que o destino deles foi determinado, sendo o resultado do fim dos dias já conhecido. Mas, por algum motivo, aqueles como você, eu e Bodil são capazes de alterar a trama dos fios, o que significa que devemos carregar o fardo completo de todas as escolhas que fazemos.

— Dizem que ter recebido o sangue de um deus é um presente — sussurrei. — Mas é uma maldição.

Por um longo momento, Bjorn ficou em silêncio; depois disse:

— Eu não te reconheci hoje. Você... — ele se interrompeu, sacudindo a cabeça com firmeza. — Se continuar por esse caminho, Nascida do Fogo, se se permitir ser controlada por meu pai, vai acabar sendo destruída. Você precisa mudar seu próprio destino.

— Talvez você esteja certo. — Fiquei em pé e comecei a andar de volta para o interior da fortaleza. — O problema é que toda vez que tento mudar o curso do destino, tudo fica muito pior.

28

— Freya?

Uma voz suave entrou pela porta, mas em vez de responder, rolei na cama e enterrei o rosto nas peles. Assim como havia feito nos últimos vários dias. Primeiro tinha sido a exaustão que conduziu à cama, mas ela se transformou em um desejo de evitar enfrentar o que eu havia conquistado.

Ou melhor, a forma como havia conquistado.

— Freya? É a Steinunn. Queria falar com você.

Vá embora, eu queria gritar. *Me deixe em paz*. Porque a última coisa que eu desejava fazer era relembrar a tomada de Grindill. A morte de Bodil. A minha entrega para a raiva.

O silêncio se estendeu, e eu esperava que a escalda tivesse desistido. Ido embora. Então, a voz suave dela disse:

— O rei Snorri ordenou que eu falasse com você antes de terminar minha composição.

O *maldito* rei Snorri.

Mostrei os dentes com a cara no travesseiro, sabendo que não tinha direito de ficar zangada porque fora *eu* quem havia permitido que ele reivindicasse o título.

— Freya. — A voz de Ylva atravessou as paredes. — Abra a porta.

Suspirei, pois não havia a menor chance de Ylva ir embora se eu a ignorasse. A senhora de Halsar, agora senhora de Grindill, eu supunha, tinha chegado pouco depois de a batalha ter terminado, e provavelmente foi só porque ela estava ocupada cuidando dos feridos e da reconstrução que eu tinha evitado sua língua ferina.

Arrastando-me até ficar em pé, encolhi o corpo ao pressionar as solas dos pés descalços contra o piso de madeira frio. Tudo em Grindill era feito de carvalho. Eu deveria me sentir segura, mas, em vez disso, só me sentia aprisionada.

Afrouxando o trinco, abri a porta.

— Desculpe — murmurei. — Eu estava dormindo.

Ylva franziu a testa, provavelmente porque era meio-dia, ou talvez pudesse ter sido por conta de minha aparência. Eu não tomava banho desde que havia lavado o sangue e as vísceras da batalha, nem tinha feito nada nos cabelos desde que os trançara ainda molhados, e eles estavam frisados e revoltos. Meu quarto estava cheio de tigelas sujas e copos vazios que os criados deixavam na porta, mas os quais eu não tinha deixado ninguém entrar para recolher. Se minha mãe me visse assim, me daria um tapa na cabeça.

Mas eu não me importava. Só queria dormir.

— Você vai responder as perguntas de Steinunn — disse Ylva. — Senão vai responder as *minhas*.

— Tudo bem. — Permiti que a escalda entrasse e bati a porta na cara de Ylva.

— Seu irmão veio ficar em Grindill — disse Steinunn, como forma de saudação. — Ele trouxe a esposa, Ingrid, junto.

Esposa.

Eu nem tinha ficado sabendo que eles se casaram. Com certeza não tinha sido convidada para o casamento, não que teria tido tempo para ir. Com exceção dos últimos dias, eu não havia tido um momento sequer de descanso. Mas ainda doía ter sido excluída.

— Obrigada por me contar.

Steinunn andou pelo quarto, avaliando a bagunça e se sentando no canto da cama amarrotada. Não pela primeira vez, fiquei chocada ao ver como ela era adorável, as tranças castanho-claras em perfeita ordem e as bochechas redondas coradas de um tom de rosa. O vestido que estava usando tinha um corte perfeito e era desprovido de manchas, o decote que eu invejava profundamente despontando acima de uma gola modesta. Embora fosse mais velha do que eu, os únicos sinais eram leves pés de galinha ao lado dos olhos. Ainda assim, apesar do quanto era adorável, eu nunca tinha visto ninguém ir atrás dela com interesse romântico, homem ou mulher, e me perguntei se era porque ela dissuadia a atenção ou se todos enxergavam apenas uma voz.

Permaneci em pé, os braços cruzados.

— Achei que ainda estivesse viajando por aí, cantando a canção sobre Fjalltindr. Espalhando a notícia e aumentando minha fama, porque Snorri acreditava que era isso o que faria os jarls jurarem lealdade a ele como rei.

Steinunn abriu um sorriso fraco.

— Quer ouvir minha canção? Você acabou desmaiando antes de eu começar para valer quando a cantei em Halsar.

— Na verdade, não. — Eu sabia que estava sendo desagradável, mas não consegui conter minha língua afiada. — Já vivi tudo aquilo.

— Eu compreendo — disse ela. — É preciso um certo tipo de personalidade para querer se ver na magia de minhas canções. Bjorn disse que preferiria ouvir uma briga de gaivotas por um peixe do que ouvir qualquer coisa que falasse dele.

— Bjorn é um idiota — murmurei, embora concordasse inteiramente com ele. — Você tem uma voz linda. Todo mundo diz isso.

Steinunn inclinou a cabeça.

— É gentileza sua me elogiar, Freya.

Dado que eu estava agindo feito uma bruxa miserável, não pude deixar de fazer uma careta.

— O que deseja saber?

— Eu gostaria de ouvir você contar a história da batalha.

Virando o corpo, fui até a mesa coberta de tigelas e copos sujos, colocando-os em uma bandeja. Eu precisava fazer algo produtivo, pois era a única forma de conter a emoção crescente e frenética em meu peito.

— Havia outras pessoas lá. Pergunte a elas.

— Eu perguntei. Mas a canção é sobre você. A ideia é contar a toda Skaland que você é uma mulher a ser respeitada. A ser seguida. O que compartilhar comigo vai ajudar a moldar a música de modo que ela capture melhor o seu espírito.

Para que pudesse ser usada para espalhar minha reputação. O que, na verdade, significava espalhar a reputação de Snorri, pois eu servia aos caprichos dele.

— Não há nada que eu possa contar que os outros já não tenham compartilhado.

A escalda franziu a testa.

— Tem certeza?

A irritação cresceu em mim por ela estar me pressionando, e palavras firmes começaram a subir por minha garganta. Assenti rapidamente, mordendo a língua antes que elas pudessem sair.

Steinunn se levantou e inclinou a cabeça.

— Vou cantar para o seu povo hoje à noite... seria bom se você estivesse lá. Mas é melhor não beber seu peso em hidromel antes disso.

Rachaduras se formaram em meu autocontrole, meu temperamento querendo sair.

— Eu sei o que aconteceu, Steinunn. Não me agradou estar lá e não vai me agradar ver tudo de novo, então, por favor, perdoe minha ausência.

A escalda acenou com a cabeça, indo na direção da porta. Mas em vez de deixar eu voltar a me enterrar em peles e sofrimento, ela parou.

— Passei por uma tragédia que me custou quase tudo com o qual eu me importava, então compreendo sua dor, assim como o desejo de evitar qualquer menção ao que aconteceu. Dito isso, embora não vá gostar de minha canção, acredito que precisa ver o que aqueles ao seu redor testemunharam e por que se sentem da forma como se sentem.

Sem dizer mais nada, Steinunn saiu, fechando a porta.

Fiquei olhando para as placas de madeira por um bom tempo e meus pés ficaram tão frios que começaram a doer. Mas em vez de voltar para minhas peles, eu me lavei rapidamente com a água que uma criada tinha trazido em algum momento e em seguida coloquei um vestido limpo. Removi os nós de minhas tranças, passando os dedos pelos cabelos até que caíssem longos e soltos por minhas costas.

A porta rangeu quando a abri, o que me fez encolher, embora não soubesse exatamente por quê. Talvez porque eu não tinha certeza se de fato queria voltar para o mundo e precisava que meus primeiros passos fossem dados sem chamar atenção. Saindo, fechei a porta e então quase caí dura quando notei uma figura no canto de minha visão.

— Bjorn — gaguejei, o coração galopando.

— Freya.

Bjorn estava encostado na parede, mas aos seus pés havia um pálete enrolado e um copo de água pela metade. Engoli em seco quando a compreensão de que ele estivera do lado de fora de minha porta me atingiu.

— Por favor, não me diga que estava dormindo aqui fora.

Ele deu de ombros.

— Meu pai está preocupado com seu bem-estar.

Afundei os dentes em meu lábio inferior porque sabia que a preocupação era menos com o que os outros poderiam fazer e mais com o que eu poderia fazer a minha mesma.

— Eu estou bem.

Bjorn tensionou a mandíbula, olhos verdes se fixando nos meus até eu desviar o olhar. Mas não antes de notar os círculos escuros sob seus olhos, as bochechas mais sujas do que era sua preferência e as roupas amarrotadas. Se ele esteve ali durante todo o tempo que passei escondida no quarto, eu não saberia dizer, mas com certeza não tinha tirado nenhum período para se cuidar.

— Steinunn me disse que meu irmão e Ingrid vieram para Grindill — desembuchei, precisando acabar com o silêncio.

Bjorn bufou.

— É verdade. Chegaram com Ylva e os outros de Halsar.

— Foi Snorri quem ordenou que ele viesse? — O desconforto tomou conta de mim, porque o único motivo que Snorri tinha para trazê-los até ali seria ter mais vantagens imediatas sobre mim. Será que foi por eu ter desafiado a autoridade dele durante o cerco?

— Não. — Ele balançou a cabeça com firmeza, deixando transparecer a irritação. — O idiota do seu irmão pagou um curandeiro para curar a própria perna, depois veio suplicar para que meu pai lhe permitisse ter de volta seu lugar no bando de guerra. E meu pai concordou com isso, como recompensa pelos sucessos que você conquistou.

Geir havia *escolhido* vir até Grindill? Tinha trazido Ingrid por vontade própria?

Fui tomada por uma onda de raiva diante da profunda *estupidez* dele.

— Onde ele está?

— Aproveitando os frutos do *seu* trabalho, imagino. — Bjorn se afastou da parede. — Levo você até ele.

Ele me levou até o grande salão e, embora eu provavelmente tivesse passado por ali quando me deram um quarto após a batalha, nada me parecia familiar. Meus olhos saltaram para as riquezas que Gnut tinha acumulado durante o tempo que passara como jarl daquele lugar, para os móveis entalhados e as grossas tapeçarias de parede, tudo agora pertencendo a Snorri. Tudo digno de um rei.

— O jarl Arme Gormson e o jarl Ivar Rolfson já vieram fazer seus juramentos de lealdade — disse Bjorn, rompendo o silêncio. — Outros virão, principalmente quando Steinunn iniciar suas viagens por Skaland espalhando sua — ele hesitou — fama de batalha.

Estava mais para infâmia.

— Steinunn quer que eu a escute cantar — falei, imaginando se Bjorn era uma das pessoas com quem ela havia falado, se parte da história era dele. — Eu disse a ela que não.

Bjorn não respondeu, mas senti os olhos dele sobre mim quando saímos do grande salão e entramos nas ruas da cidade.

Pouco tinha sido feito no sentido de reparar as construções danificadas, mas uma rápida olhada me informou que era porque todos os esforços haviam sido empreendidos na reparação do buraco que fiz na muralha. Dezenas de homens e mulheres trabalhavam para substituir as placas de madeira queimadas, e até crianças ajudavam, suas silhuetas pequenas correndo de um lado para o outro. Por mais ocupados que estivessem, todos interromperam as próprias tarefas para ver Bjorn e eu passarmos, e senti a cautela deles como se fosse uma coisa tangível, ninguém olhando em meus olhos.

A náusea retorceu minhas entranhas porque era disso que eu estava me escondendo.

Julgamento.

E não parecia justo. Nosso povo era violento, e o que eu tinha feito não havia sido pior do que o que qualquer guerreiro dali. Bjorn provavelmente tinha perdido a conta de quantos homens matou, mas ninguém o observava como se esperasse ter a cabeça cortada só de olhar para ele.

— Essa muralha não vai se reconstruir sozinha — gritou Bjorn. — E acho que ninguém vai querer que haja um buraco nela quando nossos inimigos chegarem aos portões!

Todos obedeceram, mas eu ainda os sentia me observando de canto de olho, como se não quisessem virar totalmente as costas.

— Por que estão todos me encarando desse jeito? — murmurei, apesar de me sentir sufocada com uma estranha mistura de raiva e culpa. — Eles *têm* muralhas por minha causa. Estão em *segurança* por minha causa.

— Tenho certeza de que estão planejando a melhor forma de puxar seu saco depois.

O tom de Bjorn era curto e grosso, e olhei na direção dele.

— Por que você diria uma coisa dessas? Não estou pedindo para eles se arrastarem em gratidão, mas não entendo por que me odeiam.

— Eles não te odeiam, Freya — respondeu ele, parando na frente da porta de uma casa comprida. — Têm medo de você.

Antes que eu pudesse dizer qualquer coisa, Bjorn abriu a porta, revelando um grande espaço comum. Ingrid estava sentada a uma das mesas. Os olhos de minha amiga se arregalaram ao me ver, o rosto repleto de uma consternação que cheguei a pensar que havia imaginado, quando ela rapidamente sorriu.

— Freya!

Passando por Bjorn, ela me abraçou, mas jurei que parecia dura como uma tábua quando gritou:

— Geir, Freya está aqui! — Antes de se afastar, ainda com um sorriso no rosto.

— É bom te ver, Ingrid — disse Bjorn, encostando-se no batente da porta.

O sorriso de Ingrid vacilou, mas ela gritou:

— Bjorn está com ela.

Um segundo depois, Geir saiu de um dos quartos nos fundos.

— Irmã! — Ele pegou em minhas mãos e me puxou para um abraço, apertando-me com força. — Minha irmã é a dama do escudo! A guerreira! A vitoriosa!

— Estou vendo que sua perna está curada. — Desvencilhando-me dele, entrei na casa e notei que ela era muito melhor do que qualquer coisa que Geir poderia pagar. Grande e cheia de móveis pesados de madeira, provavelmente pertencera a um dos guerreiros de Gnut mortos em batalha.

Talvez um dos que eu tinha matado.

Afastando o pensamento, esperei Bjorn entrar e fechar a porta, e então perguntei:

— Por que está aqui, Geir? Que loucura fez você vir até Grindill e trazer Ingrid junto, ainda por cima?

Meu irmão fez cara feia, dando-me as costas para pegar uma taça prata de vinho que estava em cima da mesa grande.

— Snorri me disse que eu poderia retornar ao bando de guerra dele quando conseguisse andar. Eu consigo andar, então cá estou. E Ingrid é minha esposa, o lugar dela é ao meu lado.

Ingrid alternou os olhos entre nós.

— Freya, o jarl ficou satisfeito com a nossa vinda. Ele nos deu um quarto nesta casa. Disse que era adequado, já que agora somos da família.

Atrás de mim, Bjorn riu e eu pressionei os dedos nas têmporas, tentando controlar meu humor.

— É claro que ele quer vocês aqui, Ingrid. Você, Geir e minha mãe são reféns para garantir que eu me comporte, o que significa que ter vocês por perto o permite usá-los contra mim a qualquer momento, enquanto antes ele tinha a inconveniência de precisar mandar alguém até Selvegr para concluir a punição. — Minha cabeça estava doendo. — Uma casa, que aliás foi roubada, é um preço pequeno a se pagar para apertar minhas rédeas.

Em vez de parecer castigado pela estupidez, Geir me lançou um olhar de repulsa.

— O que você é, Freya? Uma criança pequena que só vai se comportar adequadamente por medo de ser punida? Você é a esposa do jarl. Dão tudo o que seu coração deseja. Está vivendo a vida que sempre sonhou. Ainda assim, fica se queixando e se comporta mal. Eu sempre te dei o benefício da dúvida nas reclamações que fazia sobre Vragi, mas agora me pergunto se o problema era mesmo ele.

Fiquei chocada e, de canto de olho, vi Bjorn ficar tenso. Levantei a mão, pois podia enfrentar minhas próprias batalhas. Principalmente contra meu irmão.

— Você é um idiota. — As palavras saíram como um resmungo entredentes. — Como não consegue enxergar o que está em jogo?

— Conquistei meu lugar no bando de guerra do jarl antes mesmo de ele saber seu nome — retrucou Geir. — Foi por guardar seu segredo que perdi tudo! Eu pertenço a este lugar tanto quanto você, Freya. Mais ainda, porque conquistei meu espaço, enquanto você está aqui só por conta de uma gota de sangue.

Deuses, ele estava com *inveja*.

Dava para vê-la fervilhando em seus olhos cor de âmbar, eu a conhecia, pois já havia sentido essa mesma emoção. A diferença era que eu tinha optado por esconder tudo o que eu era em vez de ceder à minha natureza.

— Seu tolo. Você se importa mais com o próprio orgulho ferido do que em manter sua esposa em segurança.

— Isso não é verdade — sibilou ele. — Eu amo Ingrid.

— Então deveria mantê-la o mais longe possível de mim!

As pessoas à minha volta arriscavam ter seus destinos emaranhados por minhas escolhas. As pessoas à minha volta arriscavam perder tudo. As pessoas à minha volta arriscavam ter o fio da própria vida cortado antes do tempo.

Geir se afastou e vi um vislumbre de crueldade em seus olhos um segundo antes de ele dizer:

— Por que, Freya? É porque o que todos dizem é verdade? Que você é uma megera maluca?

Antes que eu pudesse registrar o peso das palavras dele, Bjorn já estava do outro lado da sala. Agarrou meu irmão pelo pescoço e o lançou sobre a mesa, quebrando-a. Ingrid gritou quando os dois caíram no chão em uma confusão de punhos, que terminou com Geir de rosto virado para baixo e o braço torcido atrás das costas.

Eu não me mexi. Não consegui me mexer. *Será que ele realmente pensa isso de mim? Que eu sou um cachorro louco, selvagem e perigoso?*

— Vou quebrar seus dois pulsos, seu merdinha — rosnou Bjorn. — Vamos ver o quanto sua esposa tolera sua estupidez quando ela tiver que limpar sua bunda pelo próximo mês!

Ingrid gritou a plenos pulmões e a porta explodiu para dentro, três guerreiros correndo para investigar a comoção. Eles pararam, observando confusos enquanto Bjorn erguia meu irmão e o jogava no chão novamente, Geir gemendo.

— Ajudem ele! — gritou Ingrid. — Impeçam isso! — Mas os homens ficaram parados, não querendo intervir.

— Você não merece chamá-la de família! — berrou Bjorn. — Não merece a lealdade dela!

— Freya! — Ingrid me agarrou pela parte da frente do vestido, sacudindo meu corpo. — Faça-o parar! Você deveria nos proteger!

Eu a encarei. Tudo o que eu havia suportado, tudo o que havia feito, tinha sido estimulado por meu desejo de proteger minha família, incluindo ela, mas aquele desejo agora vacilava.

— Por favor — suplicou ela. — Por favor!

Você é assim, sussurrou uma voz em minha cabeça ao mesmo tempo que outra mais obscura rebateu: *E se não for?*

Foi o medo de a segunda voz estar certa que me tirou de meu estupor.

— Basta. — Minha garganta estrangulou a palavra, que não saiu mais alta do que um sussurro. — Basta!

Bjorn parou o que estava fazendo e olhou para mim.

— Solta ele — falei. — Eles fizeram a própria escolha. Agora vão ter que rezar para que o destino não transforme essa escolha numa sentença de morte.

Então virei as costas e saí.

29

— Aonde você está indo? — exigiu Bjorn, ao me alcançar com rapidez a passos largos.

— Cansei de brigar — respondi, desviando de uma cabra e passando por cima de um par de galinhas que estavam em meu caminho. — Cansei de fazer perguntas, cansei de tentar mudar as coisas para melhor. É hora de aceitar o destino que me foi designado. O destino que sua mãe previu para mim.

Bjorn segurou meu braço, fazendo-me parar.

— Aceitar? O que isso significa?

— Significa dar a seu pai o controle que ele estava destinado a ter. — Eu me obriguei a olhar para Bjorn. — É Snorri quem deve governar, e não eu, então é hora de fazer um juramento a ele como rei.

— Freya...

Tentei me desvencilhar, mas as mãos de Bjorn apertaram meu pulso, então me virei na direção dele.

— O que exatamente você quer que eu faça, Bjorn?

— Eu já falei. — Ele se inclinou para que ficássemos cara a cara. — Mude seu destino.

Bjorn havia me dito a mesma coisa quando estávamos diante do corpo de Bodil, mas eu não tinha questionado o sentido daquilo naquela época.

— Não quer que eu una Skaland?

— Eu... — Ele soltou um longo suspiro, aproximando-se ainda mais. Perto demais, dado que estávamos à vista de dezenas de olhos curiosos. — Comece a se questionar sobre a forma como Skaland vai se unir. Depois se questione sobre o que você vai precisar se tornar nessa história para que ela tenha esse fim.

— Isso importa? — perguntei, porque não queria olhar dentro de mim mesma para encontrar a resposta para aquelas questões.

— Importa para mim. — Bjorn acariciou meu pulso com o polegar. — Você importa para mim.

Você é minha, Nascida do Fogo. Mesmo que só nós dois saibamos disso. O eco do que ele havia me dito no alto da montanha voltou aos meus ouvidos e me fez estremecer.

— O que você quer que eu faça?

Ele engoliu em seco.

— Quero que ouça Steinunn cantar hoje à noite.

Uma plataforma havia sido colocada no meio da praça, no centro da fortaleza, e parecia que todos os homens, mulheres e crianças de Grindill tinham ido ver Steinunn cantar sua balada.

Não que eu estivesse surpresa.

Escutar uma filha de Bragi cantar era mais do que entretenimento; era um privilégio que pouquíssimos teriam a oportunidade de testemunhar em vida. Não só as histórias contadas por escaldos em suas canções eram transmitidas de geração em geração, mas também a experiência de ouvir a canção diretamente dos lábios de um escaldo. Porque não era algo apenas para se ouvir, mas para se *ver*.

Era essa a parte que me aterrorizava, porque ver os túneis que levavam a Fjalltindr tinha sido ruim. Isso seria muito pior.

— Você não precisa fazer isso se não quiser — disse Bjorn à minha esquerda. — Não vou te culpar.

— Eu vou me culpar. — Endireitei os ombros. — Vivi isso, o que significa que consigo assistir.

Eu tinha que conseguir. Precisava ver o que todo mundo tinha visto e que havia causado esse recém-descoberto medo de mim. Precisava ver o que Bjorn havia visto.

A multidão estava agitada, abrindo espaço para permitir que Snorri e Ylva escoltassem Steinunn até a plataforma.

Carregando um tambor simples, a escalda usava um vestido de lã vermelho enfeitado com peles, e na cabeça, um adorno feito para parecer um corvo, com penas escuras caindo em cascata por seus ombros e suas costas. Os olhos dela eram feitos de vidro polido, as garras e o bico, de prata, e eu poderia jurar que a maldita coisa olhava para mim quando ela se virou de frente para a multidão.

Snorri e Ylva recuaram para cadeiras nos fundos da plataforma, e, sem preâmbulos, Steinunn abriu os lábios e começou a bater no tambor que tinha nas mãos.

Um canto profundo e ofegante transbordou pela multidão. Meu coração imediatamente começou a latejar no ritmo. Expectativa e ansiedade preenchiam meu peito em igual medida porque senti o poder da escalda. Senti a magia de sua voz me atraindo de volta para o momento em que descemos a montanha na direção de Grindill, com a vingança queimando no coração.

E então Steinunn começou a cantar.

Minha respiração estava irregular, e o ar não parecia chegar aos meus pulmões. Pois eu não estava apenas ouvindo a história na letra.

Eu a estava vendo. Eu a estava saboreando. Eu sentia o *cheiro* dela.

Não através dos meus próprios olhos, mas através dos olhos daqueles que tinham estado comigo, a perspectiva mudando de pessoa para pessoa, dando-me uma estranha sensação de onisciência. Como... como se eu estivesse vendo os acontecimentos da forma como os deuses os viam.

Eu me observei, a boca bem fechada e os olhos cor de âmbar brilhando de medo, minha marcha vacilante e dolorida. Ao meu redor, ouvi arquejos enquanto aqueles na multidão sentiam um eco do que cada passo tinha sido para mim, e eu me encolhi.

Mas não era nada em comparação à pontada de agonia que me acometeu quando a visão se concentrou no rosto de Bodil.

Eu não conseguiria continuar vendo aquilo.

Não conseguiria vê-la morrer de novo.

A mão de Bjorn se fechou sobre a minha, apertando-a. Estabilizando-me quando minha coragem vacilou.

Nascida do Fogo, lembrei a mim mesma enquanto o observava cortar a árvore. *Você nasceu do fogo, então consegue continuar assistindo.*

A visão se intensificou, a música de Steinunn substituída por nossas respirações laboriosas ao carregarmos a árvore. Os urros de pânico. Os comandos gritados por Snorri.

O impacto do aríete contra o portão.

A perspectiva mudou.

Agora olhávamos de cima para baixo, e me dei conta, com um susto, de que Steinunn tinha falado com os sobreviventes do nosso ataque. Que eu estava vendo pelos olhos deles naquele momento.

Sentindo o terror.

Minha respiração vinha em arquejos rápidos demais quando as mãos que pertenciam aos olhos me ajudaram a levantar um tonel de água fervente. Eles a despejaram sobre a muralha, gritando em desespero quando o líquido se chocou com a magia de meu escudo.

Um desespero que foi abrandado quando uma figura alta e encapuzada se aproximou, o rosto escondido e raios crepitando entre as palmas.

O momento se aproximava. Meu coração estava o puro caos em meu peito, martelando contra minhas costelas.

Eu não conseguiria continuar assistindo. Não podia.

Largando a mão de Bjorn, coloquei as minhas sobre os ouvidos e fechei bem os olhos. Mas não consegui abafar a magia de Steinunn, e a visão apenas cresceu em intensidade. Soluçando, eu me vi tropeçar. Vi Bodil largar o escudo para me segurar.

Vi que o fino raio lançado pelo filho de Thor não tinha sido na direção dela. Tinha sido na minha.

Eu não achava que fosse possível minha culpa aumentar ainda mais, mas ver o raio queimar Bodil acabou comigo.

Meus joelhos cederam, e eu só não caí porque Bjorn me segurou. Ele me segurou junto ao peito, braços me envolvendo, enquanto eu me via pelos olhos dele, que me arrastava para longe de Bodil. Senti seu pânico quando consegui me desvencilhar e depois seu temor quando usei meu escudo para desviar o raio na direção da muralha de Grindill.

Vi o momento em que ele me olhou nos olhos.

E não reconheceu a mulher que via.

Meu corpo enrijeceu, o choque irradiando por mim diante da máscara de pura fúria em meu rosto, olhos queimando com um fogo vermelho visível apenas por um instante antes de eu me virar para correr através da muralha destruída, para dentro da fortaleza.

A perspectiva mudou para aqueles cujo lar eu tinha acabado de invadir, e lágrimas secavam em meu rosto ao mesmo tempo que o horror me preenchia quando me vi massacrando todos que cruzavam meu caminho, encarnando a ira em minha expressão. Não importava quem eram, se tentavam me atacar ou fugir, eu os derrubava. Bjorn lutava logo atrás de mim, matando quem tentava me atingir pelas costas enquanto gritava meu nome. Enquanto me suplicava para parar. Mas eu continuava.

Continuava matando.

Testemunhei o confronto final com Gnut pelos olhos de seus homens. Coberta de sangue e vísceras, mostrando os dentes, eu era mais monstro do que mulher, e um arrepio de alívio percorreu meu corpo quando o machado de Bjorn arrancou a cabeça de Gnut e a última estrofe da canção de Steinunn flutuou com o vento.

Afrouxando meus dedos de seu aperto mortal na camisa de Bjorn, virei-me e encontrei a multidão se movendo e balançando a cabeça enquanto a visão desaparecia de suas mentes. Ylva abraçava o corpo, o rosto dela uma máscara de repulsa que não desapareceu quando olhou para mim. Snorri pareceu não ser afetado, movendo-se para colocar a mão sobre o ombro de Steinunn e gritar:

— Saga previu que o nome da dama do escudo nasceria pelo fogo! Previu que ela uniria toda Skaland sob o domínio daquele que controlasse seu destino. E agora vocês viram o que significa desafiar a vontade dos deuses!

A multidão oscilou, incerta, e se virou para olhar para mim. Não com respeito, mas com medo.

— Amanhã Steinunn vai partir de Grindill para espalhar a notícia sobre nossa fama de batalha. Vai viajar por Skaland, de vilarejo em vilarejo, e em seu rastro nosso povo virá em massa jurar lealdade a mim, seu rei — vociferou Snorri, chamando a atenção de todos de volta para ele. — E aqueles que lutarem ao meu lado serão cantados por gerações!

A multidão vibrou, e um segundo depois tambores começaram a tocar. Jarros de hidromel foram passados de mão em mão, pois Snorri havia aberto os suprimentos de Gnut para recompensar aqueles que o tinham seguido. Fiquei observando as festividades sem expressão, o horror me mantendo no lugar, porque não podia ter sido eu quem fizera aquilo. Não era daquela forma que eu me lembrava do ocorrido, pois no momento em questão, eu havia sentido que estava fazendo justiça. Como se estivesse corrigindo um erro.

Como se estivesse punindo aqueles que haviam tirado Bodil de mim.

Bile queimou minha garganta. Com medo de vomitar na frente de todo mundo, eu me virei e murmurei:

— Preciso tomar um ar.

Andei a esmo, sabendo apenas que precisava me afastar da multidão. Precisava me afastar de toda aquela gente que me encarava como se eu fosse um monstro. Que havia me seguido não por respeito, mas por medo. Senti, de modo vago, Bjorn atrás de mim, uma sombra silenciosa me vigiando. Meus sapatos escorregaram quando deslizei até parar e me virei na direção dele.

— É mentira. Não sei se Snorri a obrigou a fazer isso ou se aqueles com quem ela falou mentiram, mas não foi assim que aconteceu. As pessoas que eu matei... eram o inimigo. Estavam me atacando. Elas... — interrompi o que estava dizendo quando vi o olhar no rosto de Bjorn. A exaustão. O pesar.

— A magia de uma escalda não pode retratar mentiras. — A voz dele era baixa. — Independentemente do que as pessoas disseram a Steinunn, a magia de sua canção revela apenas a verdade da forma como foi vista pelos deuses.

Meu lábio tremeu.

— Foi... foi isso que você viu, então?

O silêncio de Bjorn foi toda a resposta de que eu precisava.

— Não sei como ainda suporta olhar para mim — sussurrei. Virando-me e me afastando dele, mal dei um passo antes de ele me pegar pela cintura e me puxar para um espaço estreito entre construções.

— Vi quando você se perdeu. — A respiração de Bjorn estava quente junto ao meu rosto, a testa pressionada na minha e as mãos agarrando meus quadris, segurando meu corpo no lugar. — Para o luto. Para a batalha.

Eu queria aceitar as justificativas que ele estava me dando, só que eu havia visto como meus olhos tinham queimado em vermelho, nada neles humano.

— E se eu não tiver me perdido, Bjorn? E se eu tiver me encontrado?

Erguendo o queixo para encontrar seu olhar tenso, sussurrei:

— Desde o momento em que soube da profecia da sua mãe, questionei como minha magia teria o poder de unir uma nação. E se for dessa forma? E se... e se meu poder for o *medo*?

Ele apertou meus quadris com ainda mais força, seu corpo pressionado contra o meu.

— Você tem o poder de mudar o próprio destino, Freya. Pode ir embora. Nós podemos ir embora. Deixe eu levar você para longe disso tudo. Forçar as Nornas a alterar nosso futuro e mandar tudo o que minha mãe previu para Helheim.

Nós podemos ir embora. Estremeci diante do que ele estava oferecendo. Não apenas uma chance de escapar de toda aquela loucura, mas de escapar com ele ao meu lado.

— Você iria embora?

— Sim.

— Mas... — Engoli em seco. — Você estaria abrindo mão de tanta coisa. De sua família. De seu povo. Da chance de se vingar de Harald. Da chance de governar Skaland.

— Eu não quero governar — respondeu ele. — Eu quero *você*.

A boca de Bjorn reivindicou a minha, uma mão abandonando meu quadril para se emaranhar em meus cabelos soltos. Gemi, permitindo que ele separasse meus lábios, nossas línguas se entrelaçando. A reação de meu corpo ao toque dele foi rápida e feroz, porque ela estava sempre à espreita sob a superfície. Sempre desejosa.

Envolvi o pescoço dele com os braços, alimentando aquela necessidade com a sensação de seus cabelos em minha pele, dos músculos fortes de seus ombros sob minhas unhas. Senti calor líquido latejar dentro de mim, e pressionei os quadris nos dele, desesperada para afogar o terror que ameaçava me consumir.

— Então prove.

Senti e ouvi a respiração de Bjorn e enterrei o rosto em seu pescoço, mordiscando sua garganta.

— Prove que eu sou o que você quer. — Passei a mão pelo peito dele, pelos músculos rígidos de seu abdômen, e a pousei em concha sobre seu pau. Ele gemeu e acariciei o comprimento grosso, o calor líquido escorrendo direto para o meu centro. — Me reivindique como sua.

— Freya, assim não. — Bjorn segurou meu pulso, imobilizando-o junto à parede da casa. — Aqui não.

A frustração tomou conta de mim.

— Por que não? — perguntei, beijando-o. Mordendo-o com força o suficiente para sentir gosto de sangue, o gemido de dor e prazer que ele soltou estimulando meu desejo. — É por causa do seu pai?

— Freya...

— Porque ele nunca me teve. Nunca vai me ter.

O choque rompeu a névoa do desejo, porque eu havia jurado não contar a ninguém sobre o acordo que Snorri e eu tínhamos feito. Mas foi como se outra pessoa estivesse controlando minha língua. Alguém que diria qualquer coisa, faria qualquer coisa, para conseguir o que *ela* queria. O pânico surgiu dentro de mim, mas *ela* tinha muito controle e o afastou.

Ela beijou Bjorn com tanta força que nossos dentes se chocaram.

— Nosso casamento é uma mentira, uma farsa. — *Ela* passou as unhas de minha mão livre pelas costas dele. — Fizemos um acordo, Ylva e eu. Que ele nunca me tocaria e, em troca, eu mentiria para todos. Mas os deuses sabem a verdade, Bjorn. Sou uma mulher livre.

Mentira maior nunca havia sido contada, mas *ela* a contou assim mesmo.

— Então vá embora comigo. — Ele deslizou a mão por minhas costelas, pousando-a sobre meu seio. — Agora. Assim que estivermos em um lugar seguro, eu te dou tudo o que você quiser, Freya. Juro.

Ela queria dizer sim. Mas sob o desejo, a *cobiça* que estava me consumindo, uma voz mais familiar gritou: *Você não pode abandoná-los!*

— Minha família. — O protesto veio entre beijos desesperados, minhas mãos descendo por seu corpo. — Snorri vai fazer com que paguem se eu fugir.

— Então talvez devessem ter tratado você melhor. — Bjorn beijou meu queixo, meu pescoço. — Geir cavou a própria cova.

Ele tem razão, sussurrou a nova voz para mim. *Tudo o que eles sempre fizeram foi usar você.*

Mas a antiga voz, a familiar, suplicou: *A sua proteção não deveria ter que ser conquistada.*

— Eu não posso ir embora. — As palavras saíram roucas, minha garganta tentando estrangulá-las e minha língua querendo transformá-las em outra coisa.

— Então não podemos fazer isso. — Bjorn se desvencilhou de mim, dando um passo para trás de modo que suas costas ficaram pressionadas à parede da outra casa. — Não vou fazer isso, Freya. Não vou ficar me escondendo com você nas sombras, vivendo uma mentira todos os dias enquanto te vejo ser mudada pela ambição de meu pai. Ou eu tenho você por inteira, ou não tenho.

A fúria fervilhou em meu peito, a mais pura forma de raiva por ele ter se negado a dar o que eu queria.

— Se me quer livre da sombra de seu pai, talvez devesse encontrar os próprios colhões e se livrar dele.

Bjorn hesitou.

— Não consegue engolir isso? — sibilei. Parte de mim, enterrada bem lá no fundo, estava repugnada pelas palavras que saíam de meus lábios.

Ele ficou em silêncio por um longo momento, depois disse:

— Seus olhos estão vermelhos, Freya. Igual estavam quando você atacou Grindill.

Olhos que queimavam com fogo vermelho.

A náusea e a repulsa afogaram minha raiva, e dei alguns passos cambaleantes antes de cair de joelhos.

— Sinto muito. — Finquei as unhas na terra.

A voz de Bjorn estava repleta de desconforto quando ele perguntou:

— O que, exatamente, você quer que eu faça?

Mate Snorri, sussurrou a nova voz. *Desafie-o e ganhe.* Balancei a cabeça com firmeza.

— Não é assim que eu penso. Não é isso que eu quero.

— Freya...?

Dava para notar a confusão na voz dele. A preocupação.

Ó, deuses, eu estava discutindo comigo mesma.

A voz de Geir me veio à mente, repetindo *megera maluca* várias vezes até eu conseguir dizer:

— Tem algo de errado comigo, Bjorn.

Senti o calor do corpo dele quando se ajoelhou ao meu lado.

— Tem alguma coisa dentro de mim — sussurrei, encarando cegamente a escuridão. — Alguém.

— É Hlin. — Bjorn segurou meu rosto com as duas mãos, olhando em meus olhos. O vermelho devia ter desaparecido, pois ele relaxou. — Eu sei como é, Freya. Sei como é quando a parte que é *deles* assume o controle. Mas você pode aprender a contê-la.

Um arrepio percorreu meu corpo, porque o que ele falava parecia possessão. Parecia loucura. E não fazia muito sentido.

— Como Hlin teria o poder de fazer eu me comportar dessa maneira, Bjorn? — Olhei nos olhos dele, embora estivesse difícil de enxergar nas sombras. — Ela é a deusa da proteção.

— Eu não sei. — Ele me segurou com mais força. — Ela é uma deusa menor. Poucas histórias falam dela, e nenhuma diz nada sobre sua natureza. E digo isso com certeza absoluta, porque muitos procuraram aprender tudo sobre ela quando minha mãe previu o poder que você teria.

O que significava que eu estava em guerra com alguém sobre quem não sabia nada. Que *ninguém* vivo jamais havia conhecido. Exceto...

Endireitei o corpo, minha pulsação acelerada.

— Preciso falar com a minha mãe.

30

— Meu pai nunca deixaria você só sair por aí, vagando até o interior — disse Bjorn baixinho enquanto caminhava comigo de volta para o grande salão. — Não com metade dos jarls de Skaland querendo te capturar ou matar, e a outra metade a caminho de Grindill para te conhecer. Você é valiosa demais para que ele permita sair da vista dele. Vai só mandar buscar sua mãe para dar as respostas.

— Não. — Não havia emoção em minha voz. — Já é ruim o bastante que Geir e Ingrid tenham optado por se colocar ao alcance dele vindo para Grindill. Não vou fazer minha mãe correr esse risco também.

— Então não vejo solução para essa questão. — Bjorn parou de repente, ignorando a forma como os transeuntes nos evitavam. Eu tive mais dificuldade em ignorar os olhares de medo que muitos deles me lançavam. — É um dia inteiro de cavalgada até Selvegr e outro para voltar. É impossível que viaje sem sua ausência ser notada.

Massageei minha mão cheia de cicatrizes, tentando pensar. Então me ocorreu uma ideia.

— Preciso encontrar Steinunn.

Bjorn estreitou os olhos.

— Por quê?

— Porque a magia dela talvez seja capaz de me dar as respostas de que preciso. — Afastando-me dele, entrei no grande salão. Como esperado, a escalda estava lá, falando com Ylva, Snorri e também com dois homens que não reconheci. — Mantenha seu pai ocupado enquanto falo com ela — murmurei em voz baixa.

— Lá está meu prêmio — disse Snorri ao me ver. — Freya, estes são jarl Arme Gormson e jarl Ivar Rolfson, que juraram lealdade a mim como rei de Skaland. — Aos homens, ele disse: — Minha esposa, Freya, e meu filho, Bjorn.

Ambos os nomes me eram familiares, pois os territórios deles não eram tão distantes do de Snorri. Inclinei a cabeça de maneira respeitosa, apenas para ficar chocada quando ambos se curvaram profundamente.

— Dama do escudo — saudou Ivar —, estávamos presentes na apresentação de Steinunn, o que foi um privilégio de contemplar. Nossos inimigos vão se encolher de terror quando se depararem com você no campo de batalha, disso não há dúvida. Principalmente quando Steinunn espalhar sua fama.

Mordi a parte interna das bochechas, tentando manter no pensamento a ideia de que não muito tempo antes ter fama de batalha era meu maior sonho. Eu achava que seria minha recompensa por tolerar Snorri. Mas uma vez que tinha sentido o gosto de uma batalha real, aqueles sonhos mais pareciam pesadelos. *Eram*, de fato, meus pesadelos, o desfile de pessoas que haviam sucumbido por minha causa marchando por minha mente todas as noites.

— À medida que a força de Skaland cresce, em breve voltaremos nossos olhos para Nordeland — disse Snorri. — Ela é rica de ouro e prata devido a anos de invasões. Passou da hora de pegarmos de volta o que é nosso.

Os homens concordaram com a cabeça, os olhos de Arme se voltando na direção de Bjorn.

— Ver a vingança pela morte da sua mãe no horizonte deve deixar seu sangue em chamas, Mão de Fogo. Uma coisa digna de uma das canções de Steinunn, quando vier a acontecer.

Bjorn inclinou a cabeça.

— Esperei muitos anos por vingança.

Os homens sorriram.

— A próxima vez que nos vermos será em um drácar, quando nossa frota velejar pelo estreito para colocar Harald no lugar dele.

— Meu pai acredita que meu destino é lutar ao lado de Freya — complementou Bjorn. — Então aonde ela for, eu vou. Se for Nordeland, melhor ainda.

— Meu senhor — falei para Snorri, interrompendo a conversa. — Era com Steinunn que eu desejava falar. Pensei... pensei em algumas coisas que poderia compartilhar com ela para acrescentar às canções que compôs.

Ele deu um aceno de aprovação.

— É bom ver você aceitando seu papel.

Assentindo, passei por ele, deixando Bjorn para jogar conversa fora com os jarls. Eu me aproximei de Steinunn, que conversava com Ylva. Leif estava ao lado da mãe e me lançou um olhar cauteloso, levando a mão à faca embainhada na cintura. Sorri para ele, apesar de saber que havia pouca chance de ganhar seu respeito, mas a ruga na testa do garoto apenas se aprofundou. As mãos de Ylva se fecharam sobre os ombros do filho, puxando-o para trás.

— Vá — disse ela. — Já passou da hora de você estar na cama.

O meio-irmão mais novo de Bjorn parecia pronto para contra-argumentar, mas um olhar feio da mãe o mandou às pressas para os fundos do salão. Cruzando os braços, Ylva disse:

— Sou menos tolerante com o seu comportamento do que Snorri, garota. Ficar emburrada com a cara no travesseiro por dias, saindo apenas para inspirar brigas antes de se retirar de uma apresentação destinada a honrá-la. É...

— O seu papel nunca foi me honrar, Ylva, sempre foi fazer as pessoas me temerem — eu a interrompi. — E é por isso que desejo falar com Steinunn.

— Minha magia diz a verdade — disse a escalda rapidamente. — Se a verdade é aterrorizante, não posso fazer nada para mudar esse fato.

— A menos que haja mais nessa história — respondi. — Uma parte não contada que poderia acrescentar a profundidade necessária. — Virando-me para Ylva, falei: — Snorri quer atrair outros jarls para jurarem lealdade a ele por meio de histórias de fama de batalha, o que é bom. Mas as pessoas que vão ser governadas precisam de algo diferente. Precisam de algo... *a mais*. Um rei recebe um juramento de lealdade do próprio povo, mas, por sua vez, também deve fazer um juramento para proteger esse mesmo povo. As pessoas devem ver isso. Devem acreditar que essa é a verdade, a qual não pode ser provada de uma forma melhor do que com a canção de uma escalda.

Ylva estreitou os olhos.

— O que precisamente você poderia acrescentar, Freya? Tudo o que provou foi sua habilidade para matar.

Estremeci.

— Então talvez o que a canção de Steinunn precise não seja mais histórias sobre mim, mas sobre a deusa cujo poder eu empunho.

— Há poucas histórias — interrompeu Steinunn. — O que é sabido sobre ela, todos já conhecem. Para fazer essas canções valerem a pena, devem conter novas histórias que estimulem as pessoas a agir. Não há ninguém que tenha visto ou falado diretamente com a deusa em nossa época que possa fornecer tais histórias.

— Exceto a mãe de Freya. — Ylva franziu os lábios. Os olhos azuis dela estavam distantes, mas logo se fixaram nos meus. — Existe uma história envolvente sobre sua concepção, Freya? Porque não acho que contos de luxúria e fornicação divina vão *inspirar* as pessoas a verem você com outros olhos.

— Na verdade, eu não sei — admiti. — Meu pai proibiu qualquer pessoa em nossa família de falar sobre minha origem. Mas Steinunn poderia viajar a Selvegr e falar com ela. Descobrir o que minha mãe sabe sobre Hlin, e depois usar isso para dar sabor à sua canção.

— Minha canção não precisa de nenhuma alteração — retrucou Steinunn. — Ela já provou a eficácia que tem. Por ordens de Snorri, amanhã parto para uma viagem por Skaland, apresentando-me para todos que quiserem escutar, para que ouçam sobre a fama de batalha de Freya Nascida do Fogo. Há tempos o povo deseja guerrear com Nordeland, e a oportunidade de fazer isso acontecer será maior do que o poder para resistir.

— Sua canção me faz parecer um monstro — retruquei.

— Talvez porque você seja — disse Steinunn, chegando mais perto. Dando a volta em Ylva, ela acrescentou: — Snorri quer que eu parta amanhã. Devo descansar. Boa noite para vocês duas.

Virando as costas, a escalda saiu do salão.

Fechei as mãos em punho e respirei fundo várias vezes, tremendo, tentando me acalmar. A raiva que me consumiu durante a batalha, que tomou conta de mim havia menos de uma hora com Bjorn, estava surgindo novamente.

Isso me fez pensar se Steinunn não estava certa. Não devia haver mais nada a ser acrescentado à canção.

— As pessoas temem você — disse Ylva em voz baixa. — Ficou parecendo um monstro, igual aos draugs com que lutou nos túneis sob

Fjalltindr. — A garganta dela se movimentou ao engolir. — E eu ajudei a criar essa fama.

— Você tem destino determinado. — Minha voz era fria. Curta. — Não foi escolha sua; ela foi feita pelas Nornas, que teceram seu fio.

— Não acho que esse seja o significado de ter destino determinado — respondeu Ylva. — Acho que significa que as Nornas conhecem nossos fios tão bem que enxergam cada decisão que tomamos. — Ela olhou em meus olhos. — Então não sou isenta de culpa, apenas previsível nela.

Suspirei, minha raiva indo embora apesar de eu não saber exatamente o motivo.

— Eu amo meu marido — constatou Ylva. — Mas ele vê apenas a glória, não as costas daqueles em quem deve pisar para conquistá-la. *Eu* vejo os rostos que pertencem àquelas costas, e não gostei das expressões que vi neles hoje à noite. — Ela olhou para Snorri, que ria e batia no ombro de Bjorn. — Não quero vê-lo ascender ao poder em uma onda de medo. Não quero que esse seja o legado do meu filho.

Prendi a respiração, esperando uma solução de uma mulher que, eu então me dava conta, era mais aliada do que inimiga, pois muitos de nossos desejos convergiam.

— Vá escondida para Selvegr hoje à noite — disse Ylva finalmente. — Descubra o que conseguir com a sua mãe sobre a deusa cujo poder decide nossos destinos, depois volte às pressas. Vou dizer a todos que você saiu para buscar orientação dos deuses e não deve ser perturbada, assim como vou atrasar a partida de Steinunn até você dizer a ela quais respostas os deuses te deram. — Ela hesitou, depois acrescentou: — Chame Bjorn para ajudar. Ele vai saber como tirar e trazer você de volta a Grindill sem ninguém ver. Vai te manter segura durante a viagem e garantir que volte até nós.

Não me dando oportunidade de responder, Ylva anunciou:

— Marido, Freya deve buscar orientação dos deuses. Precisa ficar sozinha por uma noite e um dia para ver que respostas os deuses lhe darão. — Ela estalou os dedos. — Bjorn, como Hlin desejou que você protegesse Freya nessa jornada, deve obedecê-la.

Os homens todos a olharam confusos, e Ylva cruzou os braços.

— E então? Vai deixar os deuses esperando? Snorri, pegue os cogumelos. Bjorn, garanta que Freya tenha tudo de que necessita para resistir à provação. E vocês — ela apontou para os dois jarls visitantes — deveriam estar festejando! Estamos aqui para celebrar nossa aliança e nosso grande futuro juntos. Tragam comida! Hidromel! Música!

Todos obedeceram às ordens dela e murmurei para Bjorn:

— Pegue o que precisamos para cavalgar até Selvegr hoje à noite e me encontre em meu quarto.

Snorri se aproximou e me entregou um copo cheio de cogumelos triturados.

— Beba tudo — disse ele. — Estou ansioso para saber o que os deuses desejam mostrar em suas visões.

— Eu também. — Assenti com a cabeça, depois corri para a escadaria, subindo para o segundo andar, onde ficava o meu quarto. Entrando, coloquei o copo sobre a mesa e imediatamente comecei a reunir o que eu precisaria para cavalgar durante a noite. A espada de meu pai e uma faca. Um escudo. Um manto com capuz profundo para esconder meu rosto.

A porta se abriu e se fechou, e me virei para encontrar Bjorn com um saco de provisões.

— Ylva almeja pelas mesmas verdades que eu. Vai encobrir nossa ausência para que possamos buscá-las com minha mãe — falei para ele.

— Que notícia mais decepcionante — respondeu Bjorn. — Eu estava esperando que você tivesse arranjado um jeito de passarmos uma noite e um dia inteiros comendo para valer enquanto nossas mentes corriam soltas pelo céu em visões induzidas por cogumelos. E não que fôssemos passar a noite cavalgando para encontrar com sua mãe.

Revirei os olhos, depois fechei o trinco da porta e fui até a janela, ouvindo tambores ganharem vida lá embaixo, no salão.

— Vamos precisar de cavalos.

— Já estão do lado de fora da muralha — disse Bjorn, e quando o olhei de maneira descrente, ele apenas deu uma piscadinha e disse: — Estou pressupondo que você não tenha dificuldade em subir telhados?

Cavalgamos durante a noite, seguindo o rio costa abaixo, depois pegando a estrada que levava ao fiorde seguinte, no qual estava localizada

Selvegr. Era meio da manhã quando trotei meu cavalo pelo caminho familiar da fazenda de minha família, apeando na frente de nossa casa. Galinhas ciscavam a terra e duas novas cabras pastavam na grama ao redor de um poste da cerca. O jardim exibia uma abundância de verde primaveril, e ao longe o campo limpo tinha uma colheita já alta para esta época do ano, a terra rendendo bem.

A porta se abriu, mas em vez de minha mãe, quem saiu foi um homem desconhecido. Talvez da idade de Snorri, barrigudo e com uma barba grisalha e longa decorada com anéis de prata. Segurava um machado em uma das mãos com o conforto de quem já o usou muitas vezes antes, e levei a mão à minha própria arma por instinto.

— Quem é você? — perguntei. — Onde está minha mãe?

— Você deve ser Freya — respondeu ele, depois apontou com o queixo para Bjorn. — Bom dia, Bjorn.

— Birger. — Bjorn também havia descido do cavalo e estava ao meu lado. — Snorri deixou Freya vir visitar a mãe. Ela está aqui ou devemos procurá-la no vilarejo?

— Kelda está de cama — falou Birger. — Não está bem, mas está se recuperando.

— Deixou você aqui brincando de fazendeiro, então? — Bjorn riu. — É um pouco mão pesada para coletar ovos de galinha.

Este era o homem que Snorri tinha mandado para vigiar minha mãe e assim garantir meu bom comportamento, o que significava que provavelmente seria ele quem a machucaria se Snorri desse a ordem. Fechei as mãos em punhos, mas foi minha língua que se preparou para um golpe. Porque por mais que eu já soubesse que havia alguém ali, era diferente vê-lo em carne e osso. Era diferente saber que ele estava vivendo dentro da casa de minha mãe.

— O que há de errado com ela? Se a machucou, seu porco maldito, eu vou...

— Silencie essa sua língua de víbora, Freya, ou vou lavar sua boca com sabão! — Minha mãe apareceu atrás de Birger, ajustando um xale com borda de pele que eu não reconhecia sobre os ombros antes de sair, batendo com a bengala no chão. — Eu tive uma diarreia, mas já passou. Ainda bem que Birger estava aqui para cuidar dos animais, pois com você casada, seu irmão servindo no bando de guerra do seu marido e Ingrid com ele... fiquei completamente sozinha.

Fui preenchida pela culpa, pois enquanto considerei o perigo que minha mãe corria, não fiz o mesmo em relação às dificuldades práticas causadas por minha ausência.

— Seu marido foi muito atencioso em mandar alguém para cuidar de mim — continuou ela, segurando minha mão ao olhar para mim. Fiz o mesmo, notando o novo vestido e as botas, assim como um grosso bracelete de prata em seu pulso.

— Parece que você conseguiu o que queria, meu amor — disse ela finalmente. — É uma verdadeira guerreira agora, assim como seu irmão.

Bjorn riu e eu olhei feio para trás antes de voltar a me virar para minha mãe.

— Já está se sentindo melhor para conseguir caminhar comigo? — As perguntas que eu desejava fazer eram pessoais, e não precisava de Birger entreouvindo.

— É claro, meu amor. Birger, essas cabras não vão se ordenhar sozinhas. E vê se sobe no telhado ainda hoje para encontrar aquele vazamento, senão é você quem vai dormir debaixo da goteira.

A boca de Birger se abriu e fechou enquanto ele alternava o olhar entre mim e minha mãe, sabendo muito bem que não deveria me dar a chance de pegá-la e fugir.

— Eu vou acompanhar as duas — disse Bjorn. — Você pode fazer suas tarefas.

— Você não vai fazer nada disso, *Mão de Fogo*. — A voz de minha mãe soou gélida. — Ouvi muita coisa sobre *você*, e não te quero atrás de mim. Tem lenha que precisa ser cortada, o que você com certeza pode fazer.

— Há muita gente que deseja a morte de Freya — respondeu ele. — Então se a senhora quer que eu corte sua lenha, as duas vão ter que permanecer perto o bastante para que eu possa dissuadir qualquer um com más intenções.

Minha mãe fez cara feia, apontando a bengala para ele.

— Se acha...

— Não é uma questão aberta para debate — interrompeu Bjorn. — Não vou arriscar a segurança de Freya só porque a senhora não gosta de minha reputação.

A careta de minha mãe se intensificou e, vendo uma briga se formando, peguei rapidamente no braço dela.

— Vamos ficar por perto.

Por um segundo, achei que os dois fossem se voltar contra mim, mas Bjorn apenas tirou a camisa e começou a andar na direção da pilha de madeira. Minha mãe resistiu aos puxões que dei em seu braço, cedendo apenas quando o machado de Bjorn apareceu em sua mão direita, cortando um bloco grosso de lenha com um só golpe.

— Sinto muito por não ter vindo antes — falei, quando estávamos longe do alcance dos ouvidos. — Eu...

— Sei precisamente quais são suas circunstâncias, Freya. — A mandíbula de minha mãe estava tensa. — É minha culpa você estar nelas.

— Por que diz isso? — Era a primeira vez que eu a ouvia dizendo isso, embora, na verdade, minha mãe sempre tivesse dito pouco sobre minha origem e nada sobre os eventos que cercaram minha concepção. Eu, não tendo interesse nos detalhes da intimidade dos meus pais, nunca havia perguntado, coisa de que me arrependo. — Você sabia que havia convidado Hlin para sua cama?

Minha mãe ficou em silêncio por um bom tempo antes de responder.

— Não foi Hlin que aceitamos em nossa cama, Freya, mas outra.

Eu pisquei.

— Mas...

— Foi outra — interrompeu minha mãe. — Nunca falamos com você sobre isso, mas Geir... Ele era um bebê doente. A herborista não podia fazer nada, disse que a escolha mais misericordiosa seria deixá-lo do lado de fora para o frio e os lobos, mas... eu não consegui fazer isso.

Era o costume de nosso povo, eu sabia. Tinha conhecido mulheres que haviam tido bebês doentes que seguravam nos braços em um dia e no seguinte tinham abandonado, e nunca mais se falava nisso. Mas pensar que haviam dito para minha mãe fazer uma coisa dessas com meu irmão fez meu sangue gelar.

— Ainda bem que você não fez isso, mãe, pois ela estava errada. Ele cresceu forte.

De corpo, pelo menos.

— Ela não estava errada. — A garganta de minha mãe se mexeu quando ela engoliu em seco e eu olhei para Bjorn. Ele estava cortando a pilha com rapidez, sua pele tatuada brilhando com o suor, e definitivamente *não* estava fora do alcance de nossas vozes.

— O que aconteceu? — perguntei.

— Rezei para os deuses o pouparem — sussurrou minha mãe. — Rezei para Freyja e Eir e todos que quisessem ouvir, oferecendo sacrifícios para mostrar minha devoção, mas ele apenas piorou. Logo ficou tão doente que parou de comer. — Ela apertou ainda mais meu braço. — Acreditei que todos tinham escolhido ignorar minhas súplicas, que aquele era o destino determinado para meu filho. Quando anoiteceu, soube que seria a última noite dele. Seu pai segurou nós dois nos braços enquanto o esperávamos parar de respirar. E foi então que alguém bateu na porta.

Era como uma história passada tantas vezes de geração em geração até que mal parecesse possível ter de fato acontecido. Histórias de deuses aparecendo entre os mortais para fazer o bem ou o mal, dependendo do humor em que estivessem, o qual era sempre instável. Mas isso não era história nenhuma: era minha vida.

— Abrimos a porta e nos deparamos com uma mulher — continuou minha mãe. — Era jovem e bonita, a pele branca como marfim e os cabelos escuros como uma noite sem lua. Ela disse: "Vou poupar seu filho em troca de um presente em recompensa por sua perda", e eu soube que era uma deusa que tinha vindo a meu pedido. Que minhas preces haviam sido atendidas.

Estremeci, mas não disse nada, hipnotizada pela narrativa.

— Seu pai perguntou o que ela queria em troca e ouviu como resposta: "Me deitar entre vocês, e o que nossas paixões produzirem será o sacrifício que pagará pela saúde de seu filho. Escolham".

Era sabido que os deuses eram vorazes em sua luxúria, e que era uma honra recebê-los na própria cama. Mas eu não conseguia nem imaginar como meus pais tinham se sentido, compelidos a fazer sexo para salvar o próprio filho enquanto ele morria no mesmo cômodo. Parecia difícil e cruel, e... e nada a ver com a deusa cuja magia eu possuía.

— É claro que fizemos o que ela pediu — disse minha mãe — e foi diferente de qualquer noite que eu já tive, antes ou depois, deixando nós dois tão exaustos que caímos no mais profundo sono. Quando acordamos, a mulher não estava mais lá, nem seu irmão.

Tomei um susto, levando a mão à boca, sentindo o horror do momento, apesar de saber que meu irmão estava vivo e bem no presente.

Uma lágrima escorreu pelo rosto de minha mãe.

— Gritei e gritei, certa de que tinha sido Loki que havia vindo e nos pregado essa peça cruel, curando nosso filho para cumprir sua palavra, mas roubando Geir para nos privar do que tínhamos negociado, e me amaldiçoei por não ter sido mais cuidadosa em meus termos. Bati meus punhos até sangrarem na terra enquanto seu pai se enfurecia contra os deuses. No entanto, ambos fomos silenciados quando outra batida soou na porta.

Prendi a respiração, meu coração estava disparado no peito.

— Seu pai abriu a porta, pronto para sair na mão com o trapaceiro, apenas para descobrir uma outra mulher parada do lado de fora, com uma cesta na mão. Lá dentro, um bebê berrava, e não fosse pela pinta no rosto, eu nunca saberia que aquela criança gordinha e saudável era seu irmão. Mas era ele.

— Quem era ela? — perguntei. — Qual era a aparência dela para você?

— Parecia uma guerreira. — Os olhos de minha mãe estavam distantes. — Vestindo couro e aço, com lâminas na cintura e um escudo pendurado nas costas. Ela parecia ao mesmo tempo jovem e velha, com os cabelos dourados trançados como se fosse para a guerra e olhos cor de âmbar que brilhavam como sóis.

Meus olhos arderam, porque eu teria dado tudo para ver o rosto da deusa. Hlin, minha mãe divina, que compartilhava comigo tanto o sangue quanto a magia.

— O que ela disse?

Minha mãe pigarreou.

— Ela disse: "Você foi enganada, e nem todas as lágrimas do mundo significariam qualquer coisa para aquela que tirou seu filho de você; no entanto, elas significam algo para mim. Vou lhe oferecer, portanto, um acordo puro: permita que a criança prestes a surgir dentro de você seja meu recipiente e te devolverei este menino. Mas escolha rápido, pois o momento para tanto logo terá passado".

Fiquei olhando para o chão aos meus pés e me perguntando por que ela nunca tinha me contado essa história, pois os escaldos escreveriam canções sobre tal experiência que seriam repetidas através dos tempos.

Minha mãe secou os olhos.

— Eu não estava conseguindo pensar direito, querendo segurar seu irmão em meus braços, mas tive noção o suficiente para perguntar por que ela queria minha criança, você, como seu recipiente. Ela me disse: "Se a criança for dotada apenas de avareza, as palavras dela serão maldições, mas se for dotada de altruísmo, o poder divino que escolherá tomar como seu é um destino ainda não determinado".

Franzi a testa, repetindo as palavras em minha cabeça.

— O que isso significa, mãe?

— E quem é que sabe o que os enigmas dos deuses significam para os mortais? — Ela inclinou a cabeça na direção do céu, soltando uma respiração trêmula. — Naquele momento, não me importei com nada além do retorno de seu irmão, então disse: "Sim. Sim, você pode tomar minha criança como recipiente". Ela sorriu e me entregou a cesta que continha seu irmão, beijou duas lágrimas de meu rosto e depois desapareceu.

E assim, em um instante, em uma escolha desesperada feita por minha mãe, eu havia recebido uma gota de sangue divino no lugar em que meu coração logo bateria, e isso me deixaria sem destino determinado, meu fio livre para se tecer pela tapeçaria como eu desejasse.

Ou como Snorri desejasse.

Franzi a testa, mas o pensamento desapareceu de minha cabeça quando minha mãe me abraçou de repente.

— Eu sinto muito, Freya.

— Por quê? — perguntei, alarmada ao ver minha mãe se comportar dessa forma, pois não era de seu feitio. — Para além de ter escondido essa história de mim, você não tem nada pelo que se desculpar.

— Escolhi seu irmão em vez de você. — Ela afundou os dedos em meus ombros. — Te amaldiçoei a ser usada como arma do jarl.

Será que tinha sido uma escolha? As palavras de Ylva reverberaram em minha mente, a ideia de que as Nornas não escolhiam, apenas compreendiam implicitamente a escolha que uma pessoa faria, consumindo meus pensamentos. Abracei minha mãe, nossas testas se tocando.

— Ter uma filha escolhida para ser o receptáculo do sangue de uma deusa é um privilégio que ninguém recusaria, mãe. Não há pelo que se desculpar.

— Eu achei que fosse Freyja — sussurrou ela. — Achei que um dia você invocaria o nome dela e criaria vida de onde não havia nenhuma, por isso te dei esse nome. E não pensei que isso significasse nada demais quando seu pai voltou de Halsar dizendo que a vidente tinha feito uma profecia falando de uma filha de Hlin. Apenas esperei pelo dia em que seu poder se manifestaria. Mas que horror foi quando isso aconteceu, pois sua magia não prometia vida, mas *guerra*. Eu amaldiçoei você, meu amor. Me perdoe.

Foi difícil não estremecer ao descobrir que minha mãe via minha magia dessa forma, mas ainda assim eu não entendia por que ela estava suplicando tanto.

— Não há pelo que se desculpar. Eu estou satisfeita.

Ela se aprumou e me segurou a um braço de distância, olhando em meus olhos.

— Não minta para mim, menina.

Eu me contorci.

— Não estou mentindo.

— Se está tão satisfeita com seu marido e seu futuro, por que arrisca tudo indo para a cama com o filho dele?

Fui arrebatada pelo choque e fiquei boquiaberta diante dela.

— Perdão?

— Não minta para mim, meu amor. Conheço o olhar de um homem possessivo com aquilo que acredita ser dele, e Mão de Fogo olha para você dessa maneira. Da mesma maneira que você o olha. — Minha mãe afundou as unhas em meus braços e me sacudiu com violência. — Que loucura te possuiu, Freya? Sua vida, e a vida de todos desta família, depende do equilíbrio da sua boa relação com Snorri, e ainda assim você o trai com o próprio filho dele? Acha que isso vai permanecer em segredo? Que ele não vai descobrir? Você precisa acabar com isso.

Estremeci, e meu estômago se revirou com raiva, vergonha e medo.

— Satisfazer seu desejo vale a vida de seu irmão? — perguntou ela, e minhas entranhas ficaram ocas. — Acabe logo com isso, Freya. Prometa para mim que vai acabar com isso, pelo bem de todos nós. Jure pelo nome de Hlin.

Fui tomada por uma tontura estranha, mas com ela veio uma clareza inesperada. Eu não podia concretizar a profecia de Saga e ficar com Bjorn. Não podia proteger minha família e ficar com ele.

Tinha que escolher.

O ar parecia vibrar e, de canto de olho, vi Bjorn abandonar sua tarefa, procurando por algum perigo.

Mas me concentrei em minha mãe. No que ela tinha me dito. Em todas as coisas que havia me pedido ao longo de minha vida. No que ela estava me pedindo naquele momento. Minha raiva, sempre fervilhando, pegou fogo.

— Não me faça exigências.

Ela ficou boquiaberta.

— Você por acaso enlouqueceu?

Sacudi a cabeça.

— Não, mãe. Pela primeira vez, finalmente estou conseguindo ver tudo com clareza.

— Do que está falando?

Os olhos dela estavam repletos de confusão, e aquilo apenas alimentou minha raiva, porque como ela podia não saber?

— Minha vida toda, tudo o que você fez foi tirar de mim para dar a Geir. Ou a você mesma. Palavras suas, você sempre me colocou por último desde antes de eu nascer.

— Freya...

— Você me fez esconder minha origem, minha magia, quem eu era — sussurrei. — Fez eu me casar com Vragi porque ele traria riqueza e privilégio para nossa família, mesmo sabendo como ele me trataria. Vocês se ofereceram como cabras para o sacrifício, de modo que Snorri tivesse vantagem para me controlar, porque *sabiam* que isso beneficiaria somente *vocês mesmos*. E agora está me pedindo para virar as costas para a única pessoa que me coloca em primeiro lugar, a única pessoa que se preocupa comigo, porque isso coloca em risco sua pele egoísta. Talvez essa seja a escolha certa a ser feita. Mas a escolha precisa ser *minha*, não sua.

A tensão no ar pareceu estalar como um graveto dobrado demais, e minha mãe recuou um passo.

— Então presumo que vá amaldiçoar a todos nós.

Bufei com amargura.

— Vocês amaldiçoaram a si mesmos. Teria sido fácil, para você, escapar de Birger e fugir, mas só enxergou os benefícios que a prata de Snorri trouxe. A mesma coisa com Geir, que podia facilmente ter escapado com Ingrid, mas se recusa a abrir mão de seu lugar no bando de guerra do jarl. No egoísmo e na ganância que os dominam, vocês colocaram os próprios pescoços debaixo do machado e ainda por cima lamentam que a culpa é minha quando a lâmina ameaça descer.

— Que ousadia nos chamar de egoístas, sua putinha! — Ela ergueu a mão para me dar um tapa, mas então uma mão muito maior segurou seu pulso.

— Peça desculpas. — A voz de Bjorn soava como gelo.

— É você quem deveria pedir desculpas. — Minha mãe tentou se soltar, mas Bjorn apenas a segurou com mais força. — Foi você que a deixou assim. Freya costumava ser uma mulher boa e leal.

— Ela ainda é. Você só não é mais digna da lealdade dela.

— Não importa — falei, precisando me afastar antes que reagisse com mais do que palavras. — Estou indo embora, mãe. É hora de você seguir seu próprio caminho no mundo.

Dando as costas para ela, andei na direção de minha égua com Bjorn ao meu lado.

— Freya! — gritou minha mãe repetidas vezes enquanto Bjorn me levantava sobre minha montaria. — Por favor!

Não olhei para trás.

31

— Precisamos nos apressar. — Eu cavalgava a meio galope pela trilha estreita que circulava o fiorde, sabendo que, apesar de toda a minha bravata, eu tinha uma decisão a tomar. — Não temos muito tempo para voltar.

Em vez de responder, Bjorn fez seu alazão parar de repente, o cavalo balançando a cabeça de irritação.

— E por que voltar? Esta é sua chance de fugir. Podemos descer a costa e encontrar um navio mercante indo para o sul, onde ficaremos fora do alcance de tudo isso.

— Para que Snorri possa executar meu irmão idiota e minha mãe negligente? — bufei. — Por mais tentador que isso seja neste momento em particular, não.

Estendendo o braço, Bjorn segurou as rédeas de minha égua, evitando que eu a cutucasse com os calcanhares para fazê-la trotar e fugir dessa conversa.

— Freya, tem uma coisa que preciso contar para você.

— Se for sua opinião sobre minha família, não quero saber.

— Não é sobre a sua família. É sobre a minha. — Ele levantou os olhos para encontrar os meus. — A profecia da minha mãe... não foi a única que ela teve sobre você.

Meu coração pulou uma batida, e um desconforto se acumulou em meu estômago quando parei de tentar tirar minha égua das mãos dele.

— O que ela disse? E quando?

Por que você não me contou?

— Eu... — A garganta dele fez um movimento quando engoliu. — Foi há muito tempo, quando eu ainda era menino, mas me lembro claramente.

— Você parece se lembrar de tudo sobre ela com muita clareza, e ainda assim nunca comunica nada disso — retruquei. — O que foi que ela disse?

Bjorn ficou em silêncio e a náusea retorceu minhas entranhas pelo que ele poderia dizer. E pelo fato de ter escondido isso de mim.

— Ela entrava nesses transes esquisitos quando Odin estava lhe dizendo alguma coisa — respondeu Bjorn, finalmente. — Eu estava sozinho com ela quando de repente foi tomada por um desses momentos. Ela me disse que a dama do escudo uniria Skaland, mas que deixaria um rastro de dezenas de milhares de mortos. Que andaria pela terra como uma praga, colocando amigo contra amigo, irmão contra irmão, e que todos temeriam você.

As palavras dele se assentaram dentro de mim e lutei para respirar.

— O que quer que ela tenha visto a deixou horrorizada — continuou Bjorn. — Eu era jovem, e o que não consegui tirar da cabeça é que a dama do escudo seria mais um monstro do que uma mulher. Mesmo depois de crescer, eu... eu não consegui esquecer essa visão de como seria. — Ele desviou os olhos. — Mas isso não poderia estar mais longe da verdade. Não era um monstro, mas uma bela e corajosa mulher que resgata peixes e entra em incêndios para proteger os outros.

Meus olhos arderam e pisquei para impedir as lágrimas de se formarem.

— Não contei isso antes porque você não era o que minha mãe havia descrito — concluiu Bjorn. — Eu estava certo de que essa lembrança estava equivocada. Ou que você tinha alterado o próprio destino e que aquele futuro que Odin mostrou à minha mãe não existia mais, e não apenas a parte da escuridão e da morte, mas todo o resto. Só que então os testes começaram, os deuses vindo para o plano mortal para te reconhecer, e não pude negar que você estava destinada a liderar. — Ele respirou fundo. — Vi você fazer escolhas para proteger Halsar e não me pareceu possível que fosse se tornar um monstro que traria morte e destruição. Mas depois do cerco de Grindill...

— Você percebeu que talvez eu seja mesmo um monstro, afinal. — As palavras saíram abafadas, o horror me estrangulando.

Bjorn balançou a cabeça em negativa.

— Não. Mas que Snorri a transformaria em um se você permitisse que ele controlasse seu destino. Achei que ouvir a canção de Steinunn, ver a si mesma daquele jeito, fosse te estimular a seguir por um caminho diferente, mas você simplesmente não conseguiu escapar da necessidade de proteger a merda que chama de família.

Eu me encolhi.

— Não fale assim deles.

— Por que não? — retrucou Bjorn. — Apesar de tudo o que você faz, de tudo o que já *fez* por eles, seu irmão te chamou de megera maluca. Sua mãe te chamou de puta. Não são pessoas que fazem valer a pena a sua permissão para Snorri te transformar em um monstro só para se tornar rei.

Ele não estava errado. Mas também não estava certo.

— Achei que quando visse a forma como sua mãe está vivendo, daria as costas para ela — disse Bjorn. — Mas vi você se dar conta de que ela lucrou com sua dor e isso não pareceu mudar nada. Vi você a ouvir dizer várias vezes que tinha escolhido seu irmão e ela mesma acima de você, e isso, de novo, não mudou *nada*. Você se recusa a mudar o próprio destino.

— Então pensou em fazer isso por mim? — Fiquei vermelha de raiva. — Porque eu não sou a única com sangue divino nas veias, com o poder de fazer as Nornas alterarem os próprios planos. Você também pode fazer isso.

— Eu rasgaria os planos delas em pedaços se isso significasse poupar você do destino que minha mãe previu — disse ele. — Mas quero que escolha ir embora, Freya. Tudo o que fiz foi te dar a oportunidade.

Embora eu desejasse que ele tivesse me contado toda a verdade antes, ainda assim senti minha raiva diminuindo.

— Eu quero dizer sim, Bjorn. O que vi na magia de Steinunn me aterroriza. Mas se eu for embora, vou condenar minha família à morte.

— Eles mesmos se condenaram.

Virando minha égua, caminhei uma curta distância para ficar sobre os penhascos que davam para o mar. Gaivotas voavam sobre as cristas brancas das ondas, um vento norte soltando meus cabelos da trança. Seria tão fácil cavalgar até a praia. Encontrar um navio mercante de uma das terras longínquas do Sul e ir embora sem nunca olhar para trás. Sem nunca saber se Snorri cumpriria suas ameaças.

Não saber seria pior. A incerteza de se aqueles que eu amava estavam vivos ou mortos. Será que existiria uma chance de felicidade, ou a culpa envenenaria a vida que eu construiria?

— Hlin disse à minha mãe que se eu fosse dotada apenas de avareza, minhas palavras seriam maldições, mas se fosse dotada de altruísmo, o poder divino que eu escolheria tomar como meu seria um destino ainda não determinado. — Hesitei. — Sei que não tem como saber o que ela quis dizer com isso, mas para mim significa que escolher os outros antes de mim será minha forma de conquistar um destino diferente daquele que sua mãe viu. — Virando a cabeça para olhá-lo, fiquei sem fôlego, porque sabia que fazer essa escolha significaria renunciar a ele. — Eu preciso voltar. Não posso partir sabendo que eles vão morrer, porque isso significaria ser dotada da avareza da qual Hlin advertiu.

Prendi a respiração, esperando Bjorn reagir. Esperando raiva e reprovação por minha escolha. Em vez disso, ele soltou um suspiro leve.

— Como pode ser possível que a parte de você que eu mais detesto também é o motivo pelo qual te amo?

Amo.

A emoção me inundou, ameaçando me derrubar, e eu quis desesperadamente responder que também o amava. Que eu o amava mais do que jamais havia sonhado que fosse possível.

Mas o que isso significaria neste contexto, dado que eu não o tinha escolhido? Então, em vez disso, resolvi dizer:

— Se não quiser mais saber de mim, eu vou entender. Não vou te culpar.

Mesmo que isso parta meu coração.

— Você é minha, Nascida do Fogo — respondeu Bjorn, estendendo o braço para pegar na minha mão. — E eu sou seu, mesmo que só nós dois saibamos disso.

Segurei na mão dele, mal sendo capaz de respirar. Sabendo que se o olhasse, eu desmoronaria. Então encarei o fiorde. A tempo de ver um grande drácar com uma vela listrada de azul aparecer. — Bjorn...

— Também estou vendo — respondeu ele, levantando a mão para proteger os olhos. — Merda.

Fui preenchida por um desconforto.

— O que é isso?

Ou quem?

— Skade. — Bjorn cuspiu na terra. — Precisamos ir.

Snorri havia mencionado o nome Skade quando estávamos em Fjalltindr, mas eu não fazia ideia de quem ela era.

— É uma das guerreiras de Harald?

— É caçadora dele. Quem ele manda para encontrar aqueles que não desejam ser encontrados. — Bjorn engoliu em seco. — Ela é filha de Ullr.

Senti o estômago apertar, pois sabia que os filhos de Ullr tinham arcos com flechas mágicas que nunca erravam o alvo.

— Quem ela está caçando?

Bjorn virou a cabeça para olhar em meus olhos, os músculos de sua mandíbula tão tensos que se destacavam contra a pele bronzeada pelo sol.

— Não — sussurrei. — Isso não faz sentido. Todos acham que estou em Grindill.

— Não há outro motivo para ela estar aqui, Freya. Temos que ir embora. Sair na frente antes que ela encontre nosso rastro.

O medo que cantava em meu sangue me dizia que ele estava certo, só que havia apenas um lugar para atracar um drácar daquele tamanho nesse fiorde: Selvegr. Meu lar.

Ignorando os protestos de Bjorn, afundei os calcanhares na lateral de minha égua, fazendo-a galopar rápido. Rápido demais para a trilha estreita, mas eu não me importava. Todos os homens e mulheres de Selvegr que podiam lutar tinham sido chamados para se juntar a Snorri em Grindill, o que significava que o vilarejo estava sem defesas. Cheio de mulheres tomando conta de crianças, idosos e enfermos. Sem a mínima ideia de que um drácar abarrotado de guerreiros de Harald velejava na direção deles.

— Freya!

Arrisquei olhar para trás, para Bjorn, e vi o cavalo dele logo atrás do meu.

— Temos que avisá-los.

— Você não vai chegar a tempo.

Ele estava certo. Por mais rápido que eu cavalgasse, o drácar contava com o impulso de um vento forte. Mas eu tinha que tentar. Tinha que fazer alguma coisa.

Por entre as árvores, vi o drácar abaixar as velas, sendo manobrado pelos remos na direção do único cais vazio. Já deviam ter sido avistados àquela altura, e todos estariam correndo para encontrar os próprios filhos. Para pegar em armas.

Para se esconder.

— Freya! Pare!

Em minha visão periférica, o cavalo maior de Bjorn ganhou terreno. Incitei minha montaria a ir mais rápido, mas a égua estava esgotada, e conforme a trilha se alargava, Bjorn me alcançou, postando-se ao meu lado. Tentei me distanciar, mas ele inclinou o corpo de forma imprudente pela lateral do próprio cavalo e segurou minhas rédeas, fazendo as duas montarias pararem.

Sibilando, saltei da égua e saí correndo. Ouvi suas botas batendo no chão quando ele me perseguiu, segurando facilmente meu braço. Lutei contra ele, mas Bjorn me passou uma rasteira e nós dois caímos.

— Pare de ficar sibilando feito uma gata zangada e olhe — retrucou ele, imobilizando meu corpo no chão. — Não vieram atacar!

— Não consigo ver nada! — Eu me debati, tentando me soltar, mas Bjorn era infinitamente mais forte e os quadris dele estavam prendendo os meus na terra.

— Ouça!

O instinto exigia que eu lutasse, pois meu povo precisava de mim, mas eu me forcei a ficar quieta. O único som era a respiração irregular de Bjorn, o vento e as águas do fiorde batendo na praia. Não havia barulho de aço colidindo. Nem de gritos.

Saindo de cima de mim, Bjorn me levou agachada à beirada de um penhasco que dava para a água, de onde eu podia ver claramente Selvegr e o drácar de Skade amarrado no cais. Alguns dos guerreiros tinham saído do barco, mas a maioria estava ociosa, esperando.

— Aquela é Skade. — Bjorn apontou e vi uma mulher de cabelos vermelhos em pé, conversando seriamente com um morador do vilarejo, sem armas à vista. — Ela está procurando por você, e não por uma briga.

— Então por que está levando um destacamento completo de guerreiros no próprio drácar?

Bjorn não respondeu por um longo momento, depois disse:

— É uma boa pergunta.

Havia um quê em sua voz que fez minha pele ficar arrepiada, mas quando tirei os olhos de Skade para olhar Bjorn, o rosto dele estava indecifrável.

— Acho que a pergunta na verdade é como eles descobriram que estávamos vindo para cá.

Ele franziu a testa.

— A *única* pessoa que sabia para onde estávamos indo era Ylva. — Minhas entranhas se retorceram. — Fui uma tola por ter confiado nela.

Bjorn balançou a cabeça com firmeza.

— Isso não faz o menor sentido. Quando você a acusou de ter deixado a mensagem com as runas, Ylva negou e Bodil confirmou que ela estava falando a verdade.

— E se Bodil estivesse mentindo? — A ideia me fez sentir um vazio no peito, pois eu confiava em Bodil. Tinha depositado minha fé nela. Se descobrisse que ela havia mentido para mim, conspirado com Ylva, com Harald...

— Isso não faz nenhum sentido — argumentou Bjorn. — O que Bodil teria a ganhar com essa aliança? E por que Ylva abriria mão de você, sendo que sacrificou tanto para alcançar o destino de meu pai?

— Porque perdeu a coragem para isso! Você viu a cara que ela fez quando seu pai disse que abandonaria Halsar para emboscar Harald quando ele fosse embora de Fjalltindr. A agonia dela quando voltamos e encontramos tudo queimado e a *raiva* que ela sentiu quando seu pai se recusou a reconstruir o povoado. O *medo* dela quando ouviu a canção de Steinunn. Ylva não quer mais isso, e que forma melhor de encerrar essa história do que entregar nós dois para Harald?

— Você deve ter batido com a cabeça quando te derrubei — retrucou Bjorn. — Não faz sentido te entregar para o inimigo. Teria sido mais simples só envenenar nossos copos. Ylva não é aliada de Harald.

— Então quem é? Porque sabemos que tem alguém no meio de nós que é um traidor!

Antes que Bjorn pudesse responder, uma agitação no cais de Selvegr chamou nossa atenção. Skade havia voltado para seu drácar e meu estômago afundou quando metade dos guerreiros dela saltaram para o cais, seguindo o homem com quem Skade estivera conversando até o vilarejo.

E saindo pelo outro lado.

Gelei ao perceber em que direção estavam indo, aonde o homem os estava levando.

— Minha mãe.

Bjorn fez uma careta.

— Skade só deve querer fazer algumas perguntas a ela, Freya. Harald a enviou para encontrar você, senão Selvegr inteira e todo o resto do povo já estariam mortos ou moribundos.

— Tem certeza? — perguntei, o pulso acelerado. — Você claramente conhece Skade de seu tempo em Nordeland. Se minha mãe não quiser colaborar, tem certeza de que não vai ser morta por tê-la desrespeitado?

Bjorn se levantou, puxando-me junto com ele e me arrastando de volta para os cavalos.

— Acha mesmo que sua mãe não vai contar tudo o que Skade deseja saber?

Mordi o lábio, lágrimas ameaçando cair.

— Não foi isso que eu perguntei.

— Skade é uma assassina — respondeu Bjorn. — Mas é leal a Harald e não vai fazer nada que vá contra as ordens dele.

— Bjorn... — Lágrimas caíram por meu rosto porque eu era o motivo para Skade estar ali. Eu era o motivo para minha mãe estar em perigo. — Skade vai feri-la?

— Eu não sei. — Bjorn chutou uma pedra. — Isso... eu não sei o que ela pretende, mas sei que se formos atrás deles, vamos dar a ela exatamente o que quer.

Eu havia dito à minha mãe que não queria mais saber dela. *É hora de você seguir o seu próprio caminho no mundo.*

O que era mentira, porque eu me recusava a abandoná-la.

Pegando as rédeas, subi nas costas de minha égua.

— Você vem comigo ou vou precisar fazer isso sozinha?

Bjorn subiu na própria sela.

— Aonde você for, eu vou, Nascida do Fogo. Mesmo que seja para os portões de Valhalla.

Afundei os calcanhares na montaria, saindo na frente, pois conhecia aquelas terras de cabeça. Contornamos Selvegr de forma bem ampla para que os guerreiros que tinham ficado no drácar não nos vissem, depois pegamos as trilhas estreitas que nos levariam para os fundos da fazenda de minha mãe. Apeamos, deixando os cavalos para trás e correndo por entre as árvores. As habilidades de caça que meu pai havia me ensinado estavam me servindo bem, e Bjorn praticamente não fazia barulho, apesar do tamanho que tinha.

— Skade não erra — disse ele em voz baixa. — A flecha dela não é feita de madeira, assim como meu machado não é feito de aço. A única forma de matá-la é pegá-la desprevenida, mas seus instintos são incomparáveis.

— Mas minha magia pode bloquear a flecha dela — respondi, segurando o escudo com mais força. — Da mesma forma que bloqueia seu machado e o raio de Thor.

— A flecha dela não viaja da mesma forma que as flechas mortais — retrucou Bjorn. — Skade pode parecer estar mirando no seu rosto, mas estar mirando nas suas costas em vez disso. Mate-a antes que ela dispare ou morra onde estiver.

Chegando ao limite da floresta, abaixamos, permanecendo atrás de arbustos enquanto nos aproximávamos da casa da minha família. Minha mãe estava parada em campo aberto, cercada por cabras que pastavam. Birger estava no telhado, provavelmente consertando a goteira de que minha mãe havia reclamado. Abri a boca para gritar um alerta quando ele de repente ficou todo rígido, e levei um susto ao ver uma marca verde brilhante saindo da lateral de sua cabeça. Ela desapareceu quase de imediato e Birger caiu para trás, rolando do telhado e despencando com um baque.

Minha mãe ouviu o barulho e se assustou, procurando com os olhos, mas Birger tinha caído para fora de sua linha de visão. Fiz menção de me levantar, de defendê-la, mas Bjorn me puxou para baixo um segundo antes de Skade aparecer do meio das árvores do outro lado da clareira.

— Quem é você? — exigiu minha mãe, puxando a faca que usava na cintura, a lâmina curta reluzindo. — Birger! Birger!

— Sou conhecida como Skade — respondeu ela. A voz carregava o sotaque de Nordeland. O mesmo de Bjorn. — Sou senhora da guerra do rei Harald de Nordeland.

Minha mãe deu um passo para trás, mas os guerreiros de Skade cercavam a clareira, não deixando espaço para uma fuga. Prendi a respiração quando dois passaram a apenas alguns passos do arbusto atrás do qual estávamos escondidos. O que significava que não havia chance de chegarmos perto o bastante para atacar Skade antes que ela matasse um de nós.

O suor escorria por minhas costas, os dedos gélidos quando agarraram a alça do meu escudo e o cabo da minha espada. *Por favor*, rezei para Hlin, *proteja-a*.

— Você é Kelda. A mãe de Freya, filha de Erik, certo? Também conhecida como Freya Nascida do Fogo, filha de Hlin?

Minha mãe não respondeu.

— Sabemos que é — falou Skade. — Seu companheiro de clã nos trouxe até você.

Cretino traidor, eu queria gritar, mas ao mesmo tempo, compreendi por que ele havia optado por ajudá-la. Devia ter sentido cheiro de perigo e escolhido proteger a si mesmo e aos seus.

— Sua filha por acaso veio ver você? — perguntou Skade. — Era essa a intenção dela.

— Por que quer saber?

— Eu não quero — respondeu Skade. — É o rei Harald que quer. Então seria bom você me dar as respostas que ele procura, ou terá o mesmo destino que o homem de Snorri. — Ela sorriu. — Ele morreu com o punho cheio de palha, então acho que não está a caminho de Valhalla.

Diga a verdade a ela, desejei que minha mãe fizesse. *Diga o que ela quer saber para que deixe você viva.*

Minha mãe hesitou, depois disse:

— Ela veio. Partiu há uma hora.

Ao meu lado, Bjorn apertou um punhado de terra com as mãos, os ossinhos de seus dedos ficando brancos.

Skade não respondeu, apenas inclinou a cabeça.

— A cavalo — acrescentou minha mãe rapidamente. — O filho do jarl, Bjorn, conhecido como Mão de Fogo, estava com ela.

— Apenas os dois?

— Que eu tenha visto — disse minha mãe. — Poderia ter mais gente esperando em outro lugar. Ela não disse para onde estava indo, mas imagino que esteja voltando para Grindill. Se correr, consegue alcançá-los.

Ótimo, falei à minha mãe em silêncio enquanto Bjorn fervilhava de raiva ao meu lado. *Pensamento sagaz.*

Skade acenou devagar com a cabeça, depois olhou para o lado.

— Vocês fizeram uma busca na casa, certo?

— Não tem ninguém lá dentro — disse uma voz masculina. — E as marcas de cascos que vimos na lama confirmam a história dela. Dois cavalos vieram e foram embora na direção do fiorde. Quer que peguemos cavalos no vilarejo para ir atrás deles?

Skade inclinou a cabeça, os olhos distantes como se não estivesse vendo o que estava diante dela, mas outra coisa.

— Não. Acho que já temos as respostas que queríamos. — Ela assentiu com a cabeça para minha mãe. — Você foi de muita ajuda.

Skade se virou para ir embora e os guerreiros a seguiram. Desmoronei, soltando um suspiro de alívio porque não poderia haver resultado melhor. Minha mãe estava a salvo. Skade não pretendia ir atrás de nós. E agora sabíamos com certeza que Harald estava tramando para tentar me levar novamente.

Mas quando Skade chegou no limite das árvores, do outro lado da clareira, ela parou. E disse em alto e bom som:

— Apenas uma vadia covarde trairia a própria filha. — Um arco dourado e brilhante apareceu em sua mão quando ela se virou, junto com uma flecha verde do começo ao fim. Antes que eu pudesse me mover, antes que pudesse pedir para Hlin me proteger, para que eu pudesse proteger minha mãe, a flecha foi disparada.

Ela voou pelo ar, perfurando o coração de minha mãe.

Bjorn tampou minha boca com a mão para silenciar meu grito enquanto ela caía lentamente no chão, a flecha desaparecendo de seu peito.

— Voltem para o drácar — ordenou Skade, e então ela e os próprios homens desapareceram, seus passos se afastando e deixando para trás apenas o vento nas árvores e meu choro abafado.

— Eles se foram — disse Bjorn, e eu me soltei de seus braços. Abandonando escudo e espada, corri até minha mãe. Meu pé se prendeu a uma pedra e eu tropecei, esparramando-me no chão. Soluçando, arrastei-me até chegar nela.

Que ainda estava respirando.

Ofegante, pressionei as mãos no ferimento em seu peito, debruçando-me sobre ela. Minha mãe olhou em meus olhos.

— Freya?

— Estou aqui. — Sangue escorria por meus dedos, ensopando a

frente de seu novo vestido, a bengala ao seu lado na grama. — Eu sinto muito. Por isso ter acontecido. Pelas coisas que eu disse.

Mas a luz estava desaparecendo dos olhos dela, seu peito ficando imóvel sob minhas mãos.

— Não! — gritei. — Não era para isso acontecer!

Bjorn estava atrás de mim, puxando-me para os braços dele.

— Sinto muito, Freya — disse ele, e eu enterrei o rosto em seu pescoço. A força de meus soluços fazia meu corpo doer.

— As coisas que eu disse para ela. — Puxei muito ar, tentando respirar. — Não tive a intenção de dizê-las. Não tive. Ela morreu achando que eu não a amava.

— Até quase o último suspiro que deu, ela traiu a única filha — respondeu Bjorn. — Ela mereceu o destino que teve.

— Só porque era covarde não significa que merecia ser assassinada! — Finquei os dedos nos braços dele com força o bastante para deixar marcas, mas não me importei. — Fui eu quem trouxe esse destino para ela. A escolha de vir até aqui foi minha. Minha decisão a levou à morte. Tudo o que faço sempre significa morte.

— É por isso que você precisa ir embora — disse ele, o hálito quente junto ao meu ouvido. — Não porque traz a morte, mas porque aqueles que a *trazem* estão querendo usar você para conquistar os próprios objetivos.

Como Ylva.

— Eu vou matá-la — sussurrei. Meu sofrimento se transformava em raiva. — Vou matar aquela vadia traidora.

— Você não tem provas de que foi Ylva.

— Minha única prova é que não poderia ter sido mais ninguém! Ylva estava em Fjalltindr. Testemunhou Snorri declarar que tinha a intenção de tomar Grindill. Tem habilidades para usar magia rúnica. Era a *única* que sabia para onde estávamos indo.

— Nada disso é prova! Se a matar com base em especulação e rumores, meu pai vai punir você — retrucou Bjorn. — Independentemente do que ela fez ou deixou de fazer, matar Ylva não muda nada. Você precisa fugir, Freya. Sair dessa confusão antes de se perder ainda mais!

— E perder a chance de vingar minha mãe? — Eu me afastei dele. — De me vingar não só contra Ylva, mas contra Skade? Contra o próprio

Harald? Você, mais do que ninguém, deveria entender que a necessidade de vingança vale *qualquer* sacrifício.

— É diferente. — Ele segurou meus braços de novo. — Sei exatamente quem entrou na cabana da minha mãe naquela noite para matá-la. Vi com meus próprios olhos. E, ainda assim, vou abrir mão disso por você.

Ele não vai deixar você voltar, sussurrou minha raiva. *Vai te negar sua vingança.*

— Assim como eu sei exatamente quem sabia que estávamos vindo para cá. — Olhei nos olhos verdes dele, que se encolheu diante do que quer que tenha visto nos meus. — Não pode ter sido ninguém além de Ylva. Por que não acredita em mim? Por que está querendo protegê-la?

— Eu estou querendo proteger *você*! — Os dedos dele me apertaram ainda mais forte. — Não vou deixar que faça isso. Não enquanto estiver sendo consumida por esta... esta raiva. Você precisa ser você mesma para tomar essa decisão.

— Eu sou eu mesma.

— Seus olhos estão vermelhos de novo! Sua raiva está controlando você!

Vai ter que enganá-lo, sussurrou a voz. *Seja esperta.*

— Tudo bem — respondi. — Vamos cuidar do corpo de minha mãe e, quando eu já tiver me acalmado, vou provar que minha escolha se mantém.

Bjorn parecia desconfortável, mas concordou. Seguindo minhas ordens, carregou o corpo de minha mãe para dentro da casa que meu pai tinha construído e a colocou sobre a cama onde minha história tinha começado, depois murmurou:

— Vou pegar os cavalos.

Fiquei olhando para o corpo de minha mãe. Havia coisas que precisavam ser ditas. Palavras que precisavam ser faladas do fundo do meu coração, mas minha fúria se recusava a permitir que elas saíssem de meus lábios. Tudo parecia pintado de vermelho, uma pulsação latejando em minhas têmporas que sussurrava apenas vingança. Meu foco se aguçou ao ouvir cascos batendo no chão quando Bjorn retornou, e saí para o lado de fora.

Pegando as rédeas de minha égua das mãos dele, falei:

— Por favor, queime tudo.

Bjorn não respondeu, apenas me entregou as rédeas do próprio cavalo antes de murmurar o nome de Tyr e seu machado arder em chamas. Minha égua recuou e permiti que o animal me puxasse vários passos para trás. O cavalo de Bjorn fez o mesmo.

Você vai ter que ser rápida.

Meu coração acelerou, suor escorrendo de minhas palmas quando prendi o escudo na sela e joguei as rédeas sobre a cabeça de minha égua. Bjorn me lançou um olhar e eu assenti com a cabeça. Ele pressionou o machado na lateral da casa, a madeira escurecendo no mesmo instante.

Subi na sela e afundei os calcanhares no animal.

O cavalo de Bjorn bufou quando puxei suas rédeas, arrastando-o comigo.

— Freya!

Minha raiva vacilou quando Bjorn gritou, mas a voz obscura sussurrou: *Ele vai impedir você se tiver a chance.* A voz estava certa. Fiz minha égua galopar, conduzindo o cavalo dele para longe da fazenda de minha família.

Não me permiti olhar para trás.

32

Abandonei a montaria de Bjorn logo depois de Selvegr, pois o alazão não parava de tentar me morder e eu sabia que já tinha conseguido todo o tempo de vantagem de que precisava.

Então, cavalguei minha égua com a mesma intensidade que eu era cavalgada pela minha raiva.

Visões de como o confronto se daria ficavam se repetindo em minha cabeça. Das coisas que diria para a senhora de Halsar. Das formas como poderia matá-la. Das maldições que poderia lançar sobre ela quando tudo estivesse consumado.

Uma parte de mim, lá no fundo, sabia que isso não estava certo. Sabia que eu estava permitindo que minha metade mais obscura assumisse o tipo de controle de que eu poderia vir a me arrepender um dia, mas era melhor do que a alternativa. Melhor do que me lembrar das últimas coisas que havia dito à minha mãe. Melhor do que ver a flecha de Skade atravessando o peito dela. Muito melhor do que ver a luz se apagar de seus olhos e saber que era por minha causa.

A trilha chegou ao fim do fiorde, o estreito norte se estendendo diante de mim, a água azul-acinzentada coberta por cristas brancas. Procurei por sinais das velas listradas de Skade, mas não vi nada além de pequenos barcos de pesca boiando enquanto eu cortava a costa. Ondas batiam na praia rochosa, gaivotas gritando no alto ao mergulharem e brigarem por pedaços de peixe arremessados nas rochas pela água.

Fiz um tempo melhor do que o que Bjorn e eu havíamos feito na escuridão durante a ida, mas minha égua ainda estava se esforçando muito quando cheguei à enseada onde o rio Torne deságua, com a cidade de mesmo nome nas margens ao norte. Os portões estavam abertos, e levei minha égua trotando para dentro, em direção ao estábulo.

— Preciso trocar por um cavalo descansado — falei ao homem que limpava uma baia.

Ele observou meu animal sufocado e, sabendo que eu não tinha muito tempo até que Bjorn me alcançasse, tirei uma moeda de prata do bolso e estendi na direção dele.

— Agora.

O homem se movimentou com destreza, e desci da minha égua enquanto ele pegava um alazão alto, deixando-o trocar os arreios de um cavalo pelos do outro. Observei vagamente as pessoas da cidade em seus afazeres. Mulheres barganhando na feira. Homens vadiando na frente da taverna, copos em mãos. Crianças correndo atrás de galinhas e cabras por ruas enlameadas. Esta cidade abastecia Grindill, estava vitalmente conectada a ela, mas se a batalha e a mudança de governo haviam tido qualquer impacto naquele lugar, eu não conseguia enxergar. A vida seguia seu rumo e a preocupação que o povo tinha ali era colocar comida na mesa e teto sobre a cabeça das crianças, e não que senhor reivindicara qual título na fortaleza colina acima.

— Vou aceitar essa prata — disse o homem, tirando-me de meus pensamentos, e entreguei a moeda antes de montar no cavalo.

Segui pela estrada que corria paralela ao rio em um galope rápido, cruzando as dezenas de pequenos riachos que desaguavam nele, de olho nos penhascos ao longe. Dava para ver as muralhas de Grindill, o Torne atravessando a fortaleza para cair em cascata em uma cachoeira de quinze metros de altura. Uma névoa explodia de sua base, mas não me aproximei mais, pois a estrada desviava para o sul antes de começar a íngreme subida pela colina.

O cavalo já estava ofegante quando cheguei ao topo da encosta, mas fiz com que galopasse até o portão. As paredes haviam sido reparadas, guerreiros caminhando no alto delas, e fui rapidamente notada.

E reconhecida.

— É Freya. — Meu nome era repetido lá de cima enquanto os cascos da minha montaria ressoavam na ponte sobre o fosso de estacas, o portão se abrindo para me deixar entrar. Cavalguei pelo pátio aberto antes de frear meu cavalo, passando os olhos pelos rostos curiosos de quem estava por perto, caçando minha presa.

— Você perdeu a cabeça, garota?

Ouvi a voz de Ylva e minha ira queimou quente e feroz quando a vi sair do grande salão. Descendo do cavalo, corri na direção dela.

— Não era esse o plano — sussurrou Ylva, levantando as saias para não as arrastar na lama, ofegante enquanto corria para me interceptar assim que soube do meu retorno. — Como vou explicar por que você...

Golpeei, meu punho direito batendo com tanta força no rosto dela que a dor ricocheteou por meu braço.

— Sua vadia traidora — resmunguei quando ela caiu na lama. — Eu vou te matar, porra!

Ylva se arrastou para trás enquanto gritos de alarme ecoavam à nossa volta.

— Não traí ninguém — disse ela, ofegante. — Todos pensam que você está em seus aposentos!

— Ah, é mesmo? — Puxei a espada e fui atrás dela, repleta de satisfação quando ela se encolheu de terror. — Então como Skade sabia exatamente onde me encontrar?

Ylva empalideceu.

— O quê? Não... não, Freya, eu não tenho ideia de como Harald ficou sabendo dessa informação, mas não foi por mim. Eu juro!

— Mentirosa — sibilei. — Todo esse tempo você esteve conspirando com Harald. Para se livrar de Bjorn. Agora para se livrar de mim, porque não tem o estômago que achou que tivesse para guerra. Só que nem Bjorn, nem eu estamos mortos, mas minha mãe está! Por *sua* causa!

Ergui a espada. Eu me preparei para desferir um golpe que arrancaria a cabeça dela dos ombros, mas uma onda de calor aqueceu meu rosto quando minha lâmina foi atingida e arrancada de minha mão.

Cambaleei, quase caindo, e ao recobrar o equilíbrio, vi Bjorn montado em seu cavalo exausto acabando de adentrar o portão. Gritando com uma fúria sem palavras por ele ter me negado minha vingança, peguei minha espada, cheia de raiva e tristeza, mas encontrei a lâmina deformada pelo impacto de seu machado contra o metal. Arruinada, mas ainda serviria de alguma coisa.

Ylva gritou, mas antes que eu pudesse enfiar a arma em seu coração, alguém me golpeou na lateral do corpo. Caí na lama e mais mãos do que eu podia contar me imobilizaram, gritos preenchendo meus ouvidos.

— O que está acontecendo? — rugiu Snorri, e me engasguei com a cara na lama e em bosta de cavalo.

— Ela é uma traidora!

Mãos me puxaram para cima e eu tossi e cuspi, tentando limpar a sujeira.

— Você me disse que Freya estava em seus aposentos buscando orientação dos deuses. — Snorri apontou o dedo para Ylva. — Só que ela acabou de passar pelo portão a cavalo.

— Ela precisava ver a mãe. — Ylva ficou em pé, ajudada por Ragnar. — Queria saber todo o possível sobre Hlin para...

— Ela contou a Harald onde estávamos — gritei. — E por isso minha mãe está morta!

— Eu não fiz nada disso!

Eu só enxergava em vermelho, porque mesmo agora ela negava ter nos traído.

— Então quem foi, Ylva? Sabemos que há um traidor no meio de nós. Alguém que estava em Fjalltindr. Alguém que traiu os planos de Snorri em Halsar. Alguém contou que eu estava indo visitar minha mãe. Você era a *única* presente nos três momentos, a única com magia, a única com o conhecimento!

— Não fui eu! — gritou Ylva. Apenas as mãos de Ragnar impediam a mulher de me atacar. — Bodil confirmou a verdade de minhas palavras em Halsar!

— Então ela mentiu!

— Basta! — Snorri se pôs entre nós. — Prefiro ouvir as duas em privado, e não ficar escutando vocês gritarem como duas vendedoras de peixe na feira!

— Isso é porque ela é uma esposa de peixeiro!

Tentei me desvencilhar do homem que me segurava e, quando não consegui, cuspi nela.

— Tragam as duas para o grande salão — disse Snorri, depois olhou na direção de Bjorn, que ainda estava no portão. — Você vem também, pois, ao que parece, é cúmplice.

Homens me arrastaram pelas ruas enlameadas até o grande salão, forçando-me a me sentar em um banco. Ragnar escoltou Ylva como uma rainha e a ajudou a se sentar na outra ponta antes de sair. Snorri ficou entre nós enquanto Bjorn se sentava à outra mesa, o rosto inexpressivo. Como já era de se esperar, foi para ele que Snorri se virou primeiro.

— Explique por que você tirou minha dama do escudo de minha fortaleza para essa missão descabida, garoto.

Bjorn deu de ombros.

— Ela queria ver a mãe para saber mais sobre Hlin. Ylva concordou que você não permitiria que tal encontro ocorresse e facilitou a oportunidade para Freya sair de Grindill escondida. Tínhamos acabado de sair da fazenda da mãe dela quando Skade chegou com um navio cheio de guerreiros, tendo sido informada de que Freya estaria lá. Ela matou a mãe de Freya e foi embora.

A mandíbula de Snorri se movia para a frente e para trás, e ele se virou lentamente para Ylva a fim de ouvir a versão dela. Fui tomada por uma empolgação por ele enfim estar enxergando a verdade.

Ylva deslizou do banco e ficou de joelhos, balançando a cabeça.

— Eu não te traí, meu amor. Você sabe que sou leal. Em meio a tudo o que aconteceu, sempre fui leal.

Snorri se virou para mim.

— Justifique suas acusações.

— Em Fjalltindr, quando eu estava preocupada com a demora de Ylva e Bjorn, saí para tentar encontrar ajuda — falei. — Vi Harald conversando com alguém no Salão dos Deuses, conspirando para proteger o filho de tal pessoa. Alguém em quem Harald acreditava que você confiava, Snorri. Depois disso, uma mulher encapuzada tentou entrar em nossos aposentos, mas foi repelida pelas proteções.

— Por que eu seria repelida por minhas próprias proteções? — retrucou Ylva. — Além disso, eu estava com Bodil. Vocês sabem disso!

Snorri a ignorou, fazendo sinal para que eu continuasse.

— Em Halsar, quando o espectro me levou para a floresta, foi uma mulher encapuzada que entalhou as runas na árvore com a visão de seu discurso.

— Não fui eu! Bodil confirmou a veracidade de minhas palavras quando essa putinha me acusou da primeira vez — gritou Ylva.

— Bodil está morta e não pode ser consultada uma segunda vez — respondeu Snorri, recusando-se a olhar para ela, os olhos fixos nos meus.

— Então vá buscar Steinunn — falei. — As canções dela só mostram a verdade.

— Ela partiu ontem à noite.

A frustração fez minhas mãos se fecharem em punhos.

— Ylva era a única que sabia sobre a nossa intenção de visitar minha mãe. — Lágrimas escorriam por meu rosto. — Ela era a única, e minha mãe está morta por causa das ações dela. Exijo vingança.

O silêncio se estendeu e não ousei falar. Mal ousei respirar.

— Não vou condenar você sem julgamento — disse Snorri finalmente, e vi que as mãos dele estavam fechadas em punhos, tremendo como se estivesse contendo a violência por um fio. — Mas saiba que as acusações de Freya são convincentes.

O rosto de Ylva se enrugou.

— Meu amor, você sabe...

As súplicas dela foram interrompidas pelo urro de um berrante, o som fazendo eu me contorcer em alarme. Principalmente quando soou uma segunda vez.

Um alerta.

Segundos depois, um dos guerreiros de Snorri explodiu porta adentro.

— Forças de Nordeland desembarcaram em Torne — gritou ele. — Dezenas e dezenas de navios. Estão exigindo que entreguemos a dama do escudo a eles.

Meu estômago afundou. Por mais que soubéssemos que esse momento chegaria, acho que ninguém achava que seria em tão pouco tempo.

Ylva levou a mão à boca.

— Precisamos fugir!

— Este era seu plano? — Snorri gritou para ela. — Seu desejo de reconstruir Halsar é tão forte que decidiu se aliar ao meu maior inimigo?

— Eu não traí você! — disse Ylva aos prantos. — Juro pelos deuses que sou fiel. Mas devemos proteger nosso povo, Snorri. Nossos aliados não chegaram, portanto não podemos esperar conseguir enfrentar Harald. Precisamos bater em retirada!

— Eu não conquistei esta fortaleza com sangue só para concedê-la à primeira ameaça que enfrentarmos! — resmungou Snorri, depois deu a volta no mensageiro. — Abandonem Torne! Tragam todos os homens para dentro da fortaleza e se preparem.

Um trovão rasgou o ar, fazendo o chão estremecer, e do lado de fora pessoas gritaram.

— Tora está com ele — disse Bjorn. — E tenho quase certeza de que Skade também vai estar. Ylva tem razão, esta não é uma batalha que vamos conseguir vencer. Precisamos fugir.

Snorri o golpeou, o punho atingindo Bjorn no queixo e o fazendo cambalear um passo para trás.

— Acha que é assim que se conquista um lugar em Valhalla, garoto? Com covardia? Fugindo quando uma luta se apresenta?

— Reconhecer uma batalha perdida não é covardia — retrucou Bjorn, fechando as próprias mãos em punhos. — Acho que Odin iria preferir deixar que se sentassem a sua mesa homens que sabem escolher as próprias batalhas de modo a obter a vitória do que aqueles que correm na direção da derrota!

— Foi o próprio Pai de Todos que viu a grandeza de Freya! — gritou Snorri. Encolhi-me diante de sua veemência, de seu fanatismo, mas Bjorn manteve sua posição enquanto o pai gritava. — Foi Odin que disse à sua própria mãe o que Freya me permitiria conquistar, e ainda assim, toda vez você quer combater o destino que ele viu para ela. Acha que não notei? Acha que não está pesando em minha mente o fato do meu próprio filho permitir que o medo guie seus passos, e não a ambição?

— Medo não tem nada a ver com isso! — gritou Bjorn em resposta, e fiquei tensa ao ver a fúria em seus olhos. O ódio que fervilhava sob ela, pois eu nunca tinha visto tal coisa neles. — É que não acredito que você controle o destino de Freya!

Snorri ficou pálido, e então, em um movimento rápido, desembainhou a espada e pressionou a ponta dela na garganta do filho. Desembainhei minha própria arma, mas fiquei paralisada quando um filete de sangue correu pela pele de Bjorn, sabendo que qualquer ação de minha parte poderia resultar em sua morte.

— Por quê? — perguntou Snorri entredentes. — Porque acha que é *você* quem deve controlar o destino dela? — Antes que Bjorn pudesse responder, ele acrescentou: — Acha que sou cego? Acha que não conheço luxúria quando vejo? Tolerei que cobiçasse *minha esposa* porque acreditava que fosse leal. Mas agora vejo que se preocupa mais em garantir que *minha esposa* permaneça disponível para satisfazer seus desejos do que em garantir que ela cumpra o próprio destino.

Minhas mãos congelaram, e de canto de olho vi Ylva ranger os dentes e balançar a cabeça, demonstrando que aquilo não era uma revelação para ela. Não tínhamos enganado ninguém, e se sobrevivêssemos a esta batalha, seria para encarar as consequências de nossas ações.

Bjorn não respondeu, pois já estava se movendo. Em um piscar de olhos, ele afastou a lâmina do pai da própria garganta, o machado ganhando vida enquanto ele empurrava Snorri para trás e o mandava para o lado oposto do cômodo.

— Saiba que você está vivo apenas porque fiz um juramento de não satisfazer *meus próprios desejos* — resmungou Bjorn. — Mas não pense que os deuses vão permitir que saia impune dessa, e há destinos muito piores do que a morte para homens como você.

— Está falando da boca para fora. — Snorri cuspiu no chão. — Ou você me mata agora ou sai da minha frente, porque não vou chamar um covarde de filho.

Meu coração se partiu, porque eu tinha causado aquilo. Eu tinha destruído a vida de Bjorn, tinha o afastado da própria família e arruinado sua reputação só porque desejei o que não podia ser meu. *Mate Snorri e poderá ter tudo o que quiser,* sussurrou a voz obscura em minha cabeça, e apertei com mais força o cabo da espada.

Rangi os dentes, tentando me obrigar a desembainhar a lâmina, a fazer o que Bjorn não faria, ou não poderia fazer, mas minha mão não obedecia.

Snorri riu.

— Você fez seus próprios juramentos, Freya, então parece que tanto meu destino quanto minha vida estão a salvo de você.

Houve o estrondo de um trovão, mais perto dessa vez, e Ylva secou as lágrimas ao mesmo tempo que disse:

— Basta. Não temos tempo para isso. Devemos nos preparar para lutar contra Harald ou fugir enquanto podemos.

— Eu não vou lutar por você. — As palavras saíram sem pensar. — Vou embora, para que não haja motivos para nenhuma batalha. Para que todos vocês se dediquem a me caçar, mas saiba que não vou lutar por você, nem por mais ninguém. — Olhei para Bjorn, que fez um gesto positivo com a cabeça, segurando meu braço.

— Nós vamos embora.

Snorri não disse nada, apenas nos observou sair da sala.

— Vamos ter que nos esconder muito bem — disse Bjorn depois de termos saído. — Precisamos sair de Skaland, do domínio de nossos deuses, e ir para um lugar onde eles não tenham poder.

Comecei a concordar com a cabeça, mas de repente parei quando vi meu irmão de joelhos, Ragnar atrás dele com uma faca em seu pescoço.

— Freya! — Os olhos de Geir se arregalaram ao me ver. — Eles a levaram. Quando você voltou, eles levaram Ingrid. Não sei onde ela está!

Lentamente, virei o corpo e encontrei Snorri parado ali, os braços cruzados.

— O que está em jogo é o que sempre esteve, Freya. Você pode até sair por esses portões com seu amante, mas os fantasmas de sua família vão te assombrar pelo resto da vida.

Um calafrio percorreu meu corpo.

— Eu te *odeio*! Como os deuses o veem como rei de Skaland é um mistério para mim, porque você é um monstro a quem ninguém se curvará por vontade própria!

Ele riu com desdém.

— Estamos em Skaland, garota. O que importa a *vontade própria* por aqui? Nosso povo governa com aço e medo, e aqueles que fazem juramentos o fazem porque sabem que aquela mesma força se voltará contra seus inimigos. Que os *monstros* os manterão em segurança. Apesar de todo o seu poder, Freya, você não passa de uma garotinha governada pelo impulso e pela emoção. Os deuses me escolheram porque você precisa ser controlada. Ser empunhada como uma arma, e não deixada para disseminar o caos. Mas parece que precisa de mais provas disso antes de vocês todos enxergarem a razão.

— Ele está blefando — disse Bjorn baixinho. — Se os matar, não vai mais ter nenhuma vantagem sobre você. Não vai fazer isso.

Geir e Ingrid escolheram isso, sussurrou a voz das profundezas de minha mente. *Eles mereceram esse destino. Por que sacrificar o seu próprio para protegê-los?*

Sacudi a cabeça com firmeza para silenciá-la, mesmo sabendo que era uma parte de mim que tinha sussurrado aquelas palavras. Ficar me cobraria um preço. Partir me cobraria outro preço. A indecisão me destruía, ameaçando me cortar ao meio, porque eu não sabia o que fazer. Não via como prosseguir. Então dei um passo para trás na direção do portão.

— Freya — suplicou Geir, os olhos cheios de pânico. — Por favor! Ingrid... está grávida!

Fiquei paralisada.

— Posso até não merecer sua proteção — continuou meu irmão, lágrimas escorrendo pelo rosto —, mas esse bebê merece. Por favor, não abandone seu próprio sangue.

Meu irmão tinha seus defeitos, mas hipocrisia não era um deles. Eu tinha rezado tanto para que tivessem filhos, mas como sempre, a mesma mão dos deuses que dava, também tirava.

— Freya, se formos partir, tem que ser agora — disse Bjorn. — Os nordelandeses estão quase chegando!

Eu não sabia o que fazer, e o peso de todos os destinos entrelaçados ao meu me pressionava cada vez mais.

Lembre-se de quem você é.

— Vou ficar. — As palavras saíram roucas de meus lábios. — Vou lutar.

— É o seu destino — disse Snorri, gritando em seguida: — Para as muralhas!

Fiquei encarando a lama por um longo momento, depois ergui a cabeça e olhei nos olhos de Bjorn.

— Você deveria ir enquanto pode.

Bjorn levantou a mão, curvando os dedos ao redor de meu rosto quando se abaixou e me beijou.

— Nunca. Vou ficar ao seu lado, seja em vida ou ao passarmos pelos portões de Valhalla. Juro.

— Eles chegaram! — gritaram vozes do alto das muralhas, e meu estômago se apertou porque por mais que eu tivesse concordado em ficar e lutar, não via como podíamos esperar vencer.

— Para as muralhas! Para as muralhas!

A urgência e o medo nas vozes de meu povo transmitiram um choque que percorreu minhas veias e eu saí correndo, subindo na direção das ameias. O que vi me deixou sem fôlego.

Estendendo-se diante dos portões e rapidamente cercando a fortaleza, estavam os exércitos de Nordeland. Guerreiros vestindo couro grosso e cota de malha, todos armados até os dentes, escudos preparados. E à frente deles, uma forma familiar aguardava.

O rei Harald, acompanhado de um lado por Skade e do outro por Tora, que estava abatida e ferida, os cabelos do lado esquerdo da cabeça queimados. Uma suspeita repugnante me preencheu quando vi os ferimentos dela. Os guerreiros de Snorri nunca tinham encontrado o corpo do filho de Thor que matara Bodil, e eu havia presumido que ele tinha sido incinerado na explosão. Mas as queimaduras de Tora sugeriam uma alternativa que fazia minha raiva aumentar, e murmurei:

— Harald estava aliado a Gnut.

Snorri praguejou e cuspiu sobre as muralhas, parecendo ter feito a mesma conexão.

Mantendo-se fora do alcance dos arqueiros de Snorri, Harald olhou em meus olhos. Tirou devagar um pedaço de tecido branco do cinto e, destemidamente, aproximou-se das profundas trincheiras que cercavam a fortaleza.

— É uma pena nos encontrarmos de novo em tais circunstâncias, Freya — gritou ele para cima, com o vento puxando seus cabelos castanho-dourados. — Mas pelo bem de meu reino, eu não teria como ficar de braços cruzados, apenas assistindo enquanto você segue até o fim neste caminho. Renda-se a mim e tem minha palavra de que vou pegar meu exército, voltar para nossos navios e retornar a Nordeland.

— E por que eu deveria acreditar nisso? — gritei em resposta. — Foi você que trouxe um exército para nossas terras, que se aliou a nossos inimigos. É você que oferece ameaças!

— E que outra escolha eu tive? — O peito dele subiu e desceu com um suspiro. — Esperava conseguir evitar o futuro que Saga viu, o futuro que previu para o próprio filho, utilizando outras formas que não a guerra, mas meus desejos não se realizaram. Não posso permitir que você, sob a orientação do *rei Snorri*, leve morte às minhas terras, então cá estou.

— Não foi isso que Saga previu! — rugiu Snorri. — Inclusive, foi por isso que você a matou!

— Ambos sabemos que não fui eu que levei violência à porta de Saga — respondeu Harald, e ao meu lado Bjorn ficou inquieto. — Essa foi a mentira que você usou para justificar as próprias intenções e declarar guerra contra Nordeland.

Snorri se lançou contra as balaustradas de madeira, aparentemente pronto para se atirar na direção do outro rei e atacá-lo de homem para homem.

— Mentiroso! Você matou Saga e depois roubou meu filho!

Arrisquei um olhar de soslaio para Bjorn, que era o único que sabia com certeza qual dos dois estava falando a verdade e qual deles era um mentiroso atuando para seu exército, mas ele continuava olhando para a frente, segurando com força na balaustrada.

— Podemos ficar aqui gritando acusações um para o outro o dia todo — disse Harald, balançando o corpo. — Mas não vai mudar nada. Você mesmo disse em Fjalltindr que pretende usar Freya para atacar Nordeland, e não posso permitir que isso aconteça. Então, ou me entrega a dama do escudo, ou vamos lutar por ela aqui e agora, deixando que os deuses escolham o vitorioso.

— Os deuses já previram minha vitória — gritou Snorri —, mas se precisa de provas, deve obtê-las. — Ele me olhou de soslaio, os olhos encontrando os meus. — Parede de escudos.

Meus dedos estavam dormentes e meu estômago se revirava quando olhei para Tora, que tinha se aproximado mais de Harald. A lembrança de minha última batalha com ela me voltou à mente. Visões de como raios haviam rasgado a carne e a terra, despedaçando-as. Como o relâmpago tinha explodido contra o peito de Bodil. Sim, eu havia conseguido repelir um raio e detê-la, mas quais eram as chances de realizar tal feito novamente?

— Parede de escudos! — gritou Snorri, depois bateu com a espada no próprio escudo. — Parede de escudos! — Os guerreiros à nossa volta fizeram como ele, batendo com as armas contra os escudos, o barulho ficando cada vez mais alto até eu mal conseguir ouvir meu próprio pensamento.

Parede de escudos.

Embainhando minha espada deformada, coloquei as mãos na balaustrada, vendo o raio crepitar entre as palmas erguidas de Tora.

— Hlin — sussurrei. — Nos proteja.

A magia surgiu através de mim, fluindo para fora de meus dedos na direção da parede, espalhando-se para a esquerda e para a direita com uma velocidade assustadora até cercar a fortaleza com uma luz brilhante.

— Ainda não é tarde demais, Freya — gritou Harald. — Ninguém precisa morrer hoje. Basta você decidir mudar o próprio destino.

Virei a cabeça só até conseguir ver atrás de mim. Geir ainda estava de joelhos, a lâmina de Ragnar em sua garganta. E Ingrid... a criança... se eu não tentasse ao menos lutar contra Harald, acreditava piamente que ela seria morta por seu captor só porque ele podia matá-la.

Não havia para onde fugir. Não havia escolha que não causasse morte.

— Bjorn... — Eu me interrompi, porque não podia perguntar a ele o que fazer. Não podia colocar o peso daquela decisão nos ombros dele sabendo que o fardo dela era eu quem deveria carregar. Mas eu podia perguntar a verdade. — Qual deles a matou?

Bjorn engoliu em seco.

— Nenhum deles a matou, Freya.

— Mas você não disse que queria vingança contra o homem que a feriu? — Fiquei olhando para ele. — Contra Harald?

Com um esforço visível, Bjorn se obrigou a olhar em meus olhos.

— E eu quero, mesmo. Mas nenhum dos dois a matou.

Estremeci quando a compreensão penetrou meus ossos. Bjorn tinha uma cicatriz no ombro da primeira vez que invocou a chama de Tyr... por ter colocado fogo em uma cabana. Saga tinha morrido *queimada*.

— Minha vingança é só minha, Nascida do Fogo — disse Bjorn. — Não a utilize como base de suas escolhas.

Tensionei a mandíbula, pois isso só dificultava ainda mais as coisas. Eu queria que existisse um caminho certo, para que, independentemente do que acontecesse, eu pudesse andar por ele sem arrependimentos, mas esse parecia ser um destino que para sempre me seria negado.

Murmúrios de consternação atraíram meu olhar de volta para o exército diante de mim. Civis de Torne eram empurrados para a frente pelos homens de Harald para que ficassem entre Tora e a muralha brilhante da minha magia. Alguns estavam paralisados, mas muitos corriam na direção do portão, suplicando para que os deixassem entrar. Snorri balançou a cabeça de leve.

— Fique firme.

— Esta é sua última chance de acabar com isso de forma pacífica — gritou Harald. — Abaixe o escudo e se renda, Freya. Acabe com isso antes que alguém morra.

— É uma armadilha — resmungou Snorri para mim. — Assim que baixar a guarda, ele vai pegar você e depois massacrar todos nós.

— Juro que se você abaixar o escudo, meu exército irá embora deste litoral, Freya! — Harald caminhava pelo mar de estacas afiadas nas trincheiras, parando perto o bastante para tocar minha magia. Perto o bastante para ser alvo de qualquer um dos arqueiros, mas ele ainda segurava o tecido branco, e a honra impedia que a mão deles atacasse. A honra ou o fato de que a verdadeira ameaça estava fora de alcance, com raios crepitando entre as mãos. — Abaixe-o — disse ele. — Não é necessário haver guerra hoje.

Estremeci, suor ensopando o cabelo na minha testa, por mais que eu sentisse frio. Qual era a resposta? Qual era o caminho certo? O que eu deveria fazer? Virar as costas para minha mãe a havia levado à morte. Será que conseguiria fazer o mesmo com Geir e Ingrid?

Não.

Só que se eu não fizesse isso, todas as pessoas inocentes que gritavam para passar pelos portões, que gritavam pela proteção de minha magia, morreriam pelo raio de Tora assim como havia acontecido com Bodil. E quantos mais depois disso? Por quanto tempo eu poderia manter essas muralhas protegidas até a exaustão me fazer vacilar? Porque no instante em que isso acontecesse, Tora explodiria as muralhas e tudo estaria acabado.

Você precisa tentar. É quem você é.

Concordei com firmeza, depois gritei:

— Sou skalandesa. Vou morrer lutando antes de me render a Nordeland!

Um urro de aprovação ecoou do meu povo, mas Harald apenas balançou a cabeça com desgosto.

— Se escolher matar essas pessoas, o sangue delas estará em suas mãos — gritei enquanto ele recuava. O rei Harald não respondeu, apenas acenou em silêncio ao passar por Tora e em seguida se juntou ao próprio exército, que recuava de leve encosta abaixo.

A filha de Thor olhou em meus olhos um segundo antes de o raio explodir de suas mãos. Mas ela não mirou o poder nas pessoas que estavam lá embaixo, e sim em minha magia. O raio atingiu meu escudo e ricocheteou, ramificando-se em dezenas de arcos irregulares que dispararam em todas as direções. O estrondo do trovão retumbou, mas não foi o suficiente para me ensurdecer dos gritos que subiam.

Olhei para baixo, vendo dezenas de pessoas caídas a muitos passos da muralha, para onde minha magia os havia arremessado ao repelir o raio de Tora. Eles se levantaram, correndo de novo na direção do portão, gritando para que lhes déssemos abrigo.

Tora ergueu as mãos e outro raio se arqueou contra meu escudo. Os civis foram novamente arremessados para trás, desta vez com mais violência. Uivei em silêncio quando as pessoas foram jogadas para todos os lados, algumas indo parar sobre estacas nas trincheiras. O trovão era uma misericórdia passageira, pois assim que seu estrondo cessava, os gritos de agonia e medo preenchiam o vazio.

— Não toquem nela — gritei para os civis. — Não toquem nas muralhas! Fiquem abaixados!

Alguns escutaram e se afastaram, enquanto outros que ou não tinham ouvido, ou estavam aterrorizados demais para compreender continuavam tentando chegar ao portão.

O raio brilhou mais uma vez, ricocheteando em minha magia e ramificando-se em arcos. Para o meu horror, atingiu alguns daqueles que haviam se afastado. Eles caíram no chão, fumaça saindo de seus corpos, e gritei e esperneei porque não havia saída. Eu não tinha como protegê-los enquanto raio atrás de raio se fragmentava contra minha magia para, no fim, esses fragmentos brilhantes encontrarem vítimas.

— Pare! — gritei, o fedor de carne queimada preenchendo meu nariz. — Por favor!

Tora não parou. Manteve-se fora do alcance das tentativas desesperadas dos arqueiros de Snorri de derrubá-la, observando impassivelmente enquanto a própria magia se chocava contra a minha.

As palavras de Bjorn ecoaram em minha mente. *Ela me disse que a dama do escudo uniria Skaland, mas que deixaria um rastro de dezenas de milhares de mortos. Que andaria pela terra como uma praga, colocando amigo contra amigo, irmão contra irmão, e que todos temeriam você.*

A mãe de Bjorn estava certa em seus temores. Estava certa de os infundir dentro do filho, pois diante de mim estava o futuro que Odin tinha lhe mostrado. Skalandeses mortos e moribundos por minha causa. Mortos e moribundos porque homens poderosos queriam me possuir. Me usar. E não havia caminho que eu pudesse seguir para impedir isso.

Exceto por um.

Um raio de Tora me atingiu e, no segundo em que isso aconteceu, retirei minha magia da parede de escudos. Com o canto do olho vi Bjorn tentar me alcançar, mas pela primeira vez fui mais rápida do que ele.

Balançando o corpo sobre a beirada da muralha, eu pulei.

O chão se apressou em me encontrar, meus calcanhares batendo no barranco com tanta força que minha coluna estremeceu. Então eu estava rolando. Fechei a boca quando saltei na trincheira, batendo contra cadáveres e estacas ao cair. Meu corpo gritava de dor, mas ignorei-o e me levantei.

— Freya!

Ouvi o grito de Bjorn, mas não olhei para trás. Apenas me levantei e corri.

Tora estava chocada, e ela olhou para trás, na direção de Harald.

— Pegue-a! — gritou ele.

A mulher alta saiu correndo, mas eu tinha disparado na frente.

Você consegue, disse a mim mesma, os olhos fixos onde o rio caía sobre o penhasco, o barulho da cachoeira ficando mais alto a cada passo que eu dava. *Você tem o poder de acabar com isso.*

Lágrimas escorriam por meu rosto, o medo contraindo meu peito. *Se eles não tiverem pelo que lutar, vão parar. Ninguém precisa morrer.*

— Freya!

Era a voz de Bjorn. Ele estava me perseguindo, tentando me deter. Mas eu não podia deixar que fizesse isso.

Me perdoe.

Cheguei ao rio sentindo uma pontada na lateral do corpo ao correr pela margem. A cachoeira surgia adiante, com pedras escorregadias devido à névoa.

Saga havia previsto um futuro, mas eu não tinha destino determinado. Podia mudar o curso da minha sorte e, ao fazer isso, mudar os destinos de tantos outros. Poderia salvá-los de sucumbir sob o machado e a espada.

— Seja corajosa — sussurrei, levando a mão ao cabo da espada, esperando que meu sacrifício me valesse um lugar em Valhalla enquanto me preparava para saltar, sabendo que as pedras na base da cachoeira fariam com que tudo acabasse rápido.

O espectro apareceu diante de mim.

Deslizei até parar quando ele levantou a mão, brasas e fumaça saindo dela. Então dedos agarraram meu pulso, afastando-me da beirada.

Gritei, certa de que se tratava de Tora. Certa de que eu havia fracassado; mas em vez disso fui arrastada direto para os braços de Bjorn.

— Aonde você for, eu vou — disse ele, puxando-me de volta rio acima. — E não vou te deixar ir para Valhalla sem que eu esteja ao seu lado.

— É o único jeito — supliquei, tentando me desvencilhar dele. — Preciso mudar meu destino. Preciso salvar meu povo.

— E vai fazer isso. — O machado apareceu em sua mão enquanto ele me puxava. Os olhos de Bjorn estavam fixos em Tora, que acompanhava nosso movimento, a expressão cautelosa. Mais além, Harald e seus homens se aproximavam correndo, ao mesmo tempo que os guerreiros de Snorri saíam pelos portões, uma batalha que em breve estaria sobre nós.

Meus esforços seriam em vão.

— Como acha que isso vai funcionar, Bjorn? — gritou Tora. — Acha que vai conseguir só fugir com ela? Todos os reis e jarls dentro de um raio de mil quilômetros vão estar atrás de vocês. Isso não vai acabar nunca. *Nunca*.

— Então vamos acabar com isso aqui e agora, com armas na mão — respondeu Bjorn, e dando dois passos rápidos, levantou o machado.

Tora arregalou os olhos quando a arma flamejante girou em sua direção. Ela não tinha escudo. Nada para bloqueá-lo. Nada além de sua magia.

Um raio crepitou em suas mãos, arqueando-se para encontrar o machado.

Mas de repente a arma desapareceu quando Bjorn segurou minha cintura e me puxou para trás. Tive um vislumbre do raio atingindo o chão onde estávamos, terra e pedras explodindo em todas as direções com um estrondo antes que água se fechasse sobre minha cabeça.

Bati os pés para chegar à superfície, as corredeiras me açoitando de um lado para o outro. Ondas batiam em meu rosto enquanto eu tentava respirar, procurando por Bjorn. Fui tomada pelo pânico quando não o vi.

— Bjorn!

E se ele tivesse batido a cabeça?

E se tivesse sido puxado para baixo?

— Bjorn? — Eu gritava seu nome, mas minha voz foi abafada por um estrondo. Por um segundo, achei que fosse Tora nos atacando da margem com seus raios, mas então me dei conta.

A cachoeira.

Respirando fundo, mergulhei sob a superfície, procurando-o. Era tudo espuma e bolhas, meus dedos não encontrando nada ao procurar ao meu redor. Voltando para cima, respirei novamente, pronta para tentar de novo.

Mas fui segurada pelos ombros.

Fiquei ofegante e girei a cabeça. De repente, encontrei Bjorn atrás de mim. Os cabelos dele estavam grudados no rosto pela água, mas ele não parecia estar ferido.

— Precisamos chegar à margem! — gritei. — Vamos morrer se formos arrastados pela queda d'água!

— Respire fundo, Nascida do Fogo. — O sorriso dele era selvagem. — E confie que Hlin vai proteger você.

— O quê? — gritei, percebendo que ele nos levava para o centro do rio. Percebendo que ele pretendia que passássemos por cima.

E então caímos.

33

Meu estômago foi parar na garganta, e meus olhos desceram, desceram, desceram para a espuma fatal de água e rochas. Um grito emergiu, mas quando saiu de meus lábios, foi para pronunciar o nome de Hlin.

A magia fluiu da ponta de meus dedos, cobrindo primeiro Bjorn e depois meu próprio corpo com luz prateada. Um segundo depois, nós nos chocamos.

Mesmo com a proteção de Hlin, o impacto me deixou sem ar. E não havia nada para encher meus pulmões quando emergimos, e então fomos jogados no leito do rio novamente, a água nos segurando em sua agitação perpétua. Girando-nos repetidas vezes, até eu não saber qual lado era para cima. Meus cotovelos batiam contra as pedras, mas em vez de a água me arrastar para a superfície em seu ciclo inescapável, Bjorn me segurou com mais força, puxando-me pelo leito do rio.

Eu precisava respirar.

Desesperada, tentei me desvencilhar dele. Precisava chegar à superfície. Precisava puxar o fôlego, mesmo que significasse ser arrastada de volta para baixo pela cachoeira um segundo depois.

Bjorn prendeu meus braços às minhas costelas, arrastando-me pelo rio. Meus olhos escureceram, a dor em meu peito exigindo *ar, ar, ar.*

Então eu estava subindo.

Bjorn me levantou para a superfície e puxei um precioso fôlego enquanto o rio nos levava correnteza abaixo e fazia uma curva.

— Vá na direção da margem! — gritou Bjorn. — Nade, Freya!

Batendo as pernas com força, mantive os olhos na beira do rio, lutando contra a correnteza. Pedras se chocavam contra minhas pernas, machucando e ralando a pele. Ignorei a dor e nadei. Finalmente, tossindo e cuspindo água, arrastei meu corpo na direção da margem. Cada centímetro dele doía. Foi só quando consegui respirar de novo que dei a volta em Bjorn, que estava de quatro, cuspindo metade do rio.

— Você ficou maluco?

Ele rolou de barriga para cima, olhando para o céu, com mechas de cabelos escuros coladas em seu rosto.

— Diz a mulher que tentou se jogar de um penhasco.

Senti o estômago apertar.

— Eu estava tentando impedir a batalha. Estava tentando eliminar o motivo para eles estarem lutando.

— Sei o que estava tentando fazer — respondeu ele. — E está feito.

Bjorn virou a cabeça para me encarar.

— Todo mundo viu o raio de Tora nos atingir na água, Freya. Todo mundo nos viu cair de uma cachoeira alta demais para alguém sobreviver. Acham que estamos mortos. — Um sorriso tenso surgiu em seu rosto. — Mas não estamos.

— Não, não estamos.

Bjorn segurou meus braços, puxando-me para cima dele. O calor de seu corpo foi bem-vindo depois do rio congelante, mas me forcei a me concentrar quando ele disse:

— *Todo mundo* acredita que estamos mortos, Freya, e ninguém luta para possuir os mortos. Podemos ir embora de Skaland sem qualquer consequência porque Snorri não vai punir Geir ou Ingrid por você ter sucumbido em batalha. Ninguém vai vir atrás de nós. Podemos escolher para onde ir e o que fazer e ninguém, nem mesmo os deuses, podem nos impedir, afinal não temos destino determinado. Fazemos nossa própria sorte. Juntos.

Juntos.

Meu coração parou, depois acelerou, pois esse era um futuro que eu nunca tinha me permitido imaginar.

Uma vida com Bjorn, nada entre nós e ninguém nos controlando. Poderíamos viver sem outros tentando nos usar para perseguir os próprios objetivos. Bjorn sorriu e, erguendo a mão, ajeitou uma trança encharcada atrás da minha orelha.

— Você vai ter tudo o que eu tiver o poder de te dar, Freya. Juro.

Duas lágrimas escorreram por minhas bochechas, uma de cada lado, caindo no peito dele.

— Mas e quanto a vingar sua mãe?

E quanto a vingar a minha?

Vi uma fagulha de dor cruzar os olhos dele antes de serem fechados bem apertados. Quando os reabriu, Bjorn disse apenas:

— Nenhum juramento vale a sua vida. Nenhuma quantidade de vingança vale a sua felicidade. Vou deixar que o passado vire cinzas, Freya, porque você é meu presente. Meu futuro. Meu destino. — Ele ergueu a outra mão para segurar meu rosto. — Eu te amo.

E eu também o amava.

Eu o amava de uma forma que desafiava a razão. Não existiam palavras o bastante para transmitir a emoção que queimava em meu peito. Comecei a chorar e enterrei o rosto no pescoço dele, sentindo seu cheiro. Absorvendo-o, porque ele era meu. E nunca nos separaríamos.

— Precisamos ir. — Os dedos de Bjorn se entrelaçaram aos meus cabelos. — Eles vão parar de lutar para procurar nas margens dos rios e não pode haver qualquer sinal de que escapamos da agitação da cachoeira.

Secando o rosto, fiquei em pé. Bjorn segurou minha mão enquanto chutava água sobre a lama para esconder as marcas deixadas por nossos corpos, depois me levou rio abaixo, nossos pés respingando na água rasa. Apenas uma vez olhei para trás, meu estômago se revirando ao ver a enorme cachoeira, a névoa subindo da base. Ele havia dado aquele mergulho voluntariamente, confiado que minha magia nos salvaria e acreditado que éramos fortes o bastante para sobreviver.

Tudo isso só para me salvar.

Por conta própria, meus olhos se concentraram em ver além das cataratas, na fumaça que subia acima dos penhascos. Mas nenhum raio piscava, não havia nenhum estrondo de trovão.

— Harald veio até aqui por *sua causa*, não para tomar Grindill — disse Bjorn. — Ele vai abandonar a luta para nos procurar.

— Tem certeza?

— Tenho. Não se esqueça de que eu o conheço muito bem.

Meus ombros relaxaram. Estava acabado. Estava feito.

— Por aqui — disse ele, apontando para um riacho estreito que desaguava no rio. — Vamos chegar lá antes do anoitecer.

— Onde? — perguntei, saboreando a sensação de minha mão na dele. Sem querer soltá-la nunca.

Bjorn apenas sorriu.
— Você vai ver.

Caminhamos riacho acima durante horas, a água ficando cada vez mais quente até o fluxo sob meus pés estar da temperatura de um banho. Conversamos pouco, Bjorn olhando de vez em quando na direção do céu, onde o sol se arrastava para o poente. Passamos pelas ruínas de uma cabana queimada, a madeira carbonizada sendo lentamente consumida pelo tempo e pelo musgo.

— Aqui é a casa onde morei com minha mãe — disse ele. — Não volto a este lugar desde a noite em que pegou fogo.

Mordi o lábio, depois perguntei.

— O que aconteceu?

Bjorn parou de repente, encarando as ruínas em silêncio por tempo o bastante para eu achar que ele poderia não me contar. Então falou:

— Nós dois morávamos aqui sozinhos. O mais distante das pessoas que ela pudesse suportar.

— Por quê? — perguntei, minha pulsação latejando de expectativa, porque Bjorn nunca falava da mãe.

— Saber o futuro é um fardo — respondeu ele —, pois com frequência é repleto de dor e sofrimento e perda. Ficar perto das pessoas é o que engatilha... — ele se encolheu — engatilhava o dom dela de mostrar o futuro, então evitava isso sempre que possível. O que significava que éramos só nós dois na maioria dos dias.

— Seu pai não visitava vocês?

Bjorn tensionou a mandíbula.

— Só quando queria respostas dela. Minha existência era fonte de muito conflito entre Ylva e ele, então Snorri nunca me levava para Halsar.

Hesitei, então perguntei:

— Eles não suspeitavam que você tinha sangue divino?

— Minha mãe sabia. — Ele engoliu em seco. — Ela me proibia de dizer o nome de Tyr. Uma de minhas lembranças mais antigas é dela me dizendo que fazer isso me colocaria em um caminho no qual eu perderia aqueles que amava para o fogo e para as cinzas. — Então balançou a cabeça. — Ela pintou visões em minha mente de pessoas gritando, pessoas morrendo, e tudo estava sempre queimando.

Era difícil ouvir aquilo. Não só porque Saga estava certa, mas porque na tentativa de mudar o destino que tinha previsto para ele, havia enchido a cabeça do filho de pesadelos que eu suspeitava ainda estarem presentes.

— Eu estava dormindo uma noite — continuou Bjorn. — Minha mãe me sacudiu para me acordar e disse para eu me esconder, me empurrando para debaixo de algumas cobertas em um baú. Momentos depois, ouvi a voz de um homem. Eu o ouvi fazendo exigências para ela. Ouvi quando ela se recusou. E depois gritou. — Ele engoliu em seco. — Eu sabia que ele a estava machucando, e mesmo com medo, saí do baú. Não me lembro de dizer o nome de Tyr, mas devo ter dito, porque um machado em chamas apareceu de repente em minha mão. Entrei em pânico e o derrubei. Em segundos, a cabana estava em chamas. Minha mãe gritava e lutava contra esse homem, e o ar estava tão denso por conta da fumaça que eu mal conseguia respirar. Mal conseguia enxergar. E não havia como sair.

Minhas mãos estavam escorregadias de suor, e olhei para as ruínas queimadas com um novo horror.

— Por puro desespero, peguei o machado de novo e tentei ajudá-la, mas o teto desmoronou e uma viga me acertou. A última coisa de que me lembro é de minha mãe gritando, e então, quando acordei, eu estava em Nordeland.

Aprisionado pelo assassino da própria mãe.

— Sinto muito, Bjorn.

Ele deu de ombros de repente, depois apontou para o riacho.

— Temos que continuar andando.

À medida que a luz desvanecia, alcançamos a fonte da água morna. A boca escura de uma caverna se abria diante de nós, o riacho fluindo por cima e através de uma barragem de pedras rudemente construída.

Bjorn me conduziu pelas margens, passando pela abertura da caverna antes de murmurar o nome de Tyr. O machado dele ganhou vida na mão livre e iluminou a escuridão. Fiquei boquiaberta quando uma grande piscina fumegante foi revelada, inundando quase a totalidade da caverna. Junto a uma das paredes havia uma pilha de suprimentos, além de marcas de queimado em formato de machado no chão de pedra.

— Você já esteve aqui antes? — Abaixei o corpo para tocar na água, que estava deliciosamente quente.

— Quando quero passar um tempo sozinho, venho para esta caverna. Minha mãe me trazia aqui sempre quando eu era criança, porque estava sempre imundo. — Ele apontou para a barragem. — Foi ela quem construiu isso.

Não era a primeira vez que eu ficava chocada com o quão vívidas eram as lembranças que Bjorn tinha da mãe, apesar de ela ter morrido quando ele ainda era menino. Como se todas as palavras dela tivessem sido gravadas em sua alma.

E ele estava abandonando a própria busca por vingança. Será que partir comigo era o que ele queria de verdade? Ou estaria só partindo para salvar minha vida?

— Bjorn... — Eu me interrompi, com medo de perguntar, porque o que eu desejava desesperadamente estava ao meu alcance e não queria arruinar isso fazendo-o duvidar de si mesmo. Só que eu sabia que os questionamentos viriam, e era melhor que acontecessem agora do que mais tarde. — Não quero que se arrependa de fazer essa escolha.

Não queria que ele se arrependesse de ter me escolhido.

— Freya...

Fui até a beira d'água, observando o vapor espiralar e rodopiar sem realmente ter uma existência física. Em vez disso, fui preenchida por visões do futuro, e nelas eu via Bjorn ficando amargurado e zangado pelo próprio destino lhe ter sido negado, discussões infinitas e noites passadas com as costas viradas um para o outro e um espaço frio e vazio entre nós. Meus olhos ardiam, e o pesar que crescia em meu peito era tão real quanto minhas visões.

O som da bota raspando na pedra e o redemoinho de vapor me informaram que ele estava atrás de mim. Bjorn envolveu minha cintura com os braços, puxando-me para junto de seu peito, o queixo roçando minha têmpora.

— Não há futuro em que eu me arrependeria de escolher você.

Respirei com dificuldade, mas parecia que o ar não chegava aos meus pulmões. Meu coração estava tumultuado enquanto minhas emoções guerreavam dentro dele.

— Eu queria ter me dado conta antes. — Ele prendeu a respiração e engoliu em seco, a luta que travava para dizer o que pretendia me fazendo querer ouvir ainda mais. — Durante quase toda a minha vida, obter vingança pelo que foi feito com minha mãe era só o que importava para mim. Isso consumia todo o meu tempo acordado e eu me recusava a permitir que qualquer outra coisa importasse. Então a mulher mais impetuosa e linda que eu já vi me acertou no rosto com um peixe e continuou se enredando em meu coração. E me fez desejar uma vida governada por algo mais profundo do que o ódio.

Minha boca se curvou em um sorriso, mas meu coração doeu ao ouvi-lo dar voz a algo que eu sempre havia sentido: o descontentamento que fervilhava debaixo da ironia e dos sorrisinhos rápidos, a tensão nele que parecia nunca desaparecer.

Bjorn me virou em seus braços para que ficássemos frente a frente, erguendo a mão para emaranhá-la em minhas tranças bagunçadas.

— Eu costumava sonhar com fogo e cinzas — sussurrou ele, passando o polegar sobre minhas bochechas quando ergui o rosto para encará-lo. — Agora, quando fecho os olhos, só vejo seu rosto.

Lágrimas encharcaram minhas bochechas porque ouvir aquelas palavras era o *meu* sonho. Era quase um fruto do que minha mente criava nas horas mais escuras em que eu me permitia ser conduzida pelas fantasias que achava que os deuses, o destino e as circunstâncias nunca me permitiriam alcançar. Sempre tinha sido ele.

— Eu te amo, Bjorn — sussurrei. — E o único futuro que desejo é aquele no qual tenho você ao meu lado.

Ele soltou uma respiração trêmula, a tensão se esvaindo em um instante, então colocou a boca sobre a minha.

Ofeguei, segurando em seu pescoço para não cair para trás, mas Bjorn já tinha me segurado. Ele me ergueu ao mesmo tempo que me beijava, sua língua saboreando a minha e lançando relâmpagos de prazer em meu centro latejante. Envolvi sua cintura com as pernas, esfregando-me nele, um gemido escapando de mim quando Bjorn apertou meus quadris com o braço, arrastando-me mais para perto.

Mas não perto o suficiente.

Eu queria sentir a pele dele junto à minha, porém nós dois ainda estávamos usando roupas enxarcadas e cota de malha.

— Tira — falei entre beijos, esticando as pernas para voltar a pisar no chão. — Tira tudo.

E para que ele entendesse o que eu estava dizendo, segurei minha cota de malha e a ergui sobre a cabeça, jogando-a de lado, logo seguida pela túnica e a camisa que eu usava por baixo, descobrindo meus seios já rígidos.

Bjorn rosnou, os olhos escurecendo quando ele ficou de joelhos, colocando a ponta de um dos meus seios na boca. Gemi quando ele sugou profundamente, mordiscando minha pele a ponto de eu não saber dizer se era prazer ou dor, apenas que minhas coxas estavam escorregadias com a necessidade de mais.

Não apenas mais das mãos e da boca dele em mim, mas das minhas mãos e boca nele. Eu queria saborear aquela pele firme e tatuada, fincar as unhas na curva rígida de seus músculos, acariciar o pau grosso dele.

Então o empurrei e entrei na piscina. O calor da água fez minha pele formigar enquanto eu me afastava mais.

— Está quente — murmurei, abaixando para tirar um sapato, depois o outro, jogando-os atrás de Bjorn enquanto o mantinha no lugar com o olhar.

Conforme dei mais um passo, a água subiu pouco acima de meus quadris. Desamarrei as calças, tirei-as e as arremessei até a margem com um ruído molhado. Então me inclinei para trás e empurrei o corpo com os dedos dos pés, flutuando para o outro lado da piscina, sentindo os olhos dele em meu corpo. Sentindo seu desejo, a sensação fazendo meu sexo quase doer de tanto latejar com a necessidade de ser tocada. De ser preenchida. Apoiando os cotovelos na beirada do outro lado da piscina, perguntei:

— Vai entrar?

Bjorn não respondeu, e iluminado por seu machado atrás dele como estava, não dava para ver seu rosto. Mas minha resposta veio quando ele tirou a cota de malha, jogando-a de lado, seguida pela camisa e pelas botas. Seu corpo era anguloso — os músculos, firmes, os ombros largos e a cintura estreita —, e prendi a respiração quando ele lentamente desafivelou o cinto, a expectativa me fazendo juntar bem as coxas.

Bjorn prendeu os polegares no cós das calças ensopadas, arrastando-as para baixo. Fiquei sem fôlego...

E então o machado dele se apagou, mergulhando a caverna na escuridão.

— Seu cretino — resmunguei, ouvindo ao mesmo tempo a risada obscura de Bjorn e o barulho da água quando ele entrou na piscina, fazendo ondinhas roçarem em meus seios. — Estou começando a questionar se você tem alguma coisa a esconder. Ou talvez a *falta* de alguma coisa.

— Ambos sabemos que *esse* não é o caso, Nascida do Fogo. — A risadinha dele estava mais perto desta vez. — Além disso, dizem que a expectativa melhora todos os prazeres.

— Que os deuses me poupem do ego que vem com um grande... — Ofeguei quando as mãos de Bjorn seguraram minha cintura, puxando-me para perto, a parte em questão pressionada contra minha barriga.

Os dentes dele agarraram o lóbulo de minha orelha.

— O que você estava dizendo mesmo...?

Como se eu fosse conseguir me lembrar de qualquer palavra enquanto sentia sua língua subir pela borda de minha orelha, o pau dele se esfregando contra meu sexo enquanto a corrente nos empurrava. Inclinei a cabeça, gemendo quando ele lambeu meu pescoço e mordiscou logo acima do pulso, as pontas dos dedos descendo pela parte interna do meu braço com toques leves que me fizeram ver faíscas na escuridão.

Mas eu queria ver mais.

Capturando os lábios de Bjorn, eu o beijei, depois mordi seu lábio inferior até ele gemer e então me afastei para sussurrar:

— Hlin.

A magia fluiu dentro de mim e eu a empurrei para fora dos dedos da mão esquerda. A luz prateada iluminou a pele de Bjorn enquanto eu acariciava os músculos rígidos de seus ombros, apoiando o rosto junto à clavícula dele ao seguir a luz com meus olhos. Absorvendo o inchaço de seus bíceps, as sombras entalhadas entre os músculos de seu antebraço e a extensão ampla da palma de sua mão quando ele a espalmou junto à minha antes de entrelaçar nossos dedos.

Sorri, extinguindo a magia apenas para reacendê-la em minha outra mão. Roçando os lábios nos dele e curvando a palma sobre a aspereza de seu rosto. Enrolando uma mecha solta de seus cabelos pretos ao redor de meus dedos brilhantes, pintando-a de luz prateada. Ele não gostava de ceder o controle, eu sabia disso. Ainda assim, dava para ver a palpitação rápida de sua pulsação no pescoço, ouvir o gemido baixo que escapou de sua boca quando passei os dedos por seu pescoço até o peito, sentindo o pau dele endurecendo ainda mais onde roçava entre minhas coxas.

— Por que você nunca me deixou te tocar? — murmurei, afastando-me para passar a ponta do dedo brilhante por sobre a intrincada tatuagem de runas que ele tinha no peito. — Não queria sentir meu toque?

Bjorn soltou um ruído estrangulado.

— Deuses, mulher. Era pelo exato oposto. — Ele apertou ainda mais os dedos na curva da minha bunda, fincando-os ali. — Tocar em você me deixou prestes a desabar. Ter suas mãos em mim me faria perder o controle totalmente. E... — Ele respirou fundo. — Eu não queria tirar nada de você, sem saber se conseguiria retribuir em igual medida.

Tantas pessoas em minha vida tinham se satisfeito em tirar e tirar de mim, deixando-me vazia. Só Bjorn não havia me tirado nada, pedido nada, mas me dado tanto. Perto dele eu me sentia tão plena, tão viva, e queimava com o desejo de me entregar. De não conter nada, nem meu coração, nem minha alma, e com certeza nem meu corpo. Passei os dedos por sobre as linhas das tatuagens que descem por seu abdômen até onde meu quadril estava pressionado ao dele.

— E agora?

— Sou todo seu, Freya. — A cabeça dele estava jogada para trás, os olhos fechados, a luz de minha magia projetando sombras sobre as linhas esculpidas de seu rosto. A beleza de Bjorn era tão sobrenatural quanto sempre achei que fosse, como se tivesse sido Baldur, o mais adorável de todos os deuses, que lhe houvesse conferido o sangue em vez do deus da guerra. — Pode não ser em igual medida ao seu valor, mas é tudo o que eu tenho.

— É tudo o que eu quero. — Tudo com o que eu poderia sonhar. Segurei o rosto dele, beijando-o com ferocidade, precisando que sentisse minhas palavras tanto quanto as havia escutado. Então, soltando as pernas de sua cintura, alcancei seu membro e o segurei. Bjorn gemeu meu nome enquanto eu o acariciava da base à ponta, e meu centro foi preenchido por um calor que não tinha nada a ver com as fontes de água quente. A lateral de minha mão roçava em meu sexo escorregadio enquanto eu massageava o comprimento dele, e me inclinei para trás, pressionando-me contra seu pau ao mesmo tempo que sentia meu clímax se aproximar.

— Quero você dentro de mim — sussurrei, mas Bjorn segurou meus pulsos, a voz um murmúrio quando disse:

— Acho que primeiro devo provar meu valor, meu amor.

Naquele momento, eu poderia jurar que nada atiçaria mais minha necessidade de ser tocada do que a forma com que ele dissera *meu amor*, mas então Bjorn me carregou mais para dentro da caverna, me deitando sobre uma pedra inclinada, aplainada pela água que descia por outra câmara acima. Era quase quente o bastante para queimar, correndo em filetes sobre meu pescoço e meus seios, entre minhas pernas, mas mal senti aquilo quando Bjorn separou minhas pernas, expondo-me.

Um suspiro, guardado há muito tempo em meus pulmões, libertou-se trêmulo quando olhei para ele, grande e forte como um deus entre minhas coxas, esperando que entrasse em mim. Esperando que me reivindicasse como dele.

Em vez disso, ele me consumiu.

Curvando os ombros largos, Bjorn abaixou o corpo, o rosto áspero roçando a parte interna da minha coxa e me fazendo ofegar. Ele se limitou a abrir ainda mais minhas pernas, abaixando a cabeça, a língua separando meu sexo. Minhas costas arquearam e envolvi o pescoço dele com as pernas, minhas mãos encontrando a beirada da piscina atrás de mim, onde me segurei.

— Queria sentir seu gosto há tanto tempo — murmurou Bjorn, lambendo-me de novo. Um soluço escapou de meus lábios; que os deuses me castigassem se eu já tivesse sentido algo tão bom. — Faz ideia da loucura que foi deslizar meus dedos para dentro de você naquela noite e sentir como você estava molhada *pra caralho*, mas não ser capaz de te ter em minha língua?

Como se quisesse me lembrar daquela noite, ele soltou meu joelho esquerdo e enfiou um dedo dentro de mim, curvando-o para acariciar meu centro.

— Me mostre o que você quer fazer comigo — respondi, ofegante, balançando os quadris contra os dedos dele, elevando meu prazer. — Por favor.

Bjorn não disse nada, apenas fechou a boca sobre meu clitóris, passando a língua sobre ele em círculos pequenos. Arqueei-me sob ele como se algo selvagem me possuísse, gritando seu nome enquanto era chupada, os dedos escorregadios com minha umidade enquanto suas carícias encontravam ritmo, massageando-me com mais força. Mais rapidez.

Eu estava tão perto. Tão perto que queria gritar. Queria suplicar por mais. Queria...

Bjorn enfiou um terceiro dedo dentro de mim e meu corpo estremeceu, o alívio me consumindo e uma inundação feroz me fazendo gritar, os músculos de minhas pernas se contraindo, prendendo-o a mim. As ondas continuavam vindo como uma tempestade desenfreada em uma praia, deixando-me ofegante e exausta.

Era assim que eu devia me sentir. Como sempre sonhei que seria. Não ser usada como meio para um fim, mas ser adorada como uma mulher amada. Como se eu *importasse para o meu amante*.

Bjorn desenganchou minhas pernas de seu pescoço, colocando-as ao redor da própria cintura e fazendo com que a água mais uma vez escorresse sobre mim.

— Você é tão linda, Freya — sussurrou ele. — Parece uma deusa.

Abri os olhos, piscando diante do brilho ao meu redor.

A magia jorrou de minhas mãos onde eu me segurava à borda da piscina atrás de mim. Ela se agarrou à água enquanto descia em espiral, pintando meu corpo com filetes de luz prateada, escorrendo pela curva de meus quadris até cair na piscina abaixo, onde se dispersou na correnteza.

Bjorn se inclinou sobre mim, beijando meus lábios com tanta reverência que meu coração se partiu e se recompôs. Deuses, como eu o amava. Como eu o desejava. Não conseguia imaginar jamais ser separada dele. Só de pensar, um certo pânico tomava conta de mim. Envolvi o pescoço dele com os braços, minha magia se derramando sobre sua pele enquanto eu emaranhava os dedos em seu cabelo, minha língua em sua boca. Ele tinha gosto de sal, cada respiração que eu puxava repleta de seu cheiro.

— Quero você dentro de mim — sussurrei, pressionando meu corpo junto ao dele, um gemido escapando quando a cabeça grossa de seu pau entrou em mim. — Quero você por inteiro.

— Ainda não — murmurou Bjorn, lábios pegando fogo em meu pescoço ao mesmo tempo que ele deslizava a mão por entre minhas pernas, segurando meus quadris contra a rocha, o polegar acariciando meu clitóris latejante. — Quero você molhada e pronta para quando eu entrar.

Gemi quando ele me acariciou, a outra mão em meu seio provocando meu mamilo e gerando faíscas de prazer em meu corpo. Minha respiração estava ofegante, minhas costas arqueadas sobre a pedra e meus músculos apertados ao redor da ponta do pau dele, que provocava minha entrada com a promessa de mais.

— Não sou nenhuma donzela — sibilei, a necessidade de ser preenchida maior do que a necessidade de respirar, selvagem e desesperada. — Estou pronta.

— Não está pronta o suficiente. — Os dentes dele morderam a curva de meu ombro e me marcaram, reivindicando-me enquanto eu gritava. — Quero você quente, molhadinha e tão desesperada por ter meu pau dentro que vai suplicar por ele, Freya.

Todo aquele toque leve havia desaparecido, o polegar dele me acariciando com força, pulsos latejantes descendo por minhas pernas a cada carícia. Outro clímax estava surgindo, minha respiração errática, a *necessidade* tão intensa que beirava a dor. Abri a boca para implorar. *Por favor.*

Mas ele já sabia do que eu precisava. Sempre sabia.

Os braços de Bjorn escorregaram para segurar minhas costas, erguendo-me da pedra e arrastando meus quadris para a frente enquanto ele entrava em mim.

Um soluço escapou de meus lábios quando Bjorn se enterrou profundamente. Tão longo e grosso que parecia impossível que eu fosse conseguir contê-lo, mas meu corpo o recebeu como se fosse a primeira respiração depois de muito tempo embaixo d'água.

— Deuses, estar dentro de você é incrível — gemeu ele, saindo e entrando em mim de novo, a sensação me levando ao limite. — E você é *minha*.

Eu era dele.

Cada parte minha, por toda a eternidade. Eu me pendurei no pescoço de Bjorn quando ele me penetrou novamente, e depois outra vez. A cada investida a base de seu pau tocava no ponto que o polegar havia abandonado. Minhas unhas arranhavam sua pele, meus calcanhares afundando no músculo duro de sua bunda enquanto eu o puxava mais para perto, meu clímax chegando ao limite.

Bjorn me beijou, nossos dentes colidindo com a força do beijo, sua língua perseguindo a minha enquanto ele mergulhava em mim com respirações quentes e rápidas. Então suas mãos agarraram meus quadris, quase me levantando da pedra quando ele investiu profundamente.

O alívio me invadiu como uma tempestade. Como uma tormenta que rasgaria o mundo ao meio, meu corpo tremendo enquanto eu me afogava em prazer, sendo arrastada de volta para baixo cada vez que subia à superfície. Eu nunca tinha sentido nada assim, a sensação me cegando ao mesmo tempo que me afogava em cores, o meu nome nos lábios de Bjorn preenchendo meus ouvidos quando ele chegou ao clímax, derramando-se em mim como uma inundação mais quente do que as águas em que nadávamos.

Ele enterrou o rosto em meu pescoço, balançando-se junto a mim, deixando-me mole e exausta.

— Eu te amo — sussurrei, deixando que minha magia se dissipasse, envolvendo-nos em escuridão. — Você é tudo o que eu quero.

Bjorn estremeceu, apertando-me ainda mais com os dedos.

— Vou matar qualquer um que tentar tirar você de mim.

Eu não deveria gostar disso, da violência, mas seriam homens desejando violência contra mim que tentariam nos separar, então desfrutei das palavras dele. Relaxada no abraço protetor que elas me proporcionavam quando Bjorn me levantou da água, segurando-me perto de si no escuro.

— Quanto tempo podemos ficar aqui? — perguntei, com gotas condensadas e suor escorrendo por meu rosto enquanto eu afundava o nariz no pescoço dele. Parte de mim esperava que ele dissesse *para sempre*, porque eu não queria ir embora nunca. Não queria sair para enfrentar o mundo, apesar de saber que caminharíamos na direção de um mundo diferente.

— Precisamos ir embora de manhã. — Ele passou os dedos sobre a curva de meu quadril. — Quero tirar você de Skaland.

— Sul? — murmurei. — Onde é quente?

— Não muito para o sul, ou vou morrer de calor. — Bjorn me carregou até o outro lado da piscina. — Preciso sentir o frio do inverno pelo menos durante uma parte do ano.

Cochilei junto dele, pensando em terras de verão. Imaginando construir um lar. Ter um filho. Criar animais e cultivar a terra. Minha mente se demorou na última imagem quando tentei imaginar Bjorn como fazendeiro, a visão se recusando a se manifestar. Recusando-se a me dar qualquer coisa além de cenas dele correndo para a batalha, com o machado em chamas nas mãos.

É só porque você nunca viu esse lado dele, disse a mim mesma. *Não quer dizer que ele não exista.*

Bjorn me carregou para fora da água, a brisa fria da noite soprando para dentro da câmara e gelando minha pele. Estremeci quando ele me colocou no chão, a pedra fria sob meus pés descalços. Ainda nu, Bjorn saiu da caverna, voltando com uma pilha de galhos. Usando seu método de sempre, jogou a madeira sobre o próprio machado e esperou que pegasse fogo.

— Aqui está. Está um pouco molhada, mas comestível — disse ele, entregando-me um pouco de carne seca que estava na bolsa de seu cinto e pegando minha espada e nossas cotas de malha em seguida, que provavelmente já estavam querendo enferrujar.

— Jogue isso fora. — Apoiei o corpo sobre os cotovelos enquanto o observava trabalhar, fascinada pela visão de seu corpo nu. — Não quero usar armadura nunca mais — acrescentei, sabendo muito bem que a usar tinha sido meu sonho um dia.

Bjorn ergueu o rosto, a luz do fogo refletindo em seus olhos.

— Ainda não saímos de Skaland, amor. E não importa para onde formos, vamos precisar nos proteger de algum perigo. Além disso, essa cota de malha vale uma pequena fortuna e... — Ele se interrompeu, balançando a cabeça. — Você não precisa usar, Freya. Vou guardar.

Eu sabia o que ele estivera prestes a dizer. Que a riqueza não viria mais tão fácil para nós. Bjorn estava acostumado a ser filho do jarl. A saquear a cada temporada para encher os bolsos de ouro e prata. Nada disso seria possível no lugar para onde pretendíamos ir. O que significava que, de muitas maneiras, a vida seria mais difícil.

Fui tomada por um desconforto e tentei afastar os muitos desafios que enfrentaríamos nos dias subsequentes, a euforia de finalmente estarmos juntos desfiando nas pontas. Eu estava acostumada a uma vida simples na fazenda, então abrir mão das armas e batalhas, virar as costas para o poder, seria fácil para mim. Mas seria muito menos fácil para ele, que tinha sido guerreiro a vida toda.

Será que aquele era o motivo para Bjorn não querer abrir mão da armadura? Porque não conseguia imaginar uma vida diferente daquela?

Pergunte a ele, pensei comigo mesma. *É melhor saber agora do que depois.*

Minha língua parecia dormente, e minha garganta, apertada, quando enfim consegui dizer:

— Como você acha que vai ser?

Ele deu de ombros, depois foi pendurar a cota de malha ensebada longe da piscina fumegante.

— Vai ser melhor nos mantermos na floresta até estarmos longe o suficiente para que ninguém nos reconheça. Mesmo assim, é bom manter nossa magia escondida até sairmos de Skaland e atravessarmos o mar. Eles têm deuses e magias diferentes dos nossos, e rumores sobre desconhecidos viajam longe.

— Eu quis dizer — engoli em seco — depois disso.

Bjorn segurava minha espada, metade da lâmina deformada para fora da bainha, mas parou de falar e a embainhou.

— Não importa onde a gente vá parar, não importa o que façamos, tudo o que importa é estar ao seu lado, Freya.

Mordi o interior das bochechas porque aquilo não respondia minha pergunta, e instantaneamente comecei a me preocupar que ele estivesse ocultando os verdadeiros pensamentos por saber que eram diferentes dos meus.

O canto da boca de Bjorn se curvou em um meio-sorriso, e deixando minha espada de lado, ele se levantou em um movimento suave, dando a volta na fogueira. Caindo de joelhos, ele me deitou de costas, puxando meu manto molhado para baixo a fim de expor meus seios. Meus mamilos enrijeceram no mesmo instante, e isso não teve nada a ver com o ar frio, mas sim com a forma ávida com que os olhos dele pairavam sobre meu corpo.

— Quer saber o que eu vejo para o nosso futuro? — murmurou Bjorn, a barba por fazer roçando em minha pele sensível enquanto ele me beijava do pescoço ao umbigo. — Quero ver este corpo debaixo de mim todo dia à noite e — ele abriu um sorriso obscuro, a respiração provocando meu sexo — todo dia de manhã. Quero ficar olhando para o seu rosto quando fizer você gozar todas as vezes.

— Bjorn... — Eu queria que ele falasse sério, precisava disso, mas o desejo queimava entre minhas pernas enquanto a língua dele me acariciava, fazendo-me esquecer o que eu tinha perguntado.

Mas em vez de me levar ao clímax, ele foi se deitar ao meu lado, puxando-me para trás de modo que seu corpo abraçasse o meu.

— Eu te vejo adormecida em meus braços na casa que vou construir para você — disse Bjorn, sua respiração fazendo cócegas em meus ouvidos. — Eu te vejo bem satisfeita pela carne que cacei, assando pão do grão que cultivei em nossos campos depois de você me ensinar como fazer isso, porque não sei nada sobre cultivar plantas.

Eu ri, mas ele ainda não tinha terminado.

— Eu te vejo gorda, com uma criança na barriga. — Ele beijou meu pescoço. — Vejo você rindo enquanto corre com ela pela neve. — Então curvou a mão sobre minha coxa, deslizando-a por entre minhas pernas. — Eu te vejo ficando velha, os cabelos prateados, o rosto marcado por sorrisos, e não por preocupações, ficando mais linda a cada dia que passa.

Fechei os olhos, embriagada pelas palavras dele, por seu toque.

— E quanto a Valhalla?

— Acho que vou conquistar meu lugar matando os bostinhas que vierem atrás de minhas filhas, que com certeza vão herdar a beleza da mãe. — Ele me beijou. — Se bem que se herdarem a língua afiada dela, nem vou precisar.

— Tem certeza? — sussurrei entre beijos. — Tem certeza de que quer abrir mão desta vida?

— Não existe vida sem você, Freya. Então, sim, eu tenho certeza.

Gemi baixinho quando Bjorn deslizou um dedo para dentro de mim, e senti seu peito levantar quando ele encontrou minha umidade, meu desejo. Meu pensamento começou a vagar enquanto o sangue pulsava mais rápido em minhas veias, o pau duro dele contra minha bunda ao me proporcionar prazer. Bjorn havia dito o que eu precisava saber — que ele queria o futuro que eu tinha sonhado para nós, e tudo o que me restava era confiar que ele jamais mentiria para mim.

E eu confiava.

Confiava nele mais do que em qualquer outra pessoa. Todo mundo havia mentido para mim, me manipulado e me usado para conquistar os próprios objetivos ou para se proteger, deixando-me com frio e sozinha, mas Bjorn nunca fizera isso. Sempre fora a rocha que sustentava minhas costas. Meu amor. Minha vida.

Virando-me em seus braços, montei nele, joelhos pressionados nas peles enquanto ele acariciava minhas coxas. A luz do fogo iluminava metade de seu rosto, a outra metade sombreada, mas Bjorn era tão dolorosamente belo que achei que fosse chorar.

— Eu te amo — sussurrei, inclinando-me para beijá-lo. — Confio em você.

E eu o desejava.

A necessidade de ser preenchida latejava no fundo do meu sexo. Esfreguei meu corpo no dele, percebendo que o comprimento de seu pau havia ficado mais lubrificado e sorrindo quando Bjorn gemeu meu nome.

Erguendo os quadris, levei a mão para baixo e segurei seu membro, acariciando a ponta contra mim enquanto ele pegava em meu seio. Bjorn girou meu mamilo entre o polegar e o indicador, arrancando um suspiro de meus lábios conforme o prazer tomava conta de meu corpo, mas então peguei sua mão e a coloquei de volta em meu quadril.

Abrindo um sorriso obscuro, coloquei a cabeça de seu pau dentro de mim, uma empolgação correndo por minhas veias quando seus olhos se fecharam e um gemido escapou de sua boca entreaberta.

— Deuses, mulher — ofegou ele enquanto eu me movimentava para cima e para baixo, o prazer que via em seu rosto atiçando o meu desejo quase tanto quanto a sensação de ter o pau dele dentro de mim. — O que eu fiz para merecer esse tormento?

— Acho que você sabe — ronronei, lembrando bem como ele havia me provocado com os dedos. Como me tinha feito implorar por alívio. — Agora diga *por favor*.

— Por favor — gemeu Bjorn. — Preciso de você.

Eu deveria tê-lo tirado de dentro de mim. Provocado-o e lhe dado prazer até que desabasse. Mas eu já estava farta de me negar tantas coisas que me abaixei, levando-o o mais fundo que consegui.

Um gemido escapou de meus lábios quando as costas de Bjorn se arquearam, seus dedos afundando em meus quadris com força o bastante para machucar quando me ergui e depois desci de novo. E de novo. Meu alívio começou a surgir no horizonte, meus dedos travados ao redor de seus pulsos enquanto eu o cavalgava, sentindo os olhos dele em meus peitos que balançavam, minhas tranças úmidas me chicoteando as costas.

Bjorn moveu uma das mãos, o polegar roçando no ápice do meu sexo, mas puxei ambas de volta para meu quadril, querendo controle.

— Freya — disse ele, ofegante, ao mesmo tempo que me obedecia. — Você vai acabar me matando. Não posso...

Dei uma risada obscura porque precisava mostrar que era páreo para ele. Que seríamos tudo o que o outro já necessitou. Que nunca haveria mais ninguém.

Inclinando o corpo para trás, fui deslizando as mãos por entre suas coxas, acariciando e puxando, o suor escorrendo por minhas costas. Ele tensionava a mandíbula, e eu sabia que Bjorn estava lutando contra o ápice, que ele não queria concedê-lo.

Mas eu daria um jeito.

Então investi com mais força, cavalgando-o, meu próprio alívio prestes a explodir quando meu nome saiu dos lábios dele.

— Freya!

Ele levantou os quadris para ir de encontro ao meu enquanto eu o abaixava, e senti a inundação quente que me preencheu com o pulsar de seu pau, a sensação me permitindo chegar ao limite. O êxtase se apoderou de mim e uivei o nome dele, minha voz ecoando pela caverna enquanto eu me esfregava em seu membro, aproveitando cada gota de prazer desse momento antes de desmoronar sobre seu corpo.

Estávamos ofegantes, o coração dele batendo feito um tambor contra meus ouvidos quando Bjorn pressionou a mão em minhas costas para me abraçar.

— Toda vez que eu penso que te entendi, você me surpreende — murmurou ele. — Espero que isso nunca mude.

Sorri, sem fôlego demais para falar quando ele me deitou no chão e se encolheu ao meu redor, puxando meu manto sobre nós antes de pressionar a mão contra minha barriga e dizer:

— Durma. O amanhecer está próximo.

As brasas da fogueira brilhavam em vermelho e laranja, chiando cada vez que uma gota de umidade caía sobre elas, o crepitar e o chiado me fazendo adormecer. Envolvida nos braços do homem que eu amava, peguei no sono.

34

Acordei com a luz da manhã entrando por entre os galhos que Bjorn tinha usado para cobrir a entrada da caverna, meus ouvidos preenchidos pelos sons de água corrente, cantos de pássaros e Bjorn respirando em minha orelha, ainda adormecido.

Um sorriso vertiginoso surgiu em meu rosto, a forma mais pura de felicidade se expandindo em meu peito, e não fosse pela pressão que sentia na bexiga, eu teria me permitido voltar a dormir. Suspirando, ergui o braço pesado que envolvia minha cintura. O fato de Bjorn não ter nem se mexido demonstrava a profundidade de seu sono.

Do lado de fora, o amanhecer já viera e fora embora, o sol no horizonte e um ar quente de verão. Nada se movia além da leve brisa nas árvores, embora eu tivesse ouvido o barulho dos esquilos que gritavam comigo por romper a paz da manhã. Depois de cuidar de minhas necessidades, entrei de novo na caverna e encontrei Bjorn ainda dormindo, cílios pretos encostando na pele bronzeada de sol, os cabelos desgrenhados.

Assim como os meus.

Franzindo a testa para o caos das minhas tranças, entrei na piscina e encontrei uma pedra onde me sentar enquanto as desfazia, tomando o cuidado de colocar na margem os laços que as prendiam para que não escorregassem correnteza abaixo e indicassem que eu não havia morrido na cachoeira.

Ninguém jamais poderia saber que estávamos vivos.

Senti uma pontada no peito ao pensar em Geir e Ingrid recebendo a notícia de que eu tinha morrido. Apesar de todos os defeitos, eu sabia que eles me amavam, então saber que eu estava com os deuses seria sofrido.

Embora possivelmente pelas razões erradas.

Com a minha morte, a amargura de Snorri poderia levá-lo a excluir meu irmão de seu bando de guerra. Mas Geir e Ingrid estariam vivos e tinham a capacidade plena de seguir na direção que quisessem.

Ainda assim, não pude deixar de me perguntar se lamentariam minha morte. Ou se se ressentiriam dela.

Meu peito se apertou e tentei afastar esses pensamentos de minha cabeça enquanto desfazia a última trança, deixando meus cabelos longos flutuarem soltos na água. Mas o que Bjorn e eu estávamos deixando para trás se recusava a ceder assim tão fácil, e minha mente se voltou para o meu povo. Como eles haviam ficado depois da batalha? Será que ainda seguiam Snorri? Ou, depois de minha morte, cada um tinha tomado o próprio rumo?

Esse problema não é seu, pensei comigo mesma com firmeza. *Eles não precisam de você.*

Ainda assim, fui preenchida pela culpa, porque eu os *estava* abandonando, de fato, e por razões egoístas. Como seria se a fofoca que chegasse até mim fosse a de que Harald não havia abandonado a batalha com minha morte? Como seria se eu soubesse que ele agora governava nosso povo? Será que seria capaz de suportar tudo isso, ou o fato de eu lhes ter deixado esse destino abriria um buraco em nossa felicidade, crescendo como um câncer até a culpa me consumir?

— Eles não merecem você.

Estremeci ao ouvir a voz de Bjorn, ondinhas roçando em minha pele quando ele entrou na água e me puxou para perto.

— O que quer dizer com isso?

— Sei a cara que você faz quando está se sentindo culpada — disse ele, beijando meu pescoço. — Também sei que todos em relação aos quais você sente essa culpa te usaram como uma escravizada, não se importando nem um pouco com a sua felicidade. Se sua ausência causa sofrimento, é culpa deles mesmos por não terem te tratado como você merecia.

— Mas o povo é seu também — respondi. Por mais que concordasse com as palavras dele, as coisas não eram assim tão simples. — Eles contavam com você para protegê-los e agora você se foi. Isso não te incomoda?

— Eles viveram felizes sem mim por muitos anos. — Bjorn me deu um beijo. — Vão viver de novo, pois não vão ser mais uma ameaça para Nordeland.

Não foi a primeira vez que o senti não se considerar skalandês, o tempo que havia passado em Nordeland se recusando a deixá-lo. Mas a sensação crescente de que ele estava feliz por Skaland não ser mais uma ameaça para Nordeland era nova.

A ideia me perturbou, e eu me desvencilhei dele.

— Precisamos continuar a viagem logo.

Senti Bjorn franzir a testa quando saí da piscina, mas nenhum dos dois disse nada quando vesti minhas roupas, que estavam com um cheiro forte de fumaça por terem secado perto do fogo. Eu estava dolorosamente ciente dos olhos dele sobre mim a cada movimento que eu fazia.

Será que ele se importava? Será que se importava com o que havia acontecido com aqueles que foram deixados para trás? Eu sabia que seu relacionamento com Snorri era tenso, piorado por Ylva, mas e o irmão dele? E os amigos?

Que amigos?

Mordi o lábio ao me lembrar de nosso tempo juntos, ao me lembrar de sua interação com os outros guerreiros. Com outras pessoas de Halsar. Superficial, no máximo. Como se ou eles ou o próprio Bjorn mantivessem distância um do outro.

Liv, ele era amigo de Liv. Eu tinha visto o sofrimento no rosto dele quando a curandeira morreu, muito mais do que se fosse uma estranha. A lembrança afrouxou a tensão em meu peito, embora na verdade eu não entendesse exatamente por que esses pensamentos estavam me consumindo.

— Não vai sentir falta do seu irmão?

Bjorn parou de vestir as calças, depois puxou o que faltava sobre a bunda.

— É claro que vou. Mas sem mim, Leif vai se tornar herdeiro de Snorri. Vai ser jarl um dia, e na verdade, o povo ficará melhor assim.

— Por que acha isso?

Bjorn estreitou os olhos e ficou em silêncio por um longo momento antes de dizer:

— Porque Leif é um deles de uma forma que eu nunca serei.

Meu estômago se revirou com um desconforto, mas permaneci em silêncio.

Soltando um longo suspiro, Bjorn se sentou no chão.

— Passei tempo demais em Nordeland, anos, e isso deixou uma

marca. Na forma como faço as coisas. Na forma como falo. Na forma como penso. Enquanto Leif é skalandês dos pés à cabeça, e isso faz o povo gostar mais dele. Ylva estava certa em querer que ele liderasse o clã.

Eu precisava saber.

— Você é skalandês?

Ele ficou levemente tenso, depois balançou a cabeça.

— Logo nenhum de nós será, Freya, então não entendo por que isso importa.

— Porque você não parece se importar com eles e quero entender o motivo. — Acusações estavam prestes a jorrar, meu temperamento se inflamando, embora não devesse estar.

Por que eu estava tão agitada? Tão zangada?

— É complicado! — Bjorn se levantou. — Meu passado é complicado, Freya. Nada é assim tão simples, mas o que *eu* não estou entendendo é por que você acha que precisa desenterrar uma coisa dessas justo agora.

— Porque quero saber a verdade sobre o homem pelo qual estou abandonando tudo — explodi. — Ainda mais porque você praticamente admitiu que existem coisas importantes sobre você que nunca me contou.

— Freya. — Ele se aproximou de mim, mas dei um passo para trás. — Eu te amo. Tudo o que mais quero é estar com você em algum lugar em que esteja segura. Construir uma vida juntos, *longe* do meu passado.

O terror se acumulou em meu peito, porque se realmente não fosse nada, Bjorn não estaria sendo tão cauteloso. Teria me contado sobre seu passado, nem que fosse apenas para me acalmar.

— Eu desejo as mesmas coisas. — Minha voz saiu ofegante e estranha, minha cabeça pulsando com tensão. — Mas... mas não posso ir embora até saber tudo. Se você não vai me contar a verdade, então vou voltar.

Ele empalideceu.

— Você não pode voltar.

— É claro que posso. — Eu sentia que não conseguia respirar. Como tudo tinha desandado tão rapidamente? Como eu havia passado da certeza absoluta a... a isso? — Posso dizer que escapei da cachoeira. Ninguém precisa saber.

— Você não está entendendo. Se for embora, ele vai... — Bjorn

tentou segurar meu braço, mas eu saltei para trás, quase caindo ao enganchar meu pé em um pedra.

— Ele vai o quê? — perguntei. — O que Snorri vai fazer?

— É complicado. — Havia suor se formando em sua testa. — Freya, eu vou te explicar tudo, juro. Mas precisamos ir embora. Precisamos nos apressar.

— Eu não vou a lugar algum. — Dando meia-volta, saí da caverna com os olhos ardendo. Mas só consegui dar alguns passos antes de parar, sendo preenchida pelo terror quando me vi cara a cara com o rei Harald de Nordeland.

35

— Bom dia, Freya. — Harald sorriu, colocando uma mecha de cabelo castanho-dourado atrás da orelha. — Meu coração se enche de alegria ao ver você sã e salva depois de um mergulho tão aterrorizante. Confesso que tememos o pior quando Tora a derrubou no rio. Mas eu já devia saber que não se deve duvidar de Bjorn.

Duvidar de Bjorn.

As palavras dele afundaram em meu coração, paralisando-me no lugar ao mesmo tempo que Bjorn saía da caverna atrás de mim. Eu o senti observando Harald com seus guerreiros parados casualmente atrás de seu rei. A voz de Bjorn estava tensa quando ele perguntou:

— Por que você está aqui?

Uma pergunta para a qual eu temia muito que ele já soubesse a resposta.

— Ficamos com receio de que talvez estivessem feridos, então, em vez de permitir que a levasse até nós, resolvemos procurar por você. — Harald deu um passo à frente. — Embora eu compreenda o curso de suas ações, elas foram imprudentes demais. Vocês dois podiam ter morrido.

Um zumbido agudo preencheu minha cabeça e a náusea se retorceu em meu estômago, pensamentos surgindo e desaparecendo como cobras que se contorcem. Mas todos eles sussurravam palavras de traição.

— Como foi que você nos encontrou? — perguntou Bjorn, e quis gritar para ele parar. Para parar de fingir, porque cada palavra torcia mais a faca que estava enfiada em meu coração.

— A cabana de sua mãe foi a escolha lógica. — Harald franziu a testa, alternando os olhos cinza entre nós dois. — Você fica mudando os planos que combinamos, Bjorn. Planos que fizemos juntos pela maior parte da sua vida. Depois de Fjalltindr, eu me senti convencido por sua crença de que era melhor tirar Freya de Snorri, e depois também concordei com seu desejo de convencê-la a escolher o melhor caminho para si mesma, mas — ele balançou a cabeça de leve — a julgar pelo choque de Freya, parece que ela não sabe de nenhum dos seus planos. O que está acontecendo, Bjorn?

Meus joelhos estavam tremendo quando me virei para Bjorn, meu peito oco, meu coração dormente.

— Eu pergunto a mesma coisa.
— É complicado.
— Não tem nada de complicado nisso! — rosnei. — Ou ele está mentindo, ou você está. Me responda agora!
— Eu queria ter te contado...
— Responda a maldita pergunta! — gritei. — Ou, se é *tão complicado* assim, só me responda isto: você é skalandês ou nordelandês?

Todos ficaram em silêncio, o único som sendo o do vento soprando entre as árvores.

— Nordelandês.

Eu já esperava que essa fosse ser a resposta dele, mas mesmo assim me encolhi porque a confissão a tornava verdade.

— Você era o traidor. Repetidas vezes me viu acusar Ylva sabendo muito bem que ela era inocente. Que o traidor era você! Não foi Ylva que vi falando com Harald naquela noite em Fjalltindr, foi *você*. — Pressionei minhas têmporas com as mãos porque aquilo significava que tudo o que havia acontecido naquela noite entre mim e Bjorn tinha sido... manipulação?

— Eu não falei com ele naquela noite. Falei com...
— Se isso facilita engolir a decepção, Freya — interrompeu Harald — foi por causa de Bjorn que os planos de te matar para proteger Nordeland mudaram. Você está viva porque Bjorn acreditou que seu destino poderia ser algo diferente de uma mulher que deixa um rastro de cadáveres. Embora, depois da batalha de ontem...

— Cale a boca! — gritei, porque era Bjorn que precisava se explicar. Bjorn que precisava justificar as próprias *mentiras*.

— Eu quis contar a verdade. — Bjorn se posicionou entre mim e Harald, e Skade se destacou do grupo de guerreiros para encará-lo com cautela, o arco na mão. — Mas não podia arriscar que você reagisse mal...

não quando o destino de Nordeland está em jogo. Eu precisava afastar você para que tivesse tempo de entender.

— Que bobagem. — Eu recuei, sentindo a necessidade de ficar longe dele. Minha pele se arrepiou, e um olhar por sobre o ombro revelou Tora atrás de mim, as queimaduras dela vívidas de perto. Não era só a Harald que Bjorn estava aliado, mas à assassina de Bodil. E à assassina de minha mãe. — Você sabia que eu nunca aceitaria suas mentiras, e quis garantir que eu não pudesse voltar quando confessasse que estava me entregando ao inimigo.

— Se eu só me importasse em levar você, já teria feito isso há muito tempo. — Fagulhas apareceram e desapareceram da mão de Bjorn, indicando que estava agitado. Então ele se virou para Harald. — Pai, preciso falar com Freya a sós e...

— Ele *não* é seu pai, Snorri é! — As palavras explodiram para fora de mim, minhas mãos se fechando em punhos quando a fúria surgiu para preencher o vazio em meu peito, lágrimas escorrendo por meu rosto.

— Aquele merda não é meu pai! — rosnou Bjorn, o machado se acendendo mas desaparecendo logo em seguida. — Eu o odeio.

— Você odeia Snorri? — Eu o encarei, sem entender como isso podia estar acontecendo. Como ele podia estar dizendo essas coisas. — Harald aprisionou você. Foi escravizado pelos caprichos dele até Snorri te resgatar. Que loucura é essa você o chamar de pai? Ele assassinou sua mãe!

Harald levantou mãos apaziguadoras.

— Receio que haja muita coisa que você não sabe, Freya. E o que sabe é, na maior parte, mentira de Snorri.

— Fique quieto! — gritei, pássaros irrompendo dos galhos das árvores próximas. — É Bjorn quem deve responder por si próprio!

— Freya, por favor, escuta. — Bjorn esfregou a cabeça com as mãos. — Eu precisava ter certeza de que podia confiar em você antes de revelar a verdade.

— Confiar em mim? — Parecia que meu sangue estava fervendo, minha visão ficando vermelha, o mundo todo desaparecendo, exceto nós dois e minha raiva. — Eu *nunca* menti para você. Mas, caralho, parece que cada uma das coisas que você me disse foram para me enganar.

— Não. — Ele se aproximou de mim. — Eu te amo, Freya. Tudo o que disse ontem à noite era verdade. Eu não ia levar você para Nordeland.

Harald bufou, balançando a cabeça.

— Sua palavra não significa nada, Bjorn? Você jurou para mim que protegeria Nordeland, aliás, mais do que isso, jurou para sua mãe que se vingaria. Ainda assim, parece que sua palavra não tem significado diante do *desejo* que sente por essa mulher.

Eu me encolhi, tomada por visões do que tinha acontecido entre nós na noite anterior. Pela forma como eu havia me entregado a ele, profunda e completamente, enquanto todas as palavras que ele tinha sussurrado eram mentira. *Ó, deuses.*

— Eu honrei meus juramentos! — gritou Bjorn. — Jurei destruí-lo. Jurei humilhá-lo. Jurei arrancar a coroa das mãos dele e tomar a dama do escudo, e tudo isso foi feito. E ela não precisa ir a Nordeland para que nossa terra fique em segurança, só precisa ficar longe *dele*.

Mais uma vez, não fui nomeada. Eu era só uma ferramenta, uma arma a ser empunhada por todos os homens à minha volta. Mas eu já estava farta disso.

— Freya... — Bjorn tentou me segurar.

— Não toque em mim! — Recuei, quase colidindo com Tora.

Harald passou as mãos de novo pelos cabelos.

— Esta traição foi motivada pela crença de que eu teria separado você dela? Deuses, Bjorn, quando foi que te neguei qualquer coisa? Se ao menos tivesse me dito que gostava de Freya, eu deixaria que ficasse com ela. Freya seria rainha de Nordeland ao seu lado quando você herdasse o trono um dia.

Ficar comigo? Meu corpo enrijeceu, mas nenhum deles pareceu notar.

— Com quais condições, pai? — retrucou Bjorn. — Eu te conheço. De jeito nenhum você resistiria a usá-la para promover suas próprias ambições. Tudo o que desejo é levá-la para um lugar onde ela possa determinar o próprio destino.

— Eu não a teria *usado*. — Harald olhou para Bjorn com desgosto. — O que você não consegue ver, meu filho, é que se tivesse contado a verdade a Freya, ela poderia ter escolhido servir Nordeland. Se for metade da mulher que você alega, com certeza teria se juntado a nossa causa, se tivesse recebido essa oportunidade. Mas em vez disso você lhe negou a chance de realizar grandes feitos só para não arriscar sua capacidade de usá-la para satisfazer os próprios objetivos.

Usá-la, usá-la, usá-la.

As palavras se repetiam em minha mente, ficando cada vez mais altas até eu sentir como se um gigante gritasse dentro de minha cabeça. Todo mundo tinha me usado. Todo mundo... mas Bjorn havia sido diferente. Havia sido aquele que me colocara em primeiro lugar. Aquele que se importara.

Só que no fim ele tinha me usado mais do que todos.

— Eu te amaldiçoo! — gritei, e senti como se o mundo tremesse, inclinando-se sob meus pés. — Eu amaldiçoo todos vocês a nunca verem Valhalla. Eu os amaldiçoo a Helheim. Que Hel os leve todos sob sua guarda!

Então o chão tremeu de verdade, sacudindo em um estrondo, todos lutando para manter o equilíbrio.

— Freya! — Bjorn cambaleou em minha direção, mas antes que desse dois passos, grandes raízes escuras explodiram da terra, envolvendo suas pernas.

E não apenas ele.

À minha volta, raízes explodiram do chão para agarrar as pernas e os braços dos guerreiros de Harald, homens e mulheres gritando e as golpeando com machados e espadas, mas as armas simplesmente atravessavam as raízes como se elas não estivessem lá.

O machado de Bjorn apareceu em sua mão, e ele também as atacou, as chamas partindo as raízes, mas mais brotaram do solo, tentando arrastá-lo para baixo.

O pânico sobrepujou minha raiva, e perdi o equilíbrio quando o estrondo ensurdecedor de um trovão me fez cambalear. O raio de Tora explodiu as raízes que a atacavam, mas novas surgiram no lugar daquelas. Skade estava gritando e atirando suas flechas mágicas em uma raiz atrás da outra.

Os outros nordelandeses não tinham tais defesas.

De joelhos, assisti horrorizada às raízes pretas se enrolarem nos outros guerreiros, fincando-se em sua carne. Os gritos eram diferentes de tudo o que eu já havia ouvido quando eles foram arrastados para o chão.

Então, de uma vez, as raízes desapareceram dentro da terra.

Deixando apenas silêncio.

De joelhos, encarei apavorada as dezenas de corpos no chão, imóveis e de olhos vidrados. Mortos.

— Freya?

Engoli a bile, olhando para Bjorn, que ainda estava vivo, assim como Harald, Tora e Skade.

Ninguém se mexeu.

Harald desceu da pedra em que tinha subido, indo na minha direção.

— Foi isso que eles quiseram dizer com "filha de dois sangues". Ela não é filha de um deus com um mortal, mas de dois deuses. — Ele puxou o ar, trêmulo, olhos cinza repletos de admiração. — Ela é filha de Hel. A primeira de sua linhagem.

Eu não era. Não podia ser.

— Não.

— Sim. — Harald sorriu. — Você amaldiçoou todos que estavam aqui ao domínio de sua mãe e ela os levou. Todos mortos. A todos foi negada Valhalla por causa do seu poder.

Choraminguei ao me arrastar para longe dele, alternando o olhar entre um cadáver e outro. Todos mortos. Todos amaldiçoados. Por meu temperamento.

Por mim.

— É por isso que você é tão especial, Freya — disse ele. — Por isso que até os próprios deuses reconheceram seu poder. O poder de unir Skaland. Mas também o poder de destruir tudo o que ficar contra você.

Engasguei e me levantei, horrorizada com o fervor que ele demonstrava.

— Não! — Bjorn entrou entre nós dois com o machado em chamas. — Ela não é uma arma.

— O destino dela está tatuado em seu sangue — disse Harald, balançando a cabeça com muita ironia. — Está entalhado em seus ossos. Este poder é o destino de Freya.

— Freya, corra! — Bjorn levantou a arma. — Corra!

Dei meia-volta e saí correndo na direção da floresta, galhos batendo contra meu rosto, raízes se enrolando em meus pés.

Filha de Hel.

Fechei os punhos, me forçando a correr mais, como se fosse conseguir ultrapassar a verdade do que eu era.

Mas era a única coisa da qual eu nunca poderia escapar.

Tropecei em uma pedra e me esborrachei no chão, rolando e caindo por uma encosta, parando ao colidir forte com uma rocha.

— Levante — sussurrei, apoiando-me nas mãos e nos joelhos, mas meu braço cedeu, o choro escapando de meus lábios. — Continue em frente.

— Calma, Freya.

Ouvi uma voz familiar e ergui o rosto para encontrar Steinunn abaixada ao meu lado.

— Eu preciso de ajuda — falei, ofegante. — Bjorn... ele está aliado a Harald. Eles estão aqui.

Steinunn sorriu.

— Eu sei, Freya — disse ela. Sua voz já não era mais a de uma skalandesa, mas tinha um sotaque de Nordeland. — Eu sei de tudo.

Então ergueu uma tigela e soprou a fumaça que saía dela em meu rosto.

O pânico me atingiu quando compreendi, mas eu já estava girando cada vez mais para baixo. Quando caí no chão, meus olhos se fixaram nos cadarços vermelhos de seus sapatos.

Então só restou escuridão.

36

Minha cama estava se movimentando sob mim, subindo e descendo como se eu tivesse bebido demais, a sensação fazendo uma onda de náusea me dominar.

— Bjorn — murmurei, tentando chamá-lo.

Só que eu não conseguia mover os braços, pois uma corda forte amarrava meus pulsos.

Abri os olhos e a luz do dia os apunhalou como adagas. A princípio, tudo o que eu podia ver era branco, mas conforme pisquei várias vezes, minha visão ficou mais nítida e revelou o casco de um drácar e pernas com botas ao meu redor. A lembrança me inundou, de Harald e de seus homens chegando à caverna. Da verdade das alianças de Bjorn sendo revelada. De cadáveres no chão à minha volta, mortos por minha maldição.

De Steinunn soprando fumaça no meu rosto ao mostrar a quem realmente era leal.

— É bom ver que você enfim acordou, Freya — disse a voz de Harald, fazendo-me rolar e olhar para cima a fim de encarar os olhos cinza pálidos dele.

— Onde estou?

— Em um drácar — respondeu ele com um leve sorriso, obviamente zombando de mim. Então deu de ombros. — Estamos no estreito, no caminho de volta para Nordeland.

— Me solte — rosnei, lutando para me sentar. Mas minha cabeça ainda girava devido ao movimento do drácar e dos efeitos da substância com que Steinunn havia me drogado. A própria escalda estava sentada na outra ponta do barco, um manto bem apertado ao redor do corpo, os olhos fixos no mar.

— Acho que ambos sabemos que libertar você não vai ser possível — respondeu Harald. — Apenas permitiria que a raiva que está sentindo de Bjorn a levasse correndo de volta para Snorri, armada com sua recém-descoberta magia, e ele, por sua vez, usaria você contra mim, quer você quisesse ou não. Snorri já se provou excepcionalmente capaz de te forçar a fazer as coisas.

— Não preciso dele para te amaldiçoar — sibilei. — Preciso apenas da minha própria língua.

Harald me encarou por um longo momento, com uma expressão de consideração, e não de alarme.

— É verdade — disse ele por fim. — Só que eu acho que não vai fazer isso. Vi o seu olhar quando matou meus guerreiros. Quando amaldiçoou suas almas a Helheim, sendo que o fim deles por direito era Valhalla. Sei que pode muito bem enfiar uma faca em minhas costelas, mas me amaldiçoar significaria abraçar um lado seu que me parece... *aterrorizar* você. Dito isso, eu gostaria que se lembrasse de que sou o único que nunca mentiu para você.

Minha pele se arrepiou como se mil aranhas dançassem em cima de mim, as palavras dele soprando vida nova ao horror que eu havia sentido em relação ao que tinha feito. Não a matança, embora aquilo já fosse bem ruim, mas amaldiçoar almas por toda a eternidade. Homens e mulheres que não tinham levantado o braço contra mim... só seguido ordens de seu rei. Pior de tudo, não era nem a eles que minha fúria tinha sido direcionada.

Era a Bjorn.

Meu coração vacilou ao pensar nele, e consegui me endireitar, passando os olhos pelas figuras no drácar até pararem sobre a forma familiar dele. Bjorn estava sentado em um dos bancos, cotovelos apoiados nos joelhos, ombros caídos.

— Traidor! — gritei, inclinando-me para a frente. — Vou arrancar seu coração do peito, caralho!

Não fez diferença meus pulsos estarem amarrados quando tentei me arrastar até os bancos para chegar até ele. Tudo o que importava era fazer com que sentisse a mesma dor que eu estava sentindo. Fazer com que entendesse a dor daquela traição.

Mas então meu corpo foi puxado para trás e bati o queixo em um banco.

Cuspindo sangue, virei o corpo e vi Tora atrás de mim, segurando meu cinto.

— Silencie sua língua, filha de Hel, ou vou cortá-la fora.

— Afaste-se, Tora! — resmungou Bjorn, tentando me alcançar, mas não conseguindo quando Skade apontou uma flecha para o rosto dele.

Passei os olhos pelo drácar, que não continha guerreiros que não fossem filhos de deuses. Os únicos outros presentes eram os escravizados que remavam.

Em um instante, compreendi o motivo: a maldição de Hel não funcionava naqueles que tinham magia. As raízes tinham atacado Tora, Skade e Bjorn, mas eles haviam conseguido repeli-las com magia.

Mas por que Harald estava vivo?

Puxando a memória do fundo de minha mente, repassei o momento, sentindo de novo a vibração do poder ao rever as raízes explodirem do chão. Mas nenhuma delas tinha chegado perto do rei de Nordeland.

O *porquê* disso eu não conseguia explicar.

— Acalme-se, Bjorn — disse Harald, fazendo gestos pacificadores. — Juro que Freya não será machucada. Quando foi que não cumpri minha palavra com você?

Parte da tensão no rosto de Bjorn desapareceu, e quis cuspir com a fúria que sentia, detestando o relacionamento dos dois.

— Isso só está acontecendo dessa forma por causa de suas escolhas — disse Harald. — Ela está zangada com *você*, o que a transforma em uma ameaça a Nordeland. Mas em vez de matá-la, como outros sugeriram, pretendo dar uma chance a ela de enxergar a razão.

— Você quer dizer que deseja ter tempo de convencê-la a lutar por você.

— É claro que esse é o meu desejo. — Harald deu de ombros. — Freya é tremendamente poderosa e poderia defender meu povo de uma forma que nenhum outro ser vivo é capaz. Mas não vou *obrigá-la* a fazer nada que ela não queira. — Ele olhou na minha direção. — Juro pela minha honra. Em Nordeland, você será senhora de si mesma, Freya.

— Do mesmo jeito que Bjorn foi senhor de si mesmo? — Meu tom de voz era monótono. — Vou ser sua prisioneira, Harald, e não sou nenhuma criança para ser manipulada a chamar você de pai.

Os olhos dele ficaram mais severos, a primeira demonstração real de emoção que eu havia visto de Harald, mas que desapareceu em um instante.

— Bjorn *nunca* foi prisioneiro, nenhum dia de sua vida. Pergunte a ele.

Uma parte de mim queria perguntar. Queria dar a Bjorn a chance de me contar a verdade do ponto de vista dele. Ainda assim, todo instinto dentro de mim gritava em advertência. Aquele homem tinha assassinado Saga, roubado Bjorn, e embora claramente não o tivesse tratado como prisioneiro ou o escravizado durante esse tempo, que tipo de veneno teria despejado em seus ouvidos para fazer com que acreditasse que Harald era qualquer coisa além de seu inimigo?

Mentiras e mais mentiras, era isso o que minha intuição me dizia, e dizia mais, sussurrando que todas as superficialidades de Harald sobre me manter em segurança eram mentiras ainda maiores. Eu tinha visto o prazer em seus olhos quando a magia de Hel se revelou. Ele pretendia me usar, eu sabia disso. Para aumentar o próprio poder, para expandir o próprio domínio, e skalandeses inocentes morreriam sob lâminas nordelandesas.

Eu não deixaria que isso acontecesse.

Faria o que fosse necessário para mantê-los em segurança.

Respirando fundo, levantei-me rápido e enxerguei a costa ao longe quando saltei. *Eu conseguiria.*

A água gelada do mar se fechou sobre minha cabeça, o medo me preenchendo enquanto eu batia as pernas, afastando-me o máximo possível do drácar antes de subir à superfície. Tentando respirar, inclinei a cabeça para procurar o litoral, depois virei de costas, nadando naquela direção.

Meu torso afundou, uma onda rolando sobre meu rosto, forçando-me a continuar na vertical. Fiquei apavorada, mas o drácar estava abaixando a vela e apressando os remos. Se eu não voltasse para a costa, eles me pegariam.

Respirando fundo, virei de costas novamente, ignorando a água que atingia meu rosto enquanto eu batia as pernas na direção da praia.

Mais rápido.

Minhas pernas queimavam, mas não demorou muito até eu precisar respirar.

Boiei na vertical, puxando o ar ao tentar livrar meus pulsos das amarras. Minhas pernas já estavam exaustas, pois o que Steinunn havia usado para me drogar ainda drenava minhas forças.

Talvez seja melhor assim, minha consciência sussurrou para mim quando escorreguei para debaixo d'água. *Talvez seja melhor que ninguém com seus poderes caminhe sobre a terra.*

Mas eu não queria morrer. Queria viver.

Rompi a superfície e respirei fundo, afundando de novo logo em seguida. *Nade*, gritei para mim mesma. *Nade mais rápido.*

Puxei o ar outra vez, as ondas parecendo sentir minha necessidade e me levando na direção da praia.

Eu conseguiria. Eu ia conseguir.

Mas então mãos envolveram minha cintura, puxando-me para cima.

— Vale a pena se matar para ficar longe de mim? — gritou Bjorn com os cabelos colados na lateral do rosto. — Vale mesmo a pena arrastar de volta para Snorri e ser usada por ele para conquistar os próprios objetivos só para ficar longe de mim?

— Sim — respondi, ofegante, chutando-o, depois tentando enfiar os joelhos entre nós para afastá-lo, mas Bjorn apenas me girou na água de modo que fiquei de costas para ele. — Você é um mentiroso do caralho!

— Me desculpe! — Ele lutava para nos manter flutuando porque eu havia parado de bater as pernas, pretendendo arrastar nós dois para o fundo se fosse preciso. — Mas você, entre todas as pessoas, deveria entender o fato de eu ter feito qualquer coisa para proteger minha família!

— Snorri é sua família! — gritei, engasgando quando uma onda me cobriu. — Leif é sua família! Skaland é sua família! Eu não dou a mínima para o veneno que Harald sussurrou em seus ouvidos quando roubou você deles!

— Não! — Bjorn me segurou com mais força. — Ele me salvou deles!

— É tudo mentira. — Meus olhos ardiam porque o drácar se aproximava. Eu perderia minha chance de escapar. — Harald assassinou sua mãe!

— Não foi ele! — Bjorn me virou para que eu o encarasse, olhos brilhando. — Foi Snorri que tentou matar minha mãe. Que tentou matar nós dois, porque Ylva o convenceu de que aquilo era necessário para Leif poder se tornar herdeiro dele. Mas minha mãe escapou do fogo e fugiu comigo para Nordeland, onde Harald nos protegeu. Freya, minha mãe está viva!

Fiquei em choque.

— Mas o espectro. Saga é o espectro.

— Isso é só mais manipulação de Snorri. Foi com minha mãe que falei em Fjalltindr. Eu a convenci de que você poderia mudar o seu próprio destino e ela convenceu Harald do mesmo logo em seguida. Ela está viva e bem em Nordeland. — Ele me puxou mais para perto, seu calor se infiltrando em meu corpo, apesar do frio do mar. — Me deixe te levar até ela, Freya. Ouça o que ela tem a dizer antes de fazer julgamentos. Minha mãe vai ter as respostas que você procura.

Eu não queria ir. Não queria ouvir explicações. Queria me apegar a minha raiva quanto ao que ele havia feito.

— Por favor — disse Bjorn entredentes. — Sei que não tenho direito de pedir isso, mas, por favor, faça essa última coisa por mim. Preciso que você entenda.

— Eu nunca vou entender — cuspi.

Ainda assim, não lutei quando mãos se abaixaram e me puxaram para dentro do navio. E continuei sem dizer uma palavra quando as velas foram hasteadas, Skaland desaparecendo lentamente em nosso rastro. Só voltei a olhar para a frente quando a costa de Nordeland apareceu, rochosa, árida e cinza.

Um lugar onde eu encontraria respostas, sim.

Mas também onde começaria a controlar meu próprio destino.

AGRADECIMENTOS

Como muitos de meus livros, *Um destino tatuado em sangue* viveu em minha cabeça durante *anos* antes de eu abrir meu laptop para começar a escrever, então minha corajosa dama do escudo já me parece uma velha amiga. Tive muitas experiências de catarse escrevendo a história de Freya por vários motivos, mas nenhum deles era menos importante do que o fato de eu estar, mais uma vez, escrevendo para mim mesma, sem prazos ou expectativas para atrapalhar meu processo criativo. Foi um livro incrivelmente agradável de escrever, e meu entusiasmo apenas cresceu quando ele encontrou seu lar na Del Rey.

Como sempre, estou em dívida com minha família pelo apoio infinito à minha carreira de escritora, apesar das exigências que recaem sobre todos. Eu não seria capaz de criar sem o amor que vocês me dão, e sou muito grata por ter todos vocês em minha vida.

Agradeço imensamente a minha incrível agente, Tamar Rydzinski, que defendeu este livro desde a primeira leitura e encontrou um lar digno para ele! Muito obrigada por tudo o que você faz! À equipe da Context Literary Agency, assim como de minhas agências estrangeiras, obrigada por todo o trabalho de vocês nos bastidores, fazendo meus livros chegarem às mãos de leitores do mundo todo.

Equipes Del Rey e Del Rey UK, serei eternamente grata pela paixão e pelo entusiasmo que vocês têm por Freya e Bjorn, mas um agradecimento especial à minha editora, Sarah Peed, que passou a noite em claro lendo o manuscrito e me ligou na manhã seguinte com as melhores palavras que um autor poderia ouvir. Trabalhar com você foi um prazer em cada passo, e estou ansiosa pela segunda rodada!

Agradeço demais a minha incrível amiga e assistente, Amy, que foi a capitã do #timefreyorn desde o primeiro dia. Meus leitores têm uma dívida de gratidão com você pela *vibe* convencida de Bjorn, porque você me encorajou a aprimorá-lo a cada etapa do caminho. Freya te agradece, e eu também!

Elise Kova, você é ao mesmo tempo uma amiga e uma inspiração, e meus dias seriam mais escuros sem suas mensagens e seu apoio. Melissa Frain, você é um presente dos deuses: muito obrigada pela ajuda com os primeiros rascunhos! Às meninas do NOFFA, sou muito grata por conhecer todas vocês, e nossas conversas aliviam grande parte do estresse desse trabalho maluco que todas compartilhamos.

Como sempre, meu maior agradecimento vai para os meus leitores, principalmente aqueles que estão comigo há mais de uma década. Foi por causa de vocês que recebi tantas oportunidades incríveis, e espero que tenham ficado tão contentes lendo *Um destino tatuado em sangue* quanto eu fiquei ao escrevê-lo.

ESTA OBRA FOI COMPOSTA POR VANESSA LIMA EM BEMBO
E IMPRESSA EM OFSETE PELA LIS GRÁFICA SOBRE PAPEL PÓLEN NATURAL
DA SUZANO S.A. PARA A EDITORA SCHWARCZ EM FEVEREIRO DE 2025

A marca FSC® é a garantia de que a madeira utilizada na fabricação do papel deste livro provém de florestas que foram gerenciadas de maneira ambientalmente correta, socialmente justa e economicamente viável, além de outras fontes de origem controlada.